Ullstein

ÜBER DAS BUCH:

Gilles de Tournemine, der »Nebelfalke« (UB 23007), ist während der amerikanischen Unabhängigkeitskriege zu Rang und Namen gekommen, doch es ist ihm nicht gelungen, seine Liebe zu der schönen Judith de Saint-Mélaine zu vergessen. Um ihre gemeinsame Zukunft zu sichern, beschließt er, am spanischen Königshof sein Glück zu machen. Doch bald ist er gezwungen zu fliehen. In Frankreich soll er das berühmteste Diamantkollier Europas erwerben, das die Juweliere Marie-Antoinettes nach der Ablehnung durch die Königin zu verkaufen suchen. Gilles findet sich im glänzenden Rahmen von Versailles und einer ihrem Untergang entgegengehenden Monarchie in dunkle Intrigen verstrickt, die sein Leben gefährden. Und immer wieder droht Judith, von geheimnisvollen Mächten beherrscht, ihm im letzten Augenblick zu entgleiten ...

DIE AUTORIN:

Juliette Benzoni, in Paris geboren, studierte am Collège d'Hulst, dann am Institut Catholique Philosophie, Jura und Literatur. Später arbeitete sie als Journalistin. Seit Beginn ihrer Schriftstellerlaufbahn 1950 verzeichnete sie zahllose Erfolge in Frankreich wie im Ausland, die auf der Verbindung von glaubhaft geschildertem historischem Hintergrund und der Entwicklung plastischer Menschenschicksale beruhen. 1973 erhielt sie den Prix Alexandre Dumas. Juliette Benzoni ist mit dem Grafen Benzoni di Conza verheiratet.

Juliette Benzoni

Ein Halsband für den Teufel

Roman

Ullstein

ein Ullstein Buch
Nr. 23051
im Verlag Ullstein GmbH,
Frankfurt/M – Berlin
Titel der Originalausgabe:
Un Collier pour le Diable
(Editions de Trévise, Paris)
Aus dem Französischen
von Hans Nicklisch

Ungekürzte Ausgabe

Umschlagentwurf:
Hansbernd Lindemann
Illustration: John Ennis –
Agentur Thomas Schlück

Printed in Germany 1993
Druck und Verarbeitung:
Ebner Ulm
ISBN 3 548 23051 2

Juli 1993
Gedruckt auf Papier
mit chlorfrei
gebleichtem Zellstoff

Von derselben Autorin
in der Reihe
der Ullstein Bücher:

Marianne – Ein Stern für Napoleon (22087)
Marianne – Das Schloß in der Toskana (22128)
Marianne – Gesandte des Kaisers (22167)
Marianne und der Mann der vier Meere (22210)
Von zwei Rosen die eine (22260)
Marianne – Flammender Lorbeer (22300)
Marjolaine – Weg der Versuchung (22335)
Marianne und der Sieg der Liebe (22377)
Cathérine und der Weg zum Glück (22465)
Cathérine im Sturm (22510)
Kavaliere der Nacht (22606)
Die Frauen waren ihr Schicksal (22712)
Die Liebe war ihr Schicksal (22781)
Die Krone war ihr Schicksal (22851)
Fiora – Eine Liebe in Florenz (22911)
Der Nebelfalke (23007)

Die Deutsche Bibliothek –
CIP-Einheitsaufnahme

Benzoni, Juliette:
Ein Halsband für den Teufel/Juliette
Benzoni. [Aus dem Franz. von Hans
Nicklisch]. – Ungekürzte Ausg. –
Frankfurt/M; Berlin: Ullstein, 1993
(Ullstein-Buch; Nr. 23051)
ISBN 3-548-23051-2
NE: GT

Inhalt

Dritter Teil
Sturm über Versailles
1784–1785

Das Nest des Falken

Herbst 1783

Der Herbststurm zerfetzte die Wolken zu langen Streifen, wälzte sie vor sich her, riß sie mit in seine Wirbel, als wolle er sie an die Wipfel der Bäume hängen, doch der Wald schien sich gegen sie zu sträuben. Er schüttelte seine gewaltige rötliche Mähne, die Vögel aus ihren verwüsteten Nestern jagend. Mit einem Heidenspektakel von Geschrei und Flügelschlagen schossen sie von den peitschenden Zweigen in den rußfarbenen Himmel, fanden sich wieder zu harmonischen Formationen zusammen und schlugen die große Straße zum warmen Süden ein...

Nur die Stare zogen auch weiterhin unerschütterlich ihre Kreise um die Wälle La Hunaudayes. Stumm und düster wie ein seit langem vergessenes Grab, hatte die alte Festung der Tournemine, von den Rieux, die ihnen gefolgt waren, erneuert, dennoch nichts von einer Ruine an sich. Von seinem fünfeckigen Mauergürtel reckten sich aus der Tiefe des Tals, durch dicke Zwischenwälle verbunden, fünf noch immer eindrucksvolle Türme in die Lüfte, fünf drohende Wehrtürme mit ihren intakten Brustwehren und ihren Pechnasen über den Spuren schwärzlicher Rinnsale, die ruhmreiche Zeichen einstiger Abwehrkämpfe waren. Ein tiefer Wassergraben, gespeist aus dem benachbarten Teich, umzog das Schloß.

Die Nacht kam. Das Tageslicht schwand rasch. Dennoch schienen die drei Reiter, die am Rande des Teichs hielten, nicht geneigt, sich von der Stelle zu rühren. Sehr aufrecht in den Sätteln sitzend, blieben sie dort im Abendwind, der die schweren Falten ihrer Mäntel blähte, ebenso reglos, als seien sie aus dem gleichen Granit geschaffen wie das Schloß selbst. Als erwarteten sie etwas... etwas, das nicht kam.

Sie bildeten eine seltsame Gruppe, unvereinbar und doch auch wieder harmonisch wie die verschiedenen Horizonte, die sie hatten zur Welt kommen sehen. Sehr groß und kraftvoll, doch keineswegs schwerfällig, schien Gilles de Tournemine ebenso unzerstörbar wie seine heimatliche Bretagne. Sein gebräuntes Gesicht entzog sich dem Vorwurf makelloser Schönheit durch die Arroganz der Nase, das eisige Blau des Blicks, die auffallend kräftigen Kiefer und die lässige Ironie des Lächelns, das selten war, aber dann den makellosen Schimmer der Zähne enthüllte.

Neben ihm wirkte Jean de Batz klein, obgleich er es nicht war. Von reinem südfranzösischem Typ, hatte er schwarze Augen, ebensolches Haar, bernsteinfarbene Haut, einen leicht funkelnden Blick, nervöse Hände und Beine, und wenn sein Begleiter einem Roman um die Tafelrunde des Königs Artus entsprungen schien, erinnerte er, vom Schnurrbart abgesehen, an den Musketier Ludwigs XIII., den berühmten d'Artagnan, von dem noch ein paar Tropfen Blut in seinen Adern rannen.

Der dritte Reiter war häßlich, aber von einer wilden und unter dem Himmel Frankreichs völlig ungewöhnlichen Häßlichkeit. Wenn seine Mundpartie dank zweier überlanger Schneidezähne auch an ein Kaninchen denken ließ, bewahrte ihn seine schroff-ungesellige Haltung doch hinreichend vor spöttischem Lächeln. Er war ein Onondaga-Indianer, ein Irokese, doch abgesehen von seiner dunklen Haut war nichts Besonderes an seiner äußeren Erscheinung, das die Neugier der Menge hätte erregen können. Ein schmuckloser Anzug aus schwarzem Tuch, weißes Leinenzeug und hohe, geschmeidige Stiefel umhüllten einen wuchtigen Torso mit zu kurzen Beinen und verbargen alte Narben, rituelle wie im Kampf erworbene sowie die unauslöschlichen Spuren früherer Kriegsbemalung. Der Dreispitz und die Perücke bedeckten einen eiförmigen, völlig rasierten Schädel, eine lange, sorgsam gepflegte schwarze Strähne ausgenommen, die den Scheitel schmückte und die der merkwürdige Bursche zu einem amüsanten kleinen Knoten unter seiner europäischen Frisur zusammengedreht hatte.

In der Sprache seiner Heimat bedeutete sein fast unaussprechlicher Name »Der Biber, der die Zauberfeder des Adlers gefunden hat«, doch Gilles de Tournemine, der ihm das Leben gerettet und dem er sich daher angeschlossen hatte, taufte ihn kurzerhand in Pongo um. Pongo und der, den er sich spontan als Herrn erwählt hatte, waren länger als ein Jahr getrennt gewesen. Mit dem Herzog von Lauzun überstürzt nach Frankreich zurückgekehrt, um dem König über den Sieg bei Yorktown Bericht zu erstatten, hatte Gilles Pongo nicht ohne Bedauern zurücklassen müssen. Er glaubte, nur einen schnellen Abstecher nach Frankreich zu machen, um danach in den jungen Vereinigten Staaten das Ende eines Feldzugs wieder mitzuerleben, den General Washington, von Rochambeaus Expeditionskorps unterstützt, nun fest in der Hand hatte. Der junge Mann war in der Tat diesem großen, herrlichen Land verfallen, dessen noch jungfräuliche Natur erst tags zuvor aus Gottes Hand hervorgegangen schien, in dem die Herzen der Menschen noch die Frische, Kühnheit, Glut, Grausamkeit und Schuld der Kinderherzen bewahrten. Diesem Land, in dem ihm von einem wohlwollenden Geschick unverhofft für eine kurze Weile der Vater zurückgegeben worden war, der den kleinen, Gilles Goëlo genannten Bastard gleichsam mit seinen letzten Atemzügen in den Chevalier de Tournemine de la Hunaudaye verwandelt hatte. Das sind Dinge, die binden, wenn man das Herz am rechten Fleck hat...

Der königliche Wille hatte dem zum Leutnant bei den Dragonern der Königin beförderten neuen Chevalier nicht erlaubt, zu seinen Kampfgefährten zurückzukehren und mit ihnen jene Handstreiche und blitzschnellen Überfälle aus dem Hinterhalt wiederaufzunehmen, die ihm den indianischen Beinamen »Der unerbittliche Falke, der im Nebel zuschlägt«, bald auf »Falke« verkürzt, eingetragen hatten.

Doch bei der Rückkehr des Generals de Rochambeau und seiner Truppen im Frühjahr dieses Jahres 1783 hatte Gilles zu seiner Überraschung Pongo im Gepäck seines Freundes Axel von Fersen vorgefunden.

»Wenn ich ihn nicht mitgenommen hätte, wäre er imstande gewesen, schwimmend herüberzukommen«, vertraute er ihm nach der ersten herzlichen Umarmung an. »Du hast dir da einen ganz außerordentlich anhänglichen Burschen erworben, Chevalier. Dieser Mann hat seit deiner Abfahrt nicht wirklich gelebt. Bis ich ihm mein Wort gab, ihn mitzunehmen, hat er die Verladungsquais weder bei Tag noch bei Nacht verlassen!«

Pongo war ebenso natürlich, ebenso einfach zu Gilles zurückgekehrt, wie ein Fluß ins Meer mündet. Er hatte seine Rolle als Diener-Leibwächter wieder übernommen, ohne daß die Anpassung an die für ihn so neue Lebensweise auf seinem gleichmütigen Gesicht Spuren hinterlassen hätte. Und wenn seine Erscheinung im Kielwasser des Chevaliers mancherlei Neugier erregte, verriet Pongo seinerseits angesichts der Städte, der Straßen, der Sitten und Gebräuche, die er in Frankreich vorfand, nichts dergleichen. Es war seine Art, einer Rasse treu zu bleiben, die sich in der Freude wie im Leid gleichermaßen unerschütterlich zeigte.

Für seinen jungen Herrn hatte seine Ankunft das Ende einer langen Bußzeit bedeutet, denn als er nach dem Alptraum von Trecesson[1] zu seinem damals in Pontivy stationierten Regiment gestoßen war, hatte sich Gilles einer völlig unerwarteten Situation konfrontiert gesehen.

Als Leutnant »zu besonderer Verfügung« hatte er mit der Vorstellung bei seinem Oberst, dem Chevalier de Coigny, eine bloße Formalität zu erfüllen geglaubt. Statt dessen war er dank der fatalen Folgen eines Duells, in dem sich am Tage vor seiner Ankunft zwei Offiziere besagten Regiments gegenübergestanden hatten, von denen einer im Hospital, der andere auf dem Friedhof gelandet war, regelrecht in den Dienst eingegliedert worden.

»Ihr kommt wie frische Seefische zur Fastenzeit, Monsieur«, erklärte ihm der Chevalier de Coigny, dessen interessierter Blick den Amerikakämpfer musterte, der ihm wie gerufen kam. »Ausnahmsweise schickt man mir kein Maiglöckchen vom Hofe, das nur um den Glanz seiner Stiefel und das Weiß seiner Manschetten besorgt ist, und so werdet Ihr dulden müssen, daß ich Euch behalte. Könnt Ihr Schach spielen?«

»Ein wenig... ja«, antwortete Gilles, seit langem durch den Abbé de Talhouët, seinen Paten, in die Geheimnisse dieses noblen Spiels eingeweiht.

[1] Siehe »Der Nebelfalke«

»Ausgezeichnet! Wir werden wenigstens passable Abende haben, denn davon abgesehen, stirbt man hier vor Langeweile! Ihr werdet bei der Witwe Jan, Place du Martray, Quartier beziehen... als Ersatz für Euren unglücklichen Vorgänger.«

Und Gilles, der darauf brannte, nach Paris zu galoppieren, um dort nach der Spur derer zu forschen, die er liebte, um zu versuchen, die unter so seltsamen Umständen verschwundene rothaarige Judith de Saint Mélaine wiederzufinden, mußte fast ein Jahr in der grünen und krapproten Uniform und unter dem mit Pantherfell garnierten kupfernen Helm verbringen, ohne andere Zerstreuungen als die Manöver des Regiments, gelegentliche Ausritte mit seinem Pferd Merlin zu den Ufern des Blavet, des Flusses seiner Kindheit, aus dem Judith eines schönen Abends aufgetaucht war, um sein Leben durcheinanderzubringen, die seltenen Briefe, die ihm Axel von Fersen und Tim Thocker aus Amerika schrieben, und die Schachpartien mit seinem Oberst. Und selbst diese letztere Zerstreuung wurde ihm genommen, als im Herbst der Chevalier de Coigny durch den Marquis de Jaucourt abgelöst wurde, der eben Genf mit Kartätschen beschossen hatte... und sich aus Schach nichts machte.

Die überraschende Ankunft des eben in Brest gelandeten Fersen vertrieb das routinemäßige Grau des Dienstes in der bretonischen Garnison. Der Schwede trug einen Brief des Generals de Rochambeau bei sich, in dem dieser höflich den Wunsch aussprach, seinen einstigen Sekretär zusammen mit den Offizieren des Expeditionskorps in Versailles erscheinen zu sehen. Und ordnungsgemäß mit Urlaub versehen, schwang sich Gilles zitternd vor Freude auf Merlin, nicht nur zu einem nostalgischen Galopp auf der Spur eines Schattens längs der Uferböschungen des Blavet, sondern um die Straße zur Hauptstadt hinter sich zu bringen, über der sich am Horizont eine Sonne der Hoffnung erhob, deren Strahlen unendlich mehr einer Flut flammenden Frauenhaars ähnlich sahen als dem Glanz eines königlichen Hofs.

Das Licht wurde grau. Das rote Leuchten der untergehenden Sonne versank in der Abenddämmerung, die die vom Teich aufsteigenden Nebelschwaden noch vertieften. Durch die Reglosigkeit der drei

Reiter getäuscht, verließ ein unvorsichtiger Dachs seinen Bau fast unter den Hufen Merlins, der, jäh aufgeschreckt scheute, wütend wieherte, heftig den Kopf bewegte und so der Träumerei seines Herrn ein Ende setzte. Doch er wurde rasch zur Ruhe gebracht.

»Friedlich, mein Sohn!« murmelte der junge Mann, die lange, seidige Mähne streichelnd. »Ich bitte dich noch um einen Moment...«

Aber der Zauber war gebrochen. Jean de Batz trieb sein Pferd neben das seines Freundes.

»In einer Minute wird es schwarze Nacht sein«, sagte er. »Wir werden nicht einmal mehr die Türme von den Mauern unterscheiden können. Was erhoffst du noch?«

Den Blick auf den mächtigen Torturm über der doppelten Zugbrücke gerichtet, zuckte Gilles die Schultern.

»Ich weiß es nicht. Ein Wunder vielleicht... Mir war, als würde irgend etwas geschehen, wenn ich mich diesem Schloß näherte... daß es mich erkennen und sich mir öffnen würde... wie eine Hand, die sich einem entgegenstreckt. Vielleicht... daß es mir seine Schlüssel reichen würde!«

Das schallende Gelächter des Gascogners weckte das Echo des Waldes und ließ eine Ente aufflattern.

»Den Schlüssel... denn es gibt nur einen, wirst du sicherlich finden, wenn du auf mich hören wolltest! Er heißt Geld! Geld, das dir alle Türen, selbst die der Herzen öffnet. Schwing dich zu seinem Herrn auf, und dieses alte Gemäuer wird sich dir bereitwillig auftun wie eine verliebte Frau.«

Die hellen Augen des Chevaliers hefteten sich auf das Gesicht des gascognischen Barons, in dessen Blick im zunehmenden Dunkel ein fast diabolischer Funke glänzte. Aber der einstige Schüler des Saint-Yves-Kollegs zu Vannes hatte seit langem jene abergläubische Furcht vor dem Bösen verloren, die man ihm in seiner Jugend so gründlich eingebläut hatte, und wenn er bei seinem Freund auch mehrfach Ideen hatte feststellen können, die leicht schweflig dufteten, änderte es doch nichts an der Freundschaft, die sich ein paar Monate zuvor spontan zwischen ihnen angesponnen hatte.

Obwohl Batz, wie er selbst, zu den Dragonern der Königin gehörte, war diese Freundschaft nicht beim Regiment entstanden, und das aus dem einfachen Grunde, weil der Gascogner nie seinen Fuß dorthin setzte. Wenigstens nicht seit einigen Jahren, denn er war als Freiwilliger eingetreten – mit zwölf Jahren – und hatte sich so bewährt, daß er 1776 mit fünfzehn Unterleutnant geworden war... allerdings nur dank einer Schwindelei, da er sich, um den erwähnten Grad zu erreichen, um fünf Jahre älter gemacht und ohne auch nur zu zögern seinen Geburtsschein gefälscht hatte. Kaum waren die Offiziersepauletten an seiner Uniform angebracht, gab er es auf, sich fürderhin für das Geschick eines Regiments zu interessieren, das darauf beharrte, in so wenig anziehenden Orten wie Vesoul oder Pontivy in Garnison zu bleiben. Denn der Ort, wo er zu leben wünschte, war Paris, diese erstaunliche Büchse der Pandora, nahe genug der Sonne von Versailles, um alle Glückszufälle möglich erscheinen zu lassen, und doch weit genug entfernt, um sich vergessen zu lassen oder gar Hungers zu sterben, ohne daß jemand sich darum kümmerte.

In Paris – davon war der junge Baron überzeugt – würde es ihm sehr schnell gelingen, sich einen Weg zu bahnen, den er sich angenehm und dank der Beziehungen, die sich zu schaffen er nicht verfehlen würde, reichlich mit Geld gepflastert wünschte. Geld war in der Tat die Hauptsache für ihn, Geld, das allein einem jungen Mann von gutem Adel, gewiß, aber viel zu weit von den hohen Ämtern des Königreichs entfernt geboren, zu Macht verhelfen konnte; Geld, das ihm wie vielen Adligen der Provinz immer bitter gefehlt hatte, Geld schließlich, das er, wie er mit dem noch naiven Zynismus seiner Jugend erklärte, mehr als alles andere liebte. Wenn er es sich so sehr wünschte, reich zu werden, dann übrigens nicht, um Schätze zu horten, sondern um sich alles leisten zu können, was es an Wohlstand, Glanz und Schönheit im täglichen Leben repräsentierte... und auch der Möglichkeit wegen, gelegentlich allzu schreiende Ungerechtigkeiten des Schicksals zu korrigieren. Denn dieser gierige, ja habsüchtige Gascogner, der fähig war, beim Spiel kaltblütig eine diamantenfunkelnde Witwe von Stand auszuplündern oder in Kolonialwaren zu spekulieren, war ebenso imstande, seine letzten Taler auf dem wackligen Tisch eines Maurers mit gebrochenen Beinen zu lassen, den ein mitleidsloser Hausbesitzer auf die Straße zu setzen drohte. Welchselbiger Hausbesitzer sich übrigens ein paar Stunden später im tiefsten Dunkel der Nacht tüchtig durchgeprügelt fand...

Zynisch, realistisch und oft genug unmoralisch, vor allem was die Frauen betraf, aber ungeheuer tapfer, großzügig bis zur Selbstentblößung und von geradezu diabolischer Intelligenz, war es dieser Mann, den das Schicksal eines schönen Abends Gilles präsentierte, um ihn zu seinem Freund zu machen.

Diese denkwürdige Begegnung hatte am vorhergehenden 28. April stattgefunden. An diesem Abend wurde in Paris das neue Theater der Italienischen Komödie eingeweiht. Es war nahe den Boulevards auf einem vom Herzog von Choiseul zur Verfügung gestellten weiten Terrain und angelehnt an dessen Stadtpalais errichtet worden. Der Abend kündigte sich als besonders glänzend an, denn Marie-Antoinette, die Königin, sollte der Vorstellung beiwohnen und hatte selbst das Programm bestimmt: ein Werk von Grétry, »Unvorhergesehene Ereignisse«, dessen Hauptrolle, die Lisette, die charmante Madame Dugazon, der weithin rühmlich bekannte Stern der italienischen Komödie spielen sollte.

Man hatte sich die nicht für Marie-Antoinette und ihr Gefolge zurückgehaltenen Karten mit um so größerer Begeisterung aus den Händen gerissen, als wie fast immer in solchen Fällen eine Intrige angesponnen worden war, um den Abend zu stören. Neidisch auf den Umzug der Italiener aus dem ehrwürdigen, aber schon recht baufälligen Hôtel de Bourgogne in dieses neue, luxuriöse Haus, waren die Parteigänger der Oper in der Tat fest entschlossen, soviel Lärm wie nur möglich zu machen.

Die Sache war recht gut vorbereitet worden. Schon seit langem hatte man die Architektur des neuen Theaters kritisiert und dafür gesorgt, den Rest der theatralischen Zunft gegen dessen künftige Benutzer aufzubringen. War von den Italienern nicht gefordert worden, das Gebäude müsse dem Boulevard den Rücken kehren, damit sein Eingang nicht mit denen der zahlreich dort blühenden kleinen Theater verwechselt werden könne? Um sie für ihre Anmaßung zu bestrafen, hatte man in Paris einen gehässigen Vierzeiler in Umlauf gesetzt:

»Beim ersten Blick schon erkennt man's genau,
sehr italienisch ist er, der neue Bau,
denn man hat ihn so hingestellt,
daß als erstes sein Hintern ins Auge fällt.«

Auch hatte man perfide Schmähschriften zirkulieren lassen, die die Königin wegen ihrer der Italienischen Komödie gewährten Protektion attackierten und vieldeutig darauf hinwiesen, daß sie beharrlich Leuten ihre Gunst zuwende, um die es sich nicht lohne.

Natürlich erzeugten diese pseudoliterarischen Ergüsse ihre Wirkung, und am Abend der Eröffnung ähnelte der schöne neue Zuschauerraum einem Hexenkessel, in dem gemeinsam die zum Applaudieren in jedem Fall wie die zum systematischen Protestieren gekommenen Zuschauer brodelten.

Einem übrigens recht glanzvollen Hexenkessel, denn während sich die Logen mit juwelenüberrieselten Damen unter schneeig weiß hochgetürmten, extravaganten Frisuren füllten, hallte das Parkett unter den roten Absätzen einer Fülle von Kavalieren wider.

Gilles verdankte es Fersen, daß er Platz gefunden hatte. Seit seiner Ankunft in Paris hatte sich der junge Schwede zum Gastgeber und Mentor seines Freundes aufgeschwungen. In Erwartung seiner Vorstellung bei der Königin, um die sich zu kümmern er niemand anderem überlassen wollte, führte er ihn in allen Pariser Salons ein, die er selbst regelmäßig frequentierte, angefangen von dem des schwedischen Botschafters, des Grafen de Creutz, über die zahlreicher Mitglieder der mächtigen Finanzfamilie Lecoulteux bis zu dem des früheren Ministers Necker. Dem jungen Mann wurde überall Erfolg zuteil. Seine stolze Miene und sein Charme sorgten für schmeichelhafte Aufnahme bei den Damen, die sich in lebhaftes Interesse verwandelte, wenn Fersen sich als guter Kamerad über seine zahlreichen Heldentaten ausließ.

Schamhaft den Diebstahl seines Pferdes übergehend, wurde der Schwede nicht müde zu erzählen, wie Tournemine ihm bei Yorktown das Leben gerettet hatte. Und wenn er mit zwei oder drei hübschen Mädchen in einem Winkel des Salons zusammenstand, pflegte er ihnen *sotto voce* das Geheimnis des leidenschaftlichen Liebesromans seines Freundes mit einer blendend schönen indianischen Prinzessin anzuvertrauen, so daß der junge Mann in den Augen des weiblichen Teils der guten Gesellschaft allmählich zu einer Art Heldenrang aufstieg, und dies in einem Maße, daß es ihn zuweilen genierte.

»Du schaffst mir einen unglaublichen Ruf«, sagte er ihm eines Tages. »Du solltest aufhören, in dieser Weise mein Lob zu singen. Mein vergangenes Leben verdient nicht so viele Elogen. Und außerdem, warum willst du die Leute um jeden Preis für mich interessieren?«

»Nicht die Leute, die Frauen! Du wünscht wieder zu Vermögen zu kommen, also heirate! Du hast jetzt reichliche Auswahl.«

»Das nützt nichts. Für mich gibt es auf der Welt nur eine einzige Frau. Ich will nur sie, mit oder ohne Vermögen. Ich werde Judith heiraten, keine andere...«

»Wer kann sich schon rühmen, nie seine Meinung geändert zu haben?« Und Fersen fuhr unbekümmert fort, seine heroisch-galanten Geschichten zu erzählen.

Doch trotz der Erfolge in den Salons war dieser Abend im Theater für den jungen Bretonen der erste wirklich große Pariser Abend, und es fiel ihm nicht ein, sein Vergnügen zu verbergen.

Viele der Männer, die ihn umgaben, waren in der Tat ehemalige Waffengefährten. Da waren Lauzun, Noailles, die Lameths, Ségur und nicht wenige andere, die ihre kürzliche Rückkehr aus Amerika in Mode gebracht hatte. Andere Zuschauer waren ihm zwar noch nicht vertraut, aber zumindest doch nicht unbekannt wie die muntere und wenig heilige Dreifaltigkeit fideler junger Leute, der er bei Creutz begegnet war und die aus einem charmanten Hinkefuß, dem jungen Abbé de Périgord, dem Grafen Louis de Narbonne-Lara, einem bezaubernden Bastard des verstorbenen König Ludwig XV., und dem von ihnen unzertrennlichen Grafen de Choiseul-Gouffier, einem geistvollen, jungen Diplomaten bestand.

Die Frauen waren dem Chevalier weit fremder, und wenn er mit so gespannter Aufmerksamkeit die glitzernde Girlande längs der Logenbrüstungen musterte, geschah es weniger aus Neugier als in der Hoffnung, ein Gesicht unter all diesen Gesichtern, ein Lächeln unter all diesen Lächeln wiederzuerkennen. Sein Blick, der die Tiefen eines im Nebel versunkenen Waldes oder die Schatten der dunkelsten Nacht zu durchforschen vermochte, prüfte gierig jedes dieser Frauengesichter, die fast alle zugleich jung und schön waren. Doch sein Herz, das so gern vor Freude schneller geschlagen hätte, mußte wohl oder übel seinen ruhigen Rhythmus bewahren: keine dieser Frauen war Judith...

»Wieder nicht?« fragte Fersen, der von der geheimen Liebe seines Freundes wußte und ihn verstohlen beobachtet hatte. »Ist sie nicht da?«

»Nein! Paris ist zu groß! Ich war ein Narr, mir einzubilden, daß ich sie bei einem Fest in hellstem Licht wiederfinden könnte. Nach allem, was sie erlebt hat, muß sie sich ja verbergen, das Dunkel suchen, denn sie weiß nicht, daß ich einen ihrer Brüder getötet habe. Allerdings kann ihr der andere noch immer schaden.«

»Er hat nicht den leisesten Grund, nach Paris zu kommen. Was deine schöne Judith betrifft, erinnere ich dich, daß sie als tot gilt, daß niemand hier sie kennt und sie folglich auch keinen Anlaß hat, sich zu verstecken!«

»Vielleicht. Und doch gibt es Momente, in denen ich den Mut verliere, in denen mir scheinen will, als ob ich sie nie wiederfinden werde.«

Der Schwede lächelte.

»Hör zu, Chevalier, du bist erst seit kurzem hier! Sollte der Falke, der stundenlang auf den Feind zu lauern wußte, die Gabe der Geduld verloren haben? Wir haben noch nichts Ernstliches versucht, um sie wiederzufinden. Morgen wird dir mein Freund Creutz eine Einführung für den Polizeipräfekten von Paris geben, und dann... in zwei Tagen werde ich dich nach Versailles bringen! In zwei Tagen wirst du vor der stehen, die alles vermag, der alles gehorcht, der, deren Macht größer ist als die des Königs, da sie auch über den König herrscht, der, die...«

Fersen verstummte im gleichen Moment, in dem jähe Stille über den Saal sank. Überrascht wandte Tournemine sich seinem Freund zu, der wie von einer Ekstase ergriffen schien, folgte seinem Blick zur königlichen Loge und erstarrte, auch er von Bewunderung gepackt. Die Königin war eben eingetreten.

Jedem, der Marie-Antoinette zum erstenmal sah, verursachte ihre

Erscheinung einen gewissen Schock. Es gab zweifellos schönere Frauen, aber gewiß keine strahlendere. Soviel Anmut und Glanz, auch so viel natürliche Majestät waren ihr eigen, daß man weder ihre ein wenig zu dicke Unterlippe noch die Tatsache bemerkte, daß ihre blauen Augen sich leicht vorwölbten.

An diesem Abend trug sie eine sehr weite, kremig weiße und mit zarten Goldblättern bestickte Robe aus Chinaseide. Ihr schönes, blondes, hochfrisiertes und leicht überpudertes Haar umfing ein Kopfputz aus Goldblättern, dem ein Federbusch entsproß. Nur wenig Schmuck war an ihr zu sehen: Perlenarmreifen an ihren Handgelenken, und in der Tiefe ihres Dekolletés glitzerte ein einziger, aber prachtvoller Diamant, der sagenhafte Sancy. Graf d'Artois, auch er ganz in Weiß, und die Herzogin von Polignac begleiteten sie.

Das Parterre verneigte sich in einer einzigen Bewegung, ein erstaunliches, von weißen Perücken getüpfeltes Schachbrett von Rücken in allen Farben präsentierend, und in den Logen senkte die Reverenz der Damen jäh die schneeige Gipfellinie der hochgetürmten Frisuren hinter den roten Samt der Brüstungen. Die Königin lächelte, grüßte und setzte sich, während das Parterre in eine langanhaltende Ovation ausbrach, die vielleicht mehr der Schönheit der Frau als der Würde der Souveränin galt.

In diesem Augenblick war es, daß der Chevalier de Tournemine den jungen Mann zu seiner Linken bemerkte, der sich ganz besonders begeistert zeigte. Tadellos in turteltaubengrauen Atlas gekleidet, ließ er mit schallender, erheiternd gascognisch eingefärbter und für seine eher mittlere Statur erstaunlich kräftiger Stimme unermüdlich Vivatrufe ertönen. Für sich allein machte der turteltaubengraue Kavalier mehr Aufsehen als der Rest des dicht besetzten Parterres zusammen.

Sein Enthusiasmus war offenbar nicht nach dem Geschmack seines Nachbarn zur Linken, eines eleganten, hochgewachsenen Mannes um die Dreißig, der höchst selbstsicher ein schönes Kostüm aus hochrotem Samt und ein bewundernswert römisches, leider durch eine Miene unerträglicher Selbstgefälligkeit verdorbenes Profil zur Schau trug.

Dem Enthusiasten auf die Schulter klopfend, sprach der hochrote Kavalier ihn an:
»Holla, mein kleiner Herr, weniger Geräusch, wenn's gefällig ist! Was veranstaltet Ihr nur für ein Getöse!«
Der andere fuhr auf, als habe ihn eine Viper gebissen.
»Getöse? Wie meint Ihr das?«
»Wie ich es sage! Ich finde, daß Ihr reichlich viel Lärm macht... für nicht eben viel!«
»Ich bedaure, daß dieser Lärm Euch mißfällt, aber er gilt der Königin!«
»Das ist genau das, was ich sage: für nicht eben viel!«
Der gebräunte Teint des turteltaubengrauen Kavaliers nahm eine eigentümliche olivgrüne Tönung an.
»Entweder seid Ihr toll, Monsieur, oder Ihr seid der letzte Flegel. Wählt! Aber wählt schnell!«
»Weder das eine noch das andere! Eine Königin, die sich an fragwürdigen Orten herumtreibt und sich Liebhaber leistet...«
Ihm blieb für Weiteres keine Zeit. Blitzschnell hatte sich der Gascogner des Hutes bemächtigt, den der andere unter dem Arm trug, und ihn so kräftig über dessen Kopf gestülpt, daß der Deckel zerriß, während die ganze obere Gesichtshälfte des Beleidigers in ihm verschwand.
Die Szene hatte sich sehr schnell während der Ovationen abgespielt und kaum Aufmerksamkeit erregt, da alle Welt zur Königin hinaufsah. So hatte Fersen, der in Bewunderung versunken schien, nichts bemerkt, Gilles jedoch war kein Moment des Zwischenfalls entgangen. Und als es dem vor Wut schäumenden hochroten Kavalier endlich glückte, sich seiner Kopfbedeckung zu entledigen, die ihm zudem noch die Nase beschädigt hatte, beugte er sich zu seinem Nachbarn.
»Falls Ihr einen Sekundanten wünscht, Monsieur, stehe ich Euch zur Verfügung.«
Der Gascogner taxierte ihn funkelnden Blicks.
»Ehrlich, Monsieur, ich sage nicht nein. In dieser Fülle dürfte es nicht leicht sein, seine Freunde zu finden, zumal die Vorstellung gleich beginnt.«

Der Beleidiger der Königin schien in dieser Hinsicht keinerlei Schwierigkeiten begegnet zu sein, und so verließen die vier Männer ihre Plätze genau in dem Augenblick, in dem das Publikum sich setzte und das Orchester die Ouvertüre intonierte.
»Wohin gehst du?« fragte Fersen überrascht.
»Ich komme wieder. Dieser Kavalier braucht Unterstützung. Nein, rühr dich nicht! Es wird nicht lange dauern.«
Gegner und Sekundanten trafen einander in der Säulenvorhalle des Theaters. Man beratschlagte einen Moment. Der große Platz vor dem Gebäude war gut beleuchtet, und es wimmelte auf ihm von Equipagen, Dienern, Kutschern und Laternenträgern, die Zuschauer ohne Wagen erwarteten, um sie nach Hause zu geleiten. Aber die beiden Straßen links und rechts des Theaters, die ihn mit dem Boulevard verbanden, waren verlassen und ziemlich dunkel. Einstimmig wurde die künftige Rue Favart erwählt und diese Richtung eingeschlagen.
Unterwegs erkundigte sich der turteltaubengraue Kavalier nach den Personalien seines Begleiters.
»Ihr seid sehr zuvorkommend, Monsieur, aber darf ich wissen, mit wem ich die Ehre habe?«
»Chevalier de Tournemine de la Hunaudaye, Leutnant bei den Dragonern der Königin.«
Der Gascogner brach in Gelächter aus.
»Ihr auch? Diese Begegnung ist drollig. Ich bin Baron Jean de Batz, ebenfalls Leutnant bei den Dragonern der Königin. Wenigstens... im Prinzip!«
Nun war es an Gilles, herzlich zu lachen.
»Ah, das seid Ihr! Ich bin entzückt, Euch kennenzulernen!«
»Wieso? Ihr wißt, wer ich bin?«
»Ihr seid bei den Dragonern fast berühmt. Man hat Euch den Beinamen ›Der Unsichtbare‹ gegeben.«
»Es stimmt, daß man mich dort kaum sieht. Aber ich glaube, hier wird sich's machen lassen«, fügte er hinzu und wandte sich zu den beiden andern Männern um, die ihnen folgten. Ohne sich auch nur seines Rocks zu entledigen, zog er seinen Degen und peitschte mit der Klinge ungeduldig die Luft.

»Also vorwärts! Beeilen wir uns ein wenig! Ich würde nicht gern den ganzen ersten Akt verpassen. Madame Dugazon besitzt viel Charme, und ich liebe ihre Stimme unendlich. Zur Sache, mein Herr Flegel! Würdet Ihr mir die Gunst erweisen, Euren Namen zu nennen? Trotz Eurer Manieren scheint Ihr mir ein Edelmann zu sein, wenn ich der Klinge glauben darf, die Euch gegen die Waden schlägt!«

»Ich bin Graf d'Antraigues... und zweifellos aus besserem Haus als Ihr, Monsieur de Batz!«

»Ah, Ihr kennt mich auch? Entschieden ist dies mein Tag! Von Euch vermag ich nicht das gleiche zu sagen, aber da wir nicht hier sind, um unsere Stammbäume zu vergleichen, legt also aus, Monsieur... und sprecht Euer Gebet. Ich bin kein Graf, aber d'Artagnan ist mein Ahne!«

Während der Kampf mit einer Wut begann, die deutlich die gegenseitigen Gefühle der beiden Duellanten verriet, trat Gilles zu Antraigues' Sekundanten und schlug ihm vor, gleichfalls die Degen miteinander zu kreuzen, wie das noch häufig geschah, aber dieser, ein kleiner, wenig ansehnlicher Biedermann, starrte ihn fast entsetzt an.

»Seid Ihr bei Trost? Ich bin nur hier, um einem Freund gefällig zu sein, aber ich mißbillige solche Gefechte aufs äußerste! Sie sind völlig sinnlos!«

Tournemine bückte sich ein wenig, um den andern aus größerer Nähe zu mustern.

»Ihr seid ein vorsichtiger Mann, soweit ich sehe«, bemerkte er spöttisch.

»Ich bin ein vernünftiger Mann, ein Justizbeamter! Ich heiße Jean-Jacques d'Empréménil, Advokat beim Parlament.«

»Ein Rechtsverdreher also«, schloß Gilles. »Das erklärt alles.«

Und ihn seiner mürrischen Grübelei überlassend, zog er sich in den Winkel eines Torwegs zurück, um den Kampf zu beobachten. Das Vergnügen, das er dabei empfand, ließ ihn sehr rasch den so vorsichtigen Advokaten vergessen. Die beiden Männer wußten unbestreitbar mit dem Degen umzugehen, obwohl ihre Art zu fechten sehr verschieden war. Antraigues kämpfte mit sehr viel

Technik und Methode wie jemand, der eine Angelegenheit zu erledigen hat und sie zum guten Ende zu bringen wünscht. Batz dagegen brachte etwas Genialisches ins Spiel. Er schlug sich mit wahrer Hingabe und unglaublicher Behendigkeit, als habe er es höchst eilig, doch ohne sich durch seine Eile auch nur zum kleinsten Fehler verleiten zu lassen. Er umtanzte seinen Gegner wie eine Wespe, wechselte unablässig Auslage und Terrain, mit dem Stahl seiner Klinge eine schwache Stelle in der Verteidigung des anderen suchend.

Durch eine halboffene Seitentür des Theaters drang gedämpfte Musik bis zu ihnen. Dann erklang eine Frauenstimme, klar und frisch wie eine Quelle im Frühling.

»Da singt Madame Dugazon bereits!« jammerte Batz. »Der Spaß hat lange genug gedauert!«

Und er griff mit solchem Furor an, daß sein überraschter Gegner zu schnell zurückweichen wollte, dabei fehltrat und aus dem Gleichgewicht kam. Seinem Ausruf des Mißvergnügens folgte alsbald ein schmerzliches Stöhnen: die Degenspitze des Barons war unter dem roten Samt seines eleganten Kostüms verschwunden. Er taumelte und sank in die Arme des rasch hinzugeeilten Advokaten, während Batz kurz salutierte und dann seelenruhig seinen Degen in die Scheide zurückschob.

»Seid Ihr tot, Monsieur?« fragte er liebenswürdig. »Oder wünscht Ihr eine Fortsetzung?«

»Unmöglich... zu meinem größten Bedauern! Ich werde es jedoch überstehen, seid dessen sicher. Dann werden wir uns wiedertreffen.«

»Nichts könnte mir mehr Vergnügen bereiten, und ich stehe Euch gern zu Diensten. Darf ich Euch indessen den Rat geben, in Zukunft Eure Zunge zu hüten?«

»Geht zum Teufel!«

»Lieber nicht. Ich hätte zu viel Angst, Euch dort zu begegnen. Kommt, Chevalier«, fuhr er fort und schob seinen Arm unter den Gilles'. »Wenn wir uns ein wenig beeilen, können wir noch den Schluß dieser bezaubernden Arie hören...«

Das Ende des Abends verlief ohne weiteren Zwischenfall. Die

Dugazon feierte einen solchen Triumph, daß die so sorgfältig vorbereitete Kabale im Beifall erstickte, als sie sich zu äußern suchte. Beim Verlassen des Theaters dankte Jean de Batz Gilles noch einmal für seinen Beistand und lud ihn zum Souper zu sich in die Rue Cassette...

Reichlich befeuchtet, ließ sich das Souper überaus heiter an. Während sie den Speisen des benachbarten Restaurateurs alle Ehre antaten, schlossen die beiden jungen Leute nähere Bekanntschaft. Sie entdeckten nicht wenige Gemeinsamkeiten und brachten, einer vom andern entzückt, so viele Trinksprüche aufeinander aus, daß der Abend in königlicher Trunkenheit endete.

So begann eine solide Freundschaft, die sich um so schneller festigte, als Fersen wenige Tage, nachdem er den Chevalier de Tournemine der Königin vorgestellt hatte, Paris verließ, um seinen Herrn, König Gustav IV. von Schweden, auf einer Reise quer durch Europa zu begleiten. Um seinem neuen Freund den weiteren Aufenthalt in dem für seine schmale Börse zu kostspieligen Hôtel d'York zu ersparen, bot Batz ihm, sein Logis in der Rue Cassette... und zugleich auch die hübschen Geschöpfe, die ihn dort besuchten, an.

Beide liebten in der Tat die Frauen und bedienten sich ihrer mit dem Appetit ihrer Jugend, ohne ihnen im übrigen mehr Wichtigkeit beizumessen als einem guten Mittagessen. Gilles' Herz, vom Bild der abwesenden Judith völlig ausgefüllt, war zwar vor Überraschungen sicher, doch sein kraftvoller, von einem hitzigen Temperament erfüllter Körper erlaubte ihm keine langen Enthaltsamkeiten. Batz ähnelte ihm auch in dieser Beziehung, und bald waren die beiden unzertrennlich.

Die Türme La Hunaudayes waren nur noch eine schwarze, sich kaum von einem nicht viel lichteren Himmel abhebende Masse. Dennoch brachte es der Chevalier nicht fertig, sich zu entfernen.

Schließlich, jedoch bedauernd und mit dem Gefühl, sich ein Stückchen Fleisch aus dem eigenen Leib zu reißen, mußte er sich dazu entschließen. Mit einem Seufzer ließ er Merlin wenden, als sich das Knarren einer schweren Pforte zu den Geräuschen des nächtlichen Waldes fügte.

Am Ende eines Arms tauchte eine Laterne auf der Zugbrücke auf, die den unteren Teil der Gestalt eines wie ein Bauer gekleideten Mannes beleuchtete. Seine Füße steckten in halb von Knöpfgamaschen bedeckten Holzschuhen.
Gilles musterte einen Moment die Erscheinung, dann spornte er sein Pferd an.
»Folgt mir!« rief er.
Die drei Reiter preschten dem Schloß zu: ein kurzer, scharfer Galopp, der vor den Planken der Brücke endete. Der Mann hob überrascht die Laterne. Im Schatten eines runden Hutes zeigte sich ein junges, gesundes, von straffem, strohfarbenem Haar umrahmtes Gesicht mit hellen, forschenden Augen.
»Wer ist da?« fragte er, die alten keltischen Worte benützend, ohne sich im übrigen durch das Erscheinen der drei unbekannten Reiter erschrecken zu lassen.
»Wir sind verirrte Reisende«, erwiderte der Chevalier in der gleichen Ausdrucksweise. »Wir haben Eure Laterne bemerkt. Würde der Herr dieses Schlosses vielleicht bereit sein, uns für diese Nacht aufzunehmen?«
Der junge Mann lächelte und grüßte mit der den bretonischen Bauern angeborenen Lebensart.
»Der Herr kommt kaum mehr hierher, mein Kavalier. Aber mein Großvater Joel Gauthier, der Verwalter dieses Schlosses, wird glücklich und stolz sein, Euch Gastfreundschaft zu bieten, wenn Ihr seinem bescheidenen Haus diese Ehre erweisen wollt, denn das herrschaftliche Logis ist seit langem nicht mehr instand.«
»Was tut's? Wir sind Soldaten! Eine einfache Strohschütte genügt. Dank für die Aufnahme.«
Nicht ohne tiefere Bewegung durchritt Tournemine das lange, mehr als zwei Meter breite und zu beiden Seiten mit Wappen geschmückte Gewölbe, das den Blick auf den Mittelbau des Schlosses freigab. Die Laterne des jungen Bauern ließ zuerst den Schatten eines riesigen Baums erkennen, einer mächtigen Esche, deren knorrige Zweige sich wie schützende Arme über den großen Hof reckten. Aber so groß er auch war, wirkte er durch die Wucht der Türme und die steil aufstrebenden Reihen der von steinernem Blumenzierrat umrande-

ten Dachluken des an die Westmauern sich lehnenden Herrenhauses doch wie erdrückt.
Es war ein herrlicher Bau, Zeugnis der Pracht und Anmut der Renaissance, flankiert von einer noblen Treppe, deren viereckige, ausgekehlte Pfeiler verrieten, daß sie vom Beginn des vorhergehenden Jahrhunderts stammte. Aber das Ganze vermittelte trotz seiner Schönheit ein Gefühl unbezwinglicher Trauer, der Trostlosigkeit eines für Tätigkeit, für Licht, für das Leben geschaffenen und der Einsamkeit und dem Verfall überlassenen Hauses...
Den Blick auf dieses granitene Phantom gerichtet, ließ Tournemine sich langsam aus dem Sattel gleiten, bemüht, das plötzliche Zittern seiner Hände zu unterdrücken. Es verlangte ihn danach, zu dieser Treppe zu laufen, deren Steine zu klaffen begannen, zu dieser Tür, deren geschnitztes Holz sich spaltete, zu diesen Mauern, in denen sich schon gefährliche Risse zeigten. Es verlangte ihn danach, all dies an sich zu drücken, zu umarmen, und er spürte, wie es sein Herz zu dieser vergangenen Größe der Seinen zog.
»Hier entlang, Monsieur«, hörte er die ruhige Stimme des jungen Bauern.
Widerwillig wandte der Chevalier sich ab, um seinem Führer zu den an den Zwischenwall sich drängenden Gesindeunterkünften zu folgen, hinter deren kleinen Fenstern rötliches Licht glomm. Beim Klappern der Pferdehufe hatte die Tür sich geöffnet, in der sich nun der Umriß eines auf einen Stock gestützten, hochgewachsenen Mannes mit großem schwarzen Hut deutlich vor dem Licht im Innern abzeichnete.
Im Näherkommen sahen die drei Reiter, daß es sich um einen robusten alten Mann mit strengen, von langem weißen Haar umrahmten Zügen handelte. Die Furchen seines Gesichts wiesen auf sein Alter hin, dennoch sagte sein lebhafter Blick deutlich genug, daß er noch nichts von seiner Rüstigkeit verloren hatte. Sein Enkel verneigte sich vor ihm wie vor seinem Herrn.
»Mein Vater«, sagte er respektvoll, »dies sind verirrte Reisende, die Unterkunft für die Nacht erbitten.«
»Hast du ihnen gesagt, Pierre, daß es die Unterkunft eines Bauern wäre?«

»Ich habe es ihnen gesagt, mein Vater.«
»Dann tretet ein, Messieurs, und nehmt beim Feuer Platz. Das Abendessen wird in wenigen Minuten aufgetragen werden. Pierre, du kümmerst dich um die Pferde.«
Er trat zur Seite, um sie vorbeizulassen. Unwillkürlich von der eigentümlichen Noblesse beeindruckt, die von diesem Mann ausging, grüßten die beiden Edelleute beim Überschreiten der Schwelle, während Pongo, wie immer stumm, die Zügel der drei Pferde in seiner Hand vereinte, um sie zu den Ställen zu führen. Der Raum, in den sie traten, war niedrig und seine Decke mit schweren Balken verschalt, die alle an einem die ganze andere Seite einnehmenden Kamin endeten. Zwei schwarzgekleidete Frauen, die eine schon älter, die andere kaum der Kindheit entwachsen, waren vor dem flammenden Herd dabei, das Abendessen vorzubereiten.
»Dies sind meine Schwiegertochter Anna und meine Enkelin Madalen«, sagte der alte Joel. »Nehmt Platz, sie werden in einem Moment servieren.«
Die Männer setzten sich um den langen Tisch aus Kastanienholz, und nachdem der Alte das *Benedicite* gesprochen hatte, begannen die Frauen das stumme Ballett des Bedienens. Niemand sprach. Der alte Joel und sein Enkel aßen ernsthaft wie Männer, denen jeder Bissen Nahrung als Ertrag der täglichen Arbeit heilig ist. Die Frauen hätten sich nicht erlaubt, ohne Zustimmung des Ahns den Mund zu öffnen, zudem flößte ihnen das ungewohnte, wilde Äußere Pongos, dem sie heimlich ängstliche Blicke zuwarfen, sichtlich Besorgnis ein. Jean de Batz hatte ganz gegen seine Gewohnheit seit seinem Eintritt kein Wort mehr geäußert, und Gilles füllte Augen und Herz mit den Einzelheiten dieses schlichten, schmucklosen Raums, den er sich vertraut gewünscht hätte, ohne zu bemerken, daß der alte Joel ihn unter dem weißen Gestrüpp seiner Brauen aufmerksam beobachtete. Tatsächlich hatte sein Blick keinen Moment den jungen Mann verlassen, seitdem dieser in den flackernden Schein des Feuers getreten war.
Während der ganzen Mahlzeit, die aus Kohl, Speck, gekochter Milch und mit Butter bestrichenen Brotschnitten bestand, fiel kein einziges Wort, mit Ausnahme einiger weniger vom Alten ins Ohr seiner

Schwiegertochter geflüsterten Anweisungen, worauf diese sich mit einem erschrockenen Blick samt ihrer Tochter entfernte. Und mit Ausnahme auch des Dankgebets, das die Mahlzeit beschloß.
Gilles war es, der als erster das Schweigen brach, als die Tafel aufgehoben wurde, indem er seinem Gastgeber für Speise und Gastfreundschaft dankte.
»Ihr habt uns an Eurem Tisch wie Freunde empfangen, und doch wißt Ihr nichts von uns, nicht einmal unsere Namen!«
Zum erstenmal huschte ein leises Lächeln um die schmalen Lippen des Alten.
»Der Gast, von Gott gesandt, ist immer ein Freund in diesem Haus. Was Euren Namen betrifft...«, fügte er mit seltsamer Betonung hinzu.
Er unterbrach sich, nahm aus einer Ecke des Kamins eine harzige Fackel, die er im selben Moment in die Flammen hielt, in dem die beiden Frauen wieder erschienen. Er warf ihnen einen raschen Blick zu.
»Ist alles getan?«
»Ja, Vater. Eure Befehle sind ausgeführt.«
»Es ist gut.«
Die lodernde Fackel fest in der knotigen Faust, wandte er sich zu seinen Gästen.
»Folgt mir, Messieurs. Ich werde Euch zu Eurem Zimmer führen. Ihr werdet es dort nicht bequem haben... aber Ihr werdet Euch dort zu Hause fühlen.«
Ohne sich weiter zu erklären, setzte er sich in Marsch, verließ das Haus, und mit einer Geste voller Majestät die Fackel hebend, überquerte er den Hof geradewegs dem Herrenhaus zu, hinter dessen unteren Fenstern jetzt der rötliche Widerschein eines Feuers glomm. Die morsche Tür öffnete sich kreischend unter seiner Hand und gab den Blick in einen Saal mit gewölbter Decke frei, auf Pfeiler, dick genug, um eine Kathedrale zu tragen, und einen wappengeschmückten Kamin, dessen viergeteiltes Wappenschild Gilles' Herz schneller schlagen ließ. Ein ganzer Baumstamm flammte in ihm...
Der Saal enthielt keinerlei Möbel, nur drei mit weißen Schaffellen bedeckte frische Strohschütten. Dazu, vor einem der Fenster, der

Empfangsgruß eines Straußes: letzte Ginsterblüten und glänzende Stechpalmenzweige in einem großen Bronzetopf.
Gilles, Batz und der mit den Satteltaschen der beiden Edelleute beladene Pongo betraten diesen Saal so langsam und behutsam wie eine Kirche. Auf halbem Wege wandte sich der Chevalier zu dem alten Mann:
»Euer Enkel hatte von einer Scheune gesprochen. Dies ist das Logis des Schloßherrn...«
»In der Tat! Hatte ich Euch nicht gesagt, daß Ihr Euch zu Hause fühlen werdet? Vorhin, Monsieur, ward Ihr erstaunt, daß ich mich nicht nach Eurem Namen erkundigte. Aber diesen Namen kannte ich in der gleichen Minute, in der Ihr in meinem Haus erschient. Nicht wahr, Ihr seid der Letzte der großen Tournemines? Und ich, Herr, ich bin Euer Diener... nur allzu glücklich, endlich den Nachfahren der einstigen Herren, der wahren Herren wiederkehren zu sehen!«
Langsam nahm er den großen schwarzen Hut ab, ohne den sich die besseren bretonischen Bauern nie zeigen, kniete nieder, ergriff Gilles' Hand und führte sie respektvoll an seine Lippen.
Der junge Mann beugte sich vor, packte den Alten bei den Schultern, nötigte ihn, sich wieder zu erheben, und umarmte ihn mit Tränen in den Augen.
»Es ist wahr. Ich bin Gilles de Tournemine. Aber wie konntet Ihr das wissen?«
»Vor etwa zwanzig Jahren kam ein Mann hierher. Er hieß Pierre de Tournemine, und er brach zu einer langen, einer sehr langen Reise auf, von der er genug Gold heimzubringen hoffte, um dieses Schloß zurückkaufen zu können, in dem seit dem 16. Jahrhundert kein männlicher Tournemine mehr gelebt hat. Der damalige Eigentümer, Baron Louis-François de Rieux, befand sich zufällig im Schloß, geruhte jedoch nicht, diesen entfernten und sichtlich armen Verwandten, der ihm da ins Haus schneite, zu empfangen. Ich war es, damals einfacher Jagdaufseher, der ihn in meinem Haus im Wald empfing, wo er vor Scham und Zorn weinte. Ja, Herr, ich habe diesen Mann weinen sehen, der Euch ähnlich sah... wie ein Vater. Ich habe den letzten Nachfahren des furchtbaren Falken vor mir weinen

sehen, und ich habe mit ihm geweint. Aber er hat sich schnell gefaßt: ›Ich komme wieder, Joel Gauthier, auf das Andenken meiner Vorväter schwöre ich, daß ich zurückkehren und dieses Lehen wieder in Besitz nehmen werde, in das der Bauch der Weiber Fremde sich hat einnisten lassen!‹ Als ich Euch heute abend sah, wurde mir klar, daß er zurückgekehrt war...«

»Nein«, erwiderte Gilles seufzend, »er ist nicht zurückgekehrt. Er ist fern von hier auf amerikanischer Erde gestorben, vor einer Stadt, die Yorktown heißt, wie Olivier der Falke vor Mansourah, wie Geoffroy vor La Roche-Derrien, wie Olivier II. vor Auray, wie Jean vor Pontorson, wie René, der letzte, vor Rouen. Er ist ruhmreich gestorben, doch er war noch immer ebenso arm. Er hinterließ nur seinen Traum.«

»Aber Ihr, Herr, Ihr, der Ihr jung und stark seid, Ihr werdet doch das Gelübde Eures Vaters erfüllen, nicht wahr? Ihr werdet La Hunaudaye denen wieder nehmen, nicht wahr, die es so wenig verdienen und es verfallen lassen? Der Baron Louis-François hatte es an einen reichen Seigneur, den Grafen de la Moussaye, verkauft, aber weitläufige Nachfahren Eurer Ahnen haben sich wie Aasgeier auf ihn gestürzt. Es gab einen Prozeß, und diese Leute haben sich das Lehen zuschlagen lassen: einer nahm das Schloß, die Pachtgüter, die Lehnsrechte, der andere nahm den Wald... Es fiel ihnen nicht schwer, sie sind Rechtsverdreher«, fügte Joel verächtlich hinzu. »Ihr müßt Euch wenigstens das Schloß zurückholen, Herr, damit ich glücklich sterben kann...«

»Ich möchte es! Ja, ich möchte es von ganzem Herzen, aber ich zweifle, daß es mir gelingen wird, obwohl die Königin mir versprach, daß Schloß und Lehen mir zurückgegeben würden, wenn der gegenwärtige Besitzer bereit sei, sie mir abzutreten. Aber dieser, den ich in Rouen aufsuchte, will nichts davon wissen, mir wenigstens La Hunaudaye zu überlassen... es sei denn zu einem unerschwinglichen Preis, einem Preis, den von Ihrer Majestät zu erbitten mir unmöglich ist, so geneigt sie mir auch sein mag...«

In der Tat hatte Marie-Antoinette den von Axel von Fersen zum Trianon geleiteten jungen Mann überaus reizend empfangen. Sie hatte mit unverhohlenem Interesse dem Bericht seiner Heldentaten und besonders dem der Rettung des Schweden in den Wäldern Virginiens zugehört. Die Geschichte hatte ihr so sehr gefallen, daß sie dem Chevalier spontan ihre schmale, königliche Hand gereicht hatte.

»Ihr habt mir den besten meiner Diener erhalten, Seigneur Falke. An mir ist es, Euch zu belohnen. Was wünscht Ihr Euch?«

Ohne seinem Freund Zeit zur Antwort zu lassen, hatte Fersen es übernommen, seinen innigsten Wunsch auszusprechen:

»Seine Majestät der König hatte die Güte, dem Chevalier Namen und Titel zurückzugeben. Aber da er zu heiraten wünscht, möchte er Land und Besitz seiner Vorfahren wiedererlangen, die unglücklicherweise anderen gehören.«

»Daran soll's nicht liegen! Sucht diese anderen auf, Chevalier, und kehrt zurück, um mir zu sagen, zu welchem Preis sie abtreten wollen. Die Königin, Monsieur de Tournemine, hat Euch nichts zu verweigern.«

Das Wort war königlich, der Ton von größter Liebenswürdigkeit, die Königin sichtlich guten Willens, doch nachdem Tournemine dem Marquis de Talhouët-Boishorand, Vetter seines Paten, einen Besuch abgestattet hatte, war die schöne Hoffnung, die ihn in die Bretagne begleitet hatte, schnellstens verflogen. Konnte er in Versailles erscheinen und von der Königin die märchenhafte Summe erbitten, die man von ihm forderte?...

»Wollt Ihr mir sagen, welchen Preis man von Euch verlangt?«

Batz übernahm es zu antworten:

«Fünfhunderttausend Livres![1] Eine Bagatelle, wie Ihr seht. Völlig unverständlich, wenn man den Zustand des Schlosses in Betracht zieht und die Tatsache, daß kaum noch Land dazugehört, da der Wald im Besitz eines anderen ist.«

Der alte Joel wirkte plötzlich noch älter, wie ausgebrannt von der erstaunlichen Lebenskraft, die ihn so gerade hielt, so stolz aufgerichtet über die Köpfe der anderen Männer. Aber es dauerte nur einen Moment. Er faßte sich sehr schnell:

»Ich glaube, ich kann es erklären. Für die Weigerung zu verkaufen–

[1] Es handelt sich um Goldlivres, also um eine sehr hohe Summe.

denn solche Forderung kommt einer Weigerung gleich – sehe ich nur einen Grund: Er hofft, eines Tages den Schatz zu finden...«

Der Glanz des Feuers sprang in die Augen des Gascogners über.

»Einen Schatz?« murmelte er. »Welchen Schatz?«

»Den Raoul de Tournemines, des Mannes, der Botschafter beim König von England und bei Papst Julius II. wurde, nachdem er in Italien gekämpft hatte. Außerordentlich reich, liebte er Juwelen, von denen er eine große Sammlung besaß, viele von ihnen wurden in Italien erbeutet. Nur ihm selbst war es erlaubt, sie zu betrachten. Die Sammlung befand sich in einer Truhe im Hauptturm, doch als er begriff, daß der Tod nahe war, verbarg er sie an einem Ort, den niemand je zu finden vermochte. Es lag gewiß nicht daran, daß in den folgenden Jahrhunderten niemand versucht hätte, sie zu entdecken.«

»Warum hat er sie nicht einfach seinen Kindern hinterlassen? Warum hat er sie versteckt?«

»Ich glaube, weil er den Gedanken nicht ertrug, daß andere seine Steine betasten, in die Hand nehmen könnten. Und dann fürchtete er, daß die Sammlung zerstreut würde. Und endlich liebte er seine Kinder nicht. Das Blut des Falken ist ein furchtbares Blut. Es ist schwierig zu haben, ohne seine Seele dabei zu lassen.«

»Es macht mir keine Angst«, versicherte Gilles.

»Dann bitte ich Euch zu versuchen, ihm seine Heimstatt zurückzugeben. Und ich werde Gott bitten, mich lange genug auf dieser Erde zu lassen, um diese Rückkehr zu erleben.«

Der Alte grüßte mit Würde und zog sich zurück. Die Tür kreischte in den Angeln und schloß sich hinter ihm. Alleingeblieben, sahen die beiden Freunde eine ganze Weile schweigend einander an, während Pongo in der Nähe des Kamins die Satteltaschen seines Herrn öffnete. Nur das Knistern des Feuers war zu hören, denn Joel hatte genügend Träume hinterlassen, um so manche Nacht zu füllen, und diese Träume bewegten nun den Geist der drei so verschiedenen, wie Weizenkörner in einer geschlossenen Faust im Herzen dieser mächtigen granitenen Muschel vereinten Männer. Im Morgengrauen würde die Faust sich öffnen und sie in den Wind der neuen Tage werfen, damit sie keimen und ihre Früchte tragen könnten.

Langsam näherte Gilles sich Pongo. Dieser reichte ihm eine entkorkte Kürbisflasche, die er aus einer der Satteltaschen gezogen hatte.
»Rum? Meinst du, daß ich das brauche?«
Der Indianer nickte.
»Feuerwasser gut für Geist zu spornen! Du müssen eine Entscheidung treffen.«
»Er hat recht«, fiel Jean ein. »Du hast drei Wege vor dir, unter denen du wählen mußt. Der erste ist grade, flach und ohne Abenteuer. Er ist der, der dich erwartet, wenn du auf deinen Besitz verzichtest. Du wirst zu den Königin-Dragonern zurückkehren und dort eine ehrenhafte Karriere fortsetzen, die außer im Fall eines Kriegs vielleicht nicht gerade glänzend sein wird, dir aber ein anständiges Leben erlauben dürfte. Es würde mich wirklich wundern, wenn du dabei den Marschallstab erlangtest!«
»Du weißt genau, woran du dich halten mußt. Ich will La Hunaudaye! Ich will es, um in ihm mein eigenes Nest zu bauen. Ich will es für Judith und für mich... wenn Gott es zuläßt, daß ich sie eines Tages wiederfinde.«
»Das ist nur eine Frage der Zeit. Sie lebt, sie ist zweifellos in Paris, und der Präfekt Boulainvilliers hat die Angelegenheit in die Hände des Polizeileutnants Lenoir gelegt. Er ist ein geschickter Mann, und sobald er Neues weiß, wird er dich benachrichtigen lassen, wo du auch bist. Er hat sein Wort gegeben.«
»Man kann immerhin hoffen«, seufzte Gilles. »Was ist mit deinen anderen Wegen?«
»Du kannst hierbleiben, Bauer werden und überall suchen, graben, wühlen, Stein für Stein das Schloß demolieren, um diesen Schatz zu finden... aber das kann lange dauern.«
»Das ist vor allem absurd!«
»Ich denke es auch, aber ich sehe da... ein poetisches Bild, ein wenig im Stil Vater Rousseaus. Der dritte Weg – du kennst ihn – ist der nach Spanien. Mach's wie ich! Erbitte die Genehmigung, im Rahmen des Familienpakts eine Zeitlang dem Bourbonen von da unten zu dienen. Du wirst mit dem Rang eines Hauptmanns dorthin gehen, und bist du einmal da, mache ich mich dafür stark, dich ein Vermögen

verdienen zu lassen. Es ist das Land Europas, in dem es das meiste Gold gibt.«
»Noch immer deine Freunde, die Bankiers?«
»Ja. Und es liegt in deinem Interesse, daß sie auch die deinen werden. Der Spanier zahlt gut, und in seinen Händen kann selbst der Sold eines einfachen Offiziers interessante Proportionen annehmen. Wie entscheidest du also?«
Der junge Mann, unfähig, eben das zu tun, antwortete nicht. Er hatte sich darangemacht, den großen Saal zu durchschreiten, der, unmittelbar nach den ersten Fundamenten des Schlosses entstanden, die goldenen Ketten über dem weißen Gefieder Tarans, des legendären Falken, gesehen haben mußte. Seine Hände verweilten zärtlich auf den rauhen Mauern, streichelten die schweren, geschwärzten Pfeiler, die das Gewölbe stützten. Die in diese bretonische Erde gebetteten tiefen Wurzeln seines Geschlechts hatten kräftige Ableger hervorgebracht, hart wie Ketten, fest wie jene Lianen der Tropen, die sich eines Menschen bemächtigen und ihn nicht mehr loslassen, zähe Triebe, die sich nun bis in den Grund seines Wesens senkten und die herauszureißen ohne Verletzungen nicht mehr möglich war. Dies hier war »sein« Haus, »sein« Dach, »sein« Heim. Hier war es, wo er, Segler der Stürme, Passagier der ungezügelten Winde, sein Nest bauen wollte mit der, die er sich, ebenso wild und scheu wie er, als Gefährtin erwählt hatte...
Doch einem anderen gehörte dieser Besitz, den er so sehr als sein eigen empfand, und paradoxerweise mußte er sich von ihm entfernen, um ihn zu erobern. Gleich einem unerbittlichen Gott forderte das Schloß schon ein grausames Opfer von ihm: Frankreich wieder zu verlassen, sich noch einmal vom Boden der Heimat zu lösen, um in Spanien ein wenig von dem Gold zu fordern, das es noch immer mit Blut und Tränen dem ihm gehörenden Amerika entzog, in dem es jedoch keine anderen Rechte besaß als die der Eroberung und Neuentdeckung durch einen mit Visionen und Träumen begabten Söldner.
Schlimmer noch: außer Landes zu gehen, hieß, darauf zu verzichten, selbst die mit jedem Tag mehr schwindende Spur Judiths zu suchen. Es hieß, anderen, vielleicht fähigen, aber gleichgültigen Beamten, die

für ihn so zärtliche und zugleich schmerzliche Suche nach der Geliebten anzuvertrauen...

Pongos Stimme durchbrach das beharrliche Schweigen, in das er sich verschloß, während er, den Tränen nah, das von Feuchtigkeit zerfressene Wappen der Tournemine betrachtete.

»Erde der Ahnen verlassen ist grausam«, sagte sie. »Aber in indianischem Land Weise, die Wahrheit in glühendem Herzen von Feuer suchen, sagen, daß glückliches Tal sich nur öffnet nach langem und schwerem Weg mit Dornen und schartigen Steinen. Wissen, schweren Weg zu wählen, ist oft wählen Sieg... und erst das heißt Mensch sein!«

»... denn der Weg ist schwierig und die Pforte schmal!« rezitierte Batz ernst. »Es scheint, daß es zwischen indianischer Weisheit und dem Evangelium allerlei gemeinsame Punkte gibt. Nun, Chevalier, mein guter Freund, trink ein wenig von diesem ausgezeichneten Rum, um die düsteren Gedanken zu verjagen, und gehen wir schlafen! Morgen wirst du entscheiden, welche Straße du gehen willst: die nach Madrid über Versailles mit mir... oder die nach Pontivy allein!«

Gilles packte das Kürbisgefäß, trank gierig einen langen Schluck, wischte sich den Mund mit dem Ärmel und reichte die Flasche dem Freund.

»Die nach Madrid, zum Donnerwetter! Und der Teufel soll dich holen!«

Erst in diesem Moment richtete der alte Joel, der unbeweglich wie ein Stein hinter der Tür mit leidenschaftlicher Gespanntheit ihr Gespräch belauscht hatte, sich auf, bekreuzigte sich, murmelte eine kurze Danksagung und entfernte sich, auf seinen Knotenstock gestützt, in Richtung seines Hauses. Er lächelte, zum erstenmal seit langem glücklich, denn er hatte nun die Hoffnung, eines Tages den jungen Herrn zurückkehren zu sehen. In dieser Erwartung würde er mit Pierre die Suche nach dem Schatz wiederaufnehmen, die alten Steine, die knorrigen Baumstämme, die verfallenen unterirdischen Gewölbe prüfen, all das, was zu tun er sich bisher immer verboten hatte. Aber nun wußte er, für wen er und sein Enkel sich abmühen würden...

Erster Teil

Die Nacht von Aranjuez

Frühling 1784

1. Kapitel
Die Maikönigin

Die Töne eines Liedes stiegen in die blaue Luft des Morgens, gesungen von den fröhlichen Stimmen einer Schar junger Mädchen. Sie kamen aus der Tiefe des Gartens und klangen mit jedem Augenblick lauter. Es war, als habe sich der Fluß entschlossen, den Uferabhang zu erklettern, um den Park zu erfrischen, und beim Nahen des Liedes verstummten die Vögel.

Plötzlich tauchte jenseits des Rasenplatzes unter dem Gewölbe der Weinranken etwas wie ein Blumenstrauß auf, aber es war ein außerordentlich lebendiger Strauß. Die roten Röcke und buntscheckigen Schürzen tanzten um schlanke Knöchel in weißen, glatt gezogenen Strümpfen, über denen sich die Bänder neuer leinener Schuhe kreuzten. Die langen Fransen der Schals flatterten im leichten Wind.

Die Mädchen gingen paarweise, die an der Spitze trugen einen großen, fliedergeschmückten Bogen, die andern Sträuße jenes hohen, bläulichen Heidekrauts, das die Rauheit der Sierra mildert; die letzte schließlich hielt mit der Wichtigkeit eines Bischofs, der das Heilige Sakrament trägt, einen anmutigen Kranz aus Jasmin und wilden Röschen in den Händen.

Schon im Begriff, den Wohnsitz seiner Freunde Cabarrus, das Schloß von San Pedro de Carabanchel, wo er die Nacht verbracht hatte, zu verlassen und nach Aranjuez zurückzukehren, streifte Gilles sich eben die Handschuhe über, um sich danach auf Merlin zu schwingen, den ein Lakai ihm zugeführt hatte. Die überraschende Neuheit des Schauspiels ließ ihn jedoch innehalten.

»Was geschieht denn da?« erkundigte er sich.

Der Mann lächelte breit.

»Der Zug der Maikönigin, *señor*! Wir haben heute den 3. Mai, und jedes Jahr an diesem Datum wählen die jungen Mädchen des Dorfs die schönste von ihnen zu ihrer Königin, die den ganzen Tag über den Ort regiert. Wahrscheinlich haben sie heute unser Fräulein erwählt.«

»Es ist wahr. Trotz ihrer Jugend dürfte es schwer sein, eine Hübschere zu finden.«

In diesem Augenblick entließ eine der Fenstertüren einen Wirbel von weißem Musselin und rosa Bändern, der sich ungestüm auf ihn stürzte.

»Chevalier! Mein schöner Chevalier! Ihr werdet doch nicht schon aufbrechen?«

Theresia war offenbar den Händen ihrer Kammerfrau entwischt, denn die schwarze Fülle ihres Haars fiel noch unordentlich über ihren Rücken. Überdies erschien besagte Kammerfrau bereits hinter ihr, eine Bürste in der Hand, dicht gefolgt von der Gouvernante, hinter der auch schon die kleine Madame Cabarrus auftauchte. Der Vater, der Bankier François Cabarrus, beschloß den Zug mit größerer Zurückhaltung. Der junge Mann lächelte.

»Ich muß, Theresia! Ich habe heute abend Wachdienst in Aranjuez, und Ihr wißt, der Sinn der Leibwachen ist es, der Person des Souveräns immer so nah wie möglich zu bleiben.«

Die wunderschönen dunklen Augen des kleinen Mädchens – sie war erst elf, auch wenn ihre Figur und die Formen ihres Körpers sie wie fünfzehn wirken ließen – füllten sich mit Tränen.

»Das war die Wahrheit von gestern. Aber heute, seht doch, Gilles, heute werde auch ich Königin sein, Maikönigin! Ihr müßt bei mir bleiben. Wenn Ihr nicht da seid, wird dieses Fest keinen Sinn mehr haben!«

Sie hatte die Hände gefaltet. Dicke Tränen rollten schon über ihre Wangen, deren Ambratönung jetzt ein zartes Rot durchwirkte. Zugleich lächelte sie, und dieses Lächeln besaß solchen Charme, daß der junge Mann seine ganze Charakterfestigkeit zu Hilfe rufen mußte, um ihm zu widerstehen. Etwas von einer Zauberin war in diesem kleinen Mädchen, und man konnte mit einiger Sicherheit wetten, daß die Jahre eine recht gefährliche Sirene aus ihr machen würden. Zwar hatte Gilles seit seiner Ankunft in Spanien eine wirkliche Neigung für sie entwickelt, doch sein gut geschütztes Herz war nicht in Gefahr, ihm in diesem Punkt einen Streich zu spielen.

»Wißt Ihr, daß es fast zwölf Meilen von Carabanchel nach Aranjuez sind? Die wollen zurückgelegt sein!«

Um zu verhindern, daß die »Ehrendamen« der jungen Königin ihre Souveränin in Tränen aufgelöst fänden, mischte François Cabarrus sich ein.

»Ein Scherz für die stählernen Beine Eures schönen Renners, mein Freund! Bleibt wenigstens bis nach der Messe... um Euch vor unserer Theresia auf ihrem Thron zu neigen.«

»Nein, das gibt's nicht!« rief das Mädchen. »Ich will, daß er bis zum Schluß bleibt! Ich will heute abend mit ihm tanzen!«

»Diesmal verlangst du zu viel. Ein Soldat ist Gefangener seiner Pflicht. Und du möchtest doch nicht, daß unser Freund wegen einer Laune von dir in Arrest gesteckt wird?«

Die Drohung tat ihre Wirkung. Trotzdem konnte die an Gilles' Arm hängende Theresia sich nicht zum Nachgeben entschließen.

»Wenn er bis nach der Messe bleibt, will ich ihn gehen lassen«, sagte sie endlich, nicht gerade begeistert, »aber ich stelle eine Bedingung.«

»Und die wäre?«

»Ihr begleitet mich zur Pradera von San Isidro.«

Es war das zwölf Tage später, am 15. Mai, in Madrid stattfindende große Fest zu Ehren San Isidros, des Schutzpatrons der Stadt. An diesem Tage strömten die Einwohner Madrids nach der Messe ohne Unterschied von Stand und Vermögen auf die Wiesen am Ufer des Manzanares, um sich dort zu einem fröhlichen Fest zusammenzufinden, zu schmausen und fast bis zum nächsten Morgengrauen zu tanzen. Die jungen Mädchen besuchten es nur mit ihren Eltern oder ihren Verlobten.

Gilles begann zu lachen.

»Braucht Ihr mich wirklich so dringend? Ich kenne zwanzig junge Leute, die vor Verlangen sterben, Euch zu begleiten.«

»Aber ich will nur Euch! Und wenn Ihr's nicht versprecht, laß' ich Euch nicht los!«

Die kleine Hand, zerbrechlich wie ein Vogelfüßchen, bebte leicht auf dem Arm des jungen Mannes, der sie mit seinen großen Fingern umfing. Sie war ein wenig zu kühl, fast kalt.

»Ich verspreche es Euch, Theresia... falls ich nicht zum Dienst befohlen werde. Jetzt aber, Majestät, müßt Ihr Euch Euren Untertanen widmen.«

Die jungen Mädchen näherten sich der Freitreppe, während die Kammerzofe mit entrüstetem Gezeter wieder Besitz von ihrer jungen Herrin ergriff und sie in wilder Hast frisierte. Im Handumdrehen war die Königin bereit und wurde ihrem Gefolge ausgeliefert, das sie singend in einer Art Reigen umtanzte. Dann wurde die Frühlingskrone auf die schwarzen Locken gesetzt, und die Maikönigin nahm ihren Platz unter dem blühenden Fliederbogen ein und wandte sich, von ihrer Mädchenschar umringt, ernsten Schritts der Dorfkirche zu, deren Glocken jetzt mit voller Kraft läuteten.

Madame Cabarrus, die sich einen Moment entfernt hatte, kehrte unter einem nach Pariser Mode mit einem Überfluß an blautaftenen Kohlblättern und einem Sturtz langer weißer Straußenfedern geschmückten riesigen Strohhut zurück, der, mehr schlecht als recht auf ihrem hochgesteckten Haar verankert, sie wie einen Champignon aussehen ließ. Sie war eine sehr kleine Frau, flink und beweglich wie ein Spatz, mit einem für den Gatten sehr ermüdenden Temperament und einem scharfzüngigen Witz begabt, dem zu entrinnen nur wenige sich rühmen konnten. Dazu ein Snob über jedes erlaubte Maß hinaus und überaus eitel auf den Grafentitel, den König Karl III. drei Jahre zuvor zugleich mit seiner Einbürgerungsurkunde ihrem zu einem der wichtigsten spanischen Finanzmänner aufgestiegenen Gatten verliehen hatte.

Der nachsichtslose spanische Adel allerdings verbarg kaum seine Verachtung für diesen aus einem in Cap-Breton in den Landes geborenen ehemaligen Reeder fabrizierten Grafen noch für diese Gräfin, deren Mädchenname schlicht und einfach Antoinette Galabert gewesen war. Doch das Gefühl ihrer eigenen Größe genügte den Eltern Theresias, die mit ihren drei Kindern gern für sich in ihrem opulenten Schloß in Carabanchel lebten und im übrigen sehr genau wußten, daß ihr Vermögen, wenn es einmal soweit war und ihre Tochter es wünschen sollte, ihr ohne Schwierigkeiten erlauben würde, einen Gatten unter den Angehörigen des arroganten, mit Titeln und Namen überhäuften, aber in der Mehrzahl mittellosen lokalen Adels zu wählen.

Entschieden bemächtigte sich die Gräfin Antoinette des von ihrer Tochter freigegebenen Arms.

»Findet Ihr nicht, Chevalier, daß wir ein gut zueinander passendes Paar sind? Das Blau Eurer Uniform entspricht genau dem meines Kleides.«

Der junge Mann trug in der Tat die elegante Uniform der Garde, die der erste bourbonische König mit ein paar kleinen Unterschieden dem Versailler Vorbild hatte nachbilden lassen: blauer Rock mit hochroten Aufschlägen und silbernen Litzen, gemsfarbene Hose und Weste, breites, besticktes Degengehänge, hohe Röhrenstiefel und Dreispitz.

Seinem Namen, seinem hohen Wuchs und seiner äußeren Erscheinung überhaupt verdankte er seinen Eintritt in dieses bevorzugte Regiment, während sein Freund Batz sich mit dem weit weniger eleganten der Numantia-Dragoner begnügen mußte. Der Gascogner tröstete sich leicht darüber hinweg, indem er sich dort kaum häufiger blicken ließ als bei den Königin-Dragonern und dafür um so fleißiger die Madrider Spielhöllen frequentierte, wo er sehr gewagt spielte und gewisse Beamte der Kolonialverwaltung kennenlernte, dank derer, wie er sagte, es ihm möglich war, vorteilhafte Geschäfte in Importwaren aus den amerikanischen Kolonien abzuschließen. Er hatte seinen Freund sogar überredet, ihm einen Teil der im Dienste des Königs von Frankreich zusammengescharrten bescheidenen Ersparnisse anzuvertrauen, um sie in Luxuswaren wie Gewürze und Kakao zu investieren.

Den Rest hatte Gilles vorsichtigerweise jenem François Cabarrus übergeben, dessen Fähigkeiten ihm der einstige Minister Necker beim Abschiedsbesuch vor seinem Aufbruch aus Paris wärmstens empfohlen hatte, denn wenn er den Finanztalenten seines Freundes auch volles Vertrauen schenkte, fürchtete er ein wenig seine Spielleidenschaft. Er konnte im übrigen mit dieser Regelung vollauf zufrieden sein: Mit der Pünktlichkeit einer Uhr hielt ihn der Bankier Monat für Monat über den Stand seiner Angelegenheiten auf dem

laufenden, und jedesmal, wenn der junge Mann zwei oder drei Tage in Carabanchel verbrachte, weihte er ihn ein wenig mehr in das furchtbare Spiel des Geldes ein, für das Gilles bis dahin keinerlei Neigung, ja eher einen recht aristokratischen Widerwillen empfunden hatte.
»Ihr wärt über die Zahl der spanischen Granden erstaunt«, hatte er ihm am ersten Tage gesagt, »die nicht nur ebensogut rechnen wie meine Angestellten, sondern Shakespeares Shylock sogar noch etwas vormachen könnten. Der verächtliche Hochmut einiger von ihnen stützt sich auf solide Bündel von Kassennoten.«
»Bringt's mir also bei!« rief der junge Mann vergnügt. »Meine künftige Familie wird es Euch wärmstens danken... und ich würde wenigstens nicht mehr wie ein Dummkopf dastehen, wenn Batz mir endlose Reden über Agiotage, Diskont und all diesen Kram hält, der viel verschlossener für mich ist als das Latein meiner Kindheit...«
Von der kleinen Madame Cabarrus fest an der Leine gehalten, wohnte Gilles der Messe bei und eskortierte sodann die Maikönigin zu dem blumengeschmückten Thron, der vor dem Kirchenportal für sie hergerichtet worden war. Doch bevor er zum Kuß der kleinen Hand zugelassen wurde, die seinen Lippen zu bieten Theresia sichtlich nur allzu gern bereit war, mußte er den von ihren jugendlichen »Ehrendamen« fröhlich geforderten Wegezoll zahlen, wie es die Sitte gebot. Er überreichte also seinen Obolus, beugte vor Theresia das Knie und drückte einen leichten Kuß auf die zarten Finger, die die seinen mit unerwarteter Kraft festhielten.
»Ihr werdet mich am 15. holen? Versprecht es!« bat das Mädchen.
»Ja. Wenn es in meiner Macht steht, werde ich kommen. Ich verspreche es Euch. Und in jedem Fall verspreche ich auch, mit keiner anderen zur Pradera zu gehen.«
»*Vaya con Dios, señor!* Ich werde Euch erwarten!«
Andere »getreue Untertanen« näherten sich, von den kleinen Ehrendamen ohne Scham mehr oder weniger gezwungen angeschleppt, wenn sie ihnen nur verführerisch und gut gekleidet schienen. Gilles entfernte sich, trat in den Schatten der Platanen zurück, unter denen ein Stallbursche mit seinem Pferd wartete.
Er hatte es plötzlich nicht mehr so eilig, in die erstickende

Atmosphäre eines königlichen Palastes zurückzukehren, selbst des so anmutsvollen von Aranjuez. Das Wetter war herrlich. Sehr hoch über den frischgrünen Laubkronen der Bäume entfaltete die Sonne ihren Strahlenglanz an einem überseeisch blauen Himmel, und auf dem Platz vor der Kirche entwickelte sich das Fest. Überall hatten sich im Freien Schenken etabliert, in denen man Knoblauchwürstchen, Tomaten, Melonen, Mandelkuchen essen und dazu dickflüssigen, duftenden Wein trinken konnte. Jahrmarktsgaukler breiteten ihre Teppiche aus, um die Kunststückchen ihrer gelehrigen Affen oder dressierten Ziegen zu zeigen. Wasserträger, Sonnenschirmverkäufer drängten sich durch die jeden Augenblick dichter werdende Menge rings um den Thron der Königin: Hidalgos, die sich um so arroganter gaben, je erbärmlicher es um sie bestellt war, schwatzende, sich spreizende Stutzer in seidener Kleidung nach Versailler Mode, »Majos«, glänzend und federnd wie Kampfhähne in zartfarbigen Seidenstrümpfen, sie alle für einen Moment vereint in gemeinsamer Bewunderung Theresias, deren Schönheit sie um die Wette in zuweilen gewagten Worten priesen:
»Gesegnet sei der Bauch, der dich so schön gemacht hat!«
»Der Mann, der dich in seinem Bett haben wird, wird sich wie ein Gott vorkommen!«
Auch viele Frauen waren da, Bäuerinnen in farbenfrohen Gewändern, einen Schal um den Kopf, freche Majas mit lockenden Augen unter dem musselinenen Schleiertuch, die Brust herausfordernd vorgewölbt im fischbeinlosen Korsett, nervös tänzelnde Beine unter den Volants der weiten, schwingenden Röcke. Sie alle waren überaus hübsch anzusehen...
Der Klang der Gitarre ließ die sonnige Luft vibrieren und belebte das Bild noch mehr. Leicht in ihren Leinenschuhen, flogen die Füße im Wirbeln der Röcke zu den Rhythmen des Fandangos oder der Seguidilla. Staubwölkchen stoben unter den gebieterisch hämmernden Hacken der Männer auf. Bedauernd gestand sich Gilles einen Seufzer zu. Wie schade, all dies verlassen zu müssen!...
Von irgendwoher unter den schattigen Bäumen rief eine fröhliche Stimme ihm zu:
»Was für eine Miene für einen Festtag, *señor capitano*! Der Himmel

ist klar, der Wein kühl, die Mädchen sind schön, und die Königin ist schöner als alle andern! Was will man mehr?«

Gegen die Sonne blinzelnd, durchforschte der Blick des jungen Mannes den Schatten und entdeckte schließlich einen kräftig gebauten Mann, der, eine Zigarre rauchend, lässig am Stamm einer Platane lehnte und zeichnete. Sofort erhellte sich sein Gesicht.

»Paco! Wahrhaftiger Gott! Seit Jahrhunderten habe ich dich nicht gesehen!«

»Die Herrlichkeiten des Hofs trüben dir den Blick, mein Freund. Nicht ich bin Ostern nach Aranjuez gereist. Alles, was ich weiß, ist, daß die ›Manolas‹ in der Taverne de Los Reyes weinen und jammern, weil du nicht mehr kommst.«

In dem breiten Gesicht von der Farbe blasser Oliven glitzerten sehr schwarze Augen unter vorspringenden Brauenbögen. Es war ein Gesicht mit schweren Zügen, eingerahmt von langen schwarzen, rechtwinklig geschnittenen Favoris. Ohne Schönheit, doch faszinierend. Das Gesicht eines Bauern, doch wie von einem inneren Licht erhellt. Der mächtige Körper ohne ein Gramm Fett war wie in ein prächtiges Majo-Kostüm gegossen: kurze Weste aus hochrotem Samt mit dicken schwarzen Achselschnüren, geöffnet über einem feinen, bestickten batistenen Hemd, breiter Gürtel aus schwarzem Atlas, eng anliegende, mit Knöpfen und silbernen Borten verzierte Hose aus strohfarbener Seide, Strümpfe im selben Ton, Schnallenschuhe und ein dickes Haarnetz aus schwarzer Seide, das sein langes Haar im Nacken festhielt. Ein weites schwarzes Cape hatte er neben sich über den Ast eines Baums geworfen.

Diese üppig ausstaffierte Persönlichkeit nannte sich Don Francisco de Goya y Lucientes. Er war siebenunddreißig Jahre alt, und er war seit vier Jahren Maler des Königs...

Gilles de Tournemine war ihm kurze Zeit nach seiner Ankunft in Madrid auf der Plaza Mayor während der letzten Corrida begegnet, die er besuchte, weil man ihm erzählte, es sei ein Schauspiel, das er nicht versäumen dürfe. Doch hatte er seine Neugier nur allzubald bereut und in der Tat nie das Ende besagter Corrida gesehen. Der Anblick von den Hörnern des Stiers aufgeschlitzter Pferde im Sande der Arena hatte seinen Abscheu und seine Empörung erregt.

Wenig gewohnt, mit dem, was er dachte, hinter dem Berge zu halten, hatte er seinen Gefühlen mit nur allzu vernehmlicher Stimme Luft gemacht, und sein Protest hatte bei den ihn umgebenden Fanatikern eine kleine Revolution verursacht. Von einem Moment zum andern fand er sich von einer tobenden Meute umringt, die fest entschlossen schien, ihn auszuweiden, um ihn die Vorzüge des Stierkampfs besser schätzen zu lehren.
Zu wütend, um die Gefahr richtig abwägen zu können, zog Tournemine seinen Degen, mit dem er sich im ersten Moment die tief gekränkten Afficionados vom Leibe hielt. Doch schon waren in einigen Fäusten lange Messer aufgetaucht, und der junge Mann wäre letztlich der Übermacht erlegen, wenn der Mann, den er nun so familiär Paco nannte, sich nicht hastig zu ihm durchgedrängt hätte.
»Ihr beleidigt die spanische Ehre total gleichgültiger Kadaver wegen? Ihr müßt verrückt sein, *señor*!«
»Ich habe Pferde nie als gleichgültige Kadaver angesehen! Eher wäre ich geneigt, diese Bezeichnung der menschlichen Gattung vorzubehalten. Das Pferd, Monsieur, ist das edelste der aus Gottes Hand hervorgegangenen Tiere! Es ist nicht für schwachsinnige Massaker geschaffen worden!«
»Was kümmert uns das Pferd in dem Augenblick, in dem der Mensch sein Leben aufs Spiel setzt? Ihr müßt Euch die Corrida bis zum Schluß ansehen, bevor Ihr urteilt!«
»Ich habe schon genug gesehen... es sei denn, Ihr sichert mir das Vergnügen zu, den Stier die Pferde rächen zu sehen!«
Ein Wutgeheul begrüßte diese Erklärung. Gilles salutierte ironisch mit dem Degen.
»Ich stehe Euch zur Verfügung, Messieurs! Ich kann auch gern die Rolle des Stieres spielen.«
»Kommt nicht in Frage!« fiel der Mann rasch ein. »Zuerst schlagt Ihr Euch mit mir!«
»Es wäre mir ein Vergnügen... aber Ihr habt keinen Degen.«
»Schließt nicht daraus, daß ich mich seiner nicht zu bedienen wüßte. Ich habe ihn nur nicht bei mir. Aber ich habe Fäuste«, fügte er hinzu und hob Fäuste vom Umfang kleiner Schinken unter die Nase des

Franzosen. »Wir werden uns auf meine Art schlagen, wenn Ihr wollt. Oder ist einem Edelmann diese Art Kampf etwa unbekannt?«

»Meint Ihr? Wir können es immerhin versuchen!«

Inmitten eines großen Kreises gingen die beiden Männer zum Angriff über und wälzten sich nur zu bald im Staub. Der Unbekannte war unglaublich kräftig, aber kleiner und weniger schnell als Gilles, der die in den Wäldern Virginiens erworbene Technik des indianischen Ringkampfs mit Pongo bis zur Vollkommenheit entwickelt hatte. Der Kampf war hart und zog sich in die Länge, ohne daß einem von ihnen ein entscheidender Griff gelang, und schließlich fanden sich beide einander gegenüber auf der Erde sitzend, total außer Atem ... und völlig allein mit Ausnahme eines zerlumpten Jungen, der ihnen stur zusah und dabei an einem Stück Wassermelone kaute: Ihr gelangweiltes Publikum hatte sich längst wieder dem gepfefferteren Schauspiel in der Arena zugewandt. Der Spanier lachte schallend auf.

»Ich glaube, wir können es dabei belassen. Auf jeden Fall seid Ihr nicht mehr in Gefahr, massakriert zu werden.«

»Mit anderen Worten, Ihr habt Euch nur geschlagen, um mich zu retten? Offen gestanden, sehe ich nicht den Grund ... es sei denn, Ihr seid kein Spanier.«

»Ich bin aus Aragon, also spanischer als ganz Spanien. Aber ich bin Maler, und ich würde Euch gern porträtieren ... das heißt, erst wenn Ihr die Farbe gewechselt habt! Trinken wir in der Taverne de Los Reyes nebenan einen Becher Amontillado, um uns zu erholen ... und ich werde Euch die Corrida erklären. Ich kenne mich gut damit aus. Zuweilen passiert es mir sogar, selbst noch den Stier zu töten ...«

Zwei Stunden später schnarchten die beiden, prachtvoll betrunken und noch immer ebenso schmutzig, hingebungsvoll beiderseits eines Schenkentisches, aber sie waren von nun an Freunde fürs Leben ...

Gilles beugte sich vor, um zu sehen, was sein Freund da zeichnete. Es war der Thron der Maikönigin, von ihrem Gefolge und ihren Bewunderern umgeben.

»Ein neuer Entwurf zu einem Wandteppich für die Akademie von San Fernando?«

»*Naturalmente!* Es ist die einzige Malerei, von mondänen Porträts abgesehen, die meine Frau zuläßt«, erwiderte Paco mit einem Unterton von leise verächtlich getönter Bitterkeit. Gilles wußte bereits, daß seine Ehe mit der prüden, strengen, ausschließlich akademische Malerei schätzenden Josefa Bayeu kein Erfolg war.

»Aber das wird nicht so bleiben!« fuhr der Maler fort und schob das Skizzenheft brüsk in die Tasche. »Genug für heute! Gehen wir ein Glas Wein trinken, Knoblauchwürstchen essen und danach zum Tanzen!«

Der Chevalier schüttelte den Kopf.

»Unmöglich, Paco! Ich bin heute abend zur Wache im Palast eingeteilt. Ich muß zurück. Das sollte dir erklären, warum meine Miene nicht fröhlich ist.«

»Ich verstehe. Aber sag mir, *amigo*, welche Art Wache hast du im Palast?«

»Welche Art Wache? Warum fragst du? Du bist doch Maler des Königs, du müßtest eigentlich über den Dienst der Leibgarde auf dem laufenden sein.«

»Allerdings. Bleibt nur zu wissen, um welches Gardekorps es sich handelt. Das unseres alten Königs... oder das der Prinzessin von Asturien?«

Plötzlich entspannt, brach Gilles in Gelächter aus.

»Paco, mein Freund, du hörst zu viel auf die blinden Bettler der Puerta del Sol, die als Zeitung dienen und den Hofklatsch, ganz gleich ob wahr oder falsch, in alle vier Winde verbreiten!«

»Manchmal sagen die Blinden auch die Wahrheit. Oder habe ich etwa geträumt, daß einer deiner Kameraden der Garde diskret entlassen worden ist, weil er des Nachts Ihrer Hoheit Gitarrenunterricht erteilte?«

»Man sagt vieles«, antwortete Gilles ausweichend und wenig geneigt, sich über eine Angelegenheit zu verbreiten, die ihn seiner Meinung nach nichts anging.

Goya zog eine lange schwarze Zigarre aus einer Innentasche seiner Weste und zündete sie mit Sorgfalt an, während er seinen Freund aus

den Augenwinkeln beobachtete. Dann tat er einige genießerische Züge, bevor er endlich erklärte:
»Du bist diskret, das ist gut. Korpsgeist zweifellos. Wie dem auch sei, jedermann in Madrid weiß, daß die Prinzessin Maria-Luisa mit einem maßlosen Temperament begabt ist, daß ihr feister Trottel von Gatte sie nicht zu befriedigen vermag, und daß die Gardisten sie enorm interessieren. Du wirst noch an die Reihe kommen, wenn es nicht schon soweit ist. Aber sieh dich vor!«
»Wovor?«
»Vor drei Personen: der Herzogin von Sotomayor, Oberhofmeisterin der Prinzessin, die das Spionieren im Blut hat, dann vor dem Beichtvater des Königs, dem unergründlichen Don Joaquin d'Eleta, der so mager ist, daß er imstande sein muß, selbst durch die Spalten der Fensterläden zu schlüpfen, und schließlich vor dem Minister Florida Blanca, der im allgemeinen damit betraut ist, im Hauswesen des prinzlichen Paars für Ordnung zu sorgen. Er ist es, der den Gitarristen so unauffällig hat verschwinden lassen. Aber der gehörte zu einer großen kastilischen Familie. Du als Fremder könntest... endgültig verschwinden! Und da ich dein Porträt noch nicht beendet habe, würde mir das Kummer machen!«
»Hab keine Angst! Du wirst es in aller Ruhe beenden können. Die Prinzessin denkt nicht mehr an mich als ich an sie. Unter uns, dein Gitarrist war ein besonders couragierter Bursche, und was mich betrifft, ziehe ich die hübschen Tänzerinnen von Los Reyes bei weitem vor. Adios, Francisco! Ich werde vor Ende der Woche kommen und dich zum Souper bitten.«
»Adios, Franzos'... Ich bin dabei, aber in meinem Atelier von El Rastro. Josefa würde dich die Fasten halten lassen!«
Die Freunde umarmten sich, und während Paco sich wieder ans Zeichnen machte, trat Gilles endlich zu seinem Pferd, sprang in den Sattel und bereitete sich darauf vor, Carabanchel zu verlassen. Er war dabei, sich Theresia zu nähern, deren Augen ihn begierig suchten, um ihn ein letztes Mal zu grüßen, als seine Aufmerksamkeit von einem mit viel Geräusch ankommenden Gefährt abgelenkt wurde.
Es war ein von einem feurigen andalusischen Pferd gezogenes kleines Kabriolett mit blitzenden Kupferbeschlägen, das ganz Madrid

kannte, denn es gehörte dem berühmtesten Matador der Epoche, dem großen Pedro Romero, der es höchstpersönlich lenkte.
»Viva«-Rufe und Jubel begrüßten das Erscheinen des prunkvoll in kanariengelben, goldbestickten Samt gekleideten Idols, das mit all seinen weißen Zähnen lächelte. Doch Gilles widmete ihm nur einen beiläufigen Blick, denn auf den roten Kissen neben Romero erkannte er die Frau, die als einzige seit seiner Ankunft in Spanien wirklich sein Interesse erregt hatte, eine prächtige Maja, deren Glutblick jäh die brennende Erinnerung an Sitapanoki in seinem Blut wieder geweckt hatte, jene indianische Fürstin, deren Bild ihn zuweilen während seiner Nachtwachen heimsuchte.
Die Spanierin war weniger schön als die Indianerin, aber eine gleichsam dämonische Vitalität strahlte von jedem Zoll ihrer Person aus. Eine Flut schwarzen, gelockten Haars, mühsam gebändigt durch ein mit vielfarbigen Bändern verziertes Netz, fiel bis zur Mitte ihres Rückens herab und umrahmte ein blasses Gesicht mit riesigen Augen und blutrotem Mund, der für sich allein die Sinnlichkeit selbst eines Eremiten hätte wecken können. Ihre schwarze, mit gleichfarbigen gewirkten Achselschnüren geschmückte Korsage öffnete sich in einem spitzen Ausschnitt bis zum hellroten Gürtel, in dem zwei dunkle Rosen steckten, und gab zwischen den arroganten Brüsten ein längliches Dreieck schimmernder Haut preis. Ein schmales Korallenkollier umschloß ihren eleganten Hals. Ein Schönheitspflästerchen im Winkel des linken Auges, ein schmales schwarzes Band, das eine weitere Rose an ihrem schlanken Handgelenk festhielt, und ein großer schwarzer Spitzenfächer vervollständigten den Putz der Geliebten des Toreros, denn nach der eingebildeten Miene zu schließen, die er aufgesetzt hatte, konnte die schöne Maja nichts anderes sein.
Diese Entdeckung gefiel Gilles durchaus nicht. Dabei war es erst das zweitemal, daß er dem Mädchen begegnete. Die erste Begegnung hatte sich am letzten Abend des Karnevals auf der Plaza de la Cebada in Madrid abgespielt. Sie war aus einem düsteren Gäßchen aufgetaucht, hatte die Hand des jungen Mannes gepackt und ihn in eine lärmende Farandole hineingezogen, die in diesem Augenblick durch den rauchigen Fackelschein tollte. Da sie völlig weiß gekleidet war,

hatte Gilles sie zuerst für ein Gespenst gehalten. Zudem trug sie unter ihrem musselinenen Schleiertuch eine Maske, und diese Maske war die des Todes! Das erste unwillkürliche Zurückweichen des jungen Mannes hatte sie zum Lachen gebracht.

»Du bist Soldat, *hombre*, und du hast Angst vor dem Tod?«

»Ich habe nie Angst davor gehabt! Könnte der meine ebenso schön sein wie du... denn ich ahne, daß du schön bist.«

Sie lachte nur, und einen Moment ließen sich beide von der langen Doppelreihe der Tanzenden mitreißen. Und dann, plötzlich, hatte die Unbekannte sich aus den schnellen Rhythmen gelöst und auch Gilles mitgezogen. Unter dem Portal einer Kirche, durch deren offene Tür man den erhellten Chor sehen konnte, kamen sie zur Ruhe. Das Mädchen ließ Gilles' Hand los und machte eine Bewegung, wie um einzutreten, aber er hielt sie zurück.

»Zeig mir dein Antlitz, hübscher Tod, damit ich weiß, ob ich von dir träumen kann.«

Eine Sekunde hatte sie gezögert. Unter den Spitzen der Korsage konnte Gilles ihren Busen wogen sehen. Sie atmete leise und rasch. Er zog sie an sich, ohne Widerstand zu spüren.

»Du willst es?« murmelte sie.

»Ich bitte dich darum...«

Sie riß sich die grimassierende Maske herunter, warf sie fort, und eine lange Minute sahen sie sich stumm an. Dann fanden beide zugleich auf dieselbe natürliche Weise zueinander. Gilles umschlang sie fester und beugte sich über sie, während das Mädchen den Kopf hob, um ihm ihre Lippen zu bieten...

Dem jungen Mann schien es, als tauche er in Flammen. Der Mund des Mädchens war Feuer, ihr Kuß ein Kunstwerk, von ihrem Körper ging berauschender Ambraduft aus. Doch als er das Abenteuer weiterzutreiben versuchte, entglitt sie im gleichen Moment seinen Armen und entfloh mit einem Gelächter...

Bei dieser Wiederbegegnung im strahlenden Sonnenlicht fand Gilles die flüchtige Gefährtin eines Augenblicks noch weit schöner. Sie lächelte, und in der Sonne glänzten ihre roten Lippen über ihren spitzen Raubtierzähnen... Das selbstgefällige Gehabe und die Besitzermiene des Toreros brachten den jungen Mann in Wut und ließen ihn so ungestüm auf den Wagen zusprengen, daß Romero aus Furcht vor einem Zusammenprall sein Pferd zügeln mußte. Doch schon hatte sich Merlin, von der kräftigen Faust seines Herrn hochgerissen, aufgebäumt, und seine wirbelnden Hufe kamen dem Kopf des Toreros so nah, daß dieser blaß wurde und einen Fluch ausstieß, während Gilles mit großer Geste seinen Dreispitz schwenkte und seine Begleiterin grüßte.

Sie hatte keine Angst gehabt. An ihrem Lächeln, den provozierenden Blicken, die sie ihm zuwarf, sah der Chevalier, daß sie ihn erkannt hatte. Romero hingegen hatte es genügt, die Gardeuniform zu erkennen, um trotz der üblichen Arroganz der Leute seiner Profession die ihm schon auf der Zunge schwebenden Beschimpfungen vorsichtshalber herunterzuschlucken und in ein undeutliches Zorngemurmel zu verwandeln. Nur seine Augen schossen mörderische Blitze.

Zufrieden, sein Gespenst vom Karneval wiedergefunden zu haben, achtete Gilles nicht darauf.

»Wann du willst, wo du willst, meine Schöne!« rief er dem Mädchen zu, als Merlin wieder Boden unter den Füßen hatte. »Ein Wort, ein Zeichen, und ich werde zu dir kommen! Ich heiße Gilles de Tournemine!«

Ohne sich um die sichtliche Unzufriedenheit ihres Begleiters zu kümmern, lächelte die Maja von neuem und noch herausfordernder als zuvor. Während der schwarze Flügel des Fächers seinen Rhythmus beschleunigte, hob sich die Hand der jungen Frau zu ihrer Brust, nahm eine der purpurnen Rosen und warf sie dem jungen Mann zu, der sie im Fluge auffing. Er sog ihren Duft ein, bevor er sie, noch warm von der Haut, die sie berührt hatte, unter seiner Weste barg. Dann grüßte er so tief, als habe er die Königin vor sich:

»*Adios, señorita!* Wir werden uns wiedersehen!«

Und beide Sporen gebend, ließ er sich, ohne sich umzudrehen, von Merlins freudigem Galopp auf die Straße nach Süden tragen, und die schwarzen Augen der schönen Maja folgten seiner kleiner werdenden Gestalt, solange der Staub es erlaubte.

Indessen geschah vor der Kirche etwas. Niemand in Carabanchel begriff, warum die auf ihrem blumengeschmückten Thron von ihren

Bewunderern umlagerte hübscheste aller Maiköniginnen plötzlich aus der Fröhlichkeit des Festes davonlief und mit Augen voller Tränen den Weg zum väterlichen Schloß einschlug...

Ursprünglich von dem düsteren Philipp II. erbaut, doch nach einem Brand durch den ersten der bourbonischen Könige neu errichtet, war der Palast von Aranjuez gewiß nicht das majestätischste oder reichste der königlichen Schlösser, schon gar nicht seit dem kürzlichen Bau des monumentalen Königspalastes in Madrid, aber er war zweifellos der angenehmste.

Ein Schmuckstück in der Farbe der Morgenröte, nobel, doch nicht steif, eingebettet in eine vom Tajo geschaffene üppige Oase inmitten einer braunen Steppe, breitete Aranjuez die rosige Anmut seiner Gebäude in der weichen Lieblichkeit seiner Gärten aus, in denen das Sprudeln seiner grünen Laubfontänen mit dem der Wasserspiele wetteiferte. All das fügte sich ein in die Windungen des Flusses, dessen von Weiden beschattete Ufer als Hafen für die mit gelber Seide und Goldfransen ausgeschlagenen königlichen Gondeln dienten.

Es war einer jener privilegierten, für Ruhe, Entspannung und Sinnenfreude geschaffenen Orte, und wenn die Gärten auch nicht mehr wie zu Philipps II. Zeiten Sträuße, Gazellen und Dromedare sahen, bekam es den Tausenden von Blumen, die sie bevölkerten, nur um so besser.

Leider wollte es das Unglück, daß dieser reizende Palast ebenso wie die anderen königlichen Residenzen der Nivellierung durch Langeweile unterlag. Daß ihm mehr Fröhlichkeit als dem strengen Escorial, mehr Anmut als dem Königlichen Palast, mehr Bequemlichkeit als dem Bergschloß der Granja eigen war, unter die sich die Jahreszeiten des Hofs aufteilten, bewahrte ihn weder vor dem unerträglichen Druck der spanischen Etikette noch vor der trübseligen Atmosphäre der Sittenstrenge, die sein Herr, König Karl III., um sich verbreitete.

Dabei war er ein ausgezeichneter König, zweifellos der beste der ganzen spanischen Bourbonen-Dynastie: ein großer Bauherr, großer Politiker, philosophisch gebildet, ein bedeutender Reformator, der seine Diener auszuwählen verstand; doch seit vierundzwanzig

Jahren Witwer Marie-Amélies von Sachsen, die dreizehn Kinder zur Welt gebracht hatte, war er ihrem Andenken beharrlich treu geblieben. Verwitwet und auf strenge Sitten bedacht, verfolgte er unnachsichtig die unerlaubten Lieben in seiner Umgebung, gestattete sich nur das Vergnügen der Jagd, trug immer die gleiche Kleidung und haßte alles, was frivole Lustbarkeit war. An seinem Hof gab es keine Bälle, keine Konzerte, keine Festmähler! Die einzige Zerstreuung war der »Handkuß«, eine an bestimmten Tagen stattfindende abgeschmackte Zeremonie, in deren Verlauf der auf dem Thron sitzende König die gesamte Hofgesellschaft samt seiner höchsten Diener in Prunkkostümen an sich vorbeidefilieren sah. Man verneigte sich, küßte die auf der Armlehne des Thronsessels liegenden königlichen Finger, richtete sich auf und räumte dem nächsten seinen Platz. Danach kehrte ein jeder zu sich zurück... Auch die Prinzen und Prinzessinnen hatten ein Anrecht auf dieses sehr relative Amüsement... nahmen es jedoch kaum in Anspruch.

Als Gilles endlich die Barockgiebel des Palastes vor sich auftauchen sah, war die Nacht fast hereingebrochen. Merlin hatte unterwegs eins seiner Eisen verloren, wodurch er aufgehalten worden war. Aber er wußte, daß diese Entschuldigung vom Hauptmann der Königlichen Leibgarde, dem Herzog von Almodovar, der in Dingen der Pünktlichkeit und Disziplin nicht mit sich spaßen ließ, kaum akzeptiert werden würde.

Doch er hatte Glück. Als er, leicht beunruhigt über das, was ihn erwartete, die Gangart seines Pferdes noch beschleunigte, stellte er fest, daß wenigstens niemand seine Ankunft bemerken würde, denn der König kehrte eben in dieser Minute von der Jagd zurück. Eine große Menschenmenge drängte sich im Licht der Laternen auf dem Vorplatz des Palastes, und vom Sattel seines Pferdes aus konnte der Verspätete im nächsten Umkreis des Königs seinen Hauptmann erkennen.

Ohne sich mit längerer Betrachtung des in seinem grauen Rock aus dickem Segovia-Tuch samt Büffelhauthosen immer gleich aussehenden Souveräns aufzuhalten, sprang Gilles aus dem Sattel und strebte, das Pferd am Zügel führend, dem nahe dem Palast in den Casas de Oficios y Caballeros gelegenen Quartier der Garde zu. Das Dunkel

in dem Säulengang, auf den sich die Casas öffneten, verbarg ihn vollends vor allen Blicken.
Zu seiner Überraschung stieß er auf Pongo, der ohne den an ihm gewohnten indianischen Gleichmut mit allen Zeichen der Ungeduld zwischen den Säulen auf und ab ging und sich bei seinem Anblick förmlich auf ihn stürzte.
»Du vergessen Zeit, Herr!«
»Nein, aber Merlin hat ein Eisen verloren. Du wirst es dir genau ansehen müssen, da ich kein großes Vertrauen zu dem Hufschmied habe, der sich damit beschäftigt hat. Aber warum bist du so unruhig? Hat man nach mir gefragt? Wer? Der Herzog?«
Pongo bejahte es durch ein Zeichen und fügte hinzu:
»Er in Zorn geraten, aber zum Glück König früher von Jagd zurück als sonst. Er fort und noch nicht wieder da. Ich bitten Großen Geist, du schnell kommen!«
»Es scheint, als ob der Große Geist dir nichts mehr zu verweigern hat, seitdem du aus Virginien fort bist«, erwiderte Gilles lachend. »Wenn ich Glück habe, werde ich sogar noch Zeit finden, mich vor seiner Rückkehr ein bißchen präsentabler herzurichten.«
Damit warf er seinem Diener die Zügel zu und lief die zu seinem Logis führende Treppe hinauf, denn da die Leibgardisten Seiner Sehr Katholischen Majestät alle Offiziersrang hatten, erhielt jeder einzelne ein Zimmer für sich, wenn es sich um Verwendung außerhalb Madrids handelte. In diesem Fall entsandte das Regiment im Wechsel nur eine oder zwei Brigaden, während die anderen in der Hauptstadt blieben, wo sie eine prunkvolle Kaserne besaßen. Als Sekondeleutnant hatte Gilles sogar Anrecht auf ein kleines Appartement von zwei Zimmern.
Im Laufschritt in den zu diesen Räumen führenden Flur einbiegend, stieß er mit einem seiner Kameraden zusammen, dem jungen Don Rafael de Mollina, der ihm entgegenkam. Der Aufprall war heftig, aber der Spanier nahm ihn mit fast britannischem Phlegma hin.
»Sieh an, Tournemine!« sagte er, sich die Schulter reibend. »Welch glückliche Begegnung! Wißt Ihr, daß man Euch überall sucht, mein Lieber?«
»Ihr auch? Aber, zum Teufel, warum bin ich plötzlich unentbehrlich

geworden? Meine Halbbrigade hat heute abend Dienst, und ich bin ein bißchen spät dran, aber ich sehe nicht...«
»Ihr werdet gleich sehen! Warum Euch nicht unterrichten, bevor Ihr unsern Hauptmann seht? Eure Halbbrigade ist nicht mehr komplett. Ein Mann fehlt.«
»Warum? Ein Kranker?«
»Eine schlimme Krankheit: Ungnade! Befehl, den Palast innerhalb von zwei Stunden zu verlassen!«
»Innerhalb von zwei Stunden? Teufel! Und der Grund?«
Der junge Mollina setzte eine geheimnisvolle Miene auf.
»Euch das zu erklären, mein Lieber, fühle ich mich nicht befugt. Seine Exzellenz wird das selbst übernehmen. Ich füge hinzu, daß Seine Exzellenz in Eurer und der Abwesenheit des Marquis de Peñaflor, unseres Brigadiers, der eine alte Verletzung ausheilt, höchstpersönlich zu einer ihrer unwürdigen Exekution hat schreiten müssen, und daß ihr das äußerst schlechte Laune verursacht hat. Ein Herzog von Almodovar ist nicht dafür geschaffen, Staub auszukehren.«
»Wenn man ein echter Soldat ist, macht man weit mehr als das!« entgegnete der Chevalier unverblümt. »Ihr würdet überrascht sein über das, was ich General Washington habe tun sehen, obwohl er einer der größten Männer dieser Zeit ist. Allerdings hat der General wenig mit Seiner Exzellenz gemein«, fügte er mit einer Andeutung von Unverschämtheit hinzu.
Der so unvermittelt ins Gespräch geworfene Name des Amerikaners ließ den jungen Spanier mit einem entsetzten Laut zusammenzukken. Er bekreuzigte sich hastig, als habe sein Kamerad den Antichrist beschworen.
»Dieser General ist keinesfalls ein Grandseigneur! Jeder weiß, daß diese Amerikaner wahre Wilde sind, und daß...«
Wenig begierig, sich mit Mollina zu streiten, zog Gilles es vor, das Gespräch abzubrechen. König Karl III. war zweifellos ein »aufgeklärter Despot«, aber an seinem Hof war er sicher der einzige, dem man einige liberale Nuancen nachsagen konnte. Allenfalls Männer wie Paco waren imstande, die neue amerikanische Republik mit Sympathie zu betrachten...

»Zur Sache!« sagte er. »Wer ist der fortgeschickte Mann?«
»Don Luis Godoy.«
»Ah!... Nun, ich danke Euch, daß Ihr mich informiert habt, mein Lieber!«
Während er sich schnell ein wenig zurechtmachte und die vom Ritt mitgenommenen Stiefel gegen andere, makellose austauschte, versuchte Tournemine zu erraten, was Mollina ihm nicht gesagt hatte. Er brauchte seinem Gedächtnis keine sonderliche Bemühung abzuverlangen, um sich der Person Luis Godoys zu erinnern, eines jungen Hidalgos aus guter estremadurischer Familie, dessen frischer Teint und helle Augen sich auffällig von dem allgemeinen Äußeren der Leibgardisten abhoben, bei denen olivenfarbene Haut bei weitem die Milchgesichter überwog. Zudem war er ein charmanter, heiterer, das Leben und seine angenehmen Seiten mit jugendlichem Überschwang liebender Bursche. Was konnte er, der höflich und stets guter Laune war und zudem seinen Dienst pünktlich und redlich versah, angestellt haben, um wie ein taktloser Lakai fortgejagt zu werden?
Die Antwort ergab sich Gilles von selbst, als er eine Viertelstunde später vor den sechs Fuß hochmütiger Pracht seines Vorgesetzten stand. Nicht etwa, daß der Herzog von Almodovar geruhte, Erklärungen abzugeben, die seiner Meinung nach einem ausländischen Offizier nicht zukamen, denn nachdem er dem jungen Mann seine Unzufriedenheit zum Thema einer »durch nichts gerechtfertigten Abwesenheit« ausgedrückt und sich geweigert hatte, seine leicht erregte Verteidigung entgegenzunehmen, beschränkte er sich darauf, ihm zu sagen:
»Ihr werdet selbst die Wache an der Tür des Appartements Ihrer Königlichen Hoheit der Prinzessin von Asturien zu übernehmen haben, Monsieur. Euer Auftrag: Niemand eintreten zu lassen, Ihr versteht mich recht, niemand! Ausgenommen natürlich den König und Monseigneur den Kronprinzen!«
Das also war es! Nach Montijo, nach San Fernando hatte es nun Luis Godoy erwischt! Goyas Warnung fiel ihm ein: »Die Leibgardisten interessieren die Prinzessin enorm. Du wirst noch an die Reihe kommen, wenn es nicht schon soweit ist. Aber sieh dich vor!«

Tournemines zum Aufbegehren neigende Natur, mit der Milch der Freiheit des jungen Amerikas genährt, trieb ihn dazu, nun gerade und nicht ganz ohne Frechheit die Erklärungen zu fordern, die man ihm nicht zu geben wünschte:

»Darf ich erfahren, Monseigneur, welchem Umstand ich eine so schmeichelhafte Auszeichnung verdanke? Doch sicherlich nicht dem, daß ich mich verspätet habe?«

Die ein wenig runden Augen Don Alfonsos füsilierten ihn auf der Stelle.

»Dem einzigen Umstand, daß Ihr kein Spanier seid, Monsieur! Und daß deshalb nichts, was in diesem Palast geschieht, von Interesse für Euch sein kann... wie auch Ihr in den Augen seiner Bewohner ohne jedes Interesse seid. Ich füge hinzu, daß Ihr es diesem Grund auch verdankt, nicht dafür bestraft zu werden, daß Ihr es wagtet, mir eine Frage zu stellen!«

Weil er Ausländer war... oder etwa, weil man ihn brauchte! Diesmal lag die Sache klar auf der Hand: Man vertraute ihm die Bewachung der feurigen Prinzessin an, weil den beschränkten Vorstellungen der königlichen Umgebung zufolge die Augen einer Prinzessin von Asturien unmöglich an einem Barbaren aus dem Norden Gefallen finden konnten, von ihrem Herzen ganz zu schweigen...

Dieses ein wenig naive Prinzip erinnerte ihn an eine Anekdote, die man sich in den Wachstuben erzählt hatte. Als der König nach dem Montijo-Abenteuer den Sohn mit seinen Verantwortlichkeiten und seinem ehelichen Mißgeschick bekanntgemacht habe, sei der gute Prinz Karl in herzliches Gelächter ausgebrochen und habe erklärt, all das sei nur Altweibergeschwätz, und er jedenfalls sei durchaus nicht beunruhigt, da eine Prinzessin von königlichem Blut ganz sonnenklar keinem Mann niedrigeren Ranges Wohlwollen zu bezeigen vermöge. Seine ungetrübte eheliche Zufriedenheit habe Karl III. in solche Verblüffung versetzt, daß er nur habe seufzen können:

»Was für ein Idiot du bist, Karl! Du solltest wissen, daß sie alle gleich sind, eine wie die andere Huren!«

Der brave Kronprinz hatte es sich beharrlich versagt, seinem Vater auf diesen Gedankengang, den er unschicklich und wenig bequem fand, zu folgen, und bei Hof war er bei weitem nicht der einzige, der

sich zu dieser Art Theorie bekannte. Hätte Maria-Luisa die Hälfte der Leibgarde als Liebhaber genommen oder selbst das ganze Regiment, wären da noch immer welche gewesen, die ohne zu lachen versichert hätten, etwas Derartiges könne nicht passieren, da es völlig undenkbar sei... und weit undenkbarer noch mit einem Manne niederer Rasse wie einem Franzosen. Der edle Herzog wäre nicht einmal auf die Idee gekommen, daß es der Prinzessin von Asturien, einer geborenen Bourbon-Parma und Enkelin König Ludwigs XV., vielleicht Vergnügen bereiten könne, einem Landsmann ihres verführerischen Großvaters zu begegnen.
Mit einem innerlichen Achselzucken und wenig begierig, die dunklen Gedankenpfade eines spanischen Granden zu ergründen, rief Tournemine seine Männer zusammen und begab sich zum Palast, um die Wachablösung vorzunehmen.
In statuenhafter Starrheit am Eingang eines Salons aufgebaut, wohnte er dem Souper bei, das die Prinzessin stets allein einnahm, ohne mehr davon zu sehen als das schweigsame Wogen der Rücken der Frauen und Mönche, die sich im Raum drängten, und ohne ihm übrigens auch nur die leiseste Beachtung zu schenken. In der Hierarchie des Hofs, das wußte er, war er nicht mehr als ein Möbel, als einer der vom Fußboden aufragenden schweren Kandelaber aus vergoldeter Bronze etwa, deren Kerzen die Szene erhellten, aber das genierte ihn nicht, denn im Salon herrschte die Stille einer Sakristei, kaum gestört vom Klirren des Geschirrs und der Bestecke, so daß er seine Gedanken nach Belieben auf den Spuren der in Carabanchel wiedergefundenen schönen Maja wandern lassen konnte. Die außerehelichen Abenteuer der Prinzessin waren schon vergessen...
Den Geist von angenehmen Vorstellungen bevölkert – der eines Soupers bei Goya, zum Beispiel, und eines aufmerksamen Besuchs der in Madrid von Pedro Romero häufiger frequentierten Örtlichkeiten –, nahm Gilles die endlose Zeremonie des Soupers nicht einmal wahr. Er kehrte erst zur Erde zurück, als die düstere Erscheinung der Oberhofmeisterin in ihren schwarzen Spitzen wie eine Trauergaleere auf ihn zusegelte und dabei die ehrerbietige Schar der Zeugen des Soupers, die nun zurückfluteten, um Ihre Hoheit sich

zur Ruhe begeben zu lassen, wie eine Hammelherde vor sich her trieb.
»Ihr werdet Eure Wache im ersten Vorzimmer halten«, sagte die Nobeldame. »Schließt alle Türen, denn Seine Königliche Hoheit der Kronprinz, Opfer eines leichten Unwohlseins, wird heute nacht in seinen Räumen bleiben. Ihr werdet Euch überzeugen, daß die Soldaten der Wallonischen Garde sich auf ihren Posten in der Galerie befinden!«
Die letzte Empfehlung entlockte dem Offizier ein schwaches Lächeln bei der Vorstellung, in welcher Weise Almodovar wohl reagieren würde, wenn er hören könnte, wie die herrische Herzogin von Sotomayor in seine militärischen Belange eingriff. Doch da er sich vor allem schnellstens von dieser Frau befreit sehen wollte, deren alles andere als zärtlicher Blick ihn mit einer Art höflichem Abscheu musterte, begnügte er sich mit einer knappen Verbeugung und entfernte sich, um ihre Anordnungen auszuführen.
Allmählich sank der Palast in Schlaf. Die Geräusche verstummten eins nach dem anderen, als allerletztes das gedämpfte Gemurmel der abendlichen Gebete. Bald war nur noch der taktmäßige Schritt der Wachen auf dem Kies des Gartens zu hören. Auch das Lied der Wasserspiele schwieg.
In sein kleines Vorzimmer eingeschlossen, beobachtete Gilles eine Weile das wundervolle Schauspiel des in einem Mondstrahl silbern aufschimmernden Flusses, bevor er sich entschloß, auf einem sehr unbequemen Schemel Platz zu nehmen, um das Ende dieser Nacht ohne Annehmlichkeiten abzuwarten. Nach und nach verlor er jedes Gefühl für Zeit...
Aber es mußte spät sein, und er war sogar schon ein wenig eingeschlummert, als ein leises, ganz leises Knirschen ihn augenblicks mit lauschend gespitzten Ohren hochfahren ließ. Es kam aus dem Appartement der Prinzessin...
Die Ursache war rasch ausgemacht: Auf der anderen Seite der Tür, die streng zu bewachen ihm befohlen worden war, drehte jemand einen Schlüssel in dem zuvor von der Oberhofmeisterin so sorgfältig verriegelten Schloß.
Mit noch größerer Umsicht bewegte sich der Türflügel, ließ ein

schmales Band gelblichen Lichts über das Parkett gleiten und öffnete sich dann noch ein wenig mehr, eben weit genug, um einen weiblichen Kopf mit bänderverziertem Häubchen durchzulassen.
»Herr Offizier?« hauchte eine vorsichtige Stimme. »Herr Offizier, seid Ihr da?«
»Natürlich bin ich da.«
»Kommt mit mir, aber macht um Himmelswillen keinen Lärm. Ihre Hoheit will mit Euch sprechen...«

2. Kapitel
Seltsame Maria-Luisa

Einmal jenseits der Tür, zeigte es sich, daß der weibliche Kopf zu einer jungen Kammerfrau mit für die späte Stunde ungewöhnlich wachen Augen gehörte. Die freundliche Person hielt in einer Hand eine Kerze, während sie mit der anderen, einen Finger über die Lippen legend, dem Offizier Schweigen gebot.
Eine überflüssige Empfehlung im Grunde, denn der Salon, den er auf Zehenspitzen zu durchqueren hatte, war in einen Schlafsaal verwandelt worden, in dem vier Frauen verschiedenen Alters fest schliefen. Die Tonart ihres Atmens variierte vom leichten Hauch der Jugend bis zum majestätisch-sonoren Schnarchen der gereifteren Anstandsdamen.
So tief ihr Schlaf auch sein mochte, flößte der Anblick dieser schlummernden Schar dem jungen Mann doch eine nicht ganz unberechtigte Besorgnis ein. Wenn eine von ihnen erwachte, würde er ganz schön in der Tinte sitzen! Doch als habe sie seine Gedanken erraten, drehte die Zofe sich um und lächelte.
»Keine Angst!« flüsterte sie. »Ich habe alles Nötige getan, damit sie fest schlafen, aber es ist trotzdem besser, ein bißchen vorsichtig zu sein.«
Das Zimmer, in das Gilles geführt wurde, war überaus prächtig: Tapeten aus goldfarbener Seide hoben den Prunk der schweren Renaissancemöbel und die düstere Pracht einiger Gemälde Grecos hervor, die um das große Säulenbett entmutigende Wache hielten. Diskret zu ihnen hinüberschielend, konnte sich Tournemine nicht des Eindrucks erwehren, daß die mißbilligenden Blicke der abgebildeten Persönlichkeiten gewiß niemand zu verliebten Tollheiten in ihrem Umkreis ermunterten. Aber er war nicht da, um Malereien zu betrachten.

Nahe einem der Fenster sitzend, wartete eine Frau in weißem Nachtgewand unter einer darübergeworfenen, von Silberstickerei steifen roten Tunika in sichtlich erregtem Zustand. Ihre Hände falteten und lösten sich unaufhörlich, während ihr Kopf sich wie der eines unruhigen Sperlings hin und her wendete, ohne daß ihr Blick irgendwo Ruhe fand.

Als der junge Mann eintrat und sich mit dem einer Kronprinzessin geschuldeten Respekt verneigte, sprang Maria-Luisa so plötzlich auf wie ein Teufel aus seinem Kasten.

»Kommt, Monsieur, kommt!« rief sie auf französisch. »Ich muß mit Euch sprechen!«

Gilles nahm Haltung an.

»Eurer Königlichen Hoheit zu Diensten!«

Sie machte eine gereizte Bewegung.

»Ich habe ›sprechen‹ gesagt... mit Euch plaudern, wenn Ihr das vorzieht! Nicht allein vor einer blau angetünchten Mauer Reden halten! Laßt Euer militärisches Benehmen beiseite, mein Freund, und setzt Euch hierher«, fügte sie hinzu, auf einen Schemel nahe ihrem Sessel deutend. »Fiametta! Bleib im Zimmer nebenan und passe auf, ob eine dieser alten Elstern erwacht!«

Während sie sprach, musterte Gilles die Prinzessin, die er noch nie so nah gesehen hatte. Die einstige Marie-Louise de Parme, nun Maria-Luisa de las Asturias, war dreiunddreißig Jahre alt. Sie hatte ihrem Gatten schon acht Kinder geschenkt, darunter zwei im September vergangenen Jahres geborene Zwillinge, und von den Hofauguren wurde gemunkelt, sie sei bereits von neuem schwanger. Nichtsdestoweniger war sie noch wohlerhalten, hatte hübsche Arme, bewundernswerte Hände und einen vollen Busen, dessen Schwung und Straffheit durch ihre Mutterschaften nicht gelitten hatten, wie das weite Dekolleté ihres Nachthemds bewies. Doch darauf und auf die Wirkung ihrer allzu glänzenden Augen beschränkte sich nun eine Schönheit, die die des Teufels gewesen war, voller leidenschaftlicher Glut und Fröhlichkeit, bevor die Stickluft der spanischen Paläste und ihrer unmenschlichen Etikette all das abgestumpft und in sterile Ruhelosigkeit verwandelt hatte. Ihr Gesicht, an den Wangen und Nasenflügeln schon leicht kupfrig gerötet, ließ unwillkürlich an den

Kopf eines Nachtvogels denken. Es lag an den zu runden Augen, der schmalen, gebogenen Nase, die sich später zweifellos dem leicht vorstehenden Kinn nähern würde, dem beinah lippenlosen Mund, einem fast geraden roten Strich unter der ein wenig fallenden Nasenspitze. Stark gekräuseltes Haar umrahmte dieses anmutlose, doch nicht geistlose Antlitz.

Die sich schließende Tür beendete Gilles' Musterung, und bevor die Prinzessin sich ihm zukehren konnte, wandte er den Kopf und betrachtete nur noch zwei silbrige Pantoffeln, die unter einem breiten Spitzenvolant hervorsahen.

Ein Schweigen entstand, während die Prinzessin nun ihrerseits ihren Leibwächter zu mustern schien.

»Man sagte mir, daß Ihr Franzose seid und den Rang eines Unterleutnants einnehmt?«

Gilles hob den Kopf. Sein eisblauer Blick begegnete dem Maria-Luisas.

»In der Tat, Euer Hoheit. Ich bin Franzose... und Bretone!«

»Da habt Ihr Glück. Ich hätte es vorgezogen, einen französischen Fürsten zu heiraten! Aber es geschieht sehr selten, daß man ein junges Mädchen nach seinen Wünschen fragt... und schon gar nicht eine Prinzessin. Man wirft uns in alle vier Winde!«

Die die Ähnlichkeit mit einem Vogel noch betonende spröde Stimme klang so bitter, das winzige Zucken in den Winkeln der zu schmalen Lippen war so schmerzlich, daß Mitleid im Herzen des jungen Mannes erwachte. Im Quartier der Leibgarde erfreute sich Maria-Luisa eines Rufs, der dem Messalinas nah verwandt war, und sie verdankte es nur ihrer königlichen Geburt, daß man von ihr etwas weniger gröblich sprach als von einer Soldatendirne. Niemand wäre auf die Idee gekommen, daß diese Frau vielleicht ganz einfach unglücklich war...

»Euer Hoheit scheint zu leiden«, sagte er sanft, im selben Ton, mit dem er sich einem verletzten Tier näherte. »Verstehe ich recht, daß sie... unglücklich ist?«

Maria-Luisa zuckte zusammen.

»Unglücklich? Wie könnte ich? Eine künftige Königin von Spanien ist eine Tote im Wartestand. Die Toten spüren nichts.«

Dann, ohne Übergang, als könnten ihre Lippen die Worte, die sie brannten, nicht mehr zurückhalten:
»Was ist mit Don Luis Godoy geschehen?«
Gilles fühlte, daß sich der Boden unter seinen Füßen gefährlich neigte und glitschig wurde. Er war gewiß nicht der rechte Mann, mit dieser labilen Frau, deren Sensibilität dicht unter der Haut zu liegen schien, intime Dinge zu diskutieren. Vorsichtig schlug er einen Umweg ein.
»Ich war den ganzen Tag abwesend, Madame, und bin erst spät am Abend aus Carabanchel zurückgekehrt, gerade zur rechten Zeit, um meinen Dienst zu übernehmen. Ich habe also erst vor kurzem von Don Luis' Aufbruch erfahren. Einem ein wenig... überstürzten Aufbruch, wie man mir sagte.«
»Skandalös überstürzt!« rief die Prinzessin, jede einzelne Silbe betonend. »Alle Regeln der Armee, alle Gesetze dieses Königreichs wurden verletzt! Es ist eine Schande, eine Mißachtung des Rechts!... Armer Junge! Fast ohne Vermögen! Wie ein unfähiger Diener fortgejagt zu werden! Mein Gott, wohin hat er sich nur wenden können?«
Sie errötete vor Zorn. Gilles tat sein Möglichstes, sie zu beschwichtigen.
»Aber... zu sich, Hoheit, nach Estremadura, wo sein Vater über einigen Besitz verfügt, wie ich zu wissen glaube. Er hat Schwestern, einen jüngeren Bruder...«
Wie durch Zauberei wich der schmerzliche Ausdruck aus Maria-Luisas Gesicht.
»Ja, ich weiß. Don Luis hat mir von ihm gesprochen: ein Bruder, aber nicht viel jünger als er. Ein oder zwei Jahre, glaube ich. Ein Kadett... sehr schön, wie es scheint. Don Manuel, nicht wahr?«
»Ich weiß nicht, Madame. Don Luis und ich waren nicht sehr vertraut miteinander. Ich bin ja erst vor kaum sieben Monaten in den Dienst der spanischen Krone getreten...«
Doch die Prinzessin hörte sichtlich nichts von dem, was er sagte. Sie verfolgte offenbar einen verschwiegenen Gedanken.
»Ja... mir scheint, es war Manuel«, wiederholte sie wie im Selbstgespräch. »Wir werden zusehen, ihn nächstes Jahr kommen zu

lassen. Es wäre nur gerecht. Der Sold eines Leibgardisten ist beträchtlich, besonders für eine wenig begüterte Familie...«
Tournemine unterdrückte ein Lächeln. Dachte die künftige Souveränin bei dieser mildtätigen Regung mehr an die »wenig begüterte Familie«... oder an ihr eigenes vereinsamtes Bett? Aber sie ließ ihm keine Zeit, der Frage gründlich nachzugehen. Von neuem überkam sie eine Angst, die sich alsbald äußerte:
»Seid Ihr sicher, daß Don Luis aufgebrochen ist... wirklich aufgebrochen?«
»Ich verstehe die Frage nicht recht, die Eure Hoheit an mich zu richten mir die Ehre erweist.«
»Dabei ist sie absolut klar, wie mir scheint!« sagte sie zornig, beruhigte sich jedoch sofort. »Allerdings seid Ihr Franzose, und deshalb muß sie Euch weniger verständlich sein. Ich will sagen, daß ein Monarch allerlei Möglichkeiten besitzt, jemand zu... zu entfernen.«
»Ich verstehe. Falls Eure Hoheit meint, Don Luis könne nicht nach Estremadura, sondern in eine bessere Welt aufgebrochen sein, kann ich sie völlig beruhigen. Mehrere meiner Kameraden haben ihn sein Pferd besteigen und allein den Palast verlassen sehen. Und ich weiß, daß er einen Brief des Grafen Florida Blanca an seinen Vater bei sich trug. Ich glaube, unter diesen Umständen dürfte nicht einmal ein Reiseunfall zu befürchten sein.«
»Ah!... Wie wohl Ihr mir tut!« seufzte Maria-Luisa, während sie in die Kissen zurücksank, die ihren Sessel polsterten. »Ich fühle mich von einer solchen Last, einer solchen Angst befreit! Seit heute morgen war ich dieses armen Jungen wegen in Unruhe, aber das ist jetzt besser. Ich werde jemand zu ihm schicken, um mich zu überzeugen, daß er gut angekommen ist.«
In der Annahme, seine Audienz sei zu Ende, stand Gilles auf.
»Ermächtigt mich Eure Königliche Hoheit, auf meinen Posten zurückzukehren?«
Zum erstenmal lächelte Maria-Luisa. Ein Lächeln von einer in diesem unruhigen Gesicht völlig unerwarteten Schalkhaftigkeit. Sie war plötzlich zehn Jahre jünger.
»Nichts drängt! Ihr müßt Euch in Eurem Vorzimmer sehr schlecht

fühlen, und ich kann mir nicht vorstellen, daß jemand auf die Idee kommen könnte, es zu betreten, um nachzuforschen, ob Ihr dort seid.«

»Ich auch nicht, aber ich habe einen Befehl erhalten...«

»Und ich gebe Euch einen anderen: Bleibt noch ein wenig! Es zerstreut mich, mit Euch zu plaudern. Sind wir nicht fast Landsleute?... Öffnet zunächst das Fenster! Man erstickt ja in diesem Zimmer... und die Nacht scheint schön«, seufzte die Prinzessin mit einem leichten Girren in der Kehle, das den jungen Mann warnte. Folglich ging er sehr umständlich daran, das Fenster zu öffnen. Die Nacht war in der Tat schön, funkelnd von Sternen, die silbernen Schimmer in ihre blauen Tiefen gossen. Die Düfte des Parks stiegen ihm in die Nase, vermischt mit dem faderen Hauch des nahen Flusses. Aber auf seinem Nacken, seinem Rücken, seinen Schultern spürte er die tastenden Blicke der Prinzessin wie ebensoviele Nadelstiche.

»Wie war doch Euer Name?« murmelte sie so nah, daß er erzitterte. Sie mußte aufgestanden und zu ihm getreten sein, ohne daß er es gehört hatte. Ein starker Veilchenduft mischte sich jetzt in die Gerüche des Gartens.

Er wandte sich tapfer um und fand sich zwei glitzernden Augen, einem feucht glänzenden Mund, einer ganz weißen, wolkig zerfließenden Gestalt gegenüber. Ihrer Hoheit war es so warm, daß sie sich ihrer Tunika entledigt hatte.

Der Boden neigte sich mehr und mehr, doch in einem anderen Sinn. Zumindest auf einen Anschein von Schicklichkeit bedacht, erklärte Gilles:

»Chevalier de Tournemine de la Hunaudaye! Zu Diensten Eurer...«

»Nicht diesen Namen... den anderen... den, mit dem Euch die Frauen nennen!«

»Meine Mutter gab mir den Vornamen Gilles, Madame«, sagte er, selbst über seine Antwort erstaunt. Die Gefahr erschien ihm offenbar so groß, daß er sich durch Beschwörung der strengen Marie-Jeanne Goëlo, die ihn so widerwillig zur Welt gebracht hatte, zu schützen suchte. Doch Maria-Luisa war hundert Meilen davon

entfernt, sich vorzustellen, wie die Mutter dieses schönen Burschen wohl beschaffen sein mochte.
»Welch hübscher Name!« girrte sie mit plötzlich kürzer werdendem Atem. »Eure Mutter muß eine Frau von Geschmack sein, Chevalier. Aber... ist Euch nicht auch zu warm? Dieser Uniformstoff ist unerträglich dick! Zieht einen Moment Euren Rock aus... Ihr werdet Euch dann gewiß besser fühlen.«
So seltsam dieser Befehl auch war, es war darum nicht weniger ein Befehl, und er enthielt noch einen zweiten, der vielleicht nicht ausgesprochen wurde. Während er ihrem Verlangen nachkam, dachte Gilles, daß er für die Ehre seines Namens und seines Landes eine ungewöhnliche Leistung würde vollbringen müssen: eine Frau lieben, auf die er keine Lust verspürte. Aber die Lust würde schon noch erwachen, da der Körper dieser Frau alles in allem noch recht erfreulich schien, und ohnehin hatte er es nie nötig gehabt, zum Liebesspiel ermuntert zu werden.
Bevor Maria-Luisa auch nur einen Ton äußern konnte, hob er sie vom Boden, trug sie zum Bett, auf das er sie ohne sonderliche Zartheit warf, packte mit beiden Händen das Nachthemd, das er unbekümmert um seinen kostbaren Spitzenbesatz der Länge nach zerriß, glitt neben sie, und während er sie mit einem Arm umschlang, begann er ihren so entblößten Körper zu liebkosen. Doch Maria-Luisas Verlangen brauchte nicht erst stimuliert zu werden. Sie umrankte ihn wie eine Winde und preßte so leidenschaftlich ihren Mund auf den seinen, daß ihre Zähne gegeneinanderschlugen.
Ihm war, als sauge ein Polyp seinen Atem ein, aber die Lippen der Prinzessin waren geschickt, und sein eigener Körper entbrannte jäh. Um sich vollends zu entkleiden, wollte er sich einen Moment von ihr lösen, doch sie umklammerte ihn mit einer unglaublichen nervösen Kraft und hauchte röchelnd an seinem Mund:
»Behalte deine Stiefel an!... Ich habe immer davon geträumt, bei der Plünderung einer Stadt von einem Landsknecht vergewaltigt zu werden...«
Bevor er im rasenden Spiel der Leiber alles andere vergaß, überraschte sich Gilles bei dem Gedanken, daß die Träume der Prinzessin zuweilen recht unerwartete Formen annahmen...

Die »Plünderung der Stadt« dauerte drei gute Stunden. Drei Stunden, die zweifellos die erschöpfendsten waren, die der Bretone je erlebt hatte. Es war das erstemal, daß er es mit einer Nymphomanin zu tun bekam, und er mußte feststellen, daß Maria-Luisas Appetit, einmal geweckt, absolut unersättlich war.
Das französische Ansehen ging dennoch unbeschadet, wenn nicht gar erhöht aus dieser Prüfung hervor, und als der neue Geliebte der Prinzessin endlich die Genehmigung erhielt, in sein Vorzimmer zurückzukehren, räkelte sich die strahlende Maria-Luisa wie eine zufriedene Katze auf ihrem Bett und murmelte:
»Da du nächste Nacht keinen Wachdienst hast, brauchst du mich nur um Mitternacht im Pavillon des Gartens der Isla zu erwarten. Ich werde dich dort treffen.«
»Um Mitternacht? Unmöglich! Wie kommt Ihr heraus? Man schließt Euch ein. Außerdem könnte sich Euer Gatte, der Prinz, entschließen, zu Euch zu kommen. Und überdies ist der Pavillon ziemlich weit vom Palast entfernt!«
Maria-Luisa lachte heiter.
»Eben deshalb habe ich ihn gewählt. Was deine anderen Einwände angeht: Hör mir gut zu! Erstens schlafe ich allein, wenn ich es will. Und zweitens erfreuen sich meine Hofdamen des besten Schlafs von ganz Spanien dank Fiametta, die dafür sorgt. Sie ist mir mit Leib und Seele ergeben, denn sie ist mir von Parma gefolgt, wo ihr Vater Apotheker ist. Geh jetzt schnell und höre vor allem nicht auf den Hofklatsch: heute abend werde ich krank sein ... auch die folgenden Abende übrigens! Mein Gatte fürchtet die Krankheit wie das Feuer!«
Gilles schickte sich an, die Tür zu öffnen, als sie vom Bett sprang, ihn eben noch erwischte, die Arme um seinen Hals schlang, sich mit ihrem ganzen Körper an ihn preßte und ihn ein letztes Mal gierig küßte.
»Vergiß nicht! Heute abend um Mitternacht! Keine Sekunde später! Es wird mir so schon entsetzlich lange vorkommen!«
Gilles verließ fluchtartig den allzu hitzigen Raum und kehrte mit einem Gefühl wahrer Erleichterung ins Vorzimmer zurück. Die in ihm herrschende beruhigende Stille war köstlich nach den brünstigen

Lauten einer Löwin, mit denen Maria-Luisa seine Ohren gefüllt hatte. Er bedauerte nur, sich nicht eine gute Pfeife anstecken zu können, da es streng untersagt war, während der Wachstunden zu rauchen, und tröstete sich, indem er es sich so bequem wie nur möglich machte, um eine Nacht vollends hinter sich zu bringen, die alles in allem angenehmer verlaufen war, als er es sich vorgestellt hatte.

Doch die Tage, die folgten, nahmen nach und nach für den jungen Leibgardisten die bedrückenden Farben eines Alptraums an. Während Maria-Luisa in ihrem von Ärzten, Mönchen und alten Herzoginnen belagerten Bett die Kranke spielte und ihrer Umwelt in einen möglichst ausgedehnten Schlaf entwich, in dem sie neue Kräfte schöpfte, wurde Gilles' Dasein unerträglich.

Außerhalb seiner Dienststunden war er in Gesellschaft Pongos auf sein Quartier beschränkt oder irrte durch den riesigen Park, ohne Möglichkeit, sich auch nur für einen Tag von Aranjuez zu entfernen. In Schrecken versetzt durch die Vorstellung, daß er nicht pünktlich zu ihren Rendezvous' zurückkehren könne, hatte es ihm die Prinzessin von Asturien formell verboten. Er sollte, wie sie romantisch sagte, »seine Tage in Erwartung der Wonnen der Nacht zubringen...«

Und dann wiederholte sich jede Nacht in dem kleinen Pavillon am Ufer des Tajo, in dem er in völliger Finsternis warten mußte, immer die gleiche Szene: Die gut geölte Tür öffnete sich lautlos, ließ die schwarze Gestalt einer wie eine Kammerzofe gekleideten Frau passieren und schloß sich wieder.

»Bist du da?« flüsterte eine vorsichtige Stimme.

»Ja...«

Ein Geräusch wie das Rascheln von Stoffen folgte, und im nächsten Moment warf sich Maria-Luisa schon völlig außer sich und splitternackt in seine Arme, um ihn mit sich in einen unglaublichen Sturm der Wollust hineinzureißen, der ihn jeden Morgen wenigstens moralisch ein wenig müder entließ, denn in physischer Hinsicht machten ihn seine kräftige Konstitution und fordernde Männlichkeit zu einem dem Verlangen seiner königlichen Geliebten durchaus gewachsenen Partner.

Aber allmählich begann er sie wegen dieses unersättlichen Hungerns nach ihm zu verabscheuen. Das Mitleid des ersten Abends war längst vor dem Egoismus dieser Frau geschwunden, die, um zum Ziel ihrer Wünsche zu kommen, ohne auch nur einen Moment danach zu fragen, wie sein Leben außerhalb der gemeinsamen Stunden verlief, eine verliebte Durchtriebenheit zu entfalten wußte, um die sie eine Zigeunerprostituierte beneidet hätte. Maria-Luisa hatte etwas von einer Gottesanbeterin, einer raubgierigen Fangheuschrecke. Mit ihr drang Gilles in eine Art Inferno ein, aus dem er, wie ihm vorkam, niemals mehr den Rückweg zum Licht finden würde. Ihre Umarmungen verwandelten sich mehr und mehr in wütende, gnadenlose Kämpfe, in denen jeder die Begierde des anderen vernichten zu wollen schien. Und Gilles fragte sich nicht ohne Sorge, wie das alles enden würde.

Als er eines Vormittags nach der Parade zurückkehrte, die der herzogliche Oberst abgenommen hatte, reichte ihm Pongo einen vor kurzem angekommenen Brief.

»Kommt von Madrid!« sagte er nur. Als er jedoch sah, daß der junge Mann den Brief ungeöffnet auf einen Tisch warf, fügte er hinzu:

»Pongo glaubt, du müssen lesen! Vielleicht wichtig.«

»Das kann warten! Er wird von Jean de Batz sein, der mir schreibt, daß er im Spiel gewonnen oder verloren hat... und ich habe scheußliche Kopfschmerzen!«

»Kopfschmerzen vergehen«, bemerkte Pongo, indem er seinen Herrn auf einen Stuhl drückte und mit beiden Händen seinen Schädel zu massieren begann. »Und Schrift nicht die von Freund...«

Gilles griff wieder nach dem Brief. Der Indianer hatte recht. Batz hatte nichts damit zu tun. Er war von Goya und enthielt nur wenige Worte.

»Wo ist deine Klugheit, *amigo*? Die Blinden von der Plaza Mayor sprechen seit zwei Tagen von der neuen Liebe einer gewissen Dame. Nimm Dich in acht! Der Tod ist eine Schlange, die sich gern unter Blumen verbirgt. Und übrigens: Hast Du vergessen, daß wir zusammen soupieren wollten? Kommst Du?«

Die Warnung des Malers war ernst zu nehmen. Gilles beschloß, sich nach ihr zu richten.

»Welchen Tag haben wir?« fragte er Pongo.
»Den 13.«
»Schon? Du hattest recht, mich zu drängen, diesen Brief zu lesen. Er ist in der Tat wichtig.«
Während Pongo seine Massage beendete, dachte Gilles daran, daß zwei Tage später die Pradera von San Isidro stattfand, daß er Theresia versprochen hatte, sie dorthin zu begleiten, daß das Mädchen grausam enttäuscht sein würde, wenn er seinem Versprechen nicht nachkam... und daß er alles in allem größte Lust verspürte, zu dem Fest zu gehen. Einmal, weil er Theresia gern hatte und sie zu bezaubernd war, um enttäuscht zu werden. Und zum andern, weil die schöne Maja, deren Bild ihn seit einigen Tagen mehr als recht und billig verfolgte, bei diesem größten Fest des Jahres eigentlich kaum fehlen konnte.
Sein erster Gedanke war, Maria-Luisa bei ihrem nächtlichen Rendezvous vergeblich warten zu lassen. Doch da er ihren zu unvorhersehbaren Reaktionen neigenden Charakter kannte, besann er sich eines Besseren. Sie war durchaus zu einer Dummheit imstande, die sie beide zugrunderichten konnte. Dann überlegte er, daß die Feuersbrunst ihres Begehrens nicht mehr lange anhalten konnte. Stroh brennt hell, aber es hält nicht vor. Zudem konnte die Prinzessin nicht ewig die Kranke spielen, um Prinz Karl von ihrem Bett fernzuhalten. Das beste wäre vielleicht, eine vernünftige Aussprache mit ihr zu suchen. Schließlich hatte sie keinen Grund, ihm eine kurze Reise nach Madrid zu verweigern, und wäre es auch nur, um sich persönlich von Ausmaß und Inhalt der Gerüchte zu überzeugen, zu deren Echos sich die blinden Bettler machten...
Aber eine Aussprache mit der stürmischen Prinzessin war alles andere als einfach. Kaum hatte Gilles das erste Wort zu dem ihm am Herzen liegenden Thema gesagt, als sie auch schon Feuer und Flammen spie. Ohne zu bedenken, daß man sie vielleicht hören könne, schrie sie, daß er nur zur Pradera wolle und die angeblichen Gerüchte lediglich ein schlechter Vorwand seien.
»Wer soll denn wissen, daß wir uns nachts hier treffen? Nur Fiametta weiß Bescheid, und sie würde sich eher umbringen lassen, als mich verraten!«

»Auf jeden Fall können wir nicht mehr lange so weitermachten. Ihr habt doch wohl kaum die Absicht, Euer Leben in Euerm Bett zu verbringen?«
»Ich bleibe so lange im Bett, wie mir's gefällt, und ich sehe niemand, der mir das Recht dazu verwehren könnte!«
»Ich bin schwanger. Ich habe ein Anrecht auf jede Art Schonung...«
»Ihr tut gut, mich daran zu erinnern, Madame. In Eurem Zustand wäre es vielleicht besser, gewisse heftige Übungen zu vermeiden.«
Im Schein der Kerze, die er angezündet hatte, weil es ihm schwierig erschien, sich ihr in völliger Finsternis zu erklären, gewahrte er plötzlich Tränen in ihren Augen und begriff, daß er ihr weh getan hatte.
»Kommt es dir zu, mir die Leidenschaft unserer Zärtlichkeiten vorzuwerfen?« murmelte sie schmerzlich. »Ich glaubte, du fändest ebensoviel Vergnügen daran wie ich.«
Um sie zu trösten, lächelte er ihr zu, zog sie an sich und drückte einen Kuß auf ihr gelöstes Haar.
»Die Frage stellt sich nicht einmal. Nur mußt du begreifen, daß du keine Frau wie die anderen bist. Du bist die künftige Königin Spaniens, und der König hat gute Augen.«
»Dieser unerträgliche, bigotte Greis, der sich für verdammt hielte, wenn er seiner vor mehr als zwanzig Jahren gestorbenen Frau nicht stumpfsinnig treu bliebe!« empörte sich Maria-Luisa. »Wenn er sich nicht das Vergnügen verweigerte, nach dem es ihn doch wer weiß wie gelüstet, wäre er nachsichtiger gegen die Schwächen der anderen! Er würde sie nicht bis in ihre Gedanken belauern! Er rächt sich durch Unduldsamkeit!«
»Zweifellos. Aber wenn die blinden Bettler anfangen, von uns zu sprechen, heißt das, daß du in Gefahr bist. Du mußt vorsichtig sein, nicht nur für dich, sondern auch für das Kind, das du trägst. Und zuerst mußt du deine üblichen Obliegenheiten wiederaufnehmen... bei den religiösen Zeremonien von San Isidro, zum Beispiel. Man würde es dir nie verzeihen, wenn du nicht an ihnen teilnähmst.«
»Ich weiß... Aber was wird aus uns werden, aus unseren köstlichen Begegnungen?«

»Wir werden einen Weg finden«, murmelte Gilles, nicht sonderlich überzeugt. »Wir werden es müssen...«
Aber schon dachte sie nicht mehr daran, klammerte sich, nach neuen Zärtlichkeiten verlangend, schnurrend wie eine verliebte Katze an ihn. Er versuchte, sie abzuwehren.
»Es ist spät. Du mußt zurück...«
»Nein, noch nicht! Ich wäre so unglücklich! Liebe mich... nur noch ein einziges Mal... Und übrigens habe ich dir ein Geschenk mitgebracht. Bei alldem hätte ich's fast vergessen!«
Auf bloßen Füßen lief sie zu dem neben der Tür liegengebliebenen Häufchen von Kleidungsstücken, wühlte in ihm, kehrte zurück, schmiegte sich von neuem in die Arme des jungen Mannes und schob ihm etwas zwischen die Finger. Gilles protestierte.
»Aber ich will kein Geschenk... schon gar nicht ein so kostbares!« rief er, als das kümmerliche Licht der Kerze das Feuer eines als Ring gefaßten herrlichen Smaragden auffunkeln ließ.
»Warum sollte ich dir nicht etwas Kostbares schenken? Was du mir gibst, ist ohne Preis für mich!«
»Eben weil ich es gebe. Dieser Ring macht den Eindruck, als wolltest du mich bezahlen!«
»Sei nicht töricht, *mio amor*! Der Smaragd ist ein Talisman. Er ist grün wie die Hoffnung, grün wie der Frühling, und ein Gelehrter hat mir einmal gesagt, für die alten Ägypter sei er der Stein der Liebenden gewesen. Und da du nach Spanien gekommen bist, um dir ein Vermögen zu schaffen, nun, dann erlaube mir, einen Anfang zu diesem Vermögen zu machen... und beleidige mich nicht durch deine Weigerung!«
Er mußte ihn annehmen. Im übrigen erfüllte ihn ein neues, reineres Gefühl. Er hatte geglaubt, für die Prinzessin nur ein Instrument der Lust zu sein, dessen Empfindungen sie kaum interessierten. Dieses Juwel ließ ihn eine Art Zärtlichkeit entdecken, eine Herzenswärme, die vielleicht nicht wirklich Liebe war, aber ihr alles in allem jedenfalls ähnelte. Zärtlich küßte er die Hand, die ihm dieses königliche Geschenk gemacht hatte.
»Dies, meine Königin, werde ich nie vergessen...«
Die folgende Umarmung ließ die Wärme seiner Dankbarkeit spüren,

und als sich Maria-Luisa eine halbe Stunde später aus seinen Armen riß, um in den Palast zurückzukehren, blieb die Erleichterung früherer Nächte aus. Sein ursprünglicher Eindruck, als sie ihn am ersten Abend in ihr Zimmer hatte kommen lassen, war der richtige gewesen: die zukünftige Königin Spaniens suchte verzweifelt nach Glück. Und Gott allein wußte, welche Macht ein geschickter Mann durch sie gewinnen konnte, wenn sie erst die Krone trüge, denn man brauchte nicht lange am Hofe zu leben, um zu wissen, daß der Kronprinz nur ein dicker friedfertiger und bis zur Dummheit leichtgläubiger Einfaltspinsel war, der seine Frau andächtig und ergeben bewunderte. Der wahre König würde Maria-Luisa heißen. Wer aber würde der Herr Maria-Luisas sein?

»Gott schütze Spanien!« murmelte er vor sich hin, während er den Ring in sein Taschentuch wickelte, bevor er ihn mit dem angenehmen Gefühl, gleichsam einige der alten Steine La Hunaudayes bei sich zu bergen, in seinen Gürtel schob.

Er fühlte sich ruhig und innerlich zufrieden. Das Abenteuer, das ihm zu einer Last zu werden begonnen hatte, würde sicherlich durch den Zwang der Dinge von selbst, ohne Geschrei, ohne Schmerz zu Ende gehen, und wenn er sich später daran erinnerte, würde er es – anders als befürchtet – ohne bitteren Nachgeschmack tun.

Irgendwo schlug eine Uhr die dritte Stunde. Es war mehr als an der Zeit, sich ein wenig Schlaf zu gönnen... Leise verließ Gilles den Pavillon, schloß die Tür hinter sich, ging, mit vollen Zügen die frische Nachtluft atmend, einige Schritte am Fluß entlang. Es war köstlich, und der ganze Garten duftete...

Der schrille Schrei eines Nachtvogels erklang ihm ganz nahe. Fast gleichzeitig sprangen mehrere maskierte Männer aus einem Gebüsch und warfen sich auf den jungen Mann, den sie, bevor er noch zu seinem Degen greifen konnte, mit einer Geschicklichkeit fesselten und knebelten, die lange Übung verriet.

Als er völlig wehrlos war, lud ihn einer seiner Angreifer, eine Art schwarzer Riese, sich auf die Schulter und trug ihn längs des Ufers bis zu einem von Pinien umsäumten kleinen Platz, von dem einige Stufen zum Fluß hinabführten.

Trotz seiner unbequemen Lage gewahrte der Gefangene inmitten des

Platzes die Gestalt eines Mannes, der zu warten schien, eine Gestalt, die ihm bekannt vorkam. Eine gebieterische Stimme, deren Besitzer es nicht für nötig hielt, sie zu dämpfen, ließ sich vernehmen:
»Ist es erledigt?«
»Erledigt, Sire! Wir bringen ihn!« antwortete jemand.
»Gut! Legt ihn dorthin!«
Gilles' Träger ließ ihn ohne die mindeste Schonung fallen, ein Umstand, der seine Besorgnisse nur geringfügig steigerte. Wenn der König sich die Mühe gegeben hatte, selbst diesen Hinterhalt vorzubereiten, war der Liebhaber der leichtsinnigen Maria-Luisa ohnehin verloren.
In ganzer Länge auf dem kalten Marmor des kleinen Quais liegend, sah Gilles den König sich in der seltsam holprig-schwankenden Gangart nähern, die er seinen gekrümmten Reiterbeinen verdankte. Jähe Angst preßte ihm den Magen zusammen. Wären seine Hände frei gewesen, hätte er sich instinktiv zu seinem Schutz bekreuzigt, denn nie hatte er einen dem Leibhaftigen so frappierend ähnlichen Menschen gesehen. Mit seiner hängenden Nase, seinem verzerrten Mund, seinen toten Augen und seinem gebeugten Rücken war Karl III. von zugleich abstoßender und satanischer Häßlichkeit. Hinter ihm erschien unversehens die schwarze Kutte eines Mönchs...
Der König betrachtete einen Moment das zu seinen Füßen liegende zusammengeschnürte Bündel, dann nickte er:
»Befreit ihn einen Moment von seinem Knebel, damit Pater Joaquin seine Beichte hören kann. Dann knebelt ihn wieder und tut, was ich euch befohlen habe.«
Er wandte sich schon ab, um sich zu entfernen, besann sich jedoch und kehrte zu dem Gefangenen zurück.
»Ich bedauere, Euch hinrichten lassen zu müssen, mein Junge, aber wenn ich kein Exempel statuiere, werden sich alle Leibgardisten nacheinander über den Leib meiner Schwiegertochter hermachen!«
Gilles nutzte die vorübergehende Befreiung von seinem Knebel zu einem heftigen Protest:
»Dies ist keine Hinrichtung, Sire, sondern Mord! Eine Hinrichtung vollzieht sich am hellen Tage, auf öffentlichem Platz. Erst dann

schafft sie ein Exempel! Laßt mich hinrichten, wenn Ihr es so wollt, aber vor aller Augen!«

»Was eine Hinrichtung ist, entscheide ich. Außerdem werdet Ihr einer Meinung mit mir sein, daß auch der Ruf Eurer Mätresse unter das Beil des Henkers käme, führte man Euch zum Schafott... nicht zu vergessen den ihres Gatten! Wichtig ist allein, daß diese Frau Angst bekommt und sich ruhig hält. Und wenn Euer Leichnam gefunden wird, wird sie Angst bekommen, denn es fehlt ihr nicht an Intelligenz, und sie wird wissen, woher der Schlag kommt.«

Der Tod nahte zu schnell, als daß Tournemine nicht alles versucht hätte, um ihn abzuwenden.

»Ich bin Franzose, Sire, und Offizier König Ludwigs des sechzehnten seines Namens! Ich gehöre Euch nicht! Und Ihr habt kein Recht...«

»Ich habe alle Rechte! Ihr selbst habt sie mir an dem Tage zuerkannt, an dem Ihr Eure Verpflichtung zum Dienst bei mir unterzeichnet habt. Ihr wußtet genau, daß ich im Austausch gegen mein Gold das Recht besäße, Euer Blut bis zum letzten Tropfen zu fordern. Ich gebe zu, daß es rühmlicher ist, im Kampf zu sterben, als wie eine Ratte in einem Fluß, selbst einem königlichen, ertränkt zu werden. Aber daran hättet Ihr denken sollen, bevor Ihr einen Prinzen von Asturien zum Hahnrei machtet. Und Ihr könnt Euch immerhin mit dem Gedanken trösten, daß in gewisser Weise auch dieser Tod der spanischen Krone dienen wird. Gott möge Euch in seine Barmherzigkeit aufnehmen! Waltet Eures Amtes, Pater!«

Er entfernte sich mit schnellen Schritten. Gilles wand sich in seinen Fesseln.

»Wenn Ihr Eure Schandtat verheimlichen wollt, müßt Ihr selbst mich töten! Eure Henker könnten sprechen, könnten vor fremden Ohren wiederholen, was Ihr von Eurem Sohn, Eurer Schwiegertochter gesagt habt!«

Karl III. drehte sich einen Moment um, zuckte die Schultern.

»Sie sind stumm, und ich habe dafür gesorgt, daß sie niemals schreiben lernten! Sterbt in Frieden, Monsieur!«

Im nächsten Moment hatte das Dunkel der Nacht ihn verschlungen. Der Mönch, der der königliche Beichtiger Pater Joaquin d'Eleta war,

kniete neben dem Verurteilten nieder, nachdem er die Stummen durch ein Zeichen aufgefordert hatte, sich zu entfernen.
»Bekennt Eure Sünden, mein Sohn! Es ist an der Zeit...«
Die salbungsvolle, vor falschem Mitgefühl zuckersüße Stimme des Mönchs brachte Gilles endgültig zur Raserei.
»Geht zum Teufel! Ich brauche keinen Mordkomplizen, um vor Gott zu treten! Tötet mich, denn dazu seid Ihr hier, aber laßt mich in Frieden!«
»Ihr wollt nicht beichten?« fragte der andere in so entsetzt-ungläubigem Ton, daß Gilles spottete:
»Nicht Euch jedenfalls! Damit Ihr Eurem Herrn alles wiederholt, was ich Euch anvertraue!«
»Das Geheimnis der Beichte ist heilig, das solltet Ihr wissen!«
»Das hängt vom Beichtiger ab!«
Pater Joaquin erhob sich, den Verurteilten mit seiner ganzen Länge beherrschend. Er bekreuzigte sich großspurig.
»Möge Gott Mitleid mit Eurer Seele haben! Allerdings kommt Ihr aus einem Lande, in dem sich die gottlosen Ideen mit Windeseile verbreiten. Sterbt also in Sünde, da das Euer Wunsch ist!«
Er gab den Stummen einen Wink und entfernte sich einige Schritte. Die Henker näherten sich, knebelten Gilles von neuem, rissen ihn an Schultern und Füßen vom Boden hoch und trugen ihn bis zur letzten Stufe des Landungsplatzes hinunter. Ein schaukelndes Hin und Her, dann beschrieb der gefesselte Körper eine kurze Kurve durch die Luft und klatschte ins aufspritzende schwarze Wasser des Tajo. Verzweifelt füllte Gilles seine Lungen mit Luft, bevor er in den Fluten versank.
Bei dem Versuch, sich der ersten Worte eines Gebets zu erinnern, kam ihm nur ein in solcher Sekunde absurder Gedanke: Der in seinem Gürtel versteckte Smaragd würde ihm nicht mehr helfen, La Hunaudaye zu retten, und der alte Joel Gauthier würde vergeblich auf ihn warten...
Er hatte die Augen offen behalten, und ihm war, als sänke er in einem mit Tinte gefüllten Abgrund hinab. Das Wasser war kühl, aber das würde seine letzte angenehme Empfindung sein. Unerbittlich würden ihn die sich mit Wasser füllenden Stiefel auf den Grund

ziehen. Bald schien es ihm, als müßten seine Lungen zerplatzen. Das Blut hämmerte in seinen Schläfen. Die Luft, die er in seiner Brust zurückgehalten hatte, wollte um jeden Preis hinaus.

Mit aller Kraft stieß er sie durch die Nase, da sein geknebelter Mund ihm jede Hilfe verweigerte, aber im nächsten Moment drang Wasser in seine plötzlich erweiterten Nüstern, während wirre Bilder seines vergangenen kurzen Lebens aufleuchtend durch sein Gehirn glitten. Er erstickte. Der Tod kam rasch, und er kam durch das Wasser zu ihm, das ihm zeitlebens Freund gewesen war. Sein Körper wand sich in einem letzten Krampf, und er verlor barmherzigerweise die Besinnung...

Als er wieder zu Bewußtsein kam, glaubte er sich in der Hölle. Es war noch immer schwarz um ihn, und eine Art triefender Dämon wütete auf seiner Brust, als versuche er, ihm die Rippen herauszureißen. Schmerzlich ächzend, spie er einen Schwall Wasser aus, der dem Dämon einen befriedigten Ausdruck entlockte:

»Geht besser«, bemerkte Pongo dazu, indem er seinen Herrn auf den Bauch umdrehte, um es ihm leichter zu machen, das geschluckte Wasser von sich zu geben.

Gilles stellte fest, daß er auf dem Gras des Ufers lag, nicht weit von dem kleinen Landeplatz entfernt... und daß er offensichtlich noch lebte. Man hatte ihm Stiefel und Uniformrock ausgezogen. Die Kühle der zu Ende gehenden Nacht ließ ihn schlottern.

»Pongo!« keuchte er mit klappernden Zähnen. »Wie... ha... ast du d... d... das fertig... gebracht? Dank welchem Wu... under warst du da?«

»Pongo hat nicht gehorcht. Er dir folgte jede Nacht. Großer Geist ihm gesagt, du in Gefahr, Frau dir tun Böses.«

Eine Sekunde überließ sich Tournemine der Sanftheit des Grases, während er langsam zu Atem kam, und sein Herz regelmäßig zu schlagen begann. Innerlich dankte er Gott, einen Tod abgewendet zu haben, den er noch nie so nahe gesehen hatte. An dem Tag, an dem er Pongo aus dem Hochwasser führenden Delaware gezogen hatte, war ihm ohne jeden Zweifel die beste Investition seines ganzen Lebens gelungen.

»Ich habe keinen klaren Gedanken mehr«, murmelte er, als es ihm endlich gelang aufzustehen, ohne daß sich der Boden unter ihm drehte. »Was meinst du, was wir jetzt tun sollen?«

»Fliehen... fliehen vor Tag! Sie denken, du tot! Du wissen, wohin gehen?«

»Nicht das macht mir Sorgen. Francisco de Goya wüßte mich schon zu verstecken. Auch Baron de Batz, wenn ich ihn finden könnte. Vielleicht sogar die Cabarrus. Glücklicherweise habe ich viele Freunde! Aber ohne Merlin will ich nicht fort. Er ist im Stall geblieben, und ich kann ihn unmöglich diesen brutalen Burschen überlassen.«

»Pongo daran denken. Er ihn holen. Aber du von hier fort. Sieh!« fuhr er fort und wies zum anderen Flußufer hinüber. »Drüben nahe dem Weg zu großer Stadt Gruppe von Bäumen und Gebüsch. Du dich dort verstecken und warten.«

Die Straße nach Madrid führte in der Tat am jenseitigen Ufer des Tajo entlang. Es gab dort weder Gitter noch Wachposten, da die Breite des Flusses als Schutz für den königlichen Park zu genügen schien, den er mit seinen Windungen umschloß.

»Aber«, nahm der Indianer den Faden wieder auf, »besser, du überqueren Fluß schwimmend. Du stark genug?«

Gilles lachte.

»Wenn ich dir sagte, daß ich vor Lust, ein Bad zu nehmen, umkomme, würdest du mir's sicherlich nicht glauben, aber sei ohne Sorge, es wird sehr gut gehen. Dank dir bin ich nicht nur am Leben, sondern auch in so guter Verfassung, als ob mir nichts geschehen wäre. Ich werde nicht vergessen, was du getan hast, mein Freund«, fügte er bewegt hinzu und legte seine Hand auf die Schulter des Indianers, die er mit beruhigender Kraft drückte. Die langen Kaninchenhauer schimmerten zufrieden im Dunkel.

»Du damals retten Pongo aus Delaware-Fluß. Pongo dich retten heute aus spanischem Fluß. Ganz normal! Alles in Ordnung und Pongo glücklich!«

Alleingeblieben, dehnte und reckte sich Gilles lange, um die Geschmeidigkeit seiner Muskeln zu prüfen. Dann machte er aus seinem durchnäßten Uniformrock und den Stiefeln, die ihm fast verhängnisvoll geworden wären und die er nicht auf die andere Seite

transportieren konnte, ein Bündel und beschwerte es mit ein paar Steinen, bevor er es in den Fluß versenkte. Besser, so wenig Spuren wie nur möglich zu hinterlassen!
Unversehens erinnerte er sich wieder des Geschenks, das Maria-Luisa ihm gemacht hatte. Seinen Gürtel untersuchend, konstatierte er mit Freude, daß der Samaragd noch vorhanden war, und widmete dieser Frau, die ihn, bevor sie ihn durch einen anderen ersetzte, vielleicht einen Moment lang beweinen würde, einen dankbaren Gedanken. So hatte er wenigstens nicht alles verloren, denn mit der Vermehrung seines Vermögens würde es nun fürs erste gute Weile haben. Dann warf er sich entschlossen ins schwarze Wasser und schwamm mit kräftigen Stößen der Böschung des anderen Ufers zu, die zu erklettern ihm ohne allzu große Schwierigkeiten gelang. Als erstes gestattete er sich eine kurze Rast, um wieder zu Atem zu kommen. Der Ort war total verlassen, kein Laut unterbrach die Stille, bis das heisere Krähen eines Hahns sie zerriß. Der Tag war also nicht mehr fern... Gilles raffte sich auf und lief der Baumgruppe zu, die Pongo ihm als Treffpunkt genannt hatte, ohne die Unebenheiten des Bodens auch nur zu spüren: Von seinem Aufenthalt in Amerika hatte er sich eine dicke Hornhaut mitgebracht, die seine Fußsohle schützte und ihm erlaubte, falls nötig wie die Indianer ohne Schuhwerk auszukommen.
Kurze Zeit später, als der Himmel sich eben im Osten aufzuhellen begann, ließ sich das Geräusch galoppierender Hufe vernehmen, und Pongo erschien mit Merlin am Zügel auf seinem eigenen Pferd, das zu vergessen er sich gehütet hatte. Auf den Steg von Merlins Sattel geschnallt, entdeckte Gilles seinen Reisesack und sandte ein weiteres Dankgebet gen Himmel: der unersetzliche Pongo hatte wahrhaftig Zeit gefunden, auch noch den Umweg ins Zimmer seines Herrn zu machen und dort dessen Waffen und den größten Teil seiner Habseligkeiten zusammenzuraffen. Gilles umarmte ihn herzlich:
»Du bist wirklich mein guter Geist, Pongo! Ich weiß nicht, was ich ohne dich täte... Doch jetzt in den Sattel! Ich ziehe mich später an. Es wird zu schnell Tag!«
Während er sich auf Merlin schwang, fühlte sich Gilles von einer ganz neuen Freude überflutet. Es war lange her, daß es ihn so

glücklich gemacht hatte, zu leben. Glücklich zudem, von neuem unterwegs zu sein! Gestorben in Spanien, brauchte er nur nach Frankreich zurückzukehren, um dort in aller Ruhe wiederaufzuerstehen.

Er würde sich nach diesem heißen, kargen Land, das noch wilder war als seine Bretagne, gewiß nicht zurücksehnen. Maria-Luisas Liebe war ihm zur Last geworden, und tief im Grunde seines Herzens hatte er sich eine Sehnsucht nach Frankreich, nach dem guten König Ludwig, der ihm jetzt wie das Vorbild eines Herrschers erschien, und nach Judith bewahrt, deren er sich getreulich mit bittersüßen Gefühlen nach jedem weiblichen Abenteuer wieder erinnerte. Nach Judith, über die er seit seiner Ankunft noch keine Nachricht erhalten hatte. Hatten der Präfekt von Paris und sein Polizeileutnant wirklich nach ihr gesucht, oder war er nur mit ein paar freundlichen Worten abgespeist worden? Gilles kannte sich gut genug, um zu wissen, daß er dieses Schweigen, diese Ungewißheit nicht jahre-, ja nicht einmal monatelang ertragen hätte... selbst wenn er die starke Verlockung, die für ihn von der unbekannten schönen Maja ausging, hätte befriedigen können.

»Du wirst nie den Geschmack ihrer Küsse kennenlernen, mein Junge«, sagte er sich, während Merlins flinke Hufe durch den gelben Staub des Weges flogen. »Eine Nacht oder auch zwei bei Paco, bis ich Jean verständigt habe, damit er mich nicht für tot hält und verfrüht meine Erbschaft einstreicht... und dann hinaus auf die große Straße zum schönen Frankreich! Zurück zu einem zivilisierten Volk!«

Nach einem Ritt von etwa einer Stunde, der die steifen Muskeln des Geretteten wieder völlig erwärmte, hielten sie neben einer nicht weit von der Straße entfernten, halb zerfallenen Scheune, um Gilles Gelegenheit zu geben, seine ein wenig summarische Kleidung zu ergänzen. Die Sonne, der Wind des Ritts und die Wärme seines Körpers hatten Hemd und Hose fast getrocknet. Er konnte sich damit begnügen, eine Joppe aus grauem Tuch und ein Paar gleichfarbiger geschmeidiger Stiefel aus Wildleder anzuziehen und seinen dichten blonden Haarschopf zu kämmen. Dann wandte er sich mit einem breiten Lächeln an Pongo:

»Ich komme um vor Hunger! Ich weiß nicht, ob es mit meiner

Eigenschaft als Verstorbener vereinbar ist, aber ich könnte Steine verspeisen. Hast du nichts in deinen Satteltaschen?«
»Nichts! Zeit fehlte, um noch in Küche zu gehen.«
»Dann müssen wir eine Herberge finden. Es gibt eine dicht bei der Brücke über die Jajama. Sie ist sicherlich nicht besser als die andern, aber man bekommt dort immer Brot, Zwiebeln und einen Krug Wein. Der Vorteil meiner Situation als Toter ist, daß niemand auf die Idee kommen wird, mich zu verfolgen.«
Trotz dieser beruhigenden Gewißheit verspürten Gilles und Pongo die instinktive Unruhe von Leuten, die außerhalb des Gesetzes leben, als sie die schmale römische Brücke passierten, die mit ihrem halb eingestürzten Bogen die Jajama überspannte, und in Sicht der Herberge anlangten, vor der sie eine haltende Kutsche gewahrten.
Und es war nicht irgendeine Kutsche, wie sie sonst auf dem tief ausgefahrenen Weg verkehrten, der in Spanien den pompösen Namen Camino Real trug. Es war weder eins jener schwerfälligen Postgefährte mit ledernen Regendächern, in die sich eine in alles sich fügende Menschheit pferchte, noch eine jener *choche de colleras*, eine Art knarrender Reisekutschen, die nur sechs Passagieren Platz boten, oder gar einer der leichten Einspänner, wie sie Modegecken bevorzugten, sondern eine prächtige Equipage, die nur einem spanischen Granden gehören konnte, wie es auch die auf die Türen gemalten komplizierten Wappen verkündeten.
Eine Hand auf die Schulter seines Herrn legend, hielt Pongo ihn zurück, während er mit der anderen auf die Karosse wies, deren schwarzer Lack und kaum von Staub verschleierte Kupferbeschläge im Sonnenlicht glänzten. Doch Gilles hatte schon seinen Entschluß gefaßt.
»Meine ›Hinrichtung‹ ist geheim gewesen«, sagte er, die Schultern zuckend, »und ich bin noch nicht lange genug in Spanien, um jeden zu kennen und von allen erkannt zu werden. Und dann: zum Teufel! Ich habe zu sehr Hunger!«
Mit Interesse von dem Trupp der Lakaien und Vorreiter in rotgoldenen Livreen beobachtet, der die Kutsche umlagerte, band er sein Pferd an einen der hölzernen Pfeiler der Herberge und wollte sie eben betreten, als er mit stockendem Atem unvermittelt stehenblieb:

Eine Frau war auf der Schwelle erschienen, und diese Frau war niemand anders als die schöne Maja, deren Bild ihn so hartnäckig verfolgte. Die schöne Maja... die einzige, derentwegen er bedauerte, Spanien verlassen zu müssen.

Sie war es, und dennoch war sie es nicht ganz. Das Gewand, das sie trug, ähnelte in nichts dem der Frauen ihres Standes. Eine Art Amazonenkostüm aus dicker, matter Seide vom selben tiefen Rot wie ihre Lippen drapierte seine graziösen Falten um ihre schmale Taille. Bewundernswerte Spitzen schäumten um ihre Handgelenke und im Ausschnitt des Kleides, und auf der dunklen Fülle ihres nach letzter Pariser Mode frisierten Haars saß in kühner Schräge ein mit einer frechen weißen Feder gezierter großer roter Hut. Die weiß behandschuhten Hände, deren eine die lange Schleppe des Kostüms raffte, schmückte ein einziger, aber märchenhafter Ring, ebenso märchenhaft wie der Rubin, der am Ende einer dünnen Goldkette über dem Busen der Schönen zitterte.

Die Blicke der beiden trafen sich, hafteten ineinander und kamen nicht mehr voneinander los. Fasziniert, vergaß Gilles seinen Hunger, seine Müdigkeit und seine Eile, nach Madrid zu gelangen. Die Schönheit dieser Frau löschte das Universum ringsum aus, die Landschaft der versengten Erde mit ihren wenigen, von den Winden des kastilischen Winters gekrümmten Bäumen, die Gestalten einiger sonnenverbrannter, zerlumpter Bauern in staubigen Leinenschuhen.

Ein jähes Lächeln verzog plötzlich die schönen gemalten Lippen, trat in die aufleuchtenden schwarzen Augen.

»Welcher Zufall führt Euch hierher, Monsieur?« murmelte die junge Frau in fehlerlosem, kaum durch einen leichten singenden Akzent verfremdetem Französisch.

Überzeugt, daß sie ganz und gar nicht das war, was er zuerst geglaubt hatte, trat Gilles einen Schritt zurück, um sie vorbeizulassen, und grüßte mit großer Geste.

»Ein glücklicher Zufall, Madame, da er mir erlaubt, Euch wiederzusehen, obwohl ich es nicht mehr hoffte!«

Sie würdigte seinen Gruß mit amüsierter Miene.

»Ihr seid plötzlich recht zeremoniös, Chevalier. Wie mir scheint,

habt Ihr mich bei unserer letzten Begegnung in Carabanchel ›meine Schöne‹ genannt und mich geduzt!«
»Die Majas lieben es für gewöhnlich, daß man in ihrer Sprache mit ihnen spricht. In Carabanchel wart Ihr eine von ihnen...«
»Und was bin ich heute, wenn ich bitten darf?«
»Ich weiß es nicht. Wahrscheinlich eine vornehme Dame, denn diese Equipage paßt zu gut zu Eurer Toilette, um nicht Euch zu gehören, aber ich habe Euch nie bei Hof gesehen. Ihr bleibt in meinen Augen deshalb nicht weniger die hübscheste Frau ganz Spaniens!«
Das Lächeln verstärkte sich.
»Eine Frau, die nicht auch ein etwas unschicklich-direktes Kompliment zu schätzen weiß, ist eine Närrin oder eine Heuchlerin. Aber... warum sagtet Ihr, daß Ihr nicht mehr hofftet, mich wiederzusehen?«
»Weil ich Spanien verlasse, Madame, ohne Hoffnung, je wieder zurückzukehren.«
Die schönen schwarzen Brauen hoben sich um eine Winzigkeit über den großen dunklen Augen.
»Ihr verlaßt Spanien... während Ihr, wie man behauptet, eben jetzt dabei seid, die Gipfel der Gunst zu erreichen? Wie seltsam das ist!«
»Die Gipfel sind voller Fallen. Und es gibt furchtbare Vergünstigungen. Ich muß nach Frankreich zurück, Madame, und das je eher desto besser. Ihr könnt Euch nicht denken, wie sehr ich das bedauere...«
Doch sie hörte ihm nicht mehr zu. Seit einem Moment hatte sich ihr Blick von ihm gelöst und heftete sich mit beunruhigter Aufmerksamkeit auf einen Punkt in der Landschaft. Erstaunt folgte Gilles der Richtung ihres Blicks und bemerkte zwei in größter Eile sich nähernde Reiter, die wie er selbst kurz zuvor den zur Brücke führenden steinigen Hang herabsprengten. Und es gehörte nicht viel dazu, in diesen Reitern Angehörige der Polizei zu erkennen.
Sie überquerten in schnellem Galopp die Brücke, sprangen nicht weit von der Herberge vor einem dicken, abgestorbenen Baum aus den Sätteln. Einer von ihnen zog eine Papierrolle aus seinem Sattelhalfter und begann, sie zu entrollen. Die behandschuhte Hand der jungen Frau legte sich nervös auf Gilles' Arm.

»Geht in die Herberge!« befahl sie halblaut. »Sie ist im Augenblick völlig leer.«

»Das ist genau das, was ich vorhatte, denn ich habe großen Hunger aber...«

»Kein Disput, Chevalier! Tut, was ich Euch sage! Wenn Ihr Hunger habt, sagt Pedro, dem Wirt, er soll Euch etwas bringen. Er hat einen ganz annehmbaren Schinken. Aber kommt unter keinen Umständen heraus! Also beeilt Euch... Euren Diener nehmt natürlich mit. Und erwartet mich!«

Gilles gehorchte ohne Widerrede und tauchte ins Halbdunkel des Innenraums. Er hatte Zeit gehabt zu hören, wie einer der Polizisten mit Hilfe einer kleinen Trommel die verstreuten Leute um sich versammelte, während der andere sich sichtlich anschickte, den Text der Papierrolle zu verlesen.

Im Innern war es nicht mehr möglich, irgend etwas zu hören. In einer Ecke des verräucherten Raums war eine in der Asche des Herdes kauernde Alte eben dabei, geräuschvoll Kochkessel zu reinigen, während in einer anderen Ecke ein Junge Kleinholz zum Feuermachen hackte. Ein reichlich schlimm aussehender Mann in schmutzigem Leinenzeug, ein großes Messer quer in dem um seine Hüften drapierten Gurt aus roter Wolle, tauchte aus einer Öffnung im Boden, die in den Keller zu führen schien, fast unmittelbar vor Gilles' Füßen auf.

»Was wollt Ihr, *hombre*?« fragte er barsch.

»Essen! Trinken!«

»Ich habe nichts. Geht Eures Wegs...«

Tournemine brauchte die Reputation der spanischen Herbergen nicht erst kennenzulernen. Er wußte seit langem, daß man selbst dafür sorgen mußte, wenn man in ihnen einigen Komfort finden wollte. Trotzdem war es im allgemeinen möglich, dort Brot, Zwiebeln, zuweilen Tomaten zu bekommen, mit denen man dem Gast einen übrigens mit demselben Öl angerichteten Salat zubereitete, das auch der Beleuchtung diente.

»Nicht sehr gastfreundlich für einen Wirt«, bemerkte Gilles, am Stichblatt seines Degens spielend. »Die Dame, die eben herauskam, hat mir von einem Schinken gesprochen.«

»Die Dame... oh, dann nehmt nur Platz, *señor*! Man wird Euch sofort servieren!«
Plötzlich ganz Eifer und kriecherische Höflichkeit, wischte er über einen wackligen Tisch und ließ auf ihm wie durch Zauberei einen großen, kaum angeschnitten Schinken, Fladen eines zu harten Brots, den traditionellen Tomaten- und Zwiebelsalat mit Lampenöl und einen Krug Wein erscheinen, der nicht allzusehr nach Essig schmeckte. Doch Gilles war zu hungrig, um sich über die seltsame Verwandlung seines Wirts den Kopf zu zerbrechen. Er setzte sich Pongo gegenüber an den Tisch und machte es sich zur Pflicht, seine Kräfte wiederherzustellen.
Im übrigen kehrte schon nach kurzem die schöne Unbekannte zurück, so offensichtlich besorgt, daß Gilles seinen Becher niedersetzte und sich erhob. Den Wirt mit einer schnellen Geste ihrer behandschuhten Finger verscheuchend, trat die Dame zu dem jungen Mann.
»Beendet schleunigst Eure Mahlzeit, Chevalier! Ich nehme Euch mit. Ich habe ohnehin nichts mehr in Aranjuez zu tun.«
»Ihr nehmt mich mit? Verzeiht, Madame, aber ich verstehe nicht!«
»Wir haben keine Zeit für lange Erklärungen, und Ihr werdet in Madrid Muße genug haben, mir Euer Abenteuer zu erzählen. Für jetzt nur dies: Ihr werdet gesucht. Auf Euren Kopf ist ein Preis gesetzt, und die Polizisten, die Ihr habt kommen sehen, werden es auf Spaniens Straßen ausschreien.«
»Aber das ist doch unmöglich! Wie kann man mich suchen? Man hat mich auf Befehl und unter den Augen des Königs in den Tajo geworfen! Alle Welt hält mich für tot!«
»›Jedem, der dem Gilles de Tournemine de La Hunaudaye genannten Franzosen, Leutnant der Leibgarde Seiner Sehr Katholischen Majestät König Karls III., auf der Flucht nach seiner Verurteilung zum Tode durch die Justiz Seiner Majestät begegnet, wird hiermit befohlen, ihn zu ergreifen und den zuständigen Behörden zu übergeben‹«, zitierte die junge Frau und fuhr fort: »Es folgt eine ziemlich zutreffende Beschreibung Eurer Person, Eures Dieners und die Summe, die Eure Gefangennahme belohnt: fünftausend Reals. Wahrscheinlich ist Eure Rettung von einem Zeugen beobachtet

worden. Der Palast ist gespickt mit Spionen... Willigt Ihr also ein, mir zu folgen? Ich füge hinzu, daß meine Leute in diesem Moment dabei sind, Eure Pferde mit Satteldecken mit meinem Wappen zu versehen, und daß zwei meiner Diener mit Euch die Kleidung tauschen werden, um Euch die Möglichkeit zu schaffen, Madrid ohne Zwischenfall zu erreichen. In meinem Palast werdet Ihr dann in Sicherheit sein... Kommt Ihr nun?«
Gilles musterte einen Moment die junge Frau. Zugleich gebieterisch und bittend, ging ein seltsamer Zauber von ihr aus, dem zu widerstehen er schwierig fand. Immerhin versuchte er es:
»Wir kennen uns nicht«, sagte er. »Trotzdem seid Ihr bereit, Eure Pläne umzustoßen, um mir zu helfen. Das ist nicht normal. Ihr sagtet, daß Ihr unterwegs nach Aranjuez seid. Also müßt Ihr dorthin!«
»Nein! Ich habe Euch auch gesagt, daß ich dort nichts mehr zu tun hätte. Wenn Ihr es genau wissen wollt, war ich nur Euretwegen nach Aranjuez unterwegs, um Euch zu warnen. Die Gerüchte, die auf der Plaza Mayor umgehen, machten mir klar, daß Ihr bald in Gefahr sein werdet, wenn Ihr es nicht schon seid. Ich hatte keine Lust, von Eurem Tod zu erfahren, und es gelüstet mich auch jetzt nicht danach!«
»Das rührt mich zutiefst. Aber ich habe kein Recht, Madame, Euch in so ernste Gefahr zu bringen. Ich bin nichts für Euch, und Ihr habt keinen Grund, was auch immer für mich zu riskieren...«
Die junge Frau begann zu lachen, ein zugleich süßes, leises und musikalisches Lachen, während sie so nah zu Gilles trat, daß sie ihn fast berührte.
»Gründe habe ich tausend«, erwiderte sie und hob so kühn ihr Gesicht zu ihm, daß er einen Moment glaubte, sie biete ihm ihre Lippen. »Der beste von allen ist, daß ich Maria-Luisa ebenso hasse, wie ich sie verachte. Sie ist eine Närrin, eine Kranke und ein Monstrum an Egoismus! Ich liebe es, ihr Streiche zu spielen! Was die Risiken betrifft, die ich eingehe, sind sie minimal, Chevalier, um nicht zu sagen, sie existieren nicht. Macht Euch also keine Gedanken! Ich bin nicht in Euch verliebt. Aber Ihr gefallt mir, wie mir alles gefällt, was schön ist! Das ist der Grund!«

»Ich danke Euch. Aber es fällt mir schwer zu glauben, daß Ihr nichts riskiert.«
»Absolut nichts. Ich bin sogar die einzige Frau in Spanien, die es sich erlauben kann, ungestraft dem König und seinem ganzen Hof zu trotzen. Wer immer sich auch bei mir befindet, ist in völliger Sicherheit, denn weder Karl III. noch seine Minister, noch selbst die Sehr Heilige Inquisition würden es wagen, Hand an ihn zu legen, weil es in ganz Spanien keine größere Dame gibt als mich.«
»Wirklich? In diesem Fall seid Ihr...«
»Ich hatte gehofft, daß Ihr mich an meinem abscheulichen Ruf und an den zahlreichen mehr oder weniger schlechten Porträts erkennen würdet, die man von mir malt! Ja, Chevalier, ich bin die Herzogin von Alba! Willigt Ihr jetzt ein, für kurze Zeit meine Livree zu tragen? Wenigstens bis nach Madrid hinein?«
Statt einer Antwort verneigte Gilles sich tief, die Hand auf dem Herzen in bestem kastilischen Stil. Erst dann sagte er:
»Befehlt, Madame, ich werde gehorchen.«

3. Kapitel
Gejagt!

Sie war es also! Maria-Pilar-Cayetana de Silva Alvarez de Toledo, dreizehnte Herzogin von Alba, Trägerin von acht herzoglichen Kronen, Inhaberin von fünfzehn Marquisaten, zwanzig Grafschaften und einigen anderen Titeln! Die größte Dame ganz Spaniens ohne jeden Zweifel, wie sie so unbefangen verkündet hatte, ohne im übrigen auch nur eine Spur von Arroganz damit zu verbinden. Es war für sie eine ganz natürliche Selbstverständlichkeit!

Die größte, aber auch die abenteuerlichste, merkwürdigste. Hof und Stadt hallten täglich von den Echos ihrer Launen und der Wechselfälle des unaufhörlichen Kampfes wider, den sie gegen die beiden anderen hervorragendsten Frauen der höchsten Gesellschaft führte: die Prinzessin von Asturien und die Herzogin von Benavente.

Mit der ersteren spielte sich dieser Machtkampf auf einer eher abstrakten Ebene ab. Unter der stengen Aufsicht ihres Schwiegervaters zurückgezogen auf ihre königlichen Schlösser, nahm Maria-Luisa am Leben Madrids kaum teil. Cayetana von Alba bearbeitete sie mit Nadelstichen und frechen Verstößen gegen die Vorschriften der Kleiderordnung an den Tagen des »Handkusses«, an denen sie im allgemeinen in kleiner Morgentoilette erschien und ihre märchenhaften Juwelen von Angehörigen ihres Gefolges tragen ließ.

Besagte Juwelen waren im übrigen das einzige Terrain, auf dem die beiden Frauen sich offen die Stirn boten. Beide waren in der Tat von der gleichen Leidenschaft für schöne Steine besessen, eine Leidenschaft, die die Juweliere bestens auszubeuten wußten, obwohl sie sie gelegentlich vor diplomatische Probleme stellte, denn wenn die Herzogin auch reicher als die Prinzessin war, konnte es sich als unklug erweisen, ihr sofort und in jedem Fall den Vorrang zu geben.

Mit Doña Josefa, Herzogin von Benavente und Ossuna, verliefen die Dinge ganz anders: Mit offenem Visier machten sie einander ihren Einfluß auf die spanische Gesellschaft streitig.
Zehn Jahre älter als Cayetana, hatte sich Doña Josefa von ihr um den Titel der Modekönigin gebracht gesehen. Außerdem waren beide von einer wahren Bauwut befallen, und sobald die eine einen neuen Palast errichten ließ, beeilte sich die andere, ein gleiches zu tun, nur prunkvoller natürlich, und zu diesem Zweck rissen sie sich um die Künstler.
Dem Anschein nach gute Freundinnen, in Wahrheit geschworene Feindinnen, stimmten sie in keinem Punkt überein, ausgenommen in ihrer gemeinsamen Abneigung gegen die Prinzessin von Asturien, die das kuriose Privileg zu besitzen schien, allen Frauen zu mißfallen...
In der Livree eines Vorreiters neben dem Kutschenschlag der Herzogin von Alba reitend, warf Gilles von Zeit zu Zeit einen raschen Blick auf das bezaubernde Profil, das er durch die Scheiben entdeckte. Cayetana war noch schöner als in seiner Erinnerung. Der sie umgebende Prunk paßte zu ihr und steigerte noch ihre gebieterische Anmut. Dennoch fühlte er sich enttäuscht. Er bedauerte ein wenig die herausfordernde Maja, ihre so vieles versprechenden Blicke, ihre dicht unter der Haut spürbare Sinnlichkeit. Sie war einfacher, direkter gewesen, und die Liebe mit ihr mußte ein erregend-belebendes Abenteuer ohne Folgen sein. Diese hier war eine allzugroße Dame. Sie thronte auf einem Gipfel, den zu vergessen schwierig war, selbst wenn sie sich zuweilen darin gefiel, ihn zu verlassen und weniger reine und verdünnte Luftschichten aufzusuchen.
Goya, der ausgezeichnete Beziehungen zur Herzogin von Benavente unterhielt, von der er schon ein sehr schönes Porträt gemalt hatte, verbreitete über ihre junge Rivalin Äußerungen, die endgültig klingen sollten, aber vielleicht von einem heimlichen Ärger darüber inspiriert waren, daß sie ihn noch nicht in den Alba-Palast gerufen hatte, um das anziehende Antlitz Doña Cayetanas auf die Leinwand zu bannen, wie es nach der Vollendung des Porträts Josefas zu erwarten gewesen wäre. In Anbetracht des sonstigen Eifers, mit dem

die erstere der letzteren ihre Freunde abspenstig machte, war es eine Anomalie, die der Maler als Beleidigung seines Talents anzusehen geneigt war.

»Sie scheint großes Vergnügen dabei zu finden, Skandale heraufzubeschwören«, erklärte Paco. »Auch durch ihre Neigung, der Liste der zahlreichen Liebhaber, die man ihr nachsagt, immer neue hinzuzufügen. Die Frauen hassen sie, und sie, weit entfernt davon, sich darüber zu ärgern, gefällt sich in dieser quasi einmütigen Abneigung, als könnte sie dort, wo sie atmet, nichts berühren... Ihr Charme ist der einer Hexe!«

Doch ihr Charme war in dieser Minute fast ohne Macht über Tournemine. Sein Abenteuer mit Maria-Luisa hatte ihm jede Lust genommen, noch einmal einer großen Dame, so schön sie auch sein mochte, als Zerstreuung zu dienen. Er schätzte es nicht, daß man über ihn verfügte, selbst wenn es der Rettung seines Lebens galt, und obwohl er weiß Gott wie die schöne Maja begehrt hatte, war er keineswegs bereit, zum Liebhaber der stolzen Cayetana zu avancieren...

Madrid öffnete sich wie das Meer unter dem Bug eines Schiffes vor den schäumenden Pferden der Herzogin von Alba. Es war die Stunde der Vesper. Trotz der noch drückenden Hitze war die Stadt belebt. Die halbe Bevölkerung drängelte sich in den engen, holprig gepflasterten Gassen, die sich zwischen den weißen, hermetischen Kuben der niedrigen Häuser mit ihren schmalen, vergitterten Fenstern und ihren dicken Türen aus dunklem Holz von Hügel zu Hügel schlängelten. Hier und dort erhob sich aus dem leuchtenden Grün eines Gartens die noch feudalen Umrisse eines alten Palastes.

Das Volk der Hühner und Enten, Hunde und Katzen, das die Straßen fast ebenso füllte wie die Menschen, in Schrecken versetzend, verfolgte die Karosse ihren Weg, ohne auch nur einen Moment ihr Tempo zu mäßigen, und gelangte so in die luftigeren Viertel des Ostens. Dort durchfuhr sie ein Gittertor, rollte eine Auffahrt zu einer stolzen Fassade aus neuen Steinen hinauf und hielt endlich vor einer gewaltigen Tür, die sich wie durch Zauberei öffnete und den Blick auf die dunkle Gestalt eines Majordomus, eine Armee von Lakaien und die edlen Linien einer großen Treppe freigab. Aber

schon hatte die Herzogin selbst den Schlag geöffnet, sprang zur Erde und wandte sich der Treppe zu, nicht ohne zuvor Gilles durch einen Wink aufzufordern, ihr zu folgen.
Er hatte kaum Zeit, Pongo die Zügel seines Pferdcs zuzuwerfen. Sie war schon halb auf der Treppe, nachdem sie im Vorbeigehen dem sich verneigenden Majordomus einen Befehl zugerufen und mit einer lässigen Handbewegung die Schar der ihr entgegeneilenden Kammerfrauen verjagt hatte.
Schnellfüßig und leicht bog sie in eine lange Galerie, an deren Wänden bewundernswerte flämische Gemälde und französische Tapisserien miteinander abwechselten. Eine Pforte öffnete sich unter ihrer Hand, und ein kleiner, ganz in goldenem Muschelwerk und wassergrüner Seide gehaltener Raum tat sich auf, in den die durch heruntergelassene Jalousien gefilterte Sonne das grünliche Dämmerlicht einer Meergrotte warf.
Dort angelangt, zog Cayetana die ihren Hut haltenden Nadeln heraus, schüttelte die gelockte Fülle ihres Haars, was sie zu verdoppeln schien, füllte sodann zwei auf einem Schildpatt-Tablett stehende Gläser, reichte eines ihrem Gast und ließ sich schließlich in einen niedrigen, zerbrechlich wirkenden Lehnstuhl sinken.
»Nun seid Ihr in Sicherheit, Chevalier«, seufzte sie. »Plaudern wir ein wenig, während man Euch ein Appartement herrichtet. Und vor allem: setzt Euch! Entweder seid Ihr zu groß oder das Zimmer ist zu klein, jedenfalls... Ihr füllt es.«
Gilles leerte zunächst sein Glas. Der Weg war ihm endlos vorgekommen. Er hatte Durst, und dieser Alicante-Wein war ausgezeichnet. Dann sagte er ohne jede Vorrede:
»Ist es wirklich nötig, ein Appartement herzurichten? Ihr habt es mir möglich gemacht, Exzellenz, Madrid zu betreten, ohne der Polizei in die Hände zu fallen, und ich bin Euch zutiefst dankbar dafür. Aber ich habe nicht die Absicht, Euch lange zur Last zu fallen.«
»Wohin wollt Ihr denn gehen? Habe ich Euch nicht gesagt, daß Ihr in meinem Haus nichts mehr zu fürchten hättet?«
»Ich bezweifle es keinen Augenblick. Aber ich bin Soldat, Madame, und deren Leben braucht man nicht vor Furcht zu schützen. Da man hier nach mir sucht, möchte ich sofort nach Frankreich zurückkeh-

ren, um meinen Dienst wiederaufzunehmen, von dem ich nur beurlaubt bin.«
»Was seid Ihr in Frankreich?«
»Leutnant bei den Dragonern der Königin. Ich hätte dort bleiben sollen, denn in Wahrheit kommt nichts dem Dienst beim eigenen König gleich.«
»Warum seid Ihr hierhergekommen, wenn Ihr so denkt? Was suchtet Ihr in Spanien?«
Gilles begann zu lachen.
»Meine Antwort wird mich zweifellos in Euren Augen meinen Ruf kosten, Frau Herzogin. Ich suchte Gold.«
Wie er vorhergesagt hatte, verzog ein kaum wahrnehmbarer Ausdruck höflicher Geringschätzung Cayetanas Lippen.
»Gold? Wozu?«
Die Naivität der Frage amüsierte ihn. Seit Jahrhunderten ergossen sich die Schätze Flanderns, Spaniens und Amerikas in die Truhen der Herzöge von Alba, und ihre Nachfolgerin, zu sehr an das »gemeine Metall« gewöhnt, begriff nicht recht, warum andere nach ihm verlangen konnten. Der Appetit eines Ausgehungerten provoziert immer Brechreiz bei seinem an verdorbenem Magen leidenden Nachbarn.
»Um das Schloß meiner Vorfahren und meine Ländereien zurückzukaufen, für die man eine sehr hohe Summe von mir fordert.«
»Laßt die Summe hören!«
»Fünfhunderttausend Livres. Das ist enorm!«
»Das ist recht wenig! Aber ich möchte annehmen, daß Eure königliche Geliebte sich ein Vergnügen daraus gemacht hat, Euch diese Lappalie anzubieten, da Ihr es so eilig habt, nach Frankreich zurückzukehren. Es gibt in der Tat keinen...«
Sie kam nicht zum Ende. Der junge Mann war schon auf den Füßen. Sein Blick hatte Härte und Reflex des Stahls angenommen.
Er verneigte sich kalt.
»Ich bin Euch ergeben, Frau Herzogin... aber laßt mich Euch dies sagen: Wenn eine Frau, und sei sie Königin, einem Edelmann ihre Gunst schenkt, verlöre dieser Edelmann, und sei er arm wie Hiob, seine Ehre, wenn er seine finanziellen Sorgen ahnen ließe.«

»Trotzdem habt Ihr mir von ihnen erzählt!«
»Ihr habt mich gefragt, ich habe Euch geantwortet. Und ich glaube, ich habe nicht die Ehre gehabt, Euer Geliebter zu sein.«
Die Kühnheit des Tons schien Cayetana nicht zu mißfallen. Sie lächelte, schloß halb die Lider und ließ ihren Blick mit bewährter Kunst durch die Wimpern filtern.
»Warum solltet Ihr es nicht sein?« warf sie ihm anzüglich zu. »Habe ich Euch nicht gesagt, daß Ihr mir gefallt?«
»In der Tat, aber ich besitze nicht die Schamlosigkeit, Euch beim Wort zu nehmen. Und dann genügt das nicht.«
»Mir genügt es. Habe ich das Gedächtnis verloren, oder habt Ihr mir vor nicht allzu langer Zeit gesagt: ›Wann du willst, wo du willst...‹?«
Gilles verneigte sich mit einem so übertriebenen Respekt, daß es unverschämt wirkte.
»Ich habe es tatsächlich gesagt... aber nicht zu Euch, nicht zur Herzogin von Alba. Ich sagte es zu einer anderen, einer Unbekannten, der Königin jener Manolas, die aus den Straßen Madrids Felder wilder Blumen machen. Ihre kecke Schönheit zog mich an, ich gebe es zu. Sie war einfach, frei, fröhlich... und ich weiß jetzt, daß sie nur ein Traum war!«
Er grüßte, machte auf den Hacken kehrt und wandte sich zur Tür. Cayetanas Fuß stieß wütend auf das spiegelnde Parkett.
»Wohin wollt Ihr schließlich? Seid Ihr verrückt?«
»Keineswegs. Ich hatte schon die Ehre, es Euch zu sagen: Ich kehre nach Frankreich zurück, und fürs erste werde ich von einem sicheren Freund für zwei oder drei Tage Asyl erbitten.«
»Ihr wollt nicht hierbleiben?«
Ihre Stimme klang plötzlich sanft und zerbrechlich wie die eines kleinen Mädchens, dem man sein Lieblingsspielzeug fortnehmen will.
»Nein. Ich danke Euch. Ich müßte allzusehr fürchten, in diesem Palast eine unerfreuliche Rolle zu spielen. Ihr seid verheiratet, glaube ich, Frau Herzogin, und der Herzog von Alba...«
»Es gibt keinen Herzog von Alba! Mein Gatte trägt den Titel nur, weil er mein Gatte ist. Ihr könnt ihn vergessen, wie Ihr den Prinzen

von Asturien vergessen habt. Dieser arme Dummkopf Carlos ist neben seiner Frau ebensowenig von Wichtigkeit wie der Marquis von Villafranca, mein Gemahl, neben mir.«
»Das ist noch kein Grund, um ihn unter seinem Dach zu beleidigen. Und ich weiß, daß ich mich, lebte ich bei Euch, gewisser Gedanken nicht erwehren könnte, die eine ständige Beleidigung für ihn wären. Adieu, Frau Herzogin. Ihr habt mich gerettet, und darum gehört Euch mein Leben. Ihr könnt darüber nach Belieben verfügen...«
»Aber über Eure Nächte kann ich nicht verfügen?« fragte sie mit einem halben Lächeln.
»So etwa ist es... Ah! Fast hätte ich's vergessen!«
Rasch zog er die Vorreiter-Livree aus, die man ihn in der Herberge hatte anziehen lassen, und warf sie auf einen Sitz.
»Wollt Ihr so gütig sein, mir meinen Rock, meinen Diener und meine Pferde zurückgeben zu lassen?«
»Ihr seid verrückt... verrückt, sage ich Euch. In Madrid wird man Euch gründlicher suchen als irgendwo sonst. Und in dieser Aufmachung seid Ihr so erkennbar wie der Escorial inmitten seiner Sierra. Dazu diese Rothaut, die Euch dient und in Madrid bekannt ist wie ein bunter Hund. Und wohin wollt Ihr zuerst? Wer ist dieser sichere Freund?«
»Ein Maler des Hofs: Don Francisco de Goya y Lucientes. Er besitzt ein geheimes Atelier im Viertel von El Rastro, ein Atelier, das seine Frau nicht kennt und in dem er sich einschließt, um auf seine Art zu malen.«
Zornige Röte stieg in die Wangen der jungen Frau.
»Goya! Der Freund, der Lieblingsmaler der Benavente... Und ausgerechnet zu ihm wollt Ihr gehen?«
»Ja. Er ist mein Freund, Madame. Er ist ein rechtschaffener, loyaler und mutiger Mann. Ich weiß, daß Ihr ihn nicht liebt. Und doch solltet Ihr versuchen, ihn Euch zu verpflichten, denn er ist ein großer Künstler, der größte Maler, den Spanien seit langem hervorgebracht hat.«
»Seine Werke sind mir nicht so staunenswert vorgekommen«, sagte Cayetana mit einer Spur von Ablehnung in der Miene. »Aber er ist in der Tat ein mutiger Mann... und ein guter Matador. Ich habe ihn

einmal kämpfen sehen und entdeckte eine große Ähnlichkeit zwischen ihm und dem Stier. Nun, so sei es, geht zu ihm, wenn Ihr es so wollt, aber folgt einem guten Rat: Zieht Eure Livree wieder an und laßt die Satteldecke mit meinen Wappen auf Eurem Pferd. Das wird Euch ein wenig schützen. Morgen werde ich Euch Euren verkleideten Diener und das andere Pferd schicken. Es ist klüger so. Auf Wiedersehen, Chevalier...«

Er kehrte zu ihr zurück, ließ sich auf ein Knie nieder, um die Hand zu küssen, die sie ihm bot.

»Adieu, Exzellenz. Ich werde die Erinnerung an Eure Güte mit mir nehmen... und ein unermeßliches Bedauern, daß die Dinge nicht anders sind, als sie sind!«

Mit charmanter Geste legte sie die Hand, die er geküßt hatte, an ihre Wange.

»Ich habe ›Auf Wiedersehen‹ gesagt, Chevalier... nicht adieu! Wir werden uns wiedersehen.«

»Wenn es Gott gefällt!«

»Da es mir gefällt, wird es auch ihm gefallen müssen...«

Nach dem Prunk des Alba-Palastes stürzte sich Tournemine mit einer Art Erleichterung in das Gewirr der *barrios bajos*, der »unteren Viertel«. Gewiß, der Duft blühender Orangenbäume und französischer Parfüms wich Gerüchen nach gebratenen Zwiebeln, dickflüssigem Wein und schlecht gewaschenen Körpern, aber die Menge der Mädchen mit ölglänzendem, nelkengeschmücktem Haar, der frechen, zerlumpten jungen Burschen, der Alten in schwarzen, staubigen Schals, der ausgemergelten, tückisch blickenden Zigeuner ließ die Pracht von Aranjuez und die parfümierte Gefahr seiner Gärten bis zum Grunde der Zeiten zurückweichen. Die Alba-Livree erwies sich im übrigen als guter Passierschein. Man respektierte sie ebenso, wie man die eigenwillige Herzogin liebte, und die Menschen, die zu den Ufern des Manzanares strömten, ließen ihm Raum und erwiesen sich freundschaftlich dem gegenüber, den sie für einen ihrer Diener hielten.

Gilles erreichte so ohne den kleinsten Zwischenfall den schmalen, mit Wäschegirlanden behängten Platz, an dem das Haus lag, das der

Maler zu seinem geheimen Garten erkoren hatte. Ihm blieb nur zu hoffen, daß er dort sein würde, und das Nahen der Pradera, deren volkstümliche Freuden sich vom nächsten Tag an ganz in der Nähe abspielen würden, erlaubte auch jede Hoffnung.
Ein kleiner Bettler, der aussah, als sei er eben aus einem Gemälde Murillos herabgestiegen, spielte auf der Schwelle mit einer kleinen Katze und trällerte dazu die *tonadilla*, die ein unsichtbarer Gitarrist durch die offene Tür einer benachbarten Taverne hören ließ.
»*Es el señor Goya aqui*?« fragte Gilles, während er eine kleine Münze in die Hand des Kindes gleiten ließ.
»*Si, caballero!*«
Der Türklopfer dröhnte mehrmals. Der Maler war da, aber er schien zu arbeiten, denn es dauerte lange, bis sich die Tür öffnete und im Spalt sein gebräuntes Gesicht und sein mißtrauisches Auge erschien.
»Ich bin's Paco«, murmelte Gilles. »Öffne rasch. Es ist nicht gut für mich, hier draußen herumzustehen.«
Doch der Türflügel war schon weit geöffnet, und die kräftige Faust des Künstlers zog zugleich den jungen Mann und das Pferd, das er am Zügel hielt, in den von Sonnenlicht überfluteten kleinen Innenhof, in dem auf einer Mauer ein dicker roter Kater Siesta hielt.
»Wie hast du dich nur ausstaffiert?« rief Goya, verdutzt seinen Freund betrachtend. »Bist du jetzt im Dienst der Alba?«
»Gib mir ein Glas frischen Wein, und ich werde dir alles erzählen. Aber kannst du mich einen Tag oder auch zwei hierbehalten?«
»Ah!... Bist du schon soweit?«
»Solltest du, der den blinden Bettlern so aufmerksam lauscht, es noch nicht wissen?«
Goya wies auf seinen Kittel und seine Hosen, beide reichlich mit mehr oder weniger frischen Farbspuren beschmiert. Sogar in seinem Haar fanden sich Spritzer.
»Seit zwei Tagen und zwei Nächten arbeite ich hier hinter verschlossenen Türen. Erst morgen wollte ich der Pradera wegen aus dem Haus. Aber natürlich werde ich dich so lange hierbehalten, wie du möchtest. Mein Haus ist das deine. Wir werden trinken und uns einen guten Tag machen...«

»Ich fürchte, daraus wird nicht viel werden«, erwiderte Gilles lachend. »Ich muß Spanien auf dem schnellsten Weg verlassen, wenn ich am Leben bleiben will. Und außerdem habe ich keine Lust, dir böse Unannehmlichkeiten zu verursachen. Ich werde nämlich gesucht.«
»Das dachte ich mir. Aber wie willst du es anstellen, das Land zu verlassen?«
»Ich glaube, ich habe eine Idee. Wenn du meinen Freund Jean de Batz benachrichtigen lassen könntest, würde es mir helfen. Übrigens muß er sich schon fragen, was eigentlich los ist, denn zweifellos sucht man mich zuerst bei ihm.«
Goya schob einen Arm unter den seines Freundes.
»Bleiben wir nicht hier. Selbst im Schutz der Mauern ist es in Madrid nicht gut, im Freien miteinander zu reden. Man kann nie sicher sein, ob nicht ein Ohr des Heiligen Offiziums in Hörweite ist. Es hat viel von seiner Bösartigkeit eingebüßt, aber es existiert leider noch. Wir werden drinnen sicherer sein. Und außerdem wird sich Micaela schon wundern...«
»Micaela?«
»Tritt ein, du wirst sehen! Du bist mein Freund. Du hast ein Recht darauf, alles von mir zu wissen.«
Das Atelier des Malers war ein ziemlich großer Raum, der durch ein nach Norden gewandtes, mit Zelttuch drapiertes, langes Dachfenster kälteres Licht erhielt, als die strahlende Sonne draußen hätte vermuten lassen. Nur wenige Möbel außer einer mehrfarbigen Holzstatue Unserer Lieben Frau von Atocha, für die Goya aufrichtige Verehrung empfand, einer großen Staffelei, unordentlich zusammengestellten Leinwänden, Farbtöpfen, schmutzigen Paletten und einem niedrigen Diwan, bedeckt mit einem Durcheinander von Schals und Kissen. Aber kaum ins Atelier getreten, sah Gilles nichts mehr von alldem. Er riß nur die Augen auf, ohne einen weiteren Schritt zu wagen, denn ihm gegenüber auf einem kleinen Podest hob ein sehr schönes Mädchen mit einer Hand die schwarze Flut ihres Haars, als sei sie im Begriff, in ihr Bad zu steigen. Doch es war nicht ihre Anwesenheit, die den Franzosen in solchem Maße überraschte, sondern die Tatsache, daß sie völlig nackt war, von

entzückender Nacktheit, wovon er sich schon mit dem ersten Blick hatte überzeugen können.
»Das ist Micaela«, bemerkte der Maler auf französisch. »Hübsch, nicht wahr? Ich spreche vom Körper. Das Gesicht entspricht ihm leider nicht.«
»Ja, sehr hübsch«, lobte Gilles, dessen Augen unversehens denen des Mädchens begegneten. Er sah in ihnen einen flüchtigen Funken maliziöser Heiterkeit aufglänzen, als mokiere sie sich über seine offensichtliche Verlegenheit. »Aber«, fügte er hinzu, während sein Blick zu dem angefangenen Bild hinüberglitt, »ich wußte nicht, welcher Art Arbeit du hier nachgehst. Das da ähnelt kaum...«
»... meinen Tapisserie-Entwürfen, meinen ländlichen Festen, all diesen reizenden Bilderchen, die ein Maler des Hofs auszuführen hat? Das hoffe ich sehr! Ich bin nicht für die Anmut geschaffen, *amigo mio*. Ich bin geschaffen für die Glut, dafür, das Leben zwischen meinen Zähnen wie eine saftige Tomate platzen und bluten zu lassen, geschaffen, um all das zu malen, was sich auf dem Grunde der Menschenseele rührt, was dort flammt und kriecht, die Phantasie wie die Ekstasen, den Dreck wie das reinste Licht!«
Nachdenklich betrachtete Gilles das Porträt Micaelas. Wenig gewohnt, ein Bild zu beurteilen, hatte er instinktiv geliebt, was sein Freund malte, hatte er mit der gleichen Gewißheit und Unbefangenheit gespürt, daß er ein großer Maler war, wie er an Gott glaubte. Doch dies überforderte ihn. Beim Betreten des Ateliers hatte er nur ein entkleidetes schönes Mädchen gesehen, aber auf der Leinwand verwandelte sich Micaela in eine schamlose, freche Bacchantin, deren Körper in jedem Zoll leidenschaftlich modellierten Fleischs ein Aufruf zur Wollust war. Goya brauchte nicht erst zu gestehen, mit welcher Heftigkeit er dieses Mädchen begehrte: sein Bild schrie es ohrenbetäubend heraus...
Die Stimme des Malers drang zu Gilles wie durch leichten Nebel:
»Du verstehst, warum ich dieses elende Viertel gewählt habe, warum ich mich hier verkrieche? Um das zu malen, was ich malen möchte, muß ich mich wie ein Dieb verbergen. Niemand würde begreifen... niemand mir verzeihen. Am wenigsten Josefa und... die Sehr Heilige Inquisition.«

Die Erwähnung der *señora* Goya entlockte Gilles ein Lächeln. Doña Josefa mit ihren gesenkten Lidern und ihrer gemessenen Haltung glich einer als reiche Bürgerin verkleideten Nonne. Sie schätzte die Malerei ihres Mannes nicht. Nur die konventionellen Porträts, die ihr Bruder, der Maler Bayeu, ausführte, fanden Gnade vor ihren Augen. Das war ihrer Meinung nach die einzige angemessene Malerei, und sie wäre vor Entsetzen in Ohnmacht gesunken, wenn sie dieses Atelier hätte betreten können, das auch nicht wenige dramatische, ja grauenhafte Skizzen und Entwürfe enthielt: ein allzu wahrhaftig dargestelltes altes Bettelweib, ein aufgeschlitztes Pferd, das auf dem Sand einer Arena seine Eingeweide verlor, ein zum Tode Verurteilter im Augenblick der Erdrosselung im Halseisen...

Was die Sehr Heilige Inquisition betraf, hätte sie wahrscheinlich ohne Zögern den kühnen Künstler im gleichen Moment, in dem auf der Plaza Mayor seine Bilder in einem Freudenfeuer aufgeflammt wären, in ihr dunkelstes Verlies gesteckt.

Von der Leinwand kehrte Gilles' Blick neugierig zu seinem Freund zurück.

»Was ist eigentlich im Grunde deines Herzens, Paco?«

Der Maler bot ihm das kindlichste, entwaffnendste Lächeln, bevor er dessen letzten Abglanz dem Mädchen zuwandte.

»Viel Freundschaft für meinesgleichen... und mehr noch für dich, *hombre*... Zieh dich an, Micaela. Es ist Schluß für heute, und ich muß jetzt mit meinem Freund sprechen.«

Sobald das Modell wieder gebührend in Kleid und Rolle als ziemlich glanzlose Magd geschlüpft war, setzten sich die beiden Männer zu einer kleinen Mahlzeit, die sie ihnen auftrug.

Nachdem Gilles sich gestärkt und seine Geschichte erzählt hatte, holte Goya aus einem Winkel einen großen Topf aus roter und schwarzer Fayence. Er enthielt lange Zigarren, die er seinem Freund anbot.

»Als Mann hast du recht gehabt, der Herzogin die Meinung zu sagen«, bemerkte er. »Aber als ein Verfolgter hast du unrecht gehabt. Sie verfügt zweifellos über Möglichkeiten, dich ungefährdet aus dem Land zu schaffen. Wie hoffst du dich jetzt aus dieser Geschichte herauszuziehen?«

»Vielleicht mit Hilfe des Bankiers Cabarrus. Er besitzt Warenlager, Schiffe, hat vielerlei Beziehungen zur Staatskanzlei. Ein falscher Paß dürfte für ihn nicht schwer zu erlangen sein. Mit ihm, einer geschickten Verkleidung und Gottes Hilfe sollte ich Spanien ohne allzuviel Mühe verlassen können. Es ist gewiß nicht schwieriger, als einem Indianerstamm im Wald zu entkommen.«

»Nur wohnt der *señor* Cabarrus in Carabanchel, und um an Ort und Stelle zu gelangen, mußt du die Tore passieren, und da sie im allgemeinen gut bewacht sind, sehe ich nicht, wie es dir gelingen könnte. Mir dagegen würde es keine Schwierigkeiten bereiten.«

»Du würdest das für mich tun?«

Goya zuckte die Schultern.

»Hört sich das nicht so an, als handle es sich um eine Heldentat? Es ist ein einfacher Spazierritt nach Carabanchel. Niemand verdächtigt mich... Weiß übrigens dein Freund, der Gascogner, was dir geschieht?«

»Nein. Ihn aufzusuchen, hätte die Gefahr bedeutet, erwischt zu werden. Man wird mich bei ihm natürlich suchen. Dabei hätte ich ihn gerne um ein wenig Geld gebeten. Ich habe nämlich keinen Maravedi bei mir.«

»Ich werde auch zu ihm gehen, beunruhige dich nicht...«

»Aber deine Arbeit, Paco!«

Der Maler hörte nicht auf ihn. Er war schon dabei, sich den mit Farbe beschmierten Kittel über den Kopf zu ziehen. Als sein zerzauster Schädel aus den schneeigen Falten eines frisch gebügelten Hemdes zum Vorschein kam, erklärte er ungerührt:

»Meine Arbeit kann warten. Micaela auch! Während meiner Abwesenheit hat sie genug mit dem stehengebliebenen Abwasch und der Sorge um ein Haus zu tun, das du als das deine betrachten kannst. Trink, iß, schlaf! Du bist zu Hause... Du wirst zweifellos bald deine Kräfte dringend brauchen.«

Goya kehrte erst nach Einbruch der Nacht zurück. Die zufallende Tür weckte Gilles, der auf dem Diwan eingeschlafen war und sich nun hastig aufrichtete. Im gelblichen Licht des Leuchters, den er in der Hand hielt, wirkte Goyas Gesicht beunruhigter und sorgenvoller denn je.

»Nun?« fragte Gilles.
Der Maler zuckte die Schultern, dann legte er den weiten schwarzen Mantel und den breitrandigen Hut ab, die er getragen hatte. Die Hitze war mit dem Tag geschwunden, und die vom Wind der Sierra durchfegte Nacht draußen war kalt.
»Ich bin überall gewesen, ohne deinen Freund zu finden«, sagte er endlich. Ich habe ihn in den Tavernen, in den Spielhäusern und sogar bei der Benavente gesucht, wo man ihn in letzter Zeit häufig gesehen hat. In seinem Quartier war niemand, aber seine Wirtin sagte mir bei ihrer Rückkehr von der Abendandacht, daß die Numantia-Dragoner gestern abend nach Salamanca aufgebrochen seien, wo die Studenten unruhig würden.«
Gilles machte ein enttäuschtes Gesicht.
»Es sieht so aus, als verringerten sich meine Chancen...«
»Mehr noch als du ahnst. Ich wollte zu deinen Freunden Cabarrus, aber diese Nacht ist es unmöglich, die Tore sind bewacht. Das Viertel steckt voller Polizisten.«
»Das Viertel? Aber warum? Hat man mich erkannt? Ist man mir gefolgt?«
»Ich glaube nicht, aber wenn jemand sich zu verbergen sucht und nicht viele Leute kennt, hat er in den Vierteln, in denen das Volk sich drängt, die größten Chancen. Das ist ein einfaches...«
Er wurde von Micaela unterbrochen, die mit erschrockenem Gesicht aus der Küche auftauchte.
»Jemand klopft an der Tür! Ich frage mich, wer um diese Stunde noch kommen kann...«
Die Freunde sahen wortlos einander an, von der gleichen Angst ergriffen. Wenn es die Polizei war, würden sie beide die Nacht im Gefängnis beschließen und die Woche vielleicht gar in der anderen Welt.
»Das frage ich mich auch«, murmelte Goya, während er hastig seine Skizzen gegen die Wand drehte und ein Stück Leinwand über das schamlose Porträt seiner Magd warf. Draußen wurde der kupferne Türklopfer noch immer stürmisch betätigt.
»Ich komme!« brüllte der Maler und fügte leiser hinzu: »Geh mit Micaela in die Küche. Du kannst da alles hören, was gesprochen

wird. Wenn es böse aussieht, kletterst du aufs Dach und bleibst dort, bis ich dich hole.«

»Es wäre besser, wenn ich ginge, Paco. Das einzige Mittel, um dich nicht zu kompromittieren.«

»Das beste Mittel, dich erwischen zu lassen. Ich habe dir doch gesagt, daß die Häscher der Polizei das ganze Viertel abpatrouillieren. Tu, was ich dir sage! Glaube mir! Der Augenblick ist für Heroismus nicht geeignet.«

Schweigend folgte Gilles der Magd in die mit Töpfen und Zwiebelringen gefüllte kleine Küche, in der eine wahrhaft sagenhafte Unordnung herrschte, die nicht gerade für die hausfraulichen Qualitäten Micaelas sprach. Doch durch das kleine, runde Fenster konnte man sehen, was im Hof vorging. Sehen und hören.

Pacos kraftvolle Stimme klang zu ihnen herein.

»Wer klopft da?« fragte er barsch. »Was wollt Ihr?«

Trotz der Schärfe seines Gehörs gelang es Gilles nicht, die durch die Dicke der Mauer gedämpfte Antwort zu verstehen, aber er sah, daß Goya seine Laterne hob, nachdem er die Tür geöffnet hatte, und sich alsbald tief verneigte.

Eine in einen langen schwarzen Schal gehüllte Frau erschien im Schein der Laterne, eine Frau, die Gilles nicht zweimal zu betrachten brauchte: Zwischen den dunklen Falten des Schals zeigte sich das blasse Gesicht Cayetana von Albas... Aller Sorgen bereits enthoben, verließ er die Küche, im Herzen schon so etwas wie Freude. Aus welchem Grunde sollte die hochmütige Herzogin bis in dieses elende Viertel gekommen sein, wenn nicht, um ihn zu sehen?

Er traf auf sie, als sie eben das Atelier betrat, von dem Maler gefolgt, der sich sichtlich noch nicht von der Überraschung dieses unerwarteten Besuchs erholt hatte. Doch als er vor ihr stand, fand er nichts Besseres zu sagen als:

»Ihr?... Ihr seid es?«

Sie ließ ein helles Lachen hören, das seltsam mit der im Hause herrschenden Katastrophenstimmung kontrastierte.

»Natürlich bin ich's! Ich wollte mich persönlich davon überzeugen, ob Ihr halbwegs in Sicherheit seid und nicht schon wieder mit neuen Dummheiten beschäftigt.«

Ihren Schal fallen lassend, erschien sie in dem Majakostüm, das Gilles an ihr gesehen hatte, als sie in Begleitung Romeros beim Fest der Maikönigin aufgetaucht war. Und ohne sich um den Schal zu kümmern, trat sie weiter in den Raum, jede Einzelheit mit glänzenden Augen musternd.

»Ich hoffe, Ihr vergebt mir, daß ich in Euren... geheimen Garten eingedrungen bin, *señor* Goya. Es scheint, daß Ihr mich nicht sehr liebt. Wenigstens behaupten das die zahlreichen Freunde Doña Josefas, zu denen auch Ihr gehört!«

Der Künstler verbeugte sich, eine Hand auf dem Herzen.

»Die zahlreichen Freunde Doña Josefas, die nichts dagegen haben, einen schlichten Maler zu ihren eleganten Reihen zu zählen, reden allzu oft, ohne zu wissen, Euer Exzellenz. Wie kann man etwas lieben oder hassen, das man nicht kennt? Überdies scheint die Herzogin von Alba meine bescheidene Existenz noch niemals bemerkt zu haben...«

»Touché!« rief Cayetana vergnügt. »Ich habe die Banderilla vollauf verdient, *señor*... und ich glaube, daß ich mich in Zukunft Eurer erinnern werde.«

Während sie noch sprach, wirbelte sie auf ihren Kothurnen aus schwarzem Atlas herum, die der kurze Rock sehen ließ, und ging geradewegs auf die Staffelei zu, von der sie mit entschlossener Geste die schützende Hülle herabzog.

Gilles, der sie beobachtete, sah jähe Röte Gesicht und Hals überfluten, während es in ihrem Blick seltsam aufleuchtete. Sie hielt sich gerade aufgereckt in der Lieblingshaltung der Majas, die Hände in die Taille gestemmt, und er sah auch, daß ihre Gelenke weiß wurden, während die schmalen Finger sich in die Seide der Korsage verkrampften. Doch als sie sich dann zu dem Maler wandte, war ihr Antlitz wieder undurchdringlich geworden.

»Ich glaube nicht, daß es mir von nun an möglich sein wird, Euch zu vergessen, *señor* Goya«, sagte sie langsam. »Euer französischer Freund sagte mir, daß Ihr ein sehr großer Maler seid. Er hat recht... Darf ich Euch nun bitten, Eure Freundschaft dadurch zu krönen, daß Ihr mich mit ihm allein laßt? Ich habe ihm einiges zu sagen, und die Zeit drängt.«

Der Maler verneigte sich schweigend und zog sich zur Tür zurück, die er sorgfältig hinter sich schloß.

»Jetzt zu uns beiden!« sagte Cayetana. »Es war eine Torheit, Euch hier zu verkriechen, mein Lieber, und ich habe eine noch größere begangen, indem ich Euch hierher nachkam, aber ich konnte Euch nicht in dieser Patsche lassen, in die Ihr Euch gebracht habt. Kann ich erfahren, wie es mit Euren Plänen steht, und werdet Ihr mir wenigstens anvertrauen, wie Ihr aus Madrid herauszukommen gedenkt? Die Tore sind verriegelt, die Polizisten patrouillieren in den Straßen...«

»Bin ich wirklich der, den man sucht? Schließlich wünschte der König, daß ich so diskret wie nur möglich verschwände. Und ich sehe nicht, wie er so schnell erfahren konnte, daß ich nicht so lange im Tajo geblieben bin, wie er hoffte.«

»Auf die einfachste Weise der Welt. Ein Gärtner, der sich versteckt hatte, um auf die ein wenig zu oft von den Gassenjungen von Aranjuez geplünderten Aprikosen seines Gemüsegartens aufzupassen, hat Eurem ganzen Abenteuer beigewohnt. Er hat alles gesehen, alles gehört: Eure Verurteilung, Eure Verweigerung der Sakramente der Kirche, endlich Eure Rettung durch einen Dämon mit rotem Gesicht und Eure Flucht. Ich füge hinzu, daß diese letztere Episode, obzwar höchst eindrucksvoll, ihn endgültig überzeugt hat, daß Ihr ein Helfershelfer Satans seid. Kaum von seinem Schrecken erholt, hat er so viel Lärm gemacht, daß es nicht mehr möglich war, Euer Verschwinden schweigend zu übergehen, und so werdet Ihr nun von den Leuten des Königs wie von denen der Sehr Heiligen Inquisition als Gotteslästerer und Hexenmeister gesucht. Wenn man Euch erwischt, erwartet Euch der Scheiterhaufen. Ihr seht, daß dies den zu Euren Ehren entfalteten Aufwand einigermaßen rechtfertigt.«

Trotz seines Muts wurde Tournemine blaß. Der Scheiterhaufen, diese mittelalterliche Scheußlichkeit, für ein Verbrechen, das in einem Paar zusätzlicher Hörner auf der erhabenen Stirn einer ohnehin schon reichlich damit geschmückten Königlichen Hoheit bestand? Das reichte aus, um auch die Tapfersten zurückschrecken zu lassen. Gegen seine Beklemmung ankämpfend, bemerkte er mit dennoch sehr ruhiger Stimme:

»Wenn es so ist, warum hat Goya mir nicht alles gesagt? Als ich Zuflucht bei ihm suchte, habe ich ihn in noch schlimmere Gefahr gebracht, als ich mir's vorstellte!«
Das schöne, leidenschaftliche Gesicht der Herzogin wurde plötzlich ernst.
»In schlimmere, in der Tat, denn wenn Ihr bei ihm gefunden werdet, werden die Leute von der Polizei auch dies finden ... und dies ... und dies«, sagte sie, nacheinander auf Micaelas Porträt und einige Leinwände, die sie rasch umdrehte, zeigend. »Er wird gemeinsam mit Euch brennen. Aber das beweist nur, daß *señor* Goya mit einer nobleren Seele begabt ist, als ich glaubte, und daß die Bezeichnung ›Freund‹ bei ihm jedenfalls schwer von Bedeutung ist. Und jetzt Eure Pläne?«
Gilles schüttelte den Kopf.
»Ich habe keine mehr, Madame. Mein Freund Jean de Batz ist mit seinem Regiment nach Salamanca aufgebrochen, und es kommt nicht in Frage, mich unter solchen Umständen an andere Freunde um Hilfe zu wenden.«
»An wen dachtet Ihr?«
»An den Bankier Cabarrus. Meine Idee war es, ihn zu bitten, mich nach Frankreich zu schmuggeln, sei es auf einem seiner Schiffe, sei es durch eines seiner Grenzkontore. Aber das ist nicht mehr möglich. Er hat Familie.«
»Und außerdem erblühen die ritterlichen Gefühle selten bei Geldleuten. Nun gut«, schloß Cayetana mit einem Seufzer, »ich glaube, Ihr habt keine Wahl mehr. Euch bleibt nur eins: ich!«
Er fuhr auf:
»Ihr habt bisher schon allzuviel getan, Madame, und dennoch gibt Euch das nicht das Recht, mich zu beleidigen. Denkt Ihr, ich sei fähig, eine Frau, und sei sie Herzogin und so mächtig wie eine Königin, der gleichen tödlichen Gefahr auszusetzen wie meinen Freund Paco? Wenn es so wäre, hättet Ihr eine recht armselige Meinung von mir.«
Die Hände auf den sich im Rhythmus ihres Gehens wiegenden Hüften, trat Cayetana mit hochgerecktem Kinn zu ihm und sah ihm in die Augen.

Sie lachte kurz auf.
»Wenn ich diese Meinung von Euch hätte, mein Freund, wäre ich nicht hier, denn Feiglinge sind mir ein Greuel und mehr noch die, die hinter den Schwachheiten des Herzens Zuflucht suchen. Dies gesagt, wißt Ihr nur zu gut, daß ich keine Herzogin wie die anderen bin, oder habt Ihr es etwa schon vergessen? Was die Frau betrifft... glaubt sie, Euch schon ihr Gefühl für Eure Person gezeigt zu haben. Schließlich wiederhole ich: Ihr habt keine andere Wahl. Nehmt also mein Angebot an!«
»Nein, nein! Tausendmal nein! Ich weigere mich! Ihr werdet mich, nehme ich an, kaum mit Gewalt entführen?«
»Wer weiß?«
»Ihr könntet es nicht. Vor einer Stunde werde ich dieses Haus verlassen haben.«
»Wirklich? Dann... überlegen wir uns, was wir mit dieser Stunde beginnen werden, denn es gefällt mir nicht, Euch vorher zu verlassen. Kann ich Euch übrigens ein Geheimnis anvertrauen?... Ich sterbe vor Hunger, vor Durst! Würdet Ihr in die Küche gehen, um nachzusehen, ob sich da nicht ein paar Überbleibsel finden? Auch Ihr werdet Eure Kräfte brauchen. Flucht ist eine ermüdende Angelegenheit.«
Verdutzt starrte er sie an, unfähig zu begreifen, was für Gedanken sich hinter dieser kleinen, eigensinnigen Stirn regten. Cayetana war seltsam, ungreifbar. Mit verblüffender Leichtigkeit wandelte sich ihre Stimmung von Ernst zu unbekümmertster Lässigkeit, vom Drama zur Posse. Hart wie Stahl in manchen Minuten, gab sie sich schon in der nächsten geschmeidig wie eine Degenklinge, ohne dabei etwas von ihrer Kraft zu verlieren. Sie war ebenso veränderlich und gefährlich wie das Meer der Bretagne. Doch die Rechte auf ihn, die sie sich schon erworben hatte, waren gebieterisch, und Gilles kam nicht einmal auf die Idee, sie ihr streitig zu machen. Er fügte sich also, im Grunde glücklich über diese unerwartete Laune, die ihm erlaubte, ihre Gegenwart, ihre sinnliche Schönheit, die das an einem Karnevalsabend geborene Verlangen wieder in ihm entzündete, noch eine kurze Weile zu genießen. Nur der Stolz hatte ihm erlaubt, es zu unterdrücken.

»Ich werde versuchen, Euch zufriedenzustellen«, sagte er, sich zur Küche wendend.
Der enge, nach Knoblauch und kaltem Öl riechende Raum war leer, da Goya und Micaela offenbar ein sehr einfaches Mittel gefunden hatten, ihre erzwungene Muße angenehm zu nutzen. Gilles brachte ohne nennenswerte Mühe einen Krug Wein, ein paar Paprikaschoten, ein wenig Schinken und in Öl gebackene Sesamkuchen zusammen, stellte alles auf ein Tablett, fügte zwei Becher, zwei Näpfe und Bestecke hinzu und kehrte zum Atelier zurück, dessen Tür er mit dem Fuß aufstieß. Doch auf der Schwelle hätte er angesichts des sich ihm bietenden Bildes um ein Haar seine Last auf den Fliesen des Bodens zersplittern lassen.
Jenseits eines Archipels aus schwarzer Seide und weißen Spitzen und dem enthüllten Porträt der Magd gegenüber war das kleine Podest wiederum von einer nackten Frau besetzt, die in einer mit der des Modells völlig übereinstimmenden Pose die schwarze Flut ihres Haares hob, so daß die festen Kugeln ihrer Brüste vorsprangen. Aber diese Frau war nicht mehr Micaela...
Die Augen, die zwischen den über die Hälfte ihres Gesichts fallenden üppigen schwarzen Locken hindurch seine Reaktion belauerten, waren ebenso dunkel wie die der Magd, nur glänzender. Der sehr rote Mund öffnete sich ein wenig über kleinen, vollkommenen Zähnen zu einem herausfordernden Lächeln, und perlmuttene Reflexe spielten über ihren entblößten Körper.
Wenn sich Gilles' Kehle plötzlich zusammenschnürte, zeigte er jedenfalls nichts davon, blinzelte nicht einmal. Er setzte nur ruhig sein Tablett auf einen Schemel, begegnete wie ein Raubtierfänger, der es mit einer gefährlichen Bestie zu tun hat, dem frechen Blick der jungen Frau und hielt ihn in seinem gefangen. Dann zog er sich, nur wenige Schritte von ihr entfernt, wortlos aus, mit der gleichen Schamlosigkeit wie sie die Stärke seines Begehrens enthüllend. Er sah, daß ihre Augen sich verengten, hörte sie leise keuchen.
Erst dann sprang er zu ihr auf das Podest, und ohne ihr die geringste Möglichkeit zum Entrinnen zu lassen, nahm er sie in Besitz mit einem brutalen Stoß, der sie vom Boden hob, während er seinen Mund auf ihre Lippen preßte.

Sie stöhnte vor Schmerz, krallte ihre Nägel in die Schultern des jungen Mannes, wand sich wie eine Natter, um sich dem jähen Brennen ihres Körpers zu entziehen, doch schon warf er sich mit ihr auf den Diwan.

Noch nie zuvor hatte er mit solcher bei ihm ungewohnten Gewaltsamkeit geliebt, und er versuchte nicht einmal, sie zu analysieren. Er war wie aus sich herausgehoben, fortgerissen von einem primitiven und komplexen Trieb, in dem sich das Verlangen, sich für die Dreistigkeit zu rächen, mit der diese Frau durch ihre herausfordernde Schamlosigkeit ihm ihr Gesetz aufgezwungen hatte, mit Zorn auf sich selbst, weil er nicht hatte widerstehen können, und schließlich Verzweiflung vereinte, denn die Wahrscheinlichkeit war groß, daß dieser seidige Körper der letzte war, über den er würde triumphieren können. Die Falle war gut gestellt und seine Chance, Madrid lebend zu verlassen, gering. Aber er bemerkte sehr schnell, daß seine Brutalität weit davon entfernt war, der jungen Frau zu mißfallen, denn wie ein Bogen gespannt, mit weit geöffneten, schwimmenden Augen und tränennassen Wangen röchelte sie unter dem Ansturm und trug mit all ihrer Leidenschaftlichkeit zu dem krönenden Abschluß bei, dessen Heftigkeit sie fast vom Diwan warf...

Einige Augenblicke später, während er noch mit hämmerndem Herzen über ihr lag, begann Cayetana mit seltsam schüchterner Hand, als fürchte sie, den schlafenden Dämon in ihm zu wecken, seinen Rücken zu streicheln; dann streifte sie mit ihren Lippen leicht seinen Mund.

»Untier«, flüsterte sie in schmeichelndem Ton, der die Beschimpfung widerlegte, »du hast mir weh getan, weißt du? Ist das eine Art, mit einer großen Dame umzugehen?«

Er löste sich so jäh von ihr, als habe sie ihn verbrannt, und starrte mit eisigem Blick auf sie hinab, in dem nichts mehr von ihrem verliebten Delirium blieb.

»War das denn die große Dame?« höhnte er. »Ich habe nur eine heiße Gassenkatze gesehen, eine ihren Instinkten nachgehende, ganz gewöhnliche Manola. Und da es die gleiche war, auf die ich seit langem Lust hatte...«

Die Beleidigung ließ sie lächeln, und während ihre geschmeidigen Finger verstohlen über den Körper des jungen Mannes glitten, murmelte sie:
»Auf die du hattest? ... Was für ein betrübliches Imperfekt? ... Die Stunde ist noch nicht zu Ende, mein schöner Freund, aber du scheinst es offenbar schon zu sein.«
Das Dementi folgte augenblicklich. Die Stunde wurde überschritten, die zweite desgleichen, dann die dritte, sie alle begleitet vom melancholischen Ruf des Nachtwächters, dessen schwerer Schritt draußen die Echos der Gasse weckte. Und als die junge Frau endlich erschöpft und reglos an der Brust ihres Liebhabers ruhte, klang recht demütig, was sie flüsterte:
»Bist du jetzt bereit, auf mich zu hören und mir zu folgen?«
Er küßte sie leicht und zart auf die Augen, auf den Mund und auf beide Brüste.
»Nein, meine Süße ... jetzt noch weniger denn je! Dank dir fühle ich mich jetzt stark genug, lachend allen Henkern des Heiligen Offiziums zu trotzen!«
Sofort brauste sie auf:
»Dreifach dickschädeliger Esel! Man lacht nicht auf dem Scheiterhaufen! Und es handelt sich um wirkliche Henker! Glaubst du, ich könnte es jetzt ertragen, dich an einen Pfahl gekettet und angetan mit dem grotesken *sanbenito** im glühenden Biß der Flammen sich krümmen zu sehen ... und alles wegen dieser Hure Maria-Luisa? Hast du mir gestern gesagt, daß dein Leben mir gehört oder nicht?«
»Ich habe es gesagt, aber ...«
»Ein solches Wort duldet kein aber ... Ich habe also das Recht, mit diesem Leben zu tun, was mir richtig erscheint, und folglich befehle ich – hörst du? Ich befehle! –, daß du hier wartest, bis ich dich morgen früh abholen werde. Nein, protestiere nicht, sag nicht nein ... du hast kein Recht dazu, und außerdem glaube ich, ein ausgezeichnetes Mittel gefunden zu haben, dich aus Madrid herauszuschaffen ... und das fast völlig ohne Gefahr.«

* Gelber Kittel, den die von der Inquisition zum Scheiterhaufen Verurteilten tragen mußten.

»Fast! Du siehst...«
»Sei nicht töricht! Man muß immer mit dem Schicksal rechnen, aber ich liebe die Gefahr, ich finde in ihr den wahren Reiz des Lebens, und unglücklicherweise begegne ich ihr nicht oft. Was wir gemeinsam tun werden, wird mich höchst amüsieren, und ich werde es dir nicht verzeihen, wenn du mich darum bringst. Zudem, wenn du es wissen willst, brauche ich dich in Frankreich. Du könntest mir vielleicht einen wichtigen Dienst erweisen, einen Dienst, den ich nur von dir fordern kann. Du siehst, wir tun uns gegenseitig einen Gefallen.«
»Ist das wahr? Ich glaube kein Wort! Oder sprich, sag mir, was ich tun könnte!«
»Nein. Morgen!... Morgen wird der Teufel selbst für mich sein, denn er wird des Festes wegen nichts anderes zu tun haben! Und sei unbesorgt, ich werde deinen indianischen Diener nicht vergessen. Jetzt ist es Zeit, zum Palast zurückzukehren. Nein, hab keine Angst«, fügte sie hinzu, als Gilles mit einer Bewegung Protest andeutete, »ich riskiere nichts bei Nacht in den Straßen Madrids. Das kleine Volk kennt und liebt mich. Jedenfalls genug, um die blinden Bettler, die ich heimlich unterstütze, daran zu hindern, über meinen Besuch in diesem berüchtigten Viertel zu reden. Sie beschränken sich auf meine Streitigkeiten mit der Benavente, bei denen ich im allgemeinen die bessere Rolle spiele. Hab Vertrauen und erwarte mich!... Übrigens werde ich *señor* Goya ersuchen, dich einzuschließen. Du könntest das Haus nicht verlassen, ohne es zu demolieren.«
Sie umarmte ihn und verschwand so plötzlich und weit geräuschloser, als sie gekommen war. Nur ihr warmer Ambraduft blieb, ihre Gegenwart beschwörend, süß wie eine letzte Zärtlichkeit. Das Haus, das ganze Viertel waren in die nächtliche Stille zurückgesunken. Allein der melancholische Ruf des Nachtwächters ließ sich aus der Ferne hören:
»Es ist Mitternacht! Ihr Christen, schlaft!«
Von neuer Hoffnung erfüllt, nahm Gilles sich vor, sich dem Willen Gottes zu überlassen... und dem Cayetanas, nicht zu vergessen, die durchaus imstande schien, selbst die Beschlüsse des Herrn ein wenig

zu ihren Gunsten zu lenken, da sie zu den Frauen gehörte, denen niemand zu widerstehen vermag, weil sie solchen Widerstand nicht für möglich halten.

Die friedvolle Stille zerbrach bei Tagesanbruch, verjagt von den Glocken unzähliger Kirchen, Gitarrenakkorden, dem Rasseln der Tamburine, dem Lachen der Mädchen und den fröhlichen Rufen der Burschen: Madrid erwachte lärmend unter den malvenfarbenen Reflexen eines schönen, von der Morgenröte überhauchten Himmels und begann das Fest San Isidros, seines Schutzpatrons, zu feiern.

Mit dem Erscheinen des prächtig als Majo, als andalusischer Stutzer in goldfarbenen Atlas mit schwarzem Bortenbesatz gekleideten Paco drang das Fest bis ins Atelier. Die Düfte, die er verbreitete, waren fast ebenso berauschend wie die der Herzogin, und er schien in bester Laune, als setzte die Anwesenheit des Franzosen unter seinem Dach ihn nicht der Gefahr aus, in einer der nächsten Nächte lebendig geröstet zu werden.

»Wenn ich nicht auffallen will, muß ich meine Frau zur Messe von San Isidro begleiten. Aber du, mein Freund, was hast du beschlossen... oder vielmehr, was hat die deinetwegen bis in dieses elende Haus herabgestiegene schöne Dame beschlossen?«

»Sie wird mich heute morgen hier abholen. Sie behauptet, ein wundersames Mittel gefunden zu haben, mich aus Madrid hinauszubringen. Aber ich fürchte, sie täuscht sich...«

»Über was? Über ihre Macht? Diese Frau ist fähig, den Teufel in Person zu besiegen. Ich beneide dich darum, einer ihrer Freunde zu sein.«

»Warum solltest du es nicht auch? Erinnere dich, sie hat gesagt, daß sie dich nicht vergessen würde.«

Eine heiße, unerwartete Freude verklärte plötzlich das derbe Gesicht des Malers, und Gilles begriff, daß das noch nie so nah gesehene Bild der Herzogin in die Augen... vielleicht auch ins Herz seines Freundes gedrungen war.

»Glaubst du?« murmelte er mit einer träumerischen Zartheit, die den Franzosen spüren ließ, daß er richtig geraten hatte. »Ich würde so gern für sie arbeiten, sie malen, sie wieder und wieder malen, denn sie ist zugleich immer dieselbe und immer eine andere: Idol, Frau, ein Mädchen Madrids, eine Königin ...«

»Sagen wir, sie ist *die* Frau«, lächelte Gilles. »Und jetzt, Paco, laß mich dich umarmen und dir adieu sagen. Wenn du zurückkommst, werde ich sicher nicht mehr hier sein, und ich weiß nicht, ob wir uns eines Tages wiedersehen werden. Aber ich möchte dir sagen, daß mein Herz nie vergessen wird, was du gewagt hast und noch immer für mich wagst.«

»Du bist ein Bruder für mich geworden, Franzos... einem Bruder schuldet man alles, und ich weiß, daß wir uns eines Tages wiedersehen werden. Geh mit Gott! Ich werde für dich zu San Isidro und Unserer Lieben Frau von Atocha beten.«

Die beiden Männer umarmten sich mit Tränen in den Augen. Dann empfahl Goya Micaela ein letztes Mal, die Tür nur nach gründlicher Prüfung zu öffnen, und verließ das Atelier wie auf der Flucht, zweifellos um ein Gefühl zu verbergen, das er nicht zu beherrschen vermochte.

Er konnte die Kirche noch nicht erreicht haben, als sich die Straße schon mit dem majestätischen Getöse des Aufzugs Ihrer Exzellenz der Herzogin von Alba füllte. Genauer gesagt, einer Art Aus- und Umzugsgeleit, bestehend aus einer großen Reisekarosse, gefolgt von zwei oder drei Kutschen geringeren Ansehens für die Domestiken, alle mit Pferden bespannt, die hohe Federbüsche auf den Köpfen und fröhlich klingelnde Glöckchengehänge trugen. Mehrere Vorreiter ritten voraus, um den in ihren trotz der Wärme getragenen Mänteln mit dreifachem Kragen höchst imposant wirkenden Kutschern den Weg zu bahnen. Lakaien klammerten sich an die Federn der Reisekarosse, und schließlich kam nach einer Rotte von Pikören zu Pferd ein ganzer Zug von noch mehr als die Gespanne mit Glöckchen und Schellen behängten Maultieren, die lederne Gepäckstücke und Ballen trugen: all den unumgänglichen Kleinkram einer großen Dame auf Reisen.

Das Ganze hielt vor dem Haus Goyas an, dessen Türklopfer energisch in Bewegung gesetzt wurde. Gleich darauf versank die vor Unterwürfigkeit über ihre eigenen Füße stolpernde Micaela in eine fast kniende Reverenz vor Ihrer Herrlichkeit der Herzogin von

Alba, die in äußerst elegantem Reisekostüm und einem so üppig mit Federn geschmückten Hut, daß er sich wie eine Provokation ausnahm, einen Eintritt auf ihre Art, das heißt geräuschvoll, vollzog, an dem sehr viel leiser eine lange, magere, in dichte schwarze Schleier gehüllte Duenja teilnahm.

Zur Erbauung der kleinen Menschenansammlung, die sich um ihre Equipage bildete, rief die Herzogin sehr laut, daß sie sich zu ihrer Villa von San Lucar de Barrameda begebe und das Bild abholen wolle, das sie am Tage zuvor von *señor* Goya gekauft und für eben diese Villa bestimmt habe. Sie fügte hinzu, daß sie *señor* Goya dankbar wäre, wenn er ihr ein Pferd leihen würde, da eins der Pferde ihrer Bespannung ein Eisen verloren habe. Die Notwendigkeit, ihre Reise schnell fortzusetzen, erlaube ihr nicht, noch einmal zum Palast zurückzukehren.

Was zu dem Resultat führte, daß einer ihrer Diener, während sie selbst im Haus verschwand, eins der Pferde der Bespannung gegen Merlin persönlich auswechselte...

Indessen fiel sie einen Moment darauf, ohne sich im geringsten durch die Anwesenheit der Duenja stören zu lassen, in Gilles' Arme, den sie kurz, aber leidenschaftlich umschlang.

»Wir haben wenig Zeit«, murmelte sie nah an seinem Mund. »Schnell, zieh dich aus!«

Er starrte sie bestürzt an.

»Ich soll mich...? Seid Ihr verrückt? Jetzt?«

Sie brach in helles, fröhliches Gelächter aus.

»Nicht für das, was du denkst, Dummkopf! Dies hier ist meine treueste Dienerin, *doña* Concepción! Sie hat über meine Kindheit gewacht und besitzt mein ganzes Vertrauen. Du wirst ihre Kleidung... und ihren Platz an meiner Seite in meinem Wagen übernehmen. Zum Glück ist sie groß, und selbst wenn die Kleidung dir nicht gut paßt, wird niemand auf die Idee kommen, dich unter den Röcken einer respektablen Duenja zu suchen. Um so weniger, als man zu wissen meint, daß wir nie einander begegnet sind. Mach schnell!! Die Unruhe durch die Pradera lockert die Überwachung an den Toren ein wenig. Wir werden unbehindert passieren, und heute abend bist du weit.«

Unbestreitbar hatte Cayetana da ein ausgezeichnetes Mittel gefunden. Widerspruchslos begann Gilles sich zu entkleiden, während *doña* Concepción hinter einem Paravent das gleiche tat, ohne einen Zoll an Würde zu verlieren. Im übrigen war der Paravent total überflüssig, da sie unter ihrer Kleidung vorsorglich schon eine andere, die einer Frau aus dem Volke, trug.
»Sobald es Nacht ist«, erklärte die Herzogin, »wird Concepción in den Palast zurückkehren, ohne Aufmerksamkeit zu erregen.«
Mit Hilfe der beiden Frauen legte Gilles die lange und weite schwarze Robe an, die Gagathalsketten, die Haube mit ihren bis ins Gesicht fallenden Spitzen und das weite Kapuzencape, das alles umschließen sollte. Der größeren Sicherheit wegen schwärzte Cayetana ihm noch die Brauen und tupfte eine Spur Rouge auf seine Wangen, um ihm den Anschein bemalten Holzes zu geben, der Concepcións Teint entsprach. Danach trat sie zurück, um die Wirkung zu begutachten.
»Ganz und gar nicht schlecht«, erklärte sie befriedigt. »Die Spitzen der Haube tun wahre Wunder und verdecken genug von deinem Gesicht. Jetzt das Bild...«
»Mein Diener«, unterbrach Gilles. »Was ist aus ihm geworden?«
Vollauf damit beschäftigt, die gegen die Wand gelehnten Leinwände zu mustern, antwortete die Herzogin, ohne sich auch nur einen Moment umzudrehen:
»Er ist in der Proviantruhe meines Wagens. Wir werden ihn herausholen, sobald wir weit genug entfernt sind. Ich glaube, dies wird es tun«, fügte sie hinzu, ein Gemälde hochhebend, das eine Straßenszene mit Bettlern vor dem Portal einer Kirche darstellte. Dann wandte sie sich zu Micaela und warf ihr eine prallgefüllte Börse zu. »Nimm! Übermittle deinem Herrn meine Entschuldigung und gib ihm dies. Ich hoffe, der Preis wird ihm ausreichend erscheinen. Und nun auf den Weg!«
Gefolgt von Gilles, der sein Bestes tat, nicht über seine Röcke zu stolpern, und Micaela, die das Bild einem der Diener übergab, stieg die Herzogin von Alba wieder in ihre Karosse. Die Durchquerung der Menschenmenge bei heller Sonne wurde für Gilles zu einer schlimmen Prüfung, und mit einem Seufzer tiefer Befriedigung

nahm er endlich im Dunkel des Wagens Platz und versenkte sich so tief wie möglich in die dicken Samtpolster.
Durch die Scheiben konnte er einen ganzen Fries neugierig starrender Gesichter sehen; Kinder in Lumpen, Frauen in nicht allzu sauberen, nicht sehr neuen Mantillen, aber immerhin in Mantillen für die Messe dieses Festtags. Ein wirres Gemisch greller Farben vor dem Hintergrund blendender Mauern, eines ultramarinblauen Himmels, strahlender Sonne. Und dann, dort hinten, im kalten Schatten eines Vordachs, die schwarze Kutte eines Mönchs als Pendant zu den wenig anheimelnden Gestalten zweier offenbar im Dienst befindlicher Polizisten: die Inquisition und die Polizei, eine leibhaftige Zusammenfassung der Bedrohung, die über dem Flüchtenden hing. Die Kapuze des Mönchs umrahmte ein mageres, bleiches, wie für diese Gelegenheit geschaffenes Gesicht, in dem schießschartengleich die engen Augen eines Fanatikers saßen. Was die beiden Häscher betraf, verriet ihr Äußeres, was sie waren: zwei brutale, beschränkte, vom Bewußtsein ihrer Macht aufgeblähte Kerle.
Die prunkvolle Equipage der Herzogin von Alba schien ihnen zu denken zu geben, was ihnen sicherlich nicht leicht fiel. Beunruhigt sah Gilles, wie sie mit dem schweren Schritt des Schicksals auf den Wagen zugingen und die Menge mit ihren Säbelscheiden brutal auseinandertrieben, vielleicht auch nur, um ihre Huldigung darzubringen und ihre Dienste anzubieten. Doch Cayetana hatte sie ebenfalls gesehen. Ihr Kutscher erhielt einen kurzen Befehl, bückte sich und zog unter seinem Sitz einen gewichtigen Beutel hervor, den er öffnete und in den er eine Hand vom Umfang eines kleinen Schinkens versenkte. Diese Hand tat sich am Ende einer weiten Streubewegung auf, und eine Handvoll Goldstücke regnete auf die Menge herab, die sie mit dem aufjaulenden Geheul wilder Tiere begrüßte.
»Ihre Exzellenz, die Frau Herzogin von Alba ladet euch ein, in ihrem Namen den großen San Isidro zu feiern. Sie bedauert, Madrid an diesem gesegneten Tag verlassen zu müssen, und bittet euch, für sie und für ihr Haus zu beten. Mögen Gott und San Isidro euch alle beschützen!« posaunte er aus vollem Halse.
Ein neues Aufjaulen antwortete ihm, und wie das Meer beim

Ansturm auf einen Strand stürzte sich die Menge auf die nach allen Richtungen rollenden Münzen. Weitere Handvoll folgten, überlegt auf beide Seiten der Karosse verteilt, um so weit wie möglich freie Bahn zu schaffen, und das so lange, bis der Beutel leer war. Auch die Polizisten machten sich auf die Jagd, und sogar der Mönch verließ für einen Moment die Höhen, über die sein leerer Blick schweifte, und bückte sich gerade zur rechten Zeit in den Staub der Straße, um mit seiner Sandale geschickt zwei bis zu ihm gerollte Goldstücke abzufangen. Gierig mit ihrer Ernte beschäftigt, hatten sie alle den Wagen vergessen, der sich langsam in Bewegung setzte und holpernd die abfallende Straße hinabzurollen begann.

Ohne die Pose des unzugänglichen Idols aufzugeben, die sie während des von ihrem Kutscher entfesselten Goldregens angenommen hatte, lächelte Cayetana ihrer falschen, unbehaglich in die Polster gedrückten Duenja zwinkernd zu.

»Es ist zuweilen gut, gewisse Vorsichtsmaßnahmen zu treffen«, murmelte sie. »Irgend etwas sagte mir, daß wir auf diensteifrige Schafsköpfe stoßen würden... und gegen Dummheit ist Gold das einzige Mittel.«

»Sagen wir, daß Eure Vorsichtsmaßnahmen märchenhaft sind. Ihr habt ein kleines Vermögen zum Fenster hinausgeworfen.«

Sie zuckte unbekümmert die Schultern.

»Was ist schon Gold? Die alten Azteken nannten es den Kot der Götter. Diese Unglücklichen sehen es nie, und ich habe zuviel davon. Und dann muß ich mir meinen Ruf als exzentrische Person erhalten.«

Behutsam nahm Gilles die in einem weißen Handschuh steckende Hand, die neben ihm auf dem purpurnen Stoff ihres Kleides ruhte, schob den Handschuh ein wenig zurück und preßte seine Lippen mit einer Art dankbarer Verehrung auf ihre Haut. Die Herzogin wandte sich ihm zu und umfing ihn mit einem spottglitzernden Blick.

»Heute abend... und die anderen Abende«, sagte sie, »wird *doña* Concepción, wie es auf Reisen ihre Gewohnheit ist, mein Zimmer mit mir teilen müssen. Ich gestehe, ich habe mir bisher nie vorzustellen vermocht, daß ich es rasend amüsant finden könnte, mit einer Duenja zu schlafen.«

Statt einer Antwort ließ Gilles ein wenig die Scheibe des Fensters herab. Ihm war plötzlich schrecklich heiß...
Die Tore wurden nicht nur ohne Zwischenfall, sondern sogar mit militärischen Ehren durchfahren. Die Wappen der Familie Alba waren fast ebenso berühmt und wurden fast ebenso respektiert wie die des Königs selbst. Die Wachtposten präsentierten ihre Waffen, eine Höflichkeit, für die sie das strahlende Lächeln der Herzogin belohnte. Was die Duenja betraf, kämpfte sie eben mit einem heftigen Hustenanfall, der sie zwang, in ihr Taschentuch zu röcheln.
Der Hustenanfall hielt noch an, während sie langsam die von Fuhrwerken der zur Pradera in die Stadt fahrenden Landleute stark belebte Brücke von Toledo überquerten. Im Schutz seines Taschentuchs konnte Gilles die für die Gelegenheit umgestalteten Ufer des Manzanares betrachten. Auf den grünen Flußwiesen war während der Nacht eine erstaunliche Anzahl offener Buden gesprossen: Getränkebuden, schon von Fliegenschwärmen belagerte improvisierte Konditoreien, kleine Händler mit allerlei Gelegenheitswaren, in deren Auslagen sich Bilder des Heiligen mit Heilkräutern mischten, Zigeunerinnen mit wiegenden Hüften in volantbesetzten Röcken, die argwöhnisch nach eventuellen mönchischen Kutten ausspähten, Tänzer mit flinken Beinen rund um einen Gitarrespieler im rhythmischen Knattern der Kastagnetten: eine erstaunliche Mischung von Kirmes und Karneval zwischen weißen Zeltdächern, die von weitem am Ufer zum Trocknen aufgehängter Wäsche ähnelten. Gleich, nach der Messe, würden die von lichten Kleidern überquellenden Equipagen kommen, die schimmernden Majas, die Kavaliere und die hübschen Mädchen der guten Gesellschaft. Und mit einem Seufzer gewahrte Gilles, nachdem sie die Brücke passiert hatten, auf seiner Seite den Weg, der nach Carabanchel abzweigte. Zum erstenmal würde er sein Wort nicht halten, und Theresia wünschte ihn um diese Zeit zweifellos schon zu allen Teufeln, falls die über ihn umlaufenden Gerüchte nicht bis zu ihr gedrungen waren. Würde er die reizende Tochter der Cabarrus, die für ihn eine so kindliche Bewunderung empfand, je wiedersehen?
»Bedauert Ihr so, Madrid zu verlassen?« fragte Cayetana, die ihn

hatte seufzen hören. »Oder ist es das Fest, das wir beide verpassen?«
»Das eine wie das andere vielleicht. Mein Aufenthalt in Spanien, den ich mir länger erhofft hatte, endet mit einem Fehlschlag. Kein Mann hat es gern, zu verlieren...«
»Auch keine Frau! Aber grämt Euch nicht: Ihr werdet zurückkommen. Der König wird nicht ewig leben. Eines Tages wird Eure Freundin Maria-Luisa Königin sein und... und ich glaube, daß wir Euren Diener jetzt herauslassen können«, fügte sie hinzu, indem sie sich vorbeugte, um den Deckel der Provianttruhe vor ihr zu heben, in der Pongo mit von der Hitze gerötetem Gesicht bisher mit indianischem Gleichmut ausgeharrt hatte.
Die Pferde trabten in der Tat schon die Straße nach Toledo entlang, von der man bald nach Talavera abbiegen würde, um von dort aus endlich, die Hauptstadt umfahrend, in nördliche Richtung einzuschwenken. Weiß unter seinem festlichen Glockengeläut verschwamm Madrid im goldenen Nebel eines schönen Frühlingstages.
In sein Schicksal ergeben, fand Gilles sich so gut wie möglich mit seinen Schleiern ab und lehnte sich in die Polster zurück, um den Anschein zu erwecken, als ob er schliefe... und sei es auch nur, um Pongos runde Augen nicht mehr zu sehen. Allzu jäh mit der erstaunlichen Verwandlung seines Herrn konfrontiert, mußte sich der Irokese, der ungerührt jede Art Folter auszuhalten wußte, sichtlich gewaltige Mühe geben, um seine überbordende Lachlust zu unterdrücken...

4. Kapitel
Die Herberge von Fuenterrabia

Es wurde eine merkwürdige Reise, eine Reise, an die der Chevalier de Tournemine sich eine zugleich süße und etwas bittere Erinnerung bewahren sollte. Er verabscheute diesen Kleiderplunder einer alten Frau, in den man ihn gesteckt hatte, und der dennoch seine Rettung war. Er brannte darauf, ihn in die Brennesseln zu werfen, aber obwohl sie die verlassensten Hochplateaus des alten Kastilien überquerten, widersetzte sich Cayetana so energisch, daß sich der Verdacht in ihm zu regen begann, seine Maskerade bereite ihr ein gewisses Vergnügen.

Jeden Abend bei der Rast verwandelte sich der Alptraum übrigens in eine recht charmante Realität, denn wie die Herzogin angekündigt hatte, fanden die sich tief und respektvoll verneigenden Wirte es nur allzu natürlich, daß diese große Dame energisch darauf bestand, sich während der Nacht nicht von ihrer Duenja zu trennen.

Hatte sich die Kammertür endlich hinter Gilles und der, die nun nicht mehr nur seine Herrin war, geschlossen, fand er mit Freuden im Bett der schönen Herzogin zu seinem Prestige und seinen Vorrechten als Mann zurück. Jede Nacht war köstlicher und toller als die vorhergehende... erschöpfender auch! Und letzteres in solchem Maße, daß der junge Mann schließlich für die ihm so mißliebige Tagesrolle eine ganz einfache und nur allzu natürliche Lösung entdeckte: Kaum hatte er seinen Platz in der Karosse wieder eingenommen, drückte er sich in seine Ecke, lächelte Cayetana zu und versank im nächsten Moment in den Schlaf des Gerechten, aus dem er so spät wie nur möglich erwachte.

Was Pongo betraf, hatte er, einmal außerhalb Madrids und ohne das Pendant seines Herrn, nicht mehr viel zu fürchten. Man hatte ihn mit einer Livree ausgestattet, ihn geschickt geschminkt und mit einem

Pflaster über einen Teil seines Gesichts versehen, was seinen selbst für Spanien ein wenig zu exotischen Typ genügend korrigierte, hatte eine halbe Meile von der Hauptstadt entfernt Merlin ausgespannt, und in dessen Sattel ritt er nun friedlich dahin und spielte unerschütterlich wie stets die Rolle des stummen Dieners. Zudem verstand er inzwischen soviel Spanisch, um sich notfalls mit Anstand aus der Affäre zu ziehen...

Die Reise ging langsam, fast im Bummeltempo vonstatten, wie es einer großen Dame geziemte, um keine Neugier zu erregen.

Die Rast in Segovia indessen, wo man eines Rades wegen, das sich zu lösen drohte, ziemlich spät eintraf, unterbrach jäh den monotonen Ablauf der Reise. Ein herrlicher Sonnenuntergang verlieh der Stadt die rosige Farbe zarten Fleischs und ließ eine Kathedrale aufflammen, golden wie eine Aprikose unter ihren an birmanische Tempel erinnernden seltsamen spitzen Kuppeln. Die Luft war weich, durchduftet von all den Flechten an den felsigen Hängen, die die Sonne den ganzen Tag erhitzt hatte. Die Aussicht auf einen der besten Gasthöfe Spaniens trug noch zu der Befriedigung der Reisenden bei, das Ziel der Etappe zu erreichen.

Doch als die Karawane auf den Kornmarkt hinausfuhr und des Gasthofs de los Picos ansichtig wurde, ließ Cayetana einen ärgerlichen Ausruf hören: Ein ganzes Regiment kampierte auf besagtem Platz oder zwischen den Pfeilern des alten römischen Aquädukts, und es war nicht zu übersehen, daß dessen Offiziere vom Gasthof Besitz ergriffen hatten.

»*Madre de Dios!* Was ist das?« seufzte sie.

»Die Sache scheint mit klar«, murmelte Gilles verstimmt. »Es ist ein Regiment! Die Numantia-Dragoner, um genauer zu sein.«

»Aber was tun sie hier?« fragte die Herzogin ungeduldig.

»Das Regiment kommt von Salamanca, wohin es beordert wurde, um ich weiß nicht was für eine Revolte an der Universität zu unterdrücken.«

Sie warf ihm einen halb anerkennenden, halb von Unruhe erfüllten Blick zu.

»Sind die Leibgardisten immer so über die Truppenbewegungen auf dem laufenden?«

»Falls Ihr damit andeuten wollt, daß ich spioniere, beruhigt Euch, meine Liebe. Die Erklärung ist einfach: mein Freund Jean de Batz, Franzose wie ich, gehört zu diesem Regiment.«

»Mein Gott! Und wenn er Euch erkennt?«

»Die Gefahr wird für Euch nicht groß sein, denn ich sagte schon, er ist ein Freund. Aber ich riskiere, für immer in seinen Augen meine Reputation zu verlieren, wenn er mich in dieser lächerlichen Verkleidung entdeckt. Auf jeden Fall«, fügte er mit einem gereizten Schulterzucken hinzu, »müssen wir uns auf dieses Risiko einlassen. Wir können nicht mehr zurück.«

In der Tat erzeugte die Equipage der Fürstin ihre übliche Wirkung. Die Soldaten wichen respektvoll auseinander, um sie vorbeizulassen, während sich auf der Schwelle des Gasthofs einige Offiziere sammelten. Einer von ihnen trat vor, als der Kutscher das Trittbrett herunterklappte, fegte mit den weißen Federn seines Dreispitzes grüßend durch den Staub und hieß den Ankömmling im Namen des gesamten Stabes willkommen.

»Graf Ignacio de San Esteban, Eurer Herrlichkeit zu Diensten!« verkündete er mit einer zweiten Verbeugung.

Er trat an den Wagen und bot devot seine Hand, um der Herzogin von Alba beim Aussteigen zu helfen, während drei seiner Kameraden sich um die Ehre zu streiten begannen, der reizendsten aller großen Damen ihr Zimmer zu überlassen.

Sie nahm diese Hand, stieg mit gewohnter Grazie lächelnd, aber unnahbar aus, während Gilles, um seiner Rolle zu genügen, sich fieberhaft in Spitzen und Schleier hüllte, bevor er seinerseits das Dunkel des Wagens verließ. Er schwankte zwischen Befriedigung über diese ihm vom Schicksal verschaffte Gelegenheit, seinen Freund wiederzusehen, und der Furcht, ihn in Gelächter ausbrechen zu hören. Doch glücklicherweise war Batz nicht in Sicht.

Ein wenig beruhigt durchschritt er die von Orden und Tressen strotzende Gruppe der Offiziere, gelangte hinter der über das grobe Pflaster sich schlängelnden Schleppe Cayetanas her zum Eingang des Gasthofs, trat in die Tür des großen Saals und... wurde um ein Haar von jemand umgerannt, der im Laufschritt herauskam und ihm dabei kräftig auf den Fuß trat.

»Was für ein erbärmlicher Teufel!« knurrte er wütend und merkte zu spät, daß er französisch gesprochen hatte.
Überrascht wandte sich der andere um... es war Jean de Batz. Sein anfangs ausdrucksloser Blick heftete sich an die falsche Duenja, wurde plötzlich starr, die Augen rundeten sich. Gilles deutete ein von einem Zwinkern begleitetes Grinsen an, dann raffte er seine Röcke zusammen und stürzte der Herzogin nach zur Treppe, doch nicht schnell genug, um nicht den wie ein Schluckauf klingenden verblüfften Laut zu hören, mit dem Jean seinen Abgang begleitete. Aber das Gröbste war nun getan, und sein Freund, das wußte er, besaß zuviel Geist, um das Spiel nicht mitzuspielen. Sicherlich würde er ein verliebtes Abenteuer mit der leicht entflammbaren Herzogin vermuten und sich diskret zeigen.
In dem Zimmer, das hastig für sie freigemacht wurde, damit ihre Diener es in Besitz nehmen konnten, empfing Cayetana die letzten Huldigungen San Estebans, der sichtlich alle Anstrengungen unternahm, um im Austausch für seine Ritterlichkeit eine Einladung zum Souper zu erhalten, sich aber mit anmutigen Dankesworten begnügen mußte.
»Ich bin Euch so dankbar, Don Ignacio! Eure Liebenswürdigkeit ist mir eine so große Hilfe! Ihr müßt wissen, ich begebe mich meiner Gesundheit wegen nach Luchon, doch diese Reise strengt mich entsetzlich an! Ich weiß nicht, was ich ohne Euch angefangen hätte...«
Der Hidalgo verneigte sich tief, rot vor Stolz. »Unser aller Ehre hätte eine schlechte Nacht der Herzogin von Alba nicht zugelassen! Schon dieser Gasthof ist ihrer absolut nicht würdig!«
Cayetana senkte die Augen, plötzlich von Frömmigkeit übermannt.
»Buße ist notwendig, wenn man vom Himmel Heilung erlangen will. Ich wünsche Euch eine gute Nacht, Don Ignacio.«
Der Offizier salutierte von neuem und wandte sich zögernd zur Tür wie jemand, der von ganzem Herzen, doch gegen alle Wahrscheinlichkeit hofft, zurückgerufen zu werden. Wirklich rief sie ihn zurück, aber nicht so, wie er es erwartete.
»Don Ignacio!«

»Exzellenz?«
»Habt Ihr nicht einen Franzosen in Eurem Regiment? Einen Gascogner, wie man mir sagte? Einen gewissen... Baron de Batz?«
»Gewiß, aber...«
»Mein Gemahl ist ihm mehrere Male begegnet, und wie man behauptet, kennt er jenen Teil der wilden Pyrenäen gut, zu dem ich mich begebe, um dort die Bäder zu nehmen. Wollt Ihr ihm, da ihn der Zufall mir in den Weg führt, sagen, daß ich mich einige Momente mit ihm zu unterhalten wünsche?«
Der Auftrag gefiel Don Ignacio sichtlich ganz und gar nicht.
»Eine solche Ehre! Für diesen unbedeutenden Edelmann... Aber...«
Cayetanas Stimme nahm einen beunruhigend sanften Ton an.
»Meine Freunde erörtern nie meine Wünsche, Don Ignacio. Im allgemeinen geht es nur darum, wer sie am schnellsten erfüllt.«
Don Ignacio verschwand gebändigt...«
»Das war's doch, was du wolltest, nicht wahr?« murmelte Cayetana, als die Tür sich hinter dem Oberst geschlossen hatte.
»Ihr seid die erstaunlichste Frau der Welt«, erklärte er, während er sich hastig des Duenja-Plunders entledigte, in dem er von seinem Freund nicht noch einmal gesehen zu werden wünschte.
Ein paar Augenblicke später trat Jean de Batz in seiner kanariengelben Uniform, die Mütze schräg auf dem Ohr, über die Schwelle des Raums und widmete der Herzogin von Alba eine Verneigung, die eine Königin zufriedengestellt hätte. Doch nachdem seine flinken schwarzen Augen der hübschen Frau bewundernd gehuldigt hatten, wie es auch jeder andere seiner Herkunft würdige Franzose getan hätte, glitten sie diskret suchend ab, um die dunklen Winkel des Zimmers und besonders das von Vorhängen verhüllte Bett zu erforschen. Cayetana ließ ihm nicht viel Zeit, sich Fragen zu stellen.
»Es ist da jemand, der Euch zu sehen wünscht, Baron«, sagte sie lächelnd, sich ebenfalls dem Bett zuwendend. »Ihr könnt in völliger Sicherheit sprechen.«
Die neuerliche, womöglich noch tiefere Verbeugung des Gascogners

fand ein jähes Ende, als Gilles aus der Deckung der Vorhänge trat. Batz brach in Gelächter aus.
»Du warst es also wirklich! Beim Teufel, mein Freund, ich war nahe daran, an meinem Verstand zu zweifeln und mich zu fragen, ob ich an Halluzinationen leide, wiewohl ich heute morgen nur zwei Becher schlechten Weins getrunken habe!«
»Du kannst also beruhigt sein... und ich füge hinzu, daß es dabei nichts zu lachen gibt. Ohne diese lächerliche Verkleidung und den Schutz der Herzogin säße ich um diese Stunde im tiefsten Verlies der Inquisition und wartete darauf, zum Gesang des *Dies Irae* auf der Plaza Mayor öffentlich verbrannt zu werden.«
Das Gesicht des Gascogners wurde ernst.
»Der Inquisition? Aber was hast du ihr getan?«
»Ihr? Nichts...«
Und Gilles berichtete kurz, was in Aranjuez und Madrid geschehen war. Dann zog er den Smaragdring Maria-Luisas aus seinem Gürtel.
»Nimm! Das ist alles, was ich meinem spanischen Vermögen noch hinzufügen kann, denn du kannst dir denken, daß meine Situation als Toter auf der Flucht mir nicht gestattete, beim Regimentszahlmeister vorbeizugehen und meinen Sold zu kassieren. Du wirst ihn Cabarrus geben.«
Mit der Geschicklichkeit eines Profis ließ Batz die Steine im Licht auffunkeln, bevor er das Schmuckstück in seinem Geldbeutel barg und mit einem breiten Lächeln bemerkte:
»Ich weiß schon genau, in was ich es verwandle! Unsere Geschäfte gehen übrigens gut, da ich durch Vermittlung der Bank von San Carlos und eben deines Freundes Cabarrus einige vorteilhafte Anlagen habe plazieren können, darunter mehrere Anteile an der Fracht eines zur Goldküste bestimmten Handelsschiffes...«
»Zur Goldküste? Um was zurückzubringen?«
»Aber... verschiedene Dinge. Kaffee, Kakao...«
»Bist du ganz sicher?«
»Du willst wohl jetzt den Inquisitor spielen? Ich verstehe deine Frage nicht und noch weniger den Ton, den du anschlägst.«
»Entschuldige. Aber mich überkäme Grauen, wenn ich erführe, daß

wir versuchten, über den schmutzigen Handel mit einer Ware zu Geld zu kommen, die schamhaft ›Ebenholz‹ genannt wird. Ich habe in Amerika Sklaven gesehen. Ich gebe zu, manche werden gut behandelt, mögen sogar glücklich sein, aber deshalb sind sie nicht weniger Ausschuß der Menschheit... obwohl mit einer Seele ausgestattet wie du und ich.«
Batz zuckte mit einer Lässigkeit die Schultern, die ein argwöhnischer Beobachter vielleicht ein wenig zu forciert gefunden hätte.
»Es gibt Momente, in denen ich mich frage, ob in deinem Innern nicht eine unbestimmte Sehnsucht nach Priesterschaft zurückgeblieben ist. Was für einen Bischof hättest du abgegeben! Nein, beruhige dich, bisher ist nur von Nahrungsmitteln die Rede gewesen. Vertraue mir, zum Donnerwetter! Ich bedauere wirklich, daß du fortgehst, aber du kannst sicher sein, daß deine Geschäfte deswegen nicht schlechter gehen. Eine Kleinigkeit nur: Wenn ich recht verstanden habe, ist dieser Ring alles, was du besitzt! Wovon wirst du leben, bevor du den Dienst bei den Dragonern wieder aufnimmst und deinen Sold kassieren kannst?«
Gilles begann zu lachen.
»Hast du mir in den glücklichen Zeiten unserer ersten Begegnung nicht den Weg dazu gewiesen? Ich mach's wie du: Schulden!«
Batz hob die Augen gen Himmel.
»Sieh einer an! Er entrüstet sich tugendsam, wenn die Rede davon ist, mit Sklaven zu handeln, und plant mit dem heitersten Gemüt der Welt, ehrliche Pariser Kaufleute leiden zu lassen.«
»Schulden machen heißt nicht, daß man sich weigert, sie zu bezahlen.«
»Auf jeden Fall kommt es nicht in Frage!«
Cayetana mischte sich mit der schönen Unbefangenheit eines Menschen ins Gespräch, der genau weiß, daß niemand es wagen wird, ihm den Vorwurf zu machen, er habe an Türen gelauscht.
Gilles wandte sich mit gerunzelter Stirn zu ihr, schon zur Verteidigung bereit.
»Was wollt Ihr damit sagen?«
»Ganz einfach dies: Als wir Madrid verließen, sagte ich Euch, daß ich Euch in Frankreich für eine vertrauliche Mission brauchte. Ich

glaube, der Moment ist gekommen, Euch die Natur dieser Mission zu enthüllen. Euer Freund, der sich so für Geschäfte zu interessieren scheint, könnte uns, denke ich, dabei helfen.«
»Wir stehen Euch beide zu Diensten, aber...«
»Kein aber! Ich verabscheue dieses Wort!«
Sie ließ sich graziös auf den einzigen Sessel des Zimmers nieder und lud die Freunde durch eine Geste ein, ihrerseits auf einem Schemel und einer Reisetruhe Platz zu nehmen.
»Euch ist die innige Freundschaft nicht unbekannt, die mich mit der Prinzessin von Asturien verbindet«, sagte sie schalkhaft. »Wenn es sich aber um unsere gemeinsame Leidenschaft für Juwelen handelt, erreicht diese ›Freundschaft‹ ihren Höhepunkt. Nun, am Vortage unseres Aufbruchs von Madrid erfuhr ich... aus verläßlicher Quelle, daß der Chevalier d'Ocariz, Generalkonsul Spaniens in Frankreich, vor seiner Rückkehr nach Paris von Doña Maria-Luisa einen ebenso wichtigen wie vertraulichen Auftrag erhielt: bei den Juwelieren der Königin von Frankreich ein gewisses Diamantenkollier zu erwerben, das, wie es scheint, in seiner Art einzig auf der Welt, aber so teuer ist, daß Königin Marie-Antoinette trotz ihres lebhaften Wunsches, es zu besitzen, es nicht zu kaufen vermochte.«
»Sprecht Ihr von dem berühmten Kollier der Messieurs Boehmer und Bassange, Frau Herzogin, dem Kollier der sechshundertsiebenundvierzig Diamanten?« fragte Batz, dessen Augen sich plötzlich verengt hatten.
»Eben diesem. Man sagt, es sei ein Wunder, ein Feuerfluß, der sich am edlen Hals der Königin von Frankreich herrlich ausgenommen hätte... unter dem wenig anziehenden Gesicht der künftigen Königin Spaniens meiner Meinung nach jedoch nicht am richtigen Platz wäre!«
Obwohl er sich für weiblichen Flitterkram kaum interessierte, kannte auch Tournemine die Geschichte des einige Jahre zuvor von König Ludwig XV. für die Gräfin Dubarry bestellten märchenhaften Kolliers. Die Juweliere der Königin hatten lange gebraucht, um auf allen Märkten der Welt die vollkommenen Steine zu finden, die der anspruchsvolle Geschmack des Souveräns forderte. Zu ihrem Unglück starb der König ungefähr um die gleiche Zeit, als die letzten

Diamanten eben in Paris eintrafen, so daß sich die beiden Männer, die sich bis über die Ohren verschuldet hatten, unvermittelt um einen fast unersetzlichen Kunden gebracht sahen. Und Gilles glaubte noch die verächtliche Stimme Fersens zu hören, der ihm die Geschichte erzählt hatte.

»Ein paar Monate zusätzlichen Lebens für König Ludwig XV., und eine Dirne schmückte sich mit einem Schatz, den eine Souveränin nicht tragen kann...«

»Was Ihre Majestät betrifft«, unterbrach er leicht gereizt, »ist Euer Gnaden schlecht unterrichtet. Sie hätte durchaus das Kollier besitzen können, denn jeder bei uns weiß, daß der König es ihr 1778 zur Geburt ihres ersten Kindes, der Prinzessin Marie-Thérèse, schenken wollte. Erschreckt durch den Preis, der dem eines Linienschiffes entsprach, lehnte sie es ab. Vielleicht liegt es somit ein wenig an ihr, daß wir die beste Marine der Welt besitzen.«

Die Herzogin brach in ein etwas forciert klingendes Gelächter aus.

»Das ist sehr gut möglich. Aber ich, die ich keinen Grund habe, meinem Herrn Gemahl Schiffe zu schenken, mit denen er nichts anzufangen verstünde, oder gar Spanien, das mir keinen Dank dafür wüßte, ich habe beschlossen, daß dieses Kollier mir gehören wird. Ihr werdet also die Gefälligkeit besitzen, mein lieber Freund, es für mich zu erhandeln... um welchen Preis auch immer, versteht Ihr mich? Wichtig ist nur, es Maria-Luisa abzujagen. Ist dies gelungen, werdet Ihr es selbst zur spanischen Grenze bringen, wo Euer hier anwesender Freund es übernehmen wird, da es Euch fürs erste nicht möglich sein dürfte, wieder spanischen Boden zu betreten.«

Batz fiel ein:

»Kaufen, noch dazu um jeden Preis – und ich glaube mich zu erinnern, daß der von den Juwelieren geforderte an die anderthalb Millionen beträgt – setzt voraus, daß dem Käufer eine sehr hohe Summe zur Verfügung steht!«

»In dieser Hinsicht ist alles geregelt, Baron. Señor Cabarrus wird der Filiale der Pariser Bank Lecoulteux in Cadiz zwei Millionen überweisen.«

Tournemine und Batz wechselten einen Blick.

»Wir kennen die Lecoulteux sehr gut«, bemerkte der erstere.

»Um so besser. Eure Einführungsbriefe werden sich dadurch nur vereinfacht finden, und das erlaubt mir, einmal mehr festzustellen, daß ich meinen Boten gut gewählt habe«, fügte Cayetana mit einem Lächeln hinzu. »Und was Euch betrifft, wird Diego Euch an der Grenze zusammen mit den Bankpapieren eine Summe in Gold und einen Wechsel für Eure Unkosten übergeben. Nein«, kam sie gebieterisch dem Protest des jungen Mannes zuvor, »Ihr müßt es annehmen! Der Mann, der die Herzöge von Alba bei den Herren Boehmer und Bassange repräsentiert, darf nicht ohne Mittel sein, und ich habe noch nie gehört, daß ein Botschafter, und sei es ein Fürst, sich durch die Bereitschaft erniedrigt hätte, von seinem Souverän eine gerechte Bezahlung für seine Mühen zu akzeptieren. Und überdies – täuscht Euch nicht, Chevalier, die Dinge werden nicht so einfach sein, wie sie von hier aus scheinen. So wie ich Maria-Luisa kenne, wird ihr Beauftragter alles nur mögliche tun... alles, Ihr versteht mich doch?... um ihr dieses Schmuckstück zu verschaffen, nach dem sie geradezu krankhaft verlangt. Ihr werdet Euch sorgsam hüten und äußerst vorsichtig sein müssen, denn Ihr werdet ganz schlicht Euer Leben riskieren.«
»Nun, das gefällt mir schon besser«, sagte Gilles mit hörbarer Erleichterung, die Batz lächeln ließ. »Gefahr wird diesen Handel amüsanter machen.«
»Es geht nicht nur um diese Gefahr. Ihr werdet vielleicht auch einigen Ärger mit Eurem Minister der auswärtigen Angelegenheiten haben. Sobald Ocariz, der, wie ich Euch erinnere, Generalkonsul ist, Euch im Spiel wissen wird, wird er aus allen Rohren feuern. Ihr riskiert vielleicht auch Eure Karriere... oder die Bastille!«
»Auch diese Risiken gehe ich ein. Falls die Welt nicht zugrunde geht, werdet Ihr Euer Kollier haben!«
»Ich zweifle keinen Augenblick daran. Nun, da wir uns einig sind, ist es besser, uns zu trennen. Aber seid beide schon jetzt meiner Dankbarkeit gewiß.«
Batz salutierte mit einer Freude, die zu dämpfen ihn einige Mühe kostete. Die neue Beziehung zur Herzogin von Alba entzückte ihn sichtlich, und mit Begeisterung umarmte er seinen Freund.
»Noch ein Wort«, murmelte dieser dicht an seinem Ohr. »Hast du

keine Nachricht vom Grafen de Boulainvilliers oder dem Polizeileutnant erhalten?«

»Keine! Aber das will nichts besagen! Solche Angelegenheiten gehen selten schnell, es sei denn durch ein Wunder. Auf bald, und Gott schütze dich!«

Um Don Ignacio zu entrinnen, der ein wenig zu begierig darauf war, seine Beziehungen zur Herzogin von Alba zu vertiefen und davon gesprochen hatte, sie mit einem Teil seines Regiments zu eskortieren, beschloß Cayetana, Segovia schon vor Tagesanbruch zu verlassen und das Tempo ihrer kleinen Karawane zu beschleunigen. Aber diese Beschleunigung wurde zur Eile, als sie kurz nach Aranda de Duero, das sie durchfuhren, um der Herzogin eine Rast in dem ihr gehörenden Schloß zu ersparen, auf dem Camino Real[1] von der Equipage einer Persönlichkeit überholt wurden, die niemand anders war als der vierspännig nach Paris zurückkehrende Generalkonsul. Jetzt konnte von Bummeln keine Rede mehr sein. Sie fuhren so schnell, wie es sich nur machen ließ, ohne die Pferde abzuhetzen, sie nächtigten sogar am Straßenrand, nachdem Burgos hinter ihnen lag, wo Ocariz angehalten hatte, und vier Tage nach Verlassen Segovias erreichten sie die Bidassoa, einen kleinen Küstenfluß, in dessen Gewässer die Grenze zwischen Frankreich und Spanien verlief.

Dieser Eile stimmte Gilles von ganzem Herzen zu, denn er wünschte sich nichts sehnlicher, als wieder ein Mann unter Männern zu sein. Er war bis zum Ekel einer Maskerade müde, die ihn vielleicht gerettet hatte, ihn aber nun um so mehr irritierte, als er den Verdacht nicht loswurde, daß Cayetana ein perverses Vergnügen dabei empfand. Wenn er jeden Morgen in seine Unterröcke stieg, war ihm, als stelle er sich an den Pranger.

Und zudem begann das heiße Verlangen, mit dem er die schöne Maja begehrt hatte, sich allmählich abzukühlen. Seine nächtliche Rolle wandelte sich unmerklich in die eines Galeerensklaven der Liebe, angekettet an die sinnlichen Launen einer unaufhörlich nach neuen

[1] Die Madrid mit Irun verbindende große Straße, ein Werk des Ministers Florida Blanca.

Sensationen suchenden Frau, jenen Sensationen, nach denen sie auch, als Manola verkleidet, unter dem kleinen Volk der Toreros und Don Juans der Gassen jagte. Ein neuer Mann, vorausgesetzt, sie entdeckte eine gewisse Flamme in den Tiefen seiner Augen, er besaß einen kraftvollen Körper und stachelte ihre Neugier an, ließ die primitivsten Instinkte in ihr erwachen.
Oft im Laufe der langen Fahrttage in Staub und Hitze hatten sich die Gedanken und Gespräche der Herzogin zum Beispiel um Goya gedreht. Die brutale Körperlichkeit, das direkte Wort und die Lebenslust des Malers hatten das Interesse Cayetanas geweckt, die nach immer neuen Einzelheiten über das geheime Leben dieses Mannes verlangte, in dem sie nun ganz wie Gilles selbst einen künftigen Giganten der Kunst sah.
»Wenn ich eines Tages nach Spanien zurückkehre«, dachte Gilles halb belustigt, halb beunruhigt, »wird sie ihn, darauf möchte ich schwören, zu ihrem Geliebten gemacht haben! Er erhofft sich nichts anderes. Es war da etwas in seinem Blick, neulich, als sie in seinem Atelier herumflatterte! Bleibt zu wissen, was diese Liebe Paco bringen wird: eine noch glühendere Inspiration... oder ein Desaster?«
Was ihn selbst anging, betrachtete er mit einer Art Gier die Straße, die sich vor ihm ins Unendliche zog... nach Frankreich. Zuweilen glitt sein Blick zu Pongo hinüber, der im Sattel des prächtigen Merlin friedlich neben dem Schlag herritt, und er meinte, vor heißem Verlangen zu ersticken, diesen lächerlichen schwarzen Plunder herunterzureißen, sich auf sein geliebtes Pferd zu schwingen, dessen Wärme und kraftvolle Vitalität wieder zu spüren und mit ihm dem Horizont entgegenzufliegen auf der Suche nach seiner eigenen Existenz, einem flammenden Traum, der sich zu lange schon in den Wolken aufgelöst hatte...
Das Auftauchen der in den grünlichen Wassern der Bidassoa sich spiegelnden alten Wälle Fuenterrabias entriß ihm einen Ausruf, den er nicht zu unterdrücken vermochte und der Cayetana veranlaßte, die schönen Brauen zu heben.
»Hast du es so eilig, mich zu verlassen?« murmelte sie.
Er lächelte ihr herzlich und auch ein wenig reumütig zu.

»Ich habe es eilig, wieder ich selbst zu werden, Cayetana... und auch, mich in das Abenteuer zu stürzen, das Ihr mir bietet. Ich glaube, Gott hat mich mehr für Schlägereien und Hiebe geschaffen als dafür, unter den Augen einer Frau Wolle zu wickeln, und seien diese Augen auch die schönsten der Welt!« fügte er hinzu, leicht die Hand seiner Geliebten küssend. Aber als er diese Hand wieder dorthin legen wollte, wo sie geruht hatte, krampfte sie sich nervös an der seinen fest.

»Sieh! Was ist das?«

Sie waren in Sicht Behobias und der alten, einst von den Römern erbauten Brücke angelangt, deren mächtige Bögen während so vieler Jahrhunderte die Last all der nach Compostella ziehenden Pilgerscharen getragen hatte. Aber diesmal lag die alte Chaussee verlassen. Auf der Höhe des steinernen Kreuzes mit den Zeichen des Heiligen Jakob zog sich ein Kordon Soldaten von einer Brückenbrüstung zur anderen: die Brücke war gesperrt.

Die Karosse hielt an, während Diego mit der Selbstsicherheit des Dieners eines großen Hauses sein Pferd bis unmittelbar vor die Linie der Absperrenden trieb.

»Platz!« rief er. »Platz für den Wagen Ihrer Exzellenz, der Herzogin von Alba!«

Der Offizier, der träumend am Kreuz gelehnt hatte, nahm seinen Hut ab, bevor er antwortete.

»Wir werden Ihre Exzellenz passieren lassen, sobald sie uns ihren Passierschein überreicht hat«, erklärte er ruhig.

Diego zog ein Bündel Papiere aus seiner Tasche.

»Das sind die Pässe Ihrer Exzellenz und ihres Gefolges. Wir begeben uns zu den Bädern von Luchon.«

Der Offizier schüttelte den Kopf.

»Ich habe von einem Passierschein gesprochen, mein Freund, nicht von Pässen. Seit einer Woche darf niemand die französische Grenze überschreiten, der nicht einen solchen speziellen, vom König in eigener Person oder vom Marquis de Florida Blanca unterzeichneten Passierschein besitzt. Und das bis auf Widerruf.«

»Aber das kann doch unmöglich die größte Dame Spaniens betreffen, und...«

»Das betrifft jedermann... selbst die Mitglieder der königlichen Familie, falls es ihnen einfiele, hier zu erscheinen.«
Cayetana hatte alles gehört. Sie war um einen Schein blasser geworden, aber gewohnt, sich durchzusetzen, ließ sie die Scheibe herab und steckte ihren Kopf hinaus.
»Kommt hierher, Leutnant! Belehrt mich wenigstens über den Grund dieses merkwürdigen Befehls.«
Der Offizier näherte sich dem Wagen und grüßte respektvoll.
»Ein Verbrecher auf der Flucht, Exzellenz, von der Justiz wie von der Sehr Heiligen Inquisition gesucht. Und da es sich um einen Franzosen handelt, ist es nur natürlich, ihm den Rückweg in seine Heimat zu sperren. Wir haben seine Personenbeschreibung, und falls er sich hier zeigt, kann Eure Herrlichkeit sicher sein, daß wir ihn nicht entwischen lassen werden.«
»Ich bin völlig überzeugt davon, und ich beglückwünsche Euch dazu, Leutnant. Aber wollt Ihr mir verraten, wie ich mich unter diesen Bedingungen nach Luchon begeben soll? Ich habe nie die Gewohnheit gehabt, irgend jemand, nicht einmal den König selbst, um eine Genehmigung zu bitten. Im übrigen bin ich leidend und muß mich pflegen. Ich hoffe, Ihr denkt nicht daran, mich nach Aranjuez zurückzuschicken, um bei Florida Blanca zu antichambrieren? Vorwärts, Leutnant, gebt Euch einen Ruck! Niemand wird Euch vorwerfen, der Herzogin von Alba Eure Grenze geöffnet zu haben. Ich werde nicht von der Inquisition gesucht, weder ich noch einer meiner Leute. Ich bin bereit, es zu beschwören.«
Der Offizier war sichtlich in einer peinlichen Situation. Zweifellos hätte er sich lieber der Folter des Wippgalgens unterzogen, als dem empörten Feuer der Augen dieser Frau ausgesetzt zu sein, deren Macht er kannte, und die, wenn ihr der Sinn danach stand, seine Karriere mit einem Fingerschnipsen vernichten konnte.
»Exzellenz! Exzellenz, ich flehe Euch an, mir zu vergeben! Ich weiß, daß ich nur ein Nichts neben Eurer Herrlichkeit bin. Ich habe nur meine Ehre als Soldat, aber wäret Ihr die Kronprinzessin selbst, ich könnte Euch ohne den fraglichen Passierschein nicht vorbeilassen.«
»Vergleiche habt Ihr!« murmelte Cayetana wütend. »Aber Ihr

werdet doch nicht derjenige sein, der Euer ganzes Regiment allein kommandiert. Ihr habt gewiß irgendwo einen Oberst, einen General, was weiß ich? Geht und holt ihn mir!«
»Ich möchte es gern, aber es ist unmöglich. Don Garcia Morales, unser Oberst, ist, vom Gouverneur gerufen, heute morgen nach Burgos aufgebrochen ... aber ... da wäre dort drüben in Fuenterrabia, dem alten Schloß gegenüber, eine annehmbare Herberge, zu der ich vor kurzem schon den Wagen zweier Damen schickte, die sich in der gleichen Situation befinden. Eure Exzellenz könnte dort einige Tage verweilen und inzwischen einen ihrer Kuriere nach Madrid entsenden, um die Genehmigung zu holen ... oder nach Burgos zu Don Garcia!«
In den Falten der Kleider verborgen, suchte Gilles' Hand nach der Cayetanas und drückte sie, um die Aufmerksamkeit der Herzogin zu erregen.
»Versteift Euch nicht!« flüsterte er. »Es ist besser, einzulenken. Fahren wir zu dieser Herberge und sehen wir zu, was sich weiter machen läßt.«
Die Herzogin stieß einen Seufzer aus. Sie hatte es satt.
»Nun gut! Ich sehe, mir bleibt nichts anderes übrig! Ich werde Eurem Rat folgen, Leutnant. Und seid beruhigt«, fügte sie hinzu, als sie den ängstlichen Blick bemerkte, mit dem er sie musterte, »ich nehme es Euch in keiner Weise übel. Ihr erfüllt Eure Pflicht und erfüllt sie gut. Das gereicht Euch zur Ehre. Auf bald! Pedro! Nach Fuenterrabia!« rief sie ihrem Kutscher zu.
Der schwere Wagen wendete in einer Staubwolke im gleichen Moment, in dem ausgangs der letzten Straßenbiegung eine mit dampfenden Pferden bespannte und von einem kleinen höllenschwarzen Kutscher gelenkte elegante Equipage sichtbar wurde, eine Equipage, die die Insassen der herzoglichen Karosse voller Verzweiflung erkannten.
Starr vor Entrüstung sah Cayetana, wie sich nach kurzem Wortwechsel und der Überreichung eines Papiers die Reihe der Soldaten vor dem Chevalier d'Ocariz öffnete, der in aller Ruhe die Bidassoa überquerte und ohne die geringste Behinderung die Straße nach Paris einschlug.

»Offenbar besitzt er diesen berühmten Passierschein! Maria-Luisa wird mir für all das büßen!«
Trotz seiner Enttäuschung, die nur so lange angehalten hatte, bis er zu einem neuen Entschluß gelangt war, begann Gilles zu lachen.
»Macht nicht solche Unglücksmiene, meine Liebe! Nichts ist verloren! Euer Ocariz wird ein wenig Vorsprung vor mir haben, aber deswegen gebe ich die Hoffnung noch lange nicht auf, ihn ein- und sogar zu überholen!«
»Wirklich? Wollt Ihr ihn dadurch einholen, daß wir uns tagelang hinter den alten Mauern Fuenterrabias langweilen werden, die einst meinem Vorfahren, dem Herzog von Berwick, soviel zu schaffen machten?«
»Wir werden sehen!«
Einen Moment später passierten sie diese Mauern durch das Santa-Maria-Tor mit seinen das Bildnis der Heiligen Jungfrau von Guadelupe anbetenden Engeln und hatten keinerlei Mühe, die *Fonda de los Reyes Catholicos* zu finden. Zwei recht verschiedene Gefährte standen davor: ein schwerer, bequemer herrschaftlicher Reisewagen, dessen Wappen an den Türen unter einer dicken Staubschicht nicht zu erkennen waren, und eine Art mächtiger Postkutsche mit leer in die Luft ragender Deichsel, deren zurückgezogene Ledervorhänge das armselige, von keiner Menschenseele belebte Innere sehen ließen. Nur oben auf dem Bock thronte ein *mayoral*[1], ebenso schmutzig wie arrogant in seiner Hose aus Schafsleder, seiner kurzen, bestickten Weste und dem um den Kopf geknüpften roten Seidentuch, und rauchte majestätisch eine lange schwarze Zigarre, während sein kaiserlicher Blick über den Tumult des Platzes glitt.
Eine beträchtliche Volksmenge drängte sich um ein Freilufttheater, das eben vor dem einstigen Palast der Katholischen Könige aufgebaut wurde. Übrigens arbeitete man mit Musikbegleitung, denn drei Gitarristen zupften ihre Instrumente, während sich eine Schar von Männern und Frauen in buntscheckigen Kostümen fröhlich an der Errichtung des Gerüstes beteiligten.
»Ich denke keinen Augenblick daran, hier länger als ein paar Stunden zu bleiben. Vor dem nächsten Morgengrauen werde ich auf dem

[1] Kutscher

Boden Frankreichs stehen. Ich gebe Euch mein Wort darauf, Doña Cayetana!«
»Wie wollt Ihr es anstellen?«
Tournemine wics auf die Bidassoa. Sie floß blau und schnell zwischen den schilfbestandenen Ufern dahin, umrauschte die kleine Fasaneninsel, verbreiterte sich und weitete sich dann zu einer offenen Mündung, deren Wellen vor den Sandbänken in der Ferne einen Saum dünner Schaumfransen bildeten.
»Es ist nur Wasser«, sagte er ruhig, »und ich bin Bretone, was soviel besagen will wie beinah ein Wassertier. Pongo schwimmt wie der Biber, sein Totem und Merlin, mein Pferd, kommen mit dem nassen Element bestens zurecht.«
»Seid Ihr verrückt? Es ist gut eine Viertelmeile von der Landzunge von Fuenterrabia zum französischen Ufer!«
»In meiner Heimat und in diesem selben Ozean bin ich oft zwei Meilen geschwommen. Glaubt mir, ich werde mühelos hinüberkommen. Aber vielleicht wird es schwierig sein, diese Stadt zu verlassen, wenn die Tore bei Nacht bewacht werden.«
»In diesem Punkt könnt Ihr beruhigt sein. Die Mauern sind alt, sie haben während der Belagerung 1719 sehr gelitten, und niemand hat daran gedacht, sie zu reparieren. Was die Bewachung betrifft – wozu sollte sie dienen? Sind Frankreich und Spanien nicht durch den Familienpakt verbunden? Fuenterrabia hat keine Feinde mehr... hingegen könnte es Patrouillen längs des Flusses geben.« Wie so häufig plötzlich ihr Thema wechselnd, fügte sie seufzend hinzu: »Wanderkomödianten! Das fehlte uns noch!«
»Ihr solltet sie segnen«, antwortete Gilles. »Während der Vorstellung werde ich den Fluß in aller Ruhe durchschwimmen können. Die ganze Stadt wird auf dem Platz sein.«
Der Herbergswirt war bereits zur Stelle. Die Ankunft der Kavalkade der Herzogin von Alba stürzte ihn in helle Verzweiflung. Von Respekt und Angst triefend, erklärte er, seine Fonda sei von diesen Teufelskomödianten überflutet und voll bis oben hin, aber er werde sie alle hinauswerfen, werde sie zum Schlafen in eine Scheune oder zur Hölle schicken, sie und alles, was sich sonst in seiner Herberge aufhalte, um für Ihre Exzellenz gebührend Platz zu schaffen.

»Ihr werdet doch nicht auch uns hinauswerfen!« jammerte eine Stimme, die geradewegs vom Himmel zu kommen schien. »Wir verehren die Frau Herzogin von Alba, flehen sie jedoch an, wenigstens unsere Anwesenheit zu dulden und zu berücksichtigen, daß wir nicht nur Frauen, sondern Damen der guten Gesellschaft sind.«

In der Tat waren auf dem Holzbalkon, der an der ganzen Front des Hauses entlanglief, zwei Damen erschienen, und diesmal hielt Gilles nur mühsam einen Fluch zurück, denn diese beiden Damen waren niemand anders als *señora* Cabarrus und Theresia...

»Wir kommen hinunter!« rief Antoinette noch. »Ich hoffe, Euer Gnaden ist so gütig, uns zu erwarten.«

»Süßer Jesus!« hauchte Cayetana. »Wer kann wohl diese Klatschbase sein?«

»Die Frau Eures Bankiers, meine Liebe, die Gräfin 'de' Cabarrus und ihre Tochter. Wir sind gute Freunde, aber im Moment ziehe ich es vor, mich nicht von ihnen sehen zu lassen, und werde darum noch ein Weilchen im Wagen bleiben. Ich frage mich, was sie hier tun?«

Hinter den zugezogenen Vorhängen verborgen, konnte er die Begegnung der drei Frauen beobachten. Durch ihn über die Identität ihrer Gesprächspartnerin aufgeklärt, zeigte sich Cayetana liebenswürdig. Gesprächig wie immer, bedrängte Antoinette sie mit aufdringlicher Liebenswürdigkeit, beteuerte ihre Freude, der »größten Dame ganz Spaniens« zu begegnen, versicherte besagte große Dame ihrer Ergebenheit und flehte sie an, ihr und ihrem »armen Kind« ein »ganz kleines Zimmer« zu lassen. Ihre beiden Söhne François und Dominique sowie ihr geistlicher Erzieher Don Bartholomeo würden sich gewiß gern mit der Scheune oder selbst dem Hühnerstall begnügen...

Trotz der beschränkten Sicht durch den Vorhangspalt bemerkte er auch Theresia. Das Mädchen sagte nichts. Sie hatte die Herzogin von Alba wohlerzogen begrüßt und sich dann unmerklich aus der geräuschvollen kleinen Gruppe zurückgezogen. Sie schien merkwürdig teilnahmslos allem gegenüber, was sie umgab.

Im Verlauf des letzten Monats hatte sich die kleine Maikönigin sehr verändert. Ihr entzückendes Gesicht schien eine Maske zu tragen. Es

war, als dämpfe ein Hauch von Melancholie seine Farben und verschleiere den Glanz ihrer Augen, die von bläulichen, schlaflose Nächte verratenden Schatten umgeben waren. Was tat sie mit ihrer Familie in diesem Grenzdorf? Warum dieser plötzliche Aufbruch nach Frankreich, von dem am Tage ihrer ländlichen Krönung bei den Cabarrus noch keine Rede gewesen war? Die Freundschaft, die der junge Mann für das Kind empfand, ließ ihn hundert Antworten auf die Fragen suchen, die Theresias Traurigkeit ihm stellte. Der Kummer – und darum handelte es sich zweifellos – bekam ihr schlecht.
Sie entfernte sich noch mehr von den beiden Damen, deren Gespräch sie zu langweilen schien. Alles an ihr sprach von Lustlosigkeit und zugleich vom Ausbruchsverlangen eines allzu eng überwachten Kindes. Ihr Rückzug hatte ihr Verschwinden aus Gilles' Blickfeld zur Folge, dem so entging, daß sie sich einen Moment den Komödianten zuwandte, dann aber zum Wagen zurückkehrte, dessen offen gebliebene Tür das luxuriöse Samtinterieur sehen ließ.
Und unversehens beugte sie sich vor und steckte den Kopf hinein. Ihr Gesicht erschien wenige Zentimeter von den Knien der falschen Duenja entfernt, die nicht darauf gefaßt gewesen war und keine Zeit mehr fand, sich zurückzulehnen. Einen Moment sahen der Flüchtling und das Mädchen auf kürzeste Entfernung einander an ... aber es geschah nichts.
»Nun, was ist, Theresia?« rief Antoinette, offenbar in autoritärer Stimmung. »Was denkst du dir? Was für eine Ungehörigkeit! Welche Neugier! Vergebt ihr, Exzellenz ... es ist nur ein Kind!«
»Ein entzückendes Kind, wenn ich recht gesehen habe. Kommt einmal her, Kleine! Kommt und zeigt mir Euer niedliches Frätzchen!« sagte Cayetana.
Theresias Kopf verschwand und ließ Gilles in der Quasiüberzeugung zurück, daß sie ihn erkannt hatte. Aber er machte sich keine Sorgen deswegen. Selbst wenn sie ihn eines Verbrechens für schuldig hielte, würde Theresia ihn nicht anzeigen: sie war seine Freundin.
Die beiden Damen einigten sich indessen über die Verteilung der Kammern der Fonda. Die Komödianten, großzügig von der Herzo-

gin entschädigt, die im übrigen auch versprach, vom Balkon aus ihrer Vorstellung beizuwohnen, willigten gutgelaunt ein, in die Scheune umzuziehen. Und der Einzug begann. »Dona Concepción«, von der ihre Herrin gesagt hatte, sie leide an Vapeurs, verschwand hastig im Schutz ihrer Spitzen und Schleier in ein den Räumen der Herzogin benachbartes kleines Gelaß, das ursprünglich für die Kammerfrau der Damen Cabarrus bestimmt gewesen war. Antoinette hatte es sofort angeboten.

»Wenn sie krank ist, ist es besser, sie bleibt allein. Bei der Hitze, die wir haben, verbreiten unpäßliche Menschen oft sehr unangenehme Gerüche, die man einer Dame von verfeinertem Geschmack nicht zumuten kann.«

Gilles hätte sie für diese säuerliche Äußerung gern umarmt. Die Vorstellung, allein zu sein, selbst in einer Art Wandschrank, selbst nur für die wenigen Stunden, die ihn noch von seinem nächtlichen Abenteuer trennten, entzückte ihn. Das unaufhörliche enge Zusammenleben mit einer Frau, selbst einer so verführerischen wie Cayetana, war ihm schließlich unerträglich geworden.

Mit Wonne zog er sich die Stiefel aus, riß sich die verhaßte Kleidung vom Leibe, fest entschlossen, sie nie mehr anzuziehen, wickelte sich in seinen Mantel, warf sich auf die zweifelhaften Laken des schmalen Bettes und versank alsbald in den Schlaf eines Mannes, der glaubt, nichts Besseres zu tun zu haben.

Als er erwachte, begann der Tag zur Neige zu gehen, und jemand klopfte leise, aber beharrlich an seine Tür.

»Wer ist da?« fragte er und bemühte sich, seine Stimme zu verstellen, was ihm nicht leicht fiel, da der Schlaf sie rauh gemacht hatte.

»Ich, Theresia! Öffnet, ich bitte Euch! Ich muß mit Euch sprechen.«

Rasch zog er den Riegel zur Seite, und das Mädchen, einen dunklen Umhang über dem weißen Kleid, schlüpfte durch den Spalt. Ohne jede Vorrede fiel sie ihm um den Hals und drückte ihm einen herzhaften Kuß auf jede Wange. Er erwiderte sie impulsiv, dann schob er sie sanft zurück.

»Theresia!« sagte er vorwurfsvoll. »Wie unvorsichtig! Wenn man Euch sähe oder Euch hörte!«

»Keine Gefahr! Meine Mutter und die Herzogin von Alba... ich müßte sagen: die Herzogin von Alba und meine Mutter, die vor Stolz förmlich platzt, soupieren zusammen im Saal. Ich habe gesagt, ich hätte keinen Hunger, ich hätte Kopfschmerzen. Oh, Gilles! Ist diese Frau Eure Mätresse?«
»Ist das eine Frage für ein wohlerzogenes kleines Mädchen? Seid Ihr etwa gekommen, um das zu erfahren?«
»Gewiß nicht. Aber erstens bin ich kein kleines Mädchen mehr, und zweitens muß sie Euch doch lieben, da sie Euch versteckt. Sie ist übrigens schön... obgleich sie mir nicht gefällt. Sie tut zu sehr, als glaube sie, es gäbe auf der Welt nur Gott, sie und ein paar Nebensächlichkeiten.«
»Theresia!« grollte der junge Mann. »Ich frage Euch noch einmal...«
»Was ich hier will? Euch helfen! Oh, ich bin vorhin so glücklich gewesen, als ich Euch erkannte! Die Leute sagten so schreckliche Dinge! Und ich wußte nicht einmal, ob Ihr noch lebt!«
Die Spontaneität des Kindes war erfrischend, und Gilles' Verstimmung ließ nach.
»Wenn ich richtig verstehe, habt Ihr nicht an diese schrecklichen Dinge geglaubt?«
Sie betrachtete ihn mit jener Miene empörten Mitleids, die Kinder aufsetzen, wenn die Erwachsenen Dummheiten von sich geben.
»Seid Ihr toll? Ich kenne Euch, und ich verstehe, einen Menschen zu beurteilen«, fügte sie mit komischer Würde hinzu. »Meine Eltern haben es übrigens auch nicht geglaubt. Man liebt Euch sehr bei uns. Papa sagte, es sei eine Geschichte für Dummköpfe und hätte etwas mit der Prinzessin von Asturien zu tun. Die Frauen spielen eine große Rolle in Eurem Leben, nicht wahr?«
Diesmal mußte Gilles lachen.
»Sie spielen im Leben aller Männer eine große Rolle, Theresia. Auch Ihr werdet später diese große Rolle spielen... und das im Leben vieler Männer vielleicht.«
Sie setzte sich auf den Rand seines Bettes und stieß einen Seufzer aus, der alle Erfahrung der Welt enthielt.
»Oh, ich weiß. Ich habe schon damit angefangen.«

»Wahrhaftig?«
»Wahrhaftig! Habt Ihr Euch nicht gefragt, warum Ihr uns hier antrefft, unterwegs nach Frankreich, als ob ganz Spanien brennt? Es ist meinetwegen.«
»Sieh einer an! Wegen Euch?«
»Wegen mir... und Onkel Maximilien! Er hat sich in mich verliebt und meinen Vater um meine Hand gebeten. Es hat einen schrecklichen Skandal gegeben.«
Verblüfft starrte Gilles sie an. Sie schien durchaus ihre fünf Sinne beisammen zu haben.
»Euer Onkel?... Der Bruder Eurer Mutter?«
»Ja, Onkel Galabert natürlich. Ihr kennt ihn. Er hätte mir übrigens nicht mißfallen. Er ist charmant!«
In der Tat war Gilles bei den Cabarrus mehrmals dem »Onkel Maximilien« begegnet, der ganz zu Anfang des Jahres irgendwelcher Familiengeschäfte wegen aus Bayonne gekommen war. Und es war nicht verwunderlich, daß Theresia ihn charmant fand. Dreißig Jahre alt, elegant, vornehm, mit lebhaftem Blick, genießerischem Mund, zugleich kraftvoller und geschmeidiger, stets tadellos gekleideter Gestalt, war er zudem auch noch witzig und sehr galant: genug, um einem weiblichen Wesen den Kopf zu verdrehen, selbst den einer für ihr Alter ein wenig zu frühreifen Nichte. Aber ihn deswegen gleich heiraten?
»Soll das besagen, daß diese verrückte Heirat Euch nicht mißfallen hätte? Man möchte fast meinen, daß Ihr es bedauert!«
Im Lächeln des jungen Mädchens mischten sich kindliche Unbefangenheit und unbewußte Femininität auf erstaunliche Weise.
»Natürlich. Ich liebe Onkel Maximilien sehr. Er weiß so hübsche Dinge zu sagen...«
»Aber, zum Donnerwetter, er ist Euer Onkel, der Bruder Eurer Mutter!«
»Er ist ein Mann, und ein Mann ist ein Mann. Für mich gibt es nur zwei Arten: die, die verführerisch sind, und die, die es nicht sind. Ihr seid ein verführerischer Mann... aber Onkel Max auch. Und dann brauchte ich jemand, der mich tröstete. Ihr hattet mich ganz und gar verlassen... Ihr kümmertet Euch nicht mehr um mich, weil ihr

andere Dinge im Kopf hattet. Eure Herzogin, zum Beispiel! Ich hab' sie an dem Tag gesehen, an dem ich zur Maikönigin gekrönt worden bin. Wenn Ihr...«

»Theresia, Theresia, wir kommen vom Thema ab! Kehren wir zu Euren Eltern zurück. Wenn ich recht verstehe, haben sie die Sache sehr schlecht aufgenommen.«

»Noch schlechter als das! Mama ist in Ohnmacht gefallen, Papa hat sich aufgeführt wie noch nie, und als er sich schließlich in seinem Kabinett ausgetobt hatte, hat er beschlossen, daß wir ohne Verzug nach Frankreich abreisen müßten, Mama, meine Brüder und ich, weil es in Spanien entschieden nicht möglich sei, aus uns etwas anderes als Wilde zu machen. Er schickt uns zu einem seiner Geschäftsfreunde nach Paris, einem gewissen Monsieur de Boisgeloup, einem Parlamentsrat, der uns in seinem Haus auf der Saint-Louis-Insel beherbergen soll, bis wir ein Haus für uns finden. Das ist die ganze Geschichte.«

»Nur«, schloß Gilles, »hat Euer Vater es zu eilig gehabt, um sich zuvor davon zu unterrichten, daß man zum Überschreiten der Grenze einen Passierschein braucht.«

Theresia schüttelte seufzend den Kopf.

»Papa vergißt nie etwas. Aber Ihr kennt Mama. Sie ist ein Wirrkopf und hat den berühmten Passierschein auf ihrem Frisiertisch liegengelassen. Aber morgen früh werden wir trotzdem nach Frankreich reisen. Deshalb sage ich auch, daß ich gekommen bin, um Euch zu helfen.«

»Wie wollt Ihr das tun?«

»Ich habe Euch geweckt, nicht wahr, und Ihr habt gut geschlafen? Habt Ihr nicht einen Reiter ankommen hören?«

»Nein, ich schlief tatsächlich.«

»Es war ein Diener meines Vaters, der uns von Madrid nachgeritten ist. Er brachte das verflixte Papier. Morgen sorgen wir also dafür, daß Ihr die Grenze mit uns passiert... was Eure schöne Freundin nicht fertigbringt, obwohl sie die Herzogin von Alba ist.«

»So einfach? Und wie soll es vor sich gehen?«

Theresia glitt vom Bett, preßte ihr Ohr an die Tür und erklärte dann befriedigt:

»Wir werden es Euch gleich sagen. Ich glaube, sie sind schon da.« Und bevor Gilles protestieren konnte, hatte sie die Tür um einen Spalt für ihre beiden älteren Brüder, den vierzehnjährigen François und den dreizehnjährigen Dominique, geöffnet, die auf Zehenspitzen und mit Verschwörermienen hereinschlichen.
»Nun?« fragte Theresia gebieterisch. »Wie weit seid ihr?«
François, der Ältere, ein hübscher, braunhaariger Junge, der vieles mit seiner Schwester gemeinsam hatte, wühlte unter den Schößen seines Rocks und zog ein in einen Lappen von zweifelhafter Sauberkeit gewickeltes kleines Paket hervor.
»Ich habe, was wir brauchen. Dicht bei der Kirche gibt es eine Art Apotheker, den mir der Schloßwächter nannte. Ich hab' ihm gesagt, ich hätte ein Pferd, das so nervös sei, daß es nicht mehr schlafen könne. Er hat mir das gegeben.«
»Es scheint ausgezeichnet zu sein«, ergänzte der jüngere Dominique. Hellblond, hatte er von seiner Mutter die flinke Zunge und den neugierig huschenden Blick geerbt. »Mit dem Drittel einer Unze wird er vierundzwanzig Stunden selig schlafen.«
Die Arme über der Brust verschränkt, hatte Gilles der Invasion seines Privatbereichs mißtrauisch beigewohnt.
»Wie wär's, wenn Ihr mir erklärtet, was Ihr da ausheckt, Messieurs? Ich zweifle nicht an der Reinheit Eurer Absichten, aber Eure Vorbereitungen beunruhigen mich. Es hört sich so an, als dächtet Ihr daran, jemand einzuschläfern?«
Dominique hob seinen Blick zu ihm. Er war nicht nur blau, sondern geradezu engelhaft.
»Unsern Erzieher, Don Bartholomeo! Er liebt den Wein sehr. Heute abend wird man ihm einen großen Krug bringen, vom besten, damit er sich hinterher nicht krank fühlt, und wir werden dieses Pulver hineintun.«
»Sobald er dann eingeschlafen ist«, fuhr François fort, »ziehen wir ihm seine Kleider aus, machen es ihm im Bett bequem und geben dem Wirt genügend Geld, damit er sich nach unserem Aufbruch um ihn kümmert...«
»Und Ihr«, schloß Theresia triumphierend, »zieht seine Kleider an und nehmt seinen Platz in unserem Wagen ein. So werdet Ihr ohne

Schwierigkeiten nach Frankreich gelangen, denn der Passierschein erwähnt einen geistlichen Erzieher. Ist das nicht gut ausgedacht?«
Vor den bewundernden Blicken der beiden Jungen packte Gilles Theresia um die Taille, hob sie so mühelos hoch, als wiege sie nicht mehr als ein Kind von fünf Jahren, und küßte sie auf die runden, flaumigen Wangen.
»Prächtig!« rief er lachend. »Ihr seid wahre Freunde... und bewundernswürdige Verschwörer. Aber...«
»Nein! O nein!« protestierte Theresia, schon den Tränen nahe. »Ihr werdet Euch doch nicht weigern?«
»Doch... indem ich Euch von ganzem Herzen danke und trotzdem ablehne.«
»Aber warum?« riefen die drei Kinder wie im Chor.
»Aus mehreren Gründen. Der erste ist, daß es unvernünftig wäre, Eure Mutter irgendwie in Gefahr zu bringen. Die Fahrt über die Grenze könnte sie unter diesen Umständen in Verlegenheit setzen.«
François runzelte die Stirn.
»Ihr wollt damit sagen, daß sie eine Dummheit machen könnte? Das ist bei Mutter tatsächlich immer möglich, aber wenn man es ihr genau erklärt...«
»Das ist nicht alles. Euer Erzieher könnte sein Abenteuer sehr übel aufnehmen. Was wird er nach Eurem Aufbruch tun? Er wird nach Madrid zurückkehren, und da er Mönch ist, kann er durchaus auf die Idee verfallen, sich bei der Inquisition zu beklagen... die mich sucht. Könnt Ihr Euch vorstellen, was für Schwierigkeiten Euer Vater dadurch haben könnte, so einflußreich und mächtig er beim König auch sein mag?«
Er schwieg einen Moment, um seinen Worten Zeit zu lassen, ins Bewußtsein seiner kleinen Freunde zu dringen. Und als sie, sichtlich geschlagen, die Köpfe senkten, fügte er sanfter hinzu:
»Schließlich bezieht sich Euer Plan nur auf mich, und ich will nicht ohne meinen indianischen Diener fort. Pongos Personenbeschreibung ist genauso wie meine überall bekannt, und ich sehe nicht, welche Rolle Ihr ihn spielen lassen könntet, es sei denn, Ihr zöget Eure Domestiken ins Vertrauen.«

»Die der Herzogin von Alba, nehme ich an, sind doch auch in Eure Duenja-Angelegenheit eingeweiht!« warf Theresia kriegerisch ein.
»Allerdings. Aber sie hat nur bewährte Leute mitgenommen, die sie seit ihrer Kindheit kennen und sich für sie töten lassen würden. Könnt Ihr das gleiche von Euren sagen?... Da seht Ihr's! Und jetzt werde ich Euch nach all diesen Gründen den besten nennen: Morgen früh werde ich in Frankreich sein und Euch an der Straße nach Bayonne erwarten. Während die Komödianten ihre Vorstellung geben, werde ich mit Pongo und den Pferden durch den Fluß schwimmen. Ihr seht, es ist ganz und gar nicht schwierig.«
»Aber es ist ein sehr, sehr breiter Fluß... Ihr werdet ertrinken«, sagte Dominique.
»Ich hoffe nicht. Verschwindet jetzt! Das Souper wird bald zu Ende sein, und man wird nach Euch suchen. Aber ich schreibe auf Euer Konto, was Ihr für mich tun wolltet. Eines Tages kann ich es Euch vielleicht vergelten. Auf morgen... in Frankreich!«
Er drückte den beiden Jungen nach englischer Mode die Hand, küßte die schon halb getröstete Theresia und schob die drei hinaus.
Die Nacht war hereingebrochen, und auf dem Platz begannen die Schellentrommeln der Komödianten zu lärmen und die Einwohner Fuenterrabias zur Vorstellung zu rufen. Überall flammten Fackeln auf, und auf dem Gerüst schlug ein Mann in halb rotem, halb blauem Kostüm Feuer, um die Kerzen anzuzünden. Diese letzte Nacht in Spanien war vielleicht die schönste, die der Franzose dort erlebt hatte. Niemals war der Himmel von einem so warmen und so tiefen Blau gewesen, niemals hatten die Sterne so hell geglitzert, und in diesem unwirklichen Licht schien die imposante Front des alten Palastes zu schweben und sich in Traumnebel aufzulösen. Die grünliche Dämmerung war einer schillernden Dunkelheit gewichen.
Das unter freiem Himmel spielende Orchester präludierte kontrapunktisch zum Gelärm und Gelächter der sich sammelnden Menge. Die fahrenden Komödianten weckten für einen Abend die aufgegebene, von der Zeit in Schlummer versetzte alte Festung am Rande des Ozeans, und Spanien hatte an diesem Abend für den, der sich

anschickte, es zu verlassen, die zärtlichen Farben flüchtigen Bedauerns.

Darum umfing er Cayetana, als sie im duftenden Geraschel ihrer seidenen Robe die Tür seiner Kammer aufstieß, mit einer Zärtlichkeit, die ihren Umarmungen bisher fremd geblieben war, denn in diesem Moment glich das Gefühl, das sie ihm einflößte, sehr der Liebe.

»Es bleibt uns eine Stunde«, murmelte er in der lauen Wärme dicht an ihrem Hals, »und diese Stunde, diese wundervolle Stunde, wird uns niemand nehmen...«

Als er zu Pongo stieß, der ihn mit den Pferden im dichten Schatten der alten Mauern erwartete, trug er mit sich das schimmernde Bild einer Frau in einem Kleid aus roter Seide mit einem Fächer in der Hand, die vom Balkon aus mit tränenfeuchten Augen einigen tanzenden Komödianten zusah.

Kein Geräusch ließ sich hören. Falls es überhaupt Patrouillen gab, schienen sie vertrauensvoll die Verrichtung ihrer Aufgabe dem Meer zu überlassen.

Die Ebbe war auf ihrem tiefsten Punkt. Die vor nicht allzu langer Zeit noch so weite Mündung wies nun Sandbänke auf, die der aufgehende Mond zwischen den silbrigen Bändern der Flutrinnen matt hervorhob. In dem kleinen Hafen schliefen die Boote unter ihren seitwärts geneigten Masten. Neben einem Büschel Schwingelgras stehend, betrachtete Pongo mißtrauisch das Wasser.

»Woran denkst du?« fragte Gilles, der sich mit tiefer Freude, wie sie ein Mann beim Wiederfinden eines seit langem verlorenen Freundes empfindet, auf Merlin geschwungen hatte.

Der Indianer zog ein saures Gesicht.

»Sand! Nicht gut!... Vielleicht tödlich!«

»Du fürchtest, wir könnten auf Treibsand stoßen? Sieh dort drüben! Auf dieser Sandbank da sind Meervögel. Dort haben wir nichts zu fürchten, allenfalls die an dieser Stelle schnellere Strömung. Aber uns gegenüber, wo du die kleinen Lichter siehst, da ist Frankreich. Da bin ich zu Hause. Wir haben lange genug mit Frauen gelebt, glaubst du nicht?«

Die großen Schneidezähne des Indianers glänzten im Mondlicht.
»Frauen wie Sand! Sehr gefährlich...«
Statt einer Antwort brach Gilles in Gelächter aus, trieb sein Pferd an und ritt zum Bett des Flusses hinunter...

Zweiter Teil

Der Zauberer

1784

5. Kapitel

Der Falke des Königs

Zehn Tage später erblickten Gilles, Pongo und Merlin, die den Reisewagen der Damen Cabarrus eskortierten, am Ende eines schönen, schon ein wenig sommerlichen Frühlingsvormittags wieder Paris und gelangten zur Saint-Louis-Insel, wo die Reisenden im Hause des liebenswürdigen Monsieur de Boisgeloup fürs erste Aufnahme finden sollten.

Doch eine herbe Enttäuschung wartete auf sie: Der liebenswürdige Monsieur de Boisgeloup war ein paar Tage zuvor gestorben, vorgestern beerdigt worden, und die nach Aussage des Majordomus untröstliche Witwe empfing sie mit einem hinter Trauerschleiern so von Tränen verwaschenen Gesicht, daß Antoinette es nicht wagte, sich inmitten einer so eindrucksvollen Trauer häuslich niederzulassen. Sie widmete Madame de Boisgeloup eine angemessene Ration der üblichen Beileidsredensarten, versicherte sie ihrer aufrichtigen Anteilnahme an ihrem Unglück und bat als Antwort auf die trotz allem, wenn auch sehr matt ausgesprochene Einladung zum Bleiben, ob man ihr ein möbliertes Haus empfehlen könne, das würdig genug sei, Gattin und Kinder des mächtigsten Bankiers Spaniens aufzunehmen.

Mit ein wenig verwirrter Miene, denn ihre Gedanken waren sichtlich weit von der Geographie des Pariser Hotelwesens entfernt, nannte Madame de Boisgeloup eine im Saint-Eustache-Viertel gelegene Villa, die, wie es hieß, »sehr gediegen« sein solle. Worauf Antoinette herzlich dankte, dreißig Messen für die entflohene Seele des verstorbenen Freundes ihres Gatten lesen zu lassen versprach, eine vollendete Reverenz vollführte, wieder ihr reichlich staubiges Reisegefährt bestieg und mit ihrer ganzen Gesellschaft davonfuhr, zur großen Enttäuschung ihres Sohns Dominique, den die schönen

Bäume und das in Sonne getauchte Gewässer der vor dem Haus vorbeifließenden Seine bezaubert hatten.
»Warum müssen wir uns woanders etwas suchen, da diese Dame doch anbot, daß wir bei ihr bleiben könnten? Wir sind müde und schmutzig. Seht Euch Theresita an, sie kann kaum noch die Augen offenhalten.«
»Vielleicht«, entgegnete das Mädchen, »aber ich hab' keine Lust, wenn ich sie aufmache, ein Sterbezimmer zu sehen. Mutter hat ganz recht: wir sind nicht nach Paris gekommen, um zu weinen. Kennt Ihr den Ort, zu dem man uns schickt, *señor* Gilles?«
»Nein«, sagte lächelnd der junge Mann, »aber es dürfte ihm nicht schwerfallen, fröhlicher zu sein als dieser.«
Wirklich war das gleichfalls von einer Witwe, nur einer weit lächelfreudigeren als die erste, geleitete Haus ganz reizend mit seinen bequem möblierten Appartements und seinem hübschen Garten. Gilles konnte also ohne jede Besorgnis seine Freunde sich einstweilen einrichten lassen und seinen eigenen Angelegenheiten nachgehen, die sich in einem betrüblichen Zustand befinden mochten, falls eine ihn betreffende Beschwerde aus dem Madrider Kabinett nach Versailles gelangt war.
Er beeilte sich infolgedessen, die Seine wieder zu überqueren, und ritt zur Rue du Colombier, um seinen Reisesack im Hôtel d'York abzustellen, wo Fersen ihn bei seiner Ankunft aus der Bretagne einquartiert hatte, in der Hoffnung, dort etwas frei zu finden, denn es war unbestritten eines der besten Häuser der Hauptstadt. Ehemaliger Wohnsitz einer bretonischen Adelsfamilie, nahm das Hôtel d'York nur bemerkenswerte Gäste auf, wie etwa den englischen Botschafter Sir David Hartley, der im vergangenen Sommer gekommen war, um in Versailles mit Benjamin Franklin den die Unabhängigkeit der Vereinigten Staaten anerkennenden Friedensvertrag zu unterzeichnen.
Das Glück war ihm hold. Das Haus war zwar voll, aber Nicolas Carton, der Hotelier, erkannte den jungen Mann sofort und empfing ihn wie einen alten Freund.
»Seit der Herr Graf am siebten dieses Monats bei uns eingetroffen ist, erwartete ich jeden Tag, Euch kommen zu sehen, Herr Chevalier«,

erklärte er, während er die breite, bequeme Steintreppe vor ihm hinaufstieg.
»Der Herr Graf? Welcher Graf?«
»Aber... der Herr Graf de Fersen. Der Herr Chevalier weiß also nicht, daß mein Haus voller Schweden ist?«
»Wie das? Ist eine nordische Invasion über uns hereingebrochen?«
»Ich sehe, der Herr Chevalier beliebt noch immer zu scherzen. Es handelt sich um das Gefolge Seiner Majestät König Gustavs III., will sagen, des Herrn Grafen de Haga, der, aus Italien zurück, unser Land besucht. Monsieur de Fersen gehört zu diesem Gefolge. Er logiert hier mit dem Herrn Baron von Stedingk.«
»Ah!« rief Gilles, entzückt über diese Neuigkeit. »Er ist also hier?«
»Nicht zu dieser Stunde, Herr Chevalier. Die Herren sind tagsüber in Versailles. Sie haben dort sehr großen Erfolg. Man empfängt sie oft... Euer früheres Zimmer ist gerade frei geworden, aber noch nicht ganz bereit.«
»Macht nichts. Ich beabsichtige nicht, mich mitten am Tage schlafen zu legen. Ich brauche nur ein Bad und für mich und meinen Diener etwas zu essen... und ein Pferd. Meins hat Ruhe nötig, und ich brauche ein frisches. Ich habe einen dringenden Besuch abzustatten.«
Eine Stunde später schwang sich Tournemine gewaschen, rasiert und in seine einstige Dragoneruniform gezwängt auf das von Carton besorgte Pferd und ritt in kurzem Trab dem Hôtel de Rochambeau zu. Pongo ließ er zurück – zum Ausruhen, wobei er Gelegenheit fand, seine Bekanntschaft mit der braunen Louison zu erneuern, einem derben Zimmermädchen, das sich bei der Ankunft des Indianers auf französischem Boden für seinen exotischen Charme, seinen rasierten Schädel und seine mächtigen Kaninchenhauer empfänglich gezeigt hatte.
Der Weg war diesmal kurz, da sich Rochambeaus Stadthaus in der Rue de Cherche-Midi nahe dem Kloster der Töchter des Guten Hirten befand, aber Gilles verwandte ihn ganz und gar darauf, im stillen den Allmächtigen, die Jungfrau und alle Heiligen anzuflehen, daß sein eigener guter Hirte nicht etwa gerade zum Ende der Welt

oder wenigstens zu seinen Ländereien in der Touraine aufgebrochen sei.
Doch das Glück verließ ihn nicht. Der General befand sich nicht nur in Paris, er befand sich sogar in seinen vier Wänden, und die bloße Nennung seines Namens und Titels öffnete vor dem jungen Mann die Türen eines Hauses, das sich mitten in der turbulenten Geschäftigkeit eines großen Aufbruchs zu befinden schien. Im Hof und auf den Treppen kamen und gingen Soldaten mit Papieren, schleppten Diener Truhen und Reisesäcke.
»Bereitet der General seinen Aufbruch zu einem Feldzug vor?« fragte Gilles, der sich um einige Jahre nach Brest und mitten in die Vorbereitung der amerikanischen Expedition zurückversetzt fühlte, einen jungen Kornett des Regiments Touraine, der mit einem dicken Register unter dem Arm vorbeiging.
Einen Offizier erkennend, hielt der junge Mann an und salutierte.
»Nicht zu einem Feldzug, Herr Leutnant, aber nach Calais. Der König hat General de Rochambeau zum Nachfolger des Marschalls de Croy im Kommando der wichtigsten Militärregion, der des Nordens, ernannt.«
»Teufel! Und ist sein Aufbruch bald zu erwarten?«
»Ende dieses Monats. Wenn Ihr mich entschuldigen wollt, ich habe zu tun...«
»Es war also höchste Zeit zu kommen«, dachte Gilles und sah dem jungen Soldaten nach, der dem, der er selbst einst gewesen war, wie ein Bruder ähnelte.
Rochambeau empfing seinen ehemaligen Sekretär wie einen wiedergefundenen Sohn, küßte ihn auf beide Wangen, versetzte ihm ein paar herzliche Rippenstöße, machte ihm Komplimente über sein Aussehen und beförderte ihn schließlich in einen großen Sessel, bevor er die Domestiken durch seine geräuschvolle Forderung, ihm auf der Stelle Champagner zu bringen, in Aufruhr versetzte.
»Bei Gott, Chevalier, du stellst dir nicht vor, wie glücklich ich bin, dich zu sehen!« dröhnte er, nachdem der junge Mann ihn zu seiner kürzlichen Ernennung beglückwünscht hatte. »Du bringst den großen Wind des Atlantik mit, die Tage von einst, unseres amerikanischen Ruhms, die die glänzendsten Kommandos weit hinter sich

lassen. Ah, ja, ich bin glücklich... aber nicht unbedingt überrascht. Ich hätte schwören können, daß du es in Spanien nicht lange aushalten würdest. Dieser steife, bigotte Hof, der die Langeweile nachschleppt wie ein Dragoner seinen Säbel, nach den Wäldern Virginiens, das konnte dir nicht gefallen!«

»Ich glaube aber, daß ich es bin, der ihm nicht gefällt, Herr General. Und mit Eurer Erlaubnis laßt mich Euch sagen, daß Ihr den Bericht meiner Abenteuer abwarten solltet, bevor Ihr Champagnerpfropfen springen laßt.«

»Abwarten? Und warum, wenn's gefällig ist? Mit Champagner verhält sich's wie mit den hübschen Frauen: Man darf ihn nicht warten lassen, sonst taugt er nichts.«

»Weil Ihr vielleicht keine Lust mehr haben könntet, mit einem zum Tode Verurteilten auf der Flucht anzustoßen. Ich werde zugleich von der königlichen Polizei und der Inquisition gesucht.«

Das narbige Gesicht des Helden des Unabhängigkeitskrieges zeigte keine intensivere Überraschung als ein leichtes Heben der Brauen. Statt jeder Antwort angelte er selbst eine schwärzliche Flasche aus dem Kühler, entkorkte sie, füllte zwei durchsichtige, hohe Gläser und reichte eins seinem Besucher.

»Wann bist du eingetroffen?«

»Vor zwei oder drei Stunden.«

»Dann trink erst einen Schluck, das wird dir den rechten Schwung geben, mir deine Geschichte zu erzählen. Übrigens, wenn du dir etwas Ernstliches vorzuwerfen hättest, würdest du dich hüten, es mir zu berichten. Da du hier bist, ist es Spanien, das unrecht hat, und was ihre Inquisition betrifft, diese barbarische Inquisition, die ihre blutrünstigen Instinkte unter dem Mantel Christi versteckt... ich ziehe es vor, dir nicht zu sagen, was ich von ihr denke. Trink und erzähle!«

So ermutigt, gab Gilles über sein Abenteuer einen so aufrichtigen, so peinlich genauen Bericht, daß er auch im Beichtstuhl am Platze gewesen wäre. Der Mann ihm gegenüber flößte ihm solches Vertrauen und eine der Verehrung so nahe Achtung ein, daß er bereit war, seinen Urteilsspruch, wie er auch ausfallen mochte, ohne Widerspruch zu akzeptieren.

Rochambeau hörte ihm schweigend und scheinbar völlig teilnahmslos zu, obwohl es Gilles schien, als husche zuweilen der Schatten eines Lächelns um seine Lippen, und als er geendet hatte, äußerte er ebensowenig etwas dazu, erhob sich nur, ging zum Kamin und zog an der längs des Kaminspiegels herabhängenden Seidenkordel, um einen Diener herbeizurufen.
»Meine Pferde und meinen Wagen!« befahl der General. »Wir fahren nach Versailles.«
Und als Gilles ihn verständnislos ansah:
»Aber ja, du auch! Ich nehme dich zum König mit. Du hast eben noch Zeit, ein letztes Glas zu trinken, bevor angespannt ist.«
»Zum... zum König?« stotterte Gilles benommen. »Aber, Herr General...«
»Natürlich zum König! Nur er kann das in Ordnung bringen. Die Sache ist ernst, es hat keinen Sinn, es sich nicht einzugestehen. Mit einer künftigen Königin von Spanien zu schlafen, fällt unter Majestätsbeleidigung. Ich habe aber nicht die Absicht, dem Grafen d'Aranda, rührigem Botschafter seiner Sehr Katholischen Majestät, die Zeit zu lassen, im Namen des Familienpakts den Kopf einer meiner Männer zu fordern.«
Während er sprach, füllte er wieder das Glas des Chevaliers, der es in einem Zuge leerte wie jemand, der es dringend nötig hat, sich von einem Schreck zu erholen.
»Und«, fragte er nach leichtem Zögern, »habt Ihr die Absicht, Seiner Majestät... alles zu sagen?«
»Alles! Der König ist sehr zurückhaltend in Dingen der Liebe. Er ist von strengen Sitten, hat einen ausgesprochenen Sinn für Ehre und Familie, aber er hat auch, was seltener bei einem König ist, ein Herz, und dieses Herz ist gut, gerecht und großmütig. Zudem weiß er Offenheit zu schätzen. Und schließlich, wenn du der Majestätsbeleidigung schuldig bist, dann doch wohl mehr aus Notwehr, wenn ich mich so ausdrücken darf. Bist du soweit?«
Gilles salutierte mit von ehrlicher Zuneigung erfülltem Respekt.
»Es ist lange her, Herr General, daß ich mich entschloß, Euch zu folgen, wohin immer Ihr mich führen würdet, und sei es in die Hölle!«

»So weit wirst du nicht gehen müssen... Und wenn der König nichts hören will, bleibt immer noch die Lösung, dich in meinem Gepäck nach Calais mitzunehmen!«
Sein Blick glitt auf der Suche nach seinem Stock durch den Raum, entdeckte ihn auf einer Konsole, blieb dann plötzlich an einem auf zerbrechlichen Beinen stehenden kleinen Sekretär aus kostbarem Holz hängen und kehrte endlich kritisch zu dem jungen Mann zurück:
»Es fehlt dir irgend etwas«, murmelte er, »etwas, das ich, wie mir scheint, vergessen habe...«
Mit schnellen Schritten trat er zu dem kleinen Sekretär, öffnete ihn und entnahm ihm ein Kästchen aus dunkelblauem Maroquin, das er einen Moment in den Händen behielt, ohne den Deckel zu heben.
»Vor einem Jahr«, sagte er mit einer Winzigkeit von Feierlichkeit in der Stimme, »im Mai 1783, haben sich die Offiziere der amerikanischen Armee in einer Gesellschaft von Freunden zusammengeschlossen, die ebenso lange leben soll wie sie selbst oder der Älteste ihrer männlichen Nachkommenschaft oder in Ermangelung eines solchen der einer Nebenlinie, der für würdig befunden wird, Mitglied zu werden. Weil sie aus dem zivilen Leben gekommen waren und wieder dorthin zurückkehrten, wählten sie als Namenspatron den illustren Römer Lucius Quinetius Cincinnatus, den Bauern, der zu seinem Pflug zurückkehrte, nachdem er Rom gerettet hatte, und nannten sich die Gesellschaft der Cincinnati.
Da sie zudem ihre französischen Waffenkameraden zu ehren wünschten, beschlossen sie, als Mitglieder der Gesellschaft außer unseren bevollmächtigten Gesandten auch unsere Admirale, Schiffskapitäne, Generäle und Obersten zuzulassen.
Im vergangenen Januar gab der König seine allergnädigste Genehmigung zur Bildung einer französischen Sektion, und die erste Versammlung hat unter dem Vorsitz des Admirals d'Estaing in diesem Hause hier stattgefunden...«
»Warum d'Estaing?« warf Gilles empört ein. »Habt Ihr nicht hundertmal mehr als er für die amerikanische Sache getan?«
»Das ist weder deine noch meine Angelegenheit! Und unterbrich mich gefälligst nicht! Wir haben es eilig... Ich fahre fort: Du warst

natürlich bei dieser Versammlung nicht anwesend, und da du nie den Rang eines Obersten innehattest, hättest du auch nicht das Recht, bei den Cincinnati einzutreten. Doch wir alle, wie übrigens auch General Washington, der uns deshalb geschrieben hat, waren der Meinung, daß der Falke es durchaus verdient hätte, den goldenen Adler zu tragen.«

Vor den Augen des vor Erregung plötzlich blaß gewordenen jungen Mannes öffnete Rochambeau das Kästchen, eine merkwürdige Auszeichnung enthüllend: den *bald-eagle*, den kahlköpfigen Adler Amerikas, aber in massivem Gold und aufgehängt an einem blauen Band, das er nun zwischen zwei Finger nahm und schnell an dem plötzlich zum Platzen gespannten Uniformrock des Offiziers befestigte.

»Mit spezieller Genehmigung Seiner Exzellenz, des Präsidenten der Vereinigten Staaten von Amerika, General George Washington, und Seiner Majestät Ludwig, des Sechzehnten dieses Namens, durch die Gnade Gottes König von Frankreich und Navarra, seid Ihr, Chevalier de Tournemine de La Hunaudaye, von nun an Mitglied der Gesellschaft der Cincinnati. Euer Sohn wird es nach Euch sein, und der Sohn Eures Sohnes nach ihm. Ich wünschte, daß sie dessen ebenso würdig wären wie Ihr.«

Nach amerikanischer Mode schüttelte Rochambeau kräftig die Hand seines einstigen Sekretärs, dem es nicht leichtfiel, seine Tränen zu unterdrücken, dann machte er schroff kehrt, um auch bei sich selbst kein Gefühl der Rührung aufkommen zu lassen.

»He, Poitevin! Mein Hut, meine Handschuhe! Wir gehen!«

Zwei Stunden später von einem Hofkavalier gemeldet, betrat Gilles hinter dem breiten Rücken seines Generals die Bibliothek des Königs im ersten Stock des Versailler Schlosses und verneigte sich vor dem kaum dreißigjährigen Mann, den er als seinen Herrn anerkannte.

Der König war ausgezeichneter Laune. Er war vor kurzem von der Jagd aus Marly zurückgekehrt, und die Jagd war gut gewesen, wie meistens bei diesem leidenschaftlichen Jäger. Mit anderen Worten: da der König jeden Tag jagte, war er in seiner üblichen Laune.

Noch in Stiefeln und einem Rock aus eisengrauem Tuch, ohne andere Verzierung als das strahlende Weiß des Jabots und der Manschetten, einem Rock, der zudem den Vorzug hatte, seine schon deutliche Fettleibigkeit ein wenig zu verbergen, stand er inmitten des riesigen, weiß und gold getäfelten hellen Raums, der einst der Spielsalon seines Großvaters Ludwig XV. gewesen war und den er, den Wissenschaften geneigt, in eine imposante Bibliothek verwandelt hatte, in deren Regalen sich eine Fülle der ernsthaftesten Werke drängte. Auf dem Tisch vor ihm war ein großer Plan von Paris neben den Modellen einiger Gebäude ausgebreitet.

»Ah, Monsieur de Rochambeau!« rief der König, die Entschuldigungen des Besuchers wegen der Unschicklichkeit seines Stegreifbesuchs kurz abschneidend. »Kommt nur, kommt! Und vor allem: entschuldigt Euch nicht! Es bereitet mir immer großes Vergnügen, Euch zu sehen.«

»Ich fürchte wahrhaftig, aufdringlich zu sein, Sire. Soweit ich sehe, arbeitete Eure Majestät...«

»Ganz und gar nicht. Ich betrachtete die Arbeit anderer, und diese Arbeit schien mir sehr interessant. Seitdem ich vergangenes Jahr die Kommission zur Prüfung aller Pläne und Projekte im Bereich der öffentlichen Gesundheitspflege und der Verschönerung von Paris ins Leben rief, lassen es meine Architekten nicht an Mitarbeit fehlen, und ich gebe zu, daß es ihren Vorschlägen nicht an Interesse fehlt. Monsieur Soufflot, Kontrolleur der Bauten für Paris, schlägt zum Beispiel den Durchbruch eines großen ost-westlichen Straßenzuges vor, der am Louvre und den Tuilerien entlangführen würde. Monsieur Patte hingegen wünscht, die Hallen aus Paris hinaus zu verlegen, und das Hôtel-Dieu, das Städtische Krankenhaus, zu beseitigen, da all das Ansteckungen begünstigt, außerdem die Sanierung der Cité-Insel und den Durchbruch eines weiteren, diesmal nord-südlichen Straßenzuges parallel zur Rue St.-Jacques. Und was haltet Ihr von meiner eigenen Idee? Man hat mir vorhin dieses nach meinen Zeichnungen angefertigte Modell gebracht.«

Mit einer bei einem so beleibten Mann nicht zu erwartenden Behendigkeit durchquerte Ludwig XVI. die Bibliothek und nahm von einer Konsole ein großes Modell, das einen mit Bäumen bepflanzten und in seinem Zentrum mit einem prachtvollen Springbrunnen geschmückten schönen Platz darstellte.

»Der Platz ist sehr schön«, sagte Rochambeau mit einem Lächeln, »der Brunnen prächtig, aber wo gedenkt der König dieses Wunderwerk anzulegen?«

»Wenn ich es Euch nicht sage, werdet Ihr es nie erraten, denn – und ich fürchte mich nicht, es zu unterstreichen – meine Idee ist revolutionär. Dieser Platz wird entstehen, wenn ich die Bastille habe abreißen lassen!«

»Die Bastille? Euer Majestät will doch wohl nicht sagen, daß sie daran denkt...«

»Aber ja! Ich denke sogar sehr daran! Diese alte schwarze Festung beleidigt mein Auge, wenn ich mich nach Paris begebe. Sie ist häßlich, überaltert! Ich bin kein mittelalterlicher König, zum Teufel! Zudem blockiert sie die ganze Rue St-Antoine... und dann dient sie zu nichts mehr... oder doch kaum. Es gibt genug andere Gefängnisse für die Halunken von Paris. Und was die geheimen königlichen Haftorders betrifft, verabscheue ich sie ganz außerordentlich. Also was sagt Ihr?«

Rochambeau verneigte sich.

»Daß der König ein Vater für sein Volk ist, daran habe ich nie gezweifelt... und hier ist jedenfalls ein Bursche, der der Zerstörung des Staatsgefängnisses nur mit beiden Händen applaudieren könnte.«

Das Lächeln auf dem vollen Gesicht des Königs schwand. Er legte das große Modell mit einer Art von Bedauern zurück und begab sich sodann mit auf dem Rücken zusammengelegten Händen zu seinem Arbeitstisch, setzte sich jedoch nicht. Als er sich umdrehte, gewahrte Gilles beunruhigt, daß er sich verwandelt hatte: Nicht mehr den liebenswürdigen Kavalier, den Mann der Wissenschaften hatte er vor sich, sondern den König, erfüllt von einer Majestät, die Ludwig XVI. trotz aller Verleumdungen durchaus auszustrahlen wußte, wenn es nötig war.

»Was soll das heißen?« fragte er. »In welcher Hinsicht kann sich dieser junge Mann für die Bastille interessieren? Er ist einer Eurer Soldaten, wenn ich der Auszeichnung glauben darf, die ich auf seiner Brust sehe. Euer Name, Monsieur?«

Gilles straffte seine Haltung.

»Chevalier de Tournemine de La Hunaudaye, Sire! Zur Disposition gestellter Leutnant bei den Dragonern der Königin.«
»Zur Disposition gestellt? Warum?«
»Wenn es dem König beliebt, hatte ich Erlaubnis erhalten, in Spanien Dienst zu nehmen. Ich war bis vor kurzem Unterleutnant bei der Leibgarde Seiner Sehr Katholischen Majestät.«
»Es beliebt mir wenig. Ich schätze es nicht sehr, daß meine Soldaten unter anderen Fahnen dienen. Zum Donnerwetter, Monsieur, könnt Ihr nicht ruhig an Eurem Platz verbleiben? Zuerst Amerika, dann Spanien! Scheint Euch Frankreich nicht gut genug zum Dienen ... ? Im übrigen kommt es mir vor, als hätte ich Euch schon gesehen.«
»Ich hatte die Ehre, dem König nach dem Sieg von Yorktown, den wir Eurer Majestät melden sollten, durch den Herrn Herzog von Lauzun vorgestellt zu werden.«
Das Gesicht des Königs hellte sich ein wenig auf.
»Ich hab's! Ihr seid der Waffengefährte des Marquis de La Fayette, der Waldläufer, der Mann, der es gewohnt ist, auf indianische Art zu kämpfen. Ihr trugt sogar einen Vogelnamen, wie mir scheint.«
»Den des Falken, Sire.«
»So war's! Ich hatte sogar gesagt, daß ich Euch wiederzusehen wünschte, um von Euch die Jagd auf irokesische Weise zu lernen, aber Ihr seid nicht gekommen.«
»Ich habe es nicht gewagt, Sire.«
»Ihr hattet unrecht! Und unrecht war's auch, zu meinem Vetter nach Spanien zu gehen... Sehr schön, Monsieur! Da wir uns schon kennen, fühle ich mich geneigter, Euch anzuhören. Erzählt mir also Eure Geschichte, damit ich sehe, was Ihr habt tun können, um die Bastille zu verdienen.«
Plötzlich beklommen, warf Gilles Rochambeau einen Blick voller Angst zu, den dieser auffing. Er hatte sichtlich beunruhigt den gewittrigen Beginn des Gesprächs verfolgt und hielt die Zeit für gekommen, sich einzumischen. Er schickte ein leichtes Räuspern voraus.
»Sire«, begann er, bemüht, seine Stimme zu dämpfen, »wenn der König gestattet...«
»Was?«

»Ihn selbst mit den Tatsachen vertraut zu machen. Es ist eine ernste, in jedem Fall delikate, sogar sehr delikate Angelegenheit, und ich fürchte, daß der Chevalier in Gegenwart der königlichen Majestät...«

Die Faust des Königs dröhnte auf seinen Schreibtisch nieder und ließ die Papiere auffliegen.

»Was singt Ihr mir da, Rochambeau? Versucht Ihr, mich glauben zu machen, daß ich einen Burschen in Angst und Schrecken versetzen könnte, der sich weder vor den Wilden noch vor den Engländern gefürchtet hat, die, wenn sie's drauf anlegen, auch eine Art von Wilden sind? Ihr mischt Euch hier gefälligst nicht ein! Wenn er sich in eine schlimme Lage gebracht hat, wird er's wohl auch fertigbringen, es mir selbst zu gestehen. Wie lautet der Hauptanklagepunkt?«

»Hm... Majestätsbeleidigung, Sire!«

»Wie?«

Eine Wallung jähen Zorns ließ Ludwig XVI. ziegelrot anlaufen, und Rochambeau fügte eilig hinzu:

»Ihrer Königlichen Hoheit, der Frau Prinzessin von Asturien, Sire! Wenn der König erlaubt, würde ich sagen... unfreiwillige... aber pflichtschuldige Majestätsbeleidigung!«

»Ah!«

Ein von Ungewißheit erfülltes Schweigen trat ein. Dann ließ sich der König mit einem Seufzer in einen Sessel sinken.

»Nun, Chevalier, erzählt mir also Euer Verbrechen.«

Gilles fügte sich ohne Zögern. Die Atmosphäre hatte sich, wie ihm schien, leicht entspannt, und er machte es sich zunutze. Er berichtete außerordentlich zurückhaltend, aber dennoch ganz offen, und als er zum Ende gekommen war, beugte er das Knie, ohne jedoch den Kopf zu senken.

»Der König erlaube mir noch zu sagen, daß ich mich nicht zu verteidigen suche, indem ich eine Frau anklage. Ich bin schuldig, und wäre es auch nur, weil mir das, was ich erzählte, einiges Vergnügen bereitete. Wenn Spanien meinen Kopf fordert, zögere Eure Majestät keinen Augenblick, ihn auszuliefern, rette aber wenigstens meine Ehre. Ich bin Bretone, Sire, und ich halte auf meinen Glauben. Meinem Gott wie meinem König getreu, weigere ich mich, wegen

Hexerei und Gotteslästerung verurteilt zu werden, und wenn ich sterben muß, dann durch das Beil, Sire, wie es einem Edelmann zukommt, nicht durch das Feuer, wie es ein Anbeter des Teufels verdiente!«

Ludwig XVI. antwortete nicht. Nachdem er den jungen Mann eine Weile gemustert hatte, ließ er den Kopf auf die Brust sinken und schien in tiefes Nachdenken versunken. Die sich in dem großen Raum ausbreitende Stille, kaum gestört durch das leise Ticken der Boule-Uhr auf dem Kaminsims, war schwer von unausgesprochenen Gedanken. In seiner respektvollen Haltung erstarrt, wagte Gilles kaum zu atmen, und auch der General hinter ihm hielt in Erwartung der Worte, die der königliche Mund äußern würde, den Atem an.

Nach einem neuerlichen Seufzer hob Ludwig XVI. endlich den Kopf.

»Erhebt Euch, Monsieur«, sagte er freundlich, »und hört mich an...«

In diesem Moment erschien wieder der diensthabende Hofkavalier, von dem sie zuvor hereingeführt worden waren, und meldete den Grafen de Vergennes, Minister der Auswärtigen Angelegenheiten, der als Mann, der keine Zeit hat zu warten und dem sein Amt im übrigen das Recht verleiht, den König zu jeder Stunde aufzusuchen, unmittelbar nach ihm eintrat.

»Sire«, erklärte er mit seiner von einem leichten burgundischen Akzent gefärbten, bedächtigen Diplomatenstimme, »ich würde Eure Majestät gern einen Moment von einer dringlichen Angelegenheit unterrichten...«

Er hielt inne, als er Rochambeau bemerkte, den er gut kannte, grüßte und musterte darauf den Dragonerleutnant. Sein Blick verweilte auf der neuen Auszeichnung, die auf der Brust des jungen Mannes glänzte, dann lächelte er, was bei ihm ziemlich selten war und ihm deshalb wirklichen Charme verlieh. Verführen war eine Kunst, die dieser große Kommis des Staates, dieser diskrete Diplomat, dessen außerordentliche Leistungen nur ein mit dem schwierigen Metier der Diplomatie ganz Vertrauter richtig einzuschätzen vermochte, nie gelernt hatte, denn mit großem Weitblick begabt und von dem gebieterischen Bedürfnis besessen, seinem Lande zu dienen, verachtete er die Gilde der Höflinge, was ihm höheren Orts kaum Freunde schaffte. Da er weder Macht über sie besaß noch ihr Spielzeug war, interessierte er die Großen nicht. Die Königin liebte ihn ebensowenig wie einst Choiseul. Zudem warf man ihm vor, während der Zeit, als er Botschafter in Konstantinopel gewesen war, aus Liebe eine Frau »ohne Namen«, eine gewisse Madame Testa, geheiratet zu haben, was seine Karriere fast vernichtet hätte und ihn zwang, sich für zwei Jahre auf seinen Besitz Toulongeon im Burgundischen zurückzuziehen.

Doch Ludwig XVI. liebte ihn und wußte sein Verdienst zu würdigen. Seitdem er den Auswärtigen Angelegenheiten vorstand, hatte Vergennes die Ehre gehabt, die Verträge zur Anerkennung der Unabhängigkeit der Vereinigten Staaten zu verhandeln, zu der er maßgeblich beigetragen hatte. Außerdem verstand er es aufs beste, das Gleichgewicht eines vom dreifachen Ehrgeiz Friedrichs II. von Preußen, Josephs II. von Österreich und Katharinas von Rußland geschüttelten Europas aufrechtzuerhalten, ohne daß sich die öffentliche Meinung seines Wertes bewußt wurde.

»In hundert Jahren wird man mir Gerechtigkeit widerfahren lassen«, pflegte er zu sagen. »So lange brauchen die Franzosen wenigstens, um sich selbst gegenüber gerecht zu sein.«

Mit fünfundsechzig Jahren war er ein Mann von ebenmäßigem Wuchs, mit hoher Stirn, offenem Blick und fein gezeichneten Zügen um einen schmalen, bedächtigen Mund. Einen Mund, der trotz aller gegenteiligen Behauptungen zu lächeln verstand.

»Ich möchte wetten, Sire, daß dieser Offizier der Chevalier de Tournemine ist.«

»Wettet, mein lieber Vergennes, wettet, Ihr werdet gewinnen! Aber das grenzt ja förmlich an Zauberei!«

»Eine recht bescheidene Zauberei, Sire. Ich habe in meinem Kabinett den Grafen d'Aranda, der aufs dringlichste die Auslieferung dieses jungen Mannes fordert, um ihn, wenn ich recht verstanden habe, wegen allerlei Missetaten, die einem modernen Ideen geöffneten Gehirn völlig unzugänglich sind, dem Heiligen Offizium zu übergeben.«

Ludwig XVI. geriet selten in Wut. Diesmal ließ er sich hinreißen: »Auslieferung!... Das Heilige Offizium!... Der Scheiterhaufen natürlich! Und das alles nur, weil dieser Bursche diesen Einfaltspinsel Carlos zum Hahnrei gemacht hat? Was für eine Dummheit!«
Vergennes lachte.
»Als guter Mathematiker verfügt der König aufs schönste über die Kunst der Synthese! Ich füge hinzu, daß der Botschafter, selbst ein Mann von Geist, mir einigermaßen peinlich berührt über diesen Auftrag erschien, den er wohl oder übel weitergeben mußte. Gestern ist der Chevalier d'Ocariz mit Briefen eingetroffen, die sich nachdrücklich mit diesem Thema befassen.«
»Konntet Ihr diese Angelegenheit nicht allein regeln, Herr Minister?«
»Es handelt sich um die Familie Eurer Majestät, und ich weiß den König den Banden des Blutes sehr zugetan, wie übrigens auch der Ehre der Seinen.«
»Der Meinen, ja... aber mein Bruder in Spanien ist mir immer wie ein... ziemlich entfernter Bruder vorgekommen. Daß er über die Tugend der Infantin wacht, scheint mir ganz in der Ordnung, obgleich es recht schwierig sein dürfte, über ein Nichts zu wachen, aber er soll nicht von mir verlangen, ihm dabei Gesellschaft zu leisten.«
»Nichtsdestotrotz mußte ich Eure Majestät unterrichten. Was befiehlt der König?«
Statt einer Antwort begab sich der König zu seinem Schreibtisch, öffnete eine Schublade, zog ein eindrucksvoll aussehendes, schon mit seinem Siegel versehenes und mit einer Schrift aus großen Buchstaben bedecktes Papier heraus, auf das er einige Worte kritzelte, offensichtlich eine freigelassene Stelle füllend. Nachdem er darauf die Tinte getrocknet und die Feder beiseite gelegt hatte, ließ er ein wenig geschmolzenes rotes Wachs auf das Dokument tropfen und drückte das Siegel des schweren Ringes hinein, den er am Finger trug.
»Das ist Eure Antwort, mein lieber Vergennes. Ihr sagt dem Botschafter, daß weder sein König noch das Heilige Offizium das Recht habe, Monsieur de Tournemine zu verurteilen, da er französi-

scher Untertan ist und zudem in Anbetracht dessen, daß ich, wie diese Urkunde bestätigt, am 1. März seine Rückkehr nach Frankreich zum Dienst als Leutnant in der 1. Kompanie der Leibgarde verfügt hatte, zu jener Zeit nicht mehr im Dienste Spaniens stand.«
Vergennes' Lächeln blühte buchstäblich auf.
»Zur schottischen Kompanie, die die größten Privilegien besitzt? Ausgezeichnet, Sire! Ich werde dem Botschafter die Worte des Königs sofort getreulich berichten.«
»Auf mein Wort, es scheint Euch offenbar Vergnügen zu machen? Dabei zogt Ihr noch vor kurzem ein Gesicht, als wolltet Ihr die Köpfe eines ganzen Regiments fordern!«
»Ich mußte den Sorgen des Grafen d'Aranda Verständnis entgegenbringen, Sire, aber ich wäre bereit gewesen... wenn er sich nicht schon eines besseren Advokaten, als ich es bin, versichert hätte, selbst die Verteidigung des Schuldigen zu übernehmen, denn würden wir ihn Spanien ausliefern, müßten wir mit dem Verlust unseres guten Rufs in den Augen aller unserer amerikanischen Alliierten rechnen. Weder General Washington noch Monsieur Franklin oder General de La Fayette hätten es uns verziehen. Wir wären totsicher als rückschrittliche Feudalisten angesehen worden.«
Sobald der Minister gegangen war, reichte Ludwig XVI. Gilles das Dokument, das der junge Mann wieder kniend entgegennahm, doch ohne ein Wort äußern zu können, da ihm die Erregung die Kehle zuschnürte. Er ergriff nur die Hand des Königs und berührte sie unendlich respektvoll mit den Lippen.
»Nun, Monsieur«, sagte Ludwig XVI. gutmütig, »seid Ihr mit Eurem König zufrieden?«
Wundersamerweise begannen Gilles' Stimmbänder wieder zu funktionieren.
»Sire«, sagte er, »es ist das zweite Mal, daß Eure Majestät mir das Leben neu schenkt. Das erste Mal war es, als sie einwilligte, das Testament meines Vaters zu bestätigen; diesmal schützt sie mich mit königlichem Großmut. Ich habe ihr immer gehört, aber da ich die Ehre haben werde, Wächter der Person des Königs zu sein, will ich, daß der König weiß, daß er von nun an alles von mir fordern, alles von

meiner Ergebenheit erwarten kann, und wenn es wieder einen Falken gibt, werde ich in Zukunft der des Königs sein, den er jeden Augenblick gegen jeden Feind aussenden kann, im Frieden wie im Krieg, im Dunkel wie im Licht!«

Ein starkes Gefühl belebte das schwere Gesicht Ludwigs XVI., während sein Blick auf dem jungen Offizier ruhte, dessen leidenschaftliche Gespanntheit so seltsam mit dem eisblauen Blick kontrastierte, der seinen Feinden Furcht einjagen mußte.

»Sei es, Monsieur! Der König nimmt Eure Huldigung an und vermerkt Euer Versprechen. Ihr werdet also eine sichere Waffe in seiner Hand sein, eine Waffe, deren er sich, dessen seid sicher, nur zur Verfolgung gerechtester Ziele bedienen wird. Ihr werdet in Zukunft der Falke des Königs sein, aber nur für drei Personen: mich, Euch und... den hier anwesenden Monsieur de Rochambeau, der Zeuge Eurer Verpflichtung ist.«

»Und der bezeugt, daß Eure Majestät nie einen besseren Diener haben wird als diesen jungen Mann, denn er gehört zu denen, die einst mit Ehren in der Tafelrunde des Königs Artus gesessen hätten. Erlaubt der König, daß ich ihm danke?«

Als Antwort drückte Ludwig XVI. die Hände der beiden Männer, die sich mit freudigen Herzen zurückzogen. Noch im Bann der Erschütterung, die er durchlebt hatte, gelang es Gilles nicht sofort, sich klarzumachen, was ihm geschehen war. Er war zu Rochambeau gekommen, wie ein Ertrinkender die Hand nach dem einzigen Zweig in seiner Reichweite ausstreckt, und Rochambeau hatte ihm zudem nicht verheimlicht, wie ernst seine Angelegenheit war. Hätte der König die Bestimmungen des Familienpaktes dem Buchstaben nach respektiert, wäre der Schuldige dem Scheiterhaufen übergeben oder zumindest in der Bastille eingekerkert und in kürzester Frist zum Schafott geführt worden. Doch Ludwig XVI. zog offensichtlich seine Untertanen allen Pakten und offiziellen Papieren vor. Er wußte einen Menschen zu werten, und statt den, nach dem sein Vetter fahndete, in die Finsternis zurückzustoßen, behielt er ihn unter seiner königlichen Hand, ja mehr noch, er vertraute sich ihm an.

Beim Verlassen des Schlosses, in dem sich alles auf das wichtigste Ereignis des Tages, das Souper des Königs, vorbereitete, konnte

Gilles ein Gefühl freudiger Erwartung nicht unterdrücken, als er die Türen durchschritt, die von denen bewacht wurden die morgen seine Kameraden sein würden: den Leibgardisten des ersten Regiments der königlichen Haustruppen, des Regiments, für das der Nachweis adliger Ahnen ebenso obligatorisch war wie körperliche Größe und ein regelmäßiges Gesicht.[1] Morgen würde er mit Stolz den rauchblauen, mit silbernen Litzen besetzten Uniformrock mit roten Aufschlägen und rotem Kragen, Hosen aus weißem Damhirschleder, hohe, gelackte Schaftstiefel und den großen Zweispitz mit Kokarde und weißem Federsaum tragen, während Merlin die blaue Satteldecke mit silbernen Tressen und die blaue Schleife erhielte, die seinen langen, seidigen Schweif kokett schürzen würde. Er würde zur schottischen Kompanie gehören, die der Konnetabel John Stuart of Buchan im 15. Jahrhundert begründet hatte und aus der nicht nur die königliche Gendarmerie, sondern alle Regimenter des königlichen Haushalts hervorgegangen waren. Morgen würde der Marschall de Castries, oberster Befehlshaber des Regiments, ihn empfangen...

»Ihr habt Euch auf eine schwere Aufgabe eingelassen, mein Freund«, sagte Rochambeau nachdenklich, als sie wieder den Wagen bestiegen. »Ihr habt die Rolle eines Wachhunds... und zu allem bereiten Draufgängers gefordert, und unser allergnädigster Herr ist trotz all seiner Güte, seiner Wissenschaft und seiner Menschlichkeit und

[1] Die Leibgarde, deren Entstehung auf Karl VII. und seine berühmte Kompanie schottischer Bogenschützen zurückgeht, war das ausschließlich zur Bewachung der Personen des Königs und der Königin bestimmte Regiment. Es nahm die Bewachung im Innern der königlichen Schlösser wahr. Die innerhalb der Umwallung der Schlösser ihren Dienst ausübenden anderen Regimenter waren die Hundertschweizer, die Torgarden und die Garde der Prévôté. Der äußere Umkreis wurde durch leichte Reiterei, Musketiere (bis 1776) und Grenadiere zu Pferd gesichert.
In der uns interessierenden Epoche setzte sich das Regiment der Leibgarde aus vier Kompanien (der schottischen, englischen, burgundischen und flämischen) zusammen, jede 367 Mann stark, aufgeteilt in acht Korporalschaften, insgesamt 1468 Mann. Um zu dieser Truppe zugelassen zu werden, mußte man adlig, groß, schön, volljährig und katholisch sein. Ihr Hauptmann war immer ein Herzog, und die Treue zum König war für dieses Regiment absolute, bedingungslose Verpflichtung. Es sollte das bei der Erstürmung des Versailler Schlosses im Oktober 1789 nachdrücklich beweisen.

vielleicht gerade ihretwegen zweifellos der unserer Könige, der am meisten durch seine Zeitgenossen zu leiden haben wird.«

»Solange mir ein Hauch Leben bleiben wird, Herr General, werde ich dem König dienen und ihn verteidigen. Wehe dem, der es wagen sollte, ihn anzutasten, denn falls ich nicht tot bin, werde ich ihn zu rächen wissen, wenn es mir nicht geglückt ist, ihn zu schützen. Und wenn mir weder das eine noch das andere gelänge, würde ich mir trotz der Gottesfurcht, die in mir ist, selbst den Tod geben, denn die Verpflichtung, die ich übernahm, kommt dem Eintritt in den strengsten aller Orden gleich. Ein Jagdvogel kennt nur seinen Herrn!«

»Dann, mein lieber Junge, laßt mich Euch drei Ratschläge geben, denn fürs erste kennt Ihr weder den Hof noch seine Gefahren. Wenn Ihr Euren Herrn wirksam beschützen wollt, laßt Euch zunächst in eine jener Freimaurerlogen aufnehmen, von denen Paris in unseren Tagen überzuquellen beginnt, und zwar in die mächtigste, die Ihr findet. Habt Ihr das erreicht, öffnet Eure Augen und Ohren, aber bewahrt selbst Schweigen.«

»Ich werde diesen Rat befolgen. Laßt die anderen hören!«

»Sie bestehen in den Namen zweier Männer, beide äußerst gefährlich für den König. Der erste ist der Herzog von Chartres, sein Vetter, ältester Sohn des Herzogs von Orléans. Ein Wirrkopf ohne wirkliche Bösartigkeit, ohne wirklich böse Absichten, aber verletzt, ja tief gekränkt, seitdem die Clique der Königin ihm nach der Schlacht von Ouessant den übrigens völlig unverdienten Ruf der Feigheit angehängt hat, denn wenn Philipp von Chartres auch närrisch und ein wenig demagogisch ist, ist er doch nie ein Feigling gewesen.«

»Und... der zweite?«

»... ist der eigene Bruder des Königs!«

»Welcher? Der König hat zwei, wenn ich mich nicht irre.«

»Oh, ich spreche nicht von Monseigneur d'Artois, dem jüngeren. Der ist ein liebenswürdiger, heiterer, das Vergnügen in all seinen Formen liebender Prinz. Er ist nur ein Schmetterling, ein reizender Märchenprinz in der besten Tradition der Fabeln des braven Perrault, mit einem Gehirn, das kaum größer ist als eine Erbse. Er liebt alle Welt: seinen Bruder, seine Schwägerin vor allem, die er amüsiert und mit der er die Vergnügungen, die Männer, die Frauen teilt... ausgenommen vielleicht die seine, die ihm allenfalls liebenswürdige, höflich verhehlte Langeweile einflößt. Nein, ich spreche von dem einzigen wahrhaft politischen Kopf der Familie, ich spreche vom Fürsten des Schattens und des Schweigens, dem Mann, der seine Waffen im geheimen putzt, dem Mann, der sich lange für den einzigen Erben seines Bruders, für den künftigen König Frankreichs hielt, da es Ludwig XVI. nicht gelang, seiner Frau ein Kind zu machen, dessen Hoffnungen sich jedoch mit der Geburt der Madame Royale verminderten und mit der des Dauphins fast vernichtet wurden, und noch hat die Königin vielleicht ihr letztes Wort nicht gesprochen. Ich spreche von dem Mann, der zu allem fähig ist... und der alles tun wird, versteht mich recht, um seinen Bruder zu verdrängen und sich selbst die Krone Frankreichs aufs Haupt zu setzen, die ihm immer weit mehr für seinen Kopf gemacht schien als für den Ludwigs. Ich spreche von Monseigneur, dem Grafen der Provence, ich spreche von Monsieur[1]!«

Beeindruckt durch die Schärfe des Tons und den Ausdruck von Rochambeaus narbigem Gesicht murmelte Gilles:

»Seid Ihr Eurer Sache sicher, Herr General? Ihr bringt da sehr ernste Anklagen vor! Ähneln die Bourbonen so den Atriden?«

Rochambeau zuckte die Schultern und beugte sich vor, um den Dunst von der beschlagenen Scheibe des Fensters zu wischen, denn mit der sinkenden Nacht hatte sich Regen eingestellt: einer jener leichten, sanften Regen der Ile-de-France, die der trockenen, dürstenden Erde so gut Erleichterung zu verschaffen wissen, wie Tränen ein allzu lange bedrücktes Herz erleichtern. Er öffnete eine in die Wand der Karosse eingelassene silberne Schachtel, nahm aus ihr eine jener Zigarren, an die er sich in Amerika gewöhnt hatte, bot auch seinem jungen Begleiter davon an, schlug dann das Feuerzeug und entzündete die beiden hellbraunen Tabakröllchen, deren würziger Duft augenblicklich den engen Innenraum erfüllte.

»Im Laufe der Geschichte«, sagte er, »ist solche Ähnlichkeit oft

[1] Der nächstjüngere Bruder des Königs hatte das alleinige Recht auf den Titel »Monsieur« ohne weitere Benennung. Seine Gemahlin war »Madame«.

aufgetaucht. Auf keinen Bruder ist Verlaß, wenn es sich um die Krone handelt. Denkt an Gaston von Orléans, der unermüdlich gegen Ludwig XIII., seinen Bruder, konspirierte. Wie viele Köpfe sind während dieses hartnäckigen Strebens nach einem Thron gefallen, auf den er keinen Anspruch hatte! Der Prinz ließ seine Freunde im Stich, bat um Pardon... und begann von neuem. Denkt an François d'Alençon und sein Komplott gegen Heinrich III. Die Könige haben oft keine schlimmeren Feinde gehabt als ihre eigenen Brüder. Monsieur hält sich an diese Regel, aber er verbirgt sein Treiben sorgfältiger, denn er ist, wie man zugeben muß, überaus intelligent... intelligenter als unser guter König. Und unglücklicherweise ist er sich dessen sehr bewußt.«

»Wie hofft er zur Macht zu kommen, nachdem der König dem Reich einen Erben gegeben hat? Hat er vor, eine Revolution zu schüren?«

»Ich sagte Euch, daß er intelligent ist. Wenn Ludwig XVI. abgesetzt wird, wegen Unfähigkeit, zum Beispiel... oder wenn er stirbt, wird Monsieur während der Minderjährigkeit seines Neffen unvermeidlich Regent.«

»Warum er? Warum nicht die Königin?«

»Sie hat sich beim Hochadel zu viele Feinde gemacht, und zudem wird sie unpopulär. Nein, Monsieur wird es sein. Und es dauert lange, einen künftigen König zu erziehen. Zuweilen entstehen auch Schwierigkeiten...«

»Ihr vermutet doch nicht gar...?«

»Bei Monsieur kann man alles vermuten! Sein Leib ist dick, aber sein Geist ist fein, listig, subtil. Was sein Herz betrifft, falls er eins besitzt, woran ich zweifle, ist es so gut versteckt, daß er selbst vergessen haben dürfte, wo es sich befindet...

Seht Ihr, Monsieur spinnt sein Netz im Dunkeln, heimlich unterstützt von allen Großen des Königreichs, die seit Ludwig XIV. von der Feudalherrschaft träumen und ihre Hoffnungen auf ihn setzen. Jedesmal, wenn dem König eine Enttäuschung, ein Kummer, ein Schmerz widerfährt, könnt Ihr sicher sein, daß Monsieur nicht fern ist. Er ist zugleich Aasgeier und Schlange.«

»Aber schließlich ist er auch ein Mann, und kein Mann ist so schwarz, daß sich nicht eine noch so kleine himmelblaue Ecke bei ihm fände.«

»Wie jung Ihr seid! Und eben da täuscht Ihr Euch: Monseigneur de Provence ist kein Mann in dem Sinne, in dem Ihr es versteht, weil er fast impotent ist. So sehr, daß seine Frau, Prinzessin Marie-Joséphine, dadurch genötigt ist, sich mit ihrer Vorleserin, Madame de Gourbillon, auf die verschwiegenen Reize von Lesbos einzulassen. Er ist ein Gehirn!«

»Sagt man nicht, er habe eine Mätresse?«

»Gewiß. Aber sie ist, wie ich glaube, eine Mätresse im Geiste. Die junge Gräfin Balbi besitzt eine geradezu teuflische Dosis davon und spielt virtuos damit. Ihre grausamen Aussprüche und schlagfertigen Antworten entzücken Monsieur, der sie als Kenner zu schätzen weiß. Überdies ist sie mehr als angenehm anzusehen, während Madame häßlich ist. Das genügt, daß sie im Luxembourg-Palast als Herrin regiert und zuweilen auch vom Regiment über Versailles träumt.«

Rochambeaus Hand legte sich plötzlich mit festem Griff auf die Schulter des jungen Mannes, als suche sie ihm die Überzeugung ihres Herrn mitzuteilen.

»Dient dem König, mein Freund, verteidigt ihn, liebt ihn – Ihr werdet dabei kaum vielen anderen begegnen. Seine Edelleute werfen ihm seinen bürgerlichen Geschmack, seine Liebe zur Wissenschaft und zu handwerklicher Arbeit vor... oft genug auch seine Unentschlossenheit. Die wahre Macht liegt in den Händen der Königin, der ihr Gemahl nichts verweigern kann. Und was die Umgebung der Königin betrifft, macht sie sich ohne Scheu, fast offen über den König lustig.«

»Und die Königin duldet das?«

»Sie weiß es meistens nicht, aber sie ist die Gefangene ihrer törichten Gefolgschaft von Klatschweibern und Höflingen, den Polignac, den Vaudreuil, den Besenval, mit denen sie ewig Feste feiert und die sie zugleich vom Hof, der an den Toren Trianons, wo er keinen Zugang hat, seinen Ärger herunterschluckt, und vom Volk isolieren, das die märchenhaften Leibrenten all dieser Leute bezahlt und schon die Zähne zu zeigen beginnt. Ihr werdet verstehen, was ich sagen will,

wenn Euch eines Tages die Gunst zuteil werden wird, Ihre Majestät auf ihrem Landgut die Bäuerin spielen zu sehen.«
»Ist es so schwierig, in Trianon zugelassen zu werden?«
Rochambeau begann zu lachen, doch es war ein Lachen, das nicht ganz rein klang, in dem ein wenig Bitterkeit mitschwang.
»Die Schilder, die die Grenzen des Besitzes der Königin kennzeichnen, sind für den, der zum privaten Zirkel Ihrer Majestät nicht zugelassen wird, schwieriger zu überwinden als eine Grenze. Ihr werdet das bei erster Gelegenheit sehen. Heda, Martin, schneller! Wir werden in dieser Gangart nicht vor morgen früh in Paris sein, und ich würde gern woanders als am Straßenrand soupieren!«

6. Kapitel

Notturno in einem Wäldchen Trianons

Trotz der pessimistischen Prophezeiung des Generals überschritt Gilles de Tournemine schon sieben Tage später, am 21. Juni 1784, die Grenzlinie der berühmten Schilder gelegentlich des Festes, das das letzte große des Ancien Régime in den Gärten Trianons, des bevorzugten Ortes königlicher Entspannung, werden sollte.
Das Schauspiel endete in einer Apotheose. Wie durch Zauberei erhellte sich das kleine blau-goldene Theater der Königin, während vorn auf der mit riesigen, wie weiße Raketen bis zum Schnürboden ansteigenden Sträußen geschmückten Bühne die Künstler der Italienischen Komödie und die Tänzerinnen der Oper immer wieder in tiefe Reverenzen tauchten, wie Blumen des Feldes vom Sturm des Beifalls gebeugt.
Der »Erwachte Schläfer« von Marmontel mit der Musik von Grétry errang bei dem äußerst vornehmen Publikum einen wahren Triumph. Der junge Hassan, im Schlaf zum Kalif geworden, hatte zur allgemeinen Befriedigung endgültig die Liebe der jungen Sklavin gewählt. Man spendete tosenden Beifall, allen voran der Ehrengast dieses Festes, König Gustav III. von Schweden, der unter dem leicht durchschaubaren Pseudonym eines »Grafen von Haga« auf der Rückkehr von einer Italienreise inkognito Frankreich besuchte.
Mit verschränkten Armen an einem der golden schimmernden Pfosten einer kleinen Loge lehnend, in der die Adjutanten des hohen Besuchers, Taube, Stedingk und Armfelt, alles einstige Waffengefährten aus Amerika, zusammengepfercht saßen, hatte Tournemine kaum auf das Stück geachtet, weil ihn die Pracht des vom Saal gebotenen Schauspiels viel zu sehr faszinierte.
Um ihren nordischen Gast zu ehren, hatte Königin Marie-Antoinette, die Veranstalterin dieses schönen Festes, den Wunsch ausge-

sprochen, es in der Farbe des schwedischen Schnees zu halten, und nun waren überall Seiden, Spitzen, Tülle, Samte und Federn von strahlendem Weiß zu sehen, auf dem eine verschwenderische Fülle von Diamanten funkelte. Man hätte meinen können, es habe plötzlich auf das kleine Theater, die Blumen und das üppige Grün Trianons geschneit...
Doch beim Anblick König Gustavs, eines kleinen, blonden, breitschultrigen Mannes von achtunddreißig Jahren mit hoher, intelligenter Stirn, azurblauen Augen, aber zu kurzen Beinen und ohne wirkliche Schönheit, konnte Gilles sich des Eindrucks nicht erwehren – und das verdarb ihm das Vergnügen seit Beginn des Festes –, daß nicht er der wirkliche Held des Abends war, sondern der schöne Kavalier, der hinter ihm stand, prächtig anzusehen in einem Kostüm aus weißem, silbrig überreiftem Samt, zu dem sich oft der Blick der Königin wandte: sein Freund Axel von Fersen.
Oh, dieser Blick! Jedesmal ein wenig beunruhigter, wenn er ihn wiederkehren sah, fragte sich der Leibgardist, ob der Zauber dieser schönen Sommernacht nicht sein Urteil trübte, ihn nicht verleitete, sich Narrheiten einzubilden. Denn schließlich war es unfaßbar, daß eine Königin von Frankreich einen jungen Fremden so betrachtete, während neben ihr der gute, friedfertige und einfache Mann saß, der seine Krone und sein Bett mit ihr teilte. War es möglich, daß Marie-Antoinette es soweit hatte kommen lassen, die leidenschaftliche Liebe zu erwidern, die, wie Tournemine nur allzugut wußte, Leben und Herz Fersens erfüllte?
Selbst in dieser Minute, in der sie sich im graziösen Schwanken der »Körbe« ihres Reifrocks aus perlmuttfarbenem, mit großen silbrig schimmernden, perlenverzierten Wasserlilien bestickten Atlas aus ihrem Sessel erhob, in der sie die vom Grafen von Haga gebotene Hand annahm, um sich zum Souper führen zu lassen, war es Fersen, zu dem ihr blauer, verstohlener, zärtlicher Blick zurückkehrte, erfüllt von der leisen Unruhe der Liebenden, die immer fürchten, das geliebte Wesen in den Abendnebeln verschwinden zu sehen. Zu ihm auch neigten sich unmerklich der schöne, federgekrönte Kopf und der lange, anmutige Hals der Königin in einer Einladung, ihnen zu folgen.

Marie-Antoinette war an diesem Abend königlich schön, und vor allem wirkte sie glücklich, glücklicher als sie dem jungen Chevalier je erschienen war, dem sie immer so viel Gunst erwiesen, glücklicher noch sogar als in dem Augenblick, in dem sie Frankreich einen Dauphin geschenkt und die Freuden des Triumphs gekostet hatte. Schönheit einer Königin, zweifellos, noch erhöht durch das prunkvolle Drum und Dran, die Juwelen, die unwirkliche Atmosphäre, die sie umgab, aber auch Schönheit der Frau und die ergreifendste von allen: die der Frau in der ganzen blühenden Fülle ihrer Entfaltung, die, die allein erwiderte Liebe zu verleihen vermag...

Und der bedrückte Gilles wußte nicht mehr recht, ob er sich des gefährlichen Glücks an der Grenze der Verblendung, das seinem Freund widerfuhr, freuen durfte, oder ob er das Leid zu fürchten hatte, das die Liebe der Königin zu Fersen dem König zufügen konnte.

Die Gefühle, die Ludwig XVI. für seine Gemahlin empfand, waren für niemand ein Geheimnis. Es war eine Liebe ohne Glanz, ohne Romantik vielleicht, aber tief, aufrichtig und nicht ohne Demut der sieben Jahre wegen, in denen die Vereinigung des Paars infolge einer physischen Hemmung unvollständig und enttäuschend geblieben war, und eine Art staunender Bewunderung, seitdem diese bezaubernde, nun wirklich zu seiner Frau gewordene Prinzessin ihm Kinder geschenkt hatte. Seine Ergebenheit für sie hatte einen Grad erreicht, der es ihm unmöglich machte, ihr etwas zu verweigern, nicht einmal die unbedachtesten Einmischungen in die Angelegenheiten des Königreichs...

Und Gilles, der sich als Hüter des Lebens, der Ehre und Größe seines Königs betrachtete, konnte nicht anders als Erbitterung darüber empfinden, daß ausgerechnet der erste Feind, den er witterte, einer der Männer war, die er am meisten auf der Welt liebte.

Doch seiner bretonischen Phantasie mißtrauend, bemühte er sich, das Unbehagen abzuschütteln, das ihn befallen hatte, und folgte der eleganten Menge der Zuschauer in die erleuchteten Gärten. Sein Dienst an diesem Abend war denkbar einfach, denn wenn die Anwesenheit der Leibgardisten auch von der Königin gebilligt worden war, hatte sie ihnen doch jede auffallende Überwachung der

königlichen Person untersagt und diskretes Verhalten geboten. Da er überdies Offizier war, gehörte er eher zu den Geladenen als zu den Wächtern.
Als Fersen, buchstäblich an den Schößen des Grafen von Haga klebend, an ihm vorüberging, suchte er ihn einen Moment zurückzuhalten, doch der Schwede bot ihm nur ein unsicheres Lächeln und den abwesenden Blick eines eben erwachten Schläfers, bevor er von neuem hinter der weißen Robe herstürzte, deren lange Schleppe leise über den Marmor der Fliesen raschelte.
»Später«, murmelte er. »Wir werden uns später sehen...«
Gilles zuckte verärgert die Schultern. Entschieden war Axel nicht mehr derselbe! Er hatte es noch am Tag seiner Ankunft bemerkt, als er den Freund in seinem Zimmer im Hôtel d'York besucht hatte. Gewiß, Fersen hatte ihn freudig empfangen, und seine Freude war sicherlich aufrichtig gewesen, aber seltsam begleitet von einer bei ihm ganz ungewohnten Flüchtigkeit. Es war, als hätte er, in seinem eigenen Dasein gefangen, die Fähigkeit verloren, sich für das anderer zu interessieren.
Damit beschäftigt, ungewöhnlich sorgfältig Toilette zu machen, hatte der Schwede zudem den Eindruck hinterlassen, nur noch unter der Sonne von Versailles atmen zu können. Lediglich der Neuigkeit des Eintritts seines Freundes bei der Leibgarde gelang es, sich Zugang zu diesem egoistischen geheimen Garten zu erzwingen.
»Wunderbar!« rief er. »Was für ein Glück du hast! Leutnant der Leibgarde! Du wirst von nun an dein Leben im nächsten Umkreis der... königlichen Familie verbringen! Du wirst zur Welt von Versailles gehören! Wir werden uns also nach meiner Rückkehr oft sehen.«
»Nach deiner Rückkehr? Du reist ab?«
Fersen zuckte die Schultern, sichtlich von dieser Aussicht wenig entzückt.
»Gezwungenermaßen! Ich kann den Grafen von Haga nicht mitten auf seiner Reise verlassen. Ich muß ihn nach Schweden zurückbegleiten. Wenigstens werde ich auf diese Weise meinen Vater umarmen können, denn das letztemal, als ich dich verließ, bin ich nun bis nach Deutschland gekommen, wo ich Seine Majestät Gustav III. schon

unterwegs nach Italien antraf. Es wird mir zudem erlauben, gewisse Angelegenheiten mit ihm zu regeln... zumindest hoffe ich es.«

Gilles ging auf die letzten Worte nicht ein. Von Rochambeau hatte er erfahren, um was für Angelegenheiten es sich handelte. In seiner Leidenschaft für Frankreich wünschte Fersen heiß, das Regiment Royal-Suédois zu erwerben, doch seine Mittel ließen es kaum zu, und sein Vater, Graf Frédéric-Axel, schien sich höchst ungern zu einer so großen Ausgabe zu bequemen, die seinen Sohn nicht nur jahrelang von ihm entfernen würde, sondern auch die Gefahr in sich barg, die Familie an den Bettelstab zu bringen.

Er beschränkte sich darauf zu fragen:

»Wann reist du ab?«

»Ich weiß es nicht genau. Der König gedenkt die Heimreise am 10. oder 12. Juli anzutreten, aber noch steht nichts fest. Natürlich läßt mir das nicht viel Zeit, zumal die allzu ausgefüllten Tage in einem tollen Tempo verstreichen. Wir schwimmen förmlich in Festen, Vergnügungen und Zerstreuungen aller Art. Gustav III. schwärmt dafür, aber ich habe es ein wenig satt, und ich sehe nicht recht, warum er nicht aufhört, Einladungen in die Pariser Salons anzunehmen...«

»... während es doch soviel angenehmer wäre, die Zeit in denen von Versailles zu verbringen«, schloß Gilles ruhig. »Nun, mein Freund, ich überlasse dich deinen Vergnügungen und mache mich an meinen Umzug.«

Axel umarmte ihn mit der plötzlich wiedergefundenen Wärme von einst.

»Vergiß nicht meine Worte: Du bist der Glücklichere, denn du wirst... dort drüben leben.«

Entschieden war es etwas wie Besessenheit, eine Krankheit, deren Diagnose mit mitleidiger Nachsicht zu formulieren Tournemine kaum Mühe bereitete: Der Unglückliche mußte verliebter denn je in die Königin sein, es wurde zur fixen Idee. Aber im Lichte dessen, was er während der Vorstellung im Theater beobachtet hatte, nahm diese für unschuldig gehaltene Neigung eine beunruhigende Färbung an. In die Königin verliebt, war Fersen nur ein zahmer, harmloser

Träumer; von ihr geliebt, wurde er zu einem gefährlichen Mann für das Königreich... und für den König.
Die weißen Gestalten der Gäste verloren sich jetzt in die Gärten, und die verdeckten Lampen gaben so weichen, leichten Schein, daß die Damen und Herren wie schimmernde Phantome über die Wege zu schweben schienen.
Nahe dem kleinen Wasserfall waren auf große Transparente mit Wasserfarben Felsen und ganze Büsche phantastischer Blumen gemalt, während hinter dem Tempel der Liebe ein riesiger Scheiterhaufen aufflammte, der in der Tiefe der Gärten eine goldene Morgenröte aufsteigen und die Nacht verjagen ließ.
Eine kräftige Hand packte Gilles' Arm, während eine heitere Stimme rief:
»Nun, was habt Ihr unter den Sternen zu träumen, statt wie alle Welt zum Souper zu gehen? Habt Ihr keinen Hunger?«
Einer von Sekunde zu Sekunde sich verdüsternden Grübelei entrissen, stieß Gilles einen freudigen Laut aus, als er den stets munteren Vicomte de Noailles erkannte, einen seiner allerersten Gefährten des amerikanischen Abenteuers und einen der ihm liebsten dazu, denn er war es, der seinem Geschick einen entscheidenden Stoß versetzt hatte, als er Rochambeaus Sekretär entfernte, damit er dessen Platz einnehmen konnte.
»Nein, es stimmt, ich habe keinen Hunger! Verzeiht, Vicomte, aber alles ist so neu hier für den kaum halbwegs erzogenen Wilden, der ich bin. Ich muß mich erst daran gewöhnen.«
»Was für eine Idee! Ihr seid hier ebenso zu Hause wie wir. Viele unserer Freunde aus Amerika sind hier.«
»Nicht alle! Ich habe weder General La Fayette noch Lauzun gesehen.«
Noailles schnitt eine Grimasse, während er angelegentlich eine wundervolle Malines-Krawatte zurechtzupfte.
»Ihr habt immer genial den Finger gerade auf das gelegt, was nicht in Ordnung war, mein lieber Gilles. In der Tat ist weder der eine noch der andere da. La Fayette ist zwar mehr denn je der Held von Paris, frequentiert jedoch ein bißchen zu sehr den Herrn Herzog von Orléans, um in Versailles gern gesehen zu werden, wo man die Leute

des Palais-Royal verabscheut, zudem ist er wieder nach Amerika aufgebrochen. Und was Lauzun betrifft, ist er in Ungnade.«
»Ach was! Und warum?«
»Er soll der Königin ein wenig zu hartnäckig den Hof gemacht haben. Er behauptet übrigens, er sei wärmstens dazu ermuntert worden, aber die Sache ist schlecht ausgegangen. Unser Souverän hat ihm den Aufenthalt in Versailles verboten.«
»Der Königin... den Hof gemacht? Wie irgendeiner Hofdame?« ließ Gilles seiner Entrüstung freien Lauf. »Ist Lauzun verrückt geworden?«
Noailles zuckte die Schultern.
»Hört, Chevalier, so wildwüchsig Ihr auch noch sein mögt, sagt mir nicht, daß Ihr nichts von den ein wenig zu häufigen Gerüchten gehört habt, die über die Freundschaften unserer schönen Herrscherin im Umlauf sind. Man hat ihr schon so viele Liebhaber angedichtet... ich sage angedichtet, Ihr seht also, daß ich objektiv bin: Coigny, Vaudreuil, Besenval... daß Lauzun sich ermutigt fühlen konnte. Er hat viel Erfolg bei Frauen!«
»Ich werde mich nie daran gewöhnen, die Königin als Frau anzusehen«, unterbrach Gilles mit einer gewissen Kälte. »Und ich wundere mich...«
»Hört auf, auf Euer hohes Roß zu klettern und den Puritaner zu spielen, verdammter Bretone! Es ist möglich, daß an all dem nichts Wahres ist... aber seid Ihr blind oder habt Ihr noch nicht bemerkt, daß unser teurer und romantischer Fersen der eigentliche Held des Festes ist? Wollt Ihr also wahrhaftig nicht mit mir soupieren?«
»Ich will überhaupt nicht soupieren, mein Freund. Diese Gärten sind so schön, so neu für mich! Ich möchte ihre momentane Verlassenheit nutzen. Ihr könnt also ruhig für zwei essen.«
»Seid überzeugt, daß ich's nicht verfehlen werde. Ich habe Appetit genug, um ein Kalb, zwei Hammel, ein paar Poularden und dazu noch viele Desserts zu verschlingen!«
Damit wirbelte Noailles auf seinen roten Absätzen herum und begab sich eilends zu den Geladenen des Soupers, das in den verschiedenen Pavillons des Parks serviert wurde.
Von ferne ähnelten diese Pavillons großen weißen Laternen, denen

auf einem Untergrund gedämpfter Musik Gelächter und das gesittete Gemurmel der Gespräche entströmte, aber Gilles wandte ihnen den Rücken. Er hatte wirklich Lust, allein in diesem englischen Garten zu sein, der an diesem Abend in seinem Schmuck einem Märchen entsprungen schien und für diesen Moment wenigstens ihm allein gehörte.

Um noch besser den Frieden genießen zu können und nicht einmal das Knirschen seiner eigenen Schritte auf dem Sand der Wege zu hören, lehnte er sich am Ufer des kleinen Sees an einen Baum und blieb dort eine ganze Weile, ohne sich zu rühren, die frische Nachtluft und die Düfte der Rosen und Linden atmend. Die Laute des Festes drangen nur noch von fern zu ihm. Er hatte die Verbindungstaue durchschnitten, fühlte sich außerhalb der Zeit, fast außerhalb seiner eigenen Person, einen Moment reinen Glücks erfahrend, um dessentwillen er sich bemühte, die düsteren Gedanken, die in ihm aufgestiegen waren, von sich zu weisen.

Das Geräusch leichter Schritte riß ihn aus seiner Versunkenheit, und er straffte sich, bereit, sich zu zeigen, denn der sich nähernde Spaziergänger schien sich nicht zu verbergen. Die Schritte waren schnell, aber entschieden. Es waren die Schritte eines Menschen, der rasch einem bestimmten Ziel zuging. Doch Gilles blieb keine Zeit, vorzutreten und warf sich im Gegenteil zurück, denn hinter einem Taxusbaum erschien der enorme weiße Ballon eines Reifrocks, überragt von einem zweiten schneeigen Ballon: der gigantischen Frisur der Dame, die den Weg entlanglief, mit beiden Händen den Reifrock raffend und den graziösen Tanz zweier reizender, in heller Seide steckender Füße enthüllend.

In der Annahme, die junge Frau sei vielleicht zu einem galanten Rendezvous im unbeleuchteten Teil des Parks unterwegs, bemühte sich Gilles, um nicht indiskret zu erscheinen, sich hinter seinem Baum so unsichtbar wie nur möglich zu machen. Und die Dame kam so nah an ihm vorbei, daß mit dem leichten Rascheln der Seide auch ein Hauch ihres frischen Parfüms zu ihm drang.

Doch genau in diesem Moment geriet die späte Spaziergängerin in den schwachen Schein einer der verdeckten Dochtlampen, und der sich jäh an seinen Baum klammernde Gilles mußte seine ganze

Kaltblütigkeit zu Hilfe rufen, um nicht zugleich überrascht und freudig aufzuschreien, denn unter der gepuderten, hohen, mit einem Perlenstrang und einer kühnen, kleinen weißen Straußenfeder geschmückten Frisur entdeckte er Judiths Gesicht.

So sehr er sich sonst zu beherrschen wußte, jetzt jedenfalls war dem jungen Mann, als verließen seine Füße die Erde, als schwebte er hinauf in die blauen Weiten des sternenübersäten Himmels. Judith hier! Judith in Trianon! Die unauffindbare Judith, die weder der Präfekt von Paris noch die Sbirren des Polizeileutnants hatten ausfindig machen können, tummelte sich ganz einfach in den königlichen Gefilden des Trianon, mit der gleichen Selbstverständlichkeit wie einst in dem ihrer Familie gehörenden Le Frêne, als sei das die natürlichste Sache der Welt, wozu ihr Name und alter Adel ihr übrigens auch das Recht verliehen. Es gab keinen Grund, warum Mademoiselle de Saint-Mélaine nicht die Ehre haben sollte, zur Hofgesellschaft zugelassen zu werden.

Doch die anmutige weiße Gestalt hatte das Ende von Gilles' Erstaunen nicht abgewartet und bog eben noch immer eilig in eine dunkle, zur Grenze des Parks führende Allee ein, und der Moment des Glücks für Gilles erlosch wie eine Kerze unter dem Löschhütchen. Wohin lief sie nur so schnell?

Die ursprüngliche Idee eines verliebten Rendezvous' kehrte zurück und brachte die unvermeidliche Eifersuchtsanwandlung mit sich. Mit schöner männlicher Unbekümmertheit die Frauen vergessend, die sein Blut in Wallung gebracht und ihm geholfen hatten, Judiths Abwesenheit zu ertragen, fand sich Gilles unversehens einzig und allein und mehr denn je in sie verliebt. Seine Reaktion erfolgte augenblicklich: Sich rasch seiner Schuhe entledigend, um jedes Geräusch zu vermeiden, und so großzügig seine Seidenstrümpfe opfernd, nahm er die Verfolgung der Flüchtigen auf, nicht ohne bedauernd seiner alten Mokassins gedenkend.

Einige Augenblicke liefen sie so hintereinander her, und der junge Mann konnte sich nicht enthalten, mit einer Art Wut die Solidarität des absurden Haaraufbaus des jungen Mädchens zu bewundern, der dem Lauf widerstand, ohne mehr als ein nach Iris duftendes Puderwölkchen zu verlieren.

In Sicht eines der Parktore angelangt, bog die schöne Läuferin plötzlich ab und verschwand mit merklich verminderter Schnelligkeit in einem Wäldchen. Gilles folgte vorsichtig, bis der Klang von Stimmen ihn jäh festwurzeln ließ. Offenbar war das Ziel erreicht.
»Mir scheint, Ihr habt lange gesäumt, meine Teure«, sagte eine ziemlich mürrische Männerstimme. »Ich war schon nahe daran zu gehen, denn in diesen Gehölzen ist es verteufelt feucht.«
»Aber warum hat Eure Hoheit auch hierherkommen wollen? Ich hätte sie ebensogut morgen vormittag aufsuchen können.«
»Ihr wißt genau, daß Ihr dort keinesfalls mehr erscheinen dürft. Meine Gattin ist dumm, aber so dumm auch wieder nicht, und ich erinnere Euch, daß ich Euch nicht kennen darf. Was die Angelegenheit dieses Abends betrifft, wollte ich mich selbst von ihrem guten Fortgang überzeugen. Ich konnte also nichts anderes tun, da der König, der, wie es scheint, mit uns unzufrieden ist, nicht gewollt hat, daß die Prinzen an diesem Fest teilnehmen.«
»Der König... oder die Königin?«
»Ich neige eher zu dieser Seite«, spottete die unbekannte Hoheit. »Ich vermute, sie möchte vor kundigen Augen nicht die äußerste Gunst zur Schau stellen, deren sich Monsieur de Fersen erfreut. Für ihn gibt sie ja dieses Fest, der brave Gustav III. ist nur ein Vorwand. Aber vergessen wir das! Habt Ihr Bestätigung für das erlangt, was ich erfahren habe?«
»Ja. Monseigneur. Nicht ohne Mühe, denn wie Eure Hoheit war ich nicht zum Fest geladen. Ich mußte warten, bis man sich ins Theater begeben hatte, um Trianon betreten zu können.«
In seinem Gebüsch fühlte sich Gilles, der lautlos seine Schuhe wieder angezogen hatte, von allen Arten widersprüchlicher Gefühle bezüglich der Frau, der er gefolgt war, einschließlich des Beginns einer Enttäuschung hin und her gerissen, denn wenn das Gesicht auch das Judiths war, vermochte er ihre Stimme nicht zu erkennen. Diese hier war hell, von metallischen Schwingungen begleitet, die der des jungen Mädchens fehlten; aber die Seltsamkeit des Zwiegesprächs ließ ihn bald seine Klanganalyse vergessen. Wer diese Frau auch war, sie hatte ihn geradewegs in etwas hineingeführt, was eine Verschwörung zu sein schien. Warum hätte sich eine Hoheit sonst dazu

herabgelassen, mitten in der Nacht in einem feuchten Wäldchen zu warten? Blieb zu erfahren, wer diese Hoheit war, und was sie da auszutüfteln im Begriff stand.

»Wer hat Euch gesehen?«

»Nun... niemand! Ich war selbst überrascht, daß man heute abend das Schloß wie eine Mühle betreten konnte. Keine lebende Seele weit und breit. Die Dienerschaft und die Damen hatten sich alle entfernt, um die Festbeleuchtung zu bewundern oder zu versuchen, die Komödie zu sehen. Niemals ist ein königliches Haus so schlecht bewacht worden, und ich konnte unbehelligt das Boudoir erreichen. Ihr könnt übrigens feststellen, daß ich mir die Livree des heutigen Abends angezogen habe: Nichts ähnelt mehr einer Frau in Weiß als eine andere Frau in Weiß, und ich hatte eine Entschuldigung parat, falls ich jemand begegnet wäre.«

»Ausgezeichnet. Wo stehen wir also? Wißt Ihr, ob Graf Esterhazy wirklich schon gekommen ist?«

»Obwohl er offiziell in der Normandie mit seinen Flitterwochen beschäftigt ist? Er ist gekommen, Monseigneur. Die Königin, deren bevorzugter Liebesbote er ist, was ihm alle möglichen Ehren und Annehmlichkeiten einbringt, hat ihn gewiß von der Ankunft der Schweden verständigt.«

»Aber habt Ihr den Grafen gesehen? Hat er Euch aufgesucht?«

»Nein. Wenn Eure Hoheit mir nicht seine... diskrete Ankunft mitgeteilt hätte, wüßte ich nichts davon. Graf Esterhazy legt keinen so großen Wert darauf, normale Beziehungen zu mir zu unterhalten. Ich bin dafür weder reich noch mächtig genug. Es war mein Glück, daß ich am vergangenen zweiten Februar auf den Rat des Kardinals de Rohan die Prozession des Ordens vom heiligen Geist nutzte, um mich der Königin zu Füßen zu werfen und ihre Barmherzigkeit zu erflehen, als sie die Kapelle verließ. Mein Name hat damals Esterhazys Interesse geweckt, denn einer seiner besten österreichischen Freunde, Graf de Ferraris, Gouverneur von Brüssel, ist selbst Sohn einer Valois aus Saint-Rémy, die eine leibliche Cousine meines Vater war. Dank ihm hat sich die Königin für mein beschwerliches Geschick interessiert und mich einige Tage nach der Prozession heimlich nach Trianon kommen lassen. Darauf hat sich ihre Rolle

jedoch beschränkt, und daß ich dann doch ebenso heimlich empfangen wurde, verdanke ich nur mir, da die Königin mich sowohl interessant wie amüsant findet. Ich zerstreue sie mit Pariser Klatschgeschichten... vor allem mit der großen Leidenschaft, die der Kardinal de Rohan für sie zu empfinden behauptet und an die zu glauben sie sich übrigens weigert.«
Die unbekannte Hoheit brach in ein kurzes Gelächter aus.
»Das hatte ich fast vergessen. Wie steht es mit ihm?«
»Noch immer ebenso närrisch. Er ist fest davon überzeugt, daß ich das Mittel besitze, ihn wieder in Gnaden zurückkehren zu lassen... während die Königin ihn in Wirklichkeit noch ebenso hartnäckig haßt. Das ärgert mich, weil ich es für den guten Fortgang unserer Angelegenheit gern gesehen hätte, wenn sie wenigstens zu einer einzigen Begegnung bereit gewesen wäre, aber das ist so gut wie unmöglich.«
»Es gibt vielleicht ein Mittel... das die Königin amüsieren würde, da es ihr Gelegenheit böte, sich auf Kosten ihres Feindes bei einer jener von ihr so geliebten Komödien zu belustigen.«
»Ein Mittel? Wenn Eure Hoheit das fertigbrächte, wäre sie ein Genie.«
»Meine liebe Gräfin, Ihr solltet Eurem Taugenichts von Gatten raten, häufiger jene schönen, neuen Galerien des Palais-Royal zu frequentieren, die so sehr zur Vermehrung der Annehmlichkeiten von Paris und zur Untergrabung des Rufs meines Vetters von Orléans beitragen, der, wie ihm der König so hübsch gesagt hat, zur Krämerseele geworden ist. Meine Spione haben mir berichtet, daß man dort zuweilen einem übrigens sehr hübschen Freudenmädchen begegnet, einer gewissen Nicole Legay, die sich d'Olivia nennen läßt... und der Königin sehr ähnelt. Aber wir werden das später sehen. Hat der Schlüssel gut funktioniert?«
»Bestens Monseigneur. Der kleine Sekretär hat sich ohne jeden Laut geöffnet. Die Briefe lagen in ihm, von einem Band jenes reizenden Nattier-Blaus[1] umwunden, das die Königin so liebt. Einer davon war von heute datiert, woraus ich schließen konnte, daß Esterhazy

[1] Jean-Marc Nattier, berühmter Porträtmaler des 18. Jahrhunderts.

gekommen ist. Die anderen, aus Italien datiert, sind an eine gewisse Joséphine gerichtet, ein Codename natürlich, und von einem Mann namens Fontaine gebracht worden. Wenn ich recht verstanden habe, ist dieser Fontaine abwesend, daher die Notwendigkeit, Esterhazy zu rufen, um die Briefe zwischen Paris und Versailles zu befördern.«

»Ihr habt gut gearbeitet, Gräfin, und ich habe da etwas, Euch zu belohnen. Aber was besagt dieser letzte Brief? Habt Ihr ihn gelesen?«

Die Frau, von der Gilles nun wußte, daß sie nicht Judith war, nicht Judith sein konnte – und trotz seiner Enttäuschung konnte er nicht anders, als sich erleichtert zu fühlen –, die Frau ließ ein kurzes, triumphierendes, ziemlich vulgäres Lachen hören.

»Ich habe Besseres getan, mein Prinz... ich habe ihn gestohlen, und da ist er!«

»Seid Ihr verrückt? Und wenn Euch jemand gesehen hat? Wer sagt Euch schließlich, daß absolut niemand dort war? In Versailles haben alle Wände Augen und Ohren. Und die Königin wird diesen Brief natürlich suchen, wird ihre Frauen fragen...«

»Und sie nach einem Brief ihres Geliebten suchen lassen? Nein, Monseigneur! Das kann ich mir nicht vorstellen. Vielmehr wird sie denken, sie habe den Brief im Tohuwabohu des Abends irgendwo anders hingelegt. Sie wird suchen, ja, aber ganz allein und ohne jemand etwas zu sagen.«

»Das hindert nicht, daß Ihr ihn nicht hättet nehmen dürfen. Ihr hättet ihn... ich weiß nicht... kopieren müssen!«

»Und was hätte das bewiesen? Wenn Ihr diesen Brief gelesen habt, Monseigneur, werdet Ihr verstehen, daß ich ihn nehmen mußte, denn in Euren Händen wird er eine schreckliche Waffe sein. Denkt doch: der formelle, unwiderlegliche Beweis für den Liebeshandel zwischen der Königin und dem Grafen Fersen!«

»Was nicht besagt, daß es mich nicht beunruhigt. Ihr kennt meine Schwägerin nicht gut. Sie ist jähzornig, aufbrausend, und dann sind ihre Reaktionen völlig unvorhersehbar... in einem Maße, daß man zuweilen an ihrer Intelligenz zweifeln könnte.«

»Hört, Monseigneur«, erwiderte die Frau mit einer Nervosität, die ihre Gereiztheit verriet, »es ist notwendig zu wissen, was Ihr wollt. Habt Ihr, ja oder nein, versprochen, mir an dem Tag, an dem Ihr Regent sein werdet, die Ländereien, Güter, Titel und Vorrechte meiner Familie zurückzugeben?«

»Ich leugne es nicht. Ihr habt mein Wort!«

»Dann laßt mich Eure Sache auf meine Art betreiben. Ich weiß, daß ein gewisses Risiko dabei war, diesen Brief zu stehlen... aber ein so winziges im Vergleich zu dem Wert, den er darstellt! Ihr wolltet den Beweis, daß Fersen der Geliebte der Königin ist? Ihr habt ihn, und wenn es uns gelingt, die Leidenschaft des Kardinals de Rohan für diese selbe Königin gebührend auszunutzen, werdet Ihr nicht viel Mühe haben, sie nach Österreich zurückschicken zu lassen... und wegen ihrer ungewissen Geburt den Ausschluß ihrer Kinder von der Nachfolge zu fordern.«

Stille trat ein, die schließlich ein Seufzer beendete.

»Ihr habt recht. Verzeiht mir und seid bedankt! Bestimmt, liebe Gräfin, werde ich Madame immer dankbar dafür sein, mir nach jenem Unwohlsein, das Euch in ihrem Vorzimmer befiel, von Euch gesprochen zu haben. Ihr seid eine wertvolle Frau. Aber vergeßt niemals, daß wir uns bis zum Tage unseres gemeinsamen Triumphs nie begegnet sind, daß wir uns nicht kennen!«

»Seid unbesorgt, Hoheit. Niemand wird etwas erfahren, niemals. Ich kenne mein Interesse zu gut!«

In Gilles' Ohren sauste es, während ihm kalter Schweiß unangenehm über den Rücken hinabrann. Diese Elenden waren dabei, sich auf schändlichste Weise gegen die Ehre ihres Königs, ihrer Königin zu verschwören. Die Kinder Frankreichs zu Bastarden erklären zu lassen! Aus welchem Schlamm waren sie geschaffen, diese Frau, die behauptete, von den Valois-Königen abzustammen, und ihr Komplice, dieser Prinz von Geblüt, der nicht davor zurückschreckte, seine Hände im ekelhaftesten Dreck zu beschmutzen, um damit den Thron zu beflecken?

Rochambeaus Worte fielen ihm wieder ein, und an der Identität des königlichen Verschwörers bestand nun kein Zweifel mehr für ihn; es war Monsieur, es war der dicke Graf der Provence, der böse Geist Ludwigs XVI. Nur er konnte es sein.

Im Wäldchen ging die Unterhaltung zu Ende. Die Frau, die der Prinz Gräfin genannt hatte, nahm Abschied und schickte sich an, zu einer Kutsche zurückzukehren, die sie in der Allée des Matelots erwartete. Der Prinz hatte einen Einspänner an der Porte de la Ferme gelassen, der ihn nach Paris zurückbringen sollte.

Trotz seines Verlangens, Judiths Doppelgängerin zu folgen, um zu sehen, wohin sie ihn führen würde, wartete Gilles in seinem Versteck ungeduldig darauf, sie verschwinden zu sehen, denn bei dem, was er zu tun beabsichtigte, konnte er keinen Zeugen brauchen. Er mußte unbedingt Fersens Brief zurückholen, und wenn er deswegen einen Prinzen von Geblüt niederzuschlagen hätte. Er verhehlte sich nicht, daß er sogar ein gewisses Vergnügen dabei empfinden würde, diesem niederträchtigen Kerl ein bißchen den Hals umzudrehen!

Doch plötzlich, als er das Gespräch schon beendet glaubte, nahm der Prinz es von neuem auf:

»Da ich gerade daran denke, Gräfin: Es könnte sein, daß Ihr mich trotz allem dringlich zu treffen wünscht. Man weiß nie, was für Eventualitäten sich bei einer Angelegenheit wie der unseren ergeben können.«

»Das ist auch meine Ansicht, doch hat Eure Hoheit mir nicht befohlen, niemals bei ihr zu erscheinen?«

»Es ist keine Rede davon, daß Ihr zu mir kommt. Schickt mir im Falle einer Notwendigkeit ein unverfängliches Billet, der Text ist unwichtig, aber unterschreibt es mit J. de Latour und zeichnet einen Stern unter diese Unterschrift. Ich werde Euch dann ein Rendezvous geben. Werdet Ihr es nicht vergessen? J. de Latour!«

»Keine Gefahr, Monseigneur. Es trifft sich, daß die Schwester meines Gatten einen Monsieur de Latour geheiratet hat. Es ist ein Name, den ich mühelos behalte.«

»Ausgezeichnet. Geht jetzt. Wir haben uns lange genug unter diesen Bäumen aufgehalten. Ich spüre die Kühle der Nacht.«

Diesmal war es das Ende. Ein leichter Schritt ließ sich auf den gefallenen Blättern hören. Gilles hatte eben noch Zeit, sich hinter einen Baum zu ducken, denn sie kam geradewegs auf ihn zu. Das Kleid aus weißer Seide streifte im Vorbeigehen seinen Stiefel.

Auch der Prinz verließ das Wäldchen. Doch sein schwerfälliger, plumper Gang ließ ihn nicht schnell vorankommen. Sobald die Frau verschwunden war, machte sich Gilles an seine Verfolgung. Er mußte wissen, ob der Mann allein war, oder ob ihn einer seiner Kavaliere in der Nähe erwartete.

Aber er war allein. Seine kurze, schwarze, fast ebenso breite wie hohe Gestalt bewegte sich langsam zwischen den Bäumen hindurch, und während er ihn beobachtete, wuchs, falls das überhaupt noch nötig war, Gilles' Überzeugung noch mehr, daß er den ältesten Bruder des Königs, daß er wirklich Monsieur vor sich hatte!

Er schritt ruhig aus, ließ die dürren Zweige unter seinen Füßen knacken, schob mit der Hand tiefhängendes Laubwerk beiseite. Doch keine andere Gestalt kam in Sicht. Dafür tauchten die wenigen im Gehöft am Tor noch brennenden Lichter hinter Gebüschen auf, und Gilles begriff, daß er nicht mehr warten konnte, und daß es für den Falken an der Zeit sei, sich von neuem für einen Moment zu zeigen. Ein rasches Kreuzeszeichen, um Gott für die Majestätsbeleidigung, die er begehen würde, um Verzeihung zu bitten, und mit der Lautlosigkeit einer Katze warf er sich vorwärts.

Der Angriff erfolgte blitzartig. Im selben Augenblick, in dem Gilles auf einem mit Fett und Samt weich gepolsterten Rücken landete, zwang sein Vorderarm das Kinn seines Opfers, das nur einen schwachen Schrei ausstoßen konnte, nach hinten, zugleich Atmung und Kreislauf blockierend. Nur ein paar Sekunden, und der Prinz glitt schwer wie ein Sandsack zu Boden.

Als er nicht den geringsten Widerstand mehr spürte, streckte der Chevalier ihn bequem auf dem Moos aus, durchsuchte seine Taschen, fand Papiere, die er ungeprüft einsteckte. Ohnehin war es stockfinster. Dann richtete er sich auf und lief in Richtung der Ställe des Trianon. Es kam jetzt darauf an, sein Pferd zu holen und zu versuchen, die Frau wiederzufinden, um in Erfahrung zu bringen, wohin sie sich begab, und ihr vielleicht den falschen Schlüssel abzunehmen, dessen sie sich so gut zu bedienen wußte.

Es mußte möglich sein. Sie konnte keinen allzu großen Vorsprung vor ihm haben, denn der Angriff auf den Prinzen hatte ihn nur einige Sekunden gekostet. Überdies hatte sie keinen Grund mehr zu laufen, eine Übung, die, in einem Reifrock durchgeführt, selbst für eine junge und agile Frau nicht gerade bequem war. Schließlich konnten sich wenige Menschen rühmen, im Laufen schneller zu sein als der Falke.

Die Gärten des Trianon, in denen zur Freude der Gäste, die ihr Souper beendet hatten und die Pavillons zu verlassen begannen, neue Wunder aufleuchteten, wurden in schnellstem Tempo durchmessen, zur großen Überraschung einiger der Geladenen, die, ohne recht zu erkennen, was es war, eine Art blau-silbernen Meteor vorbeiflitzen sahen. Einige Minuten später sprang Gilles auf Merlins Rücken, passierte mit der Geschwindigkeit einer Kanonenkugel die Schweizer Wache und verschwand unter den hohen Bäumen der Allée des Trianons.

Als er stürmisch in die Allée des Matelots einbiegen wollte, mußte er sein Pferd zurückreißen, um den Zusammenstoß mit einer Mietkutsche zu vermeiden, die im gleichen Moment in der Einmündung der Allée erschien und in einer Flut von Injurien des Kutschers auf der Stelle stehenblieb. Im Licht der an der Ecke der beiden Straßen hängenden Laterne sah Gilles den Kopf eines wütenden jungen blonden Mannes unter einem Hut nach letzter englischer Mode im Fenster auftauchen, der ihm mit affektierter Stimme zurief:

»Paßt gefälligst auf, Dummkopf! Ihr habt uns um ein Haar in den Graben geworfen!«

»Ich bitte tausendmal um Entschuldigung, Monsieur. Aber ich habe es sehr eilig! Dienst des Königs!« rief Gilles zurück, der einen Moment glaubte, sich getäuscht zu haben.

»Die Pest soll sie holen, diese Leibgardisten, die glauben, ihnen sei alles erlaubt! Macht Euch fort, mein Freund! Und ein wenig fix! Wir werden nie vor morgen früh in Paris sein, wenn es in dieser Art weitergeht!«

Gilles hielt sein Pferd zurück, um der Kutsche ein wenig Vorsprung zu lassen, bevor er sich von neuem an ihre Verfolgung machte. Als sie jäh zum Stehen gekommen war, hatte er sich im Geist einen dreifachen Idioten genannt. Wie dumm, sich so bemerken zu lassen! Doch diese Dummheit hatte auch ihr Gutes gehabt, denn der kurze Halt der Kutsche hatte ihm erlaubt, hinter dem schönen Hut des jungen Dandys das bleiche Gesicht der Frau zu bemerken, die es wagte, Judith ähnlich zu sehen, und darüber hinaus hatte er eine wertvolle Information erhalten: Diese Leute fuhren nach Paris. Er mußte also vor ihnen dort sein und sie am Schlagbaum erwarten, was dank Merlins guter Beine, die unendlich viel schneller als die eines Droschkengauls waren, keine Schwierigkeiten bereitete. Es ließ ihm sogar noch die Zeit, seine Uniform gegen ein diskreteres Kostüm zu vertauschen, um nicht zum zweitenmal die Aufmerksamkeit des reizbaren Insassen der Kutsche auf sich zu ziehen.

Doch wie in allen Regimentern denken die Leibgardisten, und ihre Vorgesetzten lenken. Als Gilles in den Hof des Gebäudes einbog, wo er fürs erste logierte, bis sich eine passendere Wohnung für ihn gefunden hätte, erwartete ihn die unerfreuliche Überraschung des Anblicks seines stellvertretenden Kommandeurs, des Grafen de Vassy, der sich eben anschickte, ein Pferd zu besteigen, bei seinem Erscheinen jedoch davon abließ.

»Ihr kommt im rechten Augenblick, Monsieur de Tournemine. Ich wurde eben unterrichtet, daß Leutnant de Castellane, der heute nacht die Wache im Palais wahrzunehmen hätte, das Opfer eines Unwohlseins ist... eine alte Wunde, die sich wieder geöffnet hat. Geht und löst ihn ab!«

»Zu Befehl! Kann ich noch zu mir hinaufgehen, um meinem Diener eine Anweisung zu geben und saubere Stiefel anzuziehen?«

»Gut! Ihr habt fünf Minuten!«

Seine unglückselige Idee verfluchend, das Kostüm zu wechseln, lief er, immer mehrere Stufen überspringend, zu seinem Logis hinauf, wo Pongo, wie er wußte, ihn erwartete. Vor der Rückkehr seines Herrn legte er sich nie schlafen.

»Sattle ein Pferd«, sagte er zu ihm, »schlag die Straße nach Paris ein und... finde eine Kutsche, einen Mietwagen mit gelbem Wagenkasten, der die Nummer 12 trägt. Ein Mann und eine Frau sitzen darin. Ich will wissen, wohin sie fahren und, wenn möglich, wo die Frau wohnt! Hast du verstanden?«

Pongo nickte, verzog sein Gesicht zu einem grimassierenden Lächeln, das seine langen Schneidezähne aufblinken ließ, schlüpfte in seinen schwarzen Rock, stülpte sich den Hut auf den Kopf und verschwand die Treppe hinunter, zuvor noch zwei Pistolen in seinen

Gürtel schiebend, mit denen umzugehen er von seinem Herrn gelernt hatte. Fürs erste beruhigt, da er wußte, daß der Indianer nie von einer Spur abließ, konsultierte Gilles die Kaminuhr, sah, daß die fünf Minuten noch nicht verstrichen waren, und beeilte sich, die den Taschen Monsieurs entnommenen Papiere zu mustern.

Außer Fersens Brief, den er ohne Mühe fand, war keins der anderen von Wichtigkeit: einige galante Verse, ein weiterer, Montesquiou unterzeichneter Brief, der Monseigneur ein Fäßchen Armagnac ankündigte, ein oder zwei Gesuche um Hilfe. Aber Fersens Brief war sein Gewicht in Schießpulver wert.

Kaum hatte der Chevalier einen Blick auf die von seinem Freund geschriebenen Zeilen geworfen, als der Widerwille über diese Verletzung des Geheimnisses einer Korrespondenz sich schon mit tiefer Trauer mischte. Was für ein Irrsinn war dieser Brief! Was für ein Irrsinn diese an eine Königin gerichteten glühenden Liebesworte! Die beiden kleinen Seiten enthielten genug, um für immer das Glück des Königs und sein Vertrauen zu seiner Gemahlin zu vernichten und ihn vielleicht zur Verstoßung Marie-Antoinettes zu treiben!

Axel begann mit einem bewegten Dank an seine Souveränin für ein Darlehen von hunderttausend Livres und eine Pension von zwanzigtausend, die ihm erlauben würde, das Regiment Royal-Suédois zu kaufen und vor seinem Vater »hoch erhobenen Hauptes zu erscheinen«. Dann schrieb er von seiner Verzweiflung über die bevorstehende unvermeidliche Abreise mit dem Grafen von Haga, den er nach Schweden begleiten müsse. Und endlich flehte er die Geliebte an, ihm zu gestatten, in der folgenden Nacht »in jenes köstliche Asyl zurückzukehren, in dem göttliche Schönheit geruht haben, sich ihm zu nahen«.

Bekümmert faltete Gilles den Brief zusammen, schob ihn in eine Tasche seines Gilets und schloß zu noch wirksamerem Schutz fest den Uniformrock darüber. Dann schlug er sein Feuerzeug, verbrannte im Kamin die anderen Papiere, und ohne sich die Stärkung eines Glases Wein zu gönnen, wonach es ihn herzhaft verlangte, machte er sich wieder auf den Weg zu seinem ungeduldig im Hof wartenden Chef.

»Eure fünf Minuten waren lang, Monsieur. Ich entschuldige Euch,

weil nicht vorgesehen war, daß Ihr heute nacht die Wache übernehmen würdet, und weil Ihr eben erst gekommen seid, aber achtet in Zukunft darauf, nicht sieben Minuten zu brauchen, wenn man Euch fünf bewilligt!«
Es gab nichts hinzuzufügen. Gilles schwang sich auf sein Pferd, um sich zum Palais zu begeben und an der Tür der königlichen Gemächer die Rückkehr Ludwigs XVI. zu erwarten, der im Gegensatz zur Königin niemals in Trianon schlief.
Es war das erstemal, daß er die Wache in Versailles übernahm, und trotz der Gewöhnung an königliche Schlösser, die ihm Spanien vermittelt hatte, überkam ihn eine sonderbare Erregung, die ihm den Schlaf raubte und ihn daran hinderte, den in jeder Nacht dem wachhabenden Offizier reservierten kleinen Raum aufzusuchen.
Die ganze Nacht hindurch kontrollierte er die Wachtposten, durcheilte Flure, Galerien und Treppenfluchten zwischen den verschiedenen königlichen Appartements. Das Geräusch seiner Schritte weckte die schlafenden Echos, in denen die Zeit verschmolz. Ab und zu ertönte beim Anruf des Offiziers der alte Wachruf, der seit dem 15. Jahrhundert in allen königlichen Häusern Frankreichs widerhallte:
»Hamir[1]!«
Für jemand, der wie der junge Mann zum erstenmal diese nächtliche Wache übernahm, mußte es ein nachhaltiger Eindruck sein. Die Jahrhunderte schrumpften zusammen, ließen als einzige Größe nur diese französische Monarchie bestehen. Die Nacht bevölkerte sich mit aus den Tiefen der Zeit aufsteigenden Phantomen, von den lebendigen Stimmen jener Männer beschworen, die die noch immer warmen Plätze der Verschwundenen eingenommen hatten und nun ihrerseits schworen, auf ihrem Vertrauensposten zu leben und zu sterben.
Und ihm, Gilles de Tournemine, trug diese Nacht, die niemals zu enden schien, ein noch geschärfteres Bewußtsein seiner Pflicht diesem König gegenüber zu, zu dessen Lehnsmann und Verteidiger,

[1] Eine Zusammenziehung des englischen »I am here!«, war dieser Ruf ein Tradition gebliebenes Erbe der für König Karl VII. aufgestellten ersten Kompanie schottischer Bogenschützen.

Schwert und Schutzwall er sich aus freien Stücken erklärt hatte. An seiner Brust trug er Fersens Brief, und dieser Brief schien ihm von Moment zu Moment schwerer zu wiegen. Er wog das Gewicht der Ehre einer Königin und einer Drohung, die sich auf eine ganze Familie erstreckte. In diesem Augenblick, in dem er die armseligen Worte menschlicher Liebe am Maßstab der Hoheit eines Thrones messen konnte, begann Gilles Marie-Antoinette zu verabscheuen, die zuerst Frau und dann erst Königin war, der zermalmenden Verantwortung wegen, die sie ihm unbewußt aufbürdete.

Er überlegte lange, was zu tun richtig wäre, und als um sieben Uhr morgens die Torgarde erschien, um die Schottische Kompanie abzulösen, war sein Entschluß gefaßt: Er mußte Fersen den Brief zurückgeben und ihn zugleich zwingen, den möglichen Folgen seines Handelns ins Gesicht zu sehen, indem er ihm mit allen Mitteln die Niedertracht seines Verhaltens dem gegenüber deutlich machte, dessen Diener er zu werden wünschte, und der ihm in seiner Großmut auch noch die Mittel dazu gab.

»Hunderttausend Livres!« knurrte Gilles zornig. »Hunderttausend Livres und weitere zwanzigtausend jährliche Pension! Und was wird der Herr Graf von Fersen im Tausch dafür Seiner Majestät König Ludwig, dem sechzehnten dieses Namens, bieten? Ein Leben treuer Hingabe, uneingeschränkten Respekt und Bewunderung? Weit gefehlt! Ein Paar Hörner!... Und das nennt sich Edelmann!«

Nachdem er sich während der ganzen Nacht damit herumgeschlagen hatte, war er bei der Rückkehr in die Unterkunft noch so wütend, daß er keine Müdigkeit verspürte.

Mit dem Gefühl, in ein beruhigendes Bad zu steigen, fand er den mit einer großen weißen Schürze ausgerüsteten Pongo damit beschäftigt, auf einem sauberen Tischtuch das Frühstück auszubreiten, das er aus der benachbarten Gastwirtschaft geholt hatte und das aus einer Kalbsnuß mit Sauerampfer, gebratenen Artischocken und Spritzkuchen mit Nußkernen bestand.

Er sah so frisch aus, als sei er nicht die halbe Nacht durchgaloppiert, und empfing seinen jungen Herrn mit dem breiten Lächeln eines Mannes, der mit seiner Arbeit zufrieden ist. Doch dieser musterte streng den Tisch.

»Warum hast du nicht dein Kuvert aufgelegt? Wenn niemand anders da ist, gibt es keinen Grund, nicht zusammen zu essen. Du bist mein Waffenbruder, nicht mein Diener!«
Mit der glücklichen Miene, die er jedesmal aufsetzte, wenn Gilles ihre gemeinsame Vergangenheit erwähnte und ihm seinen Rang als Krieger zurückgab, vervollständigte Pongo schnell das Gedeck, und die beiden Männer setzten sich einander gegenüber.
»Nun?« fragte Gilles, während er seine Kalbsnuß in Angriff nahm und Pongo die Gläser so großzügig mit flüssigem Rubin füllte, daß sich daraus ersehen ließ, wie sehr er Geschmack an Frankreichs Weinen gefunden hatte, »hast du die Kutsche mit der Nummer 12 gefunden?«
Pongo nickte:
»Gelber Wagen eingefahren in Paris, dann in große Weg gebogen, wo Mauer gebaut wird, ihn ganze Weile entlang bis zu kleine Straße, die in große Weg mündet.«
»Weißt du den Namen der Straße?«
Das Lächeln des Indianers verbreiterte sich, bis es sein Gesicht in zwei fast gleiche Teile zerschnitt.
»Pongo alles wissen. Rue Neuve Saint-Gilles au Marais Nr. 10«, erklärte er, nachdem er einen mit kindlichen Schriftzügen bedeckten kleinen Zettel aus seiner Tasche gezogen hatte. »Dame sich nennen Gräfin de La Motte-Valois. Wohnen dort mit Mann, alte Cousine und Mann der Feder mit lächerliche schwarze Hut.«
»Soll das heißen, daß der junge Mann, der mit ihr in der Kutsche saß, ein Schriftsteller ist?«
»Nein, nicht Schriftsteller. Er schreiben Briefe für Dame.«
»Ihr Sekretär also! Das ist wirklich seltsam! Diese Frau, die keinen eigenen Wagen hat, kann sich einen Sekretär leisten? Wie hast du übrigens all das erfahren?«
»Gesprochen mit Mann, der Laternen in Straße anzündet und löscht. Mann lieben sehr weiße Wein, und Wirtshaus nicht weit.«
Gilles begann zu lachen und füllte das Glas seines kostbaren Dieners von neuem.
»Du hast ihn zum Wein eingeladen? Und er hat sich nicht vor dir gefürchtet?«

Die dicken schwarzen Brauen des Irokesen rundeten sich zu perfekten Bögen über seinen Achatkugeln ähnelnden Augen.
»Gefürchtet? Warum? Pongo sagen, er Diener von spanische Grandseigneur, der sich verlieben in Dame. Geben Geld und Laternenmann sehr zufrieden, sagen sogar Pongo Name von hübsche Kammerjungfer: Rosalie Brissaut!«
»Woher weißt du, daß sie hübsch ist? Hast du sie gesehen?«
»Ja. Kommen heraus zu besuchen Kirche... sehr, sehr hübsch!«
Und Pongos Hände deuteten die Formen eines weiblichen Körpers mit üppigen Verlockungen an, während die Miene ihres Eigentümers einen ekstatischen Ausdruck annahm.
»Ich sehe!« seufzte Tournemine. »Genau, wie du's gern hast! Na schön, mein Freund, ich hindere dich nicht, dein Glück zu versuchen, im Gegenteil. Wenn du dank der Kammerfrau ins Haus der Gräfin eindringen könntest, würdest du mir einen großen Dienst erweisen. Aber wir reden heute abend noch einmal darüber. Jetzt komm und hilf mir beim Waschen und Umziehen! Ich muß nach Paris. Sieh dich während meiner Abwesenheit ein wenig in Versailles um und versuche ein passendes... und nicht zu teures Logis für uns zu finden. Mein Sold beträgt zweitausend Livres, und ich möchte das Geld der Herzogin so wenig wie möglich anrühren. Etwa so um die fünfzig Livres im Monat wäre gut.«
Ein paar Augenblicke später schüttelte sich Gilles nackt wie ein Wurm in einem großen Wäschebottich unter der kalten Dusche, die der auf einen Schemel gekletterte Pongo mit Hilfe einer Gießkanne großzügig auf ihn herabregnen ließ...

7. Kapitel
Ein ausgefüllter Vormittag...

Axel von Fersen konnte nicht zeitig zu Bett gekommen sein, denn als Gilles gegen Mittag sein Zimmer im Hôtel d'York betrat, waren die Läden noch hermetisch geschlossen, und der Graf lag mit ausgebreiteten Armen rücklings auf seinem Bett und schlief den Schlaf des Gerechten.

Der Raum roch stark nach Kognak. Eine angebrochene Flasche und einige Gläser verrieten deutlich genug, daß die Schweden nach ihrer Rückkehr von Versailles Durst gehabt haben mußten, des langen Weges, vielleicht auch der Kühle des frühen Morgens wegen. Tournemine öffnete Fenster und Läden, um frische Luft hereinzulassen, schloß die entkorkt gebliebene Flasche, nicht ohne sich zuvor einen tüchtigen Schluck zu genehmigen, dann stieg er über die auf dem prächtigen roten Teppich achtlos verstreuten Kleidungsstücke, legte eine Hand auf die Schulter seines Freundes und begann, ihn schonend zu schütteln.

»Axel!« rief er. »Axel, wach auf! Ich muß mit dir reden!«

Doch da der Schwede sich nicht rührte und auch auf kräftigeres Schütteln nicht reagierte, entschloß er sich zu einem gröberen Mittel. Hinter die Paravents tretend, die das Toilettenkabinett gegen das Zimmer abschlossen, nahm er einen Krug aus schöner Nevers-Fayence und ließ, sorgfältig sein Ziel anvisierend, ein dünnes Rinnsal auf das Gesicht des Schläfers rieseln. Diesmal erzielte er ein Resultat:

Hustend und spuckend fuhr Fersen hoch, sprang aus dem Bett, schwankte ein wenig auf den Beinen, als wüßte er nicht recht, auf welche Seite er fallen sollte, und entdeckte seinen Freund mit einem Blick, dessen Stumpfheit sich allmählich in Zorn wandelte.

»... verrückt geworden, wie? Auch eine Art, Leute zu wecken!«

stieß er mit durch Alkohol und Schläfrigkeit belegter Stimme hervor. »Eine Art... eine Art...«

»Die Art eines Freundes! Ich muß mit dir sprechen, Axel, von ernsten Dingen, die nicht warten können, bis du freiwillig die Augen öffnest. Und da sie mir noch nicht sehr offen vorkommen...«

Den Wasserkrug niedersetzend, trat der Chevalier in den Flur hinaus, rief nach Nicolas Carton, der seinem stürmischen Eintritt beigewohnt, jedoch nicht gewagt hatte, ihm hindernd in den Weg zu treten, und draußen herumpatrouillierte, und bestellte eine Kanne sehr starken Kaffees und ein solides Frühstück. Danach schloß er wieder die Tür und füllte die Waschschüssel mit Wasser.

»Bis der Kaffee kommt, tauch deinen Schädel da hinein. Dann wirst du klarer sehen.«

Nur mit einem geschlitzten Hemd angetan, das seine mageren Beine sehen ließ, wühlte Fersen mit peinvoller Grimasse in seinem Haar wie jemand, dessen Kopf nicht in der besten Verfassung ist.

»Wieviel Uhr ist es?« fragte er endlich, während er sich dem Toilettentisch zuwandte.

»Mittag! Hast du heute nichts zu tun? Ich dachte, die Tage deines Königs seien bis zum Rand ausgefüllt.«

»Das stimmt, aber das Fest war erst spät zu Ende, und da es in der Frühe bei der Rückfahrt nicht gerade warm war...«

»Habt ihr das Bedürfnis verspürt, euch aufzuwärmen? Das ist nur natürlich. Aber ich glaube, es ist jetzt an der Zeit, deinen klaren Kopf wiederzufinden. Hast du heute abend kein Rendezvous?«

»Rendezvous?... Ja... vielleicht. Mit wem?«

»Mit der Königin.«

Fersen, der sein Gesicht in die Waschschüssel getaucht hatte, hob es so jäh, daß er sie um ein Haar umstieß. Doch als sein halb erschrockener, halb entrüsteter Blick dem undurchdringlichen seines Freundes begegnete, sah dieser, daß er fast ernüchtert und klar war.

»Habe ich recht verstanden?« fragte er langsam. »Was hast du da zu sagen gewagt?«

Tournemine griff nach einem Handtuch und warf es Fersen zu, der suchend nach einem tastete.

»Du hast sehr gut verstanden, Axel. Du hast heute abend ein Rendezvous mit der Königin von Frankreich. Und streite es nicht ab, denn ich würde es dir nicht glauben. Oder sag mir dann, daß Graf Esterhazy gestern nicht hierhergekommen ist... und daß er dir nichts gebracht hat. Aber ich weiß, daß er gekommen ist.«
Entschlossen, notfalls das Unwahre zu behaupten, um die Wahrheit zu erfahren, hatte sich Gilles trotzdem in weiser Voraussicht diskret bei einem der hübschen Zimmermädchen des Hotels erkundigt, jener Louison, die Pongo besonderes Wohlwollen entgegengebracht hatte.
Der Eintritt dieser selben Louison, beladen mit einem Kaffeetablett und gefolgt von einem Diener mit einem noch weit größeren Tablett, auf dem sich mit silbernen Deckeln versehene Teller aneinanderreihten, unterbrach für einen Moment das Gespräch. Fersen nutzte es, um sich zornig abzutrocknen, Hosen anzuziehen und sein durchfeuchtetes Hemd durch einen großgeblümten seidenen Hausmantel zu ersetzen, und als er wieder hinter den Paravents hervortrat, bellte er den Dienstboten mürrisch zu:
»Stellt all das hierher und verschwindet! Ah... versucht auch, meinen Diener Sven zu finden! Sagt ihm, er soll mir ein Bad vorbereiten, aber erst kommen, wenn ich läuten werde.«
Als Louison und ihr Begleiter verschwunden waren, leerte der Schwede nacheinander drei Tassen brühheißen Kaffees.
In einem Sessel nahe dem Fenster sitzend, durch das die Geräusche des Straßenverkehrs und der rhythmische Ruf einer Fischhändlerin drangen – »Lebende Karpfen, lebende Karpfen! Seht meine lebenden Karpfen!« –, betrachtete Gilles aufmerksam die sorgfältig gewichsten Stiefel, in denen seine vor ihm ausgestreckten Beine steckten, während er darauf wartete, daß der Kaffee bei seinem Freund seine belebende Wirkung tat, was übrigens nicht auf die rechte Weise der Fall zu sein schien, denn je mehr Fersen zu seinen physischen Mitteln zurückfand, desto mehr verdüsterte sich seine Miene. Seinen eigenwilligen, überheblichen und leicht mißtrauischen Charakter kennend, wuchs in Gilles die Überzeugung, daß es vielleicht weniger einfach sein würde, ihn zur Vernunft zu bringen, als er sich das vorgestellt hatte.

Plötzlich stieß der Schwede den Tisch zurück und nahm den Disput wieder auf:
»Kannst du mir sagen, woher du so unwahrscheinliche Informationen hast? Ich wundere mich, daß du dich, kaum zu den Ehren Trianons zugelassen, sofort auf die verächtliche Seite der Klatschmäuler und Tratschweiber schlägst!«
Gilles runzelte die Stirn. Axels Ton gefiel ihm nicht und selbst, wenn man einen Teil seiner schlechten Laune einem soliden Katzenjammer und dessen Folge, der Migräne zuschrieb, fühlte er sich nicht geneigt, ihn protestlos hinzunehmen.
»Diese unwahrscheinlichen Informationen, wie du sagst, habe ich heute nacht in einem Wäldchen Trianons gesammelt, wo zwei mir unbekannte Personen, ein Mann und eine Frau, sich sehr für dein Privatleben... und das eines anderen interessierten. Kennst du eine Gräfin de La Motte-Valois?«
»Nie gesehen... übrigens auch nie von ihr gehört!«
»Nun, es ist eine Frau, die mir sehr unternehmungslustig vorkommt und sich bestens darauf versteht, mit falschen Schlüsseln Möbel zu öffnen, denen sich eine völlig Unbekannte nie nähern könnte. Auf jeden Fall kennt sie dich sehr gut und...«
»Du bist schon wieder dabei, mir den formellen Beweis für das zu liefern, was ich dir eben sagte«, unterbrach Fersen ihn ungeduldig. »Du kommst mir mit Klatsch!«
»Und das... ist das auch Klatsch?«
Der halb entfaltete Brief, unversehens zwischen den Fingerspitzen des jungen Mannes aufgetaucht, zitterte einen Moment über der Schüssel mit Kirschenkompott, als erfülle ihn eigenes Leben. Fersen ergriff ihn, warf einen Blick darauf, und sein Gesicht rötete sich jäh unter einem Schwall andrängenden Blutes. Der Blick, den er zu dem Chevalier hob, brannte in einer Wut, die zu mörderisch war, um nicht blind zu sein.
»Wo hast du das gestohlen?« schrie er.
Augenblicks war Gilles auf den Füßen, sich so die Überlegenheit seiner Größe sichernd, denn er überragte den Grafen um ein gutes Kopfdrittel.
»Wenn du willst, daß wir diese Unterhaltung fortsetzen, wirst du mir

das Vergnügen machen, dieses Wort zurückzunehmen!« befahl er kalt. Doch Axel kochte viel zu sehr vor Zorn, um vernünftigem Zureden noch zugänglich zu sein.
»Warum sollte ich es zurücknehmen?« höhnte er. »Schließlich wäre es nicht das erstemal, daß du etwas gestohlen hättest!«
Gilles erblaßte. Seine Nasenflügel verkniffen sich, während seine blauen Augen die erzene Tönung eines Gletschers unter dem Mond annahmen. Doch keine Wut war in ihm, nur eine Art innerer Kälte, die in diesem Moment seine Gefühle erstarren ließ. Er wußte, daß hier etwas dabei war zu sterben, daß ihre Freundschaft vielleicht sinnlos enden und er später zweifellos darunter leiden würde, aber jetzt, in dieser Minute, weigerte er sich innezuhalten.
»Ich habe in der Tat diesen Brief gestohlen«, erklärte er ruhig. »Ich habe ihn dem Mann gestohlen, der ihn sich durch seine Komplicin hatte beschaffen lassen, einem Prinzen, dessen Identität ich nicht ganz sicher bin, der jedoch die Absicht hatte, von ihm für die Krone unheilvollen Gebrauch zu machen. Und da es geschah, um ihn seinem Verfasser zurückzuerstatten, schien mir dieser Diebstahl nicht so strafbar...«
Fersen zuckte wütend die Schultern.
»Jetzt sogar ein Prinz! Und ein unbekannter dazu! Wie überzeugend das alles klingt! Ich habe dich erfinderischer gekannt!«
Bemüht, Ruhe zu bewahren, preßte Gilles mit aller Macht die Fäuste zusammen.
»Und ich habe dich intelligenter gekannt! Daß du dich weigerst, deine... ungewöhnlichen Beziehungen zur Königin zuzugeben, Beziehungen, die ebenso die königliche Majestät wie die Ehre eines Mannes beleidigen, der dich mit Wohlwollen überhäuft hat... und es noch immer tut, nach dem dir gewährten Geschenk zu schließen, das dir erlauben soll, Royal-Suédois zu kaufen... daß du, sagte ich, dich weigerst, sie zuzugeben, ist schließlich natürlich. Man gibt derlei Dinge nicht zu, selbst nicht einem Freund gegenüber! Aber ich dachte, du würdest verstehen, warum ich hierhergekommen bin. Was ich getan habe, tat ich aus Freundschaft, aus Dankbarkeit für alles, was ich dir schulde... und auch aus Pflicht gegenüber dem König. Also antworte mir: Willst du – ja oder nein – alles anhören,

was ich dir zu sagen habe und auf dieses Rendezvous verzichten, das ein Wahnsinn wäre?«

»Nein! Hundertmal nein! Ich will kein Wort mehr darüber hören!« brüllte Fersen, rasend vor Wut, blind durch den Zorn, den die nur allzu zutreffenden Worte des jungen Mannes in ihm auslösten. »Und ich will dich kein einziges Mal mehr einen Namen aussprechen hören, der allzu heilig ist, um von einem verdammten Bastard in den Mund genommen zu werden!«

Tournemines Faust schnellte wie katapultiert voll ins Gesicht des Schweden, der mit einem dumpfen Laut zusammensackte, und das im selben Moment, in dem die sich öffnende Tür die erlesenste aller Modegravüren eintreten ließ...

Aufs eleganteste mit einem Frack englischen Schnitts aus fein blau und grau gestreiftem Stoff, grauen Hosen und gestreiften Seidenstrümpfen passend zum Kostüm bekleidet, dessen hoher Kragen die kunstvoll geknüpfte Krawatte aus weißem Musselin umrahmte, mit makellosen Manschetten aus plissiertem Batist, wie ein Palast von seinem Giebel von einem großen schwarzen, vorn und hinten hochgeschlagenen Hut gekrönt, zwischen in Handschuhen steckenden Fingerspitzen einen langen Ebenholzstock mit goldenem Knauf, mit dessen Hilfe er die schlecht geschlossene Tür aufgestoßen hatte, vollzog Armand de Gontaut-Biron, Herzog von Lauzun, einen Auftritt, der auf seine Weise gleichfalls ein Kunstwerk war, dessen Würde jedoch einigen Schaden litt, als der Schwede ihm praktisch auf die Füße stürzte.

Er betrachtete ihn einen Moment, befreite seine hocheleganten Schuhe mit Silberschnallen und wandte seine Aufmerksamkeit sodann dem anderen Besucher zu, der damit beschäftigt war, seine durch die Heftigkeit der Bewegung ein wenig in Unordnung geratene Uniform wieder zurechtzuziehen.

»Sieht ganz so aus, als ob ich störe, he?« bemerkte er in einem affektierten Ton, der ebenfalls gerade in Mode gekommen war. »Bin beglückt, Euch wiederzusehen, Tournemine... und Euch in diesem Gefieder wiederzusehen! Leutnant der Leibgarde, wie? Und man sagt, Ihr steht beim König sehr in Gunst... Eine schöne Beförderung immerhin! Eure Karriere läßt sich glänzend an.«

»Neuigkeiten verbreiten sich schnell, wie es scheint«, murmelte Gilles, dem Lauzuns Erscheinen in einem so delikaten Moment keinerlei Vergnügen bereitete. Doch fiel sein Gruß deswegen nicht weniger höflich aus, während der andere mit gezierter Bewegung eine kleine Lorgnette aus vergoldetem Silber aus seinem weißseidenen Gilet zog und sich auf die Nase setzte, bevor er seine hohe Gestalt über den noch immer bewußtlosen Axel neigte.

»Hm! Gute Arbeit! Tadellose Technik! Die große Tradition des Marquis de Queensberry, wie? Ich wußte gar nicht, daß Ihr sie praktiziert, aber unterbrecht mich, wenn ich mich irre – sollte die schöne Freundschaft, an der sich das ganze Expeditionskorps erbaute, einigen Schaden erlitten haben?«

»Was könnte Euch dergleichen vermuten lassen?«

»Teufel! Wenn ich Castor Pollux boxen sehe, stelle ich mir Fragen...«

»Ihr irrt«, sagte Gilles ernst. »Ich zeigte unserem Freund nur einen Schlag, dessen ich mich oft bediente, als wir unter General Washington kämpften. Ich habe offensichtlich ein wenig zu stark zugeschlagen.«

»Ein wenig? Verflucht noch eins! Ich werde Euch nie um Unterricht bitten, mein Freund. Aber was macht Ihr da jetzt?« fügte er hinzu, als er sah, daß Gilles sich bückte, Fersen aufhob und zu seinem Bett trug, ohne daß es ihm sonderlich Mühe zu kosten schien.

»Wie Ihr seht, versetze ich ihn für den Empfang eines Besuchers Eures hohen Ranges nur in eine würdigere Lage, mein lieber Herzog.«

Lauzun zuckte die Schultern, ließ sich in den von Tournemine verlassenen Sessel sinken und begann, mit dem Ende seines Stocks leicht gegen die roten Absätze seiner Schuhe zu klopfen.

»Bah! Die Lage Monsieur de Fersens genierte mich in keiner Weise, denn, um Euch nichts zu verbergen, ich bin gekommen, um Rechenschaft von ihm zu fordern und ihm eine gemeinsame Spazierfahrt zu einem gewissen grünen, ruhigen und schattigen Ort vorzuschlagen, den ich gut kenne.«

Tournemines Brauen hoben sich in die Stirn, und er verschränkte die Arme über der Brust.

»Ein Duell? Wie das? Ohne Zeugen, ohne Streit? Ich möchte fast sagen: heimlich?«

»Was wollt Ihr, es gibt Fälle, in denen größere Öffentlichkeit nicht geschmackvoll wäre. Das macht es mir nicht weniger schwierig, zuzugeben, daß Euer Freund gestern im Club de Valois geäußert hat, er halte mich für einen Lügner.«

»Das ist in der Tat schwierig, aber wenn die Beleidigung öffentlich gefallen ist, begreife ich nicht, warum Ihr die Heimlichkeit wählt, um ihre Wiedergutmachung zu fordern.«

»So heimlich ist es nun auch wieder nicht, denn Ihr seid ja da. Ihr werdet uns als Zeuge dienen, lieber Freund. Ich füge hinzu, daß ich dennoch auf Geheimhaltung bestehe. Es ist unendlich viel besser, wenn der Gegenstand des Streites eine Dame eines gewissen Ranges ist, der sie normalerweise vor dieser Art Abenteuer schützen sollte!«

Von dem unangenehmen Vorgefühl ergriffen, daß es sich einmal mehr um die Königin handelte, runzelte der Chevalier die Stirn. Hatte Noailles ihm nicht am Abend zuvor anvertraut, daß Lauzun der Aufenthalt in Versailles verboten sei, weil er Marie-Antoinette den Hof gemacht und sich des Erfolgs besagten Hofierens auch noch gerühmt habe? Falls solches Gerücht Fersen zu Ohren gekommen war, hatte der Schwede gar nicht anders reagieren können, als Streit mit einem Mann zu suchen, der in seinen Augen nur ein unerträglicher Aufschneider sein konnte. Aber wenn sich Lauzun, der zu Recht oder Unrecht als einstiger Geliebter der Königin galt, und Fersen, der große Chancen hatte, ihr jetziger Liebhaber zu sein, in einem Duell gegenüberstanden, bestand die Gefahr, daß die Ehre der Souveränin für immer beschmutzt daraus hervorginge. Und das Duell würde, so wie die Dinge nun einmal standen, nur den giftigen Pamphletisten Freude bereiten, von denen es in Paris wimmelte. Es sei denn, daß ... Ja, es gab ein Mittel, ein einziges, die Begegnung der beiden Männer vor der Abreise Fersens zu verhindern. Obwohl auch dieses Mittel nicht unfehlbar war, doch Gilles hatte keine Wahl ...

»Mein lieber Herzog«, sagte er gelassen, »Ihr werdet begreifen, daß ich, wenn ich Zeuge sein soll, einziger Zeuge eines Treffens, dies nur annehmen kann, wenn ich über den Anlaß der Streitigkeit unterrichtet werde. Warum behauptet Fersen also, daß Ihr ein Lügner seid?«

Lauzun brach in ein Gelächter aus, dessen Ton dem Chevalier mißfiel.

»Weil in seinen Augen jeder ein Lügner ist, der eine Wahrheit vorbringt, die ihm nicht paßt.«

Fersen rührte sich auf dem Bett und stieß ein Stöhnen aus, das seine baldige Rückkehr ins Bewußtsein ankündigte, was Tournemines Plan ernstlich gestört hätte, weshalb er den Schweden mit einem wohlbemessenen Schlag wieder ins Land der Träume zurückschickte.

»Ah...! Was macht Ihr da?« rief Lauzun, der sein Tun erstaunt verfolgt hatte.

»Ich sorge dafür, daß er sich nicht in unser Gespräch mischt«, erwiderte der Chevalier ruhig, seine leicht schmerzende Mittelhand massierend. »Wir waren gerade bei einer ›Wahrheit, die ihm nicht paßt...‹ Werdet Ihr mir anvertrauen, was das für eine Wahrheit ist?«

Nun war Lauzun an der Reihe, die Stirn zu runzeln.

»Findet Ihr nicht, daß Ihr es ein wenig weit treibt, Tournemine? Dies ähnelt einem Verhör!«

»Dennoch ist es keins. Ich will Euch lediglich nötigen, einen Namen auszusprechen... einen Namen, den ich übrigens schon kenne, den ich aber bestätigt hören möchte: den der fraglichen Dame.«

Das Gelächter des Herzogs enthüllte tadellose Zähne, die jedoch spitz wie die eines Wolfs waren.

»Warum habt Ihr das nicht früher gesagt, mein Freund?« seufzte er. »Ich sehe nicht, warum ich vor Euch ein Geheimnis aus einem Namen machen sollte, den im Club de Valois alle hören konnten. Ich habe gesagt, bevor Königin Marie-Antoinette in Fersens Arme gefallen sei, habe sie in meinen gelegen. Und diese Wahrheit ist es, die mißfiel.«

»Und die auch mir mißfällt! Ihr seid, Herr Herzog von Lauzun, der infamste Lügner dieses Planeten!«

Der andere sprang von seinem Sessel auf, als habe ihn eine Wespe gestochen.

»Verliert Ihr den Verstand, Chevalier? Ich glaubte, wir seien Freunde...«
»Vielleicht, weil ich noch Euer Freund bin, werden wir uns schlagen. Ein Duell zwischen Euch und Monsieur de Fersen wäre von fatalster Wirkung für den Ruf der königlichen Person, der mein Leben gehört!«
»Wahrhaftig?... Ihr habt Euch also auch in das Regiment der in die Königin Verliebten eingereiht? Ich hätte es wissen müssen.«
»Nein, Monsieur, aber ich bin, wie Ihr richtig bemerkt habt, Leutnant der Leibgarde. Ich diene dem König, Monsieur de Lauzun, Eurem König! Dem Gatten jener Frau, deren Ruf Ihr durch einen Schmutz zieht, der bis zur Krone aufspritzen könnte. Das ist der Grund, warum ich Euch außerstande setzen werde, Schaden anzurichten, wenigstens hoffe ich's.«
Lauzun zuckte die Schultern und trat vor einen Spiegel, um sich des perfekten Sitzes seiner Krawatte zu versichern.
»Es sei denn, ich tötete Euch, was Eure künftige schöne Karriere noch in der Eierschale zerbrechen... und an der Situation nichts ändern würde, denn kaum wärt Ihr tot, würde ich mir ein Vergnügen daraus machen, Euren schwedischen Krautjunker aufzuspießen, um ihn zu lehren, einen Biron Lügner zu nennen!«
»Das ist ein Risiko, das ich auf mich nehmen muß, und ich schätze, daß es der Mühe wert ist. Wann wünscht Ihr diese Angelegenheit zu regeln?«
»Wenn Ihr nichts dagegen habt, sofort! Mein Wagen ist unten und kann uns zu einem sehr ruhigen Ort bringen. Es sei denn, Ihr wünscht, daß wir uns zuerst auf die Suche nach jenen Zeugen machen, die Euch so sehr am Herzen zu liegen scheinen.«
»Unnötig! Ich wollte Euch bitten, es so schnell und diskret wie möglich zu erledigen. Was Euren Wagen betrifft, wäre ich höchst entzückt, mit Euch zu fahren, wenn Ihr mir gütigst einen Platz einräumen wollt...«
Bei Verlassen des Zimmers fand Tournemine Sven im Flur und erwiderte den fragenden Blick des Schweden mit einem Lächeln.
»Euer Herr benötigt Euch«, sagte er auf englisch, da Sven kein Französisch verstand. »Geht zu ihm und pflegt ihn... und seid nicht

allzu überrascht, wenn Ihr eine Veränderung der Farbe rings um sein linkes Auge feststellt.«

Eine halbe Stunde später rollte Lauzuns Wagen unter die schattenspendenden Baumkronen des Bois de Boulogne. Es war ideales Wetter, sonnig, doch nicht zu heiß, und über dem buschigen Laubwerk der Bäume war der Himmel von einem so tiefen Blau, daß die wenigen kleinen Federwolken, die sich in diese Bläue verirrt hatten, nur dazusein schienen, um sie voll zur Geltung zu bringen.

In der Nähe des Croix Catelan ließ Lauzun den Wagen halten und befahl seinem Kutscher, auf sie zu warten. Die beiden Männer zogen es vor, zu Fuß bis zu einer kleinen Lichtung weiterzugehen, die, wie der Herzog behauptete, für die Art Konversation, die sie vorhatten und die sie nicht unter den Augen eines Dieners, so ergeben er auch sein mochte, zu führen wünschten, überaus geeignet sei. Aber da der Wagen dazu dienen mußte, wenigstens denjenigen der beiden abzutransportieren, der sich nicht mehr auf den Beinen würde halten können, war es besser, ihn nicht allzu weit zurückzulassen.

Zwei Minuten später standen sie inmitten eines grasigen Rechtecks, trocken und, was den Boden betraf, hart genug, um nicht zum Verräter zu werden, einander gegenüber. Der elegante gestreifte Frack und der blaue, silberbetresste Uniformrock flogen gleichzeitig ins Gras, die Kopfbedeckungen folgten, und als wirkten sie mit in einem genau geregelten Ballett, grüßten sich die Gegner mit den Degen und nahmen zur selben Sekunde Verteidigungsstellung ein.

Die ersten Ausfälle erfolgten blitzschnell und stumm. Lauzun schlug sich mit einer gewissen Lässigkeit wie jemand, der seines Talents ein wenig zu sicher ist, Gilles mit der Übereiltheit eines Mannes, der anderes zu tun hat, doch eben diese Eile wäre ihm fast schlecht bekommen, denn der Degen seines Gegners verfehlte seine Brust nur um eine Winzigkeit.

»Der berühmte Falke hätte fast an einem Bratspieß geendet!« spottete Lauzun.

»Der Spieß, an dem er braten wird, ist noch nicht geschmiedet... aber ich habe nichts dagegen, meine Fehler einzugestehen. Allzuviel Hast schadet nur!«

»Bah! Das ist eine Jugendsünde! Es wird vorübergehen.«

»Es ist vorüber.«
Sich zur Ruhe zwingend, begann Gilles das Spiel seines Gegners kühl zu studieren und bemerkte bald, daß es ein wenig zu akademisch war, um wirksam zu sein. Zudem nagte das bewegte Leben, das Lauzun führte, nagten der Wein und die Frauen an seiner Stehfähigkeit, und Gilles überzeugte sich davon, indem er jäh den Degen des anderen band und mit einem kraftvoll peitschenden Schlag zehn Schritte weit aus dessen Hand springen ließ.
»Teufel!« knurrte Lauzun. »Ihr seid gefährlicher, als ich glaubte! Ich bin entwaffnet.«
»Hebt Euren Degen nur auf, Herr Herzog, wir sind noch nicht miteinander fertig!«
Der Kampf begann von neuem, konzentrierter jetzt, auch verbissener. Doch während Lauzun sichtlich nervös wurde, wirkte Tournemine, je länger das Duell währte, desto kühler. Bald begnügte er sich damit, Lauzuns Attacken nur zu parieren, und das so methodisch und präzise, als befände er sich auf dem Fechtboden. Lauzun bemerkte es.
»Zum Teufel, Monsieur! Was für ein Spiel spielt Ihr? Wollt Ihr mich schonen?«
»Glaubt das nicht... Seht!«
Ein schnelles Lösen von der Klinge des Gegners, ein noch schnellerer Ausfall, und der an den Rippen der Herzogs entlanggleitende Degen riß eine blutige Furche in den feinen Batist seines Hemdes.
Lauzun taumelte, die Waffe entfiel seiner Hand, und er wäre gestürzt, wenn der hinzuspringende Gilles ihn nicht in seinen Armen aufgefangen hätte.
»Habe ich Euch ernstlich verletzt?«
»Ich glaube nicht«, erwiderte Lauzun mit einem erzwungenen Lächeln. »Aber seid so liebenswürdig, mich zum Wagen zurückzubringen. Ich fühle mich nicht gut.«
Von jäher Schwäche übermannt, wurde er wirklich ohnmächtig, und der besorgte Chevalier, der seinen Gegner nur leicht hatte treffen wollen, legte ihn so sanft wie möglich ins Gras, um sich über die Verletzung klarzuwerden und zu sehen, ob er erste Hilfe bringen könne, wie er es bei der Armee gelernt hatte.

Ziemlich viel Blut floß aus der Wunde. Um zu versuchen, es zum Stillstand zu bringen, zerriß er das ohnehin blutige Hemd, verfertigte einen dicken Bausch, den er auflegte und mit Hilfe seines Degenkoppels befestigte. Dabei verfluchte er Lauzuns illusorische Vorsichtsmaßnahme, den Wagen zurückzulassen, als ob der Kutscher auch nur den leisesten Zweifel hätte haben können, was zwei bewaffnete und während der Hinfahrt ein wenig zu höflich miteinander umgehende Männer unter den Bäumen anstellen würden. Allerdings hätte der Wagen den sie abschirmenden Vorhang von Bäumen und Buschwerk nicht durchqueren können, aber der Kutscher wäre immerhin ein brauchbarer Helfer beim Rücktransport seines Herrn gewesen. Jetzt blieb ihm nur übrig, allein den Verwundeten zu tragen.

Seiner Kraft vertrauend, hatte er schon beschlossen, ihn sich auf die Schulter zu laden, als sich hinter seinem Rücken eine höfliche Stimme hören ließ:

»Es wäre besser, die Lage dieses Mannes nicht zu verändern, bevor man weiß, ob er ernstlich verletzt ist. Kann ich ihn untersuchen?«

Als mit der Milch der Legenden genährter guter Bretone glaubte Gilles einen Moment, ein Waldgeist sei aus dem Unterholz aufgetaucht, um ihm zu Hilfe zu kommen. Der Mann vor ihm war eine Art Gnom mit dürren Beinchen und schmächtigem Oberkörper, überragt von einem riesigen Kopf mit einem Gesicht, das auch nicht geglückter war: bleifarbener Teint, zerquetschte Nase über einem leicht verzerrten Mund, gelbe, graugefleckte Augen, deren Blick ziemlich erschreckend war; doch diese Häßlichkeit war voller Intelligenz, und die ernste, tiefe und musikalische Stimme besaß einen seltsamen Charme.

»Nur zu, Monsieur!« murmelte der junge Mann. »Seid Ihr Arzt?«

»Ich habe an der Universität von Edinburgh promoviert.«

»Ihr seid also Schotte?« fragte Gilles auf englisch. »Dabei sprecht Ihr ohne Akzent.«

Der kleine Mann, der sich neben Lauzun gekniet hatte, um den provisorischen Verband abzunehmen und sich die Wunde anzusehen, wandte sich mit einem halben Lächeln zu ihm um, das ihn auch nicht verschönte.

»Ich wußte nicht, daß man bei den Herren Leibgardisten die Sprachen kultiviert«, antwortete er ebenfalls auf englisch. »Ihre Bildung geht im allgemeinen nicht so weit.«
»Das bedeutet nicht, daß es mit meiner sehr viel besser stünde. Ich habe Englisch schon als Kind gelernt. Die Zeit in Amerika hat den Rest besorgt.«
»Ah! Ihr habt dort drüben für die Freiheit eines Volks gekämpft und seid nun dabei, Euch untereinander zu schlagen? Die Menschheit kommt entschieden über die Stufe der Raupe nicht hinaus, sie wird nie Flügel haben. Und doch sollte die Liebe zur Brüderlichkeit der zur Freiheit folgen...«
Der merkwürdige gelbe Blick, der ihn an den einer Katze oder eines Tigers erinnerte, musterte Tournemine mit einer Art von Sympathie. Während der Mann sprach, hatten seine übrigens schönen und gepflegten Hände ihre Arbeit getan und nach erfolgter Untersuchung den Verband wieder angelegt. Nur das Degenkoppel ersetzte er durch seine eigene Krawatte und gab es seinem Eigentümer zurück.
»Es wird nichts Ernstes sein. Zwei oder drei Wochen Bettruhe, und es wird nichts mehr davon bleiben. Der Degen ist unglücklicherweise an den Rippen abgeglitten.«
Tournemine glaubte, schlecht gehört zu haben.
»Unglücklicherweise? Ihr habt Euch wohl versprochen?«
»Keineswegs! Ich weigere mich zu glauben, daß es ein Verlust für die Menschheit wäre, wenn Monsieur de Lauzun von der Oberfläche der Erde verschwände.«
«Wie? Ihr wißt, wer es ist?«
»Alle Welt kennt Monsieur de Lauzun«, erklärte der seltsame Arzt, spöttisch lachend. »Er ist geräuschvoll und ausschweifend genug dafür! Er und seinesgleichen sind das Unkraut, das das gute Korn, das Volk, erstickt und zerstört, das Volk, diesen kranken Giganten, der besser atmen würde, wenn man ihn davon befreite!«
Der zugleich bittere und höhnische Ton des kleinen Mannes berührte Chevalier. Er murmelte:
»Ihr... haßt ihn ja!«
»Ich? Ich hasse niemand, Monsieur, meine Kunst untersagt es mir!

Zum Beweis: Laßt diesen Mann ein paar Tropfen hiervon nehmen, wenn Ihr ihn wieder in seinem Wagen habt«, fügte er hinzu, indem er ein mit einer dunklen Flüssigkeit gefülltes kleines Fläschchen aus der Tasche zog. »Er wird sich danach besser fühlen. Aber... wenn ich eines Tages aufhörte, Arzt zu sein, dann, ja... ich glaube, daß ich sehr gut zu hassen wissen würde!«

»Aufhören, Arzt zu sein? Wie ist das möglich? Habt Ihr nicht Euer Leben dem Dienst an der Menschheit geweiht, von der Ihr so gut zu sprechen wißt?«

»Wer sagt Euch, daß ich mich davon abwenden will? Im Gegenteil, ich glaube, daß ich mich mehr noch als jetzt mit ihr beschäftigen würde, nur anders! Seht Ihr, Monsieur, es gibt nicht nur den Körper, den man beim Menschen pflegen kann. Es gibt auch den Geist, und der Geist dieser Zeit ist sehr krank... Nun, wenn Ihr mir helfen wollt, werden wir Euren Verletzten jetzt zum Wagen bringen. Danach kehre ich zu meiner Arbeit zurück.«

»Ihr arbeitet hier in diesem Wald?«

»Ich stelle hier Fallen auf, um mir die Tiere zu verschaffen, die ich für meine Experimente zur Erforschung der Elektrizität brauche. Bis vor kurzem, müßt Ihr wissen, war ich Arzt der Leibgarde des Grafen d'Artois, aber da meine Arbeiten den Herren der Akademie nicht gefielen, nahm man mir den Posten, und meine Finanzen spüren das...«

Sobald Lauzun unter dem übrigens völlig gleichgültigen Blick des Kutschers in seinem Wagen untergebracht war, ließ Gilles ihn ein paar Tropfen aus dem braunen Fläschchen schlucken und wollte sie dann dem Arzt zurückgeben, doch der lehnte ab:

»Meiner Treu, nein! Ihr könntet sie noch brauchen, denn Ihr scheint mir sehr geschickt mit dem Degen umzugehen.«

»Dann erlaubt mir wenigstens, Euch zu entschädigen«, sagte Gilles mit einem Griff zu seinem Gilet, »und Euch für Eure Bemühung zu danken.«

»Laßt! Es ist nicht der Mühe wert. Was Euren Dank betrifft... nun, besucht mich eines Tages. Nichts macht mir größere Freude als ein gutes Gespräch mit meinesgleichen, und dieses Vergnügen fehlt mir sehr, seitdem ich kein Arzt wie die andern mehr bin. Ich wohne Rue

du Vieux-Colombier, im Viertel Saint-Germain-des-Près, Nummer 47...«
»Gut, Monsieur! Ich werde Euch in den nächsten Tagen dieses Vergnügen verschaffen«, erwiderte Gilles und verbeugte sich leicht. »Aber sagt Ihr mir noch, nach wem ich fragen soll?«
Der kleine Mann schien plötzlich um eine Handbreit zu wachsen.
»Ich bin Doktor Jean-Paul de Marat[1], in der Schweiz geborener letzter Nachkömmling einer illustren spanischen Familie«, erklärte er mit einem Pathos, der bei einem weniger dramatischen Gesicht als dem seinen zum Lächeln gereizt hätte. »Ganz zu Euren Diensten!«
Er grüßte seinerseits und verschwand flink wie ein Frettchen im Unterholz des Waldes. Gilles sah ihm einen Moment nach, dann stieg er in den Wagen, in dem Lauzun allmählich wieder zu sich kam, und wandte sich kurz dem Kutscher zu.
»Fahr deinen Herrn schnell ins Hôtel Biron zurück«, sagte er ihm. »Mich kannst du am Schlagbaum absetzen.«
»Ich kann Euch ebensogut zum Hotel d'York bringen, Herr Offizier, da Ihr dort Euer Pferd gelassen habt.«
»Danke. Aber tu, was ich dir sage. Dein Herr braucht dringend Pflege. Eine Droschke wird mir den gleichen Dienst tun.«
Während der Wagen die hübsche Straße längs des Seineufers entlangrollte, die Landschaft hinter den Scheiben vorüberglitt und der Verletzte unter dem Einfluß der von dem seltsamen Arzt verabreichten Mixtur in wohltätigen Schlaf versank, erlaubte sich Gilles einige Momente der Entspannung. Er war zufrieden, die schlimmsten Möglichkeiten fürs erste abgewendet zu haben, denn er konnte nun sicher sein, daß Lauzun sich nicht mit Fersen vor dessen Abreise nach Schweden duellieren würde, und andererseits war es wenig wahrscheinlich, daß der letztere, falls seine Warnung nicht gewirkt hatte und der erste Anfall schlechter Laune vorbei war, es wagen könnte, sich geschmückt mit einem blauen Auge und einem geschwollenen Kinn zu einem Liebesrendezvous, noch dazu mit

[1] Solange er ein beliebter Arzt war, führte Marat das Adelsprädikat und trug einen Siegelring mit Wappen.

einer Königin, zu begeben. Und als der Kutscher ihn großzügigerweise erst jenseits der Brücke Ludwigs XVI. absetzte, stellte der junge Mann fest, daß es fast zwei Uhr war und daß er großen Hunger hatte, worauf er beschloß, sich zunächst ein gutes Mittagsmahl zu gönnen, bevor er den zweiten Teil seines Tagesprogramms in Angriff nahm: die Angelegenheiten Maria-Cayetanas und seine eigenen.

Durch Jean de Batz kannte er einige der besten Tafeln von Paris. Unter diesen schätzte Tournemine besonders die des Sieur Hue in der Passage des Petits-Pères, wo man in einem schönen, blumengeschmückten, etwa achtzig Personen fassenden Salon wundervolle Krebse und ein jedes Lobes würdiges Aalragout bekam. So begab er sich schleunigst zum Hôtel d'York, um Merlin zu holen, und ritt sodann über die Seine zurück, diesmal über den Pont-Neuf, und in die Gegend des Palais-Royal, das die vom Herzog von Orléans beschlossene Errichtung der neuen Galerien in einen riesigen, bei trockenem Wetter staubigen, bei Regen entsetzlich schlammigen Bauplatz verwandelte.

An diesem Tage neigte das Wetter zum Staub, und Gilles fühlte seine Kehle wie mit grobem Wollstoff tapeziert, als er das mit Karossen, Kabriolets, Pferden und Tragstühlen vollgestopfte Gäßchen erreichte, in dem das hübsch gemalte, golden schimmernde Schild des Sieur Hue schaukelte und verkündete, daß man sich hier bei dem besten Gastronomen von Paris befinde. Die Düfte, die die Luft erfüllten, hätten mit ihrem Versprechen von Köstlichkeiten einen Toten erwecken können.

Unter seinem piekfeinen Deckengetäfel war das berühmte Restaurant stark besetzt: elegante Herren, die zu den vornehmsten Kreisen der Hauptstadt zählten, Richter, Finanzleute, auch Offiziere, oft begleitet von immer hübschen und sehr aufgemachten Frauen, deren ein wenig zu reichlicher Putz allerdings deutlich die Profession der meisten von ihnen verriet. Einige waren sogar allein und schienen einen Begleiter zu suchen. Die wenigen Damen von Welt, die sich unter sie mischten, gehörten zweifellos zu denen, die sich von Vorurteilen frei wähnten und es originell fanden, mit ausgehaltenen Mädchen in Berührung zu kommen.

In einem Geraschel von flohfarbenem Taft wie eine geschäftige

Hummel zwischen den Tafelnden dahinflatternd, geleitete Monsieur Hue persönlich den neuen Ankömmling in den Hintergrund des Raums, wobei er sich wortreich entschuldigte, ihn an einen schon besetzten Tisch verweisen zu müssen. Es war ein mit weißem Linnen gedeckter und mit artigen Margueriten geschmückter Tisch, an dem ein stämmiger junger Mann in der kleinen Ausgehuniform eines Offiziers der Hundertschweizer, sehr ähnlich der von Gilles getragenen, nur daß die Tressen des Schweizers goldgewirkt statt silbern waren, damit beschäftigt war, methodisch eine Pyramide von Krebsen zu vertilgen, hinter der sich eine Schwadron hätte verstekken können.

»Ich dachte mir, daß es die Herren vom königlichen Hofstaat nicht allzusehr verstimmen würde, miteinander zu dinieren«, murmelte Hue, nachdem er den guten Klienten übertrieben höflich gegrüßt hatte. »Es fehlt mir scheußlich an Platz, und die wenigen noch freien Tische sind bestellt. Wirklich, es tut mir entsetzlich leid...«

»Wirklich, das braucht es nicht! Ich fühle mich sehr geehrt...«

Der Krebsesser hatte mit einem nußfarbenen Blick über den seinen Teller füllenden Berg von Resten hinweg festgestellt, wer ihm da zugeführt wurde, und diese freundlichen Willkommensworte mit einem Akzent geäußert, der das Licht der Welt in den nördlichen Kantonen Helvetiens erblickt haben mußte. Danach legte er seine Serviette beiseite, erhob sich zu einer Länge, die es mit Gilles' aufnehmen konnte, aber in doppelter Fülle, schlug die Hacken zusammen und fügte mit einer tiefen Stimme, die fast dumpf zu nennen war, hinzu:

»Baron Ulrich-Ernst-August-Friedrich von Winkelried zu Winkelried. Ich bitte Euch, nehmt Platz!«

Gilles stellte sich seinerseits vor, setzte sich dem Schweizer gegenüber, und während dieser die sorgsame Erforschung seiner Pyramide wieder aufnahm, begann er die prächtig auf ein dickes Papier mit Goldfädchen kalligraphierte Karte zu studieren.

»Nehmt die Krebse!« empfahl Winkelried liebenswürdig. »Sie sind eine Wonne!«

Tournemine dankte ihm mit einem Lächeln und bestellte in der Tat Krebse, ein Aalragout und einen Wein aus Chablis. Sein Nachbar

nutzte die Gelegenheit, um eine weitere Pyramide zu erbitten, denn die seine hatte nicht wieder gutzumachende Schäden erlitten, und er hatte Lust, noch einige zu verspeisen. Indessen hatte sich das Restaurant bis auf den letzten Platz gefüllt. Die Luft war schwer von den Gerüchen der Speisen, vom Summen der Gespräche, und Monsieur Hue konnte seinen Blick befriedigt über einen Saal schweifen lassen, der eine Anzahl Pariser Persönlichkeiten in seinen Mauern vereinte: den Marquis Ducret, Bruder der berühmten Madame de Genlis, »Erzieherin« der Kinder des Herzogs von Chartres, den Herzog d'Aiguillon, den ebenso scheußlichen wie lauten Marquis de Mirabeau, den Generalkommissär bei der Staatskanzlei von Orléans, Brissot, den Advokaten Pétion de Villeneuve, den Staatsrat d'Eprémesnil, Dr. Charles, den berühmten Physiker, dessen Vorlesungen über Elektrizität im Louvre die elegante Welt anlockten, und schließlich die allseits bekannten Brüder Robert, die Konstrukteure der Montgolfieren, deren Werkstätten an der Place des Victoires unmittelbar benachbart waren.
Alle Gespräche – Gilles brauchte nicht erst die Ohren zu spitzen, um es festzustellen – drehten sich eben um den letztgeborenen dieser gigantischen Ballons, deren Taten die Pariser begeisterten, eine »Caroline« genannte Montgolfiere, deren Kuppel aus blauem und goldenem gummiertem Taft schon über die benachbarten Dächer schwoll und der die ganz besondere Ehre zuteil werden sollte, am kommenden 3. Juli den eigenen Vetter des Königs, Herzog Philippe von Chartres, samt den Brüdern Robert in die Lüfte zu tragen. Die einen meinten, der Prinz gehe da einem Triumph entgegen, der die Katastrophe von Ouessant in Vergessenheit geraten lassen würde, die anderen, an ihrer Spitze Dr. Charles, daß die technischen Neuheiten der Apparatur keine ausreichende Stabilität verbürgten und der Herzog bei diesem Abenteuer schlicht sein Leben riskiere.
Jäh wurde das Stimmengewirr unterbrochen, um alsbald von neuem einzusetzen, verstärkt zu einer Art Ovation für ein bemerkenswertes Paar, das die Schwelle des Restaurants überschritten hatte. Er, sehr groß, sehr elegant trotz beginnenden Fettansatzes, in einem grauen und gelben Habit nach letzter Londoner Mode, hatte hübsche blaue Augen und ein Gesicht, das verführerisch gewesen wäre, hätte es

nicht infolge unreinen Blutes gerötet und picklig gewirkt. Sie, klein und braunhaarig mit einem warmen Elfenbeinteint und orientalischen Augen, sehr gut gebaut noch obendrein, gehörte sichtlich zur besten Aristokratie. In ihrem Kleid aus weißem Musselin und unter ihrem breitkrempigen, seitwärts durch ein Sträußchen weißer Blumen hochgebogenen Strohhut schien sie wie aus einem Gemälde von Gainsborough oder Lawrence herabgestiegen, doch ihr Blick, der ein wenig skeptische Ausdruck ihrer zarten Lippen widersprachen dem allzu betont Jungfräulichen ihrer Toilette. Diese Frau wirkte wie ein junges Mädchen, doch sie war bestimmt keins.
In der Tat war die ebenso berühmte wie von der vornehmen Pariser Jugend umschmeichelte, bei Hof jedoch schlecht angesehene und kaum noch empfangene Baronin Aglaé d'Hunolstein zweifellos eine der hübschesten Frauen Frankreichs, aber sicherlich auch eine der verrufensten. Selbst die hohe Stellung ihres Vaters, des Marquis de Barbantane, Botschafter Frankreichs beim Großherzog der Toskana, und ihrer Mutter, Erzieherin der Prinzessin Louise-Bathilde von Orléans, vermochte ihren Ruf nicht mehr zu retten, und Madame de Barbantane hatte eine höfliche Ablehnung hinnehmen müssen, als sie ihre älteste Tochter für den Posten einer Hofdame vorgeschlagen hatte, nachdem ihre Schülerin Herzogin von Bourbon geworden war.
Die schöne Aglaé hatte dieser Mißerfolg nicht sonderlich berührt: Der Posten einer Hofdame brachte allzu mühselige Verpflichtungen mit sich, und sie schätzte das unabhängige Leben, das sie führte, denn als Tochter der heißen Provence bewahrte sie unter ihrer zarten Haut und in ihrem Blut die glühende Sonne ihrer Heimat, und ihre Liebhaber waren nicht mehr zu zählen. So hatte auch der seit langem in sie verschossene La Fayette schließlich in ihren Armen die süßeste und duftendste aller dem geliebten Helden der Völker geschuldeten Belohnungen gefunden.
Aber deswegen hatte er noch lange nicht die Vorherrschaft erlangt, denn die Perle dieser schönen Kollektion von Liebhabern war der Mann, der die Baronin an diesem Tage begleitete: der Herzog Philippe von Chartres, den die Tischgäste des Sieur Hue eben so warm empfangen hatten.

Natürlich erhob sich nun die Frage, wer ihm seinen Platz anbieten würde, doch der Blick des Herzogs hatte bereits die Versammlung überflogen und verweilte bei den beiden Offizieren, die, mit ihren Krebsen beschäftigt, seinen Eintritt nicht beachtet hatten.
Ihnen wandte er sich zu.
»Niemand lasse sich stören!« rief er in einem schleppenden, affektierten Ton, den er anzuschlagen liebte, wenn ihm nach boshaften Scherzen zumute war. »Gott verhüte, daß ich einen meiner Freunde verjage, wenn hier brave Diener meines Vetters Ludwig sind, die, wie ich mir vorstelle, nur allzu glücklich sein dürften, einem Prinzen von Geblüt einen Gefallen zu tun. He, ihr Herren vom Hofstaat des Königs, hört Ihr nicht? Ihr seid's, an die ich mich wende!«
So angesprochen, hoben die beiden jungen Männer die Blicke. Winkelried ließ seine Krustentiere im Stich, und Tournemine wandte sich auf seinem Stuhl um.
»Sprecht Ihr mit uns, Monsieur?« fragte er.
»Man sagt Monseigneur«, flüsterte hastig einer seiner nächsten Nachbarn. »Das ist der Herzog von Chartres!«
»Ah!... Danke.«
Darauf erhob er sich höflich und grüßte:
»Entschuldigt gütigst, Monseigneur, aber ich hatte nicht die Ehre, Eure Hoheit zu kennen.«
»Das war nur allzu offenkundig«, spottete Philippe. »Nun, da Ihr mich jetzt kennt, überlaßt uns Euren Tisch! Wir haben großen Hunger!«
Die Verächtlichkeit des Tons war beleidigender, als wenn er aggressiv gewesen wäre. Mit einem raschen Rundblick registrierte der Bretone die schon erheiterten Mienen ringsum. Offensichtlich hatte der Herzog hier nur Freunde, die sich im vorhinein auf die öffentliche Demütigung zweier Diener des Königs freuten. Ihre Gesichter trugen denselben Ausdruck grausamer Erwartung, den er schon in Madrid um die Arena der Plaza Mayor herum gesehen hatte. Aber er war keineswegs geneigt, die Rolle des Stiers zu spielen. Diese verschwörerischen oder offen frondierenden Prinzen begannen ihm gründlich auf die Nerven zu gehen.

»Ich zweifle keinen Moment daran«, erwiderte er gutgelaunt. »Darf ich indessen Eure Hoheit fragen, ob dieses Restaurant ihr gehört?«
»Natürlich nicht! Wofür haltet Ihr mich?«
»Dann duldet, daß wir in aller Ruhe unsere Mahlzeit beenden, Monseigneur. Krebse taugen nichts mehr, wenn sie kalt sind, und es trifft sich, daß auch wir großen Hunger haben. Eure Hoheit wird ohne Mühe zehn angenehmere Tische als diesen finden. Es würde so aussehen, als säße sie hier zur Strafe: Wir sind in einem Winkel!«
Und neuerlich salutierend, schickte er sich an, seinen Platz wieder einzunehmen, um sein Mahl zu beenden, als ein wahrer Sturm der Entrüstung den Saal durchbrauste. Wie ein Mann sprangen sämtliche Gäste auf, alle Münder stießen Schmähungen aus, alle Fäuste reckten sich dem Unverschämten entgegen. Einige zückten gar ihre Degen, während der arme Hue entsetzt von einem zum andern lief, erfolglos bemüht, die Ruhe wiederherzustellen.
Was den Herzog von Chartres betraf, hatte er, das Gesicht dunkelrot angelaufen, eine wütende Regung nicht unterdrücken können und war schon dabei, sich mit geballten Fäusten auf den jungen Mann zu stürzen. Doch Gilles zog kaltblütig seinen Degen, packte ihn bei der Klinge und bot das Heft dem Prinzen, den er so auf Distanz hielt.
»Ich bin Edelmann, Monseigneur! Benützt diese Waffe und tötet mich... aber schlagt mich nicht! Sonst müßte ich Euch leider den Schlag zurückgeben, und sollte ich dafür von vier Pferden auf der Place de Grève zerrissen werden!«
»Monsieur, ich bitte Euch! Seid gnädig, Monseigneur!«
Blitzschnell hatte sich Madame d'Hunolstein zwischen die beiden Männer geworfen. Sie lächelte nicht mehr, und die Besorgnis, die sich in ihrem hübschen Gesicht widerspiegelte, war nicht vorgetäuscht.
»Ihr wißt beide nicht, was Ihr tut! Ihr, Monseigneur, seid zu impulsiv und zu sehr darauf aus, Streit mit denen zu suchen, die kein anderes Unrecht tun als dort zu dienen, wo Ihr es nicht schätzt. Was Euch betrifft, Monsieur, den ich nicht kenne, solltet Ihr Euch erinnern, daß ein Prinz von Geblüt ein Anrecht auf mehr Respekt und Rücksicht besitzt, als Ihr sie erweist.«

»Man erfährt den Respekt, den man verdient!« murmelte Winkelried, der hinter Gilles' Rücken ebenfalls die Hand an seinen Degen gelegt hatte, bereit, seinen Tischgenossen tatkräftig zu unterstützen.
Die Stimme der jungen Frau hatte den Tumult gedämpft, da niemand ein Wort von dem verlieren wollte, was der Herzog antworten würde, doch es war der Bretone, der als erster das Schweigen brach. Er lächelte der zu, die sich so mutig als Friedensengel betätigt hatte, schob seinen Degen in die Scheide zurück und verneigte sich höflich.
»Ich werde mir nie verzeihen, Madame, so schöne Augen betrübt zu haben, und ich strecke vor Euch die Waffen. Dieser Tisch ist der Eure, und wir wären nur zu glücklich gewesen, ihn wohlverstanden Euch zu überlassen, wenn die Dinge anders verlaufen wären.«
»Natürlich!« stimmte der Schweizer als Echo zu.
Der Herzog hatte sich übrigens beruhigt. Sein Gesicht hatte nach und nach eine normalere Färbung angenommen, während sein blauer, leicht kurzsichtiger Blick sich an den goldenen Adler auf der Brust seines Gegners bis vor wenigen Sekunden heftete.
»Laßt Euch nicht stören, Messieurs, wir gehen! Ihr habt den Krieg in Amerika mitgemacht, wie ich sehe. Monsieur?«
»Ja, Monseigneur.«
»In dieser Eigenschaft... aber nur in dieser Eigenschaft habt Ihr ein Anrecht auf meine Achtung. Im übrigen... wie heißt Ihr beide?«
Tournemine stellte seinen Begleiter und sich selbst vor, nicht ohne sich zu fragen, was der Herzog wohl mit ihren Identitäten anzufangen gedachte, und ob wohl ein geheimer Verhaftungsbefehl in der Luft liege, aber der Prinz begnügte sich mit einem fast liebenswürdigen Nicken, vom Schatten eines Lächelns begleitet.
»Es ist gut. Ich danke Euch. Nun, meine Liebe«, fügte er hinzu, seinen Arm unter den der Baronin schiebend, »da werden wir uns also mit dem Üblichen des Palais-Royal begnügen müssen. Wir kehren heute abend zum Souper zurück, und ich lade diejenigen meiner Freunde, die hier anwesend sind, dazu ein, daran teilzunehmen.«
Diese letzten Worte beschwichtigten die um ihn herum laut werden-

den Proteste und brachten ein Lächeln auf das Antlitz des Wirts zurück, der sich schon in Ungnade gesehen hatte und sich nun tief verneigte, um den Prinzen und seine Begleiterin zu ihrem Wagen zurückzugeleiten.
Der Zwischenfall war abgeschlossen. Über den Tisch hinweg streckte Gilles Ulrich von Winkelried die Hand entgegen, der sie mit Freuden ergriff.
»Danke! Wollt Ihr, daß wir Freunde werden?«
»Ich glaube, ja! Ihr gefallt mir!«
»Ihr mir auch! Was tun wir jetzt?«
Mit einem breiten Lächeln, das ebenso große und weiße Zähne wie die Tasten eines Cembalos enthüllte, erwiderte der Schweizer:
»Wir beenden unser Diner! Ich habe noch ein klein wenig Hunger!«
»Und ich erst! He, Meister Hue! Laßt Euer Aalragout auftragen!«
Doch es stand geschrieben, daß die Leibgardisten des Königs dieses Mahl, das ihnen so schmeckte, nie beenden sollten. Sie waren eben dabei, ihre Gläser zu heben, um ihre neue Freundschaft zu besiegeln, als über das leiser gewordene Stimmengewirr der Gespräche ein Satz an ihre Ohren drang, der sie augenblicks wieder aufspringen ließ.
»Der amerikanische Krieg verleiht nicht alle Rechte, meine ich! Der Herzog hatte unrecht! Wenn er uns hätte handeln lassen, hätten wir den Sbirren des fetten Schweins schon auf gute Art Anstand beigebracht! Es ist wahrhaft unerträglich, daß ein Prinz von Geblüt in seinem eigenen Land nicht einmal die Möglichkeit hat...«
Der Flegel kam nicht bis zum Ende seiner beleidigenden Äußerung. Tournemine, dem es nicht schwerfiel, ihn zu lokalisieren, war schon über ihm, packte ihn an der Kravatte und riß ihn mit unwiderstehlichem Griff von seinem Stuhl, der polternd hinter ihm umfiel.
»Sieh an! Ihr seid das, Monsieur d'Antraigues?« sagte er, das vom Wein schon gerötete Gesicht unter seiner Faust wiedererkennend. »Wenn Ihr Euer Gift nicht auf Königinnen verspritzt, beleidigt Ihr also Könige. Mein Freund Baron de Batz, der Euch an einem gewissen Abend vor der Comédie Italienne so zuvorkommend bediente, hatte Euch dabei empfohlen, in Zukunft auf Eure Zunge zu achten!«

»Laßt mich los!« röchelte der andere. »Ihr erstickt mich!«
»Wirklich? Wenn das die einzige Art ist, Euch zum Schweigen zu bringen, sehe ich nicht ein, warum ich Euch loslassen sollte...«
Die drei Männer am Tisch des Grafen versuchten wohl, ihren Freund zu befreien, doch Winkelried erschien zur Hilfe, und da es anscheinend für seine Kraft keine Grenzen gab, kamen die beiden, die er zunächst aus dem Weg geräumt hatte, erst in der Nähe des Kamins auf dem Boden sitzend wieder zu Atem, und der dritte zappelte wie ein Jahrmarktshampelmann am Ende seines mächtigen Arms.
»Fahrt nur fort, Chevalier«, sagte er gutgelaunt. »Braucht Ihr noch ein wenig Platz?«
»Nicht nötig, mein lieber Baron. Wir beide, Monsieur und ich, werden diese Angelegenheit auf der Gasse regeln. Wir haben hier genug gestört. Zudem ist es der einzige Ort, der dem Geist Monsieurs ganz entspricht.«
Und seinen Gegner halb tragend, halb hinter sich her zerrend, verließ Tournemine das Restaurant inmitten einer wahren Totenstille, von Winkelried gefolgt, der seinen Gefangenen gleichfalls nicht losgelassen hatte.
»Kommt nur, mein kleiner Herr«, sagte er liebenswürdig zu ihm. »Wir werden diesen Messieurs als Zeugen dienen.«
Hinter ihm stürzte die gesamte Belegschaft des Restaurants an die Fenster und zur Tür, um zu sehen, was sich ereignen würde.
Auf der Gasse angelangt, gab der Chevalier Antraigues so gröblich frei, daß er taumelte und gegen ein Wagenrad stürzte, während Tournemine seinen Degen zog.
»Vorwärts, Monsieur, in Deckung! Ich weiß, daß Ihr eine Waffe führen könnt, aber ich hoffe, Euch meinerseits eine Lektion zu erteilen, die Ihr nicht vergessen werdet!«
Halb erstickt vor Wut, wollte der Graf sich aufraffen, doch gelang es ihm nicht, und er sank mit einem Stöhnen zurück.
»Ich kann's nicht! Verdammter Grobian!... Ich glaube, Ihr habt mir ein Bein gebrochen!«
»Wahrhaftig?... Sehen wir's uns an!«
»Berührt mich nicht! Ich verbiete Euch, mich anzufassen, hört Ihr? He, meine Leute! Zu mir... Jeder andere! Aber nicht Ihr!«

»Laßt mich sehen!« mischte der Schweizer sich ein und beugte sich über den Liegenden. »Mit Brüchen kennen wir uns in unseren Bergen aus!«
Seine derbe Hand betastete das schmerzende Bein mit erstaunlicher Zartheit.
»Kein Zweifel, es ist gebrochen«, diagnostizierte er. »Ein Arzt muß her!«
»In diesem Fall«, bemerkte Tournemine und schob seinen Degen in die Scheide zurück, »erkläre ich mich für zufriedengestellt. Die Lektion ist erteilt!«
»Ihr seid es vielleicht, ich nicht! Ich werde Euch finden, Monsieur, ich schwöre Euch, daß ich Euch finden werde!«
»Ich habe nichts dagegen einzuwenden, und Ihr braucht nicht weit zu gehen. Ich bin Leutnant bei der Schottischen Kompanie der Leibgarde. Man findet uns im allgemeinen in Versailles, wenn man sich die Mühe nimmt. Auf Wiedersehen, Monsieur! Aber glaubt mir, folgt dem Rat meines Freundes Batz: Hütet Eure Zunge, sonst wird sie Euch noch einen Streich spielen!«
Und ohne sich weiter um seinen gedemütigten Gegner zu kümmern, der fortfuhr, ihm Beschimpfungen nachzurufen, die seiner Phantasie mehr Ehre machten als seiner guten Erziehung, zog Gilles ein Goldstück aus seiner Westentasche und warf es Hue zu, der mit seinen Kellnern herzugelaufen kam, um den Verletzten aufzulesen.
»Nehmt, mein Freund! Heute sollte ich offenbar nicht von Eurem Aalragout kosten... aber ich komme an einem anderen Tag wieder. Kommt Ihr, Baron? Ich schlage vor, wir beenden unsere Mahlzeit an einem ruhigen Ort, wo wir ein anständiges Diner und zugleich Gäste finden, die sich nur um das kümmern, was auf ihrem Teller liegt.«
»Gern! In der Nähe der Tuilerien habe ich einen Landsmann, bei dem man gut speist. Gut und ruhig!«
Und damit gingen die beiden neuen Freunde Arm in Arm auf der Suche nach einem Hauptgang und ihrem Dessert ruhig davon.

8. Kapitel
... und ein nicht weniger ausgefüllter Abend

Das Haus der Herren Boehmer und Bassange, Juweliere der Königin, 2, Rue de Vendôme, am Rande des umschlossenen Temple-Bezirks und in der Nachbarschaft eines Ballspielhauses, das dem Grafen d'Artois gehörte, ähnelte teils einem Bürgerhaus, teils einem Lagerschuppen, am meisten jedoch einer Art Festung. Die Flügel des Gebäudes umrahmten einen geräumigen Hof, in dem die Karossen der reichen Kunden des Hauses bequem zu wenden vermochten, aber die wie Gefängnispforten mit Eisen beschlagenen Türen hätten den Ansturm eines Rammbocks aushalten können, und die Gitterstäbe vor den Fenstern waren dick genug, um die schärfsten Feilen zu entmutigen. Dafür kletterten den bukolischen Neigungen der ausgezeichneten Madame Boehmer zuliebe rührende Geißblattranken an den Mauern empor und trugen ihr an schönen Sommerabenden ihre süßen Düfte zu.

Vor dieser Art Heiligtum trafen Tournemine und sein neuer Freund Ulrich-August einigermaßen gestärkt gegen fünf Uhr ein. In der Hoffnung, ihm nützlich sein zu können, hatte der Schweizer darauf bestanden, den Bretonen zu begleiten, da er mit dem älteren der beiden Kompagnons, dem deutschstämmigen Charles-Auguste Boehmer, ziemlich gut bekannt war. Der verstorbene Baron, sein Vater, hatte nämlich einige Jahre seines Lebens im Dienste des Königs von Polen verbracht, dessen Hofjuwelier Boehmer während längerer Zeit gewesen war, und dank dieser Verbindung wurde dem Sendboten der Herzogin von Alba auch die Ehre zuteil, als Besucher von Rang und ohne warten zu müssen empfangen zu werden.

Der im Guckloch der Pforte auftauchende Diener hatte in der Tat zuerst erklärt, »die Herren konferierten zur Zeit mit einer bedeuten-

den Persönlichkeit« und hätten wissen lassen, »daß sie keine anderen Besucher mehr empfangen würden«.
Offensichtlich war der Mann kein Franzose, aber er war jung, und Winkelried hatte ihn noch nie gesehen. Auf gut Glück bellte er ihm auf deutsch zwei energische Sätze in die Ohren, die Wunder wirkten: Der Bursche versank in eine tiefe Verbeugung und verschwand mit den Worten »er werde sehen«.
Einen Moment später erschien er wieder, zog die Riegel des Tors zurück und ließ die Reiter an sich vorbei in den Hof, in dem eine mit zwei Rassepferden bespannte elegante Kutsche hielt, bei deren Anblick der Bretone die Stirn runzelte. Der Wagenkasten war in diskretem Dunkelgrün gehalten, aber dann war's mit der Diskretion auch schon vorbei, denn die sorgfältig auf die Türen gemalten spanischen Wappen verrieten genug: Die in Frage stehende bedeutende Persönlichkeit war aller Wahrscheinlichkeit nach der Chevalier d'Ocariz... oder der Botschafter selbst.
»Wenn die Herren mir folgen wollen...«, sagte der Diener, nachdem er einem Stallknecht die Zügel der Pferde übergeben hatte, »werde ich die Ehre haben, sie zu einem kleinen Wartesalon zu geleiten. Monsieur Boehmer ist untröstlich, sie bitten zu müssen, sich ein wenig in Geduld zu fassen, bis er seinen Kunden verabschiedet hat.«
»Nicht zu lange!« mahnte Winkelried. »Ich muß nach Versailles zurück!«
Und tatsächlich wurde aus dem Warten nichts, denn als die beiden jungen Leute hinter dem Lakaien her die schöne Steintreppe emporstiegen, begannen die Juweliere, zwischen sich eine Persönlichkeit, in der Gilles ohne Mühe den Konsul Spaniens wiedererkannte, dieselbe Treppe hinabzusteigen.
Der aufwärtsstrebende Zug trat ein wenig beiseite, um den abwärts strebenden passieren zu lassen, und im Vorbeistreifen lächelte Boehmer dem helvetischen Offizier freundschaftlich zu.
»Ich stehe Euch in einem Moment zur Verfügung, Herr Baron!«
»Laßt Euch Zeit, Freund Boehmer, laßt Euch Zeit!« antwortete Ulrich-August, während Gilles sich bemühte, gleichgültig an dem Spanier vorbeizusehen.

»Kanntet Ihr diesen Mann?« murmelte der Schweizer, während der Bretone und er den Anstieg fortsetzten.
»Wen? Diesen Fremden? Meiner Treu, nein, aber nach den Wappen an seinem Wagen und seiner Gesichtsfarbe vermute ich, daß er Spanier ist. Warum fragt Ihr mich das?«
»Weil er Euch auffällig angesehen hat.«
»Ah! Vielleicht sind wir uns am Hof König Karls begegnet, aber ich erinnere mich dessen nicht«, bemerkte Gilles scheinheilig.
Sie wurden in einen schönen, gut möblierten Salon geführt, dessen Ausschmückung in der Hauptsache aus Vitrinen bestand, in denen sich eine Anzahl Juwelier- und Goldschmiedearbeiten ausgestellt fand. Wenn auch ein wenig schwer in ihrer Art, waren sie doch sehr schön, und Ulrich musterte sie mit sachkundigem Blick.
»Kennt Ihr Euch in Juwelen aus, mein lieber Baron?« fragte Gilles amüsiert, als er ihn ein kleines Perspektiv aus der Tasche ziehen und ins rechte Auge klemmen sah.
»Ich kenne mich in allem aus, was schön oder gut ist: in Weinen, Pferden... Frauen! In Juwelen auch ein wenig, das ist wahr: Die Baronin, meine Mutter, besaß sehr viele und sehr hübsche!«
Einen Augenblick später betrat Boehmer in prall über seinen respektablen Bauch gespanntem Rock aus rostfarbenem Samt, das Haar von gleicher Farbe, stürmisch den Saal und stürzte sich mit ausgestreckten Händen auf Winkelried:
»Herr Baron! Welche Freude, Euch wiederzusehen! Mir scheint, es ist ein Jahrhundert her! Aber so nehmt doch Platz... Ich hoffe, Ihr seid nicht schon in diesen letzten Tagen zu uns gekommen? Mein Kompagnon und ich waren in Geschäften abwesend. Und was kann ich für Euch tun?«
»Für mich nichts«, erwiderte der Schweizer ruhig. »Aber viel für meinen Freund! Er wünscht Euer verdammtes Kollier zu kaufen!«
»Mein Kollier...? Welches Kollier? Doch nicht etwa das...?«
»Aber ja, aber ja, eben ›das‹!«
»Ihr könnt Euch denken, Monsieur, daß ich es nicht für mich zu kaufen wünsche!« fiel Gilles, über die verdutzte Miene des Juweliers verärgert, ein. »Ich komme zu Euch nur als Beauftragter einer der größten und reichsten Damen dieser Zeit, Ihrer Exzellenz der Frau

Herzogin von Alba, wie dieser Brief hier beweist!« Dabei zog er einige Papiere aus der Tasche, die er von dem Intendanten Diego erhalten hatte. »Ich füge hinzu, daß die für den Ankauf notwendigen Summen bereits bei der Bank Lecoulteux deponiert sind und nur auf Euer Einverständnis warten, um Euch ausgezahlt zu werden. Aber ich bitte Euch, lest!«

Boehmer setzte seine Brille auf, überflog ohne übermäßige Eile den ihm ausgehändigten Brief, nahm sodann die Brille wieder ab, wischte sich mit einem tiefen Seufzer die von Schweißperlen glitzernde Stirn und gab dem jungen Mann das Papier zurück.

»Ich sehe, Monsieur, ich sehe. Unglücklicherweise bin ich zu meinem großen... sehr großen Bedauern, glaubt es mir, gezwungen, Euch abzuweisen. Kurz gesagt, das Kollier ist nicht mehr zu verkaufen!«

»Wie das: nicht mehr zu verkaufen? Es ist doch so gut wie unverkäuflich!«

Die betretene Miene des Juweliers war zum Malen.

»Dennoch ist es verkauft... oder so gut wie. Ich habe mein Wort gegeben, und ich...«

»Erlaubt, Monsieur«, unterbrach ihn der Chevalier. »Habt Ihr Euer Wort der Person gegeben, die eben das Haus verließ?«

»Nun... ja. Dieser Person. Sie repräsentiert eine Prinzessin, die...«

»Die Prinzessin von Asturien, ich weiß. Und Ihr habt formell Euer Wort gegeben? Unwiderruflich?«

»Nicht ganz! Ihr werdet verstehen, daß ich ein solches Stück nicht aus Frankreich hinausgehen lassen kann, bevor uns Ihre Majestät die Königin, für die dieses Kollier bestimmt war, uns nicht in aller Form Erlaubnis dazu erteilt, indem sie ein letztes Mal den Erwerb für sich selbst ablehnt. Zu diesem Zweck müssen wir, mein Kompagnon und ich, uns morgen nach Versailles begeben.«

Gilles ließ ein kurzes Schweigen eintreten, um Boehmer Gelegenheit zu geben, noch ein wenig Siegel und Wappen des ruhmreichen Hauses Alba zu betrachten, von denen er seinen Blick nicht lösen zu können schien, einen Blick, in dem der Bretone den Widerschein eines Bedauerns zu erkennen glaubte.

»Der Preis des Kolliers betrug doch sechzehnhunderttausend Livres, nicht wahr?« fragte er überau sanft.
»Sechzehnhundertausend Livres, in der Tat...«
»Und... diesen außerordentlichen Preis wird Euch die Botschaft Spaniens zahlen?«
Der Juwelier lief plötzlich rot an. Gilles begriff, daß er da einen empfindlichen Punkt berührt hatte.
»Ja... a. Das heißt...«
»Das heißt... nicht ganz! Man hat von Euren Schwierigkeiten gesprochen, dieses Kollier zu verkaufen, von der enormen Höhe der Summe und von der Ehre für Euch, wenn dieser Schmuck das Kleinod einer königlichen Schatulle würde. Hat man Euch auch vielleicht um... Zahlungsfristen gebeten?«
»Das ist ziemlich üblich.«
»Ich bitte Euch! Nicht, wenn man sich anschickt, Königin von Spanien zu werden und das Gold Amerikas hinter sich hat! Ich, Monsieur, sage Euch namens der Frau Herzogin von Alba dies: Gebt uns den Vorzug, und Ihr werdet nicht nur das Geld am gleichen Tage erhalten, an dem der Handel abgeschlossen sein wird, sondern wir werden auch fünfzigtausend Livres mehr bezahlen!«
Boehmer schwitzte jetzt wie eine jener porösen Vasen, die man zur Kühlung von Wasser benutzt. Er zog sein Taschentuch hervor und tupfte sich nervös Stirn, Wangen und Hals...
»Ihr seid der Teufel, Monsieur! Ich sagte Euch doch... ich habe mein Wort gegeben und...«
»Nicht ganz: das habt Ihr auch gesagt! Könnt Ihr dieser... dieser Persönlichkeit nicht mitteilen, daß Ihre Majestät die Königin noch ein wenig darüber nachzudenken wünscht, bevor sie ihre Entscheidung trifft?«
»Das ist schwierig... sehr schwierig! Früher oder später wird es der spanische Abgesandte erfahren...«
»Keineswegs! Oder er wird wenigstens nichts dagegen einwenden können, wenn wir's nur geschickt anfangen! Könnt Ihr mir übrigens dieses Wunderwerk nicht einmal zeigen? Es würde Euch erlauben, einen Moment zu überlegen und vielleicht Euren Kompagnon zu Rate zu ziehen.«

»Das ist eine Idee!« rief Winkelried. »Zeigt ihm also das Objekt, mein lieber Boehmer!«
»Aber... sofort! Ich hole nur Bassange: Wir haben jeder einen Schlüssel für die Truhe, in der es verschlossen ist.«
Einige Minuten später kehrte Boehmer mit einem braunhaarigen, jüngeren, nicht sehr großen, aber gut gebauten Mann mit angenehmem Gesicht zurück: seinem Sozius Paul Bassange. Dieser trug auf beiden Armen eine gewaltige Schmuckschatulle aus rotem und goldenem Leder, von der ein taschentuchgroßes Etikett herabhing, auf dem der Preis in großen schwarzen Zahlen zu lesen war.
Der junge Sozius Boehmers grüßte Winkelried mit einem Lächeln und Gilles mit einem zugleich überraschten und bewundernden Blick.
»Das ist der Herr, der unser Kollier zu erwerben wünscht?«
»Für die Herzogin von Alba, ja, mein Freund. Öffnet die Schatulle!«
Bassange stellte den Kasten auf einen Tisch, auf den eben ein Sonnenstrahl fiel, ließ die Schlösser spielen und hob den Deckel.
»Das ist es!« sagte er nur.
Die beiden jungen Leute konnten einen Ausruf der Bewunderung nicht unterdrücken. Die offene Schatulle sprühte Blitze. Auf einem Bett von schwarzem Samt glitzerte ein Feuerfluß, funkelte in Tausenden von Facetten, schoß die Farben des Prismas in blendenden Pfeilen in alle vier Ecken des Raums.
»Sechshundertsiebenundvierzig Diamanten!« bemerkte Boehmer.
»Zweitausendachthundert Karat!« ergänzte Bassange wie ein Echo.
Mit respektvollem Finger berührte Winkelried die Kette der siebzehn haselnußgroßen Steine, die die erste Halsreihe bildeten.
»Herrlich!« flüsterte er, plötzlich heiser. »Wahrhaftig... wunderbar! Ich hoffe, die Prinzessin von Asturien ist schön. Sonst wäre es schade.«
»Sie ist alles andere als schön«, murmelte Gilles, der eben in diesem Moment das leidenschaftliche Antlitz Cayetanas aus diesem märchenhaften Schmuck auftauchen sah, der ihre Schultern mit einem

glitzernden Mantel umhüllen und bis zu den Spitzen ihrer Brüste Blitze entzünden würde. »Die Herzogin von Alba hingegen ist eine der verführerischsten Frauen, die ich kenne...«

»Königin Marie-Antoinette stünde es aber am besten!« rief Boehmer mit einer Art Wut. »Es wurde für eine Blondine geschaffen! Wir wären überglücklich, wenn sie es nähme, und wenn wir nicht so dringlich Geld brauchten, würden wir nie einwilligen, es außer Landes zu geben! Aber wir haben Gläubiger, und der größte Teil dessen, was wir besitzen, steckt in diesem Kollier.«

»Dafür habt Ihr immerhin die Befriedigung, es an einem der hübschesten Hälse Europas zu wissen! Geht morgen nach Versailles, Messieurs, aber gebt Eurem Käufer keine Antwort, bevor Ihr mich gesehen habt! Könnt Ihr mir wenigstens das versprechen?«

Die beiden Juweliere befragten einander mit Blicken.

»Wenn wir Euch sehr schnell sehen, ja. Aber was gedenkt Ihr zu tun?«

»Ebenfalls zur Königin zu gehen und sie zu bitten, Euch zu sagen, daß sie, falls sie wieder ablehnt, dieses Kollier lieber im Besitz der Herzogin von Alba wissen würde als bei einer Cousine, für die sie, wie ich glaube, nicht gerade überwältigende Zuneigung empfindet! Es sei denn«, fügte er mit perfider Sanftheit hinzu, »daß Ihr es vorzieht, heute abend schon Eure Entscheidung zu treffen. In diesem Fall werdet Ihr mich bis morgen früh im Hôtel d'York, Rue de Colombier, vorfinden.«

»Der Diener, der die beiden jungen Leute hereingeführt hatte, erschien von neuem, diesmal mit allen Zeichen ungewöhnlicher Erregung.

»Nun? Was gibt es, Werner?« fragte Boehmer gereizt. »Hast du noch jemand eintreten lassen? Mir scheint, ich hörte den Türklopfer.«

»Ich hab' nur geöffnet, weil es ein Prinz ist: Monseigneur de Provence!«

»Was...? Mein Gott, Messieurs, ich muß Euch fortschicken! Es ist undenkbar, einen Prinzen von Geblüt auch nur eine Sekunde warten zu lassen und...«

Gilles griff nach seinem Hut, den er auf einen Stuhl gelegt hatte.

»Beunruhigt Euch nicht, Monsieur Boehmer, wir gehen schon!

Heute abend haben wir uns übrigens nichts mehr zu sagen. Aber denkt an meinen Vorschlag!«

Er hatte es jetzt eilig zu gehen, da er hoffte, den Mann zu sehen, den er in der Nacht zuvor attackiert zu haben glaubte, und von der Treppe her bereits Schritte zu hören waren. Doch Bassange versperrte ihm den Weg zur Tür.

»Nicht dort hinaus, bitte! Sonst werdet Ihr dem Prinzen begegnen, und Ihr wünscht doch nicht gesehen zu werden, nehme ich an?«

»Allerdings, obwohl der Prinz mich nicht kennt.«

»Aber er könnte... unangenehme Fragen stellen. Er ist ein sehr neugieriger Herr. Kommt lieber hier entlang.«

Er öffnete eine in der Wandtäfelung halb verborgene kleine Pforte, in deren Füllung eine Art Spiegel eingelassen war. Dahinter öffnete sich ein schmaler, dunkler Flur, in den er sie eintreten ließ, während Boehmer dem illustren Besucher entgegeneilte.

»Ihr lernt die Geheimnisse des Hauses kennen«, sagte er lächelnd, »aber Ihr seid ja auf Anhieb auch ein sehr wichtiger Kunde geworden. Folgt diesem Flur. Am Ende werdet Ihr eine kleine Treppe finden, die hinter einem Wandbehang endet, wo Ihr fast schon im Hof sein werdet. Entschuldigt nur, daß ich Euch nicht begleite.«

»Aber wir werden nichts sehen!« protestierte Winkelried.

»Doch! Laßt mich nur die Tür wieder schließen! Guten Abend, meine Herren!«

Bei geschlossener Tür bemerkte Gilles in der Tat, daß man dank der Spiegelscheibe, der die Zinnfolie fehlte, ebenso sah, als sei sie geöffnet.

»Ah, ich verstehe«, murmelte Ulrich. »Gehen wir also.«

»Einen Moment...! Nur einen kleinen Moment!«

Durch das Glas gewahrte er die beiden in den Salon zurückkehrenden Juweliere und zwischen ihnen zwei Männer, von denen einer eine gewisse Ähnlichkeit mit dem König aufwies.

Das Profil war das gleiche, auch die hohe, intelligente Stirn, doch deutlicher kleiner als sein Bruder, war der Graf de Provence auch beträchtlich dicker. Seiner unmäßigen Neigung zu guter Küche und edlen Weinen wegen wirkte sein in blauen, überaus kunstvoll mit eigenartigen Blumen bestickten Taft gekleideter Körper trotz der

Jugend des Mannes so schwer, daß seine kurzen und schon verfetteten Beine ihn kaum tragen zu können schienen.
»Nun?« flüsterte Ulrich. »Kommt Ihr nicht?«
»Noch einen Augenblick, ich bitte Euch!« flüsterte er zurück, die Augen auf den Spiegel geheftet.
Angesichts dieses Mannes mit dem liebenswürdig lächelnden, stark geröteten Gesicht, der befriedigte Blicke um sich warf, befiel ihn ein Zweifel. War es wirklich derselbe, den er letzte Nacht leblos in einem Dickicht im Park von Trianon zurückgelassen hatte? Sein Opfer war ihm größer vorgekommen, auch robuster... Doch da begann der Prinz zu sprechen, und die letzte Ungewißheit verließ den Geist des jungen Mannes: er war es wahrhaftig!
»Messieurs«, sagte Provence, »ich komme als der brave Pariser Maulaffenfeilhalter, der ich bin, um Eure Schätze zu begaffen. Man sagt soviel Wundersames von Eurem berühmten Kollier, daß die Lust mich ankam, es nun auch meinerseits zu betrachten. Zeigt es mir also!«
»Nichts leichter als das, Monseigneur. Wir haben es eben aus seiner Truhe genommen, um einen der Verschlüsse zu prüfen, dessen Emaillierung uns ein wenig schwach erschien. Eure Königliche Hoheit wird sich keinen Moment gedulden müssen – hier ist es!«
Wie groß auch Tournemines Verlangen war, noch länger zu bleiben und alles zu hören, was der Prinz zu sagen hatte – es verbot sich von selbst, wenn er bei Winkelried nicht in den unerfreulichen Verdacht kommen wollte, ein Spion zu sein.
Auf Zehenspitzen, um auch das geringste Geräusch zu vermeiden, folgten die beiden jungen Leute dem glücklicherweise mit Teppichen ausgelegten Flur, stiegen eine in die Mauer eingelassene Treppe hinab und befanden sich, nachdem sie eine Portiere gehoben hatten, in einem schmalen, ziemlich dunklen Vorzimmer, aus dem sie in der Tat durch eine nur mit einem starken Riegel verschlossene kleine Tür in denHof gelangten.
»Ihr werdet mir sagen, ob ich mich täusche«, bemerkte Winkelried, während er sich auf den kraftvollen Mecklenburger hißte, der seine gewichtige Gestalt so mühelos zu tragen schien, »aber ich habe den Eindruck, daß Ihr den Grafen der Provence nicht eben sehr liebt.«

»Was kann Euch auf solche Gedanken bringen?«
»Euer Gesichtsausdruck, als Ihr ihn eben betrachtetet... und dann die große Sympathie, die ich für Euch empfinde. Monsieur Mesmer, der Mann mit dem Kübel...«
»Mit dem Kübel?«
»Ja, mit dem Kübel... dem großen Bottich, um den er die Leute sich setzen ließ, um sie zu heilen. Habt Ihr nie von Dr. Mesmer gehört?«
»Nie... oder nur sehr vage!«
»Ich werde es Euch erklären! Er ist ein großer Mann... und er behauptet, wenn man für irgend jemand Sympathie empfinde, verspüre man genau, was dieser fühle.«
»Und wie paßt der Graf der Provence in all das hinein?«
»Ganz einfach: Ich kann ihn nicht mal gemalt sehen! Dieser Mann ist falsch und hinterhältig. Deshalb habe ich so genau gespürt, daß Ihr ihn nicht liebt.«
Gilles brach in Gelächter aus.
»Winkelried, mein Kamerad, ich habe den untrüglichen Eindruck, daß wir beide gute Freunde sein werden. Ich schulde Euch schon großen Dank.«
»Ganz und gar nicht. Kehrt Ihr mit mir nach Versailles zurück?«
»Nicht heute abend. Ich habe noch in Paris und eben in diesem Viertel zu tun.«
»Dann verlasse ich Euch. Wo wohnt Ihr in Versailles?«
Tournemine erklärte ihm, daß er vorläufig in der Kaserne der Leibgarde kampiere, seinen Domestiken jedoch beauftragt habe, ein Logis zu finden, das zugleich seiner Situation in der Gesellschaft wie einer bescheiden garnierten Börse entspreche.
»Ich glaube, ich habe, was Ihr braucht! Mir gegenüber liegt ein hübscher Pavillon mit einem freien Appartement. Ich kümmere mich darum, wenn Ihr wollt.«
»Mit Freuden! Wir werden Nachbarn sein! Und das schafft mir eine Verpflichtung mehr!«
Der Baron zog ein kleines Notizbuch aus der Tasche, kritzelte einige Zeilen, riß die Seite heraus und reichte sie Gilles, der darauf »Pavillon Marjon, Rue de Noailles im Petit-Montreuil« las, denn wenn der

Baron das Französische auch schlecht aussprach, schrieb er es doch gut.

»Ihr werdet mich zum Diner einladen«, sagte er nur, gutmütig lächelnd.

»Abgemacht! Ich verspreche Euch Krebse!«

Darauf schüttelten der Schweizer und der Bretone einander auf englische Art die Hand und trennten sich. Der eine ritt dem Boulevard Saint-Martin zu, der andere folgte der Rue de Vendôme, um über die Rue Saint-Louis endlich die Rue Neuve-Saint-Gilles au Marais zu erreichen, wo jene Gräfin de La Motte-Valois wohnte, die Judith zu ähneln wagte.

Es war eine schmale und schlecht gepflasterte, aber ruhige und eher einsame Straße. Die Ecke war mit einer Statue Saint-Gilles' geschmückt, was der junge Mann als glückliches Vorzeichen ansah. Drei oder vier hinter massiven Toreinfahrten verschanzte Privathäuser, die von einer niedrigen Pforte durchbrochene Rückfront des Minimenklosters und der Laden eines Schuhmachers nahmen die ganze Straße ein, die nicht sehr lang war und in den von Bäumen gesäumten Boulevard einmündete, der die ehemaligen Befestigungsanlagen König Ludwigs XIII. einnahm.

Im Schritt Merlins die Länge der kleinen Gasse durchmessend, nahm sich Gilles reichlich Zeit, vor allem die Nr. 10 zu betrachten, ein hohes und nicht sehr breites Gebäude von recht ansehnlichem Äußeren übrigens, aber mehr bürgerlichem als aristokratischem. Durch die hohen Fenster konnte man blauseidene Vorhänge und den Reflex eines kristallenen Lüsters in einem Spiegel sehen.

Pferd und Reiter hatten eben das Haus passiert, als ihnen eine Mietkutsche vom Boulevard her entgegenkam und vor der Nr. 10 anhielt. Der junge Mann brauchte sich nur mit der lässig-interessierten Miene eines Fortüne suchenden Burschen im Sattel umzudrehen, um einen reizenden, in einem eleganten Schuh aus flohfarbener Seide steckenden Fuß, dann eine Fessel in durchbrochenem Strumpf und darauf den Saum einer Robe von der Farbe der Parmaveilchen auftauchen zu sehen. Schließlich erschien eine elegante junge Frau mit einem extravaganten Hut, unter dem der Beobachter ohne Mühe das Profil der falschen Judith erkannte.

Bei Tageslicht und im Schmuck ihres eigenen Haars erschien ihm die Dame weniger ähnlich. Er registrierte diese Tatsache mit Befriedigung, glücklich zu konstatieren, daß der Zauber seiner Geliebten zu vollkommen war, um kopiert werden zu können. Das herrliche rote Haar verlieh Judith einen Glanz, den diese hier nicht besaß. Und dann schien die Gräfin blaue Augen zu haben, während die Mademoiselle de Saint-Mélaines schwarz und wie ein Diamant von goldenen Fünkchen übersprüht waren. Und außerdem...

Während er so die Unterschiede feststellte, hatte die Gräfin den Kutscher entlohnt und schickte sich an, das Haus zu betreten, doch als sie den schönen Reiter bemerkte, der sich, zu ihr zurückgewandt, wie bedauernd entfernte, lächelte sie ihm auf die natürlichste Weise der Welt so herausfordernd zu, daß es fast einer Einladung gleichkam.

»Ich weiß nicht, ob sie wirklich das Recht hat, sich Valois zu nennen«, dachte der junge Mann leicht schockiert, »aber für eine große Dame hat sie höchst seltsame Manieren...«

Einen Moment verspürte er Lust, sie anzusprechen, doch da es ihm klüger schien, nicht zu rasch Beziehungen zu ihr aufzunehmen, begnügte er sich damit, lächelnd seinen Hut zu schwenken und den Gruß mit einem Lächeln zu begleiten. Dann setzte er seinen Weg fort, während die Dame im Haus verschwand.

Er ritt nicht weit. Kurz vor dem Boulevard teilte sich die Rue Saint-Gilles. Das abzweigende Gäßchen verlief in U-Form und mündete ebenfalls in den Boulevard. Gilles bog ein, fand eine Nische, in der er sein Pferd festband, und entschloß sich, von hier aus das Kommen und Gehen und wenn möglich, die Gewohnheiten der Hausbewohner zu beobachten.

Während einer ganzen Weile geschah nichts oder so gut wie nichts: Ein Bengel, der, von einem Fuß auf den andern hüpfend, Mostrich kaufen ging, starrte ihn neugierig an und rief im Vorbeigehen:

»Das ist hier kein Ort, sich die Beine in den Bauch zu stehen, Soldat! Hier herum gibt's nicht viele schöne Mädchen!«

»Aber an Lausejungs, die sich in Dinge mischen, die sie nichts angehen, fehlt's offenbar nicht! Verschwinde, wenn du nicht willst, daß mein Fuß Bekanntschaft mit deinem Hintern macht!«

»Schon gut. Ich wollt' bloß ein bißchen höflich sein! Einen guten Abend wünsch' ich, Soldat!«
Auch eine alte Frau kam vorbei, die, ein Meßbuch unter dem Arm und einen Schleier über dem Haar, dicht an den Mauern entlang zum Abendgottesdienst ging. Sie warf ihm einen flüchtigen Blick zu und setzte ihren Weg fort. Nach und nach zur Einsicht kommend, daß er seine Zeit verliere und nur riskiere, bemerkt zu werden, wollte Gilles schon sein Pferd besteigen und seinen Beobachtungsposten verlassen, als das vom Boulevard herüberdringende Rädergeräusch eines Wagens sich verlangsamte, der Wagen in die Rue Saint-Gilles einbog und schließlich vor der Nr. 10 ganz zum Stehen kam.
Diesmal handelte es sich um ein elegantes Stadtgefährt mit schwarzem Kasten ohne andere Verzierung als eine auf den Wagenschlag gemalte schlichte Rose. Die hohen, feinen Räder waren rot lackiert, und über den Sitz des Kutschers breitete sich schöner schwarzer Samt mit roten Fransen und goldenen Quasten: ein wahrhaft herrschaftlicher Wagen! Ein Mann von etwa vierzig Jahren entstieg ihm. Er war von mittlerer Statur, doch dank seinem olivfarbenen Teint, seinem starken Hals, der geblähten, an der Spitze aufgestülpten Nase, den vorquellenden, sehr schwarzen Augen, deren Blick besonders durchbohrend schien, mußte er überall auffallen. Trotz der sommerlichen Temperatur umhüllte ihn fast ganz ein weiter schwarzer Umhang, und ein von einem kuriosen roten Federbusch überragter schwarzer Dreispitz saß ihm tief in der Stirn.
Kaum auf dem Pflaster, warf er sich den Mantel über den Arm, um seine Hand einer jungen Frau in weißer Robe zu bieten, die mehr aus der Kutsche sprang als herausstieg und dabei hell lachend die ausgestreckte Hand zurückstieß.
»Ich bin nicht so alt, um mir beim Aussteigen helfen zu lassen, mein Freund! Hebt Euch das für die Witwen von Stand auf!«
Beim Klang der Stimme fuhr Gilles zusammen und unterdrückte einen Schrei. Zwischen dem über die runde Brust des jungen Mädchens – denn es war eins – drapierten langen weißen Musselinschal und dem breitkrempigen, mit grünen Blättern verzierten Hut aus Naturstroh gewahrte er eine wahre Flut feuriger Locken, das Schimmern eines dunklen Blicks, die impertinente Grazie eines

Profils, den Glanz eines Lächelns, all das zu einer Einheit verbunden, über deren Identität er sich nicht täuschen konnte: es war Judith, Judith selbst, Judith in Person, die, von einem unbekannten Mann begleitet, mit ihrem tänzerischen Gang das Haus einer Verschwörerin betrat.

Der Himmel öffnete sich. Sein Herz schlug im rasenden Rhythmus eines zum Angriff trommelnden Tambours, und er fühlte sich von einer wilden Seligkeit ergriffen, wie er sie ähnlich schon im Park von Trianon verspürt hatte, nur war sie jetzt reiner und frischer, weil er seiner Sache ganz sicher war. Schon im nächsten Moment mußte er sich deshalb mit aller Kraft überwinden, um dem Impuls zu widerstehen, der ihn vorwärts trieb. Wenn er sich nicht beherrscht hätte, hätte er dieses Haus gestürmt, um in ihm die zu suchen, die er von allen Frauen der Welt am meisten liebte, die, die immer der geheime Antrieb für all seine Mühen, letztlich ihr Ziel und zugleich, wenn Gott es so wollte, ihre Belohnung gewesen war, war und weiter sein würde. Ein noch immer zu erreichendes Ziel vielleicht, ein unaufhörlich in Frage gestellter Lohn, denn Judith gehörte zu jener Rasse von Frauen, die man nur unter der Bedingung halten kann, daß man sie unaufhörlich eroberte und sich immer von neuem ihre Zärtlichkeit und ihre Bewunderung, eins nie ohne das andere, verdiente.

Wie glücklich wäre Gilles gewesen, wenn er die Tür dieses Hauses eingeschlagen hätte, um Mademoiselle de Saint-Mélaine diesen Leuten, von denen er nur zu gut wußte, daß sie keine passende Gesellschaft für sie sein konnten, vor der Nase zu entführen; doch wenn er versuchen wollte, etwas von dem zu verstehen, was hinter dieser so unauffälligen und scheinbar so respektablen Fassade angezettelt wurde, mußte er die Regungen allzu unbesonnener Jugend unterdrücken.

Fest entschlossen, sich nicht von seinem Beobachtungsposten fortzurühren, und wenn er eine zweite schlaflose Nacht auf der Straße verbringen müßte, und der eleganten schwarz-roten Kutsche zu folgen, wohin sie auch führe, und wäre es zur Hölle, verschränkte der junge Mann die Arme über der Brust und nahm seine Wache wieder auf, eine Wache, noch überleuchtet von der flüchtigen Vision des jungen Mädchens und dem bewundernden Staunen, das ihm ihre nicht nur unveränderte, sondern verfeinerte, durch die Eleganz einer bei diesem Naturkind der bretonischen Heide so ungewohnten Toilette noch erhöhte Schönheit eingeflößt hatte... Aber wer, zum Teufel, mochte dieser fette Biedermann mit den Besitzerallüren sein, den sie mit der Ungezwungenheit der Intimität ihren Freund nannte?

Die Sonne war schon lange untergegangen. Die Nacht kam, die Tiefen dieser von den Mauern ihrer Häuser umschlossenen Straße mit dichterem Dunkel füllend. Reglos in seinem Winkel, zu jener totalen Unbewegtheit erstarrt, die ihn der indianische Krieg gelehrt hatte und die er auf Merlin zu übertragen wußte, sah der fast unsichtbar gewordene Gilles den Laternenanzünder mit seiner Leiter erscheinen, der Pongo im Morgengrauen dieses Tages so gut informiert hatte. Ein paar Augenblicke später leuchteten zwei an über die Straße gespannten Seilen baumelnde Laternen auf, die eine fast an der Ecke des Boulevards, die andere am äußersten Ende der Straße der kleinen Saint-Gilles-Statue zu, aber man konnte kaum behaupten, daß die Strecke dazwischen wirklich erleuchtet gewesen wäre.

Einen Moment blieb der Mann bei der Kutsche stehen, um dem von seinem Sitz herabgestiegenen Kutscher zu helfen, die eigenen Laternen anzuzünden, dann entfernte er sich hustend und schlürfend, um sein Werk fortzusetzen, und überließ die Straße ihrer Einsamkeit.

Die Zeit verstrich, schwierig in ihrem Ablauf abzuschätzen. Anzeichen verborgenen Lebens manifestierten sich auch jetzt. Über die Mauer des Klosters drangen Stimmen aus einigen geöffneten Fenstern, die die Frische des Abends und den Duft der jenseits der Mauer laubraschelnd aufragenden Linden einfangen wollten. Von Zeit zu Zeit zeigte sich auch ein Licht, aber die Fassade der Nr. 10, die Gilles in der Hoffnung beobachtete, irgend etwas zu bemerken, blieb schwarz und stumm. Das einzige sichtbare lebende Wesen war der Kutscher, der mit der Resignation der an lange Geduldsproben gewöhnten Leute seines Berufs rundrückig auf seinem Bock schlummerte.

Als die Uhr der Bastille eben halb zehn geschlagen hatte, erwachte endlich das stumme Haus. Der Kutscher desgleichen. Ein Diener erschien mit einer Laterne, die gelbliches Licht auf die großen runden Pflastersteine, den Wagen und auf vier Personen warf, in denen Gilles ohne Mühe Judith, den Mann, der sie begleitete, die Gräfin und den rothaarigen Stutzer erkannte, der bei ihr die Funktionen eines Sekretärs für alles versah.

Die Verabschiedung war kurz. Man tauschte zeremoniöse Grüße, ohne daß es dem Lauscher möglich gewesen wären, auch nur ein Wort zu verstehen; dann stiegen das junge Mädchen und ihr Mentor wieder in die Kutsche, während die Tür sich schloß und alles Licht erlosch. In der Straße herrschte neuerlich fast völliges Dunkel, als das Gefährt sich in Bewegung setzte. Aber Gilles war schon im Sattel.

Reglos ließ er das Gespann passieren, in die Rue Saint-Louis in Richtung auf die Place Royale einbiegen, und erst dann setzte er sich auf seine Spur, in der stillen Erwartung, daß das Rollen der eisenbeschlagenen Räder über das Pflaster genügen würde, den Schritt seines Pferdes unhörbar zu machen.

Die Nacht war sehr dunkel, und die drückend gewordene Hitze kündigte ein Gewitter an, aber es fiel ihm nicht schwer, die Laternen des Wagens im Auge behaltend, durch das Gewirr der Pariser Straßen zu folgen, ohne sich allzusehr zu nähern.

Die Fahrt dauerte ziemlich lange. Nacheinander wurde die Rue Saint-Antoine, die Rue de la Tisseranderie, die Rue de la Coutellerie und die Rue de la Boucherie bis zum Grand-Châtelet durchmessen, dann ging es über den Pont au Change durch die Rue de la Barillerie zum Pont Saint-Michel und zur Rue de la Harpe, die man in ihrer ganzen Länge bis zur Place Saint-Michel hinauffuhr. Dort ragten aus den Laubmassen eines großen Parks die Kuppel, das hohe Schieferdach und die von Gerüsten starrenden Mauern des Luxembourg-Palais', der üblichen Pariser Residenz Monsieurs[1].

Die Kutsche bog im spitzen Winkel ab und auf die hell erleuchtete

[1] 1775 erhielt der Graf der Provence das damals recht baufällige Luxembourg-Palais. Um sich eine prunkvolle Residenz zu schaffen, unternahm er gewaltige Arbeiten, die erst 1790 beendet wurden. Bis dahin richtete er sich im Kleinen Luxembourg ein, das er vom Prinzen Condé für 25 000 Livres jährlich mietete.

Fassade des Théâtre Français[1] zu, wo offenbar eine Vorstellung im Gange war, rollte ohne anzuhalten vorbei und dem imposanten, kuppelgekrönten Torturm zu, vor dem in roten, mit goldenen und silbernen Litzen besetzten Uniformen, gold- und silbergestreifte Schärpen über der Brust, die Torgarden Monsieurs zu sehen waren.

Unter der Wölbung hielt sie einen Moment an, zweifellos, um der Kontrolle zu genügen, und entschwand dann, in den riesigen Hof einfahrend, Gilles' Blicken. Der junge Mann sprang aus dem Sattel, band Merlin an einem der in die Mauer eingelassenen Bronzeringe fest und ging zu Fuß auf einen der Wachtposten zu, der Haltung annahm und salutierte, als er einen Offizier sich nähern sah. Er öffnete schon den Mund, um ihm die seinem Rang entsprechenden Ehren zu erweisen, als Gilles es ihm verwehrte.

»Ruf nicht, mein Freund, ich will nicht hinein. Ich möchte nur eine Auskunft.«

»Zu Diensten, Herr Leutnant!«

»Nicht so laut, zum Teufel! Ich verlange nicht von dir, mir ein Staatsgeheimnis auszuliefern, aber etwas mehr Diskretion wäre mir trotzdem lieb. Sag, kennst du die Dame, die eben in der schwarzroten Kutsche hineingefahren ist?«

Das Gesicht des Postens spaltete sich zu einem breiten Grinsen, während er mit schlauer Miene ein Auge zusammenkniff. Wenn es sich um eine Frauengeschichte handelte, war er ganz in seinem Element und begriff mühelos, warum ein Leutnant der Leibgarde Seiner Majestät des Königs sich in ein Gespräch mit einem einfachen Soldaten einließ.

»Klar kenn' ich sie! Sie wohnt im Palast... sie ist sogar das hübscheste Mädchen des ganzen Hofstaats. Ich verstehe, daß sie Euch interessiert, Herr Leutnant.«

»Wer ist sie also?«

»Eine der beiden Vorleserinnen Madames. Vor ungefähr zwei Jahren ist sie in den Dienst der Prinzessin getreten.«

[1] Das heutige Odéon, zwei Jahre zuvor eingeweiht, war damals der einzige Saal der Comédie Française. Zwei Monate vorher, am 24. April 1784, hatte dort die erste öffentliche Vorstellung der »Hochzeit des Figaro« stattgefunden.

»Und wie heißt sie?«
»Mademoiselle de Latour. Julie de Latour. Sie ist schön wie der Tag, aber mit ihr ist nicht zu spaßen! Falls Ihr die Absicht haben solltet, Ihr den Hof zu machen, Herr Leutnant, tätet Ihr gut daran, Euch in acht zu nehmen. Sie weiß ihre Hand hurtig zu gebrauchen und mehr noch ihre Zunge, und man hat nie von Liebhabern gehört.«
Die Stimme des jungen Soldaten, obzwar mit einem kräftigen burgundischen Akzent ausgestattet, klang in Gilles' Ohren wie Himmelsmusik.
»Und doch«, fuhr er fort, »wurde sie in diesem Wagen von einem Herrn begleitet. Weißt du, wer er ist?«
»Nicht genau. Er ist vorhin gekommen, um Monseigneur aufzusuchen, und ist dann mit Mademoiselle de Latour in einem Wagen des Hauses fortgefahren. Ich glaube, er ist jemand aus der Provinz oder vielleicht auch ein Fremder, denn er hat einen komischen Namen.«
»Er wohnt also nicht im Palast?«
»Ganz bestimmt nicht. Es würde mich sogar wundern, wenn er jetzt noch lange bliebe, nachdem er die schöne Ju... will sagen, Mademoiselle de Latour zurückgebracht hat. Er hat sein Pferd hiergelassen.«
»Gut, mein Freund, ich danke dir!«
Ein halber Louisdor wanderte aus der Tasche des Chevaliers in die Hand des über sein Glück entzückten Postens.
»Um diesen Preis, Herr Leutnant, könnt Ihr wiederkommen und mir Fragen über den ganzen Hofstaat Monsieurs stellen. Ich heiße Gaubert, Immergrün genannt.«
»Einverstanden, Immergrün! Ich werde an dich denken...«
Den Gruß des jungen Soldaten erwidernd, trat er ein paar Schritte aus dem Schatten des monumentalen Torgewölbes hinaus.
Im Begriff, zu seinem Pferd zurückzukehren, besann er sich. Er konnte sich nicht von Judiths Wohnung entfernen, ohne mit ihr gesprochen und wenigstens versucht zu haben, das Mysterium, mit dem sich das junge Mädchen umgab, zu durchdringen. Es war schon etwas zu wissen, daß sie Vorleserin der Gräfin der Provence war, aber warum unter einem falschen Namen? Aus Angst vor ihren

Brüdern, denn da sie von Tudals Exekution nichts wußte, mußte sie noch immer in der Mehrzahl an sie denken? Was vermochten zwei dreckige Krautjunker gegen ein Mitglied eines so machtvollen prinzlichen Hofstaats? Um sich besser zu verstecken vielleicht, vielleicht sogar vor ihren eigenen schrecklichen Erinnerungen, da sie es für richtig gehalten hatte, selbst ihren Vornamen zu ändern. Julie de Latour!... Warum dieser Name?

Unversehens kehrten ihm die letzten von Monseigneur und der Gräfin de La Motte gewechselten Worte ins Gedächtnis zurück: »Schickt mir im Falle einer Notwendigkeit ein unverfängliches Billet, der Text ist unwichtig, aber unterschreibt es mit J. de Latour... Werdet Ihr es nicht vergessen? J. de Latour...«

Die Gleichheit des Namens war schlagend. Der Prinz hatte seiner Komplicin den Namen genannt, unter dem Judith bei ihm bekannt war. Aber was hatte das junge Mädchen dann bei dieser Frau zu suchen, die sie eigentlich nicht kennen konnte? War der Mann, der sie begleitete, nur damit beauftragt, die beiden Frauen zusammenzubringen?

Unfähig, eine befriedigende Antwort auf diese Fragen zu finden, kehrte er zu dem Posten zurück.

»Wer kommandiert die Wache heute nacht?«

»Der Herr Graf de Thézan, Premierleutnant.«

»Geh und hol ihn!«

Normalerweise hätte der Soldat Immergrün sofort im Laufschritt verschwinden müssen, doch zur Überraschung des Chevaliers rührte er sich nicht.

»Nun? Worauf wartest du?«

»Entschuldigt, Herr Leutnant... aber wenn ich an Eurer Stelle wäre, täte ich's nicht.«

»Und warum, wenn's gefällig ist?«

»Weil es Euch nichts nützen wird. Wenn Ihr hofft, Euch dadurch Mademoiselle de Latour zu nähern, könnte weder Monsieur de Thézan noch selbst unser Hauptmann, der Herr Graf d'Auger, Euch dazu verhelfen. Die Vorschriften im Palast sind sehr scharf, was die Damen und die Demoisellen Madames betrifft. Die Prinzessin ist streng und nimmt's sehr genau, und wenn man Mademoiselle de

Latour dabei überraschte, daß sie nachts mit einem Mann spricht, würde sie sofort weggejagt.«
»Und der, mit dem sie eben zurückgekehrt ist? Was ist mit dem?«
»Das ist nicht dasselbe. Wenn er zu ihrer Familie gehört, könnte Madame ihm erlaubt haben, sie mitzunehmen, aber glaubt mir, er hat sich bestimmt zuverlässig ausweisen müssen.«
»Aber ich könnte ihr eine Nachricht zu übergeben haben. Ich könnte... ihr Bruder sein!«
»Nach Madames Meinung gibt es keine Nachricht, die nicht Zeit bis zum hellen Tage hätte, wenn es sich um ihre Hoffräuleins handelt. Und falls Ihr Euch als ihr Bruder ausgeben wollt, würde ich's an Eurer Stelle lieber nicht versuchen.«
»Sieh an! Kannst du mir einen guten Grund dafür nennen?«
»Das ist eine Frage, die Ihr nicht stellen würdet, Herr Leutnant, wenn Ihr ein einziges Mal Madame de Montesquiou begegnet wärt, die das Amt einer Oberhofmeisterin bei Madame bekleidet. Es gibt keinen Mann hier, der nicht lieber den englischen Kugeln trotzte als ihrem granitenen Blick. Wenn Ihr darauf beharrt, nach Mademoiselle de Latour zu fragen, werdet Ihr Euch zwangsläufig ihr gegenüber finden... und falls Ihr lebend davonkommt, werden Euch sechs Monate lang Alpträume plagen.«
Gilles begann zu lachen.
»Na gut. Ich verzichte für heute abend, aber morgen komme ich wieder.«
»Morgen wird's wieder hell sein, und Ihr werdet mehr Glück haben.«
»Gott erhöre dich! Und in jedem Fall Dank für den Rat!«
Er entfernte sich, band Merlin los, schwang sich in den Sattel... und rührte sich nicht. Es verlangte ihn jetzt danach zu wissen, wer wohl dieser Biedermann war, der bei Hofe offenbar gut angesehen sein mußte, da er das Recht hatte, Judith mitzunehmen, wohin es ihm gefiel. Es würde interessant sein herauszubringen, wo dieser Nachtvogel nistete...
Diesmal währte das Warten nicht lange. Der Schritt eines Pferdes hallte unter dem Gewölbe wider, und ein in einen schwarzen Mantel gehüllter Reiter mit schwarzem, von einem nur allzu leicht wieder-

zuerkennenden Federbusch überragten Dreispitz tauchte schattenhaft auf.

»Das ist mein Mann!« murmelte Gilles zwischen den Zähnen. »Sehen wir zu, wohin er will.«

Er hoffte von ganzem Herzen, daß der Mann wenn nicht in diesem Viertel, so doch wenigstens nicht allzu weit entfernt wohnte, denn die Müdigkeit begann allmählich auf seinen wahrlich harte Arbeit gewöhnten Schultern zu lasten, aber das Leben in zivilisierten Ländern und besonders das Leben in Paris war entschieden mühsamer als ein langer Ritt in frischer Luft oder selbst das Dasein des Kriegers während des Feldzugs. Aber als er das breite Band der Seine vor sich aufschimmern sah, begriff der junge Mann, daß sein Bett noch eine Weile würde warten müssen.

Doch ohne recht eigentlich zu wissen warum, trieb ihn ein Impuls, der stärker war als sein Wille, seine Neugier oder sein Verlangen nach Schlaf, auf die Spur dieses Mannes. Er empfand ein fast physisches Bedürfnis, mehr über ihn zu erfahren, sich einem Menschen zu nähern, der ihm von einem Geheimnis umgeben schien, und der ihn anzog wie der Magnet den eisernen Feilspan.

Nachdem die Seine passiert war, folgte der Fremde fast der gleichen Strecke wie auf dem Heimweg, nur viel schneller als zuvor, und führte seinen Verfolger bis zur Rue Saint-Louis zurück. Es war jetzt sehr spät, aber die beiden Reiter, deren zweiter respektvollen Abstand von seinem Vordermann hielt, waren bisher keinem Trupp der Nachtwache begegnet. Auch vor der Wachtstube des Grand Châtelet herrschte Stille, als ob alles dort schliefe. Vielleicht lag es am Gewitter, das sich noch nicht zur Entladung entschlossen hatte, sondern Paris mit dumpfem Grollen und gelegentlichen kurzen Blitzen umkreiste. Niemand verspürte Lust, bei so bedrohlichem Wetter draußen zu sein, vielleicht nicht einmal die Banditen...

Dennoch kam es jäh zum Angriff. Als der vordere Reiter vor einem Privathaus von ansehnlichem Äußeren sein Tempo verlangsamte, tauchten aus der Nische des Torwegs unversehens fünf oder sechs Männer auf und warfen sich auf ihn. Einer klammerte sich an den Hals des Pferdes, die andern hingen sich an den Mann, den sie mühelos zu Boden zerrten. Eine ein Stück weiter angebrachte

Laterne hatte Gilles' scharfen Augen nichts von dem Überfall verbergen können. Er spornte Merlin zu kurzem Galopp, ließ ihn sich bäumen und fiel mit gezogenem Degen über die Übeltäter her. Zweimal senkte sich die Klinge in menschliches Fleisch, während ein Dritter, von den Hufen des Pferdes getroffen, an der Hauswand zusammenbrach. Dem Fremden war es mit einer für einen Mann seiner Korpulenz erstaunlichen Geschmeidigkeit geglückt, sich aufzurichten und den Degen zu ziehen. Er kämpfte mutig gegen zwei Angreifer. Aus dem Sattel springend, lief Gilles zu ihm, befreite ihn von einem seiner Gegner und stellte, während er mit diesem die Klinge kreuzte, mit Erstaunen fest, daß er, wie übrigens die anderen auch, eine Maske trug.

»Seid Ihr verletzt, Monsieur?« fragte er fechtend.

»Nein, nur ein wenig geschunden, aber...«

Der Rest seiner Worte verlor sich im Getöse eines Donnerschlages, der zwischen den Häusern dröhnend widerhallte. In derselben Sekunde brach das Gewitter los. Die Schleusen des Himmels öffneten sich und schütteten wahre Katarakte auf die Erde hinab, die den Staub auffliegen ließen, bevor sie ihn in dicken Schlamm und danach in Bäche verwandelten. An der Schulter getroffen, zog Tournemines Gegner es vor, es dabei bewenden zu lassen, und floh, ohne daß ihn der junge Mann zu verfolgen suchte. Und als der des Fremden seinen letzten Kumpan verschwinden sah, sprang auch er zurück und folgte schleunigst dem anderen. Ruhig säuberte Gilles seinen Degen und schob ihn in die Scheide.

»Ich verdanke Euch zweifellos mein Leben, Monsieur«, sagte der Fremde in ausgezeichnetem, nur mit einem deutlichen italienischen Akzent versehenem Französisch, »und Ihr habt mir den größten Dienst erwiesen, den man einem menschlichen Wesen erweisen kann. Aber warum seid Ihr mir gefolgt?«

Die Dunkelheit erlaubte dem jungen Mann, ganz ungeniert zu erröten.

»Woher wißt Ihr, daß ich Euch folgte? Ich habe mich doch in weitem Abstand gehalten.«

»Ich brauche nicht zu sehen, um zu erkennen, noch zu hören, um wahrzunehmen... aber bei diesem Wetter kann man keinen Christenmenschen draußen lassen. Wollt Ihr mir die Ehre erweisen, mit dem zu trinken, den Ihr gerettet habt? Ich wohne in diesem Haus«, fügte der Fremde hinzu, indem er auf den hohen Torweg wies, in dem sich seine Angreifer versteckt hatten. »Wir könnten wenigstens im Trockenen plaudern.«

»Gern, Monsieur. Ich nehme das schützende Dach noch lieber an als das Glas und für mein Pferd mit noch größerer Freude als für mich selbst.«

»Treten wir also ein!«

Der Unbekannte betätigte die Glocke, deren Kette längs eines Pfeilers herabhing, und fast sofort drehte sich das schwere Tor in seinen Angeln und gab Einblick in einen von zwei links und rechts der Freitreppe angebrachten Laternen schwach erhellten Hof von schönen Dimensionen. Eine mächtige Gestalt im Schutze eines Regenschirms von der Größe eines kleinen Zelts erwies sich als der Pförtner, an den sich der Fremde in einer Gilles völlig unbekannten Sprache wandte. Statt einer Antwort nickte der Mann nur, ergriff die Zügel der Pferde und zog sie in den Hintergrund des Hofs, während der Fremde Gilles zum Eingang des Hauses führte und in eine geräumige, mit heller Eiche getäfelte Bibliothek eintreten ließ. Trotz der drückenden Hitze, die vor dem Gewitter geherrscht hatte, brannte in dem Kamin aus grauem Marmor ein Rebfeuer. Es verbreitete mehr Duft als Wärme, und dank der hohen Vorhänge aus grau und hellbraun gestreifter Seide vermittelte der Raum seiner Größe zum Trotz einen angenehmen Eindruck von Behaglichkeit und Intimität.

Der Fremde entledigte sich seines beschmutzten Mantels und seines durchnäßten Huts, den er in eine Ecke warf, und bot seinem Besucher den Anblick eines nicht sehr großen, aber kraftvoll gebauten und wohlproportionierten Mannes mit einer leichten Neigung zu Beleibtheit, elegant korrigiert durch die Kunst des Schneidermeisters und Schöpfers des bewundernswerten Rocks aus dunkelroter Seide, den er zusammen mit schwarzseidenen Kniehosen und Strümpfen trug. Die Höhe der intelligenten Stirn korrigierte den Eindruck von Brutalität, den der Rest dieses Gesichts hervorrief, das Gilles vor dem Hause der Gräfin de La Motte zum erstenmal bemerkt hatte. Der gut gezeichnete Mund öffnete sich über sehr weißen Zähnen, und von dem schwarzen, funkelnden Blick ging eine Faszination aus, die ihn fast unvergeßlich machte.

»Nähert Euch dem Feuer, Monsieur, und nehmt Platz«, sagte er, auf einen großen, gobelinbezogenen Sessel weisend. »Ihr seid hier bei Euch, mehr noch als ich selbst, denn dieses Haus gehört einem meiner Freunde, dem Grafen Ossolinski, der mir während meiner Aufenthalte in Paris seine Gastfreundschaft gewährt. Ich sehe«, fügte er mit einem Lächeln hinzu, das ihm einen seltsamen Charme verlieh, »daß Ihr zum Hofstaat des Königs gehört, und daß Ihr einer von denen seid, die sich im Laufe der glorreichen amerikanischen Revolution ausgezeichnet haben. Ich vermute, daß Ihr aus der Provinz kommt... zweifellos aus der Bretagne, daß Ihr seit kurzem erst in Paris, Junggeselle, verliebt und überaus müde seid! Nehmt also Platz, aber erweist mir die Gunst einer letzten Bemühung, indem Ihr mir Euern Namen nennt, denn ich kann wohl Dinge erraten, aber nicht die Identität eines Menschen.«

»Das ist nur zu berechtigt, Monsieur. Ich hätte mich schon vorstellen sollen, bevor ich die Schwelle Eures Hauses überschritt! Ich heiße Gilles, Chevalier de Tournemine de La Hunaudaye. Und darf ich Euren Namen erfahren?«

»Ich könnte Euch antworten, ich sei derjenige, der ist... aber ich fürchte, es fiele Euch doch ein wenig schwer, Euch daraus einen Vers zu machen. So werde ich mich darauf beschränken, Euch den Namen zu nennen, unter dem man mich in dieser niedrigen Welt kennt: Ich bin Cagliostro, Graf Alexander Cagliostro...«

9. Kapitel
Der merkwürdige Graf Cagliostro

Der Name war von eigentümlichem Wohlklang und paßte gut zur Persönlichkeit, sagte jedoch dem Chevalier überhaupt nichts. Was den Mann betraf, war er trotz einer gewissen hochtrabenden Redeweise sympathisch und sogar anziehend. So nahm Gilles auch ohne weiteres den großen Sessel an, der ihm zugewiesen wurde und in den er sich sinken ließ, wobei er einen Seufzer der Erleichterung nicht zu unterdrücken vermochte, für den er sich sofort entschuldigte.

»Wie Ihr richtig erraten habt, Graf, bin ich sehr müde. Deshalb werde ich Euch, sobald sich das Gewitter ein wenig beruhigt hat, um die Erlaubnis bitten, mich zurückzuziehen. Ich müßte allzusehr fürchten, unhöflicherweise vor Euren Augen einzuschlafen.«

»Habt Ihr vor, diese Nacht nach Versailles zurückzukehren?«

»Nein. Ich will im Hôtel d'York, Rue du Colombier, logieren, wo man mich kennt, aber da ich kein Zimmer bestellt habe, kann es sein, daß ich mich mit dem Stall begnügen muß, was übrigens nicht von Wichtigkeit wäre.«

»Ihr brecht auf, wann es Euch gefällt... aber nicht, ohne diese Pastete und diese Flasche Champagner mit mir geteilt zu haben. Es gibt nichts Besseres für einen erschöpften Organismus als diese Verbindung. Und dann habt Ihr auch noch nicht auf meine Frage vorhin geantwortet...«

Während er sprach, zog er einen kleinen, schon vorbereiteten Tisch zum Feuer, schnitt große Scheiben von einer Wachtelpastete, deren goldene Kruste von guter Gesundheit leuchtete, füllte zwei schmale, durchscheinende Gläser mit einem schäumenden Wein von der Farbe blassen Goldes, was alles seinem Gast die Feststellung erlaubte, daß der Italiener sehr schöne, vortrefflich gepflegte und mit

Diamanten und Rubinen für einen Mann vielleicht ein wenig zu überladene Hände hatte.

»Das stimmt«, sagte Gilles, das ihm gereichte Glas ergreifend. »Ihr habt bemerkt, daß ich Euch folgte und habt mich nach dem Grund gefragt. Nur habt Ihr seitdem selbst Eure Frage beantwortet, da Ihr – Gott weiß wie! – erraten habt, daß ich verliebt bin! Es ist wahr, ich bin's, und zwar in das junge Mädchen, mit dem Ihr den Abend verbrachtet. Jetzt werdet Ihr mir sagen, wie Ihr diese Dinge über mich wissen konntet, obwohl Ihr mich nie gesehen habt.«

Cagliostro lachte.

»Das war nicht schwierig! Euer Gesicht und vor allem Eure Stimme sagten mir, daß Ihr Bretone seid. Gewiß, Ihr seid viel größer als der Durchschnitt, aber Eure Züge verraten die älteste und reinste keltische Rasse. Wohl sprecht Ihr ohne Akzent, aber Eure fast unmerkliche Betonung der Konsonanten hat mich endgültig aufgeklärt, als ich noch ein wenig zwischen Normandie und Bretagne schwankte. Ihr habt den Krieg in Amerika mitgemacht, was nicht schwer zu erraten ist, da es auf Eurer Brust geschrieben steht. Ihr seid erst seit kurzem in Paris, denn Ihr seid in den Gewohnheiten der Gesellschaft noch nicht bewandert. Sonst wüßtet Ihr, daß die bukolischen Neigungen der Gräfin der Provence und ihre Vorliebe für Diskretion sie veranlaßt haben, auf die Wagen, deren sie sich nicht zu offiziellen Zwecken bedient – etwa für ihre karitativen Besuche – statt ihres Wappens eine schlichte Rose malen zu lassen. Ihr seid Junggeselle, weil man nicht nachts durch die Straßen streift, wenn man in Eurem Alter verheiratet ist. Schließlich seid Ihr verliebt. In der Tat konntet Ihr nur der Person folgen, die ich vorhin begleitete, denn seit ich Euch bemerkte und selbst, als wir durch diese Straße ritten, kam ich nie auf die Idee, daß ich der Gegenstand Eurer Verfolgung sei. Seht, ich bin noch kaum bekannt in Paris, wohin ich nur selten reise, um einige Geschäfte zu regeln. Ich wohne gegenwärtig in Bordeaux, wo ich mich letzten Herbst, von meinen neapolitanischen Gütern kommend, niederließ.«

»Trotzdem seid Ihr bekannt genug, daß Männer sich im Torweg Eures Hauses in Hinterhalt legen, Euch auflauern und Euch attackieren...«

»Ich sage ja, Ihr kennt Paris nicht! Graf Ossolinski, der Herr dieses Hauses, ist ein sehr reicher polnischer Grandseigneur, und auch ich bin nicht gerade ein armer Mann. Man hatte es auf meine Börse, meinen Schmuck abgesehen«, fügte er hinzu, wohlgefällig seine mit Ringen beladenen schönen Hände ausstreckend. »Nun sagt mir, was ich für Euch tun kann, denn natürlich ist es mein heißer Wunsch, mich meiner Schuld gegen Euch zu entledigen.«
»Wenn diese Leute nur Eure Börse wollten, Graf, ist die Schuld nicht groß, und ich erlasse sie Euch, wenn Ihr mir sagt, welche Art von Beziehungen Ihr zu Mademoiselle de... Latour unterhaltet!«
»Sehr väterliche, versichere ich Euch! Sie ist die Nichte einer liebenswürdigen Frau, die von einigen recht unangenehmen Leiden zu befreien ich die Freude hatte, als ich vor drei Jahren hierherkam, um den Marschall de Soubise zu behandeln. Ich besuche sie getreulich bei jeder meiner Reisen nach Paris. Heute abend haben wir zusammen einen Besuch bei gemeinsamen Freunden gemacht. Das ist das ganze Geheimnis. Aber nehmt doch noch von dieser Pastete, sie ist vorzüglich... und noch ein wenig von diesem Wein. Er erfreut das Herz.«
»Ihr seid also Arzt?«
»Ich sagte Euch: ich bin derjenige, der ist. Ich könnte auch sagen: ich bin derjenige, der weiß! Ja, mein junger Freund, ich bin Arzt und, ohne mir zu schmeicheln, vielleicht der beste von allen, denn ich behandle die Seele wie den Körper. Manche meiner Kranken können mich nicht entbehren, und das zwingt mich häufig zu Reisen.«
Gilles' Instinkt verriet ihm, daß das, was dieser Mann sagte, nicht in allen Punkten zutraf. Irgend etwas stimmte nicht, klang falsch, aber er konnte nicht ausmachen, was es war. Vielleicht war die Erklärung zu einfach, zu natürlich, und nichts von dem, was mit der seltsamen Gräfin und Monsieur zusammenhing, konnte so einfach sein. Um sich Klarheit zu verschaffen, versuchte er, möglichst unauffällig weiter vorzustoßen.
»Behandelt Ihr jemand im Luxembourg-Palais? Vielleicht die Gräfin oder Monseigneur selbst?«
»Monseigneur nimmt in der Tat zuweilen meine bescheidenen Dienste in Anspruch, wenn ihn seine Leiden zu sehr quälen...

obwohl er es nur mit großer Diskretion, ja, ich möchte sagen, unter absoluter Geheimhaltung tut, um die nicht zu kränken, die sich für gewöhnlich um seine Gesundheit kümmern.«
»Seine Leiden? Der Prinz ist noch nicht dreißig!«
»Das Alter tut nichts zur Sache! Er ißt und trinkt viel zuviel. Stellt Euch vor, Seine Hoheit konsumiert täglich ungefähr zehn Flaschen alten Weins. Und obwohl er Pferde bewundert und in seinen Ställen einige der schönsten Rassepferde Europas besitzt, reitet er nie, im Gegensatz zum König, der fast ebensoviel ißt, aber viel weniger trinkt und durch die tägliche Jagd gerettet wird. Die Beschwerden, die sich bei Monsieur aus diesem Stand der Dinge ergeben, sind zahlreich. Er leidet an Gichtanfällen, Krampfadern, schmerzhaften Leberkoliken und Rotlauf. Nun, ich verfüge über gewisse Elixiere, die ihm zuweilen sehr hilfreich sind. Das einzige, wonach er verlangt, denn wenn ich ihm von Diät sprechen will, weigert er sich, mich anzuhören.«
»Ich verstehe! Und... der Prinz ist dieser Tage krank?«
»Leidend genug in jedem Fall. So sehr, daß ich ihn mitten in einer schlimmen Leberkrise fand, die mildern zu können ich das Glück hatte.«
Diesmal wußte Gilles, daß dieser Cagliostro im schönsten Zuge war, ihn zu belügen, und daß die »ärztlichen« Beziehungen, die er zum Prinzen unterhielt, zweifellos etwas anderes verbargen, denn der Mann, der vorhin Boehmer aufgesucht hatte, war vielleicht zu dick und zu rot gewesen, hatte aber durch nichts zu erkennen gegeben, daß er an der Leber oder etwas anderem litt.
»Das ist das ganze Geheimnis«, seufzte der Arzt, indem er sich vorneigte, um das Spiel der Flammen durch sein Champagnerglas besser beobachten zu können. »Und ich segne das Gefühl, daß Euch diese charmante Mademoiselle de Latour einflößt, denn ihm verdanke ich Euer glückliches Dazwischentreten vorhin. Aber... wenn Ihr erst seit kurzem in Paris seid, wann seid Ihr ihr dann begegnet? Sie verläßt sehr selten das Haus...«
Gilles' Gedanken waren mit dem Rätsel beschäftigt, das diese merkwürdige Persönlichkeit ihm aufgab. Er war nicht mehr auf seiner Hut und antwortete zerstreut:

»Oh, es ist ziemlich lange her, daß ich Judith zum erstenmal begegnet bin...«
Seine Dummheit wurde ihm bewußt, als die Stimme seines Gastgebers anschwoll:
»Judith...? Heißt Mademoiselle de Latour nicht Julie?«
Die funkelnden Augen des Arztes hefteten sich gebieterisch auf das jäh errötete Gesicht des Chevaliers, der lächelte und sich ziemlich ungeschickt bemühte, gegen seine Verlegenheit anzukämpfen.
»Habe ich Judith gesagt? Ich muß mich versprochen haben.«
»Nein. Ihr habt Euch nicht versprochen. Ihr habt in voller Kenntnis der Sache Judith gesagt, weil Ihr sie in der Tat lange kennt... sehr lange sogar! Zweifellos wißt Ihr über sie viel mehr als ich!«
Der liebenswürdige und gutmütige Ton des Arztes hatte sich verändert. Eine unbestimmte Drohung schwang in ihm mit, und Gilles empfand jäh, daß sich hinter der lächelnden Außenseite, dem Charme dieses Mannes etwas unendlich zu Fürchtendes verbarg. Zugleich überfiel ihn die Angst, daß sein unbedachtes Wort für die, die er liebte, eine Gefahr heraufbeschworen haben könnte. Cagliostros Blick wurde geradezu unerträglich...
Das Läuten der durch die ganze Breite des Hofs von diesem Raum getrennten äußeren Glocke erlöste ihn davon und enthob ihn einer Antwort. Einen Moment hatte ein Zittern den Arzt erfaßt, dann wandte er sich stirnrunzelnd ab.
»Wer kann um diese Zeit hierherkommen?« murmelte er zwischen den Zähnen.
Der riesige Pförtner trat fast im selben Augenblick ein und raunte einige Worte ins Ohr seines Herrn, der zusammenfuhr, sich sodann auf Gilles stürzte, ihn am Arm packte und zu einer kleinen Tür im Hintergrund des Raumes zog, nicht ohne unterwegs einen brennenden Leuchter an sich zu raffen.
»Schnell! Tretet hier ein und zeigt Euch nicht...! Ein unerwarteter Besucher! Es wird nicht lange dauern.«
»Ich möchte Euch nicht stören«, protestierte Tournemine. »Ohnehin wollte ich nicht lange bleiben. Befehlt Eurem Domestiken, mir mein Pferd zu bringen, und ich verlasse Euch...«
»Davon ist keine Rede! Wir haben noch einiges miteinander zu

besprechen. Ihr seid entschieden eine viel interessantere Persönlichkeit, als ich dachte.«

»Aber schließlich, Monsieur...«

Sein Protest war vergeblich. Mit plötzlich eisenhart gewordener Hand hatte Cagliostro seinen Gast in ein ziemlich schmales Kabinett geschoben, den Leuchter auf einen mit schwarzem Samt bedeckten Tisch gestellt und war wieder gegangen, sorgfältig die Tür hinter sich schließend. So gründlich sogar, daß der junge Mann das Drehen eines Schlüssels im Schloß gehört zu haben glaubte. Empört wollte er sich gegen die Tür werfen, aber nach kurzem Überlegen gelang es ihm, den Impuls sich mit allen Mitteln zu befreien, zu unterdrücken. Es war vielleicht recht interessant, den Versuch zu machen, herauszufinden, wer der unerwartete Besucher war.

Bei genauerer Untersuchung der Tür bemerkte er im Holz einen ziemlich langen Spalt, zwar schmal, aber breit genug, wenn man das Auge dicht an ihn preßte, um einen Teil der Bibliothek und in ihm den italienischen Arzt und die eben eingetretene Person zu gewahren.

Es war ein Mann von etwa fünfzig Jahren mit auffallend schönen Zügen, imposant anzusehen in einem Rock aus schwarzer Seide, aufgehellt durch ein Jabot und prachtvolle Manschetten aus weißer Spitze. Schönes silbergraues, ziemlich kurz geschnittenes Haar lockte sich um ein rundes Käppchen, wie es Priester tragen, nur war dieses Käppchen purpurn, und Gilles kannte die kirchliche Hierarchie zu gut, um nicht zu wissen, daß es sich um einen Fürsten der Kirche handelte, vor dem sich Cagliostro eben sehr tief verneigte.

»Mein Sekretär Ramon de Carbonnières hat sich also nicht getäuscht«, sagte der Ankömmling mit weicher, wohlklingender Stimme, »als er Euch heute abend das Haus der charmanten Gräfin verlassen sah! Ihr seid wirklich in Paris, mein lieber Zauberer... und Ihr seid nicht bei mir! Wißt Ihr, daß ich beleidigt sein könnte?«

»Eure Eminenz hätte sehr unrecht, denn als ich bei ihr vorsprach, sagte man mir, daß sie sich auf ihrem Besitz in Coupvray befinde.«

»Was ist das schon! Ein paar Meilen! Konntet Ihr nicht zu mir kommen oder mich benachrichtigen lassen? Und übrigens, warum habt Ihr mir Euer Kommen nicht angezeigt? Ihr wißt, wie sehr ich

Euch brauche. Seit Monaten bitte ich Euch nun, Euch in Paris niederzulassen, und ebenso lange beharrt Ihr darauf, bei diesen Rechtsverdrehern von Bordeaux zu bleiben! Was hat ein Chevalier de Rolland, ja ein Marquis de Canolle zu besagen, wenn ein Rohan Eurer bedarf? Wer sind sie, daß Ihr Euch so zu ihrer Verfügung haltet?«
In seinem Versteck wollte es Tournemine vorkommen, als mache diese Eminenz, die nur der Großalmosenier von Frankreich, Prinz Louis de Rohan, Fürstbischof von Straßburg sein konnte, dem Italiener so etwas wie eine Eifersuchtsszene, und seine Neugier wuchs dadurch noch mehr. Wer war dieser unbekannte Arzt, den ein Prinz von Geblüt heimlich zu sich rief, und den ein Rohan im Tonfall einer verlassenen Mätresse anflehte, dieser Mann, der Judiths Freund zu sein behauptete? Sein Erstaunen steigerte sich noch, als er von neuem Cagliostros klangvolle Stimme hörte, doch nun erfüllt von einer völlig unbegreiflichen Strenge, als spreche ein Lehrer zu seinem Schüler:
»Mein Werk in dieser Stadt ist noch nicht beendet, und Eure Eminenz weiß sehr gut, daß ich zu ihr zurückkehren werde, sobald es möglich ist. Darf ich mir jedoch erlauben zu fragen, wie sie wissen konnte, daß ich mich in diesem Haus befinde?«
Der Kardinal ließ sich mit einem Seufzer voller Überdruß in den zuvor von Gilles benutzten Sessel sinken.
»Ramon, der Euch ungeheuer bewundert, brachte es zuwege, der Gräfin diese Adresse zu entreißen! Ihr werdet doch dieser entzükkenden Frau deswegen nicht zürnen?« fügte er hinzu, als er Cagliostro die Stirn runzeln sah. »Als sie erfuhr, daß ich in Paris bin, muß sie sich gedacht haben, daß es mich tief beglücken würde, Euch zu sehen, selbst nur einen Moment. Sie kann dem Vergnügen, denen Freude zu spenden, die sie liebt, nicht widerstehen. Aber sagt mir, mein lieber Zauberer, ich wußte nicht, daß Ihr so gute Beziehungen zu den Großen Polens unterhaltet! Gehört dieses Haus nicht dem Grafen Ossolinski?«
»Eure Eminenz gehört zur Welt der Diplomatie. Sie müßte wissen, daß ich Beziehungen zu vielen Höfen Europas unterhalte«, erwiderte der Arzt noch strenger. »Ich sollte zu ihrer Unterrichtung

hinzufügen, daß sie erstaunt wäre, wenn sie wüßte, wie viele Fürsten in Asien und Afrika sowie bedeutende Männer in Amerika sich gern zu meinen Freunden... oder zu den mir zu Dank Verpflichteten zählen!«

»Verzeiht mir...! Mein Gott, ich habe Euch ja gestört!«

Der Blick des Prinzen war auf den kleinen Tisch gefallen, auf dem zwei halbvolle Gläser und Pastetenreste auf den Tellern verblieben waren.

»Eure Eminenz stört mich nie«, sagte Cagliostro kalt. »Ihr Besuch ist immer eine Freude für mich oder meine Freunde...«

»Freunde, die ich verscheuche, nicht wahr? Hört, mein Lieber, vergebt mir doppelt, ja dreifach, wenn dieser Freund... eine Frau sein sollte!« schloß er, die letzten Worte dämpfend.

Cagliostro verneigte sich, ohne etwas zu erwidern, und Gilles hörte nichts mehr, denn die beiden hatten zu flüstern begonnen, doch er konnte den Kardinal das Zimmer verlassen sehen, nachdem er den Arzt, dessen Hand er mehrfach herzlich schüttelte, mit allen Zeichen wärmster Freundschaft überhäuft hatte.

Um nicht beim Spionieren ertappt zu werden, kehrte Gilles der Tür den Rücken und trat zu einem der beiden Sessel, die mit dem Tisch, auf dem der Leuchter stand, das ganze Mobiliar eines Raumes bildeten, den aufmerksam zu mustern er sich bisher nicht Zeit genommen hatte und dessen Anblick ihn nun überraschte.

Es war ein ziemlich unheimlicher Ort. An den schwarz bespannten Wänden waren aus Kupfer ausgestanzte seltsame Zeichen zu sehen, die alle um zwei gekreuzte Degen zu kreisen schienen. Schwarz war auch der Samt, der die Sessel überzog und den Tisch bedeckte, und bei genauerem Betrachten dieses letzteren Möbels bemerkte Gilles, daß merkwürdige Gegenstände in einer gewissen Symmetrie auf ihm angeordnet waren: eine Rose, ein Kreuz, ein Dreieck und ein sehr kleiner Totenkopf, alles aus Silber getrieben und mit größter Feinheit ausgeführt. Im Zentrum stand der Leuchter vor einem Spiegel, der sein Licht reflektierte und dessen Glanz verdoppelte.

Mechanisch ließ sich der junge Mann in einen der Sessel sinken, die Augen auf die Flamme gerichtet, die ihm plötzlich an Intensität zuzunehmen schien und zudem regelmäßig kurz aufblitzte, da der

Spiegel unerklärlicherweise begonnen hatte, sich um die eigene Achse zu drehen.

Cagliostro war zweifellos damit beschäftigt, seinen Besucher zum Wagen zu geleiten. Tiefe Stille herrschte und wirkte intensiv beruhigend auf Gilles' gespannte Nerven ein. Sein Blick hatte sich unbeirrbar auf den Strahlpunkt der Flamme geheftet, doch von Müdigkeit beschwert, senkten sich seine Lider immer tiefer.

Unvermittelt spürend, daß er im Begriff war einzuschlafen, versuchte er, sich zu bewegen, zu reagieren, doch je mehr er sich gegen seine Müdigkeit wehrte, desto mehr schien sie zuzunehmen, während die Versuchung, sich einfach dem Schlaf zu überlassen, unüberwindlich wurde. Es war, als preßten sich zwei sanfte und zugleich starke Hände auf seine Schultern, um ihn in diesem Sessel festzuhalten, aus dem sich zu erheben er immer weniger Lust verspürte.

Irgendwo in den unergründlichen Tiefen seines Unterbewußtseins schien eine Stimme mit gebieterischer Sanftheit zu murmeln, eine Stimme, die ihm befahl zu schlafen, zu schlafen, zu schlafen... Der Spiegel fuhr fort, sich träge zu drehen, und Gilles vermochte sich seiner Faszination nicht mehr zu entziehen. Weder hörte noch sah er den Italiener sich hinter seinem Sessel langsam, langsam nähern, die Hände vor sich ausgestreckt wie zu einer Beschwörung. Das Universum entschwand ihm, während er in den weichen Abgrund eines tiefen, von Träumen erfüllten Schlafes tauchte...

Die Landschaften und Empfindungen von einst stiegen plötzlich wieder aus den Tiefen seiner Erinnerung auf. Er durchlebte von neuem die Verwandlungen, die er im Laufe seines kurzen Daseins durchgemacht hatte. Er war Gilles Goëlo, der barfüßige Bauernjunge der Heide von Kervignac, der ungeliebte Bastardsohn Marie-Jeannes, der lässige und zugleich revoltierende Schüler des Kollegs Saint-Yves zu Vannes, der wie geblendete, grollerfüllte Anbeter der arroganten Judith de Saint-Mélaine, der aus dem Seminar ausgebrochene künftige Priester, der ein Pferd gestohlen hatte, um seinem Schicksal schneller entgegenstürmen zu können. Dann der Sekretär Rochambeaus, der kleine, staunende Soldat des Regiments Royal Deux-Ponts, der Ordonnanzoffizier La Fayettes und George Washingtons, der Waldläufer und Gefährte Tim Thockers, der Gefangene der Irokesen, der leidenschaftliche Liebhaber der Indianerfürstin Sitapanoki, der ruhmreiche Kämpfer von Yorktown, der von dem Mann, dem er das Leben verdankte, noch am Rande des Grabes anerkannt worden war, schließlich der Offizier der Dragoner der Königin und verzweifelte Rächer der von ihren elenden Brüdern zu einem schrecklichen Tode verurteilten Judith.

Auch die der Gegenwart näheren Ereignisse zogen vorüber; lächelnde Gesichter erblühten auf dem dichten Gewebe der Erinnerung, Frauengesichter, das Maria-Luisas, Cayetanas, das der geheimnisvollen Gräfin, verdoppelt durch Judiths, das der Königin auch. Männergesichter tauchten ebenfalls auf: der aus dem dunklen Wäldchen von Trianon tretende Graf der Provence, Fersen mit seinem blaugeschlagenen Auge und endlich der seltsame italienische Arzt.

Doch je länger der Traum seine durchsichtigen Nebelschleier ausbreitete, desto peinvoller und schmerzlicher wurde das Erinnern, als übermanne neue Müdigkeit den Schläfer und als bemühten sich die Pforten seines Gedächtnisses vergeblich, sich zu schließen. Schließlich verschmolz alles in einem Mahlstrom von Blitzen und farbigen Punkten, abwärtswirbelnd in unergründliche, von den Finsternissen der Zeit erfüllte Abgründe, aus denen sich eine absurde und drohende Stimme erhob, eine Stimme, die schrie: »Das Zepter hat den Tempel geschlagen, aber der Tempel wird auch das Zepter schlagen, das in Schlamm und Blut sinken wird! Wehe den Lilien Frankreichs und denen, die ihnen dienen! Wehe den Lilien Frankreichs und denen, die ihnen dienen! Wehe den Lilien...«

Und dann war da nur noch ein tiefes schwarzes Gewässer, lau und liebkosend, von dem sich Gilles selig, erlöst davontragen ließ...

Ein morgendlicher Sonnenstrahl filterte durch einen Spalt der dicken Vorhänge aus gestreifter Seide und streifte die Lider des Chevaliers, die sich blinzelnd hoben. Er rieb sich die Augen, gähnte anhaltend und stellte, als er sich auf einen Ellbogen aufstützte, herzhaft fluchend fest, daß er in seiner ganzen Länge auf dem Teppich zu Füßen des schmalen Kanapees lag, auf dem er zuvor geruht hatte.

Schnell sich aufraffend, streckte er sich, sah um sich und bemerkte, daß er wieder in der Bibliothek war, in der der italienische Arzt ihn tags zuvor empfangen hatte. Nur war da keine Spur ihres Soupers, geschweige denn einer menschlichen Gegenwart zu sehen. Mit Ausnahme der vor einem Sessel aufgebauten Stiefel des jungen Mannes und seines über die Lehne desselben Sessels gebreiteten Rocks befand sich der Raum in völliger Ordnung. Keinerlei Geräusch ließ sich vernehmen.

Gilles zog die Vorhänge auf, um die Sonne ins Zimmer fluten zu lassen. Er entdeckte, daß die Fenster auf einen kleinen, schlecht gehaltenen Garten hinausgingen, in dem sich die wilden Rosen, die die einstigen Rosenstöcke ersetzt hatten, wie Brombeergestrüpp bis zu einer efeuüberwachsenen Mauer ausbreiteten, hinter der hohe Bäume aufragten.

Das Geräusch einer sich öffnenden Tür ließ ihn sich umdrehen, und er sah eine mit einem Besen, einem Staubwedel und einem Kehrblech bewaffnete stämmige Frau in Haube und Schürze erscheinen, die bei seinem Anblick einen Schrei ausstieß und all ihr Gerät mit einem Schlage fallen ließ.

»Bei allen Heiligen des Paradieses, was macht Ihr hier? Und vor allem: wer seid Ihr?«

»Was soll das heißen, wer ich bin? Ich sehe nicht ein, was Euch das angeht, gute Frau! Seid so freundlich und sagt dem Herrn Grafen de Cagliostro, daß ich mich vor meinem Aufbruch gern pflichtschuldig verabschieden würde... und gegen eine Tasse Kaffee nichts einzuwenden hätte!«

»Wem?«

»Nun, Eurem Herrn! Dem Herrn de Cagliostro!«

»Wer ist das?«

Wenn es sich nicht um einen Hinterhalt oder um seinen Dienst handelte, gehörte Geduld nicht gerade zu den hervorstechenden Tugenden des Chevaliers. Er stieg in seine Stiefel, um sich mehr Würde zu verleihen, schlüpfte in seinen Rock, rückte die Perücke zurecht und baute sich vor der Magd auf, die sich für alle Fälle nach ihrem Besen gebückt hatte, vielleicht um sich seiner gegen den Eindringling zu bedienen.

»Versuchen wir, uns zu verstehen. Dieses Haus gehört doch dem Grafen Ossolinski?«

»Ja. Man könnte genausogut sagen, einem Gespenst, weil er nie hierherkommt.«

»Das ist gut möglich, aber es ist Euch gewiß nicht unbekannt, daß Graf Ossolinski sein Haus seinem Freund, dem Grafen de Cagliostro, zur Verfügung stellt, wenn dieser nach Paris kommt?«

»Ich muß noch einmal fragen, mein Kavalier, wer das ist? Ich habe nie von ihm gehört.«

»Das ist doch unmöglich! Der Graf hat mich gestern abend hier empfangen... Er hat mir sogar ein Souper geboten. Ruft mir den Pförtner!«

»Welchen Pförtner? Dieses Haus steht seit Monaten leer!«

»Und Ihr? Wer seid Ihr?«

»Ich? Ich bin die Witwe Radinois. Ich wohne gleich nebenan in der Rue Saint-Anastase. Gratien Radinois, mein verstorbener Mann, wurde vom Herrn Grafen Ossolinski bezahlt, um die Fenster zu öffnen und alle Woche ein bißchen sauberzumachen, und da das Geld nach seinem Tod noch immer kommt, mache ich's an seiner Stelle. Aber aufs Kreuz meiner armen verstorbenen Mutter schwöre ich, daß ich weder von Eurem Grafen Dingsda noch von einem Pförtner je was gehört habe!«

»Versucht, Euch zu erinnern! Ein großer Bursche, ein Ausländer. Er könnte ein Pole sein...«

»Nie gesehen, nie von ihm gehört!« versicherte die Witwe Radinois entschieden. »Wenn der Herr Graf nach Paris kommt, bringt er all seine Leute mit, aber seit gut fünf Jahren ist das nicht passiert. Bemerkt übrigens, daß ich nichts dagegen habe, wenn er sein Haus Freunden leihen will. Wahrscheinlich hat er Eurem Grafen einen Schlüssel gegeben... Muß ja wohl! Er kann ja wohl kaum durch die Mauern gekommen sein. Nur hätte der Herr Graf es mich wissen lassen können. Wäre ehrlicher gewesen! Und was tun wir jetzt, mein Herr Kavalier?«

»Nichts! Oder vielmehr doch! Macht Eure Hausarbeit wie gewöhnlich. Ich werde zusehen, ob ich meinen Gastgeber von gestern abend finden kann. Aber zuvor...«

Während dieser Worte wandte er sich zum Hintergrund der Bibliothek, öffnete die in das schwarz ausgeschlagene Kabinett führende kleine Tür und wich mit einem überraschten Ausruf zurück: Weder von den schwarzen Wandbehängen noch von den Samtsesseln und dem Tisch mit den silbernen Gegenständen war auch nur eine Spur zu entdecken. Was er vor sich sah, war ein von nackten Mauern umschlossener kleiner Raum mit einem Stapel alter Bücher auf dem Boden und einer niedrigen Bibliotheksleiter. Von dem beunruhigenden Dekor der vergangenen Nacht war nichts geblieben.

Ihm blieb keine Zeit, sich mit diesem neuen Mysterium auseinanderzusetzen. Die Stimme der Witwe Radinois störte ihn auf:

»Sagt, Herr Kavalier, sollte dies hier vielleicht für Euch sein?«

»Wo habt Ihr das gefunden?« fragte er, während er den Brief nahm, den sie ihm reichte.

»Auf dem Kamin dort. Es ist was draufgeschrieben, aber um Euch nichts zu verbergen, ich habe niemals lesen gelernt. Mein Verstorbener konnte es. Er war ein Mann von Bildung. Der Pfarrer von Saint-Louis-des-Jésuites sagte von ihm sogar, wenn er nur gewollt hätte...«

Doch Gilles interessierte sich nicht für die intellektuellen Gaben des entschlafenen Radinois. Der Brief war wirklich für ihn, wie sein in großen, energischen Buchstaben auf den Umschlag geschriebener Name besagte, und er war ebenso kurz wie beunruhigend:

»Versucht fürs erste nicht, Mademoiselle de Saint-Mélaine wiederzufinden. Es hieße, ihr Leben unnütz in Gefahr bringen...«

Es war nicht zu begreifen! Zornig stopfte er den Brief in die Tasche, suchte seinen Hut, stülpte ihn sich über den Schädel und wandte sich zur Tür.

»Hört, mein junger Herr«, rief die Witwe, die mit auf die prallen Hüften gestützten Fäusten jede seiner Bewegungen mit ihrem graziösesten Lächeln verfolgte, »falls es Euch wieder einmal einfallen sollte, hier zu schlafen, sagt es mir. Ich bereite ein Zimmer für Euch vor. Das wird Euch besser gefallen als ein Kanapee, und außerdem hab' ich für die schönen Soldaten was übrig! Ich wohne in Nr. 2, Rue Saint-Anastase...«

Doch Gilles hatte kein Verlangen, in dieses Haus zurückzukehren, wenigstens nicht mit dem Segen der Witwe Radinois. Trotzdem bedankte er sich, tippte an seinen Hut und machte sich auf die Suche nach dem Stall, ein Gebet auf den Lippen, daß sein schöner Merlin nicht zugleich mit dem italienischen Arzt, dem polnischen Pförtner und den Trugbildern des kleinen schwarzen Raums verschwunden sein möge.

Überflüssige Besorgnis! Der Ire war da, höchst komfortabel in der einzigen sauber hergerichteten Box eines riesigen Stalles untergebracht; sein Zaumzeug hing neben ihm an der Wand. Er wieherte vor Freude, als er seinen Herrn gewahrte, und wandte ihm in Erwartung der nicht ausbleibenden Liebkosungen seinen intelligenten Kopf zu.

»Du bist zwar ein großer Lackel von einem Pferd«, murmelte Gilles, während er ihn zu satteln begann, »aber trotzdem hast du dir nicht selbst deine Streu besorgt und deine Krippe gefüllt, und dich selbst abgesattelt und gestriegelt hast du dich auch nicht. Da ich nicht glaube, daß es dein Schutzengel gewesen ist, muß es jemand anders getan haben. Oder ich selbst war's, und ich bin Schlafwandler und von Hirngespinsten geplagt! Zu schade«, fügte er hinzu, indem er die Gurte unter dem Bauch des Pferdes festzog. »Wenn du nur sprechen könntest, könntest du mir wenigstens sagen, daß ich nicht verrückt bin. Übrigens ist da dieser Brief... Dieser verdammte Hexenmeister kennt Judith sehr viel besser, als er zugeben will. Klar, muß ja wohl so sein! Wie könnte er sonst ihren wirklichen Namen wissen?«

Jäh von einer Idee durchzuckt, hielt er inne. Es gab jemand, der ihm bestätigen konnte, daß all das kein Traum gewesen war, und das war jener illustre Besucher, den er durch den Türspalt bemerkt hatte. Man lügt nicht, wenn man ein Rohan, das heißt Fürst und Bretone ist und zu allem auch noch Kardinal. Allerdings war es für einen simplen Leibgardisten vielleicht schwierig, den Groß-Almosenier von Frankreich nach seinen geheimen Freundschaften und nächtlichen Unternehmungen zu fragen.

»Immerhin kann er mir, ohne deshalb beleidigt zu sein, die Adresse seines Hexenmeisters geben«, murmelte Gilles. »Er wird mich nicht gleich exkommunizieren, wenn ich ihn danach frage. Und dann wird man sehen!«

Merlin am Zügel, trat er in den Hof. Die Putzfrau war bereits da.

»Ah! Ihr habt auch ein Pferd, das hier geschlafen hat! Aber was wäre ein Kavalier auch ohne ein Pferd!«

»Nur eine halbe Portion! Meine Verehrung, Madame Radinois«, fügte er hinzu und bot ihr mit seinem strahlendsten Lächeln einen Gruß, der sie bis über die Ohren erröten und in eine entzückte Reverenz versinken ließ.

»Wie allerliebst Ihr doch seid!« rief sie aus. »Kommt wieder, wann Ihr wollt! Und wartet! Ich öffne Euch das Portal! Klettert nur schon auf Euer schönes Pferd, damit ich Euch im Sattel sehe!«

Der braven Frau zu Gefallen leistete Gilles sich den Luxus einer kleinen Schaunummer, sprang aus dem Stand in den Sattel, ließ Merlin unter dem begeisterten Beifall seines Publikums ein paar tiefe Verbeugungen vollführen, ein wenig spanische Schule dazu, und ritt sodann nach einem letzten Gruß in kaiserlicher Haltung aus dem Portal... eben zur rechten Zeit, um aus einem der benachbarten Häuser einen gewissen prächtigen englischen Hut auftauchen zu sehen, der ihn an etwas erinnerte, während er zugleich erfreut konstatierte, daß die Leichen der vergangenen Nacht fortgeschafft worden waren.

Im Begriff, sich in Richtung der Bastille zu entfernen, hielt er sein Pferd zurück, um sich zu vergewissern, daß er sich nicht täuschte. Doch es war wirklich der elegante Sekretär der Gräfin de La Motte, der, ein Spazierstöckchen unter den Arm geklemmt und vollauf damit beschäftigt, seine Hände in einem Paar bewunderungswürdiger buttergelber Handschuhe unterzubringen, mit der ausgeruhten Miene eines Mannes erschien, der nach einer geruhsamen Nacht sein Haus verläßt und einen Moment auf der Schwelle stehenbleibt, um die frische Morgenluft zu genießen, bevor er sich seinen täglichen Beschäftigungen zuwendet.

Er bemerkte Tournemine im selben Moment, in dem dieser ihn bemerkte – und der Anblick des die Ossolinski-Villa verlassenden Reiters schien ihm einen Schock zu verursachen. Über sein blondes, gutrasiertes Antlitz breitete sich ein erstaunter Ausdruck, der sich alsbald zu Empörung steigerte. Überstürzt das Anlegen seiner Handschuhe beendend, schwenkte er sein Stöckchen auf unbestimmt drohende Art und wandte sich sodann nervösen Schritts der Rue Saint-Gilles zu.

Dieses seltsame Benehmen verblüffte Gilles. Der schöne Sekretär kannte ihn nicht, konnte ihn nicht kennen. Ihre kurze Begegnung am Ausgang der Trianon-Gärten hatte ihm kaum zu einem unauslöschlichen Eindruck verhelfen können, da er nicht wußte, daß Gilles zu jenem Zeitpunkt den Spuren seiner Herrin folgte. Warum, zum Teufel, schnitt er also ein solches Gesicht, wenn er ihn aus diesem Haus kommen sah? Oder war es eben deshalb, weil es gerade dieses Haus war? Weil er es unbewohnt wußte oder weil ihm nur zu bekannt war, was sich vor dessen Tür in der Nacht ereignet hatte?

Während er Merlin durch den morgendlichen Verkehr der Rue Saint-Louis traben ließ, in der die Rufe der Straßenhändler auf das Lied des an der Ecke der Rue Saint-Anastase mit seinem Stand aufgebauten Scherenschleifers zu antworten schienen, beschlich den Chevalier der Gedanke, daß diese ganze kleine Welt im Umkreis des Temple-Bezirks sich seltsam benahm ... Und plötzlich verhielt sein Geist bei diesem Wort »Tempel«, und die gewaltige Stimme, die aus den Tiefen seines rückblickenden Traums einen so schrecklichen Fluch gegen die Lilie Frankreichs geschleudert hatte, grollte von neuem an sein Ohr und verstärkte das Gefühl des Unbehagens, das er beim Anblick des Sekretärs verspürt hatte. Was bedeutete diese Verwünschung eines Königtums im scheinbar unwichtigen Dasein eines in der Schande geborenen Glücksritters, dessen bescheidener Lebensfaden nicht dazu bestimmt schien, sich mit den prunkenden Stickereien königlicher Schicksale zu vermischen ...?

Es war unmöglich, eine solche Frage zu beantworten. Zudem verloren die Schatten der Nacht in dem Paris vergoldenden morgendlichen Sonnenschein ihre Macht. Und schließlich wollte Gilles sich zu dieser Stunde nur mit sich und derjenigen beschäftigen, die er liebte: vor allem wollte er Judith wiederfinden, selbst wenn sie sich jetzt Julie nannte, selbst und besonders dann, wenn sie in seltsame und gefährliche Machenschaften verstrickt war ... Er wußte, daß er genug Liebe im Herzen trug, genug Entschlossenheit besaß, um sie aus dem Komplott zu befreien, von dessen dunklen Schleichwegen er jeden Tag ein Stückchen mehr entdeckte.

Der junge Mann hatte keinerlei Mühe, sich das Hôtel de Rohan-Strasbourg zeigen zu lassen, das der Kardinal bewohnte. Doch an diesem Morgen war das Glück nicht auf seiner Seite: In der Rue des Francs-Bourgeois erfuhr er nur, daß seine Eminenz Paris im ersten Morgengrauen verlassen und nicht geruht habe, das Ziel seiner Reise anzugeben. War es sein Besitz in Coupvray, war es sein Bistum Straßburg? Es war unmöglich, auch nur den kleinsten Hinweis aus einem Pförtner herauszuholen, der darauf beharrte, unbestechlich zu sein.

Es blieb dem enttäuschten und wütenden Gilles nichts weiter übrig, als in einer anderen Richtung zu suchen, aber der Teufel wußte allein, in welcher! Sollte er nach Bordeaux?... Dieser Cagliostro schien ihm zu ausgekocht dafür.

Doch warum sollte der dem Hexenmeister hinterherlaufen, wenn er wußte, wo Judith zu finden war? Allerdings war sie für ihn hinter den düsteren Mauern des alten Medici-Palais' fast ebenso unerreichbar, ebenso fern wie die Bewohnerin eines anderen Planeten. Daß sie in Gefahr war, wenn er versuchte, sie ihnen zu entreißen, wollte Gilles gern glauben, selbst wenn seine Liebe sich dagegen auflehnte.

Er begriff allmählich, daß die Berührung mit den Großen dieser Welt oft mehr Mühsal und Schmerzen mit sich bringt als ein stilles, bescheidenes Dasein, vor allem für Menschen reinen Herzens, und es verlangte ihn jetzt leidenschaftlich danach, mit Judith die Unscheinbarkeit wiederzufinden, aus der herauszutreten er sich als Jüngling so sehr gewünscht hatte.

Früher hatte er davon geträumt, Judith zu den wilden Flüssen Amerikas mitzunehmen, um dort das Leben neu zu beginnen und mit ihr eine neue Falken-Dynastie zu begründen. Jetzt wollte er sie ins Herz des Tals der Hunaudaye, in den Schutz der vom Wald wie von einem Mantel umhüllten alten Türme bringen, fern vom Getriebe des Hofs, fern von den Machtgelüsten der Menschen... fern von seinem eigenen Ehrgeiz, weil ein Tag des Glücks mit Judith ihm nun unendlich kostbarer schien als ein ganzes Jahr unter den vergoldeten Paneelen Versailles'...

Die Stunde für Träume war jedoch noch nicht gekommen. Hungrig und mit der Absicht, ein wenig Toilette zu machen, wandte sich der Chevalier in Richtung des Hôtels d'York, wo er gewiß sein konnte, bei Nicolas Carton alles Nötige vorzufinden.
Über die Place de Grève erreichte er den Pont-Neuf und seinen ständigen Jahrmarkt, dem es stets gelang, den in ihm noch lebendigen Jüngling zu amüsieren.
Es war die einzige Brücke, die nicht wie alle anderen durch eine doppelte Häuserreihe in eine Straße verwandelt wurde. Dank der bis auf den Fahrdamm überquellenden Auslagen der Blumenverkäufer und Obsthändler ähnelte sie eher einem Garten. Aber es gab dort auch andere Stände: Trödler und Flickerinnen, Schuster und Händler mit Bändern, Köche, die in mächtigen Töpfen reichlich zweifelhafte Kost zusammenbrauten, Stiefelputzer und Hundescherer, Quacksalber, die, von ohrenbetäubender Musik begleitet, Zähne zogen oder Elixiere verkauften, die sowohl gegen Hühneraugen wie gegen Altersschwäche halfen. Eine erstaunliche, täglich stattfindende Kirmes.

An diesem Morgen schien Paris guter Laune. Das nächtliche Gewitter hatte es frisch gewaschen, zudem hatten die von Montereau während der Nacht eingelaufenen Lastkähne gute Nachrichten gebracht. Die Ernten hieß es, würden vorzüglich sein, es gäbe Brot für alle im Überfluß und zu kaum erhöhten Preisen.
Während der junge Mann sein Pferd zwischen den pittoresken Auslagen der Händler hindurchlenkte und die Einladung einer Marktfrau oder den auffordernden Blick eines Mädchens mit einem Lächeln beantwortete, wurde seine Aufmerksamkeit von dem roten Federbusch auf der Kopfbedeckung eines stämmigen Burschen angezogen, der in der weißen, rot abgesetzten Uniform des Regiments Soissonnais steckte. Es war ein Rekrutierungssergeant, und er war bei der Arbeit, denn seine linke Hand ruhte auf der Schulter eines jungen Mannes von sechzehn oder siebzehn Jahren, während er in der rechten eine offenbar recht verlockend gefüllte lederne Börse hüpfen ließ.
Die sonore Stimme des Mannes tönte weit in die Runde, aber das, was

er sagte, interessierte niemand, denn er und seinesgleichen waren nicht selten auf der Brücke zu finden, und im übrigen hätte jeder einigermaßen auf dem laufenden befindliche Pariser herunterleiern können, was er über den Ruhm und das Vergnügen im Dienste des Königs, die Eleganz der Uniform, ihre Anziehungskraft auf die Mädchen, die Vortrefflichkeit der Armeekost und die Höhe der Löhnung dröhnend herbetete. Doch der junge Mann, für den der Sergeant sich so in Unkosten stürzte, schien keineswegs geneigt, sich überzeugen zu lassen. Verlegen lächelnd, schüttelte er den Kopf und machte schüchterne Anstrengungen, sich der auf seiner Schulter verankerten schweren Pranke zu entziehen. Gilles hörte ihn stottern:
»Ich würde gern, Herr Sergeant, aber ich kann nicht... Ich muß für meine Schwester sorgen. Sie hat nur mich auf der Welt, und Ihr seht ja selbst, daß sie kränklich ist.«
In der Tat klammerte sich an den anderen Arm des jungen Mannes ein Mädchen von vierzehn oder fünfzehn Jahren, das mit angstvollen Augen dem Gespräch der beiden lauschte. Ihr Gesicht war sanft, ziemlich hübsch, aber zu blaß, eine ihrer Schultern war höher als die andere, und sie hinkte sichtlich.
»Du wirst besser für sie sorgen, wenn du ihr einen Teil deiner Löhnung schickst. Sie wird gemütlich zu Hause bleiben und sich vielleicht eine Magd leisten können... Du hast keinen blassen Schimmer, was du bei uns alles verdienen kannst! Was ist dein Beruf?«
»Mein Beruf? Ich hab' keinen... Ich verdiene mein Leben und ihres als Lastträger.«
»Und da spielst du den Kostverächter? Heiliges Donnerwetter, mein Junge, die Ausrüstung eines Soldaten im Felde ist halb so schwer wie ein Holzklotz oder ein Sack mit Sand. Du kannst wahrlich von Glück reden, daß du mir begegnet bist! Komm, wir gehen zusammen in die Kneipe, einen trinken! Ich spendiere! Und dann unterschreibst du mir ein Papier...«
Das Mädchen zerrte am Arm ihres Bruders und begann zu weinen.
»Hör nicht auf ihn, Gildas! Er will uns trennen! Komm, laß uns gehen, ich bitte dich!«

»Du weißt nicht, was du sprichst, Mädchen! Ich sage dir doch, daß es zu seinem Besten ist... und auch zu deinem! Vorwärts, laß ihn los! Ihr werdet mir es später danken.«
Mit einem Stoß drängte er das Mädchen zurück, das stolperte und mit einem Schmerzensschrei am Rande des Fahrwegs stürzte. Zugleich gab er zweien seiner Leute, die sich lauernd ein wenig abseits hielten, ein Zeichen, dann packte er den jungen Mann, der seiner Schwester zu Hilfe kommen wollte.
»Das hat jetzt lange genug gedauert! Halt dich ruhig!«
»Es hat in der Tat lange genug gedauert! Laßt diesen Mann los!« befahl Tournemine, der Merlins breite Brust zwischen den Sergeanten und seine Leute manövriert hatte, schroff.
Der Rekrutierer zwang sich mühsam zu einem Lächeln.
»Es liegt kein Grund vor, Herr Leutnant. Dieser Bursche verlangt nichts Besseres, als dem König zu dienen! Es kommt nur darauf an, sich zu verständigen.«
»Das ist nicht wahr!« rief der junge Mann, der angesichts der unerwarteten Hilfe sichtlich wieder Mut faßte. »Seit einer Stunde sage ich ihm, daß ich mich nicht anwerben lassen will... meiner Schwester wegen. Ich bitte Euch, Herr Offizier, sagt ihm, er soll mich in Ruhe lassen!«
»Eben das tue ich. Hört, Sergeant, Ihr wißt sehr gut, daß der König mit diesen Praktiken der Zwangsanwerbung aufräumen will.«
»Er hat's mir nie gesagt«, erwiderte der Mann, sichtlich schlecht gelaunt. »Und mein Oberst auch nicht. Uns fehlt's an Leuten, und wenn ich niemand bringe, krieg' ich's zu spüren.«
»Der Tag ist noch nicht zu Ende. Hier, überlegt Euch die Frage in der Kneipe... auf meine Gesundheit!«
Eine Münze sprang aus seiner Hand, die der jäh besänftigte Sergeant im Fluge auffing.
»Man sieht, daß man bei der Leibgarde keine Not hat, Leute zu finden!« sagte er, die Achseln zuckend. »Na, schön, wir werden versuchen, das Loch noch vor heute abend zu stopfen. Trotzdem schönen Dank, Herr Leutnant... Aber würdet Ihr vielleicht die Güte haben, woanders spazierenzugehen? Ihr stört mich bei der Arbeit.«

»Beruhigt Euch, ich verschwinde gleich.«
Er stieg vom Pferd, während der junge Mann seiner Schwester beim Aufstehen half und ihr die Tränen von den Wangen wischte.
»Du heißt Gildas? Bist du Bretone?« fragte er in dieser Sprache.
Die grauen Augen des Jungen rundeten sich verdutzt, und das Mädchen hörte plötzlich auf zu weinen.
»In Landévennec geboren, Euch zu dienen, Herr Offizier.«
»Was tust du dann in Paris? Wär's in der Heimat nicht besser für dich? Du bist Fischer, nehme ich an?«
Der Junge wandte hastig den Kopf ab und errötete unter seiner Bräune.
»Ich war Fischer. Ich war sogar im Dienst der Mönche der Abtei, aber ich hatte mein eigenes Boot. Und dann hab' ich Pech gehabt. Ich mußte fort, vor allem Gaïds, meiner Schwester, wegen. Sie kann sich ohne mich nicht behelfen. Ohne Euch wüßte ich nicht, was aus ihr hätte werden sollen.«
Das Mädchen hatte sich in der Tat wieder gefaßt; mit einer Art Gier klammerte sie sich so fest an Gildas' Arm, daß die Gelenke ihrer Finger weiß hervortraten. Ihre großen, grauen Augen, die denen des Bruders erstaunlich ähnelten, starrten den Offizier mit einer Mischung aus Angst und Bewunderung an. Um sie zu beruhigen, lächelte der Chevalier ihr zu:
»Lastträger ist ein mühseliger Beruf. Wo wohnt ihr beide?«
Ein Schrecken glitt über das Gesicht des Kindes, das sich noch enger an seinen Bruder klammerte.
»Sag's ihm nicht, Gildas, sag's ihm nicht! Laß uns gehen!«
Er streichelte sanft ihre Hand, als beruhige er ein kleines, ängstliches Tier.
»Höre, Gaïd, er ist gut zu uns gewesen, er hat uns geholfen. Ohne ihn...«
»Ich weiß! Aber sag's ihm trotzdem nicht!«
Auf schmutzigen Krücken hinkend, näherte sich ihnen in diesem Augenblick ein Bettler, der sie seit einigen Momenten beobachtet hatte.
»Die Gören täten besser dran zu verschwinden. Wenn der Werber zurückkommt, seid ihr geliefert! Laßt sie verduften, Herr Kavalier,

oder sie werden den Jungen wieder am Wickel haben, kaum daß Ihr den Rücken wendet...«

»Gut, ich gehe. Gott schütze dich, Gildas! Aber glaub mir, du solltest in die Heimat zurückkehren. Hier wirst du immer einer Möwe ähneln, die sich einen Flügel gebrochen hat.«

Er setzte schon den Fuß in den Steigbügel, während der sich entfernende Bettler das Bretonenpärchen vor sich her stieß, als Gaïd plötzlich ihren Bruder losließ, trotz des kranken Beins fast laufend zu dem Chevalier zurückkehrte, auf die Gefahr hin, unter die Hufe des Pferdes zu geraten, seine Hand ergriff, sie küßte und ebenso schnell davonlief, wie sie gekommen war. Ihr Bruder war ein Stückchen weiter stehengeblieben und erwartete sie. Dabei sah Gilles, daß seine bloßen Füße in Holzpantinen steckten und daß einer der mit verrutschenden Fetzen umwickelten Knöchel eine kreisförmige rote Spur und eine noch kaum verheilte Wunde aufwies. Trotz seines jugendlichen Alters mußte der Bursche erst kürzlich Eisen getragen haben. Villeicht war er auf der Flucht, was die Angst des Mädchens erklären würde, einem Soldaten des Königs ihre Adresse zu verraten. Und in diesem Fall war es in der Tat besser, nicht mehr darüber erfahren zu wollen und seine jungen Landsleute ihren Schicksalsweg nach eigenem Gutdünken fortsetzen zu lassen. Trotzdem verspürte er ein leises Bedauern, denn er hätte gern mehr für diese Kinder getan, die unter demselben Himmel geboren waren wie er, aber allem Anschein nach nicht soviel Glück dabei gehabt hatten...

In der Rue du Colombier angelangt, vergaß er sie indessen schnell, weniger dank der Wonnen einer Schüssel mit warmem Wasser, eines kräftigen Frühstücks und des ausgezeichneten Kaffees Nicolas Cartons, als durch einen Brief, der früh am Morgen gebracht worden war, und den der Hotelier ihm übergab. Er kam von Boehmer und bereitete ihm nur mäßiges Vergnügen.

Reichlich weitschweifig und in ziemlich schwülstigem Stil ließ der Juwelier der Königin ihn wissen, daß sein Teilhaber und er selbst den Verkauf des Kolliers über die Grenzen des Königreichs hinaus nicht mehr in Betracht ziehen könnten.

»Wir haben von einer höchst autorisierten Persönlichkeit, die uns mit ihrer Kundschaft beehrt, erfahren, daß Ihre Majestät die Königin einige Betrübnis empfinden könnte, wenn sie von dem Verkauf eines so außergewöhnlichen Schmuckstücks an wen es auch sei hörte. Es scheint, als trage Ihre Majestät noch immer lebhaftes Verlangen nach unserem Kollier, obwohl sie es nicht mehr wagt, den König darum zu bitten, und daß sie uns ohne Zweifel sehr dankbar sein würde, wenn wir ihr vor Abschluß eines anderen Handels einige Zeit zur Überlegung und Abschätzung ihrer eigenen Möglichkeiten ließen, die geforderte Summe aufzubringen.

Da selbst die unausgesprochenen Wünsche unserer Allergnädigsten Majestät für uns, ihre bescheidenen Diener, Befehle sind, haben wir unseren Besucher unseres vollen guten Willens versichert. Wir fügen uns also, wenn auch vielleicht mit einigem Bedauern, aber der Herr Chevalier wird gewiß unsere Haltung verstehen und billigen.

Mit gleicher Post unterrichten wir selbstverständlich den Herrn Generalkonsul Spaniens von der Unmöglichkeit, den mit ihm vereinbarten Handel abzuschließen.

Falls Ihre Majestät nach diesem moralischen Aufschub, der mit dem Jahr enden wird, definitiv darauf verzichten sollte, unser Kollier zu erwerben, wären wir außerordentlich glücklich, die Verhandlung mit Euch dort wieder aufzunehmen, wo wir sie unterbrochen haben, und das in der aufrichtigen Hoffnung, daß Ihre Exzellenz, die Frau Herzogin von Alba bereit sein wird, sich ein wenig in Geduld zu fassen...«

Selbst ein notorischer Dummkopf hätte mühelos erraten, wer die »höchst autorisierte Persönlichkeit« war, dank derer Boehmer zumindest für den Moment, aber eben doch ein so verlockendes Angebot wie das Cayetanas zurückwies, obwohl seine stillen Teilhaber, wie etwa der Finanzier Baudard de St. James, die ihm die Herstellung des Kolliers erst ermöglicht hatten, schon auf die Rückzahlung des Geldes drängten. Was weniger leicht zu verstehen war, war der Grund, warum Monsieur, von dem man sagte, daß er seine Schwägerin mindestens ebenso hasse wie seinen Bruder, plötzlich so daran gelegen war, ihr den Kummer zu ersparen, daß eine andere Frau sich mit einem für sie zu teuren Geschmeide schmücken würde. Aber da es praktisch unmöglich war, mit

Boehmer und Bassange über diesen Punkt fürstlicher Psychologie zu diskutieren, verschob Gilles die Prüfung dieser Frage auf später.
Den Brief sorgfältig in der inneren Tasche seines Rocks bergend, nahm er sich vor, ihn ein wenig später zu beantworten, nachdem er der Herzogin von Alba geschrieben und ihrem Bankier Lecoulteux de la Noraye einen Besuch abgestattet hatte, um ihn vom Stand der Verhandlung zu unterrichten. Schließlich konnte Cayetana gut und gern sechs Monate auf die Verwirklichung ihres ruinösen Wunsches warten, denn ihr Bevollmächtigter sah beim besten Willen nicht, wie es der Königin, die, wie es hieß, stark verschuldet sein sollte und beim Spiel hohe Summen verlor, je gelingen sollte, sechzehnhunderttausend Livres zusammenzubringen.
Bevor er das Hôtel d'York verließ, fragte Gilles noch nach Fersen, in der stillen Hoffnung, ihn geneigter zu finden, auf die nüchterne Stimme der Vernunft zu hören und den Streit zwischen ihnen zu begraben, aber er mußte darauf verzichten: der Schwede war vor einer Stunde mit Monsieur de Stedingk fortgegangen.
Es war höchste Zeit für den Chevalier, nach Versailles zurückzukehren, aber kaum auf der Straße, lenkte er ganz natürlich Merlin in die entgegengesetzte Richtung. Es war stärker als er, er konnte Paris nicht verlassen, ohne sich kurz zu überzeugen, was in der Umgebung des Luxembourg-Palais' vorging. Das Verlangen quälte ihn, Judith zu sehen, und wäre es nur für einen Augenblick, nur durch die Scheibe eines Fensters...
Und dann hatte man ihm verboten, nach Mademoiselle de Saint-Mélaine zu suchen; von Mademoiselle de Latour war nicht die Rede gewesen.
Das Bild des Viertels hatte sich mit dem Tag verändert. Das erloschene Theater wirkte wie tot, dagegen hatten die Arbeiter ihre Gerüste wieder in Besitz genommen und sangen unter dem weiten Himmel, durch dessen Bläue Schwalben schossen. Durch die geöffneten Fenster waren mit Staubwedeln und Scheuerlappen bewaffnete Mägde bei derArbeit zu sehen; manche interessierten sich weniger für ihre Pflichten als für das, was auf der Straße vorging. Andere gingen mit großen Körben an jedem Arm zum Markt von Saint-Germain oder kehrten von dort zurück, schwer beladen mit

Möhren, weißen Rüben, Birnen, Kohl, Salatköpfen und großen flaumigen Pfirsichen. Viele von ihnen warfen einen raschen Blick auf das Pferd und den Reiter, einige drehten sich um. Doch Gilles wünschte, absteigen zu können, ohne Aufmerksamkeit zu erregen.

Der Zufall half ihm, als er die kleine Rue des Fossoyeurs erreichte und vor einem Haus von recht ansehnlichem Äußeren eine größere Anzahl Menschen versammelt fand; die geschlossenen Läden und die Trauerbehänge verrieten, daß es sich um eine Beerdigung handelte. Niemand beachtete den jungen Offizier, der sein Pferd an den Ring eines benachbarten Hauses band, sich gerade lange genug unter die Menge mischte, um zu erfahren, daß der Tote ein bekannter Bildhauer namens François Vernet war, und sich dann diskret zum Petit-Luxembourg hin entfernte.

Er hatte keinen genauen Plan. Er wollte nur bei Tage und von der Nähe das Haus sehen, in dem Judith lebte. Vielleicht hatte er Glück und sah sie es verlassen... auf dem Wege zur Messe in Saint-Sulpice, zum Beispiel, oder zum benachbarten Kloster.

Mehr als eine Stunde wartete er, ohne daß das Mädchen sich blicken ließ. Die Behausung des Grafen der Provence wirkte seltsam leblos und stumm. Mit Ausnahme der Posten, die an den Toren unerschütterliche Wache hielten, rührte sich nichts; alle Fenster zur Straße waren geschlossen.

Plötzlich sah Gilles eine ältere Frau erscheinen, wie die Dienerinnen eines großen Hauses in ein Kleid aus schwarzer Seide gehüllt, an dessen Gürtel ein Schlüsselbund hing. Eine mit schwarzen Bändern garnierte elegante Haube thronte auf dem grauen, gepflegten Haar dieser Frau, die unter dem Arm ein Meßbuch trug.

Sie schien es eilig zu haben, aber als sie quer über die Rue de Vaugirard direkt auf den jungen Mann zukam, hielt es ihn nicht länger: den Hut abnehmend, grüßte er sie mit großer Höflichkeit.

»Verzeiht, wenn ich Euch aufhalte, denn Ihr scheint in Eile, Madame, aber Ihr seht mich in einer großen Verlegenheit, und ich sehe niemand sonst, der mir helfen könnte...«

Ein inquisitorischer Blick, von einem spöttischen Lächeln gefolgt, zeigte sich unter der Spitzenhaube:

»Ich hätte nie geglaubt, den Armeen unseres guten Königs von so großer Hilfe sein zu können«, erwiderte sie.
»Was die Armeen betrifft, weiß ich nicht recht, aber was mich anlangt, bin ich dessen sicher. Ihr gehört, wie ich vermute, zum Haushalt Madames?«
»Das war nicht schwer zu erraten! Ihr habt mich aus ihrem Palast kommen sehen.«
»Ich bitte Euch, seid nachsichtig und macht mir die Sache nicht zu schwer. Ich möchte etwas über eine Person erfahren, die ebenfalls diesen Palast bewohnt... eine Person, die mich sehr nahe angeht.«
»Nach Euren Worten, Monsieur, nehme ich an, daß diese Person jung und hübsch ist! Es gibt hier nicht allzu viele davon. Erweist Ihr mir die Gunst, mir ihren Namen anzuvertrauen?«
»Mademoiselle de Latour.«
»Ah!«
Dieses »Ah!« war so kurz, daß es Gilles beunruhigte. »Kennt Ihr sie wenigstens?«
»Ich kenne sie...«
»Habt Ihr vergessen... daß es mein Wunsch war, etwas über sie zu erfahren?«
»Keineswegs. Es geht ihr bestens.«
»Madame, Madame«, murmelte der auf die Folter gespannte junge Mann, »Ihr martert mich nach Herzenslust! Ich möchte es aus ihrem eigenen Munde hören. Könnt Ihr mich nicht zu ihr bringen? Ich schwöre Euch, daß ich die besten Absichten hege. Ich heiße Gilles de Tournemine und bin einer ihrer Vettern.«
Diesmal begann die Frau zu lachen.
»Das sagen alle Verliebten der Welt, wenn sie sich dem Gegenstand ihrer Liebesglut nähern möchten! Ich zweifle nicht, Herr Leutnant, daß Ihr ein Ehrenmann seid – Eure Augen verraten es –, aber ich bezweifle, daß Ihr ein Vetter Mademoiselle Julies seid. Dies gesagt, kann ich Euch keinesfalls zu ihr führen.«
»Oh! Warum nicht?«
»Weil es unmöglich ist.«
»Aber der Grund...«
»... ist ganz einfach: Mademoiselle de Latour ist nicht mehr da. Sie

hat das Palais heute morgen zu früher Stunde mit einem ihrer Verwandten verlassen, der übrigens auch ein wenig der Eure sein muß, nicht wahr?« fügte sie mit einem mokanten Lächeln hinzu. »Habt Ihr Familie in Italien?... Nein, Ihr habt keine, es steht in Eurer Miene geschrieben. Nun, ich kann Euch nur sagen, was ich selbst erfahren habe: Ein italienischer Seigneur hat sie im Auftrag ihrer Tante abgeholt, die dringend nach ihr verlangte. Mein Gott, macht nicht ein solches Gesicht, junger Mann! Julie ist nichts Böses geschehen, ich bürge Euch dafür!« schloß sie, als sie sah, wie Gilles' Züge sich im Zorn entstellten.

Dieser verdammte Cagliostro hatte ihn wie ein Kind an der Nase herumgeführt! Natürlich war er es, der sie in aller Frühe abgeholt hatte, um sicher zu sein, daß Gilles sie nicht fände. Um sie wohin zu bringen? Fast mechanisch murmelte er:

»Wißt Ihr, wohin sie gegangen ist?«

»Zu ihrer Tante, nehme ich an...! Nein, glaubt nicht, daß ich mich lustig machen will. Ich sehe, es bereitet Euch Pein, und ich möchte Euch aufrichtig helfen. Ihr kennt diese fragliche Tante natürlich nicht?«

»Nein. Aber Ihr, Madame, wißt Ihr vielleicht ihren Namen... und wo sie wohnt?«

Die Dame mit den schwarzen Bändern gab keine Antwort. Plötzlich schien sie besorgt. Hin- und hergerissen vielleicht zwischen der Sympathie, die sie dem jungen Mann offensichtlich entgegenbrachte, und einem weniger klaren Gefühl, das Furcht sein konnte, zupfte sie nervös an ihren fingerlosen Handschuhen. Die Sympathie trug schließlich den Sieg davon.

»Es ist die Baronin de Saint-Ange«, stieß sie jäh hervor. »Julie nennt sie ihre Tante, aber in Wirklichkeit ist sie's nicht. Nur eine entfernte Cousine ihrer Mutter.«

»Und wo wohnt sie?«

»In Argenteuil. Aber geht dort nicht hin, denn Ihr werdet sie nicht finden. Vor acht Tagen ist sie zu ihrem Besitz in Savoyen abgereist. Seht, junger Mann, es trifft sich, daß ich Madame de Saint-Ange seit langem kenne. Ich begegnete ihr in Turin, als ihr verstorbener Gatte dem Herzog Victor-Emmanuel III., dem Vater Madames und der

Gräfin d'Artois, diente. Durch mich hat ihre Nichte sogar Aufnahme in Madames Haushalt gefunden.«
»Dann... dann ist sie also nach Savoyen abgereist?«
»Vielleicht... Ich weiß es nicht. Es ist möglich, aber ich glaube es nicht. Und fragt mich nicht, warum«, fügte sie mit einem Anflug von Zorn hinzu, »denn ich würde es Euch nicht verraten. Ich sehe nur, daß Ihr imstande seid, auf irgendein Pferd zu springen und mit verhängten Zügeln dorthin zu reiten. Glaubt mir, Ihr würdet sie da ebensowenig finden wie in Argenteuil.«
»Ich verstehe...«
Er nickte, von bitterem Kummer überwältigt. Der hauchdünne Faden, den wiederzufinden ihm mit so viel Mühe gelungen war, war zwischen seinen Händen gerissen. Wo sollte er jetzt suchen, wohin gehen? In welches Versteck hatte der verfluchte Arzt das junge Mädchen entführt und warum? War er mit ihr nach Bordeaux zurückgekehrt? Mußte er jetzt dorthin? Und wie hießen jene Männer, die den Arzt dort unten beschützten und von denen der Kardinal diese Nacht gesprochen hatte?... Seine durch den Kummer verwirrte Erinnerung ließ ihn ohne Antwort.
Seufzend trat er einen Schritt zurück und grüßte.
»Verzeiht, Madame, daß ich Euch belästigte. Und seid bedankt, daß Ihr mir geantwortet habt.«
»Ihr habt mich nicht belästigt«, sagte sie diesmal sehr reizend, »und ich möchte Euch helfen. Ihr sagtet, Ihr heißt... Tournemine, glaube ich?«
»Allerdings.«
»Nun, falls Mademoiselle de Latour zurückkehren... oder Nachricht geben sollte, werde ich Euch eine Zeile in die Kaserne der Leibgarde schicken. Ich bin Madame Patri, erste Kammerfrau Madames. Und nun verschwindet und laßt mich zu meiner Beerdigung gehen, sonst komme ich an, wenn alles vorbei ist.«
Leicht und anmutig trotz ihres Alters entfernte sie sich im leisen Rascheln ihres Kleides, verfolgt von dem herzlichen »Danke!«, das der junge Mann ihr nachrief.
Er sah sie mit der letzten Reihe der Menge verschmelzen, die sich langsam in Richtung der Saint-Sulpice-Kirche in Bewegung setzte,

deren Glocken eben das Totengeläut angestimmt hatten. Bald war in der Straße nur noch der an seinem Ring angebundene Merlin zu sehen.

Gilles näherte sich ihm schweren Herzens. Trotz Madame Patris Versprechen blieb sein Vertrauen aus. Irgend etwas sagte ihm, daß Judith sobald nicht wieder im Luxembourg erscheinen würde, wenn sie überhaupt je zurückkehrte. Sie war in eine so düstere Geschichte verstrickt! Und wie konnte er erfahren, welche Rolle sie wirklich in den Händen dieses Mannes spielte, von dem er jetzt nur zu gut begriff, daß man Lust verspüren konnte, ihn umzubringen.

Und Gilles de Tournemine, der noch nie bedauert hatte, einem Mitmenschen zu Hilfe gekommen zu sein, begann von ganzem Herzen zu bedauern, daß er in der vergangenen Nacht diesen Cagliostro den Händen seiner Angreifer entrissen hatte...

Fürs erste blieb ihm nur der Weg nach Versailles, um dort sein eintöniges Leben wiederaufzunehmen und allenfalls auf ein Wunder zu hoffen.

10. Kapitel
Die Dame mit dem blauen Schleier

Der Baron Ulrich-August von Winkelried zu Winkelried war ein Mann, der seine Sympathien nicht vergeudete und seine Freundschaft nur sparsam verteilte. Aber wenn jemand ihm gefiel, war er imstande, sich in Stücke zu reißen, um ihm einen Dienst zu erweisen, ihm nützlich zu sein oder ihm nur das Dasein zu erleichtern.

Er hatte seinem neuen Freund Tournemine versprochen, eine bequeme Unterkunft in Versailles für ihn zu finden, und schon am übernächsten Tage nach ihrer Begegnung bezog der junge Mann in der Rue de Noailles die erste Etage eines kleinen, gemütlichen Pavillons in einem schattigen Garten, dem Hause fast gegenüber, in dem der junge Schweizer wohnte. Der Ort war reizend. Der nicht allzu gepflegte Garten enthielt außer zwei Kastanien, drei Linden und einem Fliederbusch eine Fülle halbwilder Blumen, von denen der größte Teil dort aus Gewohnheit wuchs, ohne daß sich, von einem rheumatismusbehafteten alten Gärtner abgesehen, jemand bemühte, ihnen sein Gesetz aufzuzwingen.

Vom ersten Moment an liebte Gilles diesen Garten, der ihn ein wenig an den seiner Mutter in Kervignac erinnerte. Er war genau der einer gequälten Seele angemessene Zufluchtsort, und er war überzeugt, wenigstens Ruhe und Frieden in ihm zu finden.

Die Besitzerin, Mademoiselle Marguerite Marjon, war ein liebenswürdiges Fräulein, Zeitgenossin des verstorbenen König Ludwigs XV., die sich Zeit ihres Lebens nie bereit gefunden hatte, einen anderen Mann als den dahingegangenen »Vielgeliebten« zu bewundern.

Sie empfing ihren Mietskandidaten huldvoll und führte ihn durch die ihm bestimmten vier hellen, frisch gestrichenen Zimmer. Die Möbel waren einfach, alt, von guter Qualität und bequem, und das ganze hätte vermuten lassen, daß es eher für eine Dame als für einen jungen Offizier bestimmt war, wäre nicht ein zäher Tabakgeruch vorherrschend gewesen.

»Ich gebe gern zu, daß ich lieber eine Person mit den gleichen Neigungen und im gleichen Alter wie ich aufgenommen hätte«, seufzte die Besitzerin, »aber obwohl der Anstrich erneuert wurde, erwies es sich als unmöglich, diesen Geruch zu tilgen. So ist es mir nicht gelungen, obwohl der Mietpreis, wie ich glaube, mäßig ist, eine Dame oder ein Fräulein dazu zu bestimmen, ihn zu ertragen.«

»Wie man mir sagte, war Eure frühere Mieterin eine Dame? Hat sie trotzdem geraucht?«

»Gewiß doch! Seht, Mademoiselle d'Eon war keine Frau wie die anderen. Sie war charmant, von feiner Lebensart und hatte vornehme Manieren. Sie gehörte zum besten Adel Burgunds und trug entzükkende Roben, die ihr Mademoiselle Bertin, die Modistin der Königin, lieferte, aber sie war... seltsam. Erstens hatte sie eine Stimme, die für eine Dame ein wenig zu rauh war, und dann empfing sie nie jemand, ausgenommen in der letzten Zeit eine übrigens sehr hübsche russische Dame, die sie nicht mehr verließ, und mit der sie nach England abreiste.«

»Das ist nicht allzu seltsam...«

»Vielleicht, aber ihre Art zu leben war es dafür um so mehr. Sie kritzelte den ganzen Tag im Salon, den sie in eine Bibliothek verwandelt hatte, und rauchte dabei eine lange Pfeife, eine Schrulle, die sie, wie es scheint, von ihren zahlreichen Reisen mitgebracht hat.«

»Bah! Ich habe bei den Indianern Amerikas oft Frauen Pfeife rauchen sehen. Der Tabak ist bei ihnen ein Medikament, und ich gestehe, daß ich selbst ihn gern genieße. Der Geruch wird mich also nicht genieren. Ist das alles?«

Es war alles, obwohl Mademoiselle Marjon sichtlich noch eine ganze Sammlung von Histörchen über ihre einstige Mieterin in Reserve hielt. Sie einigten sich über den Preis, der wirklich mäßig war, und noch am selben Abend schaffte Pongo, von Niklaus, dem Diener Winkelrieds unterstützt, die Kleidung seines Herrn, sein eigenes Hab und Gut, ihrer beider Waffen und den Medizinsack, den er aus den Wäldern Virginiens mitgebracht hatte, in die neue Unterkunft. Danach machten sich der Bretone und der Schweizer auf, um bei einem guten Souper eine Freundschaft zu besiegeln, die dazu bestimmt war, sich durch die Jahre zu ziehen, ohne sich auch nur durch ein Körnchen Staub zu trüben.

Der von Madame Patri versprochene Brief traf einige Tage später ein. Er enthielt lediglich einige Worte mit einem bloßen P. als Unterschrift, doch was sie besagten, war unerwartet.

»Mademoiselle de Latour hat geschrieben, um ihren Wunsch mitzuteilen, den Dienst Madames zu verlassen und in ein Kloster einzutreten. Mehr weiß ich nicht. P.«

Von einem eigentümlichen Gefühl des Zorns, vermischt mit Erleichterung und Unruhe ergriffen, mühte sich der Chevalier zu analysieren, welche der drei Regungen die Oberhand gewann und entschied sich schließlich für Erleichterung. Daß Cagliostro ein Kloster für Judith gewählt hatte, irritierte ihn, doch andererseits war es gewiß der Ort auf der Welt, wo sie am besten vor eventuellen Auswirkungen des Komplotts geschützt war, in das sie sich ahnungslos verstrickt hatte. Blieb zu wissen, um welches Kloster es sich handelte: es gab so viele im Königreich! Blieb gleichfalls zu wissen, ob das junge Mädchen ganz einverstanden war und wie lange sie dort verbleiben sollte. Ein Kloster war so bequem, um sich eines hinderlich gewordenen Menschen zu entledigen.

Und schließlich ... blieb zu erfahren, ob es überhaupt zutraf oder ob der italienische Hexenmeister da nur ein gutes Mittel gefunden hatte, ein reizendes Geschöpf, an dem ihm viel zu liegen schien, zu entführen und für sich zu bewahren. Bei diesem Stadium seiner Überlegungen angelangt, spürte der junge Mann, wie sein Blut ins Kochen geriet. Der Gedanke, seine hübsche Nymphe aus der Flußmündung könne sich in den diamantenblitzenden Händen des Italieners befinden, seinen Launen und Zärtlichkeiten hilflos preisgegeben, ließ ihn rot sehen!

»Ich muß dieses Kloster finden. Ich muß wissen, wo es liegt!«

»Das wird nicht leicht sein«, bemerkte Winkelried, dem inzwischen keins der Kümmernisse seines Freundes mehr fremd war. »Es gibt mehrere hundert in Frankreich. Wie kann man es erfahren?«

»Indem man sucht! Selbst wenn ich alle aufsuchen müßte, eins nach dem anderen, ich werde sie finden. Aber ich nehme an, daß es vielleicht Gebiete gibt, in denen die Chance größer ist...«

»In der Bretagne, zum Beispiel?«

»Ich glaube nicht, daß sie bereit wäre, dorthin zurückzukehren. Doch um nichts außer acht zu lassen, werde ich dem Pfarrer von Hennebont, dem Abbé de Talhouët, meinem Paten, schreiben, um ihn zu bitten, sich zu erkundigen. Wenn Judith sich dort befindet, wird es ihm keinerlei Mühe machen, es zu erfahren. Nein, ich denke eher an das Gebiet von Bordeaux, da dieser verdammte Arzt dort wohnt. Vorausgesetzt, daß es wahr ist, und daß es sich wirklich um ein Kloster handelt.«

»Warum hätte sie einen lügnerischen Brief schreiben sollen?«

»Warum nicht? Unter Zwang schreibt man wer weiß was, und Cagliostro kann die Spuren verwischen wollen.«

Entschlossen, alles zu versuchen und an alle Türen zu klopfen, um das junge Mädchen wiederzufinden, erinnerte sich Tournemine nicht ohne leise Gewissensbisse seiner Freunde Cabarrus, Antoinettes und Theresias, die er seit ihrer Ankunft in Paris nicht wiedergesehen hatte. Durch ihre Familienbeziehungen in allen Teilen des Südwestens konnten sie ihm eine große Hilfe sein, und er war sicher, daß sie ihm diese Hilfe nicht verweigern würden. Unter ihrem leichtfertigen Gehabe war Antoinette ein prächtiges Geschöpf. Und was Theresias Herz betraf, zählte es zu denen, an die man sich nie vergebens wandte. Wenn sie ihn unglücklich wissen würde, nähme sie seine Hand, ließe ihn neben sich niedersitzen und erklärte mit ihrer hellen, singenden Stimme:

»Kommt, Señor Gilles, und erzählt Eurer Freundin Theresia Euren Kummer.«

Die Wirklichkeit war ganz anders.

Bei den Damen angelangt, mußte er mit einigem Erstaunen feststellen, daß sich Mutter und Tochter mit Begeisterung in einen mondänen Wirbel gestürzt hatten und in punkto Frivolitäten und Betriebsamkeit miteinander wetteiferten.

Die entzückende Theresia, die in den wenigen Tagen förmlich gewachsen zu sein schien, überschüttete ihn nach Art der Preziösen

mit Vorwürfen über die »abscheuliche Vernachlässigung«, deren er sich befleißigte, reichte ihm mit der Miene einer Herzogin ihre kleine Hand zum Kuß, erklärte, daß sie ihm nicht viel Zeit widmen könne, da sie noch vor dem Tanz am selben Abend beim Grafen de Laborde ein dringliches Rendezvous mit Madame Eloffe, ihrer Putzmacherin, habe, ließ ihn schwören, dem Ball beizuwohnen, den sie und ihre Mutter demnächst zu geben gedächten. »... Und laßt Euch nicht einfallen, mir wieder den Streich von La Pradera de San Isidro zu spielen! Ich habe meinen Freundinnen versprochen, ihnen den berühmten Falken zu zeigen, den Geliebten der indianischen Prinzessin, und ich will mich nicht blamieren...« Darauf verschwand sie in einem Wirbel von Gaze und zartrosa Bändern, ohne sich erst Zeit zum Atemholen zu gönnen.
Antoinette ihrerseits herrschte über einen Salon voller unerträglicher Schwätzerinnen, bot ihm eine Tasse Tee auf englische Art und seufzte über die Unbequemlichkeiten und Beschwerden, die ihr ihre gegenwärtige, angeblich armselige Unterkunft verursachte.
»Das kann nicht so bleiben. Theresia möchte gern einen Ball geben, und das ist hier unmöglich. Es käme mir vor, als tanzen wir bei der Pförtnerin. Ich habe deshalb meinem Gatten geschrieben, seine Geschäfte beiseite zu lassen, sofort zu kommen, sich von dem jammervollen Zustand zu überzeugen, in den die Kinder und ich geraten sind, und uns aus diesem Stall herauszuschaffen!«
Der Fall war erledigt. Auf jeden Versuch verzichtend und François Cabarrus von ganzem Herzen bedauernd, überließ Gilles Antoinette ihrem »Stall«, der sich zur Zeit als ein auf einen schattigen Garten geöffneter, nach frischem Tee und Vanillegebäck duftender Salon mit heller Holztäfelung voller Blumen und eleganter Gäste präsentierte. Wütend kehrte er nach Versailles zurück.
Wie hatte er auch so töricht sein können, sich von zwei dummen Gänsen Hilfe zu erhoffen, die einzig mit ihrem Eintritt in die gute Pariser Gesellschaft beschäftigt waren, und deren erhabenste Gedanken nicht über den Takt eines Kontertanzes oder den kunstvollen Aufbau einer Frisur hinausgingen? Eine Sache war gewiß: Ball oder nicht Ball, er würde um keinen Preis in dieses Haus zurückkehren! Die ihm auferlegte Rolle des kuriosen Tiers war ihm

längst widerwärtig geworden und mehr noch die Persönlichkeit des irokesischen Don Juans, die die nach neuen Sensationen lüsternen müßiggängerischen Schönen entzückte. Für ihn war die Ära der Salons zu Ende!
Übrigens gestaltete sich das gesellschaftliche Leben unter dem Einfluß der zunehmend spürbaren Hitze glücklicherweise ohnehin ruhiger. Der Wasserspiegel der Seine senkte sich, der Fluß brachte pestilenzialische Gerüche mit, im vornehmen Faubourg Saint-Germain, wie in der Umgebung der Place Royale leerten sich zahlreiche Häuser, deren Besitzer zu ihren Schlössern in den Provinzen flohen, um dort reinere, gesundere Luft zu atmen. Und die mit einer Handvoll immer gleicher Freunde in ihr geliebtes Trianon eingeschlossene Königin spielte unter den schattigen Bäumen ihres Spielzeugprachtgutes inmitten ihrer mit Bändern geschmückten Schafe die Bäuerin...
Leider führte der Sommerexodus zu keinerlei Rückwirkungen bei der Leibgarde, da der König sich nie aus Versailles fortrührte. Und Tournemines Versuch, einen Urlaub zu erhalten, um sich in aller Ruhe im Umkreis von Bordeaux umzusehen, scheiterte am Grafen de Vassy, seinem unmittelbaren Vorgesetzten. In aller Deutlichkeit teilte er ihm mit, daß es einen schlechten Eindruck machen würde, wenn er sich schon nach so kurzer Zugehörigkeit zum Korps zu entfernen wünsche. An seinen Dienst gefesselt, mußte er also bleiben, was seine Laune in den folgenden Tagen nicht gerade verbesserte.
Aufs Geratewohl und in der Hoffnung, einige Erkundigungen einziehen zu können, war er in die Rue Saint-Gilles zurückgekehrt, fest entschlossen, diesmal das Haus zu betreten, das Judith aufgesucht hatte, und dort die Diebin der königlichen Briefe zu stellen. Doch das Haus mit seinen geschlossenen Fensterläden war stumm, die Gräfin abwesend und, wie er von dem benachbarten Flickschuster erfuhr, »mit ihren Leuten aufs Land gereist«.
Indessen hatte sich der Chevalier mit einem seiner Kameraden der Schottischen Kompanie, dem aus Guyenne gebürtigen jungen Fähnrich Paul de Neyrac angefreundet, der seinerseits den begehrten Urlaub erhalten hatte, um sich zu seinem Vater nach Bordeaux zu

begeben. Neyrac nahm mitfühlend an Tournemines Mißgeschicken teil, von denen er im übrigen nur soviel erfuhr, wie es dieser für nützlich hielt, und schwor, seinem Kameraden zumindest im Rahmen seiner Möglichkeiten zu helfen, die Verlobte wiederzufinden.

An einem Abend der ersten Tage des Monats August soupierten die beiden jungen Leute gemeinsam im »Gerechten«[1], wohin Gilles seinen Kameraden eingeladen hatte, der am nächsten Tag die Postkutsche nach Bordeaux nehmen wollte und im Hotel übernachten mußte.

Den ganzen Tag über war die Hitze kaum erträglich gewesen, aber bei Einbruch der Nacht war ein leichter Wind aufgezogen und hatte wohltuende Kühle gebracht, von der der Chevalier zu profitieren beschloß, indem er zu Fuß nach Hause zurückzukehren gedachte. In seiner Schwermut genoß er seit kurzem ohnehin solche Promenaden durch verlassene Gassen, dieDüfte der frisch gesprengten Gärten atmend und dem Lied der Springbrunnen lauschend. Er hatte nicht einmal Lust, sich zu betrinken, wie er es häufig getan hatte, wenn der Becher seiner Ungeduld und Langeweile überlief.

Was ihm die größte Erleichterung verschafft hätte, wäre eine tüchtige Prügelei gewesen, aber wenn er im Verlaufe seiner nächtlichen Gänge zuweilen auch den seltsamen Eindruck gehabt hatte, daß ihm jemand folgte, war es ihm doch nie gelungen, Bestätigung dafür zu erlangen. Es konnte eigentlich auch nur die Frucht seiner Phantasie sein, denn wer sollte sich schon so eingehend für sein Tun und Treiben interessieren?

Er hatte sich einige Schritte vom Portal des »Gerechten« entfernt, als er zwei trotz der noch immer herrschenden Wärme dicht verschleierte Frauen vor sich auftauchen sah. Er trat beiseite, um sie vorbeizulassen, doch im selben Moment verschwand eine von ihnen im Schatten eines Torwegs, während die andere ihre behandschuhte Hand auf den Arm des jungen Mannes legte, ihn so zum Stehenbleiben zwang und ihn mit unsicherer Stimme bat, sie zu begleiten.

Die bei Gilles ganz neue Weiberfeindlichkeit, die nur Mademoiselle

[1] Dieses Hotel, das beste in Versailles, trug diesen Namen dank seines Schildes, das König Ludwig XIII. zeigte.

Marjon ausnahm, erwachte, und er murmelte nicht allzu liebenswürdig:
»Seid überzeugt, Madame, daß ich es bedauere, aber ich bin in Eile und habe keine Zeit.«
»Ein Mann Eures Äußeren, Eures Alters und Eures Namens hat immer Zeit für eine Frau... die man als hübsch bezeichnen würde«, sagte die Unbekannte, deren Stimme sich gefestigt hatte.
»Das kommt darauf an.«
»Ihr seid nicht eben galant, Monsieur de Tournemine, und ich fürchte, daß man mich falsch über Euch unterrichtet hat.«
»Wer ist ›man‹? Und woher wißt Ihr meinen Namen?«
Die Frau mit dem nachtfarbenen Schleier ließ ein leises Gelächter hören.
»Ihr seid ebenso neugierig wie wenig liebenswürdig. Es bleibt also dabei: Ihr wollt mich nicht begleiten? Dabei hätten wir es gar nicht weit, nur bis zur Rue de l'Orangerie... Nehmt auch zur Kenntnis, daß ich mich fürchte, allein durch die nächtlichen Straßen zu irren.«
»Ihr wart zu zweit, wenn ich recht gesehen habe. Was habt Ihr mit Eurer Begleiterin gemacht?«
»Meine Begleiterin ist an ihrem Ziel angelangt. Ich wohne ein wenig weiter...«
Wenn er nicht bewußt das Benehmen eines Flegels an den Tag legen wollte, war es unmöglich, sich länger zu weigern. Und dann begann die Neugier des jungen Mannes zu erwachen. Wer konnte diese Frau sein? Sie kannte ihn, aber nichts in ihrer Erscheinung oder in ihrer Stimme weckte in ihm Erinnerungen. Eins war jedoch gewiß: es war keine der zahlreichen Prostituierten, die in den Herbergen rings um die Versailler Kasernen ihr Glück zu machen suchten. Ihre Haltung war elegant, die Art, wie sie ihren Kopf trug, verriet Noblesse, und ihre Stimme klang kultiviert, ja vornehm. Was das Gesicht betraf, war es unter dem dichten dunklen Schleier, der ihren Kopf bedeckte, völlig unsichtbar.
Sich höflich verneigend, bot Tournemine seinen Arm, auf den die Dame leicht ihre Hand legte, worauf sie sich in Richtung des Schlosses in Bewegung setzten. Die ersten Schritte unter dem

sternenübersäten Himmel verliefen schweigend. Ein angenehmer Duft nach frischen Rosen umschwebte die Dame.

»Warum nehmt Ihr nicht diesen Schleier ab, da ich mich bereitgefunden habe, Euch zu folgen? Ihr müßt vor Hitze umkommen.«

»Noch ist die Zeit dafür nicht gekommen. Zudem hat mich Hitze, selbst sehr große, nie gestört.«

Um ihn davon zu überzeugen, lehnte sie sich in einer Geste vielversprechender Hingabe an seine Schulter.

»Worauf reimt sich diese Komödie?« fragte er gereizt. »Was wollt Ihr eigentlich von mir?«

»Mit Euch zusammen diese schöne Nacht genießen... und Euch gefallen, wenn ich kann!«

»Es lohnt nicht der Mühe und dürfte schwierig sein: Man gefällt mir nicht mehr!«

»Ihr seid zu jung, um schon blasiert zu sein. Liebt Ihr die Frauen nicht?«

»Ich liebe eine Frau, und sie gilt mir mehr als all die anderen! Ich will und wünsche mir nur sie.«

»Da hat sie Glück. Aber man darf nicht sagen: Quelle, ich werde nicht von deinem Wasser trinken! Ich habe noch nicht darauf verzichtet, Euch zu gefallen. Übrigens sind wir angelangt.«

Sie war vor einem Haus stehengeblieben, dessen Bescheidenheit wenig zur Eleganz ihrer Haltung und Kleidung paßte. Gilles gab sie frei:

»Dann ist meine Mission erfüllt. Ihr seid am Ziel... und mir bleibt nur, mich zu verabschieden, Madame.«

»Es ist nicht mein Haus, und Ihr werdet mich nicht so schnell verlassen. Habt Ihr keine Lust, mein Gesicht zu sehen?«

»Werde ich erfahren, wer Ihr seid?«

»Vielleicht... wenn Ihr mir Euer heiligstes Ehrenwort gebt, niemals von diesem Abenteuer zu sprechen, wenn meine Züge Euch bekannt sein werden.«

»Es ist also ein Abenteuer?«

»Warum nicht? Ihr gefallt mir, ich werde Euch vielleicht gefallen... Verachtet Ihr die Zufallslieben? Ihr wäret wohl der einzige in der ganzen Armee.«

»Das habe ich nicht gesagt. Aber Ihr seht den Frauen nicht ähnlich, die ein Gewerbe aus Zufallslieben machen.«
»Wer hat gesagt, daß ich ein Gewerbe daraus mache? Sagen wir lieber, es handelt sich um einen Zeitvertreib. Kommt Ihr?«
Sie klopfte mehrmals schnell an die Tür, die fast sofort von einer Magd mit einer Kerze geöffnet wurde. Wortlos stieg sie vor ihnen eine teppichlose hölzerne Treppe hinauf, deren Stufen bei jedem Schritt knarrten. Die üblichen Gravüren des Königs und der Königin schmückten die Wände, die eines neuen Anstrichs bedurft hätten.
Die Magd stieß vor dem Paar stumm die Tür zu einem weißgekalkten Zimmer auf, dessen fast einziges Möbelstück ein breites Bett zwischen Vorhängen aus geblümtem Kattun war. Es war schon aufgeschlagen und zeigte seine sauberen Laken. Desgleichen stand auf dem Nachttisch ein brennender dreiarmiger Leuchter neben einem kleinen Tablett mit zwei Gläsern und einer Flasche in einem Kühlgefäß, als habe man die Besucher erwartet.
Der kalte Blick des Chevaliers glitt durch den Raum, jede dieser Einzelheiten registrierend, und kehrte zu seiner Begleiterin zurück, die ein kleines Stück der Nacht mit sich ins Zimmer gebracht zu haben schien, denn ihr Kleid und der Schleier, der sie umhüllte, waren genau von der Farbe des Himmels zu dieser Stunde. Was die Sterne betraf, konnten die in den Tiefen des zarten Gewebes glitzernden Augen sie leicht ersetzen. Doch ohne zu versuchen, ihr Gesicht zu enthüllen, trat Gilles zum Fenster und hob einen Moment den Vorhang, um die verlassene Straße zu betrachten.
»Ihr kommt oft hierher?« fragte er in gleichgültigem Ton.
»Wenn Eure Eitelkeit darin Genugtuung findet... nein, nicht sehr oft. Nun, Chevalier, werdet Ihr mir weiter den Rücken kehren? Habt Ihr Angst, mich anzusehen?«
»Keineswegs!«
Er wandte sich um, bemerkte, daß sie ihren Schleier zurückgeschlagen hatte, und musterte sie einen Moment schweigend. Die Frau, die er vor sich sah, war ihm völlig unbekannt, aber sie war sicherlich keine Frau aus dem Volk. Irgendwie erinnerte sie ihn sogar ein wenig an Cayetana. Sehr jung, fünfundzwanzig oder sechsundzwanzig Jahre vielleicht, hatte sie ebenfalls schwarze Augen, einen blenden-

den Teint und war von einer seltsamen Schönheit, die allenfalls einen Blinden gleichgültig gelassen hätte. Doch die Herzogin von Alba besaß weder die kleine, typisch französische freche Nase noch diesen spöttischen Mund noch diesen schalkhaften Glanz in den Augen, von dem dicken aschblonden Haar nicht zu reden.

Im übrigen bot die Dame im blauen Schleier eine sehr schlanke Taille und einen üppigen Busen, den das weite, viereckige Dekolleté des Kleides bis zu den Spitzen ihrer Brüste freiließ.

Die stumme Musterung des jungen Mannes schien ihre Ungeduld zu reizen.

»Nun? Was haltet Ihr von Eurer Eroberung? Macht sie Euch Ehre?«

»Ihr seid außerordentlich schön, Madame. Zweifellos fällt es mir deshalb schwer, an mein Glück zu glauben. Ihr seid eine zu schmeichelhafte Eroberung.«

»Ihr glaubt nicht daran?«

»Mein Gott, nein!«

»Dann stellt mich auf die Probe. Ich habe Euch nur deshalb hierhergeführt, um mich Euch hinzugeben... und ich gehöre nicht zu denen, die eine Ablehnung schätzen.«

»Ausgezeichnet! In diesem Fall...«

Entschlossen, sie beim Wort zu nehmen, kehrte er zu ihr zurück und machte sich in aller Ruhe daran, sie so kühl und sachkundig zu entkleiden, als sei er ihre Kammerfrau. Die unter dem Plunder einer spanischen Duenja verbrachte Zeit hatte ihm mancherlei in dieser Hinsicht beigebracht. Das Kleid fiel, eine Fülle schneeiger, raffinierter Wäschestücke folgte, die Dessous einer echten großen Dame... oder einer Kurtisane von hohem Anspruch: die Unterröcke, die Spitzenhose, das Korsett, dessen weißer Atlas über seine Grausamkeit hinwegtäuschte. Die Unbekannte ließ es ohne mit der Wimper zu zucken geschehen. Erst als er beim Hemd angelangt war und seinen Händen erlaubte, das zarte Fleisch der Schultern und die hart gewordenen Brustwarzen zu berühren, stöhnte die Frau unter der leichten Liebkosung auf. Ihre Augen schlossen sich, während ihr ganzer Körper erschauerte.

Das Hemd fiel, eine so hinreißende Nacktheit enthüllend, daß Gilles die beginnende Erregung seines eigenen Körpers spürte. Er fing Feuer beim zweideutigen Spiel mit dieser unbekannten Schönheit, die ihm da vom Himmel gefallen oder aus der Hölle aufgestiegen war. Plötzlich verspürte er heftiges Verlangen nach ihr, dem nicht nachzugeben er keinen Grund sah. Ein Zeitvertreib, hatte sie vor kurzem gesagt? Welcher Zeitvertreib konnte angenehmer und erfrischender sein als die Liebe, wenn man eine ungestillte Sehnsucht in sich trägt, die Nerven verkrampft sind, und man der Hitze des Sommers unterliegt? Sie belebte wie eine Schlacht oder ein Duell! Er tauchte sein Gesicht in die duftende Fülle des Haars, das sie mit einer einzigen Kopfbewegung gelöst hatte, und seine Lippen begannen über ihren Nacken zu streifen, während seine beiden Hände die Brüste der Frau umfingen. Sie wand sich wie eine Natter, und von neuem überlief sie ein langer Schauer.

»Warte!« keuchte sie. »Nur einen Augenblick...«

Sie glitt aus seinen Armen, drehte sich zu ihm und begann ihn ihrerseits mit leicht bebenden Fingern zu entkleiden.

»Auch ich kann das sehr gut!« murmelte sie mit einem ein wenig forcierten spöttischen Lachen, dem die Verschleierung ihres Blicks widersprach.

Wirklich war sie nicht weniger geschickt als der junge Mann. Als er nichts mehr am Leibe hatte, kam sie ebenso natürlich in seine Arme, als seien sie seit Monaten einander bekannt. Dann nahm das weiße Bett mit seinen frischen Laken sie auf, ohne der sie verzehrenden Glut, die der erste Kuß entzündet hatte, mehr als nur vorübergehende Linderung zu bringen.

Sie liebten einander ohne ein Wort. Erst als der Aufruhr der Sinne für einen Moment gestillt war, fragte Gilles:

»Wie heißt du?«

»Anne... du kannst mich Anne nennen.«

»Das ist ein Name, den ich liebe... ein Name aus meiner Heimat. Aber wie weiter? Anne de gewiß, denn du gehörst zweifellos zum Adel.«

Sie lachte leise.

»Hat meine Art zu lieben dich so gut unterrichtet?«

»Sicherlich nicht! Du liebst besser als eine Kurtisane! Aber dein

Körper, deine Hände, deine Stimme, die Worte, die du sprichst...«
»Ich ziehe es vor, all das für ebensoviele Komplimente zu halten. Im übrigen bin ich für dich Anne de nichts! Kurz Anne, wenn es dir lieber ist. Was brauchst du mehr zu wissen, wenn dich ebenso nach mir gelüstet wie mich nach dir«, flüsterte sie, seine Lippen suchend.
Er wollte sie von neuem seinem wiedererwachenden Verlangen unterwerfen, doch sie stieß ihn zurück.
»Nein, nicht sofort! Trinken wir zuerst. Ich sterbe vor Durst, und der Wein wird kühl sein, gerade richtig.«
»Was hast du da für einen Wein?«
»Vouvray. Magst du ihn?«
»Ich mag alles, was gut ist... oder schön!« murmelte er und suchte sie wiederum an sich zu ziehen, doch sie glitt geschickt aus seinem Arm, sprang vom Bett, lief ums Fußende herum, um zum Nachttisch zu gelangen und selbst den golden schimmernden Wein einzugießen. Sie füllte die beiden Gläser aus rotem venezianischem Kristall, setzte sich dicht zu Gilles auf den Rand des Bettes und reichte ihm lächelnd eins der Gläser.
»Trink alles! Es ist ein herrlicher Wein für die Liebe!«
»Ich hab's nicht nötig, aber es stimmt, ich habe Durst... und dieser Wein ist wirklich köstlich! Was für eine außerordentliche Blume!« sagte er, nachdem er sein Glas bis zum letzten Tropfen geleert hatte.
»Willst du noch mehr?«
»Warum nicht?«
Sie löste sich von ihm, während er trank, setzte sich vor einen im Hintergrund an der Wand angebrachten runden Spiegel und machte sich daran, ihr Gesicht mit komischem Ernst zu prüfen.
»Was tust du da? Komm zurück?«
»Nur einen Moment. Im Mundwinkel tut mir etwas weh. Ich muß mich gekratzt haben.«
»Wichtigkeit! Du bist deshalb nicht weniger schön.«
Er stellte sein leeres Glas auf den Nachttisch zurück und bemerkte, daß das der jungen Frau noch immer gefüllt war.

»Aber... du hast ja nicht getrunken! Ich dachte, du stürbest vor Durst!«
Sie dehnte sich im gelblichen Schein der Kerzen wie eine Katze. Der langgestreckte Schatten ihres Körpers glitt bis zur Decke hinauf.
»Nun, ich hatte eben doch nicht so großen Durst!«
»Und was bedeutet das?«
»Daß die Laune mein Herr ist, und daß es mir oft geschieht, meine Absichten von einer Minute zur andern zu ändern. Du wirst es schon mit der Zeit erfahren, denn du gefällst mir noch mehr, als ich mir's vorstellte, und ich hoffe sehr, dich lange als Geliebten zu behalten.«
»Dann komm zurück!«
»Sofort! Nichts drängt...«
»Das werden wir gleich sehen!«
Er wollte sich ebenfalls erheben, um sie zurückzuholen, aber kaum hatte er den Fuß auf den Boden gesetzt, als ein Gefühl der Übelkeit aus seinem Magen aufstieg, und die Wände des Zimmers um ihn zu kreisen begannen. Es wurde ihm schwarz vor Augen, seine Arme schlugen ins Leere, und ohne ein Wort sprechen zu können, brach er vor den Füßen der schönen Anne zusammen...

Obwohl er ohne das kleinste Kleidungsstück auf dem groben Parkettfußboden eines Zimmers für flüchtige Gelegenheiten das Bewußtsein verloren hatte, fand sich Gilles nichtsdestotrotz völlig bekleidet und bequem auf der reich bestickten Decke eines prachtvollen Bettes ausgestreckt, als er den Gebrauch seiner Sinne wiedererlangte. Zudem war es heller Tag, wie die schmalen, glitzernden Lichtstreifen bezeugten, die durch die Spalten der dicken Läden aus bemaltem und vergoldetem Holz vor den hohen Fenstern filterten.
Der Raum, in dem er sich befand, wirkte zugleich reich und verkommen. Das aus der Zeit Ludwigs XIII. stammende Säulenbett war mit violettem, silberbetresstem Samt bespannt, der geschmackvoll mit dem grauen Damast der Wände kontrastierte, doch dieser Damast wies Spuren von Abnutzung und Feuchtigkeit auf. Ein prächtiger Tisch aus massivem Silber trug einen dazu passenden

großen Spiegel, Kristalleuchter mit Gehänge und eine Fülle von Flakons, Schachteln und kleinen Tiegeln. Ein elegantes Negligé war über einen steiflehnigen Sessel geworfen, durch dessen verschlissenen Bezug sich an einzelnen Stellen die Roßhaarfüllung zeigte, und dies sowie ein großer Strauß frischer Blumen in einer hohen chinesischen Vase neben dem Toilettentisch ließ erkennen, daß dieses Zimmer einer Frau gehörte, aber nicht oft benutzt wurde, denn auf fast allen Gegenständen lag Staub.
Mit schwerem Kopf verließ Gilles das Bett, auf das man ihn gelegt hatte, mußte sich jedoch an einer der Säulen halten, um nicht zu fallen. Die Droge, die man benutzt hatte, um ihn einzuschläfern, mußte besonders kräftig gewesen sein, denn es gelang ihm nicht, ihre Nachwirkungen zu verjagen.
Als er eine offene Tür bemerkte, die in ein Toilettenkabinett zu führen schien, wandte er sich mit unsicheren Schritten dorthin. Der Anblick eines großen Krugs mit Wasser neben einer Fayenceschüssel und einem Stapel Handtücher verlieh ihm wieder Mut. Er füllte die Schüssel, schlüpfte rasch aus dem Rock aus feinem tabakfarbenem Tuch, den er trug, und tauchte seinen Kopf ganz ins frische Wasser, wobei er seine Gewohnheit segnete, nie sein Haar zu pudern und sich mit der Perücke zu begnügen, wenn er in Uniform war.
Nachdem er einen Moment so verblieben war, rieb er sich den Kopf kräftig mit einem Handtuch und spürte, daß seine Gedanken sich erfreulich klärten. Sein Hemd war durchnäßt, aber in dem allzugut verschlossenen Zimmer herrschte eine Backofenhitze, die es schnell trocknen würde.
Um seine Gedanken vollends zu ordnen, trank er hintereinander drei Gläser Wasser und machte sich sodann mit einem Seufzer der Erleichterung daran, sein Gefängnis zu untersuchen, denn es war kaum möglich, diesen sicherlich sorgsam verriegelten Raum anders zu nennen. Um ein übriges zu tun, überzeugte er sich davon, rüttelte an den ebenso wie die Fenster durch Vorhängeschlösser gesicherten Läden, und nachdem er versucht hatte, durch den das Tageslicht einlassenden schmalen Spalt etwas von der Umgebung zu erkennen, setzte er sich auf das Fußende des nobel durch zwei Stufen erhöhten Bettes.

Wo war er? Was war dies für ein von Stille wie ein Grab bewohntes Haus? Wo war diese sonnige Landschaft, die er bemerkt hatte, ohne etwas anderes als den Reflex einer Wasserfläche, verbranntes Gras und das Grün eines Waldes wahrnehmen zu können? Vor allem aber, wer war diese entzückende Frau, die sich ihm mit einer nur schwer zu heuchelnden Glut gegeben hatte...?
Das Knirschen eines Schlüssels im Schloß ließ ihn den Kopf heben. Mit gerunzelter Stirn sah er die Dame im blauen Schleier eintreten, fast ebenso glanzvoll wie ein Sonnenaufgang dank ihres Kleides aus kanariengelber Gaze und eines extravaganten gleichfarbigen, mit Mohnblumen in verschiedenen Tönen, goldenen Weizenähren und Schleifen aus gelbem Atlas überladenen Huts, der sich wie durch ein Wunder auf ihrem hochgetürmten, durch die Magie des letzten modischen Puders taubengrau verwandelten Haars im Gleichgewicht hielt.
»Oh, du bist schon wach!« rief sie mit strahlend aufblühendem Lächeln. »Ich dachte, es reichte noch für zwei gute Stunden Schlaf! Aber du bist jung, also kräftig.«
Während sie sprach, stellte sie vorsichtig das schwere Tablett, das sie so leicht trug, als sei es gleichfalls mit Blumen beladen statt mit schwerem, altem Silbergeschirr, auf einen Schemel. Darauf wirbelte sie temperamentvoll zu dem jungen Mann herum, den sie verdutzt betrachtete.
»Großer Gott, du bist ja ganz naß! Was hast du gemacht?«
»Ein wenig Toilette. Wie wär's, wenn Ihr mir nun erklärtet...?«
Sie beugte sich zu ihm, um ihn zu küssen, doch er stieß sie unsanft zurück.
»Ich bitte Euch! Darüber sind wir hinaus! Wo sind wir? Was tue ich hier? Warum habt Ihr mir diese groteske Komödie vorgespielt und endlich, wer seid Ihr?«
Die unschuldsvolle Verblüffung, die sich auf ihrem Antlitz malte, war ein wahres künstlerisches Meisterwerk, aber Gilles hatte seit dem Vortag mehr als genug Theater erlebt.
»Also vorwärts, ich höre!« sagte er ungeduldig.
»Wie sprichst du mit mir! Warum bist du so hart? Letzte Nacht hast du meinen Namen recht zärtlich gesprochen.«

»Euren Namen? Sprechen wir von ihm! Zweifellos eine Lüge wie alles andere...«
»Aber nein, ich heiße wirklich Anne.«
»Das genügt mir nicht mehr. Und weiter?«
Die große Boule-Uhr auf dem Kamin schlug zweimal. Sie erbebte.
»Mein Gott! Schon!... Höre, ich habe keine Zeit, Erklärungen zu geben. Nimm nur zur Kenntnis, daß ich keine Komödie spielte... nicht wirklich und weniger, als du glaubst. Es ist wahr, daß du mir gefällst, und ich mag es nicht, daß man vernichtet, was mir gefällt, bevor ich davon habe kosten können. Nun, wenn ich nicht gehandelt hätte, wie ich es tat, wärst du zu dieser Stunde längst tot und irgendwo verscharrt!«
»Lächerlich! Findet etwas anderes!«
»Auf das Gedenken meines Vaters schwöre ich dir, daß ich die Wahrheit sage. Du bist in Gefahr, in großer Gefahr, weil du dich gegen eine sehr hohe, sehr mächtige Persönlichkeit schwer vergangen hast... eine Persönlichkeit, die alles gegen dich vermag, und die kein Pardon kennt.«
»Wer ist diese Persönlichkeit? Nennt sie wenigstens, wenn Ihr wollt, daß ich Euch glaube. Ihren Namen und das Vergehen, das sie mir vorwirft.«
»Es ist jemand«, sagte sie mit einem Seufzer, doch klar jedes einzelne Wort betonend, »der es nicht liebt, bei Nacht in den Gärten angegriffen und um seine Briefe erleichtert zu werden.«
»Ich verstehe kein Wort von dem, was Ihr sagt, Madame.«
»Wirklich?«
»Wirklich! Erweist mir die Gunst, mir mitzuteilen, wen ich angegriffen haben soll, wo, wann und was ich ihm genommen habe.«
Sie stieß ein kurzes, gereiztes Lachen aus, zuckte die Schultern.
»Wieviel verlorene Zeit! Nun, gut! Da du den ganz Gewitzten spielen willst, werde ich in vier Worten auf deine vier Fragen antworten. Monsieur, Trianon, 21. Juni, ein Brief... Genügt dir das?«
»Das ist hermetische Poesie!«
»Das ist der Ausdruck der Wahrheit. Während des Balls für den

Grafen de Haga hast du den Grafen der Provence in den Gärten des Trianon attackiert, um ihm einen Brief zu stehlen.«

»Ganz einfach? Die Geschichte ist schön, aber... verratet mir, vorausgesetzt, daß sie wahr ist, wie sie bis zu Euch gelangen konnte. Monsieur tut mir nicht die Ehre an, mich zu kennen.«

»Ich denke, daß er dich zur Zeit recht gut kennt. Und wenn du, um mir zu glauben, wissen mußt, wie er es erfahren hat, werde ich dir's sagen: Die Liebschaft zwischen der Königin und dem Grafen de Fersen interessiert Monsieur außerordentlich. Stell dir vor, diese Närrin bringt es zuwege, Frankreich einen Bastard zu schenken! Was für ein schöner Skandal!«

»Sehr schön«, bemerkte Gilles kühl. »Und weiter?«

»Nun, sowas geht wie am Schnürchen. Da er sich für den Schweden interessiert, läßt Monsieur ihn überwachen. Du kannst dir nicht denken, wie leicht es mit ein wenig Gold oder einer Drohung ist, die Hilfe eines Domestiken zu erlangen... selbst in den besten Häusern wie im Hôtel d'York. Glaubst du mir jetzt...? Ja, ich habe den Eindruck, daß du mir glaubst.«

Der Chevalier antwortete nicht. Er sah sich wieder in Fersens Zimmer, eben dabei, ihm den Brief der Königin zurückzugeben. Er sah auch die Kammerfrau und den Diener, die mit den Frühstückstabletts eingetreten waren. Wer von beiden hatte gesprochen? Wer stand im Solde Monsieurs? Der Diener, das Mädchen... oder beide?

Anne überließ ihn einen Moment seinen Gedanken, dann fügte sie sehr sanft hinzu:

»Was dich betrifft, wurdest du gestern abend bei dir von Männern erwartet, die Befehl hatten, dir keine Chance zu lassen. Auf das Andenken meiner Mutter, ich kann's beschwören. Und das eben habe ich nicht gewollt!«

»Das ist sehr liebenswürdig von Euch«, seufzte der junge Mann, »aber wir sind in vollem Delirium. Oder solltet Ihr etwa die Absicht haben, mir zu sagen, daß Ihr mich liebt? So ist es, wie? Ihr habt mich nie gesehen, Ihr kennt mich weder von Eva noch von Adam her, aber Ihr brennt für mich in unauslöschlicher Leidenschaft und habt Euch plötzlich entschlossen, mich zu retten...«

»Ungefähr so ist es«, sagte sie ruhig.
Dann trat sie mit plötzlich verdunkeltem Blick zu ihm und hob sich auf die Fußspitzen, um seine Lippen zu erreichen, doch er kreuzte die Arme und wandte ihr den Rücken zu, ihren Seufzer überhörend.
»Ahnungsloser! Du bist bekannter, als du dir's vorstellst, mein schöner, wilder Vogel! Man weiß von deinen Abenteuern in Amerika, und ich bin nicht die einzige Frau in Paris, die mit dem schlafen möchte, den die Königin lachend ›Seigneur Falke‹ nennt. Ich hoffte, du würdest mir beibringen, wie die Indianerinnen lieben. Man spricht von einer rothäutigen Prinzessin...«
Er zuckte die Schultern, wütend, hier wieder seinem indianischen Abenteuer zu begegnen und festzustellen, daß es offenbar die Alkoven durchlief und einem ganzen Vogelhaus klatschender Papageienweiber zu neuartigen Erregungen verhalf. Doch er dachte nicht daran, darauf einzugehen.
»Ich glaubte, Ihr hättet es eilig?« bemerkte er hart mit einem Blick auf die Uhr.
»Mein Gott, du hast recht! Höre, du darfst hier unter keinem Vorwand heraus. Übrigens könntest du es auch nicht. Ich muß fort, aber heute nacht kehre ich zurück, und ich verspreche dir, dann mehr darüber zu sagen!«
»Und... habt Ihr die Absicht, mich länger in dieser luftlosen Kammer in Verwahrung zu halten?«
Ein provozierendes Lächeln leuchtete in ihren dunklen Augen auf und ließ ihre feuchten Lippen erglänzen.
»Solange du in Gefahr sein wirst... und ich Lust auf dich habe! Aber beruhige dich, du wirst nicht ewig in diesem Hause bleiben. Ich habe dich nur hierhergebracht, um die erste Bedrohung abzuwenden. In ein paar Tagen bringe ich dich woandershin... zu einem ruhigen, abgeschiedenen Ort, der mir gehört. Dort können wir unsere... Liebestalente vergleichen, und ich gebe die Hoffnung nicht auf, dich deine Wilde vergessen zu lassen, denn, siehst du, in meinen Adern fließt ein Teil Zigeunerblut. Niemand weiß es, es ist ein Familiengeheimnis, aber du wirst noch diese Nacht begreifen, was das bedeutet. Ich habe dir etwas zu essen gebracht: Stärke dich und ruhe dich aus,

damit du heute nacht bei Kräften bist. Du wirst sie dringend brauchen!«

Sie verschwand, den Duft ihres Rosenparfüms und einen leicht verblüfften Gilles hinter sich lassend. Diese Frau war verrückt, total verrückt! Eins dieser anmutigen Meisterwerke der Ausschweifung und Perversion, wie man ihnen in diesem seiner Eleganz und Lebenskunst wegen gerühmten Jahrhundert entschieden oft begegnete! Aber wer war sie? Zweifellos eine mächtige Frau, da sie es wagte, die Pläne eines Grafen der Provence zu durchkreuzen... Nur, wer Macht sagt, sagt auch Gefahr, und selbst, um mehr über sie zu erfahren, verspürte Gilles keinerlei Lust, noch länger in ihrer Gewalt zu bleiben.

»Wenn ihr so sehr daran liegt, Forschungen über die Liebe bei den Indianern anzustellen«, murmelte der junge Mann bei sich, »werde ich ihr Pongo schicken.«

Der Gedanke an den Indianer traf ihn wie ein Pfeil. Was hatte diese Verrückte gesagt? Daß sie bei ihm, wo sich nur Pongo befand, einen Hinterhalt vorbereitet hatten? Daß sie ihm, Tournemine, keine Chance zum Entkommen lassen sollten? Er kannte Pongos unerschütterlichen Mut nur zu gut. Gewiß hatte er versucht, die Unterkunft seines Herrn zu verteidigen oder auch nur die arme Mademoiselle Marjon, die völlig kopflos gewesen sein mußte, aber was vermochte er allein gegen eine Schar entschlossener Männer, die es vielleicht amüsant gefunden hatten, sich an ihm für die Abwesenheit seines Herrn zu rächen?

An der Angst, die sich seiner bemächtigte, konnte Gilles die Freundschaft ermessen, die er für seinen Diener empfand. Und unverzüglich machte er sich auf die Suche nach irgend etwas, das ihm zur Freiheit verhelfen würde. Er mußte wissen, was sich in der vergangenen Nacht in der Rue de Noailles ereignet hatte!

Zuerst legte er sein Ohr an die Tür, um zu versuchen, die Geräusche des Hauses zu erlauschen. Aber als das Rollen des Wagens, der die schöne Kerkermeisterin davontrug, verhallt war, ließ sich nichts mehr vernehmen. Er war von einem so dichten Schweigen umgeben, daß es fast greifbar wurde, und doch war es unmöglich, daß es hier niemand gab. Wer hätte sonst die Speisen auf dem Tablett vorberei-

tet, die er übrigens törichterweise kalt werden ließ? Die aristokratische Anne hätte sich gewiß nicht seinetwegen in die Küche gestellt.
Um sich Zeit zum Überlegen zu schaffen und seine Kräfte wiederherzustellen, trug er das Tablett zum Bett und begann zu frühstücken. Seine Gastgeberin hatte ihre Sache gut gemacht, und das Menü, bestehend aus Huhn im Topf, Champignonragout, einem Briekäse und einem Teller mit Kuchen, dazu eine Flasche alten Chambertins, war in allen Stücken beachtlich.
Sobald er sich gestärkt hatte, untersuchte er als erstes die Läden, die die hohen Fenster verschlossen. Sie waren aus dickem Holz, und die Schlösser, die sie verriegelten, waren ebenfalls von entmutigender Stabilität. Man hätte Kneifzangen gebraucht, um sie zu öffnen.
Enttäuscht wandte er sich zur Tür. Auch sie war fest und mit einem schönen Schloß aus vergoldeter Bronze versehen, das ebenso solide wirkte wie die Vorhängeschlösser. Doch wenn es möglich wäre, es aus dem Rahmen zu schrauben, würde ihn nichts am Verlassen des Raumes hindern. Die Schwierigkeit bestand nur darin, ein geeignetes Werkzeug zum Lösen der Schrauben zu finden.
Methodisch durchsuchte Gilles die Kammer. Auf dem Frühstückstablett lag nur ein zerbrechliches, für diese Art Unternehmung viel zu schwaches silbernes Messer, und natürlich hatte man sich gehütet, ihm seinen Degen zu lassen. Der Schürhaken des Kamins konnte als Hebel dienen, denn er war noch von der guten, alten Art aus derbem Schmiedeeisen, aber für die Schrauben eines Schlosses war er nicht zu gebrauchen. Aufs Geratewohl und zur Entspannung seiner Nerven trat der junge Mann ein paarmal kräftig gegen die Tür, mit dem einzigen Resultat, im unteren Stock das Gebell eines Hundes zu wecken, bald gefolgt von einer lauten Männerstimme, was ihm bewies, daß das Haus nicht so leer war, wie es schien.
Schon verzweifelte er, je das Werkzeug seiner Träume zu finden, als sein Blick auf den Frisiertisch fiel, und dort entdeckte er in einer länglichen Schale eine Sammlung jener kleinen Instrumente, die die Frauen für ihre Nägel verwenden: Scheren, kleine Stäbchen zum Zurückschieben der Haut und vor allem schmale eiserne Feilen, dünn genug, um mit ihren Kanten in die Einschnitte der Schrauben zu passen.

Es wurde eine lange, mühsame Arbeit. Da er nie in ein Haus hatte einbrechen müssen, wußte Tournemine so gut wie nichts von der delikaten Kunst der Schlosser.

»Wenn ich das gewußt hätte, hätte ich beim König Unterricht genommen«, murmelte er, um sich bei der Arbeit Mut zu machen.

Eine der Feilen zerbrach, aber es war nicht wichtig: zwei andere waren da, und auch die Stücke ließen sich noch benutzen. Endlich fiel die letzte Schraube in die schmutzige Hand des jungen Mannes, und vorsichtig zog er das Schloß heraus. Doch seine Freude verwandelte sich in Zorn: die Tür öffnete sich nicht! Irgend etwas hielt sie von außen an ihrem Platz.

Wütend holte er eine der Kerzen, um sich die Rille genauer anzusehen, und gewahrte einen quer davorliegenden eisernen Stab, zweifellos ein Riegel. Blieb festzustellen, wie er sich öffnete.

Nach der letzten der Feilen greifend, die auch die längste war, schob er sie vorsichtig durch den schmalen Spalt unmittelbar unter den Riegel und versuchte, ihn anzuheben. Es war nicht leicht, denn die Feile faßte kaum. Einmal, zweimal... der Riegel rührte sich ein wenig, widerstand jedoch. Schweißnaß das Gesicht, die Stirn gegen die Türfüllung gepreßt, fluchte Gilles ausgiebig. Es beruhigte seine Nerven und ließ ihn neue Kräfte sammeln.

Endlich gelang es, und die Tür öffnete sich langsam und ohne das leiseste Knarren, öffnete sich wie von selbst... Die Freiheit war wieder möglich!

Voller Freude wusch Gilles sich Hände und Gesicht, und nachdem er den Rest des Chambertin in einem Zug geleert hatte, machte er sich daran, sein Gefängnis zu verlassen.

Er bemerkte zwei Dinge: zum einen, daß das Zimmer am Ende einer verlassenen Galerie lag, die leer war, von tapisseriebezogenen Bänken und den Nischen der großen Bogenfenster abgesehen, durch die man eine weite, einen mit Statuen geschmückten Park nach französischer Art begrenzende Waldgegend überblickte, und zum anderen, daß der Tag zur Neige ging. Die Sonne war schon untergegangen. Unter dem malvenfarbenen Himmel nahm die Landschaft bereits die tiefblauen Töne an, die die Nacht ankündigen.

Auf den Zehenspitzen seiner in kurzen Reversstiefeln steckenden Füße schlich Gilles bis zum Ende der Galerie, die sich im zweiten Stock eines Schlosses befinden mußte, und stieß dort auf ein neues Hindernis: eine weitere Tür, noch solider als die des Zimmers, schloß sie ab. Doch diesmal hielt er sich nicht mit der Suche nach einem geeigneten Werkzeug zum Öffnen auf. Die Nacht sank, die Zeit drängte, denn Anne konnte jeden Moment zurückkehren. Es blieben die Fenster; er würde auf diesem Wege verschwinden müssen...

Das erste öffnete sich ohne Schwierigkeit, aber als Gilles sich hinausbeugte, bemerkte er, daß seine Lage sich kaum verbessert hatte, denn er befand sich nicht nur in der zweiten, noch dazu sehr hochgelegenen Etage eines Schlosses, sondern der Fuß besagten Schlosses tauchte auch noch in einen Wassergraben, der zwar trocken war, aber deswegen kaum beruhigender schien. Und doch mußte er um jeden Preis hinunter.

Die Situation genauer prüfend, stellte er fest, daß sie einem so geschmeidigen, behenden Burschen wie ihm dennoch eine Möglichkeit bot: Vor dem Fenster unmittelbar unter dem seinen war ein Balkon. Wenn er sich zu ihm hinuntergleiten lassen könnte, wäre es eine hübsche Etappe auf dem Weg zum Boden.

Ins Zimmer, das er verlassen hatte, zurückkehrend, hängte er sich an die langen Samtvorhänge der Fenster, und es gelang ihm, zwei von ihnen herunterzureißen. Er zog sie hinter sich her zum Fenster der Galerie, ließ einen von ihnen mit unendlicher Vorsicht zum Balkon hinunter und knüpfte den zweiten ans Fensterkreuz. Mit einem Stoßgebet zu Gott, daß ihr hohes Alter ihre Widerstandsfähigkeit nicht allzusehr geschwächt haben möge, schwang er sich sodann über die Brüstung, klammerte sich an das staubige Gewebe, das sich achtbar hielt, und hangelte sich ohne Erschütterung an dem improvisierten Seil bis zum Balkon hinunter. Er brauchte nur die gleiche Operation zu wiederholen, um bis zur Höhe des Erdgeschosses zu gelangen, doch diesmal fanden seine Füße keinerlei Halt, denn es war noch ein ganzes Stück bis zur Sohle des Grabens, und diese Sohle war gemauert. Wenn er schlecht landete, hatte er eine gute Chance, sich etwas zu brechen.

Aber ihm blieb keine Wahl. Auf seine Erfahrung als Waldläufer bauend, die ihm seit langem die Kunst des Fallens ohne Schaden beigebracht hatte, ließ er sich bis zum äußersten Ende seines Vorhangs hinab, um so viel wie möglich von seiner Größe zu profitieren, öffnete die Hände, ließ sich fallen und fing den Aufprall in den Kniekehlen federnd auf. Doch die Sohle des Grabens bedeutete noch nicht das Ende seiner Mühen. Zuerst mußte er die Gegenseite hinter sich bringen, und das hieß, eine von einem überhängenden Rand gekrönte Mauer erklettern. Dabei konnte er sich nur auf die Kraft seiner Hände verlassen...

Zum Glück zögerte die Dämmerung noch vor dem Übergang in eine schöne, klare Nacht, und die Augen des »Falken« waren seit langem daran gewöhnt, im Dunkel zu sehen. Um die bestmöglichen Stützpunkte auszumachen, folgte er der Sohle des Grabens bis zu der Stelle, wo dicke Pfeiler eine Brücke trugen und zusätzliche Hilfe bieten konnten. Die Mauer bestand im übrigen aus großen Bruchsteinen, an denen Halt zu finden für jemand, der es gewohnt war, Felsen zu erklettern, ziemlich leicht sein mußte.

Sorgfältig bequeme Vertiefungen wählend, bewältigte er den Anstieg. Ein fast akrobatischer Aufschwung mit Klimmzug ließ ihn den vorspringenden Rand überwinden, und er fand sich schwitzend am Rande des Grabens wieder, vor sich ein herrliches Panorama großer, schimmernder Teiche zwischen weiten, samtweichen Rasenflächen vor dem Hintergrund der hohen Bäume eines dichten Waldes.

Das Schloß selbst, das er entdeckte, als er zurücksah, war ein imposanter Bau aus Ziegeln und weißem Stein aus der Zeit König Heinrichs IV., gedeckt mit hohen Schieferdächern französischen Stils, die sanft im blassen Schein der Sterne glänzten. In keinem der Fenster war Licht zu sehen, und Gilles fragte sich, wohin wohl der Hund samt dem Mann geraten sein mochte, dessen Stimme er gehört hatte. In einem der Gesindehäuser vielleicht, die zur Rechten des Schlosses hinter einem ziemlich dichten Vorhang von Bäumen ordentlich sichtbar waren?

Direkt vor sich im Hintergrund gewahrte er ein fast unübersteigbares Gitter zwischen zwei von Laternen schwach erhellten Pavillons, ein

Gitter, das ziemlich hohe Mauern auf beiden Seiten fortzusetzen schienen.

»Es muß hier irgendwo ein Dorf geben«, murmelte der junge Mann vor sich hin. »Aber wo? In welcher Richtung? Und wie heißt das Dorf? Wo liegt es in Beziehung zu Paris oder Versailles?«

Er hatte keine Ahnung, welche Entfernung mit ihm zurückgelegt worden war, während er unter dem Einfluß der Droge gestanden hatte, noch in welche Richtung. Der Himmel, den zu lesen er in seiner Kindheit von Fischern gelernt hatte, bot keine Hilfe.

Auf gut Glück entschloß er sich, der von weißen Statuen unterbrochenen Linie der Bäume längs der Teiche zu folgen. Sie bildeten eine Art endloser, zum Horizont verlaufender Allee, und um sie schneller hinter sich zu bringen, begann Gilles von Statue zu Statue zu laufen. Die steinernen Damen konnten ihm im Falle einer unvorhergesehenen Begegnung sehr nützlich sein. Im dichten Gras verursachten seine Schritte kein Geräusch, und nach und nach verlangsamte er seinen Lauf, verführt von der stillen Schönheit dieses der Dunkelheit und dem nächtlichen Frieden ausgelieferten Parks. Der Mond erschien über dem Wald, und sein unwirkliches Licht glitt über das unbewegte Wasser der Teiche, deren weiße Steinränder unversehens breite Silberstreifen umschlossen.

Plötzlich vernahm Gilles' Ohr ein leichtes Plätschern, während seine Augen zugleich einen Sprung in dem ihm nächsten Spiegel entdeckten. Jemand schwamm dort langsam und träge, jemand, der die Nacht nutzte, um nach der erstickenden Hitze des Tages im Wasser ein wenig Kühlung zu finden.

An einen Gärtner denkend, den Mann mit dem Hund vielleicht, verbarg sich der Flüchtling hinter einem steinernen Sockel, auf dem sich eine üppig geformte Göttin scheinheilig mühte, eine Verhüllung festzuhalten, die nicht das geringste verbarg. Dabei stolperte er, wäre fast gefallen, und stellte fest, daß er in eine Ansammlung von Kleidungsstücken getreten war, deren Stoffülle sie ohne Frage einer Frau zuwies. Mechanisch hob er ein weißes Musselinkleid auf, von dem ein zugleich frischer und süßer Duft ausging, ein Duft nach Flieder im Frühling, nach Maiglöckchen und wilden Kräutern, den er mit jäher Sehnsucht einsog.

Eine bittersüße Woge der Erinnerungen überflutete ihn, zog ihn in ihre Tiefe. Die Frau, die dort im stillen Wasser eines Teiches badete, konnte nicht ahnen, daß sie eine nie völlig vernarbte alte Wunde aufriß, die von der rothaarigen Sirene einer Flußmündung der Bretagne, deren zarten, bezaubernden Körper er für einen Moment an sich gedrückt hatte, seinem Herzen und seinem Fleisch eingeätzt worden war...

Fasziniert, vermochte Gilles seinen Blick nicht von der ungewissen Gestalt im Wasser zu wenden. Niemals bis zu dieser Sekunde hatte er so schmerzlich das Gefühl von Abwesenheit verspürt, eine bittere Enttäuschung, als habe man ihm einen Teil seines Körpers amputiert.

Doch plötzlich kehrte die Schwimmerin, offenbar vom Bad ermüdet, leise plätschernd zum Ufer zurück, schwang sich auf den Steinrand und erhob sich, dem leidenschaftlichen Beobachter, von dessen Gegenwart sie nichts ahnte, den Rücken kehrend, und während er sie mit den Blicken verschlang, wand sie mit einer Bewegung voller Anmut das Wasser aus ihrem Haar, bevor sie es zurückwarf und bis über die Hüften hinabfallen ließ.

Die Gestalt dieser Frau war auf idealste Weise schlank und langgestreckt. Im kalten Licht des Mondes, das die zarten Rundungen ihrer Schultern streichelte, wirkte sie wie eine Göttin aus Silber. Die schlanke, biegsame Säule des Halses trug einen kleinen Kopf, von dem Gilles nur ein halb abgewandtes Profil gewahrte, ohne zu begreifen, warum sein Herz plötzlich erregt zu schlagen begann.

Sie blieb so einen Moment, ließ das bläuliche Licht über ihren Körper gleiten, wie sie es unter der Sonne getan hätte. Dann wandte sie sich langsam, wie bedauernd um. Gilles sah sie im Profil, gleich darauf von vorn, während sie mit ihrem tanzenden Schritt auf ihn zukam...

Dann war ihm, als explodierten alle Sterne des Himmels gleichzeitig in seiner Brust, als er begriff, daß sich das Wunder vollzog, daß die Zeit zurückgedreht war, daß alles wieder begann...

Langsam, als fürchte er, jeder seiner Schritte könne den Traum schwinden lassen, verließ er die Deckung des Sockels, den Schatten der hohen Bäume und trat ins Licht hinaus, ohne sich bewußt zu werden, daß er die Arme ausstreckte.

»Judith!« murmelte er so leise, daß er glaubte, nur er könne es hören. »Meine Sirene... meine Göttin des Meers... Judith meiner Träume und meiner Verzweiflung...«
Einen Moment fürchtete er, die Erscheinung löse sich auf. Als sie ihn bemerkte, war sie mit der doppelten und so natürlichen Geste ihrer Arme stehengeblieben, die ihre Brust und ihre geheimste Intimität zu verbergen suchte, aber das währte nur einen sehr kurzen Augenblick. Die Arme sanken herab, und ebenso selbstverständlich wie ein verirrtes Kind seiner natürlichen Zuflucht zustrebt, ging Judith, das Antlitz von einer fast überirdischen Freude erhellt, mit so leichten Schritten Gilles entgegen, daß sie schwerelos über das Gras zu schweben schien.
Als sie dicht vor ihm stand, berührte sie seine Schultern, seine Arme, die sich nicht um sie zu schließen wagten, seinen Kopf, als könne sie nicht an seine Wirklichkeit glauben. Ihre kleinen Hände waren kalt und zitterten.
»Du!... Du bist es wirklich!« flüsterte sie. »Ich habe dich so gerufen, ohne daß du mir je geantwortet hättest, so daß ich dich nie mehr wiederzusehen glaubte!«
Er wollte sprechen, aber kein Laut drang aus seiner zusammengeschnürten Kehle. Die Wärme dieses dem seinen so nahen Körpers, dessen zarte Brüste ihn berührten, entflammte ihn, doch seine Muskeln schienen ihm plötzlich den Dienst zu versagen, während sein Gehirn sich am Rande einer allzu starken Freude um das Begreifen der Zusammenhänge mühte. Mit einem kleinen, gereizten Seufzer hob sie sich schließlich auf die Zehenspitzen und schlang ihre Arme um seinen Hals.
»Umarme mich!« befahl sie, während ihr frischer Mund die Lippen des jungen Mannes suchte und sich in einem Kuß mit ihnen vereinte, dessen Glut seine seltsame Lähmung schmelzen ließ.
Verflogen war seine Zurückhaltung, seine ganze Leidenschaft entfesselt, und er umfing sie mit wilder Gier, hob sie vom Boden, um sie besser an sich pressen zu können, der Freude wegen, ihr Gewicht zu spüren und sich so ihrer Wirklichkeit zu versichern.
Zusammen rollten sie ins Gras, als ob das Leben, das ihnen endlich erlaubte, von neuem zusammenzufinden, ihnen nicht mehr gestat-

tete, auseinanderzugehen, als ob sie sich nie mehr trennen dürften. Sie flüsterten sich zärtliche, sinnlose und ein wenig verrückte Worte zu, endlos das ewige Thema lange getrennter Liebender variierend, den winzigen magischen Satz, durch den Adam am Anfang der Zeiten die Menschheit aus seinem doppelten Fleisch hatte entstehen lassen:

»Ich liebe dich...«

Sie hatten Ort und Zeit vergessen, alles, was nicht ihre gemeinsame Freude war, doch als Gilles, betört durch den Duft dieses wundervollen, weichen Körpers, der so bereit schien, sich ihm zu öffnen, von Küssen und Liebkosungen dazu überzugehen versuchte, ihn ganz zu besitzen, zuckte Judith so heftig zurück, daß es einem jähen Erwachen, ja fast einem Krampf glich.

»Nein!«

Sie entzog sich ihm, entwand sich seinen Armen, die sie zu halten suchten, lief zu ihren Kleidungsstücken, in die sie mit ungeschickter Eile schlüpfte, während Gilles verletzt, frustriert und schon unglücklich, seine leidenschaftliche Symphonie so jäh unterbrochen zu sehen, ihr verständnislos zusah, nicht einmal eines Vorwurfs, nur eines einzigen Wortes fähig:

»Warum?«

Die Errichtung des zarten Walles aus Musselin und Bändern um ihre Schönheit beendend, betrachtete sie ihn durch den schimmernden Vorhang ihres gelösten Haars.

»Weil!«

Aber da dieses Meisterwort weiblicher Unehrlichkeit ihr dann doch ein wenig kurz erschien und er sich zweifellos nicht damit zufriedengeben würde, fügte sie fast mit Bedauern hinzu:

»Weil ich nicht kann! Ich habe kein Recht dazu...«

»Kein Recht? Das ist doch verrückt? Mein Gott, du bist doch nicht...?«

Er vermochte seinen Satz nicht zu beenden, aber er verriet so viel Angst und Kummer, daß Judith sich mit einem kleinen Aufschrei wieder in seine Arme schmiegte.

»Nein, nein! Weder verheiratet noch verlobt noch irgend jemand versprochen, nicht einmal Gott! Ich muß nur Jungfrau bleiben...

fürs erste wenigstens! Ich hab's versprochen... Ich liebe dich, aber ich darf es nicht!«

»Was für ein Unsinn! Ich liebe dich, ich will mich nicht mehr von dir trennen, ich will dich morgen heiraten... sofort! Ich habe das Recht dazu, weißt du? Morgen werde ich die Erlaubnis des Königs, des Marschalls de Castries, meines Vorgesetzten, erbitten, und du wirst meine Frau sein...«

Mit Stolz und Freude sah er, wie sich die großen Augen des Mädchens mit Bewunderung füllten.

»Des Königs...? Des Marschalls de Castries? Was bist du denn geworden?«

»Offizier der Leibgarde, schottische Kompanie, Madame! Und ich kann dir jetzt einen Namen bieten, einen Namen, der deiner würdig ist: den, den mir mein Vater, Pierre de Tournemine, vor seinem Tode auf dem Schlachtfeld von Yorktown zurückgegeben hat. Du hast mir drei Jahre Zeit gelassen, dich zu verdienen, erinnerst du dich? Ich habe nur die Hälfte gebraucht. Aber als ich zurückkam, um dich zu holen, warst du nicht mehr da!«

Sie drängte sich enger heran, barg ihren Kopf mit dem noch feuchten Haar an seiner Schulter.

»Erzähl!« flüsterte sie. »Seitdem ich mein Kloster in Hennebont verließ, weiß ich nichts mehr von dir.«

Beschwichtigt durch diese zärtliche Vertraulichkeit, berichtete er, wie sein Leben seit jenem Abend verlaufen war, an dem er sie vor dem Tor von Notre-Dame-de-la-Joie am Ufer des Blavet verlassen hatte, wo sie die drei Jahre des Wartens verbringen wollte, die sie ihnen beiden auferlegt hatte, während er sich auf der anderen Seite des großen Ozeans im unbekannten Amerika Ruhm und Namen verdienen sollte.

Er begriff noch immer nicht, wie Judith sich hier befinden konnte, in seinen Armen, an seinem Herzen, während er alle Klöster der Bretagne und Guyenne durchstöbern ließ, um sie wiederzusehen, aber seine von Märchen genährte bretonische Seele war zu allen Zeiten dem Übernatürlichen, den Wundern geöffnet gewesen, und sein Glaube an Gott, der alles vermochte, selbst das Unmögliche, war unerschütterlich. Und vor allem wollte er nicht durch Fragen die zerbrechliche Schönheit einer so lange ersehnten Minute trüben. Die Zeit für Erklärungen würde noch kommen...

Um die Wahrheit zu sagen, sah sich Gilles bei seinem Bericht vor einige Probleme gestellt, denn im Laufe der Geschichte stieß er immer wieder auf Episoden, die er überspringen mußte. Es war völlig unmöglich, ihr von Sitapanoki zu sprechen und all denen, die ihm so gut geholfen hatten, die Qualen der Trennung und die Ansprüche seiner Jugend zu überstehen.
Als endlich der Moment kam, das Drama von Trécesson zu berühren, zögerte er. Wußte seine Geliebte, daß er ihren ältesten Bruder getötet hatte und daß der jüngere nur mit knapper Not seiner unerbittlichen Justiz entronnen war? Wie sollte er berichten, was er in einer schrecklichen Nacht in der Poststation von Ploermel erfahren hatte, ohne bei ihr die furchtbare Erinnerung an die Grube im Walde heraufzubeschwören? Doch fast unbewußt erleichterte sie ihm die Dinge, indem sie schüchtern fragte:
»Hat Monsieur de Talhouët dir meinen Brief geben können?«
»Gewiß, und er hat mich nie verlassen... ebensowenig wie die Erinnerung an dich«, fügte er hinzu, mit den Lippen über ihr schönes, seidig-kupferfarbenes Haar streifend.
»Dann hast du nicht versucht, mich wiederzufinden, weil du glaubtest, man habe mich einem anderen gegeben?«
»Ich habe nichts anderes getan, als dich zu suchen, und ich fand deine Spur dem Ufer eines Teichs im Walde von Paimpont eingeprägt wie die einer gejagten Hindin. Unglücklicherweise verlor ich sie alsbald von neuem. Dafür fand ich die deiner Brüder. Tudal ist von meiner Hand gestorben...«
Sie zitterte so heftig, daß er an den Beginn einer Nervenkrise glaubte und sie enger an sich zog. In der klaren Nacht sah er ihre Augen schimmern.
»Du hast Tudal... getötet?« hauchte sie ungläubig.
»Ich habe ihn am Tragbalken seines Hauses aufgeknüpft, und das war noch barmherzig, denn er verdiente das Rad!«
»Und Morvan?«
Er hob die Hand in einer Geste der Ohnmacht.

»Verschwunden! Er war nicht in Le Frêne, als ich Tudal traf, und später erfuhr ich, daß er geflohen war. Sonst hätte er das gleiche Schicksal gefunden. Aber ich verzweifle nicht: ich weiß, daß ich ihn eines Tages finden werde.«

Sie begann, wie ein Blatt im Herbst zu beben, und ihre erschrockene Stimme war nicht stärker als ein Hauch, als sie fragte:

»Um solche Justiz zu üben, hast du also erfahren, was geschehen ist... alles, was geschehen ist?«

»Alles! Sag nichts mehr!«

Und um das Entsetzen der grausamen Erinnerung, deren Wiederaufleben er spürte, schon im Keim zu ersticken, schloß er die zitternden Lippen des jungen Mädchens mit einem unendlich zärtlichen Kuß.

»Du brauchst mir nichts zu erzählen«, murmelte er nur, als er sie freigab. »Nur, was du nach deiner Flucht getan hast.«

Mit unbestimmt gereizter Überraschung fühlte er, daß sie erstarrte. Sie löste sich von ihm, und ihm war, als verschlösse sie sich mit einem Schlag.

»Es gibt wenig genug zu erzählen«, sagte sie mit einem kurzen, freudlosen Lachen. »Mein Leben hat nichts Heroisches gehabt. Ich wußte, daß meine Mutter eine entfernte Verwandte in Paris besaß, eine Verwandte, von deren Existenz meine Brüder, wie ich glaube, nichts wußten. Zu ihr bin ich gegangen und habe ihr alles gesagt. Sie nahm mich bei sich auf und versteckte mich einige Zeit, bis sie eine Stellung für mich fand, die mir Sicherheit verschaffte.«

»Hat sie dich als Vorleserin bei der Gräfin der Provence untergebracht?«

»Ja, aber...«

»Und natürlich hat sie dich mit diesem wundervollen italienischen Arzt, diesem ausgezeichneten Grafen Cagliostro bekanntgemacht!«

Plötzlich riß Judith sich aus seinen Armen, sprang auf die Füße, und Gilles hatte wieder die mißtrauische, streitbare und ungeduldige Judith von ehedem vor sich.

»Woher weißt du das alles?«

»Was tut's, woher ich es weiß? Ist es wahr?«

»Es ist wahr. Ich verdanke ihr die Sicherheit eines königlichen Hauses und die Güte Madames, die mich liebt und mich beschützt.«
»Unter einem falschen Namen?«
»Natürlich unter einem falschen Namen! Sollte ich riskieren, meine Brüder auftauchen zu sehen, um mich zu holen, wenn ich mich als Judith de Saint-Mélaine bekannte? Dank Tante Félicité hörte ich auf, mich zu fürchten.«
»Und was hast du dank diesem famosen Cagliostro erlangt?«
»Das Ende meiner Schrecken, die Möglichkeit, wieder normal zu leben, die Heilung! Weißt du, wie meine Nächte Wochen hindurch nach... Trécesson gewesen sind? Ich konnte nicht mehr schlafen, ich wollte nicht mehr schlafen, aus Angst, mich unaufhörlich in diesem entsetzlichen Alptraum wiederzufinden, immer demselben. Ich konnte das Dunkel nicht mehr ertragen! Ich war krank, wie in einem Delirium, halb toll, und Tante Félicité, die nicht mehr wußte, was sie tun sollte, hat darauf den Grafen holen lassen. Er hatte sie einst von einer tiefen Niedergeschlagenheit geheilt, und sie war mit ihm in Korrespondenz geblieben, weil sie für diesen guten Mann Verehrung und Freundschaft empfand. Er kam, von sehr weit her übrigens, und unter seinen Händen fand ich endlich Frieden, Gesundheit, fast Freude wieder. Er ist ein wundervoller Mensch... ja, mehr als ein Mensch!«
»Was für eine prachtvolle Verteidigungsrede! Sagen wir, ein Gott, und reden wir nicht mehr davon.«
»Und ich will davon reden!« rief Judith in jähem Zorn. »Warum sollte ich undankbar und gleichgültig gegen einen Mann sein, der mir die Vernunft wiedergegeben hat?«
Bittere Eifersucht überschwemmte langsam Gilles' Seele. Er hatte es sich so sehr gewünscht, für die, die er liebte, wenn er sie einmal wiederfände, Zuflucht, Schutzwall und Verteidiger, Vertrauter, Freund und Geliebter zu sein, alles zugleich, und nun war da schon ein anderer fast all das für sie, ein anderer, der zudem noch die Gabe des Heilens besaß. Und da sie den Geliebten zurückwies, ließ sie ihm nicht mehr viel...
Nun auch selbst gereizt, vermochte er die grausamen Worte nicht

zurückzuhalten, die ihm über die Lippen kamen, weil menschliche Wesen nun einmal so sind, daß sie das Bedürfnis verspüren, Schlag für Schlag, Verletzung für Verletzung zurückzugeben.
»Es sieht so aus, als bedeuteten die Ärzte viel in deinem Leben. Der Unglückliche, den du geheiratet hattest und den deine Brüder umbrachten, war gleichfalls Arzt wie mir scheint!«
Ein Zucken in ihren Zügen ließ ihn erraten, daß er ihr weh getan hatte, und er verspürte Gewissensbisse, aber er konnte seine Worte nicht mehr zurücknehmen.
»Armer Job Kernoa!« murmelte sie. »Er war gutherzig und sanft... Er hatte mich halbtot gefunden und mich gepflegt, ohne etwas von mir zu fordern. Ich glaube, er liebte mich.«
»Und du liebtest ihn?«
»Ich mochte ihn gern. Er war so nett, so freundlich... es war nicht leicht, ihn dazu zu bringen, seine Liebe einzugestehen.«
»Wenn ich recht verstehe, war's nicht er, der dich geheiratet hat, sondern du, die ihn zu ihrem Gatten machte! Was zwang dich, ihn zu heiraten? Hattest du mir nicht versprochen, drei Jahre auf mich zu warten?«
»Warten auf was, auf wen? Ich war überzeugt, daß du nie zurückkommen würdest, und dann hatte ich Angst vor meinen Brüdern. Versteh mich: Angst! Weißt du, was das ist – Angst?«
»Ja, ich weiß, was das ist! Oh, Judith, Judith! Wir streiten uns hier auf törichte Weise, während wir Worte der Liebe wechseln müßten!... Was tun wir in diesem Park, statt miteinander fortzugehen, Hand in Hand?... Weißt du, daß ich dich hinter Klostermauern glaubte? Ich erfuhr, daß du Madame geschrieben und um Erlaubnis gebeten hattest, ihren Dienst zu verlassen und Nonne zu werden!«
»Das weißt du auch? Du bist ja der Teufel! Wer hat dich unterrichten können?«
»Ich habe kein Recht, es dir zu sagen, aber ich weiß es. Warum hast du das geschrieben?«
»Weil man es mir geraten hat. Der Graf glaubte, es sei notwendig, mich sobald wie möglich aus dem Hause Madames... und Monsieurs zu entfernen. Er sagte, ich sei dort nicht mehr in Sicherheit. Das Kloster war die einfachste, normalste Erklärung.«

»Und ich hätte Feuer an alle Klöster Frankreichs und Navarras legen können, um dich wiederzufinden... während du hier warst. Aber wo sind wir eigentlich? Was ist das für ein Schloß?«
Erstaunen dämpfte augenblicklich den Zorn des jungen Mädchens, wie Regen den Wind niederschlägt.
»Das weißt du nicht? Wie bist du dann hierhergekommen?«
»Man hat mich irgend etwas Betäubendes trinken lassen. Ich war bewußtlos.«
»Wer hat dich gebracht?«
»Eine Frau, die ich nicht kenne. Ich weiß nur einen Vornamen von ihr: Anne.«
»Wirklich? Und... wie ist sie, diese Anne?«
Der plötzlichen Härte ihres Tons wegen ein wenig besorgt, entwarf Gilles ein genaues, aber kurzgefaßtes Porträt seiner Kerkermeisterin, vor allem bemüht, sich so wenig wie möglich bei dem wollüstigen Charme der Dame aufzuhalten.
»Ich sehe!«
Dem eisigen Ton des jungen Mädchens war nichts Beruhigendes eigen. Und unversehens explodierte es, ohne Schrei, doch mit peitschenartig schneidender Stimme.
»Was für ein Lügner seid Ihr geworden, Gilles Goëlo! Ihr behauptet, zum Haushalt des Königs zu gehören und bei Hofe zu Hause zu sein, und Ihr wagt mir zu sagen, daß Ihr die Gräfin de Balbi nicht kennt, die allmächtige Mätresse Monsieurs? Daß Ihr auch die Schlösser der Prinzen von Geblüt nicht kennt? Vielleicht kennt Ihr nicht einmal Versailles?«
»Aber das ist nicht Versailles, wie mir scheint!«
»Nein. Dies ist Grosbois! Merkwürdig nur, daß ich, die den Hof kaum kennt, die praktisch nie den Fuß nach Versailles setzte, Anne de Balbi recht gut kenne und weiß, daß sie den Prinzen mit allen Männern betrügt, auf die sie Lust verspürt, und daß es, wenn sie sich die Mühe nimmt, einen Dummkopf zu betäuben und in ein verlassenes Schloß zu schaffen, sicherlich nicht geschieht, um ihm beizubringen, wie man fingerlose Handschuhe strickt! Was habt ihr beide hier getan?«
»Aber... nichts, absolut nichts!« beteuerte Gilles, der angesichts der

jungen Furie, deren Augen Blitze schleuderten und die bereit schien, ihm mit ihren Krallen ins Gesicht zu fahren, leicht aus der Fassung geraten war.
»Ihr lügt! Wagt Ihr zu schwören, daß Ihr nie mit ihr geschlafen habt? Wagt Ihr zu schwören... auf das Andenken Eures Vaters?«
»Nein, ich schwöre nicht. Aber, mein Gott«, knurrte Gilles, dem der Kamm zu schwellen begann, »ich bin schließlich ein Mann, und ein Mann bedarf gewisser Dinge, von denen ein kleines Mädchen nichts wissen sollte! Ich hätte niemals eine andere Frau berührt, wenn du...«
»Ich verbiete Euch, mich zu duzen! Hebt Euch das für Eure Mätressen auf!« rief sie in kindlicher Wut.
»Ich habe keine Mätresse! Diese Frau ist für mich nur ein zufälliges Abenteuer gewesen, nicht mehr. Hätte sie es nötig gehabt, mich ein Schlafmittel schlucken zu lassen, um mich zu zwingen, ihr zu folgen, wenn ich in sie verliebt wäre? Judith, Ihr müßt mir glauben: Ich liebe nur Euch und werde immer nur Euch lieben!«
Doch sie hörte nicht auf ihn. Einige Schritte entfernt vor ihm stehend, nagte sie an ihren Fingerspitzen und schien auf der Suche nach irgend etwas ihre Erinnerung zu durchforschen.
»Judith«, warf der junge Mann ihr sanft vor, »Ihr hört mir nicht einmal zu!«
»Tournemine... Tournemine!« murmelte sie mit zum Himmel gewandtem Blick. »Das erinnert mich an etwas. Wo habe ich von Tournemine reden hören?«
»Bei uns in der Bretagne! Es ist einer unserer ältesten Namen, einer der...«
Sie wandte ihm ihren Blick zu, ebenso zärtlich wie Basalt.
»Stellt Euch vor, ich kenne das bretonische Wappenbuch, ich habe es längst vor Euch studiert! Ich kenne die Tournemine, ihre Wappen, ihre Ländereien, ihre Wappensprüche, ja sogar ihre Legenden. Ich weiß...«
Unversehens hielt sie inne, als sei ihr vom Himmel eine jähe Erleuchtung gekommen. Dann sagte sie mit ebenso plötzlicher wie besorgniserregender Sanftheit:
»Verratet mir ein wenig, mein Freund... solltet Ihr nicht jener

Gefährte La Fayettes gewesen sein, dem die Indianer einen Vogelnamen gaben? Aber natürlich... der Tournemine, der den berühmten Falken wiedererweckte, das müßt Ihr sein!«
»Gewiß, das bin ich, aber...«
»Oh!... Und da wagt Ihr noch, das Wort an mich zu richten, mich zu duzen? Wenn ich mich nicht verteidigt hätte, wäre ich von Euch vergewaltigt worden! Gemeiner Verführer! Schürzenjäger! Kehrt zu Euren Wilden, Euren leichtfertigen Mädchen und hochgeborenen Dirnen zurück! Für mich seid Ihr gestorben!«
Sie wandte sich auf den Hacken um, und ihre weißschaumigen, jungfräulichen Röcke raffend, lief sie zwischen den Bäumen hindurch davon, einem niedrigen Gebäude zu, dessen Mauern im Dunkeln zu ahnen waren.
Wütend und höchst verärgert, denn er erinnerte sich dessen, was Madame de Balbi – so war ja ihr Name – von den Geschichten, die über ihn und seine schöne Indianerin in den Pariser Salons umliefen, gesagt hatte, stürzte Gilles ihr nach und hatte keinerlei Mühe, sie einzuholen. Er packte sie an beiden Armen, und es gelang ihm, sie trotz ihrer Bemühungen, sich zu befreien, zum Stillhalten zu zwingen.
»Werdet Ihr endlich aufhören, Dummheiten von Euch zu geben? Ich weiß nicht, welche Art Klatschgeschichten Ihr in Euren verdammten Pariser Salons habt hören können, aber ich kann mir's vorstellen. Die Leute dieses Landes haben offenbar nichts anderes zu tun, als sich die Mäuler über dies und jenes zu zerreißen, vor allem aber über das, was sie nicht wissen! Wollt Ihr die Wahrheit, wirklich die Wahrheit hören?«
»Ich wette, Ihr habt nicht den Mut dazu!«
»Vortrefflich! Ihr habt es gewollt! Es ist wahr, die Frau eines großen Irokesenhäuptlings ist meine Geliebte gewesen. Sie war überaus schön, und ich glaubte einen Moment, daß ich sie lieben könnte, weil ich ihren Körper liebte.«
»Schweigt! Ich befehle Euch zu schweigen!«
»Zu spät! Wo ist Euer berühmter Mut? Ihr habt die Wahrheit gewollt, und Ihr werdet sie hören. Diese Frau war meine Mätresse, und sie war nicht die einzige, weil ich ein Mann aus Fleisch und Blut

bin, und weil der Körper des Mannes den der Frau braucht, um im Gleichgewicht zu leben. Ich bin der Geliebte anderer Frauen gewesen, Frauen von niederer Herkunft oder auf den Gipfeln der Gesellschaft geboren. Alle waren charmant, und einige waren mehr als schön. Dennoch ist es meinem Herzen nie geglückt, Euch zu vergessen. Hört Ihr? Dennoch habe ich alle diese Frauen verlassen, um Euch zu suchen, Euch wiederzufinden, Euch für mich zu haben, weil unter Millionen von Frauen, die die Welt bevölkern, nur eine wirklich für mich existiert, eine einzige, die schönste, die anbetungswürdigste, die einzige, die die Macht hat, mich leiden und die Hölle erdulden zu lassen. Diese Frau seid Ihr, bist du... meine Liebe, meine schreckliche und wundervolle Liebe, meine Geliebte... Hör auf, dich gegen mich zu wehren, gegen uns! Sind wir nicht unglücklich genug gewesen?«

Nach und nach hatten sich seine Arme um sie geschlossen, hielten sie gefangen. An seiner Brust spürte er das unruhige Klopfen ihres Herzens. Sie überließ sich ihm, weich, wie von aller Kraft verlassen. Er neigte den Kopf, bemächtigte sich mit Leidenschaft ihres Mundes und spürte, daß ihr Gesicht von Tränen feucht war.

Er küßte sie lange, von einem Gefühl unendlicher Zärtlichkeit für sie erfüllt, von einem tiefen Bedürfnis, sie, die so zerbrechlich, so verletzlich schien, für immer so zu halten im Schutze seiner Muskeln und seiner Liebe. Gleich würde er sie davontragen, weit fort von diesem verlassenen Schloß, in dem der unheimliche Cagliostro sie in der Furcht vor irgendeiner unklaren Drohung festhielt, würde sie zu seinem kleinen Haus in der Rue de Noailles bringen, wo Mademoiselle Marjon für sie zu sorgen wissen würde. Dann würden sie zusammen fortgehen, so weit wie möglich, um ihr Glück auf zuverlässigerer Grundlage zu errichten, als es im Flugsand eines königlichen Hofes möglich war...

Von neuem in seinen alten Traum von einem weißen Haus inmitten der Prärien Virginiens verloren, lockerte er ein wenig seine Umarmung, um den leichten Körper des jungen Mädchens hochzuheben, doch sie stieß ihn so heftig zurück, daß er taumelte. Die Ohrfeige, die sie ihm verabreichte, brachte ihn vollends aus dem Gleichgewicht, und er fand sich unversehens im Grase sitzend, während Judith ihre

Flucht zu dem kleinen Gebäude fortsetzte, in dem nun ein erhelltes Fenster schimmerte.

Mit einem halb unterdrückten Fluch sprang er auf und machte sich an ihre Verfolgung, aber sie lief mit der Leichtigkeit einer verfolgten Hindin, und er hatte sich im Fallen einen Fuß verrenkt, so daß ihm die Tür vor der Nase zugeschlagen wurde, als er eben das Haus erreichte.

Wütend wollte er sich mit ganzer Kraft gegen sie werfen, um zu versuchen, sie aufzusprengen, als von innen eine sanfte, liebevolle Frauenstimme zu ihm drang:

»Ich wollte Euch schon entgegengehen, mein Kind. Ich war besorgt. Ihr solltet Euch nicht so spät im Park aufhalten, wenn das Schloß leer ist. Aber Ihr weint ja!«

»Es ist nichts... ich bin gefallen und habe mir weh getan. Sorgt Euch nicht, gute Freundin, ich werde nicht mehr in den Park gehen... niemals. Ich glaube, ich habe dort einen Herumtreiber bemerkt. Ihr solltet Pierre beauftragen, eine Runde zu machen.«

»Das ist eine gute Idee. Ich gehe sofort...«

Es wäre gefährlich gewesen, länger zu bleiben. Nicht weit von dem kleinen Haus entfernt gewahrte Gilles im Mondlicht die Mauer des Parks und hastete ihr zu, entschlossen, am nächsten Tag zurückzukommen. Es bestand eine gute Chance, daß jenseits der Mauer ein Weg entlanglief.

Oben auf der Mauerkrone sah er, daß es eine breite Straße war und daß am Ende dieser Straße Lichter glänzten: zweifellos das Dorf. Zur Erde springend, machte er sich daran, den Lichtern zuzugehen, doch das Rollen eines sich rasch nähernden Wagens veranlaßte ihn, im hohen Gras eines Grabens in Deckung zu gehen.

Einen Moment darauf fuhr der Wagen, eine elegante Kutsche, im Galopp dicht an ihm vorbei dem Gittertor des Schlosses zu, dessen Laternen zu sehen waren. Höchstwahrscheinlich war es Madame de Balbi, die zurückkehrte, wie sie versprochen hatte, und der Gedanke an ihre Enttäuschung, ihren Zorn vielleicht, wenn sie seine Flucht bemerkte, entlockte ihm ein Lächeln. Aber das war nur ein Grund mehr, sich nicht länger aufzuhalten...

In wenigen Minuten erreichte er die Lichter, die er in der Ferne bemerkt hatte. Es waren die einer Poststation, die des Dorfs Boissy-Saint-Léger, wo er ohne Schwierigkeiten ein Pferd erhielt. Durch einen Postillon über den einzuschlagenden Weg unterrichtet, sprang er sodann in den Sattel und ritt mit verhängten Zügeln Versailles zu.

Als er dort ankam, begann eben ein frühzeitig anbrechender Sommertag das Gold an den Gittern und Wetterfahnen des Schlosses zu entzünden. Die Sonne würde bald in den Himmel steigen und ihre Strahlen über die verschlafenen Gärten ergießen, in denen die Gärtner schon an der Arbeit waren, die Alleen harkten und die Kanäle der Wasserspiele reinigten.

Die Straßen waren verlassen und still, und Gilles fühlte sich trotz der Aufregungen der letzten Stunden erstaunlich frisch. Der Ritt durch den kühlen Wind des frühen Morgens hatte sein Blut gepeitscht und die ihm durch Judiths Ohrfeige verursachte Enttäuschung gemildert. Er vermochte schon darüber zu lächeln, denn nach einiger Überlegung war er dazu gelangt, in ihr eine letzte, verzweifelte Verteidigung zu sehen, die Reaktion eines jungen Mädchens gegen ihre eigene Schwäche. Sie hatte sich an ihm gerächt, weil sie sich nicht hatte hindern können, auf den letzten, ihr aufgezwungenen Kuß – und noch dazu mit welcher Hingabe! – zu antworten. Und außerdem würde er nächste Nacht mit Winkelried und ihren Dienern nach Grosbois zurückreiten, und zu viert würden sie die Rebellin nach Versailles entführen.

»Gleich morgen«, nahm der Chevalier sich vor, »werde ich bei der Königin Audienz erbitten, damit sie Judith ihren Schutz gewährt, und in einer Woche heiraten wir!«

Diese erfreulichen Gedanken begleiteten ihn bis zum Ende des Ritts, doch als er in die Rue de Noailles einbog, mußte er feststellen, daß seine Ankunft eine Art Miniaturrevolution auslöste. Seine Vermieterin, Mademoiselle Marjon, die, von einer imposanten Haube gekrönt, eben dabei war, ihre Tür zu verschließen, um sich zur ersten Messe zu begeben, als er im Vorgarten aus dem Sattel sprang, ließ zugleich Schlüssel und Meßbuch fallen und stieß einen Schrei aus:

»Mein Gott! Da ist er!«

Der Schrei brachte Pongo zum Vorschein, der von dem Baum

herunterpurzelte, auf dem er mit einem Karabiner in der Hand Posten bezogen hatte, sowie Winkelrieds Diener Niklaus, der, mit einem Paar Pistolen bewaffnet, aus einem Himbeergebüsch auftauchte. Fast gleichzeitig öffnete sich eines der Fenster von Gilles' Zimmer, um zunächst dem struppigen Schädel und sodann den Schultern Ulrich-Augusts Durchlaß zu gewähren. In einer Hand hielt der Schweizer einen Degen, in der anderen eine Pistole.

»Nun, das ist kein Unglück!« rief er. »Ich fing schon an, dich für tot zu halten! Wo kommst du denn her?«

»Aus der Hölle und dem Paradies zugleich! Aber ich schwöre dir, das Paradies wird siegen!«

Ein paar Minuten später war die ganze Gesellschaft bei Gilles um eine große Kanne duftenden Kaffees vereint, wie nur Niklaus ihn zu bereiten wußte, und Mademoiselle Marjon, die zum erstenmal in ihrem Leben ihre religiösen Pflichten und ihre Prinzipien vergaß, berichtete Gilles von dem, was sich am Vorabend ereignet hatte, und was sich, um die Wahrheit zu sagen, in wenigen Worten zusammenfassen ließ: Bei dunkler Nacht waren maskierte Männer in den Garten eingefallen, hatten sie eingeschlossen und ihr gedroht, ihr Haus in Brand zu stecken, wenn sie es wagen sollte, auch nur den kleinen Finger zu rühren.

»Hat Euch irgend etwas sagen können, wer diese Männer waren?«

»Nein. Ich habe nur die schwarzen Augen ihres Anführers in den Schlitzen seiner Maske glitzern sehen und sein allgemeines Benehmen bemerkt, das das eines Edelmannes war. Er war groß, hatte eine metallisch klingende Stimme... ah!... und einen leichten Akzent, der aus dem Süden kommen konnte. Aber ich hatte keine Zeit, mehr zu beobachten.«

»Ihr habt sicher schreckliche Angst gehabt. Es tut mir leid...«

Doch sie lachte nur, während die Augen unter ihrer Spitzenhaube kampflustig und boshaft blitzten.

»Das braucht es nicht! Ich habe mich keinen Moment gefürchtet! Seht, ich verabscheue weder den Geruch von Pulver... noch den von Tabak, wenn Ihr alles wissen wollt«, erklärte sie und reichte Niklaus ihre Tasse, um sie wieder füllen zu lassen. »Ich habe mich bei mir einschließen lassen, ohne ein Wörtchen zu sagen, aber dann benutzte ich die innere Treppe, um Monsieur Pongo zu warnen. Ich muß gestehen, daß er höchst interessant reagiert hat.«

»Mein Gott, wie?«

»Er entkleidete sich! In einem Nichts an Zeit hatte ich einen veritablen indianischen Häuptling vor Augen... ohne die Federn selbstverständlich!«

»Kleider nicht gut geeignet, um durch Blätter zu gleiten, ohne Geräusch zu machen«, unterbrach sie der Angeklagte. »Pongo aus Küchenfenster steigen, ins Gebäusch hinunterklettern und Garten verlassen, ohne daß jemand sehen oder hören.«

»Er sollte sich nie wie alle Welt anziehen«, bemerkte Ulrich-August lachend. »Das Adamskostüm steht ihm viel besser. Als ich ihn so kommen sah, bedauerte ich nur, daß er sich weder bemalt hatte noch Federn trug... und auch, daß meine Vermieterin zu weit entfernt wohnt. Es hätte sie umgebracht.«

»Denn selbstverständlich ist er geradewegs zu dir gegangen, um dich zu benachrichtigen.«

»Natürlich! Ich war eben nach Hause gekommen. Ich nahm meinen Degen, Niklaus ein Küchenmesser und eine Pistole.«

»Danach«, fuhr Mademoiselle Marjon fort, wenig geneigt, sich aus der Hauptrolle verdrängen zu lassen, »sind der Baron und sein Diener zum Gastwirt Lolandre nebenan gegangen, wo gerade einige dieser Herren Schweizer zu Abend speisten.«

»Und Pongo noch immer nackt? Ihr müßt gewaltigen Erfolg gehabt haben!«

»Ich hatte ihm eine Hose geliehen«, berichtigte Winkelried tugendhaft.

»Dann sind sie gemeinsam zurückgekehrt«, schloß die Vermieterin, »und im Nu war der Garten gesäubert. Die Eindringlinge flohen in voller Unordnung und nahmen ihre Schande und einen oder zwei Verletzte mit, die einige Mühe hatten, zu folgen.«

Nach einigen von dem alten Fräulein großzügig gespendeten Umtrünken von Quitten- und indischem Anislikör hatte Ulrich-August seinen Kameraden gedankt, und da Tournemine noch immer nicht erschien, hatte er mit Mademoiselle Marjon, Niklaus und Pongo eine Art eingeschränkten Kriegsrat gehalten, bei dem sie sich

geeinigt hatten, in welcher Reihenfolge sie den Wachdienst wahrnehmen wollten, bis Gilles wieder auftauchen würde. Doch die Nacht war verstrichen, ohne den jungen Mann zurückzubringen.
Anfangs waren seine Freunde nicht sonderlich besorgt gewesen. Die Tatsache, daß sie die ihm zugedachte Falle hatten entschärfen können, beruhigte sie, aber nachdem der Tag ohne irgendwelche Nachrichten vergangen war, war ihre Unruhe mit der Nacht zurückgekehrt. Aus den von Winkelried hastig durchgeführten Nachforschungen ergab sich, daß Tournemine sich nach Verlassen des »Gerechten« in Dunst aufgelöst hatte. Und von Mademoiselle Marjon abgesehen, die zu Bett gegangen war, hatten die drei anderen beschlossen, ihre Wache fortzusetzen. Aber diesmal hatte nichts die Ruhe des Ortes gestört.
Gerührt durch diese Freundschaft, die sich selbst bei einer ihm erst seit wenigen Wochen bekannten alten Jungfer als so tatkräftig erwies, suchte Gilles seine Freunde durch die summarische Erklärung zu beruhigen, daß all das nur die Folge einer Frauengeschichte war. Höchstwahrscheinlich, fügte er hinzu, seien die Eindringlinge Gedungene gewesen und vermutlich von einem eifersüchtigen Gatten angeführt worden. Aber es glückte ihm nicht ganz.
»Verflucht noch eins!« brummelte Mademoiselle Marjon. »Zwanzig Kerle für ein Paar Hörner? Euer eifersüchtiger Gatte muß mindestens Herzog oder Pair gewesen sein, und ich mache Euch mein aufrichtiges Kompliment dazu.«
Sie begab sich wieder zu sich hinunter, nachdem sie verkündet hatte, daß sie sich zusätzlicher Sicherheit wegen den größten Hund kaufen würde, den sie finden könne.
Hinter nun verschlossenen Türen erzählte Gilles Winkelried sein Abenteuer in seiner ganzen Wirklichkeit.
»Es ist sonnenklar, daß der Graf der Provence versucht hat, mich in jener Nacht, wenn nicht ermorden, so doch wenigstens entführen zu lassen!« schloß er.
»Ich würde mehr zum Mord neigen. Was soll er sonst mit dir anfangen? Wir werden Vorsichtsmaßnahmen treffen müssen, denn wenn er merkt, daß sein Schlag danebengegangen ist, wird er bösartig werden.«

»Ich hoffe, ihm keine Zeit dazu zu lassen«, erwiderte Gilles lächelnd. »Wenn alles gut geht, werde ich in wenigen Tagen verheiratet sein und um einen Urlaub bitten, um meine Frau in die Bretagne zu bringen...«
Die Konferenz wurde in diesem Moment durch den Auftritt eines jungen Soldaten unterbrochen, Träger eines Briefs, der für den Chevalier de Tournemine in der Kaserne der Leibgarde abgegeben worden war.
Das Billet kam von Cagliostro, nach dem sehr kurzen Text und dem großen, ein wenig zu verschnörkelten C zu schließen, das als Unterschrift diente.
»Ihr hattet großes Unrecht, meinem Rat nicht zu folgen, Chevalier! Jetzt ist es nutzlos, nach dem Euch bekannten Ort zurückzukehren, da die Person, die Euch interessiert, zur Stunde, in der Ihr diesen Brief lesen werdet, nicht mehr dort sein wird. Ich bringe sie in Sicherheit. Haltet Euch ruhig und laßt die Zeit und die Menschen in Frieden ihre Arbeit tun.«
Unter Ulrich-Augusts interessiertem Blick knüllte Gilles wütend und untröstlich, die, die er liebte, erneut aus seinen Händen gleiten zu sehen, das Papier in seiner Faust zusammen und schleuderte es in einen Winkel des Raums, bevor er auf einen Stuhl sank, die Ellbogen auf den Knien und den Kopf in den Händen vergrub.
»Fort! Sie ist fort! Dieser verfluchte Italiener hat sie mir wieder entführt! Dieser Dämon, den sie so liebt! Aber es wird mir gelingen, sie wiederzufinden, und dann werde ich mit diesem Scharlatan Abrechnung halten!«
Indessen hatte Winkelried gemächlich die Papierkugel aufgelesen, hatte sie auf einer Tischkante geglättet und von ihrem Inhalt Kenntnis genommen.
»Ich würde gern diesem Cagliostro begegnen«, seufzte er. »Nur um zu sehen, ob ein Hexenmeister gegen Kugeln und einen guten Degen gefeit ist.«
»Deine Kugeln würden zu dir zurückfliegen, dein Degen zerbräche. Dieser Mensch ist der Teufel! Doch Teufel oder nicht, eines Tages werde ich ihn umbringen müssen!« rief Gilles zornig.

11. Kapitel
Spiele einer Königin

Am Mittwoch, dem 11. August, hatte der König für den Abend sein Spiel befohlen.

Obwohl noch nicht Nacht, waren von sieben Uhr an die sechs ineinandergehenden Salons, die die Großen Appartements bildeten, erleuchtet, und auf ihrem vielfarbigen Marmor, ihren vergoldeten Bronzeleisten und schimmernden Wandbehängen glänzte der Schein von Hunderten duftender Kerzen, die in den großen Lüstern aus massivem Silber und Leuchtern aus Bergkristall brannten. Diese festliche Illumination vermehrte die Hitze, und die Fenster waren weit auf die geradlinigen Alleen und den Rasenteppich des Nordparterres geöffnet. Der Hof füllte allmählich das zwei Jahrhunderte zuvor für ihn geschaffene und von der Glorie einer sinkenden Sonne purpurrot gefärbte märchenhafte Dekor.

Der ganze Hof übrigens, was selten war, einschließlich der Königin und ihrer privilegierten Trianon-Clique, die sich wohl gehütet hätte, nicht zur Stelle zu sein, gab sich die Ehre, denn das Spiel dieses Abends war eine beim guten König Ludwig XVI. höchst seltene Kundgebung schlechter königlicher Laune. Der König war am Nachmittag das Opfer eines geschmacklosen Scherzes geworden, eines der Art, in der sich die fröhlichen Freunde seiner Frau nur allzu gern gefielen. Nach der Mahlzeit einer kleinen Siesta auf einer Bank des Trianon hingegeben, hatte der König beim Erwachen statt des Jagdbuches, das er las, einen Band der Werke des Aretin vorgefunden, geschmückt mit so obszönen Gravüren, daß sie ihn, der vor jeder Ausschweifung Grauen empfand, zum Zorne reizten. Man hatte ihn zur Königin scharf sagen hören:

»Da man bei Euch unfähig scheint, den König zu respektieren, werdet Ihr mir gestatten, zu mir zurückzukehren, Madame! Euer

Bruder, Kaiser Joseph, hat mit Recht gesagt, daß Ihr Euch nur mit Dirnen und Tagedieben zu umgeben wißt, und außer Eurem Pächter Valy kenne ich hier niemand, der respektabel und von angenehmen Umgangsformen wäre. Sorgt, daß ich mein Buch zurückerhalte. Es ist gut, und ich lege Wert darauf.«
Und den unanständigen Schmöker weit von sich werfend, war Ludwig XVI. unverzüglich nach Versailles entschritten, ohne noch etwas hören zu wollen.
Die Atmosphäre des Abends drohte unter den Nachwirkungen des Vorfalls zu leiden. Um die im Salon des Merkur aufgestellten Tische nahmen die königliche Familie und die hohen Würdenträger unter feierlich gedämpftem Gemurmel Platz, um sich den harmlosen Freuden des Lotto-Spiels hinzugeben.
Es war das einzige Spiel, das der König schätzte, und im allgemeinen bereitete es ihm großes Vernügen, während er das der Königin so teure Faro verabscheute. Sie widmete ihm ganze Nächte und belastete dabei ihre Finanzen so gefährlich, daß Ludwig XVI. dieses Spiel mit seinem Spielhöllenruch verboten hatte. Auch Marie-Antoinette, die das Lotto ihrerseits maßlos langweilte, machte gute Miene zum bösen Spiel. Es kostete sie überdies nicht viel Überwindung, da sie es als ausgezeichnete Herrin des Hauses verstand, ihre Huld und ihr Lächeln auf alle ausstrahlen zu lassen. Was sie nicht hinderte, von Zeit zu Zeit einen beunruhigten Blick auf die bewölkte Miene ihres Gatten zu werfen.
»Der Haussegen hängt schief«, flüsterte Winkelried, der an den Türen der Großen Appartements Dienst tat, als Gilles an ihm vorbeiging.
Doch der Chevalier, der auf ausdrücklichen Wunsch des Königs hinter dessen Sessel Posten bezog, hörte es kaum, völlig von der Freude über eine so unerwartete und vor versammeltem Hof so offenkundig ausgedrückte königliche Gunst in Anspruch genommen.
Zum erstenmal sah er hier vereint das beunruhigende Dreigespann erscheinen, das in seinem Leben eine Rolle zu spielen begonnen hatte: Monsieur, dicker denn je, in einem märchenhaften Kostüm, in dem er mit der Sonne wetteifern zu wollen schien, Madame,

häßlich und schnurrbärtig, deren einzige Schönheit in ihrer majestätischen Haltung und ihren großen dunklen, zu ihrem Unglück jedoch nicht eben ausdrucksvollen Augen bestand, und schließlich glitzernd unter einer wahren Flut von Saphiren und einer stattlichen Meterzahl von blaßblauem Atlas, die verführerische Gräfin de Balbi, in der Gilles ohne Mühe seine Geliebte einer Nacht und seinen Kerkermeister während eines Tages wiedererkannte.

Der Prinz und die Gräfin schienen ausgezeichneter Laune. Ihr Lachen und die Scherzworte, die sie wechselten, bildeten einen angenehmen Kontrast zur gedrückten Stimmung der anderen und entspannten sie ein wenig, zogen jedoch eine Bemerkung des Königs auf sich:

»Ihr kommt mir heute abend recht heiter vor, mein Bruder!« sagte er, die kurzsichtigen Augen leicht zusammenkneifend.

»Ich bin immer heiter, Sire, wenn ich das Glück habe, den Abend in Eurer und der Königin Gesellschaft zu verbringen, die mir heute strahlender denn je erscheint.«

»Recht liebenswürdig auch«, murmelte der König zwischen den Zähnen. »Das verbirgt etwas...«

Die sanfte Madame Elisabeth, die neben Ludwig XVI. saß, schlug ihm leicht mit dem Ende ihres Fächers auf die Hand.

»Warum sollte es nicht wahr sein? Auch ich bin immer glücklich, wenn ich Euch nahe bin.«

»Oh, Ihr, meine Schwester, seid ein Engel. Und zudem liebt Ihr mich, was ich nicht von allen sagen würde«, fügte er mit einem düsteren Blick auf den Grafen de Vaudreuil hinzu, einen schwindsüchtigen, brutalen, aber verführerischen Kreolen, den er verdächtigte, der Urheber des schlechten Scherzes vom Nachmittag gewesen zu sein.

Mit der Musterung der Karten der Königin beschäftigt, neben der er saß und zu deren Lieblingen er zählte, schien Vaudreuil nichts davon zu bemerken.

»Los, spielen wir also!« bemerkte der König ungeduldig, während der Graf d'Artois, die Nase erhoben und von Kopf bis Fuß weiß gekleidet, mit Aplomp den Raum betrat. »Und mögen die Leute, die

offenbar unfähig sind, pünktlich zu erscheinen, dies schnellstens vergessen lassen!«
Doch ohne sich übermäßig um die schlechte brüderliche Laune zu kümmern, ließ sich Artois Zeit, die Hand seiner Schwägerin zu küssen und sie zur Eleganz ihrer Robe aus nattierblauer, fein silbergestreifter Seide, letztes, erst am Morgen aus den Händen Rose Bertins, ihres »Ministers« für Eleganz, hervorgegangenes Meisterwerk, zu komplimentieren.
»Setzt Euch zu mir, mein Bruder, und nehmt Karten, sonst werden uns noch alle grollen«, sagte sie lachend.
Während das Spiel nun unter den gedämpften Klängen eines Liedchens von Gluck, das die Violinisten der königlichen Kammer im benachbarten Salon spielten, begann, bemühte sich Tournemine, nicht allzu oft zum Grafen der Provence hinüberzusehen, der ihm, da er dem König gegenübersaß, sein Gesicht zuwandte. Doch stellte er trotzdem fest, daß der Blick des Prinzen, unter schweren Lidern hervorfilternd, ziemlich oft und beharrlich auf ihm ruhte. Und da Madame de Balbi hinter ihm stand, entging er dem Blick des einen nur, um dem zugleich unverschämten und spöttischen der anderen zu begegnen.
Die Hitze wurde lästig. Die verschiedenen Parfüms, mit denen sich die Damen und Herren überschwemmt hatten, machten die Atmosphäre noch drückender.
»Ich habe Durst!« sagte Ludwig XVI. plötzlich, der eben von seinem Bruder kräftig gerupft wurde und deshalb nicht zum Lächeln aufgelegt war.
Der erste Kammerherr, der Herzog de Coigny, stürzte mit einem Tablett und einem Glas Champagner herbei und bot es dem Souverän, doch der lehnte ab, ohne auch nur hinzusehen.
»Danke, darauf lege ich keinen Wert! Monsieur de Tournemine«, fügte er, halb dem jungen Offizier zugewandt, hinzu, »seht zu, mir ein Glas Vichy-Wasser zu bringen.«
»Ihr, Bruder... Wasser?« rief Provence überrascht.
»Warum nicht? Lassone, mein Arzt, besteht darauf, daß ich viel davon trinke. Er behauptet, dieses Wasser sei imstande, mich von der Schläfrigkeit zu befreien, die mich nach den Mahlzeiten überkommt,

und unter der ich leide. Ich begreife Eure Überraschung, aber ich denke mir, daß Ihr mich als guter Bruder auf diesem Wege ermutigen werdet, denn meine Gesundheit ist Euch doch vermutlich teuer, nicht wahr?«

»Ich hoffe, Ihr zweifelt nicht daran!«

»In keiner Weise. Neunundvierzig! Ah, diesmal steht's für mich! Sollte Euer Glück sich wenden, Bruder...? Das Vichy-Wasser vielleicht...«

Während dieses Geplänkels mit Monsieur war Gilles wie ein Pfeil zum Salon des Überflusses geeilt, wo gewöhnlich die Buffets aufgebaut wurden. Doch so schnell er auch war, auf halbem Wege hatte ihn Anne de Balbi erreicht.

»Da Ihr schon mit einem Auftrag unterwegs seid, Chevalier, bringt mir einen Sorbet.«

»Sofort, Madame, sobald der König bedient ist!«

»Noch immer gleich galant, wie ich sehe. Wir haben miteinander zu reden, mein schöner Freund. Mir scheint, Ihr schuldet mir eine Erklärung.«

»Ich bin mir dessen nicht bewußt, Madame... und der König wartet!«

»Zum Teufel mit dem König!« zischte sie zwischen zusammengepreßten Zähnen. »Ich will dich sehen, hörst du? Noch diese Nacht! Ich werde dich bis zum Morgengrauen erwarten... wo, weißt du!«

Ohne zu antworten, wandte er ihr den Rücken, trat zu den Buffets, ließ sich das geforderte Wasser geben und machte sich auf den Rückweg. Doch sie erwartete ihn an der Tür des Salons der Venus, und durch den nervösen Schlag ihres Fächers alarmiert, wagte er es nicht, sich ihr zu entziehen.

»Wirst du kommen?« flüsterte sie.

»Euer Vouvray gefällt mir nicht.«

»Es wird keinen geben. Aber ich rate dir, dennoch zu kommen. Es ist mir gelungen zu erreichen, daß man... deinen Garten bei Nacht nicht mehr besucht. Das verdient vielleicht ein wenig Dank. Nun? Wirst du kommen?«

»In diesem Fall... vielleicht!«

Höflich grüßend, ließ er sie stehen und brachte demKönig das gewünschte Glas.

Als die vielbewunderte Automaten-Uhr Morands, die das hauptsächliche Schmuckstück des Salons bildete, zehn Uhr schlug, raffte der König das vor ihm aufgehäufte Gold zusammen, schob es in die Tasche, stand auf und bot seine Hand der Königin, während alle anderen Spieler sich gleichfalls eiligst erhoben.

»Gehen wir soupieren«, sagte Ludwig XVI., dessen übrigens nie lange abwesende gute Laune zurückgekehrt schien.

»Kommt Ihr, Madame?« Doch ohne die gebotene Hand zu nehmen, versank die Königin in ihre Reverenz.

»Nein, Sire, mit Eurer Erlaubnis. Es ist unerträglich heiß, und ich habe keinen Hunger. Ich würde es vorziehen, mit meinen Damen auf die Terrasse zu gehen, um ein wenig frische Luft zu atmen.«

Sie wandte ihm ihr strahlendes Lächeln zu, ein wahres Wunder an Charme, und seiner Gewohnheit getreu, widersprach er nicht.

»Nun, gut, geht... aber verspätet Euch nicht zu sehr im Garten. Sommernächte warten zuweilen mit Überraschungen auf, und nach Mitternacht könntet Ihr Euch erkälten. Was uns betrifft, Messieurs, die wir von weniger ätherischer Natur sind, wir werden speisen!«

Das Gefolge der Souveräne teilte sich, von Leibgardisten eingerahmt, in zwei Gruppen, und während die Königin, auf den Arm ihrer intimsten Freundin, der Herzogin de Polignac, gestützt, ihrem Appartement zustrebte, um dort die Toilette zu wechseln, begab sich der König in den seiner Bibliothek benachbarten Speisesaal, um einen der wichtigsten Riten seines täglichen Daseins zu vollführen: zu soupieren. Doch bevor er zu Tisch ging, trat er einen Moment in die Bibliothek, Tournemine durch ein Zeichen auffordernd, ihm zu folgen.

»Kommt, Monsieur, ich habe Euch ein Wort zu sagen.«

Und während die Höflinge dieser neuen Gunstbezeigung wegen tuschelten, stand Gilles respektvoll wartend vor seinem Souverän inmitten des großen weißen Raums.

»Ihr habt mir an diesem selben Ort erklärt, daß ich alles von Eurer Ergebenheit verlangen könne, Chevalier«, sagte Ludwig XVI. nach einem Augenblick des Schweigens.

»Alles, Sire! Nichts würde mich glücklicher machen, als mein Leben für den König zu geben... und der König weiß es!«
»So viel wird heute abend nicht von Euch verlangt. Ich möchte von Euch einen... sehr persönlichen Dienst. Faßt es nicht falsch auf und bildet Euch nicht ein, ich erwarte von Euch, für mich zu spionieren... aber ich möchte, daß Ihr Euch auf die Terrasse hinunterbegebt und diskret die Königin beobachtet. Nein... noch einmal: mißversteht mich nicht!« fügte er lebhaft hinzu. »Ich verdächtige Eure Königin keiner Missetat. Ich wünsche nur, mich zu versichern, daß sie sich von ihren Freunden nicht dazu überreden läßt, diese Nacht nach Trianon zurückzukehren, um in der Abgeschiedenheit ihres Hauses... und fern meinen Blicken Faro zu spielen. Sie... versteht es nicht recht, ihren Freunden zu widerstehen.«
»Und falls Ihre Majestät wirklich nach Trianon zurückkehrt?«
»Kommt Ihr zurück, um es mir zu sagen, und ich ermächtige Euch zu fordern, daß man mich weckt. Wenn sie hingegen nach ihrer Promenade ihr Appartement aufsucht, nun, mein Freund, dann werdet Ihr wie alle Welt gleichfalls schlafen gehen, und wir werden von alldem nicht mehr reden. Habt Ihr verstanden?«
»Verstanden, Sire! Dem König wird aufs Wort gehorcht werden!«
»Ich danke Euch. Geht nun, Monsieur!«
Während der König in den Speisesaal zurückkehrte, trat der junge Mann durch die andere Tür hinaus, durchquerte das Goldene Kabinett und erreichte die Treppe, über die er schnell zum Nordparterre und zur Terrasse gelangte.
Zuerst hatte er einige Mühe, in der Menge die Königin zu finden. An Sommerabenden, wenn man in der in einer feuchten Senke liegenden Stadt förmlich erstickte, war es ihren Bewohnern nämlich erlaubt, auf der Terrasse frische Luft zu schöpfen, ordentliche Kleidung vorausgesetzt, und dort auf die demokratischste Weise der Welt mit den Leuten des Schlosses, des Hofs, zuweilen sogar mit der königlichen Familie selbst in Kontakt zu kommen. Man spazierte mit kleinen Schritten auf und ab und lauschte der Kapelle der Schweizer Garde oder der Französischen Garde, die sich dort abwechselnd hören ließen. An Sonn- und Festtagen konnte man die Wasserspiele der Bassins bewundern.

An diesem Abend war die Französische Garde an der Reihe, Harmonien zu entfesseln, und die mitreißenden Klänge von »Marlborough s'en va-t-en guerre!« schwebten leicht über dem Geplauder und Gelächter der Menge in hellen Kleidern, die zu Füßen des Palastes ein anderes Fest feierte, spontaner und ehrlicher als der eben zu Ende gegangene königliche Pomp.
Da er Marie-Antoinette nicht sah, wandte sich Tournemine an einen der Pagen, die zwischen den Gruppen umherschlenderten, immer darauf aus, Dummheiten zu machen oder jemand einen Streich zu spielen, denn die abendliche Promenade war für sie ein beliebtes Terrain für allerlei Machenschaften.
Vermutlich plagte den Schlingel die Lust, den Offizier zur Orangerie oder einem entlegenen Wäldchen zu schicken, aber Tournemines breite Schultern und sein wenig beruhigender Blick ließen eine Folge von Vergeltungsmaßnahmen voraussehen, und so wies er ihn einigermaßen höflich zu den zum Latone-Parterre führenden Stufen.
»Ihre Majestät ist mit ihren Damen und ihren Kavalieren dort. Ihr findet sie auf einer Bank am Bassin der Eidechsen.«
Die Königin befand sich in der Tat am angegebenen Ort. In eine schlichte weiße Robe aus getüpfeltem, feinem Leinen gekleidet, auf dem Haar eine jener charmanten, duftigen Halbhauben, die man »Theresen« nannte, einen Musselinumhang um die Schultern und einen großen Fächer in der Hand, saß sie auf einer Bank inmitten eines Halbkreises von Damen und Herren des Hofs, deren ältester, doch keineswegs am wenigsten geschwätziger Baron de Besenval, der Oberst der Hundertschweizer, einer der Spaßmacher der kleinen Gruppe, war.
Eine der Kammerfrauen der Königin, Mademoiselle Dorsat, saß neben ihr, auf ihrer anderen Seite die entzückende, lässige Herzogin de Polignac, deren blaue Augen immer wie von den Nebeln eines Traums verschleiert schienen und deren Hand Marie-Antoinette liebevoll ergriffen hatte. Vor ihnen stand eine junge Frau von nervöser, eleganter Häßlichkeit. Sie schien in einer Art Streitduett mit Besenval begriffen, das äußerst amüsant sein mußte, denn die ganze Gesellschaft lachte herzlich. Es war die Gräfin Diane de

Polignac, die Schwägerin der Herzogin und zweifellos die boshafteste Zunge des Hofs.

Da Gilles sich nicht weiter zu nähern wagte, zog er sich hinter einen der die halbkreisförmige, sanft zu den Bassins abfallende Allee säumenden Taxusbäume zurück, von wo aus er die Gruppe um Marie-Antoinette beobachten konnte.

Nach und nach verlief sich die über die Terrasse und das Parterre promenierende Menge. Gegen Mitternacht waren nur noch wenige Leute zu sehen, und die Kapelle nahm ihr letztes Stück in Angriff, als Tournemine, dem die Zeit schon lang zu werden begann, ein Beben durchlief: Aus den dunklen Tiefen des Parks tauchte eine Gestalt auf, ein Mann, in dem er verdutzt den rothaarigen Dandy erkannte, der Madame de La Motte als Sekretär diente.

Der Ankömmling näherte sich der munteren Gruppe, die sich für ihn öffnete, grüßte tief die Königin und sagte ihr etwas mit allzu leiser Stimme, als daß Gilles ihn hätte verstehen können. Marie-Antoinette erhob sich sofort.

»Gut, gehen wir!« rief sie heiter. »Ich glaube, wir werden uns amüsieren.«

Eine Abtrünnige meldete sich: Offenbar zu ermüdet, bat Madame de Polignac um Erlaubnis, sich zurückziehen zu dürfen, versank in ihre Reverenz und entfernte sich am Arm ihres Gatten. Marie-Antoinette nahm den Mademoiselle Dorsats, und die ganze Schar folge dem Sekretär, der sich wieder dem dichten Dunkel des Parks zuwandte. Im Grase gehend, um das Geräusch seiner Schritte zu ersticken, machte sich Gilles an ihre Verfolgung. Offensichtlich begab sich die Königin nicht nach Trianon. Wohin ging sie aber dann, geführt von diesem so eng mit einer nicht ungefährlichen Abenteurerin verbündeten Mann?

Der kleine Zug bewegte sich bis zur Allee des Herbstes hinab, umschritt das Ballsaal-Wäldchen und tauchte in das ehemalige Labyrinth Ludwigs XIV., das man neu entworfen, mit einer Fülle seltener Bäume bepflanzt und Wäldchen der Venus getauft hatte.

Es war ein kühler und dunkler Ort, unterhalb der Mauern der riesigen Treppe der Hundert Stufen gelegen und vor neugierigen Blicken durch mehrere Reihen mittels hölzernen Gitterwerks

gestützter Hagebuchen-Laubengängen geschützt, die kreisförmig verlaufende Alleen überwölbten.
Gilles hatte trotz der Dunkelheit keinerlei Mühe, den hellen Roben der Königin und ihrer Damen zu folgen. Einmal im Wäldchen, war es ein Kinderspiel, sich ihnen auf der anderen Seite eines Laubenganges genügend zu nähern.
Die Gruppe war nun zwischen zwei grünen Wänden im Duft der Akazien und virginischen Tulpenbäume stehengeblieben. Kein Geräusch war zu vernehmen. Die Königin und ihre Freunde bewahrten tiefes Schweigen. Doch plötzlich erschien die dunkle Gestalt einer Frau und versank in ihre Reverenz.
»Nun, Gräfin«, fragte die Königin gedämpft, »ist alles bereit?«
»Alles ist bereit«, bestätigte die Hinzugekommene, niemand anders als Madame de La Motte. »Wenn Eure Majestät einen Blick durch die Blätter werfen will, wird sie die Frau bemerken können. Was ihn betrifft, bringt man ihn in einem Moment hierher.«
»Ähnelt sie mir sehr?«
»Eure Majestät wird selbst urteilen...«
»Offenbar«, dachte Gilles, »handelt es sich um eine interessante Szene, die man hier im Wäldchen spielen wird. Es wäre gut, wenn auch ich den Akteuren applaudieren könnte.«
Und lautlos durchschritt er eine der zu Verbindung der verschiedenen Alleen ins Laubwerk geschnittenen Pforten, doch weit genug von der königlichen Gruppe entfernt, um nicht gesehen zu werden. Dann bog er die Zweige des Laubengangs mit unendlicher Vorsicht auseinander.
Was er sah, versetzte ihn in maßloses Staunen.
Inmitten des Wäldchens stand eine Frau, eine Rose in der Hand. Sie war groß, schlank, ganz und gar weiß. In diesem Moment trat eine schmale Mondsichel hinter den Wolken hervor und gab eben genug Licht, daß es scharfen Augen möglich war, ihre Ähnlichkeit mit der Königin zu erkennen, auch daß sie genauso gekleidet war.
Die Frau schien nervös. Von der Stelle aus, wo er sich verbarg, konnte Gilles sie atmen hören. Es fiel ihr schwer, auf ihrem Platz zu bleiben, und von Zeit zu Zeit machte sie ein paar zögernde Schritte.
Plötzlich tauchte die Gräfin wieder auf, kaum zu erkennen in einem

schwarzen Domino, begleitet von einem ebenfalls schwarz gekleideten Mann. Er trug eine Art bis zum Hals geschlossenes priesterliches Gewand, und seine Züge waren unter einem breitrandigen Hut verborgen.
Madame de La Motte wies ihn auf die falsche Königin hin. Der Mann prallte zurück wie von einer Kugel getroffen und fuhr sich mit der Hand zur Brust. Den Hut abnehmend, verneigte er sich sodann so tief, daß er fast zu knien schien, näherte sich darauf mit den Schritten eines Automaten der weißen Gestalt, und als hätten ihn jäh seine Kräfte verlassen, sank er schwer auf die Knie, bevor er sich vor ihr wie vor einer Gottheit niederwarf. Gilles hörte ihn mit einem Schluchzen in der Stimme murmeln:
»O Madame, Madame!... Wird Eure Majestät nun endlich vergeben?«
Und dieser Mann war derselbe, den der Chevalier durch den Spalt einer Tür bei Cagliostro gesehen hatte! Dieser Mann, der sich vor einer Frau niederwarf, war ein Priester, war der Großalmosenier Frankreichs, Kardinal Louis de Rohan.
Verblüfft sah er, wie der Mann die Füße des königlichen Phantoms umschlang und seine Lippen auf sie preßte, während dieses die Rose, die es in der Hand hielt, auf ihn niederfallen ließ und murmelte:
»Ihr wißt, was das besagen will...«
In diesem Moment ließ sich die Stimme des Dandy-Sekretärs vernehmen:
»Alarm! Madame und die Frau Gräfin d'Artois sind auf dem Weg hierher!«
Madame de La Motte stürzte hinzu, riß den Kardinal aus seiner anbetenden Haltung und zerrte ihn fast mit Gewalt zum anderen Ende des Wäldchens, so daß ihm kaum Zeit blieb, die Rose aufzuheben, auf die er seine Lippen drückte. Indessen trat der Sekretär, von einem Mann begleitet, den Gilles noch nie gesehen hatte, zur falschen Königin, warf ihr einen Mantel über die Schultern und zog sie in eine andere Richtung.
Stille sank wieder über das Wäldchen, nachdem das Geräusch ihrer hastigen Schritte verklungen war. Dann flatterte plötzlich Gelächter auf, leicht, silbern, dann dröhnte ein zweites und noch eins...

»Man möchte applaudieren«, sagte eine Männerstimme.
»Wir können die Gräfin beglückwünschen. Sie versteht sich ausgezeichnet darauf, eine Komödie zu inszenieren. Ihr solltet ihr Euer Theater in Trianon anvertrauen, Madame!«
»Sie würde da vielleicht Außerordentliches leisten...«, diesmal war es die Stimme Marie-Antoinettes, »...in jedem Fall habe ich mich lange nicht so gut amüsiert. War dieser schlechte Mann nicht reichlich lächerlich? Habt Ihr gesehen, wie er sich anbetend niederwarf? Ich glaubte einen Moment, er würde Tränen vergießen.«
»Aber wer ist diese Frau?« erkundigte sich eine andere Stimme.
»Vielleicht war es nur die Kostümierung, aber in dieser fast völligen Finsternis, denn den Mond als Beleuchtung kann man nicht rechnen, schien sie mir recht gut die Illusion zu wecken...«
»Deshalb sage ich ja, daß dieser Kardinal ein Dummkopf und ein Schurke ist!« rief die Königin mit einem Anflug von Zorn. »Denn wißt Ihr, mit wem er, der Kirchenfürst, der Großalmosenier von Frankreich, der einstige Botschafter bei der Kaiserin, meiner Mutter, in Wien, mich verwechselt hat? Wißt Ihr's? Mit einem Straßenmädchen, einer gewissen Oliva, einer Gossenwaterin, die im Palais-Royal von ihren Reizen lebt! Wahrhaftig, das ist unbezahlbar, und es wäre mir meine schönsten Diamanten wert gewesen, wenn der König und der ganze Hof hätten sehen können, wie er zu Füßen einer Prostituierten delirierte.«
Eine Frauenstimme, sanft und mitleidig, ließ sich vernehmen:
»Madame, Madame! Wie Eure Majestät ihn haßt! Ich habe ihn nicht so lächerlich gefunden, eher bedauernswert und unglücklich. Denkt doch, daß er leidenschaftlich liebt, daß er die liebt, die ihn haßt... und daß er sich von seinem Alpdruck erlöst glaubt!«
»Die ihn haßt? Die ihn verabscheut, wollt Ihr sagen! Ihr habt allzuviel Mitleid, mein Kind. Ihr habt einen Verliebten gesehen, als ich nur einen unverschämten, verwegenen Ehrgeizling sah, denn wißt Ihr, wovon dieser Mensch träumt? Premierminister zu werden, und er hofft, es zu erreichen, indem er mich verführt, mich, die Königin von Frankreich!«
»Er, ein Rohan!« warf kühn die männliche Stimme ein, die die Diskussion begonnen hatte. »Habt Ihr vergessen, Madame, daß die

Rohans älter als die Habsburger sind? Es dürfte ihm nicht gar so unmöglich erscheinen!«
»Monsieur de Vaudreuil«, entgegnete die Königin zitternd vor Zorn, »ich bitte Euch, solche Scherze nicht zu wiederholen, wenn Ihr weiterhin zu meinen Freunden gehören wollt. Kehren wir jetzt zurück! Es wird ein wenig kühl.«
Die Gruppe näherte sich. Gilles hatte eben noch Zeit, die Allee zu wechseln, und duckte sich mit angehaltenem Atem hinter den Stamm eines Tulpenbaums. Die Seide der Roben glitt leise raschelnd dicht an ihm vorbei, zugleich stieg ihm eine Wolke von Parfüm in die Nase. Dann entfernten sich die Schritte.
Es blieb ihm nur, ein gleiches zu tun. Doch statt sich zum Schloß hinaufzubegeben, überkam ihn die Lust, noch einmal den Schauplatz der seltsamen Komödie zu besuchen, deren Zeuge er gewesen war, einer Komödie, gespielt von noch seltsameren Personen, in deren Verlauf eine Abenteurerin einer Königin geholfen hatte, einen Fürsten der Kirche mit Hilfe einer Hure lächerlich zu machen. Die Vorliebe Marie-Antoinettes für das Theater war ebenso bekannt wie die leichtfertige Unbesonnenheit, die sie Vergnügen an Dingen finden ließ, die, wenn nicht die Frau, so doch wenigstens die Königin in ihr hätten schockieren müssen. Hatte sie Ludwig XVI. trotz seines Verbots nicht die Erlaubnis abgerungen, öffentlich die skandalöse »Hochzeit des Figaro« des Pierre Caron de Beaumarchais aufzuführen, die bei sich privat spielen zu lassen ihr Freund Vaudreuil schon die Frechheit besessen hatte und die das gefährlichste politische Pamphlet gegen die Monarchie darstellte? Man brauchte sich also weder über diese Komödie noch über den verdächtigen Umgang einer Souveränin zu wundern, die sich darin zu gefallen schien, mit dem Laster und der Gefahr zu spielen. Aber man konnte es wenigstens beklagen und Gott darum bitten, daß alle diese Unüberlegtheiten nicht zu einer unermeßlichen Katastrophe führten, wenn es den Ratten des Temple-Viertels weiterhin erlaubt war, an den vergoldeten Füßen des Throns zu nagen. Füßen, die die ein wenig erdrückende Schwere des Louis-Quatorze-Stils gegen die zerbrechliche Leichtigkeit des Louis-Quinze und des von der Königin so geliebten »modernen« Stils eingetauscht hatten...

Beim Durchschreiten des Wäldchens gewahrte Tournemine im Gras etwas Weißes, hob es auf und sah, daß es ein zusammengefaltetes Blatt Papier war, zweifellos von einer der beiden Personen verloren, die hier gestanden hatten. Er steckte es in die Tasche, und da der Ort sonst nicht weiter ergiebig war, machte auch er sich auf den Weg zum Palast, in dem die Lichter der Appartements eins nach dem anderen erloschen.

Als er den Marmorhof erreichte, hob er den Kopf zu den dunklen Fenstern des Königs, von einem letzten Zögern befallen, das nur einen Moment anhielt. Während des Rückwegs quer durch den Park hatte er nämlich gründlich über die nun einzuschlagenden Schritte nachgedacht und endlich beschlossen, sich allein an seinen Auftrag zu halten. Ludwig XVI. hatte gesagt: »Wenn die Königin nach Trianon zurückkehrt...« Doch die Königin, deren Appartement als einziges noch strahlend erhellt war, hatte sich nicht nach Trianon, sondern hierher begeben. Es blieb ihm also nichts übrig, als sich um seine eigenen Angelegenheiten zu kümmern, denn es schien ihm einigermaßen schwierig, dem König über das merkwürdige Schauspiel zu berichten, dem er hatte beiwohnen können.

Dagegen erschien es ihm höchst notwendig, mit der Königin selbst darüber zu sprechen. Es war dringend an der Zeit, Marie-Antoinette endgültig über die Rolle der Frau aufzuklären, die sie bedauerlicherweise ermächtigte, ihre nächtlichen Zerstreuungen zu organisieren, da Axel de Fersen trotz seiner Warnung vor seiner Abreise nichts dergleichen getan hatte...

Eine unverwechselbar schweizerische Stimme riß ihn aus seinen Überlegungen. Ulrich-August tauchte aus dem großen Vestibül auf, hinter sich ein Pikett rotgoldener Landsmänner, von den Heiligenscheinen steif-gefältelter Halskrausen umstrahlt und mit blitzenden Hellebarden gespickt gleich einer Rotte Würgeengel.

»Du gehst schlafen? Du hast Glück! Ich sterbe vor Müdigkeit und hab' noch ein paar Stunden Dienst vor mir!«

»Winkelried, mein Freund, du ißt zuviel. Was dich so müde macht, ist dein allzu voller Magen. Aber wenn es dich trösten kann – ich gehe nicht schlafen. Ich habe noch einen Besuch zu machen.«

Gilles hatte sich in der Tat erinnert, daß Anne de Balbi ihm in der Rue de l'Orangerie ein Rendezvous gegeben hatte, das einzuhalten gute Politik sein konnte. Wenn Anne Monsieur wirklich dazu gebracht hatte, ihn in Frieden und am Leben zu lassen, verdiente das einige Berücksichtigung, denn als Leiche hätte er gewiß keine Chancen mehr, Judith wiederzufinden, es sei denn in einer anderen Welt.

Doch als er die Schwelle des Zimmers überschritt, das er schon kannte und zu dem ihn eine mürrische Magd geleitete, blieb ihm nicht einmal Zeit, den Mund zu öffnen und ein Gespräch zu beginnen: In seinen Armen empfing er ein duftendes Bündel zartesten Musselins und glühenden Fleischs, während ein gieriger, schon delirierender Mund an seinen Lippen murmelte:

»Du bist gekommen!... Ich wußte, daß du kommen würdest!... Ich liebe dich!... Oh, ich werde dich so lieben, daß du mich nie mehr verlassen wirst!... Komm... komm schnell!«

Und Gilles begriff, daß er, ohne es zu wollen, Ulrich-August belogen hatte, daß er ganz ohne Frage ins Bett gehen würde, aber nicht allein, was den ganzen Unterschied ausmachte, denn an Schlaf in diesem Bett, zu dem sie ihn zog, war wohl kaum zu denken. Doch ob er die Nacht so oder anders verbrachte, das Wichtigste war auf jeden Fall, nicht wieder wie durch Zauberei in irgendein unbekanntes Schloß transportiert zu werden. Und damit seine Partnerin erst gar nicht auf den Gedanken kam, ihm gefährliche Erfrischungen anzubieten, übernahm er unverzüglich seinen Part an ihrem Beisammensein...

Als er sie im Morgengrauen verließ, machte die erschöpfte Madame de Balbi mit schweren Lidern und violetten Schattten um die Augen dennoch einige Schwierigkeiten und entließ ihn erst gegen das förmliche Versprechen, am selben Abend wiederzukommen, aus ihren Armen.

»Ich werde dich holen lassen, denn hierher will ich nicht zurück. Ich will dich bei mir haben... in meinem eigenen Bett! Ich habe ein entzückendes in einem hübschen Pavillon am Wald von Satory. Du wirst schon sehen!«

»Und was tut inzwischen Seine Königliche Hoheit? Man sagt, Monsieur könne nicht ohne dich sein.«

»Das ist wahr. Aber von Zeit zu Zeit habe ich Anrecht auf einen

Urlaub. Du weißt nicht, was es bedeutet, mit einem Elefanten zu schlafen. Ich werde sagen, ich sei krank.«

»So, wie du aussiehst?«

Der erste Sonnenstrahl ließ im lauen Halbdunkel des Zimmers die roten Lippen der jungen Frau aufglänzen, entzündete Funken in ihren von seliger Mattigkeit verschleierten Augen. Sie strotzte vor Gesundheit und Lebensfreude. Sie bot ihm ein letztesmal ihren Mund auf eine Art, die wie eine Herausforderung wirkte.

»Wenn ich sage, daß ich krank bin, möchte ich sehen, wer es wagte, mir das Gegenteil zu sagen. Nicht einmal Zaza!«

»Zaza?«

»Louis-Xavier. Er heißt Zaza für mich. Er läßt mir alle Launen durchgehen, und auch diese wird er mir durchgehen lassen müssen. Auf heute abend?«

Einmal draußen, dachte Tournemine, es sei vielleicht gut, zwei bis drei Stunden zu schlafen und sich ein wenig herzurichten, bevor er um eine Audienz bei der Königin bat. Zum Glück war die Rue de Noailles nicht weit, und eine Viertelstunde später schlief er, auf seinem Bett ausgestreckt, mit geschlossenen Fäusten, ohne daß er sich auch nur die Mühe genommen hätte, Stiefel und Hosen auszuziehen.

Doch am frühen Nachmittag präsentierte sich der Chevalier de Tournemine, in seine Galauniform gezwängt und blinkend wie ein neuer Taler im Sattel des ebenso peinlich herausgeputzten Merlin, am Tor des Trianon und ließ die Königin bitten, ihm eine Audienz zu gewähren.

Während ein Knecht das Pferd zu den Ställen führte, übernahm ein Lakai den Auftrag und kehrte bald darauf mit einer der bevorzugten Kammerfrauen der Königin zurück, der jungen Madame Campan, Frau ihres Bibliothekars, einer Blondine mit ein wenig plumpen, nicht eigentlich hübschen, aber angenehmen Zügen. Angenehm wenigstens, was das Gesicht betraf, denn ihr Ausdruck hatte nichts Liebenswürdiges.

»Werdet Ihr von Ihrer Majestät erwartet, Monsieur?«

»In keiner Weise, Madame, und glaubt mir, ich bin mir durchaus meiner Kühnheit bewußt, aber habt die Güte, Ihrer Majestät zu

erklären, daß mich nur eine äußerst dringliche Angelegenheit hierhergebracht hat.«
»So dringlich, daß sie nicht bis morgen früh warten kann? Wie Ihr wißt, gewährt die Königin gern nach der Messe im Schloß Audienz, während sie es haßt, hier gestört zu werden, und wir tun unser Bestes, ihr die für eine Souveränin so kostbare und so schwierig zu erlangende Ruhe zu erhalten. Wenn Ihr mir sagen wolltet, um was es sich handelt?«
»Ich bedauere, Madame, aber das ist unmöglich! Ich kann nur mit Ihrer Majestät persönlich sprechen... und allein! Wollt Ihr ihr wenigstens dies übergeben? Ich werde hier warten.«
Solcherlei Schwierigkeiten voraussehend, hatte er das im Wäldchen der Venus gefundene Billet schon in ein weißes Papier gefaltet und mit seinem Wappen versiegelt. Es war ein sehr hübsches, mit Goldschnitt und einer goldenen Lilie versehenes Pergament, auf das eine gewandte Hand ohne Anschrift und ohne andere Unterschrift als ein M und ein A zwei oder drei aufmunternde Sätze geschrieben hatte, in denen der anonyme Adressat gebeten wurde, Geduld zu üben, um eines Tages »in absolutem Gehorsam die höchsten Belohnungen zu finden, die das Los der großen Geister sind«.
Madame Campan stieg eilends die prächtige Treppe aus hellem Stein wieder hinauf, an deren Fuß sie den jungen Mann empfangen hatte. Sie blieb nicht lange fort. Einige Augenblicke später erschien sie von neuem und hielt auf halber Höhe an.
»Kommt!« befahl sie trocken.
Ihr folgend, durchquerte Gilles das mit roten Samtbänken und zwei großen weißgoldenen Fayenceöfen nach österreichischer Mode möblierte Vorzimmer und betrat sodann einen mit wundervollen Gemälden geschmückten, freundlichen Speisesaal. Dort angelangt, wandte sich Madame Campan zu dem Besucher um. Sie schien besorgt.
»Ich fürchte, daß dieser Besuch die Königin aufregen wird, denn sie erschien mir sehr verstimmt. Ich bitte Euch, achtet darauf, sie zu schonen!«
»Ich bin wie Ihr ein treuer Diener Ihrer Majestät, Madame, und wie Ihr wünsche ich nur ihr Glück«, erwiderte Gilles mit leicht gereizt

klingender Kälte. Diese Frau war ein wahrer Wachhund, und er ahnte, daß sie viel für das Vergnügen gegeben hätte, ihn wegen Verbrechens der Ruhestörung aus dem Fenster werfen zu lassen.

»Erwartet mich die Königin oder nicht?«

»Sie ist hier«, seufzte endlich die Kammerfrau und wandte sich zu einer geschlossenen Flügeltür. »Sie spielt mit der Frau Gräfin d'Ossun Billard, aber ich werde Euch trotzdem melden.«

Marie-Antoinette befand sich in der Tat in dem hübschen, kleinen Raum, den man das »Kabinett des Blumenfreundes« nannte, weil es auf Blumenbeete hinausging. In ihm hatte sie ihr Billard aufstellen lassen. Sie spielte mit ihrer Hofdame, als Gilles hereingeführt wurde, und war eben bei einem offenbar besonders schwierigen Stoß, denn ihre Lippen preßten sich zusammen, und ihre Stirn krauste sich bedenklich.

»Ihr habt darum gebeten, mich zu sehen, Monsieur«, sagte sie kalt, ohne den Blick von der Spitze ihres elfenbeinernen, mit Gold eingelegten Billardstocks zu wenden. »Hier bin ich! Sprecht! Was habt Ihr mir zu sagen?«

Der Gruß des jungen Mannes war die Vollkommenheit selbst, und die Königin wie die in einem schlichten, mit einem Gazeschal und einer schönen Rose geschmückten Kleid aus weißem Perkal bezaubernd anzusehende Frau kam dabei auf ihre Kosten.

»Ich danke der Königin für die Ehre, die sie mir erweisen will... aber ich hatte gleichfalls gewagt, sie zu bitten, mich allein zu empfangen!«

Marie-Antoinette warf mit einer unzufriedenen Geste den langen Stock auf das rote Billard, richtete sich auf und maß den Offizier mit strengem Blick.

»Ich bin Euch immer gewogen gewesen, Monsieur de Tournemine, aber als Offizier der Leibgarde solltet Ihr wissen, daß ich mich bemühe, Staatsaffären außerhalb der Grenzen meines lieben Trianon zu halten. Sie stören mich hier und verdüstern das Licht.«

»Es handelt sich nicht um Staatsaffären, Madame, sondern um die Eurer Majestät. Deshalb habe ich es gewagt, hier zu erscheinen.«

»Ah! Wahrhaftig? Was ist eigentlich mit dem Papier, das Ihr mir habt übergeben lassen? Woher kommt es?«

Mit einem raschen Blick zu der ebenso wie die Königin gekleideten schönen jungen Frau, die sich in den Hintergrund des Raums zu einer mit einem großen Rosenstrauß gefüllten Vase zurückgezogen hatte, antwortete Gilles mit gedämpfter Stimme:
»Aus dem Wäldchen der Venus, Euer Majestät, wo ich es gestern kurz nach Mitternacht gefunden habe.«
»Ah...!«
Ein kurzes Schweigen folgte, während Tournemine die Selbstbeherrschung der Königin bewunderte. Wenn seine Worte sie getroffen hatten, zeigte sie es jedenfalls nicht oder doch kaum: ein leises Erstaunen, eine Spur von Unruhe in den ein wenig vorgewölbten blauen Augen, das war alles. Mit einem charmanten Lächeln wandte sie sich zu Madame d'Ossun:
»Geht, meine liebe Geneviève, ich bitte Euch! Ich glaube, ich muß in der Tat diesem jungen Mann allein die Beichte abnehmen. Nehmt den Jagdwagen und laßt Euch zum Dorf bringen. Ich komme Euch bald nach.«
Als die weiße Gestalt der Hofdame dann hinter der Tür verschwunden war, drehte sie sich wieder um, ihrem Besucher zu, doch auf ihrem Antlitz war keine Spur mehr eines Lächelns zu finden.
»Also sprecht, Monsieur! Wir sind allein, niemand kann uns hören. Was wißt Ihr vom Wäldchen der Venus und vor allem, was tatet Ihr dort? Denn Ihr wart es doch, wie Ihr mir sagtet, der dieses Billet gefunden hat?«
»Ja, ich war es. Und was ich dort tat?... Nun, ich ging spazieren, Madame«, erklärte er mit einer Sicherheit, die in Wahrheit zu empfinden er weit entfernt war – doch keine menschliche Macht wäre imstande gewesen, ihn die Mission gestehen zu lassen, mit der ihn der König beauftragt hatte, da er damit nur unerfreuliche Zwietracht in die königliche Ehe gesät hätte. »Es ist in den Tagen der großen Wärme ein kühler Ort, still und besänftigend für jeden, dem das Herz schwer ist. Ein Ort zum Träumen...«
»Wirklich? Ich wußte nicht, daß man bei den Herren der Leibgarde in solchem Maße poetisch und sentimental ist. Doch nun sprecht, Monsieur! Was habt Ihr mir zu sagen?«
Unter der aschblonden Fülle ihres hochgetürmten Haars zogen

Gewitterwolken über Marie-Antoinettes Stirn, während die Arroganz ihrer »österreichischen Unterlippe« noch mehr hervortrat. Alles auf eine Karte setzend, beugte Gilles das Knie, doch nicht den Rücken.

»Die Königin möge geruhen, mir meine Kühnheit zu verzeihen und in mir nur den bescheidensten, getreuesten und ergebendsten ihrer Diener zu sehen. Ich habe mein Leben dem Dienst, dem Glück meines Königs und meiner Königin gewidmet, und was ich hier tue, hat kein anderes Ziel.«

»Ich habe noch nie daran gezweifelt, Monsieur«, fiel die Königin ungeduldig, doch mit schon weniger schroffer Stimme ein. »Und weiter?«

»Was ich Eurer Majestät zu sagen habe, ist dies: Madame de La Motte-Valois ist eine Abenteuerin, die den erlauchten Namen beschmutzt, den der Zufall der Geburt ihr gewährt hat, ein Geschöpf, unwürdig, sich auch nur dem Geflügelhof eines königlichen Palastes zu nähern... und um so weniger den Räumen der Königin. Ihr müßt sie verjagen, Madame, schnellstens verjagen, denn ich halte sie für fähig, Eurer Majestät furchtbaren Schaden zuzufügen.«

»Schaden? Mir? Dieses arme Geschöpf, das so tapfer sein Elend erträgt, ein Elend, das um so tragischer ist, weil sie es unter einem so illustren Namen erfährt, den Ihr ihr so ungerecht vorwerft? Was hat Euch diese Unglückliche denn getan, der ich wohlwill, wie ich gestehe, daß Ihr es wagt, sie so schwer anzuklagen?«

»Mir? Nichts! Aber Eurer Majestät sehr viel, denn ich kann es auf Ehre der Königin schwören, daß Madame de La Motte Eurer Majestät weit weniger ergeben ist als einer anderen fürstlichen Person. Erlaubt die Königin, daß ich ihr eine Frage stelle? Eine einzige?«

»Fragt!«

»Hat Monsieur de Fersen vor seiner Abreise nach Schweden Eurer Majestät nichts über Madame de La Motte gesagt?«

»Monsieur de...? Nein, nichts.«

Jäh hob die Königin beide Hände zu ihrem Kopf, als habe sie ein Schwindel ergriffen. Ihre Stimme schwankte.

»Axel! Mein Gott... es ist wahr: Ihr seid sein Freund!«
Sie drehte sich um sich selbst und sank dann auf einen Sessel, der unter ihrem Gewicht ächzte. Erschreckt sah Gilles, daß sie bleich geworden war, und daß ihre feinen Nasenflügel sich verkniffen. Sofort war er auf den Füßen.
»Ist Eure Majestät leidend?«
»Ja... nein! Es ist nichts. Ich bitte Euch, Chevalier... ruft Madame de Misery... oder Madame Campan... irgendeine.«
Die erste Kammerfrau und die Gattin des Bibliothekars waren nicht weit. Sie antworteten auf den ersten Ruf des jungen Mannes und stürzten zu ihrer Herrin, nicht ohne daß die kleine Madame Campan ihm auf ihrem Wege einen mörderischen Blick zuschoß.
»Ich hatte Euch ersucht, die Königin zu schonen, Monsieur!«
Über Marie-Antoinettes Züge glitt ein blasses Lächeln.
»Behandelt mir diesen jungen Mann nicht schlecht, liebe Campan. Bringt mich statt dessen in mein Zimmer: ich fühle mich nicht sehr gut... Wartet hier, Chevalier! Ich werde Euch rufen la... Oh...! Schnell!«
Mehr getragen als von ihren Frauen gestützt, floh sie buchstäblich aus dem kleinen Raum und ließ Gilles einigermaßen ratlos zurück. War die Königin wirklich krank, oder hatte sie nur einfach ein bequemes Mittel gefunden, eine unerfreuliche Unterredung abzubrechen? Sicher würde gleich eine ihrer Kammerfrauen erscheinen, diese Madame Campan vielleicht, die ihn nicht gerade zu lieben schien, um ihm mitzuteilen, daß Ihre Majestät bedauere, die Fortsetzung des Gesprächs auf später verschieben zu müssen, ein »später«, das sich zweifellos in der Nachbarschaft der Calendas Graecas befinden würde.
Doch er warf sich nur zu bald diese bösen Gedanken vor, denn als Madame Campan wieder eintrat, geschah es keineswegs, um ihn hinauszugeleiten, sondern um ihn im Gegenteil ins Zimmer ihrer Herrin zu führen, die, in leichte Schals gehüllt, auf einem Ruhebett ausgestreckt lag.
Sie war weniger bleich als zuvor, aber ein undefinierbarer, leicht säuerlicher Geruch, der das Unwohlsein Ihrer Majestät bezeugte, hing trotz der weit geöffneten Fenster und des zerstäubten Duftwas-

sers noch immer zwischen den seidenen Vorhängen und dem Wandgetäfel.

»Fühlt Eure Majestät sich besser?« murmelte Gilles, beeindruckt durch die Schatten um Marie-Antoinettes Augen.

Sie lächelte ihm mit einer Spur von Schalkhaftigkeit zu.

»Ich bitte Euch für diesen bedauerlichen Mangel an Schicklichkeit um Entschuldigung, Chevalier. Wenigstens wurde Euch auf diese Weise gestattet, als erster von allen Franzosen zu erfahren, daß Eure Königin in einigen Monaten einen Prinzen... oder eine Prinzessin zur Welt bringen wird.«

Der junge Mann verneigte sich respektvoll und bewahrte einen Moment Schweigen. Die Neuigkeit war wichtig, aber er konnte sich nicht hindern, sich zu fragen, ob sie auch so gut war, wie es schien. Wenn die Empfängnis dieses Kindes nun unglücklicherweise mit dem Aufenthalt Fersens zusammenfiele...? Aber es war doch ein wenig schwierig, die Königin zu fragen, von wann die Schwangerschaft datierte. Und da es gleichfalls schwierig war, noch länger stumm zu bleiben, selbst für einen vom Gewicht einer ganz besonderen, überraschendere Gunst erschlagenen Mann, stieß er hervor:

»Es ist eine große Ehre, Madame, und ein großes Glück, als erster der Königin die innigen Wünsche darbringen zu dürfen, die ihre Untertanen für eine glückliche Geburt ausdrücken werden, und ich danke Eurer Majestät von ganzem Herzen.«

»Ausgezeichnet! Ihr dürftet einen hervorragenden Botschafter abgeben, wenn Ihr erst mehr Falten auf der Stirn haben werdet. Aber wir haben noch miteinander zu reden. Nehmt hier Platz«, sagte sie, auf einen kleinen Sessel neben ihrem Lager weisend. »Ihr könnt mich alleinlassen, Madame de Misery«, fügte sie an die Adresse ihrer mit dem Ordnen der Flakons auf ihrem Toilettentisch beschäftigten Kammerfrau hinzu. »Ich fühle mich jetzt sehr gut.«

Und als die Dame sich zurückgezogen hatte:

»Wenn ich mich recht Eurer Worte erinnere, bevor ich das Opfer jenes kleinen Unwohlseins wurde, spracht Ihr mir von etwas, das Monsieur de Fersen mir über Madame de La Motte hätte mitteilen müssen?«

»Ja, Madame. Und ich bedauere, daß er es nicht getan hat, denn es handelte sich um eine ernste Sache... einen Diebstahl!«
»Einen Diebstahl? Mein Gott!«
»Einen Diebstahl, begangen in diesem selben Zimmer am Abend des von Euren Majestäten zu Ehren König Gustavs von Schweden gegebenen großen Festes... und höchstwahrscheinlich aus diesem Sekretär«, schloß er, indem er sich leicht umwandte und auf ein kleines Möbel aus kostbarem Holz wies, das er gleich bei seinem Eintritt gesichtet hatte.
»Aus diesem Möbel? Aber das ist unmöglich! Es ist immer verschlossen, und der Schlüssel verläßt mich nicht.«
»Ich zweifle nicht daran, doch wenn die Königin sich von der Möglichkeit, es ohne ihre Erlaubnis zu öffnen, überzeugen will, ersuche sie nur Madame de La Motte, ihr den falschen Schlüssel zurückzugeben, den sie nach einem Wachsabdruck hat herstellen lassen. Es ist ein ziemlich einfaches Verfahren.«
Und da Marie-Antoinette stumm blieb, berichtete er ihr peinlich genau, was sich während der Nacht des Festes in den Gärten des Trianon ereignet hatte.
Je weiter er mit seinem Bericht vorankam, desto deutlicher konnte er sehen, wie sich die Stirn der Königin verdüsterte und ihre schönen Hände sich verkrampften, aber ihr von Zorn und Abscheu geprägter Gesichtsausdruck ließ ihn begreifen, daß sie keins seiner Worte mehr in Zweifel zog.
»Dieser gestohlene Brief...«, sagte sie endlich mit unsicherer Stimme, »habt Ihr ihn gelesen?«
Tournemine zögerte einen Moment, und von Mitleid angesichts der Not erfüllt, die er in dieser jungen und schönen Frau ahnte, der das Leben alles gegeben hatte, war er versucht, sie zu belügen. Doch es war unmöglich, denn er spürte, daß die kleinste Lüge ihre Zweifel augenblicklich wiederaufleben lassen würde.
»Ja, Madame«, sagte er sanft, »wie hätte ich sonst wissen können, wem ich ihn zurückgeben mußte? Aber ich habe schon vergessen, was er enthielt, und auf jeden Fall kann ich Eurer Majestät schwören, daß dem Grafen der Provence keine Zeit blieb, auch nur einen Blick darauf zu werfen.«

Ein unerwartetes Lächeln kräuselte die blassen Lippen der Königin.
»Ihr habt es also gewagt, Monsieur zu attackieren, ihn zu schlagen, zu Boden zu werfen? Wißt Ihr, daß Ihr Euch damit des Verbrechens der Majestätsbeleidigung schuldig gemacht habt und dafür auf der Place de Grève zwischen vier Pferden zerrissen werden könntet?«
»Ich bin Leibgardist Eurer Majestäten – nicht Monsieurs, und meine Pflicht befiehlt mir, jeden zu attackieren, und wäre er König oder Papst, der versuchen würde, den mir anvertrauten königlichen Personen zu schaden. Dies gesagt, möge Eure Majestät mich arretieren lassen, wenn sie es wünscht...«
»Des Grafen der Provence wegen? Ihr scherzt, mein Freund! Eure amerikanischen Methoden haben ihr Gutes, mein Herr Falke, und die Königin schuldet Euch großen Dank. Was ich hingegen nicht recht verstehe, ist, warum Monsieur de Fersen mir nichts gesagt hat. Es stimmt, daß ich ihn vor seiner Abreise kaum sah und das auch nur in Gegenwart des Grafen de Haga, aber er hätte es mir schreiben können. Was hat er Euch gesagt, als Ihr ihm den Brief zurückgabt?«
Das gebräunte Gesicht des jungen Mannes färbte sich ziegelrot. Es würde nicht leicht sein, der Königin mitzuteilen, daß er ihrem cavaliere servante ein blaues Auge geschlagen hatte.
»Ich fürchte, der Königin wird die Folge meines Berichts nicht gefallen«, erklärte er mit einer Grimasse. »Sie wird mir eher verzeihen, Monsieur angegriffen als Fersen niedergeschlagen zu haben...«
»Wie? Niedergeschlagen, sagt Ihr?«
»Ja, Madame. Und unglücklicherweise konnte ich ihn nicht dafür um Verzeihung bitten, denn unmittelbar danach sah ich mich der peinlichen Verpflichtung gegenüber, Monsieur de Lauzun zu durchbohren.«
»Oh, was den betrifft, den überlasse ich Euch... Was habt Ihr gesagt? Zu durchbohren? Von Euch stammt also die Verletzung, die Monsieur de Lauzun bei sich unter Verschluß hält?«
»In der Tat, Madame. Eure Majestät möge mir verzeihen, aber ich bin mir nicht sicher, es zu bedauern.«

Mit einer Bewegung ihrer Schultern deutete sie Überdruß an.
»Ich ebensowenig, Chevalier! Die Polizeiberichte über die Prahlereien Monsieur de Lauzuns sind nur allzu deutlich. Es gibt keinen schlimmeren Feind als einen Freund, der sich gekränkt glaubt. Man hinterbringt mir vierzeilige Gedichte, Couplets. Es ist ekelhaft! Aber kehren wir zu Euch zurück. Sagt mir jetzt, was zwischen Euch und Monsieur de Fersen geschehen ist.«
Ganz offensichtlich war der Gedanke an Fersen als einziges imstande, Marie-Antoinettes Kummer zu verjagen. Gilles berichtete kurz, und diesmal wurde ihm die Befriedigung zuteil, die Königin lachen zu hören.
»Das also ist der Grund, warum er sich in den letzten Tagen nicht mehr zeigte? Ein blaues Auge! Mein Gott, ist er kokett! Aber Ihr werdet jetzt vermutlich schlecht mit ihm stehen?«
»Sehr schlecht, fürchte ich, Madame. Es tut mir leid, denn ich verdanke ihm viel.«
»Ich werde das in Ordnung bringen, denn sein Zorn gegen Euch war ungerecht. Zudem will mir scheinen, daß Ihr bereits zurückgezahlt habt, was Ihr Monsieur de Fersen verdankt. Und jetzt ist es die Königin, die Euch viel schuldet.«
»Die Königin schuldet mir nichts. Ich bin ihr Diener, und die Freude, sie lächeln zu sehen, ist die schönste Belohnung.«
Sie schüttelte mit einer anmutigen Bewegung den Kopf.
»Werdet kein Höfling, Seigneur Falke, Ihr würdet mir weniger gefallen! Fahrt nur fort, dem König gut zu dienen, denn er ist es, nicht wahr, dem Eure wärmste Ergebenheit gilt? Das ist übrigens ganz normal.«
»Ich gehöre dem König, das ist wahr, aber ich gehöre auch der Königin. Wie könnte ich Vorlieben wagen?«
»Vielleicht weil der König ohne Mysterium ist... während die Königin ihr Geheimnis besitzt. Ein Geheimnis, das Ihr nun mit ihr teilt«, fügte sie schwach errötend hinzu.
Über das kühne Gesicht des jungen Mannes flog ein Lächeln.
»Ich wäre ein recht armseliger Tropf, Madame, wenn ich, durch Zufall in Kenntnis der privaten Angelegenheit einer Frau, und sei es einer Königin, geraten, es wagte, mich in der folgenden Minute noch

daran zu erinnern. Das Geheimnis der Herzen gehört Gott, und die Königin ist geheiligt.«
Mit einer bezaubernden spontanen Geste reichte sie ihm ihre Hand.
»Ihr seid ein liebenswürdiger Junge, Chevalier, und Ihr gefallt mir unendlich...« Und als er das Knie beugte, um die königliche Hand zu küssen: »Wie steht es eigentlich mit der Angelegenheit Eures Familienschlosses? Ihr seid nie mehr zu mir gekommen, um mir darüber zu berichten.«
»Es wäre der Mühe nicht wert gewesen. Ich stehe noch immer am selben Fleck, Madame. Aber die Königin möge sich nicht darum sorgen: Ich hoffe, in nächster Zeit die vom gegenwärtigen Besitzer geforderte Summe zusammenzubringen.«
»Mit dem Sold eines Leibgardisten? Er ist der höchste der ganzen Armee, ich weiß, aber trotzdem...«
»Mit Hilfe eines meiner Freunde, des Baron de Batz, gegenwärtig in Spanien. Er ist sehr versiert in Geldangelegenheiten, während ich nichts davon verstehe, aber er nimmt mich auf halbe Rechnung mit in seine Geschäfte. Darf ich die Königin um Erlaubnis bitten, mich zurückzuziehen?«
Es machte ihn nervös, in diesem Augenblick von Geld zu sprechen, denn es kam allzu früh nach einem wichtigen Gespräch. Marie-Antoinette bemerkte es.
»Geht, Monsieur«, sagte sie freundlich. »Die Königin ist Euch verpflichtet, aber die Frau wünscht Eure Freundin zu sein...« Dann hob sie plötzlich ihre Stimme und rief:
»Madame Campan! Kommt!«
Die Kammerfrau erschien augenblicklich. Amüsiert dachte Gilles, daß sie sich unmittelbar hinter der Tür aufgehalten haben müsse, um sofort dazwischentreten zu können, falls der unerträgliche Soldat, der er war, es wagen sollte, ihre Herrin weiter zu quälen. Sie sank in eine kleine Reverenz.
»Majestät?«
»Betrachtet Euch diesen jungen Mann genau, meine liebe Campan, aber betrachtet ihn mit Sympathie. Es ist der Chevalier de Tournemine, und er wird von nun an das Recht besitzen, sich an jedem Ort

und bei allen Gelegenheiten mir zu nähern. Ihr werdet den Torwachen seinen Namen geben. Des weiteren ergeht an Euch ein formeller Befehl: Wenn Madame de La Motte heute oder morgen erscheinen wird, führt Ihr sie ohne etwas zu sagen zu mir. Danach jedoch werdet Ihr darauf achten, daß man ihr nie mehr erlauben wird, Trianon zu betreten. Habt Ihr verstanden?«
Madame Campans Gesicht hellte sich auf, und sie ließ auch Gilles an ihrem Lächeln teilhaben.
»Ob ich verstanden habe? Ich glaube, sehr gut... und mit welcher Freude!«
Einer Freude, die alles über ihre Sympathie für die verführerische Gräfin besagte. Sie war so zufrieden, daß sie Gilles bis zur Freitreppe des Schlosses zurückbegleitete, vielleicht um sich ihren eher kühlen Empfang verzeihen zu lassen, und sogar wartete, bis er sich in den Sattel geschwungen hatte, bevor sie ihm zurief:
»Wenn Ihr uns immer so gute Neuigkeiten bringt, Chevalier, kehrt nur oft zurück. Wir werden immer äußerst glücklich sein, Euch zu sehen!«
»Ich werde mein Bestes tun, Madame!«
Und fest davon überzeugt, die Königin fürs erste vor den Machenschaften ihres Schwagers geschützt zu haben, entfernte er sich zufriedenen Herzens...

Dritter Teil

Sturm über Versailles

1784–1785

12. Kapitel
Das Haus des Herrn Beausire

Das auf rosa Papier geschriebene und zierlich gefaltete Briefchen war charmant. Es wirkte auf den ersten Blick unschuldig und jugendlich, doch sein Inhalt gab reichlich Anlaß zum Nachdenken.

»Wenn Ihr Neuigkeiten über ein schönes, rothaariges, junges Mädchen zu erhalten wünscht, bittet Monsieur Lecoulteux de la Noraye, Euren Freund, Euch zu einer der Spiel-Soireen zu führen, die mehrmals in der Woche im Haus Nr. 10 der Rue Neuve-Saint-Gilles im Marais stattfinden...«

Nicht die leiseste Andeutung einer Unterschrift war zu sehen, es sei denn ein flüchtig skizziertes vierblättriges Kleeblatt, Symbol des Glücks. Was die ziemlich elegante Schrift betraf, war sie dem Empfänger völlig unbekannt.

»Wer kann mir das schicken?« fragte Gilles, indem er sich erhob, um Mademoiselle Marjon aufzusuchen und sie zu fragen, wer vor wenigen Minuten das rosa Briefchen gebracht hatte.

Er reichte es Winkelried, der, die Füße auf den Feuerböcken des Kamins, mit halb geschlossenen Lidern und der Miene eines zufriedenen Katers eine gewaltige Pfeife rauchte, für ihn das logische Zubehör eines angenehmen Verdauungsstündchens.

»Nimm«, sagte er. »Du wirst mir bei meiner Rückkehr sagen, was du davon hältst.«

Doch Gilles erfuhr von seiner Wirtin nichts Interessantes. Ein Bote, von denen es Hunderte gab, hatte das Billet gebracht, ohne etwas über die Herkunft verlauten zu lassen. Es war unmöglich, mehr zu erfahren.

Als er wieder bei sich eintrat, hatte Ulrich-August völlig die Augen geöffnet und seine entspannte Haltung aufgegeben. Er drehte und wendete das Papier zwischen den Fingern.

»Nun?« fragte er und hob den Blick zu seinem Freund.
»Nichts! Ein Bote! Und du, was denkst du davon?«
»Daß das Billet von einer Frau stammt. Die Farbe, die Schrift... aber von welcher Frau?«
»Das ist die ganze Frage«, erwiderte Gilles, während er sich bückte, um Holz ins Feuer zu werfen. »Die Nr. 10 Rue Neuve-Saint-Gilles ist das Haus Madame de la Mottes... aber als ich vor zehn Tagen dort war, war dieses Haus verschlossen, leer. Leute des Viertels, die ich fragte, sagten, die La Mottes, Ehemann und Frau, seien nach Bar-sur-Aube greist um Verwandtschaft zu besuchen. Es wäre ein halber Umzug gewesen.«
Fast vier Monate waren verstrichen seit der Unterredung Tournemines mit der Königin in Trianon. Vier verzweifelnde Monate, in deren Eintönigkeit und Schweigen Gilles tausendmal das Gefühl verspürt hatte, verrückt zu werden. Ohne Winkelrieds aufmunternde Freundschaft wäre er vielleicht in die Vereinigten Staaten zurückgekehrt, doch der Schweizer, der Geduld für die vornehmste aller Tugenden hielt, tat sein Bestes, die Wutanfälle seines Freundes zu beschwichtigen. So war ihm die hundertmal beschriebene Judith in einem Maße vertraut geworden, daß er sie ohne den Schatten eines Zögerns erkannt hätte, wäre er ihr auf der Straße begegnet. Doch war ihm auch nichts von ihrem schwierigen Charakter verborgen geblieben, und die philosophisch angehauchten Predigten, die er seinem Freunde periodisch zu halten pflegte, endeten gewöhnlich mit einem lapidaren Satz wie:
»Frauen von Charakter geben bewundernswerte Ehefrauen ab, aber es gibt Momente, wo uns das ernstlich das Dasein vergiftet! Ich hab's ganz und gar nicht eilig, Ursula zu heiraten. Vielleicht kommt ein Tag, an dem du dich nach der fröhlichen Junggesellenzeit sehnen wirst!«
»Ich gäbe viel für die Gewißheit, eines Tages dahin zu kommen«, seufzte Gilles, und die beiden Freunde versanken, jeder mit einer Pfeife bewaffnet, in ein von Gedanken und Träumen bevölkertes Schweigen.
Die des Bretonen waren selten heiter. Er sah, wie sich der Himmel um ihn verdüsterte. Judith war verschwunden, und ihre Spur schien

eine riesige Hand vom Erdboden getilgt zu haben. Und was Madame de Balbi anging, begann das erzwungene Abenteuer, das Gilles mit ihr durchlebte, ihn außerordentlich zu bedrücken, denn er hatte niemals Liebe für sie empfunden, und das der Flügel der Leidenschaft beraubte Verlangen ließ schnell nach.

Sie war zu intelligent, um sich nicht im klaren darüber zu sein, und die Mehrzahl ihrer Zusammenkünfte wandelten sich nach und nach zu unerfreulichen Szenen, heftig von ihr aus, gereizt von seiten des Chevaliers, der eine Fessel zu zerbrechen suchte, von der sich zu befreien ihm leidenschaftlich verwehrt wurde.

»Ich weiß, daß du mich nicht liebst, aber das ist mir gleich«, sagte sie. »Ich will dich für mich, solange ich es wünsche. Nimm dich in acht, falls dich die Lust anwandeln sollte, mich zu verlassen, bevor ich unsere Trennung beschlossen habe! Sieh dich vor, nicht für dich, aber vielleicht für die, die dir teuer sind!«

Und um Judith, von der er nichts wußte, von der jedoch sie vielleicht etwas wußte, nicht unter der Rachsucht dieser Frau leiden zu lassen, blieb er...

In Paris war die Atmosphäre nicht besser. Die Diener des Königtums mußten konstatieren, daß die Popularität der Königin mit erschrekkender Schnelligkeit abnahm, ohne daß sie sich dessen im geringsten bewußt war.

Die Ankündigung ihrer neuen Schwangerschaft war dank zahlreicher in Diensten Monsieurs oder der Orléans stehender Pamphletisten mit beleidigenden Schmähschriften und gereimten Spöttereien begrüßt worden, und der Name Fersens, der zum Zeitpunkt der Empfängnis des Kindes gerade in Paris gewesen war, schwebte tückisch auf den Lippen so mancher übelgesonnener Leute. Man sagte sogar, der Graf der Provence habe die Absicht, durch einen ans Parlament gerichteten geheimen Brief die Legitimität der Kinder seines Bruders anzuzweifeln. Man sagte... Was sagte man nicht alles! Und während dieser tristen Wochen bearbeitete die Degenscheide des Falken mehr als einmal die Schulter irgendeines Schmähschriftenschreibers, dessen Identität zu enthüllen ihm geglückt war, übrigens häufig unterstützt von Ulrich-August, der in diesen Strafexpeditionen eine Art Sport sah.

»Die Jagdsaison ist eröffnet«, pflegte er zu bemerken, wenn er fröhlich einen in Schrecken versetzten Schreiberling verprügelte und ihn zum Schluß mit dem Inhalt seines Tintenfasses begoß.
Doch es war schwieriger, gegen die ungeheuerliche Verleumdungskampagne anzukämpfen, die sich um Marie-Antoinette entwickelte, und zu der sie unglücklicherweise nur allzuviel beitrug.
In den Cafés, den Klubs und unter den neuen Arkaden des Palais-Royal, deren Ausschmückung die Neugierigen anzog, entrüstete man sich über die Nachrichten aus Versailles. Da war zunächst die Angelegenheit des Schlosses von Saint-Cloud: Um eben sein gewaltiges Bauvorhaben vollenden zu können, wünschte der Herzog von Orléans sein schönstes Schloß zu verkaufen, und Marie-Antoinette drängte den König, es für die Summe von sechs Millionen für sie zu erwerben.
»Trianon genügt ihr nicht mehr! Jetzt will sie Saint-Cloud!« grollte die empörte Menge. »Es wird ihr schon noch gelingen, uns zu ruinieren.«
Unendlich schwerwiegender indessen war die im Monat Oktober sich anbahnende Affäre um die Scheldemündungen zwischen Kaiser Joseph II., dem Bruder der Königin, und den Niederlanden, die eine österreichische Brigantine bei dem Versuch, die Einfahrt zu erzwingen, beschossen hatten. Sofort waren Kriegsvorbereitungen getroffen worden, und während der Kaiser eine Armee von achtzigtausend Mann aufstellte, hatte Frankreich, Protektor der Niederlande, zwei Armeekorps unter dem Befehl des Prinzen Condé nach Flandern und an den Rhein geschickt. Vergessend, daß sie Königin von Frankreich war, und von ihrem Bruder durch Vermittlung des österreichischen Botschafters Mercy-Argenteau gesteuert, hatte Marie-Antoinette in erpresserischer Absicht an die Gefühle Ludwig XVI. für sie gepocht und von ihm gefordert, seine Truppen zurückzuziehen und die Niederlande zu überzeugen, daß sie sich bei Österreich entschuldigen und sogar finanziell an der Entschädigung beteiligen müßten.
Einige Tage zuvor auf Wache vor dem Appartement des Königs, hatte Tournemine kein Wort der Auseinandersetzung und der heftigen Szene zwischen ihr und dem Grafen de Vergennes verloren,

der, einer Österreich so ergebenen Politik abgeneigt, so weit gegangen war, seine Demission anzubieten, die Ludwig XVI. glücklicherweise abgelehnt hatte.
Natürlich hatte der Offizier das Gehörte und die tiefe Trauer, die er darüber empfand, im Grunde seines Herzens verschlossen, doch Versailles war eine Art allen Winden offener Mühle, und noch am gleichen Abend erreichte die Kunde von dieser Szene Paris, verbreitete sich in den Salons und auf den öffentlichen Plätzen. Ein Schrei hatte sich darauf aus dem Stimmengewirr eines Cafés erhoben, eine Beschimpfung, die von nun an bis zur Stunde ihres Todes wie das Nessushemd an der Königin haften sollte:
»Nieder mit der Österreicherin!«
Diesmal mußte Tournemines Degen in der Scheide bleiben. Was sollte man gegen ein ganzes Volk tun... vor allem, wenn dieses Volk recht hat? Der Instinkt des Kindes der alten bretonischen Erde ließ ihn spüren, daß ein Gewitter nahte, und daß der allzu gütige, aber leider zu zaghafte Ludwig XVI. eines festen Walles treuer Männer und unbedingter Ergebenheit bedürfen würde, um kämpfen und seinen Thron verteidigen zu können.
Diesen König, dessen Güte und Großherzigkeit, Frömmigkeit, Ehrlichkeit und Kultur sie kannten, zu verteidigen, notfalls auch gegen eine Gattin, die die ihr entgegengebrachte Liebe mißbrauchte, um die Interessen des Hauses Österreich zu fördern, war Gilles' und Ulrich-Augusts brennendster Wunsch.
»Vielleicht haben wir einen Hang zu verlorenen Angelegenheiten«, sagte Gilles. »Ich spiele nicht gern den Unglücksraben, aber ich fürchte, die Narrheiten der Königin werden den König in den Abgrund stürzen. Dabei weiß sie, wie sehr ihre Feinde, Provence oder Orléans, ihren kleinsten falschen Schritt belauern, um ihn zu übertreiben und sich daraus Waffen zu schmieden! Trotzdem häuft sie Fehler und Herausforderungen an. Sie ist intelligent, und dennoch...«
»Nein«, unterbrach Winkelried. »Sie besitzt Geist, Charme, Glanz... aber sie ist nicht wirklich intelligent, sonst bliebe sie nicht in Versailles eingeschlossen, während der Winter das Land verwüstet und soviel Elend schafft. Sie wird die einzige Königin Frankreichs

sein, die es nie für nötig gehalten hat, den Fuß aus Versailles und Paris herauszusetzen...«

In den ersten Dezembertagen war der Winter in der Tat wie ein Fluch über Paris hereingebrochen, ein Winter, der ebenso hart und mörderisch zu werden versprach wie der vorhergehende. Von einem eisigen Wind gepeitschter dicker Schnee hüllte alles ein und blieb, ohne zu schmelzen, »den nächsten erwartend«, wie die Bauern sagten. Alte und Kranke starben in den ungeheizten, ärmlichen Wohnungen ebenso wie die Vögel in den Dachtraufen oder auf der gefrorenen Erde, die den Tieren jede Nahrung verweigerte. Selbst Wölfe waren in den Wäldern von Marly aufgetaucht. Der König, der ständig große Almosen verteilte, hatte Jagd auf sie gemacht und mit einer Geschicklichkeit, die seine Höflinge verblüffte, zwei von ihnen erlegt. Wie kam dieser Kurzsichtige, der selbst ihm Vertraute auf zehn Schritt nicht erkannte, zu diesem erstaunlichen Blick?

»Er ist ein echter Jäger«, sagte Gilles. »Er spürt das Wild und braucht es fast nicht zu sehen.«

Er hatte sich erhoben und trat, das rosa Billet in der Hand, zum Fenster, um es noch einmal zu lesen, als könne das Tageslicht ihm ein verborgenes Zeichen enthüllen.

»Was wirst du tun?« fragte Ulrich-August. Er war dabei, seine Pfeife am Kaminmantel auszuklopfen, bevor er sie von neuem stopfte.

»Hingehen natürlich. Ich weiß nicht, wer mir dieses Billet schickt, aber wenn es die geringste Chance gibt, Judith zu finden, würde ich's um nichts auf der Welt unterlassen.«

»Und wenn es eine Falle wäre?«

»Eine Falle? Von wem, mein Gott? Und warum? Wenn die Königin auch diese La Motte verjagt hat, gab's doch keinerlei Grund, ihr zu sagen, daß ich die Ursache war. Seit Monaten zernage ich mir die Fäuste in Erwartung eines Zeichens, eine Worts, eines Rufs. Ich bin imstande, einer bloßen Spur wegen bis in die Hölle zu gehen. Nein, was mich am meisten verwundert, ist die Anspielung auf Lecoulteux. Er ist kein Freund, allenfalls eine Beziehung und selbst das kaum! Eine ehemalige Beziehung wäre genauer, denn seit dem Brief der Herzogin und dem Besuch, den ich ihm machte, haben wir uns nicht mehr gesehen.«

In der Tat hatte Cayetana gegen Gilles' Erwartung den von Boehmer geforderten Aufschub als persönliche Beleidigung aufgefaßt. Ihr Beauftragter hatte von ihr einen sehr liebenswürdigen, aber sehr kategorischen Brief erhalten, sofort die mit den Juwelieren getroffene Vereinbarung aufzukündigen.

»Ich bewundere Königin Marie-Antoinette sehr«, schrieb sie, »aber ich sehe keinen Grund, demütig zu warten, bis ihr eine Laune kommt oder vergeht. Ihr habt in meinem Namen, mein lieber Chevalier, ein mehr als großzügiges Angebot gemacht. Da die Pariser Juweliere ihm nicht unmittelbaren Vorrang zu geben wußten, lasse ich ihnen also ihr Kollier, ohne großes Bedauern übrigens, da ich seit kurzem weiß, daß es auch nicht versuchen wird, einen gewissen häßlichen Kopf zu verschönern, dem schon die Krone schlecht genug anstehen wird...«

Es sah wahrhaftig so aus, als ob die Juweliere aus der Rue de Vendôme ihre beiden spanischen Kundinnen zugleich verloren hätten. Der Chevalier d'Ocariz war nach Madrid zurückgereist, um die Unzufriedenheit seines Herrn über sich ergehen zu lassen, denn anscheinend hatte Marie-Luisa es nicht für nützlich gehalten, sich des Einverständnisses ihres Schwiegervaters zu versichern, bevor sie den spanischen Konsul zum Sturm auf Boehmers Diamanten ansetzte. Und Karl III. fand, vielleicht mit einer gewissen Berechtigung, daß die künftige Königin ohnehin schon genug Diamanten besaß, und daß die königliche Kasse außerstande war, solche Extravaganz zu bezahlen.

Hatte die erzwungene Zurückhaltung ihrer Feindin auch die der Herzogin von Alba nach sich gezogen, oder war ihr bei ihrer Bauleidenschaft der Gedanke gekommen, daß das Geld für das Kollier besser für ein neues Palais angewendet wäre? Der Brief sagte nichts dergleichen, aber Gilles glaubte, unter der Ungezwungenheit der Worte etwas wie Erleichterung zu spüren; doch wer konnte sich bei einer so kapriziösen Frau rühmen, das wechselnde Spiel ihrer Gedanken genau zu kennen? Sie hatte Lust auf dieses Kollier gehabt, nun hatte sie eben keine mehr... was war letztlich einfacher als das?

Hingegen stürzte der doppelte spanische Abfall Boehmer und

Bassange in einen wahren Abgrund der Verzweiflung. Denn wenn die Königin sich nicht entschloß, das Kollier zu kaufen, bedeutete das für sie den sicheren Ruin. Nun näherte sich bereits das Ende des vom Grafen der Provence geforderten Aufschubs, und da kein ermutigendes Zeichen aus Versailles eintraf, fanden die beiden Kompagnons sich bereit, demjenigen tausend Taler zu bieten, der ihnen half, das allzu prachtvolle Objekt zu verkaufen.

Für Lecoulteux lagen die Dinge sehr einfach. Der Bankier hatte sich darauf beschränkt, die Filiale in Cadix von der Annullierung des Handels zu unterrichten und Gilles im Namen der Herzogin eine Entschädigung anzubieten, die der junge Mann übrigens abgelehnt hatte.

»Ich habe keine andere Mühe gehabt, als Eure Bekanntschaft und die der Juweliere der Königin zu machen«, erklärte er dem Bankier. »Das verdient wahrhaftig keine Entschädigung.«

Lecoulteux de la Noraye war in Gelächter ausgebrochen.

»Der Mann von Welt stimmt Euch zu, Chevalier, nicht aber der Geschäftsmann. Die schönen Gefühle führen selten zu Vermögen. Dies gesagt, werde ich immer sehr glücklich sein, Euch zu sehen.«

Gilles hatte sich eben entschlossen, ihn an diese Worte zu erinnern und am folgenden Tage zu bitten, ihn in das Haus La Motte einzuführen, als im selben Moment Javotte, Mademoiselle Marjons Magd, mit einem zweiten Billet erschien.

Dieses zweite hatte nichts Feminines an sich. Es ähnelte mehr einem ministeriellen Brief als einer galanten Mitteilung... und war wie zufällig mit Lecoulteux de la Noraye unterzeichnet:

»Es ist mir eingefallen, Chevalier, daß das Glück Euch finanzielle Vorteile bieten könnte, die Ihr von Damen nicht annehmt. Macht mir das Vergnügen, Euch zu ihm zu führen, in den Salon einer charmanten Frau, wo man nicht weiß, was ein Falschspieler ist, denn man spielt dort ehrlich unter Leuten der guten Gesellschaft. Wenn Ihr einverstanden seid, kommt morgen gegen sieben Uhr bei mir vorbei, und wir werden uns gemeinsam zur Rue Neuve-Saint-Gilles im Marais begeben...«

»Nun, was sagst du dazu?« rief Gilles, nachdem er den Brief laut gelesen hatte. »Ich glaube, wir täten Unrecht, uns länger an ein

Vorurteil zu klammern. Lecoulteux ist ein aufrechter Mann, sehr vermögend und hat mit Monsieur nicht viel zu schaffen.«

»Einverstanden! Wenn ich morgen nicht bei unserem Oberst soupieren müßte, der seinen Offizieren zu essen gibt, hätte ich dich sogar begleitet. Das rosa Billet hat vielleicht eine hübsche Frau geschickt...«

»Vielleicht! Auf jeden Fall werde ich sehen... und wenn es interessant ist, nehme ich dich das nächstemal mit.«

Als am folgenden Tag die Glocke der Kapuzinerkirche eben die siebente Stunde einläutete, traf Gilles auf der Place Louis-le-Grand ein, wo sich ein riesiger bronzener Ludwig XIV. zu Pferde unter einer dicken Schneeschicht tummelte, und ließ sich in Nr. 19 melden, einem prächtigen, einigen Angehörigen der weitverzweigten Familie Lecoulteux gehörenden Stadthaus, das den beiden Finanziers Lecoulteux de la Noraye und seinem Vetter Lecoulteux de Canteleu zugleich als Bankhaus und Pariser Wohnsitz diente.

Ihm wurde der gewohnte Empfang zuteil, und nachdem er sein Pferd in den großen Stallungen des Hauses versorgt wußte, nahm er im Wagen des Bankiers Platz.

»Ich bewundere Euch, daß Ihr bei solchem Wetter zu Perd unterwegs seid«, sagte dieser, während er eine dicke Fuchsfelldecke über seine in Seide gehüllten Beine zog. »Ich hätte Angst, lebendig zu erfrieren.«

»Wir Militärs haben eine harte Haut«, erwiderte Gilles lachend. »Aber sagt mir, lieber Freund, zu wem führt Ihr mich in der Rue Neuve-Saint-Gilles?«

»Ah, ich habe Euch neugierig gemacht! Zu einer charmanten Freundin, der Gräfin de La Motte-Valois. Sie führt einen sehr angenehmen Salon, vor allem seitdem die Gunst der Königin ihr erlaubte, aus dem unwürdigen Elend herauszukommen, in dem diese echte Nachkommin unserer Könige vegetierte.«

»Sie war im Elend?«

»Im schwärzesten! Sie und ihre Schwester wurden als Kinder von der ausgezeichneten Marquise de Boulainvilliers, der verstorbenen Gattin des obersten Richters von Paris, aufgenommen, die ihre Erziehung übernahm und Jeanne mit dem Grafen de La Motte verheiratete, einem liebenswürdigen, netten, aber vermögenslosen Gendarm. Das Paar hatte anfangs alle Mühe, sein Auskommen zu finden, aber es sind so charmante junge Leute! Zuerst haben sie die Freundschaft des Kardinals Louis de Rohan zu erwerben vermocht, der sie unterstützte. Ich selbst habe getan, was ich konnte, aber es liegt auf der Hand, daß sie ohne die Wohltaten und die hohe Protektion Ihrer Majestät der Königin nicht da wären, wo sie jetzt sind.«

»Ah! Ihre Situation hat sich also verbessert?«

»Sehr, vor allem in der letzten Zeit. Ihr Ehemann ist bei der Garde des Grafen d'Artois, und was Jeannes Bruder betrifft...«

»Jeanne?«

»Nun, die Gräfin! Ah, Ihr kennt sie also wirklich nicht?«

»Nicht im geringsten«, sagte Gilles aufrichtig. »Ich habe von der Gräfin zwar gehört, aber nie ein Wort an sie gerichtet.«

»Seltsam... denn sie ist es, die mich ihren ausdrücklichen Wunsch hat wissen lassen, Euch bei sich zu sehen. Es ist wahr, Ihr gehört zu jener brillanten Heldenschar aus Amerika, und Ihr persönlich seid vom Strahlenglanz einer Legende umschwebt, die alle unsere romantischen Schönen begeistert. Madame de La Motte wird in einem Salon von Euch gehört und um so mehr den Wunsch verspürt haben, Euch bei sich zu sehen, als Ihr für recht scheu geltet.«

»Aber wie hat sie erfahren, daß wir uns kennen?«

»Ich fürchte, daß ich mich schuldig bekennen muß. Ich gehe oft zu ihr, wo ich mich wohlfühle, und ich nehme an, daß ich von unserer Bekanntschaft geplaudert habe. Ihr nehmt es mir doch hoffentlich nicht übel?«

»In keiner Weise. Es ist immer angenehm, liebenswürdigen Menschen zu begegnen...«

»... und einer sehr hübschen Frau! Ihr werdet sehen, sie ist unwiderstehlich! Eine Grazie, ein Charme! Ihre Schwester lebt bei ihr, aber sie ist weit weniger schön. Oh, es ist eine sehr gute Familie! Ihr Bruder ist Ritter des heiligen Ludwig und dient in der Marine. Er kommandiert eine Fregatte und...«

Jean-Jacques Lecoulteux war ein reizender Mensch, aber entsetzlich geschwätzig, was sich für einen Geldmann zu einem Fehler auswachsen kann. Einmal in Gang gebracht, mußte man ihn reden lassen, und Gilles gab mitten in einer glühenden Lobeshymne auf die Saint-Rémy de Valois und andere La Mottes das weitere Zuhören auf, um sich seinen eigenen Gedanken zu widmen... Es war immerhin merkwürdig, daß diese Frau, kaum nach Paris zurückgekehrt – denn sie war sicherlich erst seit kurzem wieder hier –, den Wunsch geäußert hatte, ihm zu begegnen. Zweifellos war sie die Schreiberin des berühmten rosa Briefchens, nicht Cagliostro, wie er einen Moment angenommen hatte.

Schließlich kannte diese Frau Judith, sie war vielleicht ihre Freundin, und abgesehen von dem italienischen Arzt gab es nur sie und Madame de Balbi, die Neues über sie wissen konnten, und wichtig war allein, das junge Mädchen wiederzufinden, ohne sich um die Herkunft der Information zu kümmern...

Während er sich über die mit Ringen bedeckte kleine Hand neigte, die sie ihm auf der Schwelle eines eleganten, mit durchwirktem blauem Stoff bespannten Salons reichte, überraschte sich Gilles bei dem Gedanken, daß ihre Schönheit die lyrischen Lobpreisungen Lecoulteuxs einigermaßen rechtfertigte.

Im goldenen Licht einer Fülle von rosa Kerzen trat ihre Ähnlichkeit mit Judith weniger hervor. Zunächst war sie älter, und ihre Züge waren weicher als die des jungen Mädchens. Auch fehlte es ihr sowohl an der herausfordernd arroganten Art Mademoiselle de Saint-Mélaines, ihren kleinen, stolzen Kopf zu tragen, wie am gleichsam durchsichtigen Glanz ihrer Haut und am diamantschwarzen Glitzern ihres Blicks. Madame de La Mottes Augen waren blau, von echter Koketterie und einer falschen Offenherzigkeit erfüllt, die dem jungen Mann mißfielen. Dagegen fand er an dem betörenden Busen nichts auszusetzen, den die schäumenden schwarzen Spitzen eines äußerst großzügigen, von einem sehr schönen und zu den Ohrgehängen und den auf der Haut der jungen Frau schimmernden Armbändern passenden Kollier aus Gold und Topasen nur ungenügend begrenzten Dekolletés mehr als zur Hälfte enthüllten.

»Monsieur Lecoulteux de la Noraye verdient wärmsten Dank dafür, Euch dazu bestimmt zu haben, zu uns zu kommen, Monsieur. Es ist ein Privileg, das Ihr nicht leicht gewährt, hat man mir gesagt.«

»Ihr seid zu gütig, Madame, den Besuch eines einfachen Offiziers der Leibgarde als Privileg anzusehen. Es hätte genügt, wenn Ihr selbst mich aufgefordert hättet: Wer vermöchte einer so verführerischen Dame zu widerstehen?«

»Wirklich? Nun, wir werden sehen! Kommt, ich will Euch vorstellen...«

Sie schob eine weiche Hand unter seinen Arm und glitt mit ihm in die Tiefe eines erleuchteten, von in Samt und Seide gekleideten, meist männlichen Gestalten bevölkerten Salons. Und dort, im großen, rechteckigen Spiegel über dem flammenden Kamin, begegnete Gilles seinem eigenen blausilbernen Bild, an seinem Arm eine lächelnde schwarz-goldene Frau, deren von gepudertem, wie mit Reif überstäubtem Haar gekrönter Kopf jeden Moment an seine breite Schulter sinken zu wollen schien. Der gespannte Ausdruck seines gebräunten Gesichts, das die weiße Perücke noch dunkler erscheinen ließ, überraschte ihn, und er zwang sich zu lächeln, denn keiner dieser Leute sollte die unbestimmte Besorgnis, besser: das instinktive Mißtrauen erraten, das sich seiner bemächtigt hatte, seitdem Jeannes Hand auf seinem Arm ruhte.

Man machte ihn mit Mademoiselle de Saint-Rémy de Valois, Schwester der Hausherrin, bekannt, einem plumpen, blonden und ziemlich faden Mädchen, das keine Spur des pikanten Charmes ihrer Schwester besaß, um deren Gunst sich jedoch ein auffallend schöner junger Mann mit rätselvollem grünen Blick bemühte, der eine leicht schäbige Offiziersuniform trug und als »Vicomte Paul de Barras, ein liebenswürdiger Provenzale und ständiger ritterlicher Begleiter unserer lieben Marie-Anne« vorgestellt wurde.

An die zehn Personen bewegten sich um die im Salon aufgestellten Tische: einen großen, an dem ein schweigsamer Bankhalter Karten und Jetons zum Faro vorbereitete, und mehrere kleine für die, die es vorzogen, Whist oder Karo-Sieben zu spielen. Die einzige Frau außer der Gräfin und ihrer Schwester war eine hagere, boshafte, durch eine phantastische, feuerrot bebänderte Haube verschönte alte Jungfer, die sich selbst als »Mademoiselle Colson, Vorleserin Madames... wenn sie einmal Lust verspürt zu lesen, und ihre Cousine in zerstreuten Momenten« bezeichnete.

Die Männer gehörten zur Welt der Finanz oder der hohen Verwaltung. Außer dem Gatten, einem eitlen, prahlerischen, allzu aufdringlich lächelnden und Tournemine auf den ersten Blick unsympathischen Gecken waren es der Oberpräsident der Champagne, Rouillé d'Orfeuil, der Graf de Saisseval, ein unverbesserlicher Spieler, der Hauptsteuereinnehmer Dorcy, der Abbé und Parlamentsrat de Calbris. Dazu ein Soldat von Gewicht: der Graf d'Estaing, den der Chevalier verblüfft betrachtete. Was konnte diesen kraft eines Dekrets urplötzlich in einen Admiral verwandelten General, diesen Helden des Kampfes um Granada, wohl an diesen Ort führen? Entschieden standen die einstigen Amerikakämpfer in der Rue Neuve-Saint-Gilles erheblich in Gunst!

Jeannes Stimme, süßer noch als zuvor, riß ihn girrend aus seiner kurzen Meditation:

»Und dies ist einer unserer liebsten Freunde, der Herr Chevalier de Reteau de Vilette, ein Schriftsteller von Talent und entzückender Poet.«

Und Gilles fand sich unversehens dabei, höflich den Dandy-Sekretär zu begrüßen, mehr Dandy denn je in einem lichtblauen Frack mit Knöpfen aus feinem Gold. So aus nächster Nähe konnte er feststellen, daß sie so ziemlich von gleicher Stärke sein mußten, und daß dieser zarte Poet mit den Händen eines Möbelträgers ausgestattet war. Und er ertappte sich bei dem Gedanken, was für einen prächtigen Galeerenrekruten dieser Mann abgeben würde.

Das letzte Mitglied dieser bizarren Versammlung war ein Mönch, der ebensowenig in diese als Salon bemäntelte Spielhölle paßte wie ein sittsames Mädchen in ein Bordell. Doch Pater Loth, Superior des Minimen-Klosters an der Place Royale, schien sich unter den Spielern erstaunlich zu Hause zu fühlen und bezeichnete sich selbst als »Freund der Familie und spezieller Beichtvater der Gräfin Jeanne«.

»Begeht Ihr denn so große Sünden, Gräfin, daß Ihr Euren Beichtvater immer zur Hand haben müßt?« raunte Gilles seiner anmutigen Mentorin ins Ohr.

Sie lachte, schlug jedoch die Augen nieder.

»Sind wir nicht alle Sünder, Chevalier?« seufzte sie. »In den

schwierigen Zeiten, die wir durchleben, besteht ein gut Teil unserer täglichen Handlungen aus ebensovielen Beleidigungen des Herrn.«
»Das Spiel, zum Beispiel?«
»Wie könnte ich es wagen zu glauben, daß das Spiel Gott beleidigt, wenn die höchsten seiner Diener es nicht verschmähen, sich ihm zu widmen? Seht doch!«
Und sich endlich vom Arm des jungen Mannes lösend, den dieser Umstand merkwürdig erleichterte, vielleicht weil ihm ihre Art nicht gefallen hat, seinen Namen in alle Ecken ihres Salons zu posaunen, als läge ihr besonders daran, daß keiner der Anwesenden ihn vergaß, näherte sich Jeanne rasch der Tür, auf deren Schwelle eben die imposante Gestalt des Kardinals de Rohan erschienen war.
Der schöne Prälat war ebenso gekleidet wie anläßlich seines Besuchs bei Cagliostro, aber sein damals gespanntes, besorgtes Gesicht war nun von einem Lächeln erhellt, von einem der jungen Frau geltenden Ausdruck freudiger Zärtlichkeit.
»Teure Gräfin! Endlich seid Ihr zurück! Ihr habt uns so sehr gefehlt!«
Während die junge Frau sich neigte, um den Ring Seiner Eminenz zu küssen, konnte Gilles, der am Kamin zu Lecoulteux getreten war, nicht umhin zu hören, was der ihm den Rücken kehrende Abbé de Calbris seinem Nachbarn, dem Oberpräsidenten der Champagne, zuflüsterte:
»Ihm hat sie vielleicht gefehlt, aber ich denke mir, daß die fragliche Abwesenheit seiner Kasse gut bekommen sein dürfte. Unsere schöne Jeanne kostet ihn ein Vermögen... Die Ausstattung des Hauses hat sich seit vier Monaten völlig verändert.«
»Und Ihr meint, es sei der Kardinal, der...?«
»Gewiß doch! Jeanne ist seine Mätresse. Alle Welt weiß es!«
»Man sagt aber, die Königin zeige sich äußerst großzügig.«
»Die Königin? Sie hat nie genug Geld. Und übrigens würden es die Polignacs nie erlauben, daß sie sich anderen als ihnen selbst oder ihren Freunden in diesem Umfang freigebig zeigt.«
Die Hauptperson des Abends war erschienen, begleitet von einem Freund, dem Baron de Planta, und einem jungen Sekretär, Ramón de

Carbonnières, und also nahm man an den Spieltischen Platz. Gilles vermerkte bei sich, daß die schöne Jeanne es nicht für nützlich gehalten hatte, ihn dem Kardinal vorzustellen. Sie hatte es ziemlich eilig gehabt, die Eminenz an einen Whisttisch mit dem Admiral d'Estaing, dem Baron de Planta und dem Abbé de Calbris zu plazieren, ohne ihm zuvor Zeit zu lassen, mit den anderen Personen im Salon ins Gespräch zu kommen.

Der junge Mann schickte sich eben an, Lecoulteux zum Farotisch zu folgen, als die pittoreske Mademoiselle Colson ihn anrief:

»Ihr seid jung und scheint ausgezeichnete Augen zu haben, Chevalier! Wollt Ihr mir zu Hilfe kommen?«

»Sehr gern, Mademoiselle. Ich stehe Euch ganz zu Diensten.«

»Danke. Dann seht Euch um, ob Ihr nicht irgendwo meine Brille entdeckt. Ich verliere sie mehrmals am Tag, und ohne sie sehe ich überhaupt nichts. Versucht einmal, unter solchen Bedingungen zu spielen.«

Von ihr gefolgt, musterte er bei einem Rundgang durch den Salon Konsolen, die Platten der Kommoden und den Sims des Kamins. Als sie sich gemeinsam über das Regal einer kleinen Damenbibliothek beugten, hörte er sie plötzlich hastig flüstern:

»Findet irgendeinen Vorwand und geht! Wenn Ihr hierbleibt, wird Euch ein Unglück geschehen!«

»Was wollt Ihr damit sagen?« murmelte er, ohne daß sich der lächelnde Ausdruck seines Gesichts im geringsten veränderte.

»Ich weiß nicht! Ich habe nur einige Worte gehört, aber ich weiß immerhin, daß man Euch hier nicht wohlwill.«

Sie richtete sich wieder auf, und dabei bemerkte er plötzlich in ihren halb von schwarzen, fingerlosen Handschuhen verhüllten Händen die berühmte Brille, die sie angeblich suchte.

»Ah! Ihr seid ein Engel!« rief sie sehr laut. »Jetzt macht Euch schnell ans Spiel und vergebt mir, daß ich Euch aufhielt.«

Er zögerte einen Moment. Winkelrieds anfängliche Vermutung war also richtig gewesen. Das rosa Briefchen war eine wahrscheinlich von der Gräfin gestellte Falle. Offenbar hatte sie auf die eine oder andere Weise erfahren, wer ihr Feind war, und wollte sich rächen.

Die Warnung dieser liebenswerten, mit ihrem Frettchengesicht und

ihren munteren braunen Augen so sympathischen Demoiselle war sicherlich ein weiser Rat, doch es mißfiel ihm, vor einer Frau Reißaus zu nehmen. Und außerdem, wer konnte wissen, ob er nicht trotzdem irgend etwas über Judith erfahren würde? Schließlich trug er einen Degen, verstand sich zu wehren und war äußerstenfalls fest entschlossen, seine Haut teuer zu verkaufen.
Der Salon füllte sich. Weitere Personen traten ein. Zu verschwinden, ohne gesehen zu werden, wäre ein leichtes gewesen, aber Gilles hatte keine Lust, sich in Lecoulteuxs Augen lächerlich zu machen. Mit einem beruhigenden Lächeln an die Adresse Mademoiselles Colsons, die ihn hinter ihrem entfalteten Fächer mit einer Art Angst beobachtete, begab er sich lässigen Schritts zu dem ihm von dem Bankier freigehaltenen Platz, zog einen Louis aus der Tasche, warf ihn auf den Tisch und bemühte sich, für die Partie ein von Verbissenheit freies Interesse aufzubringen, denn er sah im Spiel nur eine Zerstreuung, während sich die meisten anderen und Lecoulteux im besonderen ihm mit einer Leidenschaft widmeten, die ihnen Feuer in die Wangen und Funken in die Augen steigen ließ.
Wie alle Neulinge gewann er natürlich, und bald begann sich ein kleiner Haufen Gold vor ihm anzusammeln.
»Ich hatte Euch ja gesagt, daß das Glück Euch lächeln würde!« bemerkte der Bankier.
»Niemand könnte überraschter sein als ich.«
»Ihr solltet Euch zurückziehen«, riet ihm sein Nachbar zur Linken. Es war der junge Vicomte de Barras, der sich so sehr für die plumpe Mademoiselle de Saint-Rémy de Valois interessierte. Er mußte reicher an Adel als an Talern sein, und zweifellos war es der ganz neue Reichtum dieses Hauses, der ihn anzog, aber er benahm sich mit einer seltsamen Mischung aus Arroganz und Schüchternheit, die nicht ohne Charme war.
»Mich zurückziehen? Warum?«
»Weil das Glück noch launenhafter ist als eine hübsche Frau. Ihr spielt zum erstenmal, nicht wahr?«
»Sieht man das so genau?«
»Nein, nicht wirklich, aber man hat beim erstenmal immer Glück. Ihr könnt aus dem meinen schließen, daß es mich vielleicht schon zu

lange kennt«, fügte er mit einem Lächeln hinzu, das einem von einer Aureole gelockten blonden Haars umgebenen Gesicht mit angenehmen, schon von Ausschweifungen gezeichneten Zügen sein wahres Alter zurückgab – neunundzwanzig Jahre. Seine schmale Hand strich über den jeder Münze baren Spieltisch unmittelbar vor ihm.

»Wenn Ihr geht, gehen wir zusammen!« schloß er, jedoch mit einem Seufzer, der sein Bedauern verriet.

Gilles machte sich daran, seinen eigenen Gewinn zu halbieren.

»Teilen wir!« schlug er vor, einem jähen Impuls gehorchend.

In Barras' grünen Augen zeigte sich Bestürzung.

»Seid Ihr verrückt? Ihr habt mich noch nie gesehen! Ich bin vielleicht ein Bettler...«

»Bah! Das Risiko gehe ich gern ein! Seht, es gelingt mir nicht, dieses Geld als wirklich mir gehörig anzusehen. Und zudem... tragt Ihr einen Namen, den ich in Newport und während des Feldzugs in Amerika zu respektieren lernte.«

»Ich war nicht dort«, sagte der andere in einem Ton, in dem sich Herausforderung und Bedauern mischten.

»Aber ich habe in Newport einen Admiral de Barras kennengelernt.«

»Meinen Onkel! Der Held einer Familie, deren räudiges Schaf ich zu sein die Ehre habe. Während er in Amerika Berühmtheit erlangte, ließ ich mich in Pondichéry von den Mücken zerstechen, ohne deshalb die Schätze Golkondas zu finden.«

»Auf jeden Fall seid Ihr ein Waffenbruder. Nehmt also an! Ihr werdet es mir zurückgeben, wenn das Glück Euch wieder hold ist.«

Etwas, das einer Gefühlsaufwallung ähnelte, glitt über das kalte, spöttische Gesicht des Provenzalen.

»Nun, Ihr seid vielleicht ein Heiliger...! Aber ich danke Euch und werde versuchen, es Euch auf die eine oder andere Weise zurückzuzahlen.«

Er machte sich mit einem Eifer ans Spiel, der nur zu deutlich seine Freude verriet. Das Glück kehrte wie durch ein Wunder zu ihm zurück, und eine Stunde später konnte er Gilles die ihm geliehene Summe zurückerstatten.

»Ihr seid ein verdammter Glücksbringer, mein Freund«, sagte er zu ihm und reichte ihm die Hand. »Ich werde Euch nicht so bald vergessen.«

»Niemand hier möchte Monsieur de Tournemine vergessen«, ließ sich hinter ihnen die liebenswürdige Stimme der Gräfin vernehmen. »Eher scheint er im Eifer des Spiels seine Gastgeberin vergessen zu haben... eine Gastgeberin, die noch nie Gelegenheit hatte, mehr als drei Worte mit dem berühmten Falken zu wechseln und die doch vor Verlangen danach vergeht.«

Gilles erhob sich augenblicklich.

»Verzeiht, Madame! Ich stehe Euch ganz zur Verfügung!«

»Ah, nein, Gräfin, Ihr werdet ihn doch nicht entführen!« protestierte Barras. »Das ist Ketzerei! Das Glück ist mit ihm!«

Zur Strafe erhielt er einen leichten Schlag mit dem Fächer, der seine Wange streifte.

»Ihr seid ein Unverschämter, Vicomte, und wenn Ihr mein Bruder zu werden wünscht, rate ich Euch, sich anders mit mir zu stellen. Wer sagt Euch, daß ich nicht eine bessere Chance als Ihr zu bieten habe?«

Der Vicomte zuckte die Schultern.

»Alles, meine Teure, hängt davon ab, was Ihr ihm zu bieten gedenkt«, bemerkte er impertinent. »Gewiß ist, daß eine hübsche Frau über Schätze verfügt, neben denen die einer Bank nur Staub sind. Nun, viel Glück, Chevalier, aber kehrt bald zu uns zurück!«

»Lassen wir diesen Flegel, Chevalier, und trinken wir zusammen ein Glas Glühwein oder eine Tasse Kaffee. Es geht nichts darüber, um Bekanntschaft zu schließen, allenfalls, Brot und Salz miteinander zu teilen.«

Sie entfernten sich gemeinsam zum Speisesaal, in dem auf einem großen, ovalen, mit einer Pyramide aus Früchten und zwei schönen Wasserkaraffen geschmückten Tisch ein Buffet aufgebaut war. Gilles akzeptierte eine Tasse Kaffee und wartete darauf, daß Jeanne das Gespräch eröffnen würde. Doch sie schien es nicht eilig zu haben, ja, ihr war seit Verlassen des Spieltischs kein Wort über die Lippen gekommen. Sie hatte sich damit begnügt, ihm anmutig zuzulächeln, während sie die beiden Salons im Rhythmus der lässigen Schritte ihres schwarzen Spitzenfächers durchquerten.

Auch sie trank Kaffee, und ihre blauen Augen beobachteten ihn aufmerksam über den vergoldeten Rand der Tasse hinweg, aber sie sagte noch immer nichts. Im gelblichen Schein der Kerzen verfärbten ihre Pupillen sich grün und verstärkten ihre Ähnlichkeit mit einer hübschen Katze, die eben dabei ist, sich angesichts der Maus, die sie im nächsten Moment packen und verspeisen wird, mit grausamer Zärtlichkeit die Lippen zu lecken.

»Nun, Gräfin«, sagte der Chevalier mit einem unbekümmerten Lächeln, »worüber wünscht Ihr zu sprechen?«

»Über Euch!... Über mich!... Warum Ihr mich verabscheut, ohne mich zu kennen?« entgegnete sie unverblümt. »Etwa, weil ich jemand ähnle, den Ihr... sehr liebt?«

»Wer hat Euch gesagt, daß ich Euch verabscheue, Madame?«

»Niemand. Es ist nur ein... Eindruck.«

»Ein irriger Eindruck. Wie könnte ich Euch verabscheuen, da wir uns zum erstenmal sehen?«

»Wir sprechen zum erstenmal miteinander, aber wir haben uns schon gesehen. Erinnert Euch, in dieser selben Straße, eines Abends. Ihr schient auf jemand zu warten, und ich glaubte naiverweise, daß ich es sei, daß... ich Euch gefiele. Während es in Wirklichkeit eine andere war, die Ihr erwartetet, eine andere, die später kam und die Ihr liebtet! Denn Ihr liebtet sie, nicht wahr, diese Julie de Latour?«

»Ich hätte Euch vielleicht geliebt, wenn ich Euch vor ihr gekannt hätte«, sagte Gilles, durch die plötzliche Traurigkeit überrascht, die in der Stimme der Gräfin aufklang.

Sie zuckte die weißen Schultern.

»Sicherlich nicht. Ich gehöre nicht zu denen, die ein Mann von Ehre lieben kann, nicht wahr?«

»Madame! Euer Gatte...«

Sie stellte die Tasse zurück, die das jähe Zittern ihrer Hände klirren ließ. Kaum zurückgehaltene Tränen glänzten in ihren Augen.

»Sprecht mir nicht von ihm«, klagte sie mit leiser Stimme. »Er ist der böse Geist des armen Mädchens, das ich gewesen bin... das ich vielleicht noch bin, aber was konnte ich anderes erhoffen? Habt Ihr je das Elend kennengelernt, Chevalier?«

»Elend, nein, aber große Armut... ja, Madame«, sagte er ernst.

»Das ist nicht das gleiche! Hunger, Kälte, Schnee wie diese Nacht, wenn man nicht weiß, wie man sich dagegen verteidigen soll, und man nur ein ganz kleines Mädchen ist, das sind Dinge, die man nicht vergessen kann... Um die Rückkehr dieses Alptraums zu verhindern, würde man alles tun, ganz gleich, was.«

Überrascht durch ihren Schmerz und unfähig, dem Mitleid zu widerstehen, das jedes Leid in ihm weckte, nahm er sanft die Hand, mit der Jeanne die zerbrechlichen Stäbe ihres Fächers umklammerte.

»Das Elend ist jetzt fern; es wird nie wiederkehren. Ihr habt reiche, mächtige Freunde.«

»Was sind reiche, mächtige Freunde neben einer wahren Liebe?« flüsterte sie mit einer Art Wut. »Ihr, die Ihr diese Liebe kennt, behütet sie, behütet sie sorgsam. Und hört, Chevalier... geht, brecht noch in dieser Minute auf! Bleibt nicht länger in diesem Haus. Mein Mann... haßt Euch, fürchtet Euch, ich weiß nicht, warum!«

»Euer Gatte? Aber was habe ich ihm getan?«

»Zweifellos nichts, doch bei ihm genügt das!«

Sie schien ihm plötzlich so unruhig, so fiebrig, daß er ihr ermutigend zulächelte. War das die Gefahr, von der Mademoiselle Colson gesprochen hatte? In diesem Fall war sie nicht sehr groß, aber in den Augen eines alten Fräuleins mochte La Motte leicht die Umrisse eines Schreckgespenstes annehmen.

»Ich gehe«, sagte er, »und ich danke Euch. Aber habt Ihr mir nicht etwas zu sagen, oder war das, was das rosa Briefchen ankündigte, nur ein Köder?«

»Das Briefchen... mein Gott, ja, ich hätte es fast vergessen!... Nein, es war nicht nur ein Köder. Man hat Julie diesem Dämon von Cagliostro, diesem verfluchten Magier entrissen, der sich ihrer bei seinen teuflischen Experimenten bedient, aber...«

»Man? Wer, man?«

»Ich kann es Euch nicht sagen, aber sie muß sich verstecken, denn dieser Teufel ist mächtig und gerissen. Er scheint überall Augen zu haben.«

»Sagt mir, wo sie ist, nicht mehr, und ich gehe!«

Sie sah sich um, als fürchte sie, daß jemand sie hören könne, entfaltete

ihren Fächer und bewegte ihn leise, während ein Lächeln um ihre Lippen spielte.
»Rue de Cléry Nr. 15... bei einem Polizeibeamten, einem gewissen Beausire! Aber tut um Gottes willen so, als ob nichts wäre. Man beobachtet uns.« Und lauter fügte sie hinzu: »Es tut mir leid, daß Ihr aufbrechen müßt, Chevalier, aber Ihr werdet wiederkommen, nicht wahr?«
Sie reichte ihm die Hand. Er nahm sie, küßte sie.
»Ich werde nicht verfehlen, Gräfin. Es wird mir ein Vergnügen sein, jedesmal zu erscheinen, wenn Ihr mich dazu ermächtigt.«
Er kehrte in den ersten Salon zurück. Die Partie war in vollem Gange, aber es schien ihm unmöglich zu gehen, ohne Lecoulteux zu verständigen. Er näherte sich ihm diskret.
»Habt Ihr es so eilig?« fragte der Bankier. »Zu dumm, wir sind im besten Zuge.«
»Ich muß morgen zu früher Stunde im Palast sein.«
»Nehmt wenigstens meinen Wagen, laßt Euch zur Place Louis-le-Grand bringen und sagt dem Kutscher, er solle zurückkommen, um mich zu holen. Es ist ein Teufelswetter!«
Gilles dankte, grüßte in die Runde und gab den festen Händedruck nach englischer Art zurück, mit dem sich Barras verabschiedete, begleitet von einem »Auf bald!«, in dessen sonorem Klang meridionale Fröhlichkeit mitschwang.
Auf dem Wege zur Türe mußte er dicht am Kardinal de Rohan vorbei, der, zweifellos vom Spiel ermüdet, sich erhoben und mit seiner Gastgeberin Zuflucht in einer Fensternische gesucht hatte. Er grüßte das Paar und fing, ohne es zu wollen, im Fluge die Worte auf, die Jeanne, wieder lächelnd, an den galanten Prälaten richtete:
»Meiner Treu, ich konnte meiner weiblichen Neugier nicht widerstehen, Eminenz, und habe mir das berühmte Kollier der Herren Boehmer und Bassange angesehen... Welch ein Wunder! Und wie schade, daß unsere Königin auf einen solchen Schmuck verzichten mußte...«
Zwei Minuten später rollte er, in eine Ecke der behaglichen, duftenden Kutsche des Bankiers gelehnt, der Rue de Cléry zu, ohne auch nur im geringsten zu ahnen, daß ein Wagen ihm kurz

vorausfuhr, ein Wagen, in dem der elegante Reteau de Vilette saß, dem von Jeanne ein paar Worte zugeflüstert worden waren, während Tournemine sich von den Farospielern verabschiedet hatte.
Er wußte nicht mehr so recht, was er von Jeanne denken sollte. War sie wirklich ein Opfer, wie sie hatte durchblicken lassen, oder die gefährliche Abenteurerin, die er in den Gärten von Trianon und Versailles zu entdecken geglaubt hatte? In diesem Fall mußte sie außergewöhnliche Selbstbeherrschung besitzen, um ihre Rolle so perfekt spielen zu können. Aber war das Elend, dieser unerbittliche Auflöser menschlicher Würde, nicht imstande, ein zartes Wesen abirren zu lassen, das, wäre es in Wohlstand und Sicherheit geboren, vielleicht nie vom rechten Wege abgekommen wäre? Im Grunde war der Hauptschuldige in diesem verwickelten Komplott, von dem Tournemine einige Teilstückchen aufgedeckt hatte, gewiß nicht die Frau mit den von Tränen glitzernden Augen, bei der er eben gewesen war, selbst wenn sie ihre Rolle ohne Widerspruch spielte, sondern der Mann, der sie kaltblütig steuerte, der gierige, ehrgeizige, treulose Prinz, der eiskalte Rechner, der in der Verschwiegenheit seines Palais' mit der Geduld einer Spinne an dem tödlichen Netz webte, in dem er seinen eigenen Bruder zu fangen hoffte, ohne zu bemerken, daß die Krone, nach der er strebte, nicht ohne Beschmutzungen daraus hervorgehen würde. Wenn er Judith dank ihrer Hilfe wiederfand, würde Gilles vielleicht versuchen, Jeanne aus dem zu befreien, was für sie letztlich ein Alpdruck sein mußte.
In der Rue de Cléry angelangt, hatte er keinerlei Mühe, das Haus des Polizisten Beausire zu entdecken. Es war ein schmales, hohes, dem Anschein nach bescheidenes Gebäude mit verwitterter Fassade, eingezwängt zwischen einem großen, sorgsam renovierten Hôtel aus dem vergangenen Jahrhundert und dem Magazin eines Tuchhändlers. Da er sein Ziel erreicht hatte, schickte er den Wagen zu Lecoulteux zurück, in der Hoffnung, später am benachbarten Boulevard nahe dem Saint-Denis-Tor, wo es einen Standplatz für Droschken gab, eine solche zu finden.
Einst ziemlich berüchtigt, war die Straße, in der Corneille fast bis zu seinem Tode gelebt hatte, mehrfach verschönernden Verwandlungen unterworfen worden, seitdem sie die Ehre gehabt hatte, die

Merquise de Pompadour das Licht der Welt erblicken zu sehen. Die Mehrzahl ihrer Häuser war, wenn auch nicht prunkvoll, so doch wenigstens anständig. Viele hatten Gärten, und ihre Laternen, deren zitternde Lichter große bleiche Flecken auf den Schnee warfen, hatten das Verdienst, samt und sonders ihren Zweck zu erfüllen, was nicht in allen Straßen üblich war.
Als der Wagen an der Ecke des Boulevards verschwand, ließ sich kein Geräusch mehr hören. Es war nach zehn Uhr, und die meisten Bewohner schliefen vermutlich, doch in dem Haus, das Gilles interessierte, sickerte ein wenig Licht unter einem Laden der obersten Etage hervor, wie übrigens auch aus dem Hôtel nebenan gedämpfte Harfenklänge zu vernehmen waren.
Gilles näherte sich der Tür, hob den bronzenen Klopfer, ließ ihn jedoch sofort lautlos wieder zurücksinken, da er bemerkte, daß die Tür auf die Finsternis eines zu einem Hof führenden Flurs geöffnet war, eines Hofs, der ohne seinen Schneeteppich kaum sichtbar gewesen wäre.
Er zog sein Feuerzeug hervor und setzte es in Tätigkeit, um sich ein wenig Licht zu verschaffen. In die Wand des Flurs war eine Pforte eingelassen, aber da sie aus breiten, schlecht zugeschnittenen Brettern bestand, mußte sie wohl in einen Keller oder Holzstall führen. Der junge Mann betrat also den Hof.
Ganz im Hintergrund befand sich eine Tür über zwei abschüssigen, während vieler Jahre von zahllosen Füßen ausgetretenen Stufen; hinter ihrem Oberlicht glühte ein rötlicher Schein. Gegenüber und dem vorderen Gebäude als Zugang dienend öffnete sich das schwarze Loch einer Treppe, aber natürlicherweise folgte Gilles dem Licht. Die Bewohner dieses Logis' waren zweifellos noch nicht schlafen gegangen und konnten ihm wenigstens sagen, wo der Polizist Beausire wohnte.
Zuerst leise, dann stärker klopfte er an die Tür, ohne Antwort zu erhalten. Indessen mußte jemand da sein, denn was hatte es sonst mit diesem Licht auf sich? Er klopfte noch einmal, stützte sich dabei mit der linken Hand auf die Klinke, die ohne weiteres nachgab. Die Tür öffnete sich, nur durch ein leichtes Knarren protestierend, und Gilles stand in einem kleinen, armselig mit zwei Strohstühlen und einer

Truhe möblierten Vestibül. Auf der Truhe brannte eine Kerze in einem kupfernen Handleuchter.

Er machte ein paar Schritte, ohne sich die Mühe zu nehmen, sie auf den roten Fliesen zu dämpfen, mit denen der Eingang gepflastert war, da er hoffte, jemand erscheinen zu sehen, doch es rührte sich nichts.

Am Ende des Flurs war eine geschlossene Tür. Eine zweite befand sich der Truhe gegenüber, und unter dieser war ein dünner Lichtstreif zu sehen. An diese klopfte Gilles.

»Herein!« sagte eine beklommene Stimme.

Die sich öffnende Tür gab den Blick in einen Raum von recht beachtlichen Dimensionen frei, der zugleich als Salon und Speisezimmer zu dienen schien. Ein Tisch, einige mit verschlissenem Stoff bespannte Stühle, ein Buffet, drei Sessel, mit grellgeblümtem Kattun bezogen, eine kleine Kommode und eine Standuhr bildeten das ganze Mobiliar. In einem Sessel saß eine Frau, den Rücken der Tür zugekehrt, die Füße auf den Rand eines Kamins gestützt, in dem ein großes Feuer brannte.

»Madame«, begann Gilles, »ich bitte Euch, mir mein ungewöhnliches Eindringen um diese Stunde zu verzeihen, aber ich möchte gern wissen, ob Monsieur Beausire in diesem Hause wohnt.«

Sich mit beiden Händen auf die Armlehnen des Sessels stützend, erhob die Dame sich langsam, als fiele es ihr schwer, sich zu bewegen. Sie war groß, blond, und als sie sich ihm zuwandte, unterdrückte der Chevalier einen Ausruf der Überraschung, denn diese Frau war dieselbe, die er im Wäldchen der Venus gesehen hatte, war die, die der Königin ähnlich sah. Zudem war sie nur dürftig mit einem Frisiermantel aus durchsichtigem Musselin bekleidet, der offensichtlich schlecht schloß.

»Ja, das ist hier, Monsieur. Darf ich wissen, was Ihr wünscht?«

Ihre Stimme war kaum hörbar, und sie schien verschreckt, doch Gilles blieb nicht einmal Zeit, nach dem Grund zu fragen: Ein Wandbehang, der zweifellos den Zugang zu einem anderen Zimmer verbarg, hob sich, und zwei Männer, schwarz maskiert und Degen in den Fäusten, erschienen im gleichen Moment, in dem drei andere aus einem Raum auftauchten, der die Küche sein mußte...

Der junge Mann verharrte einen Moment reglos, während sich die Frau ihm in übrigens schlecht gespielter, komödienhafter Verzweiflung mit einem schwachen Schrei an den Hals warf, wie um ihn mit ihrem Körper zu schützen.
»Rette dich! Rette dich, wenn du mich liebst!« stammelte sie mit erstickender Stimme.
Gilles stieß sie so brutal zurück, daß sie rücklings in einen Sessel fiel, der unter ihr zusammenbrach, und zog dann seinen Degen, dessen Spitze er langsam vor sich senkte.
»Was hat das alles zu bedeuten?« fragte er kalt.
Einer der beiden zuerst erschienenen Männer trat mit allen Anzeichen grotesker Entrüstung auf ihn zu.
»Es ist an Euch, uns das zu erklären, erbärmlicher, gemeiner Verführer! Seit langem ahnte ich etwas, und nun erwische ich euch endlich auf frischer Tat, meine Turteltäubchen! Ihr seid Zeugen, Messieurs, daß ich meine Frau fast nackt in Gesellschaft ihres Geliebten überrascht habe!«
Zustimmendes Gemurmel ließ sich vernehmen. Gilles brach in Gelächter aus.
»Ich nehme an, Ihr seid der Sieur Beausire? Nun, mein Bursche, ich mache Euch kein Kompliment: Ihr seid ein jämmerlicher Komödiant. Was diese Frau, die ich nicht kenne, betrifft, gebe ich gern zu, daß sie gut gebaut ist, aber was soll ich damit anfangen?«
»Habt Ihr gehört?« zeterte der andere. »Habt Ihr gehört? Nicht nur, daß ich ihn mit meiner Frau im Arm erwische...«
Einen Schmerzensschrei ausstoßend, sprang er zurück. In einem blitzschnellen Ausfall hatte Gilles' Degen eine der Schnüre seiner Maske durchschnitten, die im Fallen ein Gesicht enthüllte, das hätte schön sein können, wenn es nicht so vulgär und von Trunksucht gezeichnet gewesen wäre. Ein blutender Schnitt verlief quer über die Wange.
»Wenn schon behauptet wird, daß ich dich zum Hahnrei mache, mein Bursche, möchte ich wenigstens wissen, wie du aussiehst! Und dann schreist du wirklich zu laut! Nun«, fügte er hinzu, die noch maskierten Männer vor ihm musternd, »bleibt man bei dieser grotesken Version? Seid Ihr hier, um die Ehre eines Lumpen zu

rächen, gute Freunde? Ich persönlich glaube nicht recht daran: Nur Mut also, zum Teufel! Ihr seid fünf gegen einen einzigen... ihr könnt euch wenigstens den Luxus der Wahrheit leisten.«

»Seht Euch besser um!« entgegnete der Mann, der mit Beausire eingetreten war. »Wir sind acht... und ein paar mehr sind noch im Flur.«

Weitere Männer traten in der Tat aus der Küche, und Gilles begriff, daß er diesmal kaum Chancen hatte, lebend aus diesem Haus herauszukommen, zumal er den, der gesprochen hatte, zu identifizieren vermochte.

»Ah, Ihr seid es, Monsieur d'Antraigues! Eure Maske ist nutzlos, denn ich habe Euch erkannt... Das Verbrechen der Majestätsbeleidigung genügt Euch also nicht? Auch als Mörder betätigt Ihr Euch gelegentlich? Auf jeden Fall hättet Ihr einen weniger jämmerlichen Vorwand finden können als ein angebliches Abenteuer mit einem an einen Lumpen verheirateten Mädchen zweifelhaften Schlages.«

»Ich lasse meine Rechnungen nicht gern unbezahlt... und außerdem ermordet Euch niemand: Ihr habt einen Degen, verteidigt Euch!«

»Das ist genau das, was ich zu tun beabsichtige. Aber darf ich wissen, wer mir so übel will, um diese gewaltige Angelegenheit auf die Beine zu stellen? Ihr arbeitet doch wohl nicht für die teure Gräfin Jeanne? Doch nicht Ihr... immerhin ein d'Antraigues?«

»Und warum nicht?« warf eine andere Stimme ein, die er gleichfalls mühelos erkannte. »Kann ein d'Antraigues einer Valois nicht dienen?«

»Sieh da, auch Ihr seid da, der Herr Sekretär für alle Zwecke! Wahrhaftig, die Falle ist bestens gestellt, überbringt Eurer Herrin mein Kompliment. Wie konnte ich auch nur einen Moment glauben, sie könnte mich bei sich umbringen lassen! Was für ein Idiot ich gewesen bin, aber man muß zugeben, daß sie eine großartige Komödiantin ist...! Nun, ihr wackeren Leute, was machen wir? Soll ich es wagen, euch zu bitten, mich ziehen zu lassen?«

Sein Spott entfesselte d'Antraigues' jähe Wut.

»Vorwärts, Leute, drauf auf diesen Mann, für die Ehre Seiner Gnaden, des Herzogs von Chartres! Tut das eure, seine Taler zu verdienen!«

»Der Herzog von Chartres? Was hat denn der in dieser Geschichte zu suchen?« rief Gilles, ehrlich überrascht. »Nun, da es so aussieht, als wären wir bei den Narren, behandeln wir sie auch so: Seht Euch vor, Messieurs!«
Seine Klinge beschrieb einen blitzenden Kreis, der die ersten Angreifer zurückweichen ließ. Mit seiner freien Hand griff er nach einem Stuhl, schleuderte ihn gegen einen von ihnen, der, am Kopf getroffen, zusammenbrach. Dann wich er bis zu der an die Eingangstür grenzenden Wand zurück, packte eine der Schnitzereien des Buffets und stürzte es mit einer gewaltigen Anstrengung um. Es schlug mit dem klirrenden Geräuch zerbrechenden Geschirrs auf dem Fußboden auf und sicherte ihm wirksame Deckung nach rechts.
»Mein Buffet! Mein Geschirr!« kreischte Beausire mit einem grotesken Jammerlaut, der Gilles zum Lachen reizte.
»Du brauchst die Rechnung nur an den Herzog von Chartres zu schicken, da er es offenbar ist, der diesen Ball gibt!«
Im nächsten Moment vergaß er den Polizisten und unternahm es, sich einen Weg zur Tür zu bahnen, bis zu der das Buffet ihm hinreichend Schutz bot. Doch ein Hemmnis baute sich vor ihm auf, drei Männer, die ihn wie einen Keiler in seinem Bau zu durchbohren suchten. Mit einem blitzschnellen Ausfall nach vorn traf er einen in die Kehle, zog sich zurück, stieß bei der nächsten Attacke den Degen in eine Brust, sprang sodann jäh bis zur Schwelle vor und versetzte dem Dritten einen Tritt in die Leistengegend. Vor Schmerz aufbrüllend, ging der Mann zu Boden.
Endlich war er im Flur, aber seine Freude war nicht von langer Dauer: sechs oder sieben Männer versperrten ihm den Weg zum Hof.
»O Herr«, betete Gilles bei sich, »der Augenblick ist gekommen, dich um Vergebung für meine Sünden zu bitten, denn es wird kaum mehr lange dauern, bis ich vor dir erscheine!«
Er warf sich rücklings gegen die Wand, um wenigstens seinen Angreifern zugewandten Gesichts zu sterben. Eine Degenspitze verletzte ihn an der Schulter, eine zweite traf ihn am Schenkel, aber es glückte ihm, noch vier Gegner außer Gefecht zu setzen. Einen

Moment noch, dann würde das Halali ertönen. Schon spürte er, wie ihm unter dem Hemd das Blut warm über die Brust rann...
Plötzlich stieß jemand einen Schrei aus:
»Heilige Anna! Das ist ja er...! Hierher, Monsieur, hierher! Ich bahne Euch den Weg!«
Verblüfft gewahrte er, daß einer der maskierten Männer im Flur sich gegen seine Kumpane wandte, einem von ihnen die Waffe in den Rücken stieß und sich mit einem Sprung zu ihm gesellte.
»Was ist mit dir los, Rotznase?« knurrte einer der anderen.
»Ich bin bezahlt worden, um eine Bestie zu töten... nicht rechtschaffene Leute und schon gar nicht meine Freunde! Kommt, Monsieur, Ihr seid verletzt, aber zu zweit werden wir uns vielleicht durchschlagen.«
Und wie ein Tiger warf er sich auf seine einstigen Kameraden, Gilles so weit entlastend, daß er den Hof zu erreichen vermochte.
»Aber wer seid Ihr?« keuchte der Chevalier. »Warum helft Ihr mir?«
»Erinnert Euch an den Pont-Neuf! Ihr habt mich vor dem Rekrutierungssergeanten gerettet. Ich bin Gildas, der Bretone! Mut!«
Zugleich riß er seine Maske herunter und warf sie fort.
Im Hof begann der erbitterte Kampf rund um die beiden Männer, die, einer für den andern stehend, Rücken an Rücken fochten, von neuem. Am rechten Arm getroffen, schlug Gilles sich jetzt mit der Linken. Er hatte zwei weitere Verletzungen hinnehmen müssen und spürte, daß er schwach wurde. Zweifellos das verlorene Blut... D'Antraigues schien eine ganze Armee gegen ihn vereint zu haben. Vor sich sah er ein solches Gewirr von Degen, daß es ihm vorkam, als stände er vor einem Nest wütend züngelnder Vipern, in das sein Degen, Lücken öffnend, unermüdlich hineinstach. Auch Gildas schlug sich wie ein Löwe, und Gilles ertappte sich bei der Überlegung, wo zum Teufel dieser Bursche, der mit den Galeeren Bekanntschaft gemacht haben mußte, wohl gelernt hatte, einen Degen zu führen. Um sie herum war der Schnee rot von Blut und mit Verwundeten und Leichen bedeckt.
»Versuchen wir, die Straße zu erreichen«, keuchte Gilles. »Dort werden wir vielleicht Hilfe finden!«

Zugleich den Kampf abbrechend, liefen sie zum Flur.
»Achtung, ihr da!« schrie d'Antraigues. »Sie werden uns entwischen!«
»Schlagt Euch doch selbst, Feigling, statt Eure schmutzige Arbeit von Euren Schergen erledigen zu lassen!« brüllte Gilles, während er, rasend vor Wut, herumfuhr, um es mit drei Degen zugleich aufzunehmen und Gildas' Flucht zu decken, dessen Schritte er schon aus dem Außenflur hörte. Noch einmal stieß sein Degen zu und entriß seinem Gegner einen Schmerzensschrei. Ein Schreckensschrei folgte:
»Verdammt, dieser Mann ist der Teufel!«
»Wer sonst!« spottete der Chevalier, eine Brust durchbohrend.
Der Sturz des Mannes sicherte ihm eine kurze Atempause. Er fädelte sich so schnell durch den Flur, wie es ihm seine immer schwerer werdenden Beine erlaubten. Doch als er die Brettertür passierte, die er bei seinem Eintritt bemerkt hatte, öffnete sich diese. Ein Mann tauchte auf, einen Dolch in der Faust. Die Faust hob sich, trieb ihm den Dolch in den Rücken. Gilles stieß einen erstickten Schrei aus, brach jedoch nicht zusammen. Taumelnd auf mechanisch sich bewegenden Beinen erreichte er die Straße und fiel in Gildas' Arme, der zuvor den vor der Pforte als Aufpasser zurückgelassenen Mann niedergeschlagen hatte.
Gilles' Augen wurden glasig. Er gewahrte die angstvollen Züge des kleinen Bretonen nur noch wie durch Nebel und versuchte, ihm zuzulächeln.
»Ich... bin erledigt!« flüsterte er. »Adieu... Freund!«
Und glitt aus den erschöpften Armen des jungen Burschen mit dem Gesicht nach unten in den Schnee, im gleichen Moment, in dem d'Antraigues und die wenigen ihm verbliebenen Leute hastig die mörderische Falle verließen, die sie dem Falken gestellt hatten.
»Zu Hilfe!« schrie Gildas so laut er konnte. »Hierher! Zu mir!«
Ein Degenstoß traf ihn in die Schulter. Auch er hatte mehrere Verletzungen davongetragen, aber keine war tödlich. Doch er begriff, daß er allein es mit der Meute nicht aufnehmen konnte, zumal ihre Verluste sie zu äußerster Wut gereizt hatten. Bevor sie über ihn herfallen konnten, ließ er sich deshalb mit einem gut

imitierten letzten Seufzer so zu Boden sinken, daß er mit seinem Körper den des Chevaliers deckte, im stillen betend, daß sie ihn und den andern für tot halten möchten.

»Sie sind beide mausetot!« hörte er einen von ihnen. »Verschwinden wir!«

»Besser, sich dessen gründlich zu versichern!« fuhr die kalte Stimme d'Antraigues' dazwischen. »Stoßt noch einmal zu!«

Aber die Schreie des jungen Burschen hatten die Straße alarmiert. Fenster öffneten sich, Läden schlugen gegen die Mauern, Köpfe erschienen. Leute schrien nach Hilfe und nach der Wache.

»Keine Zeit mehr!« rief einer. »Wir müssen weg! Der Posten der Französischen Garden vom Saint-Denis-Tor kommt uns womöglich noch über den Hals!«

Sie flüchteten, die Verwundeten mit sich schleppend, die weiße Straße entlang wie ein Schwarm unheimlicher Raben, vermieden die Boulevards und die erleuchteten Plätze. Mit unsäglicher Erleichterung wurde Gildas klar, daß er gerettet war, und richtete sich mühsam auf, die heiße Hoffnung im Herzen, durch sein Gewicht nicht den letzten Hauch Leben, falls es ihn noch gab, in dem großen Körper dessen, den er hatte retten wollen, erstickt zu haben. Es war ihm nach Weinen zumute, und er konnte es nicht, er versuchte zu beten und fand keine Worte. Auf Knien im Schnee, verspürte er weder Kälte noch seine Wunden, aber er war so erschöpft, daß seine Glieder ihm jeden Dienst verweigerten. Er konnte nicht einmal mehr rufen...

»Ich komme!« schrie jemand. »Haltet aus!«

Im selben Moment galoppierte ein Reiter die kurze Steigung vom Boulevard herauf und sprang unmittelbar neben dem noch immer knienden Burschen aus dem Sattel.

»Großer Gott!« knurrte er, als er den im Schnee ausgestreckten Körper in seiner von Degenstichen zerfetzten Uniform entdeckte. »Ich komme zu spät... Ist er tot?«

»Ich weiß es nicht, Monsieur, ich wage ihn nicht zu berühren.«

»Du hast recht. Wir brauchen Hilfe!«

Und der Vicomte Paul de Barras lief zum Portal des großen Hôtels, aus dem noch immer Musikklänge drangen, und hängte sich an

dessen Glockenzug. Zugleich begann er mit wahrer Stentorstimme zu rufen, so daß sich im Nu ein halbes Dutzend im Schnee watender Bürger in Nachtmützen und hastig über ihre Nachthemden geworfenen Mänteln und Decken um ihn sammelten, die alle zugleich durcheinanderschrien, ohne nennenswerte Hilfe zu leisten. Barras erfuhr von ihnen nur, daß eine Schar Männer geflüchtet sei, nachdem sie versucht hätten, den Kavalier und den neben ihm knienden jungen Burschen zu ermorden.
»Sieh an«, murmelte Barras für sich, »als Lecoulteuxs Kutscher sagte, er habe ihn zur Rue de Cléry Nr. 15, das heißt, zu diesem Lumpen Beausire gebracht, hatte ich gleich der Sache mißtraut. Unglücklicherweise... Ah, da rührt sich was!«
Das große Portal öffnete sich endlich, und heraus drängte eine Gruppe von Männern und Frauen, die einen für die Zeit wie für die Jahreszeit seltsamen Anblick boten, denn unter mächtigen Pelzmänteln trugen alle aus schönsten Lyoner Seiden geschneiderte griechische Tuniken und Togen. Dieses Hôtel wurde von einem Malerpaar bewohnt, dem berühmten Lebrun und seiner nicht weniger berühmten jungen Frau, Madame Vigée-Lebrun, der ständigen Porträtistin Marie-Antoinettes und der hübschesten Frauen des Hofs. Das Paar gab an diesem Abend eine seiner beliebten »antiken Soireen«, während derer man sich bemühte, den Charme des 18. Jahrhunderts zu vergessen, um für kurze Zeit im perikleischen Griechenland zu leben.
»Ich weiß nicht, was hier gespielt wird«, entrüstete sich Barras, der sie verdutzt betrachtete, »aber Ihr tätet besser daran, Euch um das zu kümmern, was vor Eurer Tür vorgeht, wenn man dort Offiziere des Königs umbringt!«
»Heda, ihr dort!« rief Lebrun einem Trupp Lakaien zu, der sich eilig mit Fackeln näherte. »Weniger Beleuchtung und mehr Hilfe! Eine Bahre und Decken! Man bringe die Verletzten ins Haus. Und daß ein jeder zu sich zurückkehrt!« wandte er sich hochmütig an die Bürger, die sich das nicht zweimal sagen ließen, nur zu glücklich, die Füße schnell wieder ins Warme stecken zu können.
Mit unendlicher Vorsicht wurde Gilles' blutender Körper auf einer Tragbahre bis ins erleuchtete Vorzimmer gebracht, während Gildas,

der wie betäubt schien, bei jedem Schritt gestützt wurde. Barras leitete die Maßnahmen so eigenmächtig, als sei er bei sich zu Hause.
»Geht und holt einen Arzt!« befahl er.
»Ich bin Arzt«, erklärte ein blonder junger Mann mit offenem Gesicht, der, graziös mit Rosen gekrönt, in diesem Moment aus den Tiefen eines Salons auftauchte, neben sich eine junge Person, deren leicht in Unordnung geratene Frisur ziemlich deutlich die Art Unterhaltung verriet, die sie dort betrieben hatten.
»Nun, da habt Ihr Arbeit!« erklärte Barras hochmütig.
Seinen Kranz abnehmend, bohrte sich der junge Mann durch die Menge der »Athener«, die sich um die Bahre drängte, neben der Madame Vigée-Lebrun kniete und mit einem Taschentuch Schnee und Schmutz von dem bleichen Gesicht des Liegenden tupfte.
»Wie schön er ist!« seufzte eine Frau.
»Wie schade!« sagte eine andere. »So jung! Ist er wirklich tot?«
»Wie soll ich das wissen?« knurrte der junge Arzt. »Laßt mich wenigstens nähertreten!«
»Mein Gott...! Ich kenne ihn!« rief ein entzückendes Geschöpf in schwerer weißer, von einem rundgeschliffenen Smaragden zusammengehaltener Seide, die ihrer bewundernswerten Gestalt volle Gerechtigkeit widerfahren ließ.
Rasch trat Aglaé d'Hunolstein zu Gildas, den man in einen merkwürdigen Speisesaal geführt hatte, in dem die übliche lange Tafel durch eine Anzahl wie die Speichen eines Rades angeordneter Ruhebetten ersetzt worden war. Man hatte den jungen Burschen zum Kamin geführt und sich nahe dem Feuer setzen lassen. Ein Diener half ihm aus seinem durchfeuchteten und zerrissenen schwarzen Kittel, während Lebrun ihm ein Glas Wein eingoß.
»Was ist passiert?« fragte die junge Frau in einem so herrischen Ton, daß er Gildas' Betäubung durchdrang. »Wer hat das getan?«
Der junge Bretone sah mit wieder zum Leben erwachenden Blick zu ihr auf.
»Man hat uns gesagt... es sei Monseigneur der Herzog von Chartres.«
Aglaé stieß einen empörten Schrei aus.

»Wie abscheulich! Wer hat dergleichen behaupten können? Niemals gäbe der Herzog Befehl, jemand zu ermorden, schon gar nicht einen Offizier des Königs! Er ist nicht verrückt!«
»Ich bin ganz Eurer Ansicht, Madame«, fiel Barras ein, der ihre Worte gehört hatte. »Ich kenne den Herzog. Er ist heftig, leicht entzündbar, stolz, aber er ist ein wahrer Edelmann. Wäre er von diesem jungen Mann beleidigt worden, hätte er Genugtuung mit der Waffe gefordert... aber er hätte nie befohlen, ihn in einer Mörderhöhle feige umzubringen! Man muß ihn übrigens davon verständigen. Oh, ich werde schon das letzte Wort über all das in Erfahrung bringen!«
Ein erleichtertes Gemurmel drang vom Vestibül herüber. Der junge Arzt hatte erklärt:
»Er ist noch nicht tot. Allerdings fehlt nicht viel daran. Ich brauche ein richtiges Bett, ein Zimmer... ich muß ihn erst einmal genau untersuchen.«
Das hübsche Gesicht der Malerin der Königin wurde blaß.
»Hier? Ihr seid verrückt, Corvisart! Diese unklare Geschichte kann uns mit Versailles wie mit dem Palais-Royal in Schwierigkeiten bringen, solange die Verantwortlichkeiten nicht geklärt sein werden. Kann man ihn nicht woandershin transportieren? Ich weiß nicht... zu einem Freund?«
»Zu mir!« unterbrach Madame d'Hunolstein trocken. »Das wird die beste Art sein zu beweisen, daß Herzog Philippe nichts mit diesem feigen Attentat zu tun hat. Kann man ihn fortbringen, Doktor?«
Nicolas Corvisart zuckte die Schultern.
»Man muß es wohl. Auf jeden Fall kann er ebensogut sterben, während man ihn die Treppe hinaufträgt.«
»Dann also schnell... meine Leute, mein Wagen! Ohne Euch allzusehr zu kompromittieren«, fügte sie hinzu, sich an das Malerpaar wendend, »werdet Ihr mir doch wohl Decken, Pelze, Wärmetöpfe leihen, um seine Abkühlung zu verhindern? Ihr kommt auch, mein Junge«, sagte sie zu Gildas, dann zu dem jungen Arzt: »Ihr doch ebenfalls, Monsieur, wie ich hoffe?«
»Laßt mir nur Zeit, mich in ein selbst für einen Schüler Aesculaps passenderes Gewand zu werfen. Wo wohnt Ihr, Frau Baronin?«

»Ich bewohne zur Zeit den Pavillon der Ermitage nahe dem Schloß von Bagnolet, das Monseigneur dem Herzog von Orléans gehört. Über die Boulevards werden wir schnell dort sein.«

Einen Moment darauf wurde der wie ein Seidenwurm in seinen Kokon verpackte Gilles auf die cremefarbenen Samtkissen einer schönen Kutsche gebettet, deren kosiger Komfort sorgsam für die Erfordernisse einer zarten Frau geplant worden war. Madame d'Hunolstein setzte sich so, daß der Kopf des Verletzten auf ihren Knien ruhte. Corvisart und Gildas, den man verbunden und mit einem weiten Umhang versehen hatte, nahmen auf dem Vordersitz Platz, und Barras bestieg sein Pferd.

»Macht schnell, Florentin!« rief die Baronin ihrem Kutscher zu. »Aber versucht, so gut wie möglich holprige Stellen zu vermeiden!«

Mit leichter Hand setzte der Kutscher die Pferde in Bewegung, und die mehr durch den Schnee rutschende als rollende Equipage nahm ihren Weg längs des Boulevards, den die rötlich aufglühenden Kohlenöfchen der verschiedenen Wachtposten in Abständen begleiteten. Das Portal des Hôtels Lebrun schloß sich wieder, während im Hause nebenan der Sieur Beausire daranging, seine Wohnung mit Hilfe des einzigen seiner Komplizen, der nicht geflüchtet war, von den ihm verbliebenen lästigen Leichen zu befreien. Er hatte keine Lust, für eine Handvoll Taler gehängt zu werden. Zum Glück für ihn begann der Schnee von neuem dicht zu fallen und die Blut- und Kampfspuren zu verhüllen...

13. Kapitel
Aglaé

Das Zimmer ähnelte einem ländlichen Lazarett, während Nicolas Corvisart Gilles' Wunden verband. Überall Scharpiepäckchen, blutfleckiges Leinen, mit der Schere abgeschnittene Reste von Kleidungsstücken, die eine Kammerfrau auf Knien auflas und in einen Korb warf. Der völlig reglose Körper, ausgestreckt auf einen Tisch, um Untersuchung und Behandlung zu erleichtern, hatte etwas von der starren Schönheit eines antiken Marmors. An jedem Ende des Tischs hob ein Diener in blauer Livree ein Bündel hoher Kerzen, um dem Arzt zu leuchten, der sich mit aufgekrempelten Hemdsärmeln über den Liegenden beugte. Nicht weit vom Tisch entfernt saß in einer Fülle weißer Spitzen Aglaé d'Hunolstein, fast ebenso bleich wie Gilles, und betrachtete mit weit geöffneten Augen das von beunruhigenden bläulichen Schatten gezeichnete Gesicht mit den geschlossenen Lidern. Außer dem röchelnden Atem des Verletzten, dem leisen Klirren der Instrumente des Arztes und dem gelegentlichen Knacken eines brennenden Scheits im Kamin war kein Laut zu hören.

»Werdet Ihr ihn retten können?« murmelte schließlich die junge Frau.

»Aufrichtig gesagt, ich weiß es nicht. Er ist in einem jämmerlichen Zustand. Wenn es sich nur um die vier Verletzungen durch Degenstöße handelte, würde ich mich dafür verbürgen, aber der Dolchstoß in den Rücken ist viel ernster, da die Lunge verletzt ist... Das Fieber steigt.«

Er begann mit zwei Fingern die entblößte Brust abzuklopfen, als suche er die Echos ihrer Tiefen zu wecken.

»Was macht Ihr da?« fragte Aglaé

»Ich benutze eine neue Untersuchungsmethode, die des Wiener

Arztes Auenbrugger. Mein Lehrer Desbois de Rochefort behauptet, sie führe zu weit genaueren Schlüssen als das übliche Betasten, vor allem bei Schädigungen des Brustbereichs. Sie erlaubt, das Übel viel sicherer zu begrenzen[1] ... Habt Ihr endlich den anderen Verletzten dazu gebracht, sich aufs Ohr zu legen und das Beruhigungsmittel zu trinken, das ich für ihn vorbereitet habe?«

»Leider nicht. Er wollte um jeden Preis wieder fort... er sprach von einer kranken Schwester, die närrisch vor Sorge würde, wenn er nicht am Morgen da sei, und als ich ihm vorschlug, dieses Kind von jemand holen zu lassen, lächelte er auf eine komische Art und sagte, daß meine Leute vielleicht nicht lebend zurückkehren würden, wenn sie dorthin gingen, wo er wohne. ›Die Steinbrüche des Montmartre sind kein Ort, wo es sich bei Nacht gut promenieren läßt, Frau Baronin‹, fügte er hinzu. ›Ich muß schon selbst hingehen...‹«

»Nach Montmartre, bei diesem Schnee, zu Fuß und verletzt? Aber das ist der pure Wahnsinn! Er wird nie lebend ankommen!«

»Beruhigt Euch. Ich habe ihm warme Kleidung und ein wenig Geld gegeben, damit er seine Schwester von diesem abscheulichen Ort fortbringen kann, und er erwartet Euch im Vestibül. Mein Kutscher wird ihn am Schlagbaum der Märtyrer absetzen, nachdem er Euch nach Hause gebracht hat. Und er hat mir versprochen zurückzukommen.«

»Niemals im Leben! Wir werden ihn vor mir absetzen. Ich will mich von seinem Zustand überzeugen. Nötigenfalls bringe ich ihn selbst zu den Steinbrüchen.«

Während er sprach, hatte der junge Arzt den letzten Verband angelegt. In einem Becken mit warmem Wasser, das eine Magd ihm zutrug, wusch er sich die Hände, dann trat er wieder zu seinem Patienten, den zwei kräftige Diener eben in das zuvor sorglich erwärmte Bett legten, den Rücken durch mehrere Kissen gestützt, um eine Wiederholung des Bluthustens zu verhindern, der die Ankunft in der Ermitage begleitet hatte. Einen Moment betrachtete er ihn mit gerunzelter Stirn.

[1] Diese Methode war es, die Laennec, einen Schüler Corvisarts, zur Entwicklung des Stethoskops führte.

»Ihr seid besorgt?« erkundigte sich Madame d'Hunolstein.
»Ja, ich gebe es zu. Mir gefällt weder das mühsame Atmen noch dieses Fieber, das allzu schnell steigt. Die Zeit, die er nach seiner Verletzung im Schnee verbracht hat, kann verhängnisvoll gewesen sein, wenn sie eine Lungenentzündung verursacht, und ich weiß nicht, ob ich den Bluthusten nicht einer Stauung des Blutes in der Brusthöhle vorziehe. Auf jeden Fall kehre ich morgen früh mit geeigneten Arzneien zurück, und wenn Ihr erlaubt, werde ich Philippe Pelletan, unseren besten Chirurgen, mitbringen, denn es wird vielleicht gut sein, schnell einen Brusthöhlenstich zu praktizieren... es sei denn, Ihr zieht es vor, daß ich den Kranken Eurem persönlichen Arzt übergebe.«
»Ich habe keinen persönlichen Arzt, meine Gesundheit ist ausgezeichnet, und seit dem Tode Tronchins[1] habe ich zu seinem Nachfolger kein Vertrauen gefaßt.«
»Gut. Darf ich Euch indessen zu ein wenig Ruhe raten? Es wird genügen, den Patienten durch einen Bedienten bewachen zu lassen.«
»Ich ziehe es vor, selbst zu wachen. Mir ist auch nicht nach Schlaf zumute.«
Corvisart streifte die Hemdsärmel herunter, schlüpfte in seinen Rock und musterte aufmerksam die junge Frau.
»Warum macht Ihr das? Ihr kennt diesen Burschen kaum, habt Ihr gesagt. Eine bloße Begegnung in einem Restaurant, nicht wahr? Und dennoch bringt Ihr Euer Dasein für ihn durcheinander. Geschieht es nur, um den Ruf des Hauses Orléans zu verteidigen?«
Sie zuckte die schönen Schultern mit einer Lässigkeit, die die Melancholie des Blicks widerlegte.
»Weiß ich's? Vielleicht, weil es Augenblicke gibt, in denen ich einer einzig dem Vergnügen, der Oberflächlichkeit gewidmeten Existenz und letzten Endes einer gewissen Einsamkeit müde bin. Mein Gatte verläßt seine Ländereien in Lothringen ebensowenig wie meine Söhne ihr Kolleg. Was die Liebe betrifft, an die Ihr denkt, nicht wahr,

[1] Berühmter Schweizer Arzt, Anhänger der Naturmedizin. Stand im Dienste des Herzogs von Orléans. Gestorben 1781.

müßt Ihr wissen, daß mein Platz beim Herzog von Chartres mehr der einer unentbehrlichen Freundin als der einer Lieblingssultanin ist. Warum sollte ich also nicht ein wenig von der Zeit benutzen, die ich im Überfluß habe, um einem meiner Mitmenschen zu helfen?«
Ein Lächeln unterdrückend, bewunderte der Arzt, mit welcher Leichtigkeit eine Frau von Geist billig die Sublimationen der Aufopferung zu erreichen versuchte, und hütete sich wohl zu bemerken, daß die Aktion zweifellos weniger leicht, aber dafür verdienstlicher gewesen wäre, hätte es sich bei dem Mitmenschen der schönen Aglaé um einen häßlichen Alten gehandelt. Das prachtvolle Mannsbild, das jetzt unter dem himmelblauen Baldachin des Bettes lag, besaß alles, was nötig war, um das leidenschaftliche Interesse jeder dieses Namens würdigen Frau ohne Unterschied des Alters und Standes zu erregen. Blieb nur zu wissen, ob er dieses Bett mit dem der schönen Provenzalin oder mit den vier Brettern eines Sarges vertauschen würde, denn vorerst hatte er nicht nur nicht das Bewußtsein wiedererlangt, auch das Fieber stieg noch, und das Delirium war nicht fern...

Als der Verletzte ein wenig später in der Nacht aus dem Koma erwachte, wurde niemand dessen gewahr, nicht einmal er selbst. Ein hitziges Fieber hatte ihn gepackt, dörrte seine Lippen, verbrannte seine Brust. Seine Fieberphantasien ließen unzusammenhängende Fetzen der blutigen Stunde erstehen, die er in der Rue de Cléry durchlebt hatte, vermischt mit entfernteren Bildern von Krieg und Tod. In anderen Momenten wirbelte ihn ein Taumel in die Tiefen flammender Krater, wo Felsen von unerträglichem Gewicht auf ihn niederstürzten, um ihn zu zerschmettern, während das Geheul dämonischer Horden in seine Ohren gellte. Die Hölle selbst schien sich vor seiner gemarterten Seele öffnen zu wollen, die sein Körper nur noch mühsam zurückhielt.
Gefangener einer ununterbrochenen Folge schrecklicher Alpträume, erduldete Gilles dennoch alle Schmerzen seines zerrissenen Körpers. Er glaubte zu ersticken, während das Feuer, das ihn verzehrte, nicht erlöschen wollte.
Während langer Tage und Nächte wehrte sich sein vom Delirium

geschüttelter Organismus unbewußt gegen den Tod. Das Fieber entriß ihm Schreie, Rufe äußerster Not, die alle erschreckten, die sich ihm näherten, und die reglose Frau an seinem Bett erbleichen ließen. Von seinen Wahnbildern bedrängt, stieß der Verletzte zuweilen Verwünschungen, Herausforderungen und so seltsame Anklagen aus, daß sich Aglaé besorgt überzeugte, ob Türen und Fenster auch fest verschlossen waren, damit die Dienerschaft sie wenigstens nicht hörte.

Zuweilen wandte sich die keuchende Stimme aber auch flehend an ein unsichtbares Phantom, das sie Judith nannte, flehend und von einer so leidenschaftlichen, herzzerreißenden Liebe erfüllt, daß die stumme Hüterin ihre Tränen fließen ließ, während sich ihre Finger ineinander krampften. Und manchmal preßte sie auch beide Hände auf ihre Ohren, um nichts mehr zu hören.

Dann ergriff Pongo, der das Zimmer seines Herrn weder bei Tag noch bei Nacht verließ, sanft ihren Arm und führte sie in den benachbarten Salon, wo er sie nötigte, sich in einen Sessel zu setzen.

»Schreie schlecht... gefährlich«, sagte er, »macht böser Geist! Frau zu schwach, sie zu ertragen.«

Winkelried und der Indianer waren in der Tat ein Dutzend Stunden, nachdem Gilles unter den Hieben der Mörder gefallen war, wie ein Unwetter herangebraust. Paul de Barras hatte gleich am frühen Morgen Lecoulteux aufgesucht, sich die Adresse des Verletzten geben lassen und war dann nach Versailles galoppiert, um die Familie des jungen Bretonen zu benachrichtigen, falls es zufällig so etwas gab. In Gestalt Mademoiselle Marjons, die in Schluchzen ausgebrochen war und sofort in die nächste Kirche stürzte, ohne sich Zeit zu nehmen, einen Hut aufzusetzen, Pongos, der kein Wort gesagt hatte, aber grau geworden war, und Winkelrieds, der ihn fast erwürgte, um ihm schneller Einzelheiten zu entreißen, hatte er etwas zumindest Ähnliches vorgefunden.

Von Barras geführt, waren die beiden Männer eben rechtzeitig vor der Ermitage angelangt, um den Herzog von Chartres, der sich im Schloß von Bagnolet aufhielt und durch Anglaé unterrichtet worden war, sie verlassen zu sehen.

»Ich rate Euch, Messieurs, es ebenso zu machen wie ich, nämlich zu warten«, sagte der Herzog, der den Schweizer auf den ersten Blick wiedererkannt hatte. »Die Ärzte sind bei Eurem Freund.« Dann wandte er sich zu Barras, der ihm als Stammgast des Palais-Royal gut bekannt war. »Ich hoffe, Vicomte, Ihr habt diesen Herren versichert, daß ich mit der Eurem Freund gestellten schändlichen Falle nichts zu tun habe. Ich werde mich unmittelbar von hier aus zum Polizeipräfekten Lenoir begeben, um von ihm vollste Aufklärung dieser beklagenswerten Affäre zu fordern, und mich nicht eher zufrieden geben, bis der wahre Schuldige hinter Schloß und Riegel sitzt.«

»Monseigneur«, unterbrach Ulrich-August, »ich glaube, im Namen des Chevaliers de Tournemine zu sprechen, wenn ich Eure Königliche Hoheit bitte, nichts dergleichen zu tun. Es wird Monsieur Lenoir nur in peinliche Ungelegenheiten stürzen, denn er könnte den wirklich Schuldigen nie fassen.«

»Wie das? Wollt Ihr damit sagen...?«

»Daß der Schuldige sich außer Reichweite befindet, weil er zu hoch gestellt ist?« fragte Barras, der die Verwirrung im Gesicht des Schweizers aufmerksam registriert hatte. »Ich für meinen Teil würde es gern glauben!«

Der Blick des Herzogs glitt von einem der drei Männer zum anderen. Dann nickte er.

»Ich verstehe. Nun, wir werden uns für den Anfang mit Nebenpersonen wie diesem Beausire zum Beispiel begnügen... Habt Ihr etwas dagegen, Barras?«

Der Provenzale begann zu lachen.

»Ganz und gar nicht, aber auch dabei wird Eure Hoheit leer ausgehen. Ich kenne den Burschen. Er wird längst das Weite gesucht haben, um seine Haut zu retten.«

»Nun«, seufzte der Prinz, »dann bleibt uns nur zu hoffen, daß der Verletzte nicht sterben wird und uns unterrichten kann. Er soll den Anführer seiner Mörder erkannt haben. Wenigstens behauptet das der junge Mann, der ihn gerettet hat, aber er hat den Namen, den der Chevalier rief, nicht verstanden...«

Jean-Nicolas Corvisart und Philippe Pelletan, die in diesem Moment aus dem Zimmer traten, unterbrachen das Gespräch. Ihre Mienen und die der ihnen folgenden Madame d'Hunolstein waren so ernst, daß jeder der Anwesenden spürte, wie sich sein Herz zusammenkrampfte.

»Nun?« fragte der Herzog.

»Man muß abwarten, Monseigneur«, erklärte Pelletan. »Wir tun unser Bestes, aber das Leben des Patienten ist in Gottes Hand. Seine Jugend und seine kräftige Konstitution sind zweifellos seine besten Waffen.«

Ohne ein Wort hatte Pongo darauf das Zimmer betreten. Einen langen Moment betrachtete er Gilles, dann nahm er vor den Augen der verstörten Baronin seine Perücke ab, seinen rasierten Schädel und die ihn schmückende Strähne schwarzen Haars enthüllend, öffnete sein Hemd, um das Ledersäckchen von seiner Brust zu nehmen, das ihn nie verließ und seinen persönlichen Talisman enthielt, und hängte es um den Hals des Todkranken.

»Ich bleiben hier bei Seigneur Falke!« erklärte er erhaben der höchst erstaunten jungen Frau. »Ich nicht mehr verlassen, bis Großer Geist entscheidet, ob Leben oder Tod. Wenn es ist Tod, er muß gehen über Leiche von Pongo!«

Darauf ließ er sich mit gekreuzten Beinen, das Rückgrat steif wie ein Ladestock, auf den Teppich zu Füßen des Bettes nieder, verschränkte die Arme über der Brust und ergab sich einem endlosen Warten, das er nur selten unterbrach und dann auch nur für kurze Momente, um den natürlichen Bedürfnissen des menschlichen Körpers nachzukommen oder durch ein Wort, eine Geste die Ängste der Baronin zu beschwichtigen.

Während aber die Anwesenheit des Irokesen die Domestiken des Hauses äußerst beeindruckte und eine Art heiliger Furcht um das Zimmer entstehen ließ, gewöhnte sich Aglaé sehr schnell daran, am Fuß des Bettes diese kupferne Statue zu erblicken, einer schützenden Gottheit ähnlich, erschienen, um dem Nahen des Todes zu wehren. Sie verbrachten viele Stunden einander gegenüber, ohne ein einziges Wort zu sprechen, und der jungen Frau floß aus dieser langen Konfrontation eine eigentümliche Tröstung zu, denn Pongo wußte sein Schweigen beredter zu füllen als der längste Diskurs.

Was Winkelried betraf, war er nach dem ersten Tage spurlos verschwunden. Er hatte Madame d'Hunolstein davon unterrichtet, daß er zweifellos einige Zeit abwesend sein werde, und seitdem hatte ihn niemand mehr gesehen.

Eines Nachts, als wieder einmal einer der schrecklichen Träume Gilles bedrängte und er sich auf seinem Lager so hin und her warf, daß Pongo ihn nicht mehr zu bändigen vermochte, ließen die den fiebrig erregten Geist des jungen Mannes belagernden Dämonen jäh von ihm ab und verschwanden. Ihre grinsenden Fratzen machten einem festen und zugleich funkelnden Blick Platz, zwei riesigen Augen, dunkel und leuchtend, die bis in die Seele des Verletzten tauchten und ihm Erleichterung brachten. Es war, als löse sich der Geist von der unerträglichen Last des leidenden Fleischs und schwebe über ihm wie ein Vogel über einem erlegten Tier.
In diesem Augenblick sah Gilles »sich selbst«, ausgestreckt auf einem Bett mit zerwühlten Laken inmitten eines Zimmers, das er nicht kannte. Er sah eine sehr schöne brünette Frau, deren Antlitz ihm nicht unbekannt war. Er sah Pongo, der mit gekreuzten Armen im Hintergrund des Raums neben einem schmutzbedeckten Winkelried stand, der erschöpft schien. Und schließlich sah er... Judith. Sie kniete schluchzend neben dem Bett, in dem sein körperlicher Doppelgänger lag, den Kopf auf der Decke in der gleichen Stellung, wie er sie in Hennebont gesehen hatte, in jener Nacht, als ihr Vater starb.
Aber da war noch ein anderer Mann, und dieser andere war in Wahrheit das Zentrum des Bildes. Ein Mann von mittelgroßer Statur, kräftig gebaut, ganz in Schwarz, doch mit schönen, juwelenbedeckten Händen, die vor den geschlossenen Augen des Todkranken seltsame, besänftigende und zugleich kraftvolle Bewegungen vollführten, während die Ringe Blitze schossen. Dabei murmelte er bizarre Worte in einer unbekannten Sprache, und dieser Mann war Cagliostro...
Gilles erkannte ihn ohne Überraschung, auch ohne Zorn, als sei seine Anwesenheit an seinem Sterbelager durchaus natürlich. Auf den Höhen, auf denen seine Seele schwebte, verloren die moralischen

Krebsschäden der Erde jede Bedeutung, und sie konnte deshalb erspüren, daß die Absichten des Arztes gut waren.
Als seine Hände ihren merkwürdigen Tanz beendet hatten, zog der Arzt eine kleine Phiole aus braunem Glas aus der Tasche, träufelte einige Tropfen daraus in den halb geöffneten Mund des Verletzten und reichte Pongo, den er mit einer Geste zu sich gerufen hatte, den Flakon.
Und dann war da nichts mehr. Der bereits schweifende Geist des Chevaliers kehrte in seine erschöpfte Hülle zurück und versank, endlich befriedet, mit ihr in einen ozeantiefen Schlaf, einen Schlaf ohne Träume, während der schon hinter dem Betthimmel lauernde Tod in die besonders schwarze Nacht des frühen Morgens davonflog...
Der wohltätige Schlaf dauerte lange Zeit. Als Gilles zum erstenmal seit mehreren Wochen das, was ihn umgab, mit erkennendem Blick sah, war der Schmerz nur noch eine leichte Schwierigkeit beim Atmen, und das Fieber hatte in Gestalt reichlichen Schweißes, der seine Hüter genötigt hatte, zweimal seine Laken zu wechseln, endlich den Kampfplatz verlassen.
Seine Augen entdeckten ein großes, helles Zimmer, tapeziert mit einem blauen Gewebe voller Blumen, in deren Mitte der Opéra-comique entsprungene Hirten mit bebänderten Schafen ausgelassen tollten, einen Kamin aus weißem Marmor, in dem ein duftendes Tannenholzfeuer brannte, weißlackierte Möbel in elegantem, modernem Stil und zu guter Letzt, höchst unpassend in dieser entschieden femininen Umgebung, Pongo, der mit gekreuzten Beinen auf dem großen, mit weißen und rosa Blumensträußen geschmückten Teppich kauerte. Er hielt sich so unbeweglich, daß er seiner eigenen Statue ähnelte, aber seine Augen brannten wie Kerzen in seinem abgezehrten Gesicht.
»Pongo!« rief Gilles mit so schwacher Stimme, daß sie ihm nicht über die Lippen hinauszugelangen schien.
Doch der einstige Medizinmann der Onondagas brauchte nichts zu hören, er war auch so schon auf den Beinen.
»Herr!« flüsterte er, ohne in seiner ungläubigen Freude zu wagen, den Namen auszusprechen. »Du leben? Du sehen, du hören?«

Zum erstenmal in seinem Leben sah Gilles eine Träne über die hohl gewordene Wange des Indianers rollen.
»Ja... ich glaube«, sagte er, ein Lächeln probierend, das ihm noch nicht recht gelingen wollte. »Aber sag mir... wo sind wir?«
»Ihr seid bei mir.«
Mit einem kleinen silbernen Tablett, auf dem eine Tasse dampfte, hatte Aglaé, frisch wie ein junger Salatkopf in einer blattgrünen Robe, das schöne schwarze Haar ungepudert und schimmernd hoch aufgetürmt unter einer Winzigkeit von Haube getauftem grünen Musselin, das Zimmer betreten. Ein Lächeln strahlte aus ihren Augen und enthüllte ihre sehr weißen Zähne.
»Gott sei Dank!« sagte sie, ihr Tablett auf den Nachttisch niedersetzend. »Ich glaube, wir können aufatmen, und Ihr seid gerettet! Wie fühlt Ihr Euch?«
»Fast so solide wie eine Handvoll Sand. Aber ich glaube wirklich, daß es mir besser geht, wenn ich nur mein armes, schwachsinniges Gehirn so weit in Tätigkeit versetzen könnte, daß es mir ohne Hilfe verriete, wo und unter welchen Umständen wir uns begegnet sind, Madame.«
»Was für ein schönes Kompliment! Nun, sucht ein wenig! Ihr habt das Glück, uns reichlich Angst gemacht zu haben, denn wenige Frauen mögen es, daß man die erste Begegnung mit ihnen vergißt. Aber Ihr habt jede Entschuldigung. Wollt Ihr, daß ich Euch helfe?«
»Nein, nein... Mein Gedächtnis ist nur noch nicht ganz von seinen Nebeln befreit. Wartet... mir scheint... Ja! Im Salon des Sieur Hue, des Restaurateurs. Ihr habt mich vor einem Verbrechen der Hoheitsbeleidigung gegen den Herzog von Chartres bewahrt. Unglücklicherweise hat man mir nicht Euren Namen genannt.«
»Dem Gedächtnis ein Bravo! Was den Rest betrifft – ich bin Aglaé de Barbentane, Baronin d'Hunolstein. Dieses Haus ist ein Pavillon, Ermitage genannt und an der Straße nach Bagnolet gelegen, am Ende des Schloßparks. Ich miete ihn von seinem Eigentümer, einem Provinzgouverneur, weil ich mich hier nahe bei meinen Freunden d'Orléans befinde und wohler fühlte als in meinem Hôtel im Faubourg Saint-Germain. Im übrigen ist es von den Mauern des

Parks umschlossen. Und nun, da Ihr das Wesentlichste wißt, hört auf zu sprechen, denn es wird Euch ermüden. Und dann : trinkt dies.«
Von Pongo unterstützt, hob sie die Kopfkissen an, um es dem Kranken zu ermöglichen, die mit Honig gesüßte Arznei zu trinken, die sie gebracht hatte. Er schluckte sie ohne Protest hinunter, zog jedoch eine Grimasse.
»Darf ich nur dieses Kräuterzeug trinken? Ich würde den Sold eines halben Jahres für eine große Tasse Kaffee geben. Mir scheint, das würde mich wieder zu Kräften kommen lassen.«
»Wenn der Doktor einverstanden ist, werdet Ihr Euren Kaffee haben, aber hört um Gotteswillen auf zu sprechen und Euch zu bewegen. Denkt daran, daß Ihr vor sechsunddreißig Stunden noch im Sterben lagt!«
Er lächelte schwach, während ihn die freundschaftlichen Arme, die ihn gestützt hatten, in die Kissen zurücklegten. Selbst diese einfache Bewegung, bei der seine Muskeln untätig geblieben waren, hatte ihn erschöpft.
»Ich... bin mir dessen völlig bewußt, aber da sind so viele Dinge... die ich gern wissen möchte...«
»Ihr habt noch sehr viel Zeit, eine Fülle von Fragen zu stellen, denn Ihr werdet nicht schon morgen in den Sattel steigen und Euch auf allen Straßen herumtreiben. Laßt also Euren Geist fürs erste ruhen.«
Er zog seine Hände unter der Decke hervor, streckte sie vor sich aus. Sie waren abgemagert, nur noch gegliederte, mit ein wenig Haut überzogene Knochen.
»Habe ich mich so verändert?«
»Wollt Ihr Euch davon überzeugen?«
Sie trat zu einem kleinen Tisch, nahm einen Spiegel auf, den sie dem jungen Mann reichte, ohne ihm zu sagen, daß er ihnen mehrmals dazu gedient hatte, sich durch seinen Atemhauch davon zu überzeugen, ob er noch lebe.
Was er sah, war alles andere als erfreulich. Unter der Haut, die allzu viele Sonnen und Seewinde unwiderruflich gebräunt hatten, war das Fleisch geschmolzen und hatte nur das frech hervortretende Knochengerüst und in der Tiefe ihrer Höhlen zwei Augen von undefi-

nierbarer Färbung zurückgelassen, in deren überwiegendem Grau jedoch keine Spur von Blau zu finden war.

Aglaé ließ ihn indessen dieses betrübliche Bild nicht lange betrachten. Sanft, doch fest nahm sie ihm den Spiegel aus der Hand.

»So, das genügt! Wenn ich Euch erlaubte, Euch zu betrachten, mein Freund, dann nicht aus Grausamkeit, sondern um Euch verstehen zu lassen, daß Ihr sehr vernünftig sein müßt, wenn Ihr Euer prachtvolles Äußeres so schnell wie möglich wiedererlangen wollt. Deshalb werde ich Euch diesen Gegenstand auch erst wieder geben, wenn das, was Ihr betrachten könntet, mir konveniert. Und nun schlaft! Man wird Euch etwas zu essen bringen, sobald der Arzt Euch gesehen hat.«

»Wer ist der Arzt?«

»Ein sehr intelligenter und geschickter Gelehrter, der im Hospital der Charité praktiziert: Doktor Corvisart.«

»Ah...«

Er war enttäuscht, denn er hatte auf einen anderen Namen gehofft. Kaum wieder bei einigermaßen klarem Bewußtsein, hatte er sich des seltsamen Traums erinnert, der ihm Cagliostro an seinem Lager gezeigt hatte, vor allem aber Judith, schluchzend zusammengebrochen neben dem Bett, die Lippen auf seine Hand gepreßt.

Doch scheinbar war es nur ein Traum gewesen, erzeugt durch das Delirium und sein schmerzliches Verlangen nach der Gegenwart des jungen Mädchens. Die ihm auferlegte Prüfung ließ ihn zu einem gesteigerten Bewußtsein der Tiefe seiner Liebe finden. Judith...! Sie hatte das erste Schlagen eines Mannesherzens in der Brust des Jünglings geweckt, hatte durch den unschuldig-perversen Zauber ihrer Schönheit sein erstes Begehren erregt. Keine andere würde je den Platz einnehmen können, der ihr gehörte, und Gilles wußte jetzt, daß er nur Leere umarmen würde, wenn er andere Frauen umarmte, denn im Buch des Schicksals stand seit je geschrieben, daß er nur eine Hälfte eines Ganzen bildete, dessen Name vielleicht Glück war, dessen andere Hälfte aber Judith hieß.

Da er nun also keine wirklich wichtige Frage mehr zu stellen hatte, drehte Gilles den Kopf zur Wand, schloß die Augen und bemühte sich, wieder einzuschlafen, um zu versuchen, wenigstens seinen Traum wiederzufinden...

Als Corvisart ein wenig später zum Besuch seines Kranken erschien, zeigte er sich über die in wenigen Stunden eingetretenen außerordentlichen Veränderungen nicht nur höchst zufrieden, sondern auch einigermaßen überrascht: die Wunden schlossen sich, die Kanüle, die Pelletan nach der Punktion angelegt hatte, gab nichts mehr her, die Atmung wurde regelmäßig, und alles kehrte in seine Ordnung zurück.
»Es ist wirklich erstaunlich«, gestand er mit großer Ehrlichkeit. »Diese Lunge schien nie aufhören zu wollen zu bluten, der Patient hatte nur noch wenige Stunden zu leben, und ich fühlte mich grausam machtlos... und dann arrangiert sich alles, ohne daß ich sagen könnte, warum... Ich werde nie meine Überraschung von gestern abend vergessen, als ich ihn friedlich schlafend vorfand, während ich auf einen ganz anderen Schlaf gefaßt war. In diesem Fall«, fügte er lächelnd hinzu, »besteht meine Verordnung für heute nur aus zwei Worten: Nahrung und Ruhe. Wir müssen jetzt die Natur wirken lassen, die sich in diesem jungen Mann offenbar so gut zu helfen weiß.«
Gilles bekam seinen Kaffee, fühlte sich kräftiger und empfand eine fast kindliche Freude darüber. Nach der Hölle, die er durchgemacht hatte, war es wundervoll, das Leben langsam zurückkehren zu fühlen, als riesele eine unvermutet erschienene Quelle allmählich durch ausgedörrte Erde.
Auch seine Gedanken wurden klarer, und seltsamerweise konnte er sie nicht daran hindern, beharrlich zu seinem Traum zurückzukehren. Im Gegenteil, sie klammerten sich an ihn, suchten immer neue Einzelheiten zu entdecken.
Natürlich bemühte er sich, von Aglaé in Erfahrung zu bringen, ob im Laufe jener Nacht, in der er unaufhaltsam dem Tode entgegenzugleiten schien, nichts und niemand dazwischengetreten war, aber sie hatte ihn nur mit einer Art Entrüstung betrachtet.
»Glaubt Ihr nicht an Wunder und an die Allmacht Gottes, Ihr, ein Bretone?
»Ich glaube fest daran. Nur... begreife ich nicht, warum sich Gott die Mühe nimmt, für eine so unbedeutende Person wie mich ein Wunder zu tun.«

»Laßt Gott gefälligst selbst über die Wichtigkeit seiner Geschöpfe entscheiden und hört auf, dumme Fragen zu stellen.«
Mit diesen kräftigen Worten, die Gilles keineswegs an der Feststellung hinderten, daß sie alles in allem seine Frage nicht wirklich beantwortet hatte, verließ sie den Raum.
Unversehens tauchte eine Einzelheit des Traums wieder vor ihm auf, und er winkte Pongo zu sich heran.
»Pongo«, sagte er leise. »wo hast du den Flakon hingestellt, den dir neulich nacht der fremde Arzt gab?«
Trotz seiner Selbstbeherrschung überlief den Indianer ein leichtes Zittern.
»Flakon... Arzt?« wiederholte er mit einem unwillkürlichen Blick zur Tür, aber Gilles hatte schon begriffen, daß sein Traum einen Teil Wirklichkeit enthielt, und daß so etwas wie eine Verschwörung des Schweigens beschlossen worden war, vielleicht von seiner Gastgeberin, vielleicht mit den besten Absichten der Welt und zu seinem eigenen Wohl, obgleich ihm nicht klar wurde, was ihm eine große Freude schaden sollte.
Gilles streckte die Hand aus, ergriff die des Indianers.
»Pongo, du bist mehr mein Freund als mein Diener, und du hast mich nie belogen. Es ist möglich, daß man dich gebeten hat, ein Geheimnis zu bewahren, und du hast nie dein Wort gebrochen. Aber ich brauche deine Hilfe. Ich muß wissen, ob mein Geist gesund geblieben ist, oder ob ich im besten Zuge bin, ein Narr, ein Opfer von Halluzinationen zu werden. Willst du mir auf eine oder zwei Fragen antworten?«
Der Indianer zögerte einen kurzen Moment.
»Pongo hat versprochen, nichts zu erzählen«, sagte er mit einem Lächeln, das seine mächtigen Kaninchenhauer enthüllte, »aber nicht versprochen, nicht auf Fragen zu antworten. Sprich!«
»Gut! Hast du hier einen schwarzgekleideten Mann gesehen, der ein ausländischer Arzt war, einen Mann, begleitet von einem sehr schönen rothaarigen jungen Mädchen?«
»Ja. Nicht letzte Nacht, aber Ende Nacht davor. Junges Mädchen viel weinen. Nicht wollen gehen, nicht wollen dich verlassen... nur gezwungen. Schwarzer Mann sagen, große Gefahr für sie, wenn

bleiben. Sie gehorchen, weil Mann ihr fest versprechen, dich heilen!«
»Ich verstehe. Und wer hat sie hierhergebracht?«
»Seigneur Roter Bär!« erklärte Pongo, für den Winkelrieds Name so sinnlos und unaussprechlich war wie Mandarin-Chinesisch. »Er fort auf Pferd am Tag, nachdem du kämpfen. Reiten weit. Schlechtes Wetter. Erst vorletzte Nacht mit schwarzem Mann und Feuerblume zurück.«
Der indische Beiname ließ Gilles lächeln. Er paßte so gut zu Judith...! Also war Winkelried es gewesen, der Cagliostro und sie geholt hatte. Aber wo? Und wie war es ihm geglückt, sie in so kurzer Zeit zu finden, während er selbst sie seit Monaten vergeblich suchte?
»Wo ist er eigentlich? Seitdem ich wieder bei Bewußtsein bin, habe ich ihn nicht gesehen.«
»Er versprechen, schnell zurückkommen, aber er sehr, sehr müde. Fast nichts gegessen mehrere Tage.«
»Nun«, seufzte Gilles gerührt, »wenn das kein offenkundiger Beweis von Freundschaft ist, will ich gehängt werden! Er wird um die Hälfte abgenommen haben.«
Doch als Ulrich-August schließlich bei seinem Freund erschien, war nichts an ihm, was Mitleid hätte einflößen können. Bombastischer denn je in seiner prachtvollen blauroten und goldenen Uniform, den Zweispitz mit weißer Kokarde und goldfarbenem Federbusch verwegen auf einem Ohr, schien er vor Gesundheit und Befriedigung förmlich zu bersten. Zunächst baute er sich am Fuß des Bettes auf und betrachtete seinen Freund mit mißtrauisch-forschendem Blick.
»Nun«, fragte Gilles, »wie findest du mich?«
»Bedeutend weniger schmutzig! Es ist noch nicht das große Erblühen, aber man beginnt, dich wiederzuerkennen. Oh, ich bin so gewaltig zufrieden!«
Und sich stürmisch auf Gilles stürzend, umarmte er ihn so hitzig, daß der junge Mann sich blaß werden fühlte.
»He...! Langsam! Ich bin noch zerbrechlich, weißt du?«
»Untröstlich...«
»Brauchst du nicht zu sein. Allein Zuneigung zählt. Ulrich, ich weiß,

was ich dir schulde! Ich weiß, was du für mich getan hast! Wenn ich in dieser Minute lebe, dann nur dank dir.«

»Mir? Ich habe nichts getan... bin nur geritten!«

»Schön... sagen wir, dank dir und deinem Pferd.«

»Meinen Pferden... Ich glaube, ich habe zehn zuschanden geritten!«

»Zehn? Wo bist du gewesen?«

»In Lyon. Dort residierte der italienische Hexenmeister. Ich mußte zu ihm, um ihm zu sagen, daß du Hilfe brauchtest... und wenn du schon sterben müßtest, wenigstens einmal eine gewisse schöne Demoiselle gern wiedersehen würdest, die meine Schwester sein könnte, wenn es nach der Haarfarbe ginge...! Apropos, mein Kompliment! Welch entzückendes Geschöpf! Selbst Ursula ist nicht so erstaunlich! Allein, was sie an Tränen vergießen konnte, als ich von deinem jämmerlichen Zustand berichtete, ist kaum vorstellbar. Genug, um den Zürichsee zu füllen. Und Schreie, Beschwörungen, Beschimpfungen und Gestampfe mit den Füßen, weil der Arzt nicht schnell genug in die Kutsche stieg. Sie schwor, sich auf deinem Grab zu töten, wenn sie nicht rechtzeitig käme... auch, wenn dich Cagliostro doch nicht retten könne! Ich glaube, sie hat während des ganzen Weges geweint.«

Frohen Herzens hörte Gilles auf die für im Gedröhn der Schlachten gebrüllte Kommandos eingestellte kräftige Stimme des jungen Schweizers mit dem gleichen Entzücken, mit dem er einer Engelsharfe gelauscht hätte. Judiths Verzweiflung war für ihn der wundervollste Balsam und das süßeste Versprechen, fast schon Erfüllung.

»Du kannst nicht wissen, welche Freude du mir machst, Ulrich! Aber was ich nicht begreife, ist, wie es dir gelingen konnte, ihn zu finden. Du wußtest an jenem Tage genauso wenig wie ich, wo sich Cagliostro verbarg.«

»Das ist wahr, aber nachdem ich ein wenig überlegt und mich vor allem dessen erinnert hatte, was du mir erzähltest, wurde mir klar, daß es in Paris jemand gab, der es wissen mußte. Und ich ging ganz einfach zu ihm und fragte.«

»Zu wem, mein Gott?«

Winkelried ließ sich Zeit wie ein ausgekochter Komödiant, der seine Pointen sorgsam ausfeilt, lächelte breit und erklärte:
»Zum Kardinal de Rohan.«
»Zum Kardinal... Du hast es gewagt? Und er hat dich nicht hinauswerfen lassen? Der Großalmosenier von Frankreich?«
»Wenn das Leben meines besten Freundes in Gefahr ist, gibt es keinen Großalmosenier von Frankreich, der mich abhält! Ich hätte den Papst gefragt, wenn es nötig gewesen wäre... oder vielmehr den Grafen der Provence, das will sagen den Teufel! Im übrigen bin ich Protestant. Und ich muß gestehen, daß er sehr nett gewesen ist... sehr verständlich!«
»Verständig!« stellte Gilles mechanisch richtig. »Und was hat er dir gesagt?«
»Daß Cagliostro nach Lyon gegangen sei, wo er ein gemauertes Logement für Ägypter gründen wolle...«
»Eine Freimaurerloge, meinst du. Aber warum Ägypter?«
»Ich weiß es nicht. Auf jeden Fall war er nur auf der Durchreise in Lyon. Der Kardinal hat mir als gute Neuigkeit gesagt, daß Cagliostro sich endlich entschlossen habe, sich in Paris niederzulassen, und daß sein Sekretär, ein gewisser Ramòn de Carbonnières, sogar schon damit beauftragt sei, ein Haus für ihn und seine Familie zu suchen.«
»Er hat also Familie?«
»Er hat wenigstens eine Frau und sogar eine schöne! Wie es scheint, ist es eine vornehme römische Dame, die er Serafina nennt. Frag mich aber nicht, wo alle diese Leute sich jetzt befinden, weil ich absolut nichts weiß. Sprechen wir also von anderen Dingen.«
»Ein Wort noch! Mir ist bekannt, daß Judith bei mir bleiben wollte, und daß sie daran gehindert wurde. Weißt du, warum?«
»Nicht wirklich... Vielleicht ist sie in Gefahr. Der Arzt hat ihr gesagt: ›Ihr wißt genau, daß Ihr nichts zu fürchten habt, solange Ihr unter meinem Schutz bleibt...‹. Was nicht hinderte, daß er ihr auf alle nur möglichen Gottheiten schwören mußte, daß du geheilt würdest, bevor sie einwilligte, ihm zu folgen. Aber woher weißt du eigentlich das alles? Du warst fast tot, und Cagliostro hat uns strengstes Stillschweigen auferlegt.«

»Ich glaube, gerade weil ich fast tot war, habe ich gesehen, versteh mich recht, ›gesehen‹ wie ein Zuschauer vor der Bühne eines Theaters, was in diesem Zimmer vorging. Ich weiß, daß Cagliostro, Judith, du, Pongo und Madame d'Hunolstein um mein Bett standen, niemand sonst. Was sagst du dazu?«
»Daß das eine sehr merkwürdige Sache ist, und daß ich es in diesem Fall für besser halte, deiner... Gastgeberin nichts davon zu sagen. Sie hat schreckliche Angst vor Cagliostro.«
»Ich fange an zu glauben, daß jeder hier Angst vor jedem hat! Aber du hast recht: ich werde ihr nichts sagen.«
Er hatte keine Fragen mehr zu stellen. Er wußte, daß er nicht verrückt war, er wußte, daß der italienische Arzt sich in Paris niederlassen würde, und er wußte vor allem, daß Judith ihn ebenso liebte wie er sie. Er konnte seiner vollen Genesung geduldig entgegensehen.
Die lange Rekonvaleszenz, die er durchmachen mußte, erwies sich übrigens mit der Gewöhnung als eine angenehme Periode des Wieder-zu-Kräften-Kommens. Die Ermitage war ein reizendes Haus und Aglaé eine bezaubernde Gastgeberin, die ihr Bestes tat, einen Kranken zu zerstreuen und zu stärken, dem sie sichtlich zugetan war und der ihre Neigung erwiderte. Ihr Charme gehörte zu denen, die verführen und festhalten.
Zu Tournemines Zuneigung für sie gesellte sich zudem tiefe Dankbarkeit, aber sie weckte, so seltsam das bei der durchaus sinnlichen Art ihrer Schönheit auch war, bei ihm von jedem Begehren freie Gefühle für sie. Wenn er sie liebte, dann mit der warmen Zärtlichkeit eines Bruders für eine sehr schöne, sehr bewunderte ältere Schwester, aber sonst nichts.
Dank ihr nahmen Gilles' Freunde die Gewohnheit an, sich fast täglich um sein Bett und dann seinen Liegestuhl zu vereinen, während er allmählich wieder er selbst wurde. Zuerst kam Winkelried, wenn er dienstfrei war, von Versailles herüber und brachte mit dem Wind seiner Gewaltritte immer einen gesunden Schwall frischer Luft von draußen mit. Sodann erschien Barras, der mehr schlecht als recht vom Spiel lebte und abgesehen von den in den Spielhöllen verbrachten Nächten total beschäftigungslos war, um sich die Füße

am Kaminfeuer zu wärmen, zahlreiche Tassen Schokolade zu trinken und die neuesten Klatschgeschichten aus Paris zu berichten. Auch die ausgezeichnete Mademoiselle Marjon unternahm mehrmals die Reise von der Rue de Noailles zur Ermitage, um persönlich ihren Mieter ihrer Zuneigung zu versichern... und um ihm bei ihr sich häufende Briefe zu überbringen, nach Rosenparfüm duftende Briefe, über deren Herkunft Gilles sich nur allzu klar war und die er sie regelmäßig wieder mitzunehmen bat, ohne sie auch nur geöffnet zu haben.

»Falls jemand kommt und Fragen stellt, ist es am besten, Ihr gebt vor, nicht zu wissen, wo ich mich befinde. Das wird Euch um so leichter fallen, wenn Ihr diese Briefe eventuell ihrem Eigentümer zurückgeben könnt.«

Sie willigte gern ein und bedauerte nur in ihrem Inneren, nicht das Vergnügen zu haben, selbst über die Gesundung ihres Mieters zu wachen. Doch belehrt durch den Überfall, dessen Schauplatz ihr Haus gewesen war, gab sie ohne weiteres zu, daß die in einen Besitz der Orléans eingeschlossene Ermitage eine Sicherheit versprach, die ihr Pavillon nicht bieten konnte.

Der Herzog von Chartres, der eines Morgens mit dem Polizeipräfekten Lenoir erschien, hatte den jungen Mann selbst dessen versichert.

»Man hat Euch in meinem Namen attackiert, Chevalier«, erklärte er ihm. »Meine Ehre verlangt deshalb, daß Ihr dieses Haus nur völlig geheilt verlaßt und erst dann, wenn Ihr in der Lage seid, Euren Dienst beim König wiederaufzunehmen. Ich lege größten Wert darauf, und wenn Ihr einverstanden seid, wollen wir nicht mehr darüber reden, denn ich weiß niemand, der es wagen würde, einem meiner Freunde auf meinem Grund und Boden nachzustellen. Und nun hört Euch an, was der Herr Polizeipräfekt Euch zu sagen wünscht.«

Lenoir war in der Tat gekommen, um die Aussage des Verletzten aufzunehmen, denn die Untersuchung, vom König persönlich angeordnet, den Winkelried unterrichtet hatte, und von Chartres gefordert, trat kläglich auf der Stelle. Der Sieur Beausire war verschwunden, ohne mehr Spuren zu hinterlassen als ein Vogel in der Luft, und seine Mätresse, eine gewisse Nicole Legay, Oliva genannt, die Frau, die der Königin ähnelte, hatte sich ebenfalls verflüchtigt. Sogar ihr Haus war einer so gründlichen Reinigung unterzogen worden, daß es unmöglich war, etwas von dem in ihm reichlich vergossenen Blut zu ahnen.

Alles mußte auf dieses Ziel hin angelegt worden sein, und hätte die verzweifelte Verteidigung des Opfers und die unerwartete Hilfe, die es erhalten hatte, den Kampf nicht nach draußen getragen und das Viertel alarmiert, hätte nie jemand Verdacht irgendwelcher Art schöpfen können. Gilles wäre vom Erdboden verschwunden gewesen, ohne daß man hätte in Erfahrung bringen können, was mit ihm geschehen war...

Der junge Mann ging jedoch auf Lenoirs Fragen nicht ein. Er wisse nichts von denjenigen, die zu der Bande seiner Mörder gehört hätten.

»Der junge Bursche, der Euch beisprang und übrigens nicht wieder aufgetaucht ist, hat bei seiner Ankunft hier erklärt, daß Ihr den Anführer der Leute erkannt und angerufen hättet, nur habe er dessen Namen nicht verstanden. Wir haben den Burschen in den Steinbrüchen von Montmartre suchen lassen, aber niemand weiß, was aus ihm geworden ist.«

»Er hat sich getäuscht«, erwiderte Tournemine, dem die Rolle des Denunzianten selbst Schurken wie d'Antraigues und Reteau gegenüber widerstrebte. »Es kann sein, daß ich in einem gewissen Moment jemand wiederzuerkennen glaubte, aber da ich dessen keineswegs sicher bin, werdet Ihr verstehen, daß es mir schwerfällt, einen Namen zu nennen.«

»Laßt uns nur die Sorge, darüber zu urteilen! Ihr seid um ein Haar ermordet worden, Monsieur. Keinerlei Ehrenkodex verpflichtet Euch den Mördern gegenüber.«

»Auch nicht dazu, einen Unschuldigen ohne Beweise anzuklagen. Ich bedauere, Herr Polizeipräfekt, aber ich kann Euch nicht mehr sagen.«

Lenoir erhob sich seufzend. Polizeimann in jeder Faser, doch in der großen Tradition der La Reynie, hatte er es seit langem gelernt, Menschen zu durchschauen, und sehr wenige konnten sich rühmen, den Grund ihrer Seele seinem durchdringenden, schweigsamen

Blick verbergen zu können. Aber es gab Ausnahmen, und er wurde sich dessen zuweilen mit einiger Melancholie bewußt.

»Ich glaube kein Wort davon, Monsieur«, bemerkte er, »aber schließlich handelt es sich um Euer Leben, und ich kann nicht royalistischer sein als der König. Ich wünsche Euch einen guten Abend... Laßt es Euch trotzdem durch den Kopf gehen.«

Der Herzog von Chartres ging nicht mit ihm. Er hatte offenbar noch etwas zu sagen.

»Ich bewundere Eure Diskretion, Chevalier«, sagte er. Er stand vor dem jungen Mann, die Hände auf dem Rücken zusammengelegt, den er am Kaminfeuer wärmte. »Doch wenn ich Madame d'Hunolstein glauben darf, ist Euer Delirium weniger... verschlossen gewesen. Ihr habt einen Namen ausgesprochen. Mehrere Male sogar! Einen Namen, den die Baronin sehr gut kennt, denn es ist der eines ihrer Freunde... und auch der meinen. Habt Ihr Euch geweigert, vom Grafen d'Antraigues zu sprechen, weil ich anwesend war?«

»Gewiß nicht, Monseigneur. Ich respektiere Eure Königliche Hoheit außerordentlich, aber ich hoffe, sie wird mir vergeben, wenn ich gestehe, daß ich sie nicht fürchte. Ich habe nichts gesagt, da ich dank der Pflege Madame d'Hunolsteins jeden Tag mehr zu Kräften komme, hoffen darf, sie bald völlig wiederzuerlangen, und deshalb nicht den geringsten Grund sehe, die Polizei meine eigenen Angelegenheiten regeln zu lassen. Ich habe mich schon Monsieur d'Antraigues mit dem Degen in der Hand gegenüber befunden, und das ist nicht zu seinem Besten ausgegangen. Das nächstemal werde ich ihn töten, das ist alles!«

Das stark gerötete Gesicht des Prinzen erhellte ein Lächeln, das nicht bis in die wachsam und kühl gebliebenen Augen drang.

»Seid Ihr wirklich sicher, daß es sich um d'Antraigues handelt? Er war im Dezember nicht in Paris, und als Ihr attackiert worden seid, war er seit drei Tagen zu seinem Besitz im Vivarais abgereist, um das Fest in der Familie zu verbringen. Es muß da irgendwo einen Irrtum geben.«

Gilles' Lächeln antwortete dem des Prinzen, ohne daß er es seinerseits seinem Blick mitteilte.

»Wenn Eure Königliche Hoheit es sagt, muß es wahr sein«,

entgegnete er ruhig. »Ihr seht, Monseigneur, daß ich recht hatte, Schweigen zu bewahren, denn der Graf war nicht da. Offenbar war es ein Phantom, das ich hörte und sah.«
Ein Moment Stille trat ein, den die beiden Männer dazu nützten, einander abzuschätzen, doch Philippe von Chartres unterbrach ihn jäh mit einem Gelächter.
»Handelt, wie Ihr denkt, Chevalier! Ihr seid entschieden ein Mann von Geist! Es würde mir ein Vergnügen sein, wiederzukommen, um während des Restes Eures Aufenthalts hier mit Euch zu plaudern. Vielleicht mit einigen Freunden. Eure amerikanischen Taten haben Euch zum Erfolg bei den Frauen verholfen. Sehen wir zu, wie es sich mit den Männern verhält... Apropos, als ich bei Euch eintrat, sah ich, daß Ihr einen recht seltsamen Diener habt. Ist es nicht ein Indianer?«
»Es ist einer, Monseigneur. Ein irokesischer Krieger vom Stamme der Onondagas, den ich bei mir behielt, nachdem ich ihm... hm!... bei Hochwasser den Delaware überqueren half. Es ist sogar ein Medizinmann!«
»Großartig! Ihr müßt ihn mir verkaufen! Ich werde ihn wieder ins Kostüm seines Landes stecken, und er wird gewaltigen Erfolg in meinem Vorzimmer haben.«
»Ihn Euch verkaufen? Das ist unmöglich, Monseigneur!« rief Gilles empört. »Man verkauft nicht seine Freunde! Und Pongo ist ein Freund für mich... ein sehr teurer Freund sogar!«
»Bah! Ich weiß, was Freunde wert sind. Alles hängt vom Preis ab. Und ich bin bereit, ein Vermögen für diesen Burschen zu zahlen. Seht, mein Lieber, der gute La Fayette ist von einer triumphalen Reise, wie er behauptet, zum General George Washington zurückgekehrt und hat sich einen prächtig gefiederten jungen Indianer mitgebracht, der ihm als Domestike dient und auf Schritt und Tritt folgt. Von diesem jungen Vogel begleitet, hat er einen Erfolg, der mich aus der Haut fahren läßt! Durch Euren Diener könnte ich ihn wieder übertrumpfen...«
Gilles begann zu lachen.
»Sagt nur nicht, Monseigneur, daß der erste Prinz, der kühn genug gewesen ist, sich in die Lüfte zu wagen, einen dekorativen Indianer

braucht, um sich seiner Überlegenheit in den Salons zu versichern! Ich bedauere! Wenn Pongo nur ein Diener wäre, würde ich ihn Eurer Hoheit ohne Zögern und ohne daß von einem Preis die Rede wäre geben. Aber er ist ein treuer Freund... und ein freier Mann! Ich könnte nicht über ihn verfügen. Und dann: Gewährt mir die Erlaubnis, mich zu meinen Freunden ebenso gewissenhaft zu verhalten wie zu denen Eurer Königlichen Hoheit!«

»*Touché!*« rief Philippe. »Wahrhaftig, Ihr gefallt mir! Auf bald!«

Philippe von Chartres hielt Wort. Als Gilles, teils auf Pongos Schulter, teils auf einen Stock gestützt, sein Zimmer mit dem großen, runden Salon vertauschen konnte, der den größten Teil des Pavillons einnahm, sah er dort zu den Tees nach englischer Art, für die der Prinz, ein leidenschaftlicher Englandfreund, schwärmte, einige von denen erscheinen, die Philippes »kleine Bande« bildeten: Victor de Broglie, Mathieu de Montmorency, Louis de Narbonne, den schönen Bastard Ludwigs XV., die Girardins und einige andere, die wie die beiden Lameths für ihn alte Waffengefährten waren. Schließlich auch einen wahren Freund: den Vicomte de Noailles, der ihm ganz unfeierlich um den Hals fiel und durch den der Tee »à l'anglaise« sich in eine Zusammenkunft alter Kampfgenossen verwandelte.

»Den Königen zu dienen, ist nur in Kriegszeiten von Wert«, erklärte er ihm ohne Umschweife. »Du hast in Versailles nichts zu schaffen, mein Freund! Die Zeit der Sklaverei geht zu Ende. Komm mit uns, um die Zeit der freien Menschen anbrechen zu sehen, die gesegneten Zeiten der Brüderlichkeit. Amerika zeigt uns den Weg...«

»Noailles, mein Freund, gleich wirst du mir etwas von Republik erzählen, ich werde dir unangenehme Dinge sagen, und wir werden gezwungen sein, uns zu duellieren. Laß mir wenigstens die Zeit, wieder auf die Beine zu kommen... Hast du Nachricht von Fersen?«

»Meiner Treu, nein! Noch immer in Schweden. Weißt du, daß La Fayette zurückgekehrt ist? Er hat mich beauftragt, dich aufs herzlichste zu grüßen und dir seine Wünsche zur Gesundung zu übermitteln.«

»Warum ist er nicht selbst gekommen? Wir haben so manchen

Handstreich gemeinsam durchgeführt. Ich wäre glücklich, ihn zu sehen.«

»Er auch, aber er ist schon wieder aufgebrochen, nicht nur von Paris, sondern zu einem neuen Kreuzzug. Diesmal handelt sich's um die Protestanten Frankreichs, deren Lebensbedingungen er verbessern will. Er sagt, daß diese Bedingungen abscheulich seien, obwohl man sie nicht offen verfolge, daß sie von einer Laune des Königs, der Königin, des Parlaments oder eines Ministers abhingen, und das ist wahr! Wir sind nicht mehr in den Zeiten der Dragonnaden, aber ihre Eheschließungen sind noch immer nicht legal, ihre Kinder sind praktisch Bastarde, ihre Testamente offiziell nicht gültig, und selbst, wenn sie Edelleute sind, kann man sie wie Bauernlümmel behandeln. La Fayette meint, dieser Zustand habe wahrlich lange genug gedauert.«

»Man merkt, daß er aus Amerika zurückkommt«, seufzte Gilles. »Ich würde ihm gern helfen. Du hast recht, wenn du sagst, daß in Versailles die Ideen und Geister sich deformieren. Der Glanz des Königtums und die Pracht der Paläste verdecken zu viele dunkle Umtriebe, schmutzige Gedanken, schlimme Komplotte... Du kannst dir nicht vorstellen, wie sehr es mich zuweilen verlangt, nach Virginien zurückzukehren!«

»Dann zögere nicht! Tu's...! Ich werde eines Tages dorthin zurückkehren! Höre«, fügte er, die Stimme dämpfend, hinzu, »ich kenne diese Geschichte nicht, die dir fast das Leben gekostet hat, aber ich weiß, daß du dir Feinde gemacht hast oder doch wenigstens einen mächtigen Feind! Der König ist ein Schwächling, er wird dich nicht lange gegen diesen Feind verteidigen können, und dein Leibgarderock wird dir nicht als Harnisch dienen. Geh wieder dorthin, wo du eine Legende und mächtige Freundschaften zurückgelassen hast! Du wirst Ländereien haben, eine Position, und vor allem wirst du ein freier Mann sein!«

»Ich weiß«, sagte Gilles, »aber da ist die Pflicht. Die eines Soldaten ist es, seinen König zu verteidigen, nicht von ihm verteidigt zu werden. Und ich fürchte sehr, daß der meine in nicht allzu ferner Zeit alle seine Soldaten brauchen wird.«

In Aglaés warmem, vom Duft mächtiger malvenfarbener Fliederstauden aus den Treibhäusern Bagnolets durchwehtem Salon trafen die Nachrichten ganz frisch ein, zugleich mit den letzten Schneeschauern eines Winters, der nicht sterben wollte, und den ersten stürmischen Winden eines Frühlings, dessen Geburt sich verzögerte. Wahre Wolkenbrüche brachen täglich über das Königreich herein, während ein jähes Ansteigen der Temperatur die Schneeschmelze beschleunigte und vielerorts zu dramatischen Überschwemmungen führte, das Elend verschlimmerte und Zorn und Haß von neuem hochschießen ließ.

Als man in Paris erfuhr, daß es der Königin endlich geglückt war, Saint-Cloud vom König für sich kaufen zu lassen, flammte die Volkswut hellauf. Die Klubs und Cafés, Freimaurerlogen und Vorstädte bliesen noch ins Feuer, die Schreiber der Schmähschriften zogen heftiger vom Leder denn je, während der Herzog von Orléans mit den sechs Millionen des Kaufpreises und dem, was er aus dem Verkauf seiner Jagdwagen an den Grafen d'Artois erlöste, die Galerien des Palais-Royal fertigstellen ließ. Man verklärte die Orléans, zog die Königin durch den Schmutz, und als am 27. März hundert über Paris hindröhnende Kanonenschüsse verkündeten, daß Marie-Antoinette glücklich von einem Sohn entbunden worden sei, war von wirklichem Jubel, von Freudengeschrei und Begeisterungstaumel, wie sie die Geburt des Dauphins vier Jahre zuvor entfesselt hatte, keine Rede.

Paris lag übrigens im Fieber. Begierig, das Wohlwollen der Kirche zu erringen, hatten der Graf der Provence und der Baron de Breteuil einen geheimen königlichen Haftbefehl gegen Beaumarchais erwirkt, und der allzu kühne Autor der »Hochzeit des Figaro«, war in Saint-Lazare, dem Gefängnis für Strolche und schwere Jungs, einquartiert worden, wo er über die Unannehmlichkeiten nachdenken konnte, die man sich zuzog, wenn man unvorsichtigerweise einen Erzbischof von Paris verspottete. Man hatte ihn nicht ausgepeitscht, wie man es bei neuen Pensionären zu tun pflegte, aber das war auch alles. Zum Glück war er nur fünf Tage dort geblieben, doch kaum befreit, hatte er es eilig gehabt, sich von den Freunden der Königin trösten zu lassen. Man hatte ihm versprochen, daß sein »Barbier von Sevilla« in Trianon aufgeführt und die Königin selbst

die Rolle der Rosine spielen würde, was auf offenkundige Mißachtung eines königlichen Befehls hinauslief.
Aber Paris hatte auch einen Arzt für sich gefunden. Graf Alexander de Cagliostro war in das schöne Hôtel d'Orvilliers in der Rue Saint-Claude im Marais-Viertel eingezogen, das sein Protektor, der Kardinal de Rohan, für ihn hatte mieten lassen. Sein Erfolg war ungeheuerlich und stand dem, den der legendäre Graf de Saint-Germain einst gehabt haben sollte, in nichts nach. Man sagte, daß er Gold und Diamanten mache, daß er ein Elixier ewiger Jugend besitze, daß er jede Krankheit heilen könne, daß er die Zukunft vorherzusagen wisse und hundert andere Dinge mehr. Die Leute drängten sich in Scharen vor seiner Tür.
Indessen lebte Gilles nur noch in der Erwartung des Tages, an dem er kräftig genug sein würde, die Ermitage zu verlassen und diesem Mann, dessen Hauptwert in seinen Augen darin bestand, daß er wußte, wo Judith war, einen Besuch abstatten zu können.
Doch je mehr die Kräfte ihres Hausgastes zurückkehrten, desto mehr verdüsterten sich Aglaés reizvolle Züge, und als sie eines Aprilmorgens eine kurze Aufheiterung nutzten, um gemeinsam einen kleinen Spaziergang zu machen, konnte sie sich eines Seufzers nicht erwehren.
»Noch kurze Zeit, und Ihr werdet geheilt sein, mein Freund. Noch kurze Zeit, und wir werden uns nicht mehr sehen...«
»Nicht mehr sehen? Aber warum? Werdet Ihr mir Euer Haus verbieten, weil ich nicht mehr Euer Kranker bin? Ich wäre sehr unglücklich darüber.«
»Glaubt Ihr? Euer Herz hat gewiß andere Interessen als den Kummer einer Freundin.«
Sie waren nahe einem Busch frisch erblühter Pfingstrosen stehengeblieben, die ebenso rosig waren wie das Gesicht der jungen Frau. Gilles nahm behutsam ihre Hand und küßte deren innere Fläche.
»Einer Freundin? Ihr seid viel mehr für mich als eine Freundin, Aglaé.«
»Eine Schwester also. Nun, sei es! Ich werde Eure Schwester sein... glücklich genug, wenn Ihr sie eines Tages wieder brauchen werdet.«

»Brauchen? Was für ein Wort!«

Sie lächelte ein wenig traurig.

»Die Zukunft erscheint mir so dunkel, mein lieber Gilles! Was ich um mich herum höre, läßt mich schaudern. Ich fürchte, wir gehen schrecklichen Zeiten entgegen, in denen die Familien sich zerfleischen werden, in denen der Vater den Sohn verleugnen, der Bruder die Schwester hassen wird.«

»Euch hassen, Euch? Euch, die Anmut, den Charme, die Sanftmut, die Großherzigkeit?«

»Mich, die Mätresse des Herzogs von Chartres, bald Herzogs von Orléans, da es mit seinem Vater zu Ende geht, mich, die eines Tages in einem anderen Lager stehen wird als Ihr, einem feindlichen Lager, denn der Groll sammelt sich langsam im Herzen Philippes, der nicht wirklich schlecht ist. Langsam aber sicher. Eines Tages wird er es ganz überschwemmen. Er hätte ein friedlicher Mensch sein können, voller Freude am Leben, doch die Intrigen von Versailles werden ihn schließlich in einen reißenden Wolf verwandeln. An diesem Tage, ja, werdet Ihr anfangen, mich zu verabscheuen.«

»Niemals! Selbst wenn Orléans offen revoltierte, würdet Ihr mir unter allen Frauen teuer bleiben!«

»Seid Ihr dessen so sicher?«

»Auf meine Ehre... und meine zärtliche Liebe für Euch!«

Sie lächelte ihm zu, strich eine Strähne ihres Haars zurück, die der Wind ihr in die Stirn geweht hatte.

»Wolle Gott, daß ich Euch nie an diesen Schwur erinnern muß, mein Freund...«

14. Kapitel
Zwei Frauenherzen...

Zwei Monate später betrachteten Gilles de Tournemine und Merlin, endlich wieder vereint, gemeinsam die stumme Fassade des Hauses Cagliostros.

Geduckt hinter den dreifachen Schutz der Bäume des Boulevards, eines Grabens, tief genug, um sich als Burggraben aufzuspielen, und starker, von eisernen Stacheln starrender Mauern, die nur die Fenster des oberen Stockwerks und die mit Schiefer gedeckten hohen Mansardendächer sehen ließen, schien es im ungewissen Schummerlicht der Dämmerung auf irgend etwas zu warten. Es wirkte wie eine geduldige große Katze, die, kugelig zusammengerollt, dennoch immer bereit ist, jede unvorsichtig in ihrer Reichweite auftauchende Maus mit blitzschnellem Krallenschlag zu erwischen... Von der Rue Saint-Claude führte an seiner Flanke ein schmales Gäßchen in steilem Abfall zum Kloster der Töchter des Heiligen Sakraments hinab, und auf diese Seite öffnete sich das Zufahrtstor des Hôtels, ein Tor so abschreckend, wie man sich's nur wünschen konnte, mit seinen riesigen Nägeln, die es verstärkten, und dem blutgierigen bronzenen Geierkopf, der ihm als Klopfer diente.

Dennoch hatte kein königlicher Palast, weder das strahlende Versailles noch das entzückende Trianon, dem Chevalier je so lebhafte Freude eingeflößt wie dieses finstere, irgendwie beunruhigende Gebäude. Er war sich noch nicht klar darüber, welche Art Worte zwischen dem italienischen Arzt und ihm gewechselt werden würden. Vielleicht würden sie sich als höchst gefährlich erweisen, gefährlich wie die Kugeln eines Duells, denn sie mußten entscheidend sein...

In dem riesigen Diener, der ihm auf den Ruf des Klopfers das Portal öffnete, erkannte Gilles den kurzfristigen Pförtner des Hôtels

Ossolinski wieder. Falls dieser den jungen Mann erkannte, sagte er es nicht.
Er nickte, als ihm mitgeteilt wurde, daß man seinen Herrn zu sehen wünsche, rief durch eine Geste einen Stallknecht herbei, der sich des Pferdes annahm, und führte den Besucher in den hinteren Teil des Hofs, wo sich unter einem vage an griechische Vorbilder erinnernden Portikus ein großes Vestibül öffnete und das letzte Stück einer schönen Treppe aus weißem Stein auslief. Mit rotem Samt bezogene Bänke waren am Fuß dieser Treppe für die zahlreichen Besucher aufgestellt, die täglich die Behausung des Wundertäters mit der gleichen Beharrlichkeit belagerten, mit der sie vor kurzem noch Mesmers magnetischen Kübel belagert hatten; aber die Zeit war schon vorgerückt, und Gilles sah sich allein, als er mit einer Handbewegung gebeten wurde, dort Platz zu nehmen. Dann verschwand der Diener in die oberen Bereiche des Hauses, um seinen Herrn zu verständigen.
Absolute Stille herrschte. Kein Geräusch war zu hören: weder das Knarren einer Tür, noch ein Ächzen des Parketts, oder das Echo von Schritten ließ sich vernehmen, als suche das Haus schon von der Schwelle an den Geist derer, die es betraten, durch seine geheimnisgeladene Atmosphäre vorzubereiten. Doch diese Stille unterbrach mit desto mehr Majestät das Getöse der Karosse, die einige Minuten nach Tournemine in den Hof einfuhr, und auf deren purpurner Lackierung imposante Wappen prangten.
Die Stallknechte stürzten herzu, die auf den Federn des prächtigen Fahrzeugs stehenden Lakaien sprangen ab, öffneten den Schlag und klappten das Trittbrett herunter, um dem in seinem hierarchischen Purpur erstrahlenden Kardinal de Rohan die Möglichkeit zu geben, in Erscheinung zu treten.
Der Prälat setzte den Fuß zur Erde, betrat schnellen Schritts das Haus und eilte wie jemand, der sich auskennt und keiner Einführung bedarf, die Treppe hinauf. Gilles sah den Saum der roten Robe über die Stufen fegen und verschwinden. Das Geräusch einer sich öffnenden und wieder schließenden Tür war zu hören, der ferne Klang einer Stimme, dann nichts mehr ... Das Haus versank wieder in Schweigen.

Der riesige Diener tauchte von neuem mit der Lautlosigkeit einer Katze auf, informierte Gilles in schlechtem Französisch, daß der Graf ihn bitte, sich einen Moment zu gedulden, und verschwand, den jungen Mann seinen nicht eben fröhlichen Betrachtungen überlassend: Wenn der Kardinal sich hier lange aufhielt, konnte das Warten endlos dauern.

Doch schon nach einer halben Stunde kehrte der Kardinal zurück, und zwar allein, was ziemlich ungewöhnlich war, da die Sitte vom Hausherrn forderte, seine Besucher zu ihren Wagen zu begleiten, und das um so mehr, wenn es sich um einen Fürsten der Kirche handelte. Als er ihn die Treppe herabkommen sah, erhob sich Gilles und salutierte, während der Prälat zu seiner Überraschung auf ihn zutrat.

»Wir sind uns schon begegnet, Monsieur de Tournemine«, sagte er liebenswürdig, »aber ich hatte nicht das Vergnügen, daß man Euch mir vorstellte. Bei hübschen Frauen begegnet man solchen Unbedachtheiten. Ihr seid natürlich Bretone... und Ihr seid der Mann, den die Indianer den Falken nannten?«

»In der Tat, Monseigneur. Eure Eminenz erweist mir viel Ehre, sich über meine Person so unterrichtet zu zeigen.«

»Ihr seid Tournemine, Monsieur, und ich bin Rohan. Unsere Häuser geben in der Bretagne einander an Alter nichts nach.«

»Aber das meine hat weniger Glanz«, entgegnete Gilles mit einem Lächeln, das ihm viel Charme verlieh. Der Kardinal war nicht unempfindlich dafür.

»Was tut's? Oft genug haben unsere Vorfahren Seite an Seite gefochten. Überdies hatte ich Gelegenheit, vor einigen Monaten auf vertraulichere Art von Euch sprechen zu hören... durch einen jungen Schweizer, der mein Haus buchstäblich im Sturm nahm, meine Leute ein bißchen verprügelte und auf spektakuläre Weise in mein Kabinett eindrang. Ihr habt in Wahrheit gute Freunde, Monsieur!«

»Baron Ulrich-August von Winkelried zu Winkelried ist kein Freund halber Maßnahmen, Eminenz. Der Orkan ist sein normales Element, aber er hat mir nicht gesagt, daß die Dinge sich auf so... geräuschvolle Weise abgespielt haben, und ich bitte um Vergebung für ihn. Seine Entschuldigung ist, daß er, wie ich glaube, unter dem Eindruck einer großen Erregung stand.«

»Er braucht keine Entschuldigung. Ihr wart dem Tode nahe..., eine sehr häßliche Geschichte, wenn ich recht verstanden habe, und der arme Kerl bedurfte des einzigen Menschen, der wirklich etwas für Euch tun konnte. Wenn jemand den großen Cagliostro sucht, teile ich sofort seine Ansicht. Ich sehe übrigens, daß sich das Wunder wieder einmal vollzogen hat. Ihr lebt und seid offenbar bei voller Gesundheit.«

»Bei voller Gesundheit, in der Tat. Aber darf ich Eure Eminenz fragen, ob Winkelried ihr mitgeteilt hat, wie... und dank wem ich so... Schaden genommen habe?«

Der Kardinal nickte, während seine blauen Augen sich verdüsterten.

»Ja, er hat es getan... aber ich sagte ihm, daß es mir schwerfällt, es zu glauben. Es muß da irgendwo eine Verwechslung geben. Die charmante Gräfin ist...«

»... eine gefährliche Frau, Monseigneur! Eingedenk all der alten Tournemines, die sich oft als gute Diener der Rohans erwiesen haben, flehe ich Eure Eminenz an, ihr gegenüber vorsichtig zu sein.«

»Seltsam! Wißt Ihr, daß Ihr mir fast Wort für Wort dasselbe wie Cagliostro sagt? Ich gebe zu, daß es bei ihr Wunderlichkeiten, Widersprüche, zuweilen närrische Ideen gibt, aber ich bin sicher, daß sie ein gutes Herz besitzt, und sie hat für mich Wunder getan, die zu vergessen mir unmöglich ist. Meine Worte mögen Euch dunkel scheinen. Doch bald werdet Ihr sie besser verstehen, wenn das Geschick mich auf einen so hohen Platz gestellt haben wird, daß alles andere keine Bedeutung mehr für mich hat, es sei denn... die Freude, mich mit Menschen umgeben zu können, Menschen wie Euch, Monsieur, und ihnen so viel Gutes zu erweisen, wie ich nur kann.«

Die Erinnerung an das, was er in jener Nacht im Venuswäldchen gesehen und gehört hatte, kehrte in Gilles' Gedächtnis zurück und vor allem die zornigen Worte der Königin: »Wißt Ihr, wovon dieser Mann träumt? Premierminister zu werden...« Mit welcher verrück-

ten Illusion hielt die teuflische Gräfin de La Motte diesen allzu vertrauensseligen Mann zum besten?
»Monseigneur...«, begann er.
Doch schon schickte sich Rohan zum Gehen an, bot ihm seinen Ring zum Kuß und beugte ihn unter das Gesetz religiösen Respekts.
»Es wird mir immer ein Vergnügen sein, Euch zu sehen, Monsieur de Tournemine. Vergeßt es nicht!«
Obwohl es unschicklich war, ein Gespräch gegen den Willen eines Fürsten fortsetzen zu wollen, hatte Gilles vor, es zu wagen, doch jemand berührte seinen Arm, und er bemerkte, daß der Diener zurückgekehrt war, ohne daß er sein Kommen gehört hatte, und ihn durch Gesten aufforderte, ihm zu folgen.
Hinter dem Manne her betrat er den ersten Stock und durchquerte ein fensterloses, aber durch zahlreiche Kerzen erhelltes Vorzimmer, dessen Wand eine große schwarze Marmorplatte schmückte, in die orientalische Schriftzeichen und eine Art Gebet eingraviert waren, dessen erste Worte lauteten:
»Vater des Weltalls, höchster Geist...«
Der Diener stieß eine Tür auf, und der Besucher fand sich dem Herrn des Hauses gegenüber.
»Tretet ein, Chevalier«, sagte Cagliostro. »Ich habe Euch erwartet.«
Das Gemach, in dem er sich befand, war ein großes, düster mit schweren Eichenmöbeln eingerichtetes Studierzimmer, vollgestopft mit einer Fülle seltsamer Gegenstände, angefangen von Alchimistenkolben bis zu im Laufe der Zeit von Grünspan überzogenen ägyptischen Statuetten. Mit Büchern beladene Regale verstellten die Wände. Andere Bücher, mächtige Folianten, türmten sich auf dem Boden. Ein mit Papieren und mineralogischen Proben bedeckter Schreibtisch nahm nur einen kleinen Teil dieses Raumes ein, dessen außerordentliche Dimensionen sich der Schätzung ein wenig entzogen, da die von Regalen freien Wände mit schwarzem Samt bespannt waren, der zweifellos andere Türen verbarg. Ein Duft nach Weihrauch und verbrannter Myrrhe schwebte in der Luft, getragen von bläulichem Rauch, der von einer auf einem Dreifuß stehenden großen bronzenen Räucherpfanne aufstieg.

Cagliostro selbst war nicht weniger eindrucksvoll als seine sicherlich zur Beeindruckung der Phantasie seiner Besucher geschaffene Umgebung. Sein kraftvoller Körper verschwand unter den Falten eines schwarzen Talars, der mit den Tierkreiszeichen in Silber und roter Seide bestickt war. Sein in mehrere geflochtene Zöpfe geteiltes Haar vereinte sich im Nacken in einem von schwarzem Band umwundenen Knoten, und seine Hände verschwanden unter den Blitzen der Diamanten und Rubine einer Unzahl Ringe.

Mechanisch setzte sich Gilles in den Sessel, den eine dieser Hände ihm anwies.

»Ihr habt mich erwartet, sagt Ihr? Wie ist das möglich? Euer Diener fragte mich nicht einmal nach meinem Namen.«

»Das war nicht nötig. Ich wußte, daß Ihr kommen würdet, wie ich seit Monaten von allem wußte, was Ihr tatet.«

»Dort, wo ich war, kann das nicht schwierig gewesen sein. Es genügte, jemand aus der Dienerschaft Madame d'Hunolsteins in Eurem Sold zu haben.«

»Ihr traut meinen Fähigkeiten wenig zu, Monsieur«, bemerkte der Arzt verächtlich. »Die niedrige Küchenspionage ist nicht meine Sache. Wollt Ihr, da Ihr an meinen Kräften zweifelt, daß ich Euch sage, was Ihr in den letzten vierundzwanzig Stunden getan habt? Ihr werdet so feststellen, daß kein in meinen Diensten stehender Domestik mir so viel hätte berichten können.«

»Nur zu!«

»Ihr habt die Ermitage um zwei Uhr zehn für immer in dem Wagen verlassen, den Euer Freund, der Baron von Winkelried, mitgeführt hatte. Ihr habt ihm übrigens vorgeworfen, Euch wie eine alte Frau zu behandeln, und ihm versichert, daß er besser daran getan hätte, Euch Euer Pferd Merlin zu bringen. Euer Abschied von der Baronin hat ihr Tränen in die Augen treten lassen. Ich glaube... sie hätte Euch gern ein wenig länger behalten, aber es ist ihr bestimmt, Euch wiederzusehen. Von dort seid Ihr direkt nach Versailles zurückgekehrt, wo Eure Wirtin Euch erwartete...

Sie ist eine recht charmante Demoiselle. Ihre Gefühle für Euch sind die einer Mutter, und sie hatte für Euren Empfang prächtig Toilette gemacht. Ein Kleid aus grauer Seide, nicht wahr, mit rosa Bändern und einer ebensolchen Haube. Sie beabsichtigte, Euch nobel ihre Hand zum Kuß zu bieten, aber als sie Euch sah, konnte sie nicht anders, als sich weinend an Eure Brust zu werfen. Ich füge hinzu, daß sie für Euch ein exzellentes Mahl vorbereitet hatte. Es gab, glaube ich, einen Maifisch in weißer Butter, gefüllte Wachteln, wilde Artischocken und dazu den Burgunder, den Ihr so schätzt. Aber Ihr habt Euch nicht sofort zu Tisch setzen wollen. Ihr seid zum Stall, zu Eurem Pferd gelaufen und habt seinen Kopf in Eure Arme genommen... und habt ihn geküßt! Genügt Euch das, oder wünscht Ihr noch mehr zu hören?«

»Meiner Treu, nein! Es genügt!« rief Gilles verblüfft. »Das ist Magie... Hexerei!«

»Sagen wir lieber Hellseherei. Das Wort ist liebenswürdiger, auch weniger gefährlich, obwohl man in unserem erleuchteten Jahrhundert Hexer und Zauberer nicht mehr verbrennt.«

»Großartig! In diesem Fall, und da Ihr die Gabe zu besitzen scheint, nach Eurem Belieben Gedanken zu lesen, müßt Ihr auch wissen, warum ich heute abend hier bin.«

»In der Tat! Obwohl Eure Gedanken nicht die klarsten sind... selbst nicht, was Euch betrifft! Ihr seid hierhergekommen, geteilt zwischen dem Wunsch, mir Eure Dankbarkeit zu bezeugen, und dem Verlangen, mich zu bekämpfen, weil Ihr in mir ein Hindernis für Euer Glück seht.«

Cagliostro hatte sich in den großen Stuhl aus braunem, mit der Zeit nachgedunkeltem Leder hinter seinem Schreibtisch gesetzt. Die Ellbogen auf dem Tisch, das Kinn auf die Hände gestützt, schoß er dem jungen Mann einen so funkelnden Blick zu, daß dieser sich plötzlich unbehaglich fühlte. Um sich seiner Einwirkung zu entziehen, erhob er sich und entfernte sich einige Schritte, als wünsche er, die in einer Vitrine eingeschlossenen Gegenstände zu mustern.

»Seid Ihr es nicht?« fragte er bitter.

»In keiner Weise.«

»Was Ihr nicht sagt! Ihr behauptet, in den Seelen zu lesen, also wißt Ihr auch, wie sehr ich Mademoiselle de Saint-Mélaine liebe, wißt Ihr, daß ich ihr mein Leben geweiht und daß ich, vom Dienst bei meinem König abgesehen, nichts getan habe, wofür sie nicht die treibende

Kraft und das Ziel gewesen wäre. Und obwohl Ihr all dieses wißt, wollt Ihr mich glauben machen, daß meine Liebe unheilvoll für sie sein kann.«

»Ich will es Euch nicht glauben machen, denn Ihr werdet es nie glauben! Und dennoch ist es so«, sagte der Magier bekümmert. »Weil Ihr sehr tief und sehr leidenschaftlich liebt, haltet Ihr Euch für fähig, alle Hindernisse zu überwinden, alle Armeen der Welt zu bekämpfen, um Euer Glück zu verteidigen. Doch Ihr seid nur ein Mensch... wie Euch tragisch bewiesen wurde. Durch meine bescheidene Vermittlung hat Euch der Schöpfer Leben und Kraft zurückgegeben, aber nicht den Frieden, denn Euer Schicksal treibt Euch vorwärts. Ihr gehört zu denen, die Ruhm erlangen können. Unglücklicherweise führt Euer Weg durch zu viele Fährnisse, zuviel Blut, zu viele Dramen, als daß es weise wäre, ihm eine Frau zu verbinden.«

»Was wißt Ihr von meinem Schicksal?« rief Gilles zornig. »Und warum sollte ich der einzige Offizier des Königs sein, der kein Recht auf ein Heim, auf Familie besitzt? In wessen Namen hindert Ihr Judith, zu mir zu kommen?«

»Im Namen ihres Anrechts auf Schutz und Verteidigung. Sie kann mit Ruhm und Abenteuern nichts anfangen. Habt Ihr das furchtbare Drama vergessen, daß ihre Jugend geprägt hat?«

»Ich habe einen der beiden Schurken getötet, die sie lebend in eine dreckige Grube geworfen hatten, und ich werde den zweiten töten, sobald ich ihn finde!«

»Aber Ihr werdet die Erinnerung nicht töten! Jede andere Frau wäre wahnsinnig geworden. Judith hat widerstehen können, aber sie ist noch immer gefährdet. Sie bedarf der Ruhe, des Friedens, der Sicherheit, all dessen, was zu finden ihr nicht gelingt. Seht, woran sie ist, seitdem Ihr sie wiedergesehen habt: Sie muß sich verbergen, um den heimlichen Anschlägen eines Prinzen zu entgehen, dessen Feind Ihr seid, der es weiß, und der auch weiß, daß er Euch durch ihre Verletzlichkeit treffen kann!«

»Mir ist nichts von alldem unbekannt, stellt Euch vor, und wie Ihr selbst will auch ich ihr Frieden, das ruhige Glück eines Heims und Freiheit geben! Gebt sie mir zurück, und ich werde mit ihr fortgehen.

Seitdem ich sie kenne, träume ich davon, sie nach Amerika zu bringen, wo die Menschen begonnen haben, in Freiheit leben zu lernen. Wir werden unser Haus in Virginien erbauen...«

»Ihr, der Mann des Königs, der Jagdvogel, der seine Hand schützt und bewaffnet, Ihr, der Falke... Ihr würdet hinübergehen, um Euch in die Zänkereien der Schwätzer des Kongresses zu mischen, in die schmutzigen Interessenkämpfe, die sich drüben zu entwickeln beginnen? Ihr werdet Eure Waffen für den Sterz eines Pfluges aufgeben?«

»Warum nicht? Ich bin als Bauer geboren. Und was den Falken angeht, den Ihr mir an den Kopf werft, müßt Ihr wissen, daß er drüben geboren ist und dort in Freuden leben kann. Es gibt dort Raum genug, genug an riesigen Wäldern und jungfräulichem Land, wohin das Gelärm des Kongresses nie dringen wird. Ich trage den Adler des Cincinnatus. Wie sein Urbild kann ich wieder Bauer werden, wenn mich des Abends bei der Heimkehr Judiths Lächeln, Judiths Arme, Judiths Liebe erwarten... Wann werdet Ihr endlich begreifen, daß ich sie liebe?«

»Und sie? Seid Ihr sicher, daß auch sie Euch liebt? Ihr wißt nichts von ihren Gefühlen. Vielleicht liebt sie Euch nicht...«

»Doch! O doch!«

Eine der Samtportieren hatte sich geöffnet, stürmisch zurückgeschlagen von der nervösen Hand des jungen Mädchens, das mit diesem Schrei aus der Dunkelheit tauchte und sich in Gilles' Arme warf.

»O doch, ich liebe dich! Hör nicht auf ihn! Er kann es nicht wissen. Er hatte mich eingeschlossen, aber ich sah dich kommen...! Oh, du bist da, und du lebst! Du bist geheilt... und man will dich glauben machen, daß ich dich nicht liebe? Aber ich atme ja nur durch dich!«

Sie umfing ihn mit ihren Armen, preßte sich an ihn, von langen Schauern geschüttelt. Mit unendlicher Zärtlichkeit nahm er das von heißen Tränen überströmte entzückende Gesicht in beide Hände und küßte lange ihre zitternden Lippen.

»Meine Süße... meine Liebe, weine nicht, zittre nicht...! Es ist soweit, wir werden miteinander fortgehen!«

»Er will es nicht, wird es nie wollen! Er sagt, ich könne nicht die deine

sein... noch die eines anderen. Ich müsse Jungfrau bleiben, damit der Geist weiterhin in mir wohne!«
Leidenschaftlich schloß Gilles die zarte weiße Gestalt in seine Arme, während sein eisiger Blick den Arzt herausfordernd maß.
»Erklärt mir gefälligst dieses neue Geheimnis, Hexenmeister! Ihr nehmt Euch also das Recht heraus, ihr die Liebe, das Glück, das Geschenk ihrer selbst zu untersagen? In welcher Eigenschaft? Seid Ihr Gott...? Oder solltet Ihr gar verliebt in sie sein? Das ist es, nicht wahr? Ihr wollt nicht, daß sie mir gehört, weil Ihr sie für Euch zu bewahren gedenkt?«
»Dummkopf!«
Langsam griff Cagliostro nach einem Kandelaber mit brennenden Kerzen und trug ihn zu einem Alkoven, in dem Gilles plötzlich den Tisch mit der schwarzen Decke und den silbernen Gegenständen bemerkte, der so spurlos aus dem Hôtel Ossolinski verschwunden war. Nur der sich drehende Spiegel war durch eine mit Wasser gefüllte Kristallkaraffe ersetzt worden.
»Judith!« rief Cagliostro, ohne die Stimme zu heben. »Kommt hierher!«
In dem Nest, das Gilles' Arme ihr bereiteten, überlief das junge Mädchen ein Beben. Der Chevalier knurrte:
»Laßt sie in Ruhe! Ich verbiete ihr, sich zu rühren.«
»Ich will ihr kein Leid antun. Ich will nur, daß Ihr begreift!«
Als habe eine unwiderstehliche Kraft unversehens seinen Willen bezwungen, sanken die Arme des jungen Mannes herab, Judith befreiend, ohne daß sie protestierte. Sie straffte sich, wandte sich dem funkelnden Blick zu, der sie rief, ging zu ihm mit Schritten, deren sonstige Geschmeidigkeit einem seltsamen Automatismus gewichen war.
»Hier bin ich, Gebieter...«
Und ohne daß es eines weiteren Befehls bedurfte, kniete sie vor dem Tisch nieder.
»Was ist das für ein neuer Trick?« grollte Tournemine besorgt. »Was wollt Ihr von ihr? Komm zurück, Judith, hör nicht auf ihn!«
»Sie hört Euch nicht. Seid beruhigt, ich wiederhole Euch, daß ihr bei alldem kein Leid geschehen wird. Aber Euch, Euch, der Ihr blind

und taub die Manifestationen der göttlichen Macht auf die jämmerlichen Grenzen menschlicher Liebe zurückführt, werde ich Euren Irrtum und Eure Verblendung mit den Fingern greifen lassen. Vorhin seid Ihr im Vestibül dem Kardinal de Rohan begegnet, nicht wahr? Er hat mit Euch gesprochen?«

»Allerdings. Aber...«

»Ich sage Euch noch mehr. Ihr wart dabei, ihn über gewisse Dinge zu unterrichten, die er nicht zu hören vermag, denn auch er ist taub und blind für alles, was nicht seine Leidenschaft ist. Würdet Ihr gern erfahren, was der Kardinal in dieser Minute tut?«

Der klare Blick des jungen Mannes hielt dem düsterfunkelnden des Arztes stand.

»Warum nicht?«

Cagliostro nickte und legte die rechte Hand sehr sanft auf den Kopf des jungen Mädchens.

»Eine bedeutende Persönlichkeit hat dieses Haus vor kurzem verlassen. Es ist ein Priester, ein Kardinal. Sucht ihn! Ist er noch in seinem Wagen?«

Die Lider des jungen Mädchens flatterten, dann heftete sich ihr Blick auf die Karaffe, in deren Tiefe das Licht leuchtende Zonen und Schatten weckte. Ihre Stimme erhob sich seltsam fern:

»Ich sehe den Wagen... Er hält vor der Freitreppe eines erleuchteten Hauses, aber er ist leer.«

»Wo ist der Kardinal? Ich habe gesagt, Ihr sollt ihn suchen.«

»Er ist in einem großen Zimmer, einem sehr schönen, reich eingerichteten Zimmer.«

»Könnt Ihr es beschreiben?«

»Es ähnelt einem Traumgarten... Es gibt da bemaltes Getäfel. Ich sehe Blumen, Bäume... oh, und kleine schwarze Tiere, ich glaube, Affen...«

»Sehr gut. Der Kardinal ist also in seinem Zimmer. Was tut er dort jetzt?«

»Er schreibt.«

»An wen schreibt er?«

»An eine Frau... eine Frau, die er ›Gebieter‹ nennt...«

»Wißt Ihr, wer diese Frau ist?«

»Das ist nicht schwierig, sie beschäftigt alle seine Gedanken. Es ist die Königin.«
»Was schreibt er ihr?«
»Nichts im Moment... Er ist nicht zufrieden mit dem, was er geschrieben hat. Er zerknüllt seinen Brief, wirft ihn fort... Er nimmt einen anderen Brief, der offen vor ihm liegt... Er liest ihn erneut... Es ist ein hübscher Brief. Ich sehe ein Papier mit Goldschnitt... eine goldene Lilie ist in eine Ecke eingeprägt...«
»Könnt Ihr diesen Brief zugleich mit ihm lesen?«
Die Anstrengung furchte die Stirn des Mediums, während Gilles mit dem Handrücken den von der seinen rinnenden Schweiß fortwischte.
Nach allem, was ich über den außerordentlichen Mann gehört habe, von dem Du mir sprichst, kann ich ihn nur für einen Scharlatan halten; vielleicht ist das ein Vorurteil meinerseits, und ich weiß aus Erfahrung, daß man auf die Äußerungen Dritter hin über niemand urteilen soll, aber ich habe viele Gründe, Deinem Drängen nicht nachzugeben. Ich bin nicht abergläubisch, und man macht mir so schnell nichts weis, aber da diese Art Leute zuweilen Dinge tut, die einen erstaunen und dadurch geneigt machen, all das zu sehen und zu glauben, was sie einem sagen, sehe ich mich nicht in der Lage, dergleichen über mich ergehen zu lassen. Übrigens wäre es sehr schwierig, ja unmöglich, ihn so geheimnisvoll zu empfangen, wie ich es möchte, und Du kennst die Vorsichtsmaßregeln, die ich im Moment beachten muß. Die Gräfin hat mich durch ihre Erzählung der letzten Szene sehr zum Lachen gebracht; das grenzt an Wunder und flößt mir größtes Verlangen ein, dem Großkophta zu begegnen. Wenn ich der Gräfin glaube, muß man jedoch recht unschuldig sein, um die Mysterien dieses großen Mannes zu sehen, und nach den Umständen all seiner Vorbereitungen zu urteilen, scheint er Dich und die Gräfin für zwei Unschuldige zu halten und wie zwei Narren zu behandeln. Ärgere Dich nicht über meine Offenheit, ich verspreche Dir, mir selbst ein Urteil zu bilden. Der Minister[1] verläßt mich so wenig, wie er

[1] »Minister« bezeichnete in der angeblichen Geheimkorrespondenz zwischen der Königin und dem Kardinal de Rohan den König. Dieser Brief ist den 1789 in London verlegten Memoiren Madame de La Mottes entnommen worden.

nur kann. Ich erahne noch nicht den Grund dafür, aber das wird nicht lange auf sich warten lassen. Glücklicherweise habe ich es nicht mit einem Ägypter wie Deinem Cagliostro zu tun, der die Vergangenheit errät und die Zukunft voraussagt. Er besitzt nicht den Talisman, der Schmuckstücke zum Sprechen bringt; so bin ich ruhig und fürchte nicht die Indiskretion des meinen. Vergib meine Albernheiten. Es geschieht mir seit einiger Zeit so selten, daß mich etwas zerstreut, so daß Du zweifellos entzückt sein wirst, mir Gelegenheit geboten zu haben, mich einen Moment zu erheitern!

Judith schwieg. Cagliostros Hand legte sich auf ihre Schulter.

»Sehr gut! Ruht Euch nach dieser Anstrengung ein wenig aus. Danach beginnen wir von neuem.«

Das junge Mädchen hockte sich auf ihre Fersen und schien einzuschlafen, während Cagliostro sich zu Gilles wandte, der sie mit einer Art Furcht betrachtete.

»Nun?«

»Es ist erschreckend!«

»Keineswegs! Der hypnotische Schlaf läßt aus den Tiefen eines Wesens ungeahnte Kräfte aufsteigen, vorausgesetzt, daß es absolut rein ist. Judith ist ein Medium höchsten Grades. Ich habe es bemerkt, als ich versuchte, sie dem Wahnsinn zu entreißen. Doch diese Gabe, die ein Funke reiner Göttlichkeit ist, kann nur im Körper eines Kindes oder eines jungfräulichen Mädchens leben. Deshalb versuche ich, sie vor der Liebe und insbesondere der Euren zu bewahren, denn Euch liebt sie. Wünscht Ihr, noch mehr zu erfahren?«

Ohne sich dessen klar bewußt zu werden, war Gilles' Interesse erwacht. Fast vergaß er darüber sogar seine Liebe, denn die Worte des jungen Mädchens enthüllten ihm dunkle, merkwürdige und bedrohliche Dinge.

»Ja. Dieser unglaubliche Brief... Es ist unmöglich, daß er von der Königin geschrieben wurde!«

»Das werden wir bald wissen. Fangen wir wieder an, meine Taube! Ihr müßt Euch ausgeruht haben!«

Mit einer graziösen Bewegung richtete das junge Mädchen sich auf. Ihre großen, strahlenden Augen richteten sich von neuem auf das Kristall.

»Wendet Euch dem Brief zu, den Ihr gelesen habt. Mustert ihn genau, betrachtet die Schrift.«
»Ich betrachte sie.«
»Könnt Ihr sagen, wer das geschrieben hat? War es die Königin?«
»Nein.«
»War es eine Frau?«
»Eine Frau hat ihn gebracht, aber sie hat ihn nicht geschrieben.«
»Also war es ein Mann?«
»Ja.«
»Bleibt bei dem Brief. Könnt Ihr den Mann sehen, der ihn geschrieben hat?«
Judith zögerte. Von neuem furchte sich ihre Stirn.
»Ich weiß nicht... ich sehe ihn nicht.«
»Seht Ihr die Frau, die den Brief gebracht hat?«
»Ja.«
»Sucht in ihrer Nähe.«
Ein Augenblick Stille folgte, und plötzlich rief das junge Mädchen mit einem Ausdruck unsäglicher Erleichterung:
»Ah, ich sehe ihn! Es ist ein blasser junger Mann... Er hat rotes Haar. Er ist gekleidet wie ein Engländer... sehr elegant!«
»Reteau de Vilette!« übersetzte Gilles spontan. »Wieder er! Aber was hat er in dieser Geschichte zu suchen?«
Cagliostro zuckte die Schultern.
»Er ist der Geliebte und die verdammte Seele der Gräfin, der Gräfin, die Euch haßt, weil Ihr sie der Königin denunziert habt, und die mich übrigens genauso haßt. Sie war es, die die Banditen, gegen die Ihr mich verteidigt habt, beauftragt hatte, mich zu ermorden.«
»Warum? Ich hielt Euch für Freunde.«
»Wir waren eine Zeitlang Partner... auf höherer Ebene! Doch sie bekam schnell Angst vor mir und entschied sich dafür, mich zu beseitigen. Gegenwärtig unterhalten wir äußerlich ausgezeichnete Beziehungen. Wir speisen zusammen, wir bewundern einander. Mein Erfolg in Paris beeindruckt sie, mein Vermögen desgleichen, und sie versucht, mich zu verführen. Alles, was glänzt, zieht sie an: Gold, Diamanten, Geschmeide...«
Er streckte seine mit Ringen bedeckten Hände vor ihm aus; die

Kerzenflammen entrissen den Steinen Blitze. Unversehens kam Gilles eine Idee.

»Der angebliche Brief der Königin enthielt ein paar Worte, die ich nicht verstanden habe. Was ist das für ein Schmuckstück, auf das sie anspielt? Der Kardinal hat doch wohl nicht die Kühnheit besessen, der Königin Geschmeide anzubieten?«

Ein Stöhnen Judiths ließ ihn erzittern. Kniend, den Blick noch immer auf die Karaffe geheftet, klagte das junge Mädchen:

»Ich bin müde... ich bin so müde!«

Unverzüglich trat Cagliostro zu ihr, griff ihr unter die Arme und half ihr beim Aufstehen.

»Es war zu viel! Verzeiht mir und nehmt meinen Dank. Jetzt werdet Ihr schlafen, lange schlafen, um Euch von der Anstrengung auszuruhen... Serafina!«

Als habe sie nur auf diesen Ruf gewartet, trat eine blonde Frau von großer Schönheit ein, elegant in eine Robe aus geripptem Taft vom selben Blau wie ihre Augen gekleidet. Sie eilte zu Judith und übernahm es, sie an Cagliostros Stelle zu stützen, während ihr Blick neugierig den Chevalier musterte.

»Dies ist meine Frau, die Gräfin de Cagliostro«, stellte der Magier sie vor. »Sie liebt Judith sehr und sorgt für sie wie eine ältere Schwester. Wenn nicht mir«, fügte er mit einem Lächeln hinzu, »könnt Ihr doch ihr volles Vertrauen schenken... Führt sie fort, Serafina, und bringt sie zu Bett. Sie ist sehr erschöpft.«

Von der Gräfin geführt, auf deren Schulter sie ihren Kopf ruhen ließ, verließ Judith den Raum ohne ein Wort oder eine Geste für Gilles, der sie in einer aus Schmerz und Zorn gemischten Stimmung hinausgehen sah.

»Ihr gewinnt, nicht wahr?« sagte er bitter zu Cagliostro. »Und dabei war ich entschlossen, nur mit ihr von hier fortzugehen.«

»Ich werde nicht immer gewinnen«, erwiderte der Italiener ernst. »Eines Tages werdet Ihr und sie für immer vereint sein. Das kann ich Euch versichern. Aber die Zeit ist noch nicht gekommen... im Gegenteil! Ihr werdet viel Geduld brauchen... und auch viel Liebe!«

»Wer zwingt mich, Euch zu glauben?«

»Nichts und niemand. Dem Schicksal bleibt es überlassen, Euch zu überzeugen. Setzt Euch jetzt und nehmt ein Glas spanischen Weins an. Ihr habt es nötig, um zu hören, was ich Euch über den Schmuck der Königin oder vielmehr ein gewisses Schmuckstück, das Ihr gut kennt, zu sagen habe.«
Gilles nahm den Sessel wie den Wein an, dessen Feuer ihn stärkte. Trotz der Milde dieses Frühlingsabends fühlte er sich eisig bis ins Mark. Seltsamerweise fürchtete er sich jetzt, die Frage zu stellen, die die letzten Worte des Wundertäters ihm so nahelegten. Doch er war nicht der Mann, lange bei einem Gefühl der Furcht zu verharren.
Mit einem Zug leerte er das kostbare venezianische Glas mit seiner Goldgravur und stellte es zurück.
»Das ich gut kenne?« begann er. »Wollt Ihr etwa sagen, daß es sich um dieses verdammte Diamentenkollier handelt?«
»Eben darum. In Eurer Einsiedelei konntet Ihr nicht erfahren, daß Boehmer und Bassange endlich das hinderliche Objekt verkauft hatten. Die Sache mußte in der Tat sehr geheim bleiben.«
»Die Königin hat also bejahend geantwortet, hat die im Januar erloschene Option ausgeübt?«
»Das glaubt Boehmer. In Wirklichkeit hat die Königin keine Ahnung, daß sie das Kollier gekauft hat.«
Gilles runzelte die Stirn.
»Eure Äußerungen scheinen mir dunkel, Herr Zauberer. Wie wäre das möglich? Wie hätte die Königin ein Kollier für sechzehnhunderttausend Livres kaufen können, ohne davon zu wissen?«
»Auf die einfachste Weise der Welt. Der Kardinal de Rohan hat es für sie gekauft.«
»Der Kardinal? Er hat also die Königin gesehen, hat Frieden mit ihr geschlossen?«
»Habe ich Euch nicht gesagt, daß die Königin nichts davon weiß?« rief Cagliostro ungeduldig. »Der Kardinal hat das Kollier im Namen der Königin gekauft, weil er unerschütterlich glaubt, daß sie ihn damit beauftragt hat. Jetzt, seit einer gewissen Nacht des Monats August vergangenen Jahres... seit einer gewissen Begegnung in den Gärten von Versailles ist der Kardinal zuinnerst überzeugt, daß er der Freund... der zärtliche Freund der Königin geworden ist. Habt

Ihr das Wäldchen der Venus vergessen, Chevalier? Es scheint mir doch, daß Ihr dort wart!«

»Ihr müßt der Teufel sein, um das zu wissen! Es ist wahr, ich war dort! Aber ich sah nur eine armselige Komödie, zum Amüsement der Königin gespielt, eine Komödie, bei der man sich darüber belustigte, einen Großalmosenier von Frankreich zitternd die Füße einer Dirne küssen zu sehen.«

»Wenn Ihr in freier Luft leben wollt, statt während des Restes Eurer Tage auf dem Stroh eines Kerkers zu verrotten, Seigneur Falke, rate ich Euch zu vergessen, daß die Königin Zuschauerin dabei war! Wie dem auch sei, der Kardinal hat alles geschluckt, Köder, Angelhaken und sogar die Leine. Er ist überzeugt, daß die Königin ihn zärtlich liebt, daß sie nur eine günstige Gelegenheit erwartet, um allen laut ins Gesicht zu sagen, daß sie nicht nur keinen Groll mehr gegen ihn empfindet, sondern auch wünscht, ihn in Zukunft das Amt des Premierministers übernehmen zu sehen. Er sieht sich mehr noch als Mazarin denn als Richelieu! So kommt es, daß er der, die er seinen Gebieter nennt, nun nichts mehr verweigern kann... ihr und ihrer Vermittlerin, wohlverstanden.«

»Aber die Königin verabscheut ihn! Ich habe mit eigenen Ohren gehört, wie sie es sagte!«

»Sagt das Rohan, er wird kein Wort glauben. Er ist überzeugt, geliebt zu werden. Er hat Beweise, Briefe... Es würde auch nichts helfen, ihm begreiflich machen zu wollen, daß die schöne Jeanne nur eine Schurkin und Diebin ist. Er glaubt, dank ihr bald Minister zu sein!«

»Ich weiß. Er hat es mir vorhin in zwei Worten angedeutet.«

»Da seht Ihr's! Sie kann dadurch erlangen, was sie will. So sagte sie ihm kurze Zeit nach der Affäre im Wäldchen, daß die Königin hundertzwanzigtausend Livres für Almosen an eine der Unterstützung würdige Familie brauche, daß sie selbst in Verlegenheit sei, und unser Narr hat ihr ohne mit der Wimper zu zucken die hundertzwanzigtausend Livres ausgehändigt, obwohl er selbst Schwierigkeiten mit seinen Finanzen hat.«

»Die hundertzwanzigtausend Livres, die den plötzlichen Wohlstand der La Mottes begründet haben, vermute ich?«

»Eben die! Unsere Gräfin hätte sich damit begnügen können, aber... der Appetit kommt beim Essen. Und dann... ist da im Dunkeln eine Person, die von fern alle Fäden dieses schönen Hampelmanns zieht, eine Person, die seit langem begriffen hat, welchen Vorteil man aus den verschwenderischen Gewohnheiten Marie-Antoinettes, aus ihrer Leidenschaft für Diamanten und aus der Liebe des Kardinals zu seiner Souveränin ziehen kann. Diese Person hatte gehofft, daß es Jeanne gelingen würde, den Kardinal wieder in Gunst zu bringen, und ihm, die Königin zu verführen.«

»Die Königin zu verführen? Habt Ihr bedacht, was Ihr da sagt?«

»Das ist eine Frage, Monsieur, die Ihr Eurem Freund Fersen stellen solltet, von dem böse Zungen behaupten, er sei der Vater des im März geborenen kleinen Herzogs der Normandie...! Aber die Abneigung der Königin ist zäh. Also fand man ein anderes, subtileres Mittel. Jeanne brauchte nur zu sagen, daß es der Königin das Herz zerreiße, den König nicht zum Kauf des Kolliers überreden zu können – zusätzlich zu den sechs Millionen von Saint-Cloud hätte es zu einer Revolution geführt –, und daß sie demjenigen ewig dankbar sein werde, der sich dafür verwende, es ihr zu sichern, und schon ist unser Kardinal zu Boehmer gestürzt. Am 24. Januar kaufte er das Kollier im Namen der Königin und leistete eine erste Zahlung von hunderttausend Livres. Der Rest sollte alle sechs Monate in vier Beträgen von je vierhunderttausend Livres abgezahlt werden. Und am 1. Februar trug der Kardinal, nun Besitzer des Kolliers, das kostbare Stück zu Madame de La Motte nach Versailles, Place Dauphine, wo er es einem angeblichen Kammerdiener der Königin übergeben konnte... der in Wirklichkeit der unsägliche Reteau in Verkleidung war.«

»Aber das Kollier... was ist aus dem Kollier geworden?«

»Es gibt kein Kollier mehr! Das Meisterwerk Boehmers und Bassanges dürfte zu dieser Stunde nur noch ein Haufen aus der Fassung gebrochener Diamanten sein, die die glückliche Jeanne hier und in England einzeln verkauft.«

Gilles erhob sich so jäh, daß sein Sessel polternd auf den Boden aufschlug. Schweiß rann ihm den Rücken hinunter, und er hatte den Eindruck, daß sich ein gähnender Abgrund unter seinen Füßen

öffnete. Der Blick, den er dem Italiener zuwarf, war mit Entsetzen und Zorn zugleich geladen.
»Was seid Ihr nur für ein Mensch? Ihr wißt all das, Ihr wißt, daß man den Namen der Königin mißbraucht hat, daß man den Großalmosenier von Frankreich durch eine Schmutzlache schleift, und Ihr bleibt hier sitzen, ohne etwas zu tun! Worauf wartet Ihr noch, um zum Polizeipräfekten, zum Kardinal, zur Königin selbst zu gehen?«
»Um in die Bastille... oder günstigstenfalls in die Irrenanstalt von Charenton geschickt zu werden? Beruhigt Euch, mein Freund, und nehmt zur Kenntnis, daß alles, was ich jetzt sagen könnte, zu nichts führen würde. Das Übel ist getan, das Kollier ist verkauft, verschwunden. Es ist zu spät, man kann nichts mehr daran ändern. Glaubt Ihr, ich hätte dem Kardinal nichts gesagt, als er mir von diesem schönen Unternehmen erzählte? Ich schwöre, daß ich ihn habe warnen wollen. Er hat nur gelacht, vernarrt, wie er ist, in seinen Traum von Liebe und Portefeuille...«
»Daß der Kardinal verrückt ist, dagegen sage ich nichts, aber der König ist es nicht! Morgen wird er die Wahrheit wissen!«
Seinen auf einem Stuhl liegenden Hut ergreifend, war der junge Mann fast schon aus der Tür, als Cagliostro, der ihm gefolgt war, ihn mit eisernem Griff zurückhielt.
»Was wollt Ihr tun? Ihr liebt den König, nicht wahr? Wie wollt Ihr dann diesem Mann, diesem innig in seine Frau verliebten Gatten sagen, daß sein Großalmosenier im Glauben, der Geliebte dieser Frau oder ähnliches zu sein, es sich erlaubt hat, ihr das einst von Ludwig XV. für eine Kurtisane bestellte Kollier zu kaufen? Habt Ihr wirklich den Mut, ihm das ins Gesicht zu sagen? Falls Ihr es nicht vorzieht, ihm klarzumachen, daß sein Bruder ein Schurke ist, der im geheimen die schwärzesten Komplotte gegen seine Krone, ja gegen sein Leben anzettelt?«
Aus seinem Elan gerissen, die Beine wie abgemäht, ließ sich Gilles auf eine Bank unter der schwarzen Marmorplatte mit dem eingravierten Gebet sinken.
»Nein... Ihr habt recht, ich könnte es nie! Und doch wird er es eines Tages erfahren müssen!«
»Nicht unbedingt. Der Streich der Gräfin und ihres Komplizen ist

gut geplant. Sie glaubt, wenn der Kardinal bis zum Fälligwerden der ersten Rate merke, daß er betrogen worden sei, werde ihm dennoch nichts anderes übrigbleiben, als das Kollier ohne Aufsehen zu bezahlen, wenn er der Lächerlichkeit und Schande entgehen wolle. Es wird nicht ohne Schwierigkeiten abgehen, aber er wird Ländereien, Abteien, was weiß ich, verkaufen. Trotz des kürzlichen Bankrotts des Prinzen von Guéménée sind die Rohan noch reich. Sie werden die Affäre vertuschen.«

»Aber die Königin wird es unvermeidlich erfahren. Was wird sie dann tun?«

»Wenn sie gewarnt würde, könnte ich nicht sagen, wie sie reagieren wird, denn sie ist unberechenbar, und ich vermag keine Gedanken zu lesen, die noch nicht existieren. Aber es ist möglich, daß sich alles zwischen dem Kardinal und den Juwelieren löst. Sie sind eben als Nachfolger des verstorbenen Monsieur Aubert zu Juwelieren der Krone ernannt worden. Sie haben damit den Gipfel erreicht, und ich kann mir nicht vorstellen, daß sie ihre neue Würde durch Entfesselung eines abscheulichen Skandals kompromittieren würden. Meiner Meinung nach werden die Dinge im dunkeln bleiben. Es sei denn...«

»Es sei denn?«

»Kennt Ihr den Baron de Breteuil?«

»Den Staatssekretär des königlichen Hauses? Natürlich!«

»Er ist der Todfeind des Kardinals, der ihm einst die Botschaft in Wien vor der Nase weggeschnappt hat. Er zählt auch zu den Freunden Monsieurs. Bekommt er Wind von der Sache, wird er alles tun, um den Mann, den er verabscheut in den Schmutz zu stürzen, selbst wenn dieser Schmutz die Stufen des Throns bespritzen sollte! Begreift Ihr endlich, daß die einzige Chance, auch den kleinsten Wirbel um diese ekelhafte Geschichte zu vermeiden, im Schweigen besteht?«

Gilles erhob sich mit Mühe, Cagliostro um Haupteslänge überragend. Der Blick des Magiers schien den seinen erforschen zu wollen.

»Warum habt Ihr mir all das erzählt, wenn Ihr so fürchtet, daß ich sprechen könnte?«

»Weil ich Euch einen Vertrauensbeweis geben mußte, um Euer Vertrauen zu gewinnen. Und damit Ihr versteht, daß ich weder Euer noch Judiths Unglück will. Über dieses Königreich ist das Urteil gesprochen, Chevalier de Tournemine. Früher oder später wird der Sturm über ihm hereinbrechen und es vom Erdboden fegen. Zu viele Männer haben wie Ihr selbst jenseits des Ozeans ein wunderbares Wort aussprechen gelernt, das schönste aller Worte... das furchtbarste auch durch die Fallen, die es enthält: das Wort Freiheit! Wendet dieser alten, zerfallenden Welt den Rücken, geht fort! Überquert von neuem die Meere! Sucht jungfräuliches Land, wo reine Herzen leben können. Wenn Ihr dazu entschlossen seid, wenn Ihr alle Anstalten dazu getroffen habt, kehrt zurück, um Mademoiselle de Saint-Mélaine von mir zu fordern, und ich schwöre Euch, daß ich sie selbst und mit Freuden in Eure Arme führen werde!«

»Ich werde mich dessen erinnern. Adieu, Graf!«

Inmitten des Vorzimmers stehend, im Schein der Kerzen, deren Flammen sich in der polierten Marmorplatte spiegelten, hörte Cagliostro die schnellen Schritte des jungen Mannes sich die Treppe hinunter entfernen. Als er vom Hof her den Hall seiner Stimme und das Knarren der Stalltür vernahm, hinter der sein Pferd ihn erwartete, lächelte er und kehrte nachdenklich gestimmt in sein Kabinett zurück.

»Er wird nicht fortgehen«, murmelte er. »Es wäre zu einfach.«

Während der Stallknecht ihm Merlin zuführte, gewahrte Gilles ein Stück Papier zu seinen Füßen und bückte sich, um es aufzuheben. Es war ein Porträt Cagliostros mit seherisch gen Himmel erhobenem Blick über einer vier Zeilen umfassenden Unterschrift:

»Die Züge des Menschenfreundes sollt Ihr Euch merken!
Sein Tag ist erfüllt von guten Werken.
Er verlängert das Leben, hilft dem, der krank,
die Freude, nützlich zu sein, ist sein einziger Dank.«

Mit einem gereizten Schulterzucken knüllte er das Papier zusammen und warf es auf den Boden. »Ein seltsamer Kauz, wahrhaftig!« dachte er. Übermenschlicher Geist oder gerissener Scharlatan? Diese plumpe Werbung war allenfalls gut für Dummköpfe. Und doch schien dieser Mann mit merkwürdigen Kräften begabt, die sie hätten überflüssig machen müssen, und er besaß die Geheimnisse der Könige... Wo war die Wahrheit?

Die Beschäftigung mit dieser Frage auf später verschiebend, sprang der junge Mann seiner alten Gewohnheit treu mit einem Satz in den Sattel, gab Merlin die Sporen und ritt im Galopp in Richtung des Schlagbaums der Konferenz und der Straße nach Versailles, wohin er noch in dieser Nacht zurückkehren wollte. Nach alldem, was ihm zu Ohren gekommen war, schien es ihm unmöglich, sich in einem Gasthofzimmer einzuschließen. Der Ritt in der Kühle der Nacht würde ihm guttun und ihm helfen, seinen Geist von den erstickenden Miasmen zu befreien, die ihn der Hexenmeister aus der Rue Saint-Claude hatte atmen lassen. Er bedurfte reiner Luft, der Lichtspiegelungen auf der Seine, des Duftes der Rosen in den Gärten längs der Straße. Die während der Überschwemmungen mit Wasser getränkte Erde hatte endlich einen verspäteten, nun aber üppig sprießenden Frühling hervorgebracht.

Es war fast Mitternacht, als er nach einem Ritt, der dem von seinen Grübeleien völlig in Anspruch Genommenen unglaublich schnell erschienen war, die ersten Häuser der Stadt erreichte. Wenn Cagliostro seine Gedanken hätte lesen können, während er im munteren Rhythmus derHufe des Pferdes dahingaloppierte, wäre er vielleicht überrascht gewesen, denn der junge Mann hatte nur von dem Augenblick geträumt, in dem er die, die er liebte, von ihm fordern würde, und den Mitteln, rasch diese betörende Minute zu erreichen.

Während er, schon nach dem Schlagbaum der Konferenz, an dem das Dorf Passy streifenden Fluß entlangritt, hatte er in der Nacht jenseits der Gärten der Prinzessin de Lamballe die Lichter des prächtigen Hôtels de Valentinois blinken sehen, Besitz des Finanziers Leray de Chaumont, von dessen Vermögen und dessen Schiffen die amerikanischen Insurgenten so tatkräftig unterstützt worden waren. Dort, das wußte er, logierte noch der Mann, dessen Worte eine ganze Jugend mitzureißen und den Bund des alten Frankreich mit den jungen Vereinigten Staaten zu besiegeln gewußt hatten: der Mann, den man jetzt auf beiden Seiten des Atlantiks wie einen Propheten und ein Genie verehrte – Benjamin Franklin!

Philippe von Chartres zufolge, der beste Beziehungen zu ihm unterhielt, schickte sich Franklin nach Beendigung seiner Aufgaben an, Frankreich zu verlassen und nach Philadelphia zurückzukehren, sobald Thomas Jefferson, der neue Botschafter der Vereinigten Staaten, eintreffen würde. Warum sollte er nicht versuchen, mit ihm zu reisen?

Bei seinem Eintreffen in der Rue de Noailles hatte Gilles noch keine befriedigende Antwort auf diese wichtige Frage gefunden, aber er zermarterte sich nicht übermäßig den Kopf. Die Hoffnung auf das Glück ist schon berauschend genug...

Er fand Pongo am Fuß der Treppe und warf ihm Merlins Zügel zu.

»Sag mir nicht, daß du dir Sorgen gemacht hast, alter Pflegevater. Du weißt recht gut, daß ich mich bester Gesundheit erfreue.«

»Pongo nicht besorgt wegen Gesundheit. Pongo besorgt wegen Frau, die oben wartet! Pongo nicht lieben...«

»Eine Frau? Wie sieht sie aus?«

»Schwierig zu wissen: sie tragen großen blauen Schleier. Aber Pongo trotzdem nicht lieben.«

Madame de Balbi hatte also schon von seiner Rückkehr erfahren. Wie hatte sie wohl den friedlichen Pavillon in der Rue de Noailles überwachen lassen?

Sie war in der Tat da, stand neben dem Kamin im Salon, in dem Mademoiselle Marjon die flackernden Flammen, die das milde Wetter überflüssig machte, durch ein künstliches Feuer goldgelben Ginsters ersetzt hatte. Sie war genau wie am Abend ihrer ersten Begegnung gekleidet, doch den blauen Schleier hatte sie auf einen Sessel geworfen, und zwischen ihren schlanken Fingern bewegte sich ein kleiner Elfenbeinfächer in friedlichem Rhythmus.

Ein Rhythmus, der sich nur unmerklich beschleunigte, als der Chevalier den Salon betrat und seine Besucherin bewußt auf überaus zeremoniöse Art begrüßte. Aber sie dachte nicht daran, sich durch ihn auf ein streng protokollarisches und gesellschaftliches Terrain locken zu lassen. Ohne Zögern griff sie an:

»Warum hast du auf keinen meiner Briefe geantwortet?«

»Warum hätte ich darauf antworten sollen?« fragte er sanft.

»Weil man das tut! Hat dir nicht gefallen, was ich dir schrieb?«

»Ich wüßte es nicht zu beurteilen: ich habe diese Briefe nicht gelesen.«

»Lügner! Dir gefällt es einfach, unangenehm zu sein, aber welcher Mann kann die Briefe einer Frau sich ansammeln lassen, ohne sie zu lesen?«

Statt zu antworten, trat er zu einem zwischen den seidigen Falten seiner grauen Fenstervorhänge halb verborgenem kleinen Sekretär, öffnete ihn mit einem Schlüssel, den er aus der Tasche nahm, zog ein mit einem blauen Band umwundenes Paket hervor und reichte es ihr.

»Zählt!« sagte er kurz. »Es sind alle!«

Sie nahm die Briefe nicht, und er mußte sie auf einen Tisch legen. Stille trat ein, so tief, daß er ihr plötzlich schneller gewordenes Atmen zu hören vermochte. Auch ihr Fächer bewegte sich in schnellerem Takt. Ihr Gesicht hatte sie abgewandt, so daß er dessen Ausdruck nicht erkennen konnte.

Mit einem leichten Seufzer verließ sie endlich ihre Kaminecke und näherte sich Gilles.

»Du liebst mich nicht mehr?«

»Habe ich Euch je hören lassen, daß ich Euch liebte? Ich erinnere mich nicht.«

»In der Tat! Sagen wir also, dein Verhalten nährte diese Illusion so gut, daß man sich täuschen konnte. Welch dumme und spießbürgerliche Idee übrigens, um jeden Preis zu wollen, daß Liebe dabei im Spiel sein müsse! Ist zwischen uns je von etwas anderem als von geteiltem Vergnügen die Rede gewesen?«

»Ich wäre undankbar, wenn ich leugnete, mit Euch höchst angenehme Momente verbracht zu haben.«

»Warum nehmen wir's also nicht wieder auf?«

Unmerklich war sie ihm dicht auf den Leib gerückt, umhüllte ihn mit ihrem Rosenparfüm. Ihre vollen roten Lippen bebten, schon bereit, sich zu den seinen zu heben, doch er schob sie sanft zurück.

»Nein! Warum begreift Ihr nicht, daß zwischen uns nichts mehr möglich ist, nicht einmal mehr geteiltes Vergnügen?«

Sie sah ihn mit großen Augen unschuldig an.

»Wieso das?«

»Aber, meine Teure, weil das Todesurteil unserer angenehmen Beziehungen in meinem Fleisch unterzeichnet wurde, mit den Degen und Dolchen der Mörder im Solde Eures königlichen Liebhabers. Euren Worten zufolge hingegen habt Ihr von ihm das Versprechen erlangt, mich ein wenig zu vergessen. Nun, der Beweis für dieses Vergessen brennt noch in mir... wenigstens an Regentagen!«

»Es ist ideales Wetter. Und außerdem war es nicht er! Er kann es nicht gewesen sein! Die Mörder waren vom Herzog von Chartres gedungen, und ihr Anführer...«

»Ich weiß, wer ihr Anführer war. Wie der Herzog von Chartres übrigens auch. Man fand es nur bequemer, ihm die Angelegenheit anzuhängen, um Unannehmlichkeiten von seiten des Königs zu vermeiden. Aber der Prinz hat mir allzu viele Beweise geliefert, als daß ich noch an dieses Märchen glauben könnte.«

»Immerhin...«

»Ihr verliert Eure Zeit und Eure Worte, Madame! Es war zweifellos Monseigneur de Provence, dem Graf d'Antraigues in jener Nacht gehorchte, von seiner eigenen Rachsucht abgesehen, denn wir hassen uns von Herzen. Ihr seht also, daß zwischen uns nichts mehr möglich ist!«

In den schwarzen Augen der Gräfin blitzte es zornig auf.

»Sie ist es, nicht wahr? Diese Dirne d'Hunolstein ist es, die dich eingewickelt hat, während sie dich pflegte? Ich kann mir gut vorstellen, wie! Sie ist sehr geschickt, und es hat dir bestimmt keine Mühe gemacht, bei ihr deine ganze Kraft wiederzufinden. Im ganzen Königreich gibt's kein besseres Hurenstück als...«

»Ich glaube, es ist höchste Zeit, Euch zurückzuziehen, Madame!« unterbrach Gilles sie kalt. »Ihr werdet vulgär! Erlaubt mir, Euch zu Eurem Wagen zu bringen.«

Er ging zur Tür, die er aufstieß und in Erwartung, daß sie käme, mit der Hand offen hielt.

»Antworte mir zuerst!« rief sie. »Hast du mit ihr geschlafen?«

»Wenn es Euch beruhigt, wißt, daß Madame d'Hunolstein mir nur die Zuneigung und Ergebenheit einer Schwester bezeigt hat. Ergebenheit und Zuneigung, die ich ihr mit Wucherzins zurückgebe,

weshalb ich niemals dulden werde, daß sie in meiner Gegenwart beleidigt wird! Ein letztes Mal: Geht, Madame, wenn Ihr nicht wollt, daß ich Euch ein wenig energisch hinausbringe. Und laßt es Euch geraten sein, nie hierher zurückzukehren!«
Sie raffte ihren Schleier, warf ihn lässig über ihren Arm und ging zur Tür. Auf der Schwelle blieb sie stehen und sah ihn offen an.
»Gut. Ich gehe. Überflüssig, mich hinauszugeleiten, es wäre grotesk! Ein Wort noch indessen: Seid überzeugt, ich werde nie wieder dieses Haus betreten. Aber deswegen seid Ihr noch nicht fertig mit mir, mein schöner Freund, und wir werden uns wiedersehen.«
Er verneigte sich mit ironischer Lässigkeit:
»Es wird mir ein Vergnügen sein! Beeilt Euch jedoch nicht. Meine Genesung liegt noch zu kurze Zeit zurück, um mir zu gestatten, ohne Unzuträglichkeiten allzu große Freuden zu ertragen! Adieu, Madame...«
Allein geblieben, nahm er das auf dem Tisch zurückgebliebene Briefbündel an sich und gesellte sich in der Küche zu Pongo, der, da er seinen Herrn kannte, eben dabei war, nach dem von Niklaus erlernten Rezept Kaffee zu bereiten.
»Nimm«, sagte er ihm, »wirf das ins Feuer. Es gibt Einflüsse, die zu gefährlich sind, als daß man sie in einem ehrsamen Hause aufbewahren sollte.«

15. Kapitel
»Verhaftet den Herrn Kardinal...«

Am Montag, dem 15. August 1785, schickte Versailles sich an, das große religiöse Fest Mariä Himmelfahrt, die Erneuerung des Gelübdes König Ludwigs XIII., mit dem er Frankreich der Jungfrau Maria weihte, und das Kirchweihfest der Königin zugleich zu feiern. Infolgedessen waren die großen Appartements und die Spiegelgalerie von neun Uhr morgens an von einer großen und glänzenden Menschenmenge überflutet, in der sich der gesamte Hof, das diplomatische Korps, Bewohner von Versailles, aus Paris und den Provinzen gekommene Besucher, ja sogar solche aus dem Ausland zusammenfanden. Denn an diesem Tage öffneten sich die Tore des Palastes noch weiter als gewöhnlich denen, die den prunkvollen, traditionellen Zug bewundern wollten, der in Kürze die vollzählige königliche Familie durch die Repräsentationsräume zur Kapelle geleiten würde, um dort wie üblich die vom Großalmosenier von Frankreich zelebrierte Messe zu hören.

Durch die Fenster der Spiegelgalerie, weit geöffnet auf die Sicht über die ganze Länge des Großen Kanals, auf die blühenden Parterres und das glitzernde Schauspiel der Springbrunnen, deren in allen Regenbogenfarben schillernde riesigen Federn in die den indigoblauen Himmel spiegelnden Bassins zurückfielen, weckte die heitere Sommersonne den Glanz des Getäfels und der Bronzen, der Leuchter und Möbel, der hohen Spiegel und des prächtigen Putzes dieser Menge in festlicher Kleidung, die sich längs des von den blauen und roten Reihen der Soldaten des königlichen Hauses für den Zug freigehaltenen Weges drängte: Leibgardisten, Hundertschweizer, Torgarden, Gendarmen, Abteilungen all der dem Schutz der Souveräne dienenden Regimenter hatten zwischen den Türen der königlichen Appartements und der Kapelle ihre Plätze bezogen.

Das aus dem Gewimmel sich erhebende Durcheinander der Gespräche und das schimmernde Hin und Her der Fächer ließen den Palast mehr denn je einem riesigen Vogelhaus ähneln, erfüllt vom Parfüm des Haarpuders und der Duftwässerchen, mit denen sich die elegante Menge bespritzt hatte.
Im Salon des Ochsenauges stehend, der dem König als Vorzimmer diente und in dem sich allmählich die Minister und Oberhäupter der vornehmsten Adelshäuser versammelten, überwachte Gilles de Tournemine in Galauniform die Tür des Appartements Ludwig XVI., vor der zwei Torgardisten in blau-roten Röcken mit weißgoldenen, schachbrettartig gemusterten Säbelkoppeln stumm und absolut reglos Wache hielten. In einer Ecke plauderte der Finanzminister, der schöne Calonne, mit Vergennes, während einige Schritte weiter der Justizminister Miromesnil mit Baron de Breteuil eine offenbar recht leidenschaftliche Unterhaltung führte.
Plötzlich verdüsterte sich die festliche Atmosphäre. Die im Salon Wartenden und Gilles als erster hatten den Eindruck, daß sich etwas Ungewöhnliches begab. Die Königin war plötzlich aus ihrem Appartement aufgetaucht, durchquerte den Salon, ohne jemand zu beachten, und stürzte so schnell in das Zimmer des Königs, daß den hinter ihr hergaloppierenden Lakaien nicht einmal Zeit blieb, die Doppeltür für sie zu öffnen.
Ein verdutztes Gemurmel ließ sich vernehmen, denn auf dem sonst meist lächelnden Gesicht der Souveränin hatte ein harter, gespannter Ausdruck gelegen, von Spuren kürzlicher Tränen ganz abgesehen. Zudem war sie zwar mit äußerster Eleganz in eine große Robe aus mit Spitzen überladener jaspisfarbener Chinaseide gekleidet, aber offensichtlich keineswegs frisiert. Ihr schönes aschblondes Haar fiel in weichen Locken ungepudert auf ihre Schultern, eine Nachlässigkeit, die bei der eitlen Souveränin, noch dazu an einem solchen Tage, einen kaum zu überbietenden, geradezu unmöglichen Verstoß gegen das Protokoll darstellte.
Die im Vorzimmer Anwesenden hatten kaum Zeit gefunden, das Ereignis zu kommentieren, als ein Türsteher erschien, zu Breteuil und Miromesnil trat und die beiden schnell ins Zimmer des Königs geleitete.

Winkelried, dessen Männer die Türen der Königin bewachten, gesellte sich nach einem kleinen Inspektionsgang diskret zu seinem Freund.
»Ich weiß nicht, was los ist«, flüsterte er, »aber es liegt Dramatisches in der Luft.«
»In welcher Hinsicht? Ich gestehe, daß ich nichts begreife.«
Ulrich-August zuckte die breiten, wie ein Meßbuch goldverzierten Schultern.
»Man wird's bald wissen! Die Gräfin der Provence, die Gräfin d'Artois und die Damen Tanten[1] warten schon wer weiß wie lange im großen Kabinett der Königin, die noch nicht geruht hat, sie zu empfangen, und statt dessen eben wie ein Sturmwind zum König gebraust ist. Ich habe empörte Schreie, Schluchzen gehört... Wenn das so weitergeht, wird sich der Zug nie pünktlich zur Kapelle in Bewegung setzen. Der Kardinal wird womöglich umsonst warten.«
»Das würde mich wundern«, sagte Gilles. »Der König ist immer äußerst pünktlich.«
»Nun, heute wird er sich verspäten. Kannst du dir vorstellen, daß die Königin mit dem Haar auf den Schultern der Großen Messe beiwohnt? Übrigens apropos Kardinal: da ist er! Auch von einem Türsteher der königlichen Kammer flankiert. Was hat das alles zu bedeuten? Madame Etikette wird sich nicht davon erholen!« fügte er mit einem Blick auf die einst von der Dauphine mit diesem Spitznamen ausstaffierte, gestrenge Herzogin von Noailles hinzu, die durch eine Lorgnette höchst ungehalten den wenig protokollarischen Auftritt Marie-Antoinettes verfolgt hatte.
Der Kardinal de Rohan hatte in der Tat in großem priesterlichen Ornat das Vorzimmer betreten. Die Schleppe seines Talars aus geripptem rotem Taft zog eine feurige Spur hinter ihm her, und die Edelsteine seines Kreuzes des Heiligen Geistes wie die der Ringe, die seine purpurnen Handschuhe bedeckten, reflektierten blitzend die Strahlen der Sonne. In einer Hand hielt er eine große viereckige

[1] Madame Adélaide und Madame Victoire, Töchter Ludwigs XV., die für gewöhnlich in ihrem Schloß Bellevue leben, wo sie sich mit Blumenzucht, Büchern, der Küche, Uhrmacherei und dem Jagdhorn befaßten.

Kappe aus rotem Samt, die andere bot er mechanisch den Lippen der adligen Gläubigen. Sein Antlitz strahlte. Niemals war er so herrlich gewesen; auf sich allein sammelte er alles Licht...

All das verschwand gleichfalls im Zimmer des Königs, dessen Türen sich wieder schlossen. Ein neues Warten begann. Ein Warten, das eine Stunde dauern sollte und die Neugier der Höflinge auf ihren Höhepunkt trieb. Das berühmte Vorzimmer, von dem seit seiner Erbauung die meisten Klatschgeschichten von Versailles ausgegangen waren, zitterte wie Wasser kurz vor dem Kochen. Unaufhörlich glitten die Blicke von der großen goldenen Stutzuhr auf dem Kamin zu der geschlossenen Doppeltür des Appartements. Irgend etwas würde sich in kurzem ereignen. Jeder spürte es, aber niemand wußte zu sagen, was.

Und unversehens begriff Tournemine. Er hatte zwei Gestalten bemerkt, die sich verschüchtert durch die Reihen der Höflinge schoben: Boehmer und Bassange, die Juweliere der Krone, die aus den Räumen der Königin kamen. Mit ihren verstörten Mienen und in ihrer dunklen Kleidung ähnelten sie Ratten, die aus einem zum Untergang verurteilten Hause flohen. Boehmer weinte, und Gilles hörte ihn jammern:

»Wir sind ruiniert... wir sind ruiniert...«

Also hatte sich die Katastrophe ereignet, an die Cagliostro nicht glaubte. Ganz offenbar hatte die Königin die Wahrheit über das Kollier erfahren. Das erklärte ihre Erregung, ihr nachlässiges Äußeres, aber...

Jetzt wurden beide Flügel der Tür des Königs aufgestoßen. Nicht für den Zug, sondern für den Kardinal allein. Ein überraschtes Raunen begrüßte sein Erscheinen: Er war weißer als die Spitzen seines Chorhemdes, und sein verstörter Blick war der eines tödlich getroffenen Menschen. Unmittelbar hinter ihm folgte der Baron de Breteuil, der sichtlich die Ausbrüche einer grausamen Freude zu unterdrücken suchte.

Sofort nach Durchqueren der Tür trat dieser neben den Kardinal, und Seite an Seite machten sie einige Schritte, als setzten sie eine Unterhaltung fort. Doch als sie sich der Tür zur Spiegelgalerie näherten, hörte Gilles den Kardinal murmeln:

»Können wir es nicht dabei bewenden lassen? Könnt Ihr mich nicht während des Weges bewachen?«
Dabei betrat er die Galerie und schritt zwischen den beiden Reihen der Höflinge voran. Und genau in diesem Moment begegnete Gilles' Blick dem de Breteuils... und das Drama begann.
Mit Stentorstimme, die bis hin zum Salon des Krieges über die schon geneigten Köpfe hallte, rief der Staatssekretär des königlichen Hauses dem jungen Offizier zu:
»Auf Befehl des Königs – verhaftet den Herrn Kardinal de Rohan!«
Wäre die märchenhafte Deckenwölbung auf ihn herabgestürzt, hätte es den jungen Mann, der Breteuil anstarrte, als habe dieser den Verstand verloren, nicht betäubender treffen können.
»Gehorcht!« zischte Breteuil zwischen den Zähnen. »Versichert Euch seiner Person und schafft ihn in sein Appartement!«
Wie vom Blitz getroffen, war der Kardinal so starr im entsetzten Schweigen der Menge stehengeblieben, daß Gilles sich bei dem Gedanken ertappte, er müsse sich in eine Statue verwandelt haben. Doch er mußte gehorchen.
»Wachen!« rief er mit so heiserer Stimme, daß er sie nicht wiedererkannte. »Umgebt den Herrn Kardinal!«
In diesem Moment trat der Herzog de Villeroi, Hauptmann der Leibgarde ein, dem der König persönlich den Befehl erteilt hatte, sich der Person des Prälaten zu versichern. Er teilte dem Gefangenen mit, daß seine Pflicht ihn zwinge, ihn zu dem Amtsappartement zu geleiten, das er im Schloß nahe der Kapelle innehatte, und dort alle Papiere zu beschlagnahmen, die sich in diesen Räumen fänden.
Eingerahmt von den Wachen, flankiert von Villeroi und gefolgt von Tournemine, durchmaß der Kardinal-Fürst de Rohan ruhigen Schritts die in ihrem Festschmuck prangende Galerie, dann die Großen Appartements: die Salons des Krieges, des Apoll, des Merkur, des Mars, der Diana, der Venus, des Überflusses, des Herkules...
Empört, denn alles in ihm, sein Stolz als Bretone wie sein Respekt vor der Kirche, protestierte gegen eine Verhaftung, die er ungerecht wußte und die nur einer privaten Rache diente, folgte der Chevalier

de Tournemine der hohen purpurnen und weißen Gestalt, die sich langsam wie ein Phantom schon sterbender Größe zwischen den von drei Königen zusammengetragenen prunkenden Schätzen hindurchbewegte.

Als er den Salon des Herkules betrat, blieb der Kardinal einen kurzen Augenblick stehen, schien sich zu bücken, Gilles konnte sehen, daß er auf ein in seiner Kappe verborgenes Papier einige Worte kritzelte, und sagte natürlich nichts. Villeroi, der eben seinem Adjutanten, dem Grafen d'Agout, den Befehl erteilte, die Kutsche des Prälaten kommen zu lassen und sich darauf vorzubereiten, ihn nach Paris zu begleiten, hatte nichts bemerkt. Breteuil war verschwunden, nachdem er während des Wegs durch die Galerie sichtlich seinen Triumph genossen hatte.

Die Neuigkeit hatte sich wie ein Lauffeuer im Palast verbreitet. Vor der Tür seines Appartements angelangt, fand der Kardinal schon seinen Kammerdiener vor, der sich weinend auf die Knie warf, um ihm die Hand zu küssen. Rohan beugte sich zu ihm hinunter, um ihn aufzuheben, und das Stück Papier glitt dabei von einer Hand in die andere, während er am Ohr seines Bedienten murmelte:

»Diese Zeile zum Abbé Georgel! Schnell!«

Niemand dachte daran, den Diener, dessen Tränen plötzlich versiegt waren, aufzuhalten, als er in der Menge verschwand, während der Kardinal sein Appartement betrat, um sich für seinen neuen Status als Gefangener passender anzuziehen. Durch ein Zeichen forderte er den Chevalier auf, ihm in sein Schlafzimmer zu folgen.

»Kommt mit mir, Monsieur«, sagte er hochmütig. »Ich bin Euer Gefangener, und ich stelle mir vor, daß Ihr mich im Auge behalten müßt.«

Villeroi, der schon die auf dem Schreibtisch liegenden Papiere einzusammeln begann, hatte es gehört.

»Eskortiert den Herrn Kardinal!« befahl er. »Bis Ihr ihn Monsieur d'Agout übergeben habt, dürft Ihr ihn nicht verlassen!«

Gilles verneigte sich und betrat den Raum hinter dem Prälaten, der sich, kaum daß die Tür geschlossen war, zu ihm wandte.

»Ihr seid Bretone, und ich bin Rohan, Monsieur de Tournemine. Kann ich mich auf Eure Ehre verlassen?«

»Ja, Euer Eminenz... in allem, was nicht der Treue, die ich dem König schulde, entgegensteht.«

»Das versteht sich von selbst. Wenn ich die Gipfel erreicht hätte, auf die man mich hatte hoffen lassen, hätte ich Euch meinen ganzen Schutz gewährt. Es war ein verrückter Traum, ich weiß es wohl, und ich sehe mich nun gezwungen, darauf zu verzichten. Wollt Ihr nichtsdestoweniger einem unglücklichen Staatsgefangenen das Almosen eines Dienstes erweisen?«

»Von ganzem Herzen!« rief der junge Mann mit einem Ungestüm, das er nicht zu beherrschen vermochte. Die Noblesse und Größe, mit der dieser durch seine Geburt so hoch erhobene Mann die über ihn hereingebrochene Katastrophe trug, erzwangen seine Bewunderung.

Schnell öffnete darauf der Kardinal Talar und Hemd und nahm von seinem Hals einen kleinen Beutel aus roter, mit dem Wappen seiner Familie bestickter Seide. Er hing an nur einer dünnen goldenen Kette. Er zog sie über seinen Kopf und legte alles in die Hand des jungen Mannes.

»Er enthält einen Brief... und ein Porträt. Verbrennt den Brief, aber bewahrt das Porträt. Wenn ich eines Tages die Freiheit wiedererlange, gebt Ihr es mir zurück, denn es wird mein Trost sein. Wenn ich im Gefängnis sterbe, behaltet es als ein Pfand der Freundschaft, die Euch zu geben mir keine Zeit blieb.«

Respektvoll küßte Gilles das Beutelchen, eine Geste, die Tränen in die Augen des Kardinals steigen ließ, dann schob er es in die innere Tasche seines Rocks.

»Ich werde es eines Tages Eurer Eminenz zurückgeben«, versicherte er, während er ihm half, sich seines roten, schillernden Gewandes zu entledigen und ein sehr viel einfacheres schwarzes Habit anzulegen. »Es gibt keinen Grund, der den König veranlassen könnte, Euch bis ans Ende Eurer Tage im Gefängnis zu halten.«

Der Kardinal befestigte sein Jabot, dann drehte er sich mit einem bitteren Lächeln zu dem jungen Mann um.

»Wißt Ihr, wessen man mich anklagt, Chevalier?«

»Dem König... oder der Königin mißfallen zu haben, denke ich.«

»Wenn es nur das wäre! Man beschuldigt mich, ein Diamantenkollier

gestohlen zu haben ... ein Kollier, das für sie zu kaufen die Königin selbst mich beauftragt hatte.«
Der Protest kam über Gilles' Lippen, bevor er noch Zeit hatte, nachzudenken.
»Aber nicht Ihr habt es gestohlen, sondern Madame de la Motte!«
Der Kardinal starrte ihn ehrlich verblüfft an.
»Glaubt Ihr wirklich, was Ihr da sagt? Diese charmante Frau, diese vollendete Freundin ...«
»... ist der schlimmste, gewissenloseste Mensch! Auf meine Ehre, ich bin überzeugt von jedem Wort, das ich sage ... und Cagliostro ist es noch mehr als ich!«
Stille trat ein.
»Cagliostro!« seufzte Rohan. »Warum habe ich nicht auf ihn gehört? So oft hat er versucht, mich zu warnen! Auch er spielt ein seltsames Spiel, aber ich glaube, er liebt mich sehr.«
Das Erscheinen des Herzogs de Villeroi machte dem Gespräch ein Ende. Offensichtlich befriedigt, den Gefangenen schon bereit zu sehen, salutierte er.
»Mit Eurer Erlaubnis, Monseigneur, werden wir aufbrechen.«
»Wohin bringt Ihr mich?«
»Zuerst zu Euch ins Hôtel de Rohan-Strasbourg ... dann in die Bastille.«
»Ah ...!«
Rasch dem nienden Chevalier seinen priesterlichen Segen erteilend, verließ er endlich das Appartement, in das er nie zurückkehren sollte ...
Von Gilles' Blick verfolgt, rollte die von einer Schwadron berittener Gendarmerie umringte Karosse des Großalmoseniers von Frankreich im festlich-fröhlichen Rauschen dieses schönen Mariä-Himmelfahrtstages davon, dem Staatsgefängnis entgegen. Es war Mittag.
Zu sich zurückgekehrt, ließ er von Pongo im Kamin seiner Bibliothek ein Feuer anzünden und bat ihn danach, ihn allein zu lassen. Dann zog er das Beutelchen aus roter Seide aus seinem Rock, öffnete es und fand wirklich in ihm zwei Dinge: ein kleines, nur noch schwach duftendes Briefchen auf vergilbtem Papier, die Schrift

unbeholfen und ausgeblaßt, das er in die Flammen warf, ohne sich auch nur das Recht zu nehmen, seinen Blick auf der Unterschrift verweilen zu lassen, und ein kleines Porträt in einem goldenen, mit Saphiren besetzten Rahmen. Und dieses Porträt war natürlich das der Königin.

Doch das schelmische Lächeln, das der Maler auf der schmalen Elfenbeintafel so gut wiedergegeben hatte, war nicht das der vollerblühten, zornigen und nach Rache verlangenden Frau, die er vor kurzem ins Kabinett des Königs hatte stürzen sehen. Es war das eines sehr jungen, blonden und entzückenden Mädchens, einer Marie-Antoinette von fünfzehn Jahren. Es war das der Kronprinzessin im vollen Glanz ihrer Jugend, zu der Zeit, als es keinen Franzosen gegeben hatte, der nicht in sie verliebt gewesen war.

Er behielt es eine Weile in der Hand, während sein Blick sich abwesend im Flackern der Flammen verlor, die das kleine Billet schon lange verzehrt hatten. Er empfand tiefes Mitleid für den Mann, der diese Reliquien vielleicht Jahre hindurch an seinem Herzen verwahrt hatte. Wer konnte sagen, wie lange schon Louis de Rohan die liebte, die die Gattin seines Königs geworden war? Wer konnte sagen, ob sein heißer Wunsch, Premierminister zu werden, nicht durch das gebieterische Verlangen diktiert wurde, sich ihr zu nähern, und ob das, alles in allem genommen, nicht gleichfalls Liebe war? Das märchenhafte Abenteuer eines Mazarin bot Anlaß genug, auch einen Geringeren als einen Rohan träumen zu lassen.

Endlich verschloß Gilles die Miniatur in einem Kästchen in der Schublade seines Schreibtisches und folgte der Bassbaritonstimme Ulrich-Augusts, die er aus dem Salon dröhnen hörte.

»Ich lade dich zum Souper im ›Gerechten‹ ein!« erklärte der Schweizer. »Einen Fürsten der Kirche mitten in Versailles zu verhaften, ist ein Ereignis, das im Leben eines Mannes zählt! Du bist historisch geworden! Das müssen wir begießen.«

»Begießen?« rief Gilles entrüstet. »Du hast wirklich merkwürdige Ausdrücke! Mein armer Freund, diese spektakuläre Verhaftung ist eine furchtbare Katastrophe. Offenbar hat die Königin sie vom König gefordert, veranlaßt durch Breteuil und ihren Beichtvater, den Abbé de Vermond. Sie muß verrückt geworden sein, sonst wäre sie sich über die fatalen Folgen im klaren gewesen, die das bei ihrem Ruf im Volke haben kann. Stell dir das Aufsehen vor, das die Geschichte in Paris machen wird! Die Pamphletisten werden sich freuen!«

»Wir auch«, entgegnete Winkelried vergnügt. »Die Jagd auf Pamphletisten ist mein Lieblingssport. Ein gemeiner, kleiner Pamphletist am Spieß ist zwar nicht eßbar, aber immerhin ein recht erfreulicher Anblick. Kommst du nun soupieren, ja oder nein?«

»Ich habe nie gesagt, daß ich die Absicht hätte, mich Hungers sterben zu lassen«, sagte Gilles lachend. »Natürlich komme ich, und wär's auch nur, um zu hören, was man sich heute abend im ›Gerechten‹ erzählt. Nach dem Ochsenauge ist es die beste Klatschbude von Versailles.«

»Na, also!« schloß Ulrich-August. »Du hast verstanden!«

Um die Wahrheit zu sagen, ähnelte der berühmte Speisesaal an diesem Abend mehr einem Hexenkessel als einer bloßen Klatschbude. Die erschrockene Stille, die sich im Moment der Verhaftung über den Palast gesenkt hatte, war nach dem Verschwinden des Kardinals einem unbeschreiblichen Stimmengewirr gewichen, das nur das reichlich verspätete Defilee des berühmten königlichen Zuges vorübergehend zum Schweigen hatte bringen können. Auch das verschlossene Antlitz der Königin wie die verstörten Mienen ihrer Schwägerinnen und Tanten hatten Annahmen und Vermutungen Nahrung geliefert, und zehn Minuten nach der Messe hatte das Gerücht von dem Skandal Besitz von Versailles ergriffen, und zwei Stunden danach überflutete es bereits gleich einer bösen Überschwemmung Paris, wo es größtes Aufsehen hervorrief.

Als achtundvierzig Stunden später die *Gazette de France*, das offizielle Organ des Hofs, erschien, riß man sich die Blätter aus den Händen, in der Hoffnung, weitere Einzelheiten über das zu finden, was man die »Affäre« nannte, doch alle Hoffnungen wurden enttäuscht.

Von später Weisheit geleitet, hatte der Hof nur ein gänzlich unverfängliches Kommuniqué erscheinen lassen:

»Am 15., dem Fest der Himmelfahrt der Jungfrau, wohnten Ihre Majestäten und die Königliche Familie in der Schloßkapelle der vom

Bischof von Digne zelebrierten und von den Sängern des Königs gesungenen Hochmesse bei. Die Gräfin de Sérent übernahm die Kollekte. Nachmittags begab sich der König, begleitet von der Königlichen Familie, in die Kapelle und war bei der Prozession zugegen, die jedes Jahr zur Erfüllung des Gelübdes Ludwigs XIII. stattfindet...«

Nichts sonst. Vom Drama der Spiegelgalerie kein Wort! Es war ein Fehler, denn mangels Nahrung war der Phantasie das Feld für böse Vermutungen weit geöffnet, deren verbreitetste besagte, die Königin habe das Kollier bei ihren Juwelieren durch den Kardinal de Rohan, ihren Liebhaber, stehlen lassen, ein Märchen, das ein zähes Leben haben sollte. Nur auf ihren Zorn und ihre schlechten Ratgeber hörend, war es die Königin, die aus den Untergründen des Königreichs eine Schmutzwoge aufsteigen ließ, von deren Gestank sie noch nichts ahnte.

Inzwischen fuhr man in Versailles fort, Dummheiten anzuhäufen. Während also Marie-Antoinette sich bemühte, die letzten Spuren ihres Zorns aus ihrem Bewußtsein zu tilgen, und sich in ihrem geliebten Trianon einschloß, um dort die Proben zum »Barbier von Sevilla« aufzunehmen, ohne sich recht zu überlegen, daß es kaum der richtige Augenblick war, die Rolle der pikanten Rosine zu spielen, »... das hübscheste kleine Herzchen, süß, zärtlich, frisch, graziös und appetitanregend...«, wurden die Haftbefehle für die wahren Schuldigen nur mit beachtlicher Zurückhaltung und seltsam anmutender Unterscheidung erlassen. Allerdings herrschte um diese Zeit ernstliche Unsicherheit in der Polizeipräfektur, wo wie durch Zufall der gewissenhafte und geschickte Lenoir vier Tage vor dem Skandal in Versailles und auf Veranlassung des Grafen der Provence durch den unfähigen Thierry de Crosne ersetzt worden war. Man hatte ihn zur weiteren Nutzung seiner Talente in die ungefährlichen Bereiche der Königlichen Bibliothek versetzt.

So geschah es, daß Jeanne de La Motte erst drei Tage nach dem Kardinal in Bar-sur-Aube verhaftet wurde, als sie von einem in Châteauvillain vom Herzog de Penthièvre gegebenen Fest zurückkehrte. Überdies wurde sie allein verhaftet; ihrem Mann ließ man völlig freie Hand, seine Juwelen zu behalten und in aller Ruhe nach

England zu reisen. Auch der Dandy-Sekretär war verschwunden. Ganz offensichtlich gab sich der Baron de Breteuil größte Mühe, daß der arme Kardinal der einzige Schuldige blieb...
Als Gilles und Ulricht-August sich am Abend des 23. August vor dem auf die Kühle des Gartens geöffneten Fenster der Bibliothek bei einer ebenso erbittert geführten wie schweigsamen Schachpartie einander gegenübersaßen und Mademoiselle Marjon, ihre Katze Begonia auf den Knien, den mächtigen flandrischen Hirtenhund Brutus im Gras zu ihren Füßen, in einem großen Weidensessel unter einem Jasminstrauch im Garten die Frische des Abends genoß, während sie die Stunde des Zubettgehens erwartete, ließ sich die Türglocke vernehmen. Da Berthe, die Magd, schon schlafengegangen war, war es das alte Fräulein, das die Tür öffnete.
Im Licht der Kerze, die sie aus dem Vestibül geholt hatte, gewahrte sie, eingerahmt von einer großen braunen Kapuze, ein junges, tränenüberströmtes Gesicht.
»Wohnt hier der Chevalier de Tournemine?« stammelte der Ankömmling mit so verstörter Miene, daß Mademoiselle Marjon sich fragte, ob sie nicht eine dem Asyl entsprungene arme Geisteskranke vor sich habe.
»Ja, er wohnt hier, aber...«
Sie konnte eben noch rechtzeitig zurückspringen, um nicht umgerissen zu werden. Mit einem unartikulierten Laut stürzte die Wahnsinnige – oder die, die sie dafür hielt – in den Garten und rief dabei mit herzzerreißender Stimme nach Gilles.
Die Schachfiguren rollten zu Boden, während sich der junge Mann, seinen Ohren nicht trauend, aus dem Fenster beugte.
»Judith!« rief er. »Mein Gott...«
Er war schon auf der Treppe, sprang über die Stufen hinunter. Im nächsten Moment hielt er eine schluchzende, verzweifelte Judith in den Armen, die sich wie eine Blinde an ihn klammerte. Er preßte sie an sich.
»Mein Herz... Meine Liebste! Was ist geschehen? Wer hat dir Böses getan?«
Er erhielt keine Antwort. Ein schwacher Seufzer der Erleichterung kam über die Lippen des jungen Mädchens, dann wurde sie

ohnmächtig. Rasch hob er sie auf und trug sie die Treppe hinauf, wo Winkelried und Pongo ihm entgegenstürzten.
»Was hat sie?« fragte der erstere. »Sie ist doch nicht verletzt?«
»Ich glaube nicht... Ich lege sie auf mein Bett. Pongo, lauf und bitte Mademoiselle Marjon um Riechsalz, ein herzstärkendes Mittel, irgendwas!«
»Überflüssig, Euch zu bemühen!« rief das alte Fräulein aus der Tiefe des Treppenhauses. »Ich komme schon! Ich bringe alles mit!«
Einige Augenblicke später erschien sie, mit verschiedenen Flakons bewaffnet. Mit unendlicher Vorsicht hatte Gilles das junge Mädchen auf sein Lager gebettet und von ihrem weiten dunklen Umhang befreit. Darunter trug sie ein einfaches Kleid aus weißem, grün gepunktetem Perkal und einen über ihrer Brust verknüpften Musselinschal. Das Kleid war fleckig, von Staub beschmutzt und mehrfach zerrissen. Um eine der Hände war ein Taschentuch gewickelt, das Blutspuren aufwies. Das aufgelöste, noch schweißnasse Haar hing auf ihre Schultern herab.
»Sieht so aus, als sei sie in einen Krawall geraten«, bemerkte Ulrich-August. »Arme Kleine! Als ich sie durch den Garten laufen sah, kam sie mir vor wie ein erschreckter Vogel.«
»Wenn Ihr Euch gefälligst entferntet«, sagte Mademoiselle Marjon streng, »könnte ich ihr vielleicht helfen. Weder einem Leibgardisten noch einem Schweizer kommt es zu, das Korsett eines Mädchens aufzuknüpfen!«
»Wieder mal so ein Vorurteil«, murrte Winkelried. »Ich mache das sehr gut.«
»Ja? Nun, schert Euch trotzdem hinaus, da ich hier bin, Don Juan!«
Dabei packte sie den jungen Mann beim Arm und schob ihn ohne Umstände hinaus. Danach maß sie Gilles mit einem zweifelnden Blick.
»Ist es eine von Euren Verwandten?«
»Es ist meine Verlobte!«
»Mein Kompliment! Sie muß sehr schön sein, wenn sie sauber ist. Aber in diesem Fall könnt Ihr bleiben.«
Mit raschen Griffen öffnete sie das Kleid, dessen fischbeingesteifte

Schnürbrust die Atmung des jungen Mädchens behinderte, badete seine Schläfen mit einem aromatischen Essig und hielt ihm sodann einen Flakon mit Ammoniaksalz unter die Nase, das blitzartig Wirkung zeigte. Judith nieste heftig, öffnete große, erschrockene Augen, die sich sofort mit Tränen füllten, und als sie Gilles gewahrte, streckte sie die Arme nach ihm aus.

»Du bist da... endlich!« murmelte sie. »Verlaß mich nicht!«

Und sie begann von neuem nach Herzenslust zu schluchzen. Er setzte sich auf den Rand des Bettes, nahm ihre beiden Hände, die sie ihm reichte, vereinte sie in den seinen und küßte sie zart.

»Beruhige dich, Liebste«, sagte er, über ihren nicht enden wollenden Gram bekümmert. »Du bist in Sicherheit hier! Niemand wird dir weh tun. Nur Freunde sind hier, und ich werde dich nicht mehr verlassen!«

»Wirklich...? Du... du versprichst es?«

Es fiel ihr schwer, wieder zu Atem zu kommen.

»Hier, gebt ihr das zu trinken«, sagte Mademoiselle Marjon, die den Inhalt eines ihrer zahlreichen Flakons in ein Glas gegossen hatte. »Es wird ihr gut tun.«

Er stützte sie, während sie trank, auf absurde Weise erregt, zu sehen, wie ihre rosigen Lippen in die goldgelbe Flüssigkeit tauchten. Fast ebenso wie sie hätte er eines herzstärkenden Mittels bedurft, denn in dieser Minute bedrängte ihn seine Liebe für sie. Dann ließ sie sich wie beruhigt mit einem Seufzer in die Kissen zurücksinken, während er sich wieder auf den Bettrand setzte, ihre Hand aufnahm und sich tapfer bemühte, die bezaubernde Unordnung nicht zu bemerken, die das über allzu feiner, durchsichtiger Wäsche geöffnete Kleid bot.

»Wenn du dich besser fühlst«, sagte er zärtlich, »willst du mir dann erzählen, was dir geschehen ist... oder möchtest du vorher lieber ein bißchen schlafen?«

Sie lächelte ihm noch ein wenig zittrig zu.

»Nein... ich werde es dir erzählen. Mein Gott... ich muß wie eine Tollhäuslerin aussehen... aber ich habe so einen schrecklichen Tag hinter mir! Verzeiht mir, Madame«, fügte sie, zu Mademoiselle Marjon gewandt, hinzu. »Ich muß Euch beiseitegestoßen haben...

aber ich wußte nicht mehr, was ich tat. Ich war... völlig außer Fassung!«

»Das war nicht zu übersehen, mein armes Kind«, erwiderte Mademoiselle Marjon mit einem lieben Lächeln, »und niemand denkt daran, es Euch zu verübeln. Jetzt müßt Ihr Euch entspannen. Ihr seid hier in Sicherheit. Ich werde Euch beide alleinlassen und zu mir hinuntergehen. Wollt Ihr, daß ich ein Zimmer für sie vorbereite?« fragte sie Gilles. »In diesem Fall käme ich bald zurück, um sie zu holen.«

Es war Judith, die ihm die Antwort nahm. Ihr dunkler Blick verriet Angst, während sie protestierend die Hände des jungen Mannes umklammerte:

»Nein... nein, ich bitte Euch! Ich will nicht woandershin! Ich will mich nicht von ihm trennen!«

Gilles beugte sich über sie, um sie zu beruhigen, und küßte zart ihre Wange.

»Hab keine Angst, ich bin da!« Dann drehte er sich zu dem alten Fräulein um: »Heute nacht wird sie in diesem Bett schlafen. Das Kanapee im Salon genügt mir.«

»Wie Ihr es wünscht. Aber wenn Ihr irgend etwas braucht – ruft mich!«

Die beiden jungen Leute ihrem Tête-à-tête überlassend, verließ sie das Zimmer auf Zehenspitzen, und erst als die Tür geschlossen war, erlaubte sie sich ein mit Spott geladenes Lächeln.

»Nicht dumm, diese Kleine«, murmelte sie. »In ihrem Alter hätte ich gleichfalls das Bett eines schönen Burschen dem einer alten Schachtel vorgezogen! Und ich glaube gern, daß dieser Teufel von Chevalier noch verführerischer als der selige König Ludwig ist!«

Bevor sie hinabstieg, lauschte sie noch einen Moment an der Tür und hörte nichts... aus dem einfachen Grund, weil die beiden endlich alleingebliebenen jungen Leute dem Verlangen ihrer Liebe nicht länger hatten widerstehen können: sie küßten sich leidenschaftlich.

Erst danach, als sie sich trennten, war die behaglich in Gilles' Arme gebettete Judith schließlich bereit zu berichten, was sich ereignet hatte. An diesem selben Morgen gegen sieben Uhr war der Staatsanwalt Chesnon, von dem Polizeiinspektor de Brugnières und einem bewaffneten Trupp begleitet, in Cagliostros Haus eingedrungen. Noch im Bett überrascht, waren Cagliostro und seine Frau verhaftet worden, doch während man dem Arzt kaum Zeit ließ, sich anzukleiden, bevor man ihn fortbrachte, erhielt Serafina mit Rücksicht auf ihr Geschlecht nicht nur die Erlaubnis, Toilette zu machen und einige Dinge einzupacken, die ihr im Gefängnis nützlich sein konnten, sondern auch die Genehmigung ihr Geld in einem Portefeuille und ihren Schmuck in einer Kassette zu bergen, auf denen der sichtlich dank der Schönheit dieser Frau von Galanterie förmlich überströmende Staatsanwalt große Wachssiegel anbrachte. Danach veranlaßte er sie, die Türen ihrer Privaträume zu verschließen und den Schlüssel in ihre Tasche zu stecken, statt ihn ihrer Kammerfrau zu übergeben, wie sie zuerst beabsichtigt hatte. Die Domestiken erhielten den Befehl, die Fenster fest zu schließen und sich dann davonzumachen, während zwei Polizisten bis auf weiteres die Toreinfahrt bewachen würden.

»Cagliostro ist also verhaftet worden«, bemerkte Gilles nachdenklich. »Weißt du, wessen er beschuldigt wird?«

»Der Staatsanwalt hat es gesagt. Die La Motte, diese scheußliche Frau, die meine Freundin sein wollte, hat ihn als Komplizen des Kardinals de Rohan beim Diebstahl des Kolliers angezeigt! Solche Gemeinheit! Diese Frau muß der Teufel in Person sein! Armer Graf Alexander! Er ist so gut, so...«

»Sehr schön! Aber wo warst du?« unterbrach sie Gilles, den dieser Beginn einer Lobeshymne nicht eben entzückte. »Dort, wo die Dienstboten waren?«

»Nein. Mein Zimmer war von dem des Grafen und der Gräfin nur durch einen kleinen dunklen, in der dicken Mauer ausgesparten Gang getrennt. Ich konnte es nur durch ihr Zimmer verlassen. Der Meister wollte mich stets und ständig unter seiner Obhut wissen.«

»Unter seiner Bewachung wäre richtiger, wie? Was war er eigentlich für dich?«

»Ein Vater!« erklärte Judith ernst. »Er liebte mich sehr, er fürchtete für mich viele Gefahren.«

»Aber die Gräfin hat dich doch sicher herauskommen lassen, bevor sie abschloß?«
Das junge Mädchen schüttelte den Kopf.
»In seiner Gegenwart gab sie sich mir gegenüber freundschaftlich, ja sogar liebevoll... aber ich wußte, daß sie mich haßte! Sie muß entzückt gewesen sein, mir einen bösen Streich zu spielen... falls sie mich nicht einfach vergessen hat. Ich gebe zu, daß auch das sein kann.«
»Aber warum hast du dein Zimmer nicht verlassen, da du doch alles hörtest? Warum hast du dich nicht gezeigt? Du konntest dich für eins der Kammermädchen ausgeben und in aller Ruhe mit den Domestiken verschwinden.«
»Nein. Es war unmöglich. Hätte ich mich gezeigt, wäre ich verloren gewesen...«
Sie drängte sich dichter an den jungen Mann, legte ihre Stirn an seinen Hals, und plötzlich spürte er, daß sie zitterte.
»Du hast ja noch Angst... du stirbst ja vor Angst!« murmelte er mitleidig, das kleine Gesicht, über das von neuem Tränen zu laufen begannen, mit Küssen bedeckend. »Und du weinst!... Mein Gott, was kann ich tun?«
»Nichts, nichts, mein Liebster! Aber du mußt wissen: von dem Gang vor meinem Zimmer konnte ich nicht nur hören, sondern die Leute, die bei der Gräfin waren, auch durch einen Türspalt sehen. Ein Mann war da... ein Polizist, der mich nur allzu gut kannte, und bei dessen Anblick ich einen Moment fast ohnmächtig wurde.«
»Ein Polizist? Wie kannst du solche Leute kennen? Wer war es?«
»Es war mein Bruder!«
»Dein...«
»Ja. Es war Morvan.«
Einen Moment blieben beide stumm, während aus Gilles' Erinnerung, begleitet von einer beißenden Aufwallung von Haß, die brutale Gestalt des jüngeren der Saint-Mélaine-Brüder aufstieg. Der Mann, den aufzuspüren und zu seinem älteren Bruder Tudal in die Hölle zu schicken er sich zur Pflicht gemacht hatte, befand sich also in Paris! Vielleicht hatte er ihn schon in der Menge gestreift, ohne ihn wiederzuerkennen...

Da er spürte, daß Judith noch immer zitterte, streichelte er sanft ihr Haar und bemühte sich, seine Stimme vollkommen ruhig klingen zu lassen.

»Nun, das nennt man eine gute Neuigkeit. Da er zur Polizei gehört, wird es nicht schwierig sein, ihn wiederzufinden.«

»Was willst du tun?«

»Ganz einfach: ihn töten! Solange er lebt, wirst du keinen Frieden finden, und ich will bei dir nicht mehr diese Augen einer erschreckten Hindin sehen. Ich liebe dich, Judith. Du bist mein ganzes Leben, und ich will deines sein! Es gibt für einen Schurken wie Morvan keinen Platz zwischen uns. Vergiß ihn jetzt einen Moment – du wirst ihn bald völlig vergessen haben – und erzähl mir das Ende deiner Geschichte. Wie ist es dir geglückt, aus der Mausefalle herauszukommen?«

»Übers Dach...! Über dem Zimmer des Grafen sind Hängeböden, die man über eine kleine Innentreppe erreichen kann. Auf diesem Wege und mit Hilfe der Dachrinnen kam ich hinaus... Wie einer Katze, aber einer Katze, die vor Angst fast starb, gelang es mir nicht ohne Mühe, das Dach des Nachbarhauses zu erreichen. Glücklicherweise ist es Sommer, und ich entdeckte eine offene Luke. Ich mußte durch einen vollgestopften, sehr schmutzigen Speicher. Dort habe ich mir am Riegel der Tür die Hand verletzt. Aber ich fand die Treppe und erreichte so endlich die Straße. Und dann lief ich, lief, bis ich eine Droschke fand, die bereit war, mich nach Versailles zu bringen. Aber der Kutscher fuhr mich nur bis zum Stadttor, weil er es eilig hatte, nach Boulogne zurückzukehren, wo er seinen Stall hat. Ich mußte allein diese verwünschte Rue de Noailles suchen, und ich war so müde und voller Angst, daß ich oft glaubte, nie ans Ziel zu kommen. Mir war, als könne Morvan jeden Augenblick erscheinen...«

»Du wirst ihn nicht wiedersehen! Ich werde das Nötige dazu tun. Aber wie hast du den Kutscher bezahlen können? Hattest du Geld?«

Zum erstenmal seit ihrer Ankunft sah er es in ihren großen Augen fröhlich aufglänzen. Sie lachte sogar ein wenig.

»O ja...! Stell dir vor, ich bin reich! Nun... ziemlich reich! Sieh!«

Und sich vorbeugend, raffte sie den Saum ihres Kleides und einen ihrer bestickten Unterröcke aus starkem Leinen, die zur Fülle ihres Rocks beitrugen, und zog aus einer ihm eingenähten Tasche ein dickes Bündel Scheine und einen kleinen Sack mit Gold, die sie aufs Bett warf.

»Was ist das alles?«

»Der Inhalt von Serafinas Portefeuille. Ein rotes Wachssiegel, selbst ein sehr großes, ist kein sehr solider Verschluß! Aber das wird sie lehren, mich zu vergessen, absichtlich oder nicht! Die Diamanten habe ich ihr gelassen. Das ist schon viel.«

»Und dein teurer Graf Alexander? Ich glaubte, du liebtest ihn. Dieses Geld gehört ihm.«

»Hätte man ihn nicht fortgebracht, wäre er der erste gewesen, es mir zu geben. Gold bedeutet ihm nichts, weißt du? Er macht es selbst!«

»Er macht es selbst?« fragte Gilles erstaunt.

»Aber ja! Im Keller des Hauses, den er mit Öfen, Retorten und einer Menge seltsamer Dinge eingerichtet hat. Ich hab' ihm einmal zugesehen. Oh, es war sehr eindrucksvoll! Deshalb habe ich dieses Geld ohne Gewissensbisse genommen... Oh, Gilles, ich hörte, wie du zu Cagliostro sagtest, du seist bereit, alles für mich zu verlassen, deine Karriere, den König, Versailles, und mich nach Amerika mitzunehmen, aber als ich zum Meister davon sprach, lächelte er und sagte, du seist sicher aufrichtig, aber weit entfernt davon, genug Geld zu haben. Jetzt haben wir genug! Wann brechen wir auf?«

»Bald! Ich hoffte sogar, daß uns die Abreise Benjamin Franklins zustatten kommen könnte, aber als ich ihn aufsuchen wollte, war er schon nach Brest aufgebrochen. Es war zu spät.«

»Dank diesem Geld ist es jetzt nicht mehr wichtig. Wir können morgen reisen, sofort... Wir werden endlich glücklich sein können.«

Sie hatte ihre Ausgelassenheit wiedergefunden, glitt aus seinen Armen, sprang vom Lager und wirbelte, ihr offenes Kleid gegen die Brust drückend, mit der Leichtigkeit einer Ballerina rings ums Bett. Dann sank sie mit einer Bewegung voller Anmut neben Gilles nieder, auf dessen Knie sie ihren Kopf bettete, so daß ihr rotes, schimmerndes Haar bis auf den Boden herabfiel.

»Gehen wir fort...! Entführe mich, mein schöner Kavalier. Am

Ende der Welt wollen wir uns lieben! Ich werde dir ebenso tapfere Söhne schenken, wie du es bist, und ebenso widerwärtige Töchter wie ich... und so viel Liebe, so viel Liebe! Ich habe dir so viel davon zu geben. Heirate mich, und laß uns fortgehen!«

Fassungslos beugte er sich über sie, bis seine Lippen die seidige Fülle ihres Haars berührten.

»Judith, mein Liebstes«, murmelte er, »meinst du, was du da sagst?«

Er hörte sie fast an seinem Munde lachen.

»Gewiß meine ich's! Ich bin vielleicht dumm, aber ich weiß, was Ehe heißt. Und ich will deine Frau sein.«

»Hast du vergessen, was Cagliostro gesagt hat? Er sagte, daß du der Liebe nicht nachgeben dürftest, daß du ein seltenes Wesen seist, und deshalb müßtest du...«

Sie richtete sich jäh auf, warf ihm einen funkelnden Blick zu.

»... Jungfrau bleiben? Ich weiß. Nur will ich's nicht mehr! Was für eine Torheit ist das, und warum sollten mir die normalsten Freuden verwehrt sein, die eine Frau erleben kann? Cagliostro ist im Gefängnis, er wird es vielleicht nie mehr verlassen. Er braucht mich nicht mehr, und ich will keine Hellseherin mehr sein, ein Bastardgeschöpf, nicht ganz dies und nicht ganz das! Ich will nur noch Frau sein, deine Frau! Ich liebe dich, Gilles, ich liebe dich so närrisch, wie ich eben bin, und ich will, hörst du, dir gehören, nur dir und das ganz.«

»Du willst es? Du willst es wirklich?« sagte er mit einer Stimme, die schon heiser war vor Verlangen.

»Sieh... und urteile!«

Sie löste leicht die ihr Kleid haltenden Hände, entblößte mit einer geschmeidigen Bewegung ihre Schultern und erhob sich langsam, während zugleich Kleid und Wäsche über ihre Brüste, ihre Hüften hinabglitten. Wie die aus dem Meer steigende Venus reckte sie sich plötzlich vor den staunenden Augen des jungen Mannes über dem schaumigen Kreis ihrer Röcke auf. Der zärtliche Widerschein der Kerzen lag golden auf ihrem Fleisch, das glatt und fest wie das einer Frucht war, modellierte es mit sanften Schatten und verlieh den Wölbungen solch leuchtenden Glanz, daß Gilles sich auf die Knie gleiten ließ wie vor einer göttlichen Statue, bereit, sich anbetend niederzuwerfen vor dieser betörenden Schönheit, die, zur Vollkommenheit gereift, die der kleinen, noch zarten Sirene des Blavet weit hinter sich ließ.

Doch die Göttin wollte mehr. Sie nahm den Kopf des jungen Mannes in beide Hände und suchte seinen Blick, in den sie zwischen den kupfrigen Strähnen ihres Haars hindurch den ihren senkte.

»Liebe mich«, flüsterte sie. »So lange schon verlangt mein Körper danach, sich dir zu öffnen. Seit dem ersten Tag! Ich verabscheute dich, aber du gefielst mir so sehr! Wenn du versucht hättest, mich zu nehmen, ich glaube, ich hätte dich gewähren lassen... selbst wenn ich dir danach die Augen ausgekratzt hätte!«

Ihre unendlich schmale Taille fast ganz mit den Händen umspannend, streifte er mit den Lippen andächtig über ihren festen Leib und die zarten Hügel der vollkommenen kleinen Brüste, auf den rosigen Spitzen verharrend, deren Beben und Verhärten unter seiner Liebkosung ihm nicht entging. Mit geschlossenen Augen und zurückgeworfenem Kopf ließ Judith es erschauernd mit sich geschehen. Er spürte das Zittern ihrer an ihn gepreßten nervösen Beine.

Dann richtete er sich plötzlich auf, umfing sie mit seinen Armen und trug sie zum Bett zurück.

Sie wand sich wie eine goldene Natter.

»Komm!« stöhnte sie.

»Einen Augenblick...«

Im Glauben, daß er sich entkleiden werde, öffnete sie weit ihre Augen, voller Neugier und einer unbestimmten Herausforderung. Doch sie sah nur, daß er von einem der im Raum verteilten Leuchter zum anderen ging und alle Kerzen anzündete. Damit fertig, trat er in den Salon, kehrte mit zwei hohen, brennenden Standleuchtern zurück, verteilte sie auf beiden Seiten des Bettes und holte noch ein Paar Handleuchter, die er aus Mangel an Platz ebenfalls auf den Teppich stellte.

Erstaunt betrachtete Judith das wie ein Versailler Salon an einem festlichen Abend erleuchtete Zimmer.

»Was machst du da?« hauchte sie.

»Ich will viel Licht«, sagte er zärtlich. »Es war mein Traum, dich zum

erstenmal im schönsten aller Sonnenstrahlen zu lieben, damit weder ein Schatten auf deine Schönheit noch in deine Augen fiele in dem Moment, in dem du die meine würdest. Morgen werde ich dich vor Gott heiraten, aber diese Nacht, unsere erste Nacht, soll strahlend und heidnisch sein, und weil du meine unvergleichliche Göttin bist, will ich für dich einen Altar!«
Während er sprach, hatte er sich rasch seiner Kleidung entledigt. Einen Augenblick ragte neben dem hell erleuchteten Bett im Gefunkel der Flammen sein kraftvoller, nerviger Körper auf, auf dessen brauner Haut sich, noch rosig, die kaum verheilten Spuren seiner kürzlichen Wunden und die schon verwachsenen Narben der älteren zeigten. Dann setzte er ein Knie auf die rote Seide der Steppdecke, glitt neben das junge Mädchen, dessen zärtliche Arme sich fest um seinen Hals schlossen, und bemächtigte sich ihres Mundes, während er mit seiner freien Hand geschickt auf dem herrlichen Instrument dieses noch unberührten Körpers eines entzückenden Mädchens zu spielen begann. Es war eine berauschende und neue Freude, zu spüren, wie dieser Körper erbebte und sich voller Staunen unterwarf. Er hatte sie in der Liebe viel zu lehren, aber sie war vom Beginn der Zeiten an für ihn erschaffen worden, und er fühlte, daß es, falls sich später im täglichen Leben Konflikte zwischen ihnen ergäben, wie sie auch bei den einigsten Paaren kaum zu vermeiden sind, genügen würde, wenn sie in der Wärme eines Bettes zusammenfänden, und daß ihre Körper wenigstens immer gleich gestimmt sein würden.
Als er sich mit unendlicher Sanftheit ins Innerste ihres glühenden, weichen Fleisches senkte, stieß sie einen kleinen Schrei aus, den er in einem Kuß erstickte, dann stützte er sich, reglos in ihr, auf den Armen auf, um ihre weit geöffneten Augen zu betrachten. Sie funkelten zugleich triumphierend und voller Scham.
Ganz leise flüsterte er:
»Hab' ich dir weh getan?«
Ihr strahlendes Lächeln ließ ihre kleinen weißen Zähne zwischen den feuchten Lippen blitzen.
»Ich bin glücklich... Ich liebe dich!«
»Meine Frau...! Meine angebetete Judith!«

Von neuem senkte er sich auf sie hinab, umfing sie mit seinen Armen, um sie noch mehr mit sich zu verbinden, und langsam, sacht begann er seinen Tanz der Liebe in diesem Körper, dessen Fleisch so eng mit dem seinen verschmolz, daß es ihm nicht mehr möglich war, daran zu zweifeln, daß sie ihm von allem Anfang an bestimmt, daß sie in Wahrheit die andere Hälfte einer göttlicheren, vollkommeneren Ganzheit als sie selber war, und daß dies die wirkliche Liebe sein mußte...

Und die zu ihrem Höhepunkt gelangte rote Sonne der Lust zerbarst in ihnen zur selben Sekunde.

16. Kapitel
Bis daß der Tod uns scheidet...

Drei Tage darauf heiratete Gilles de Tournemine in der Kapelle der Jungfrau der Saint-Louis-Kathedrale Judith de Saint-Mélaine ohne jeden Aufwand. Es war acht Uhr abends. Nur einige Kerzen erleuchteten die dunkle Kirche, und nur zwei Zeugen waren zugegen: Mademoiselle Marguerite Marjon, bewundernswürdig in einem Kleid aus flohfarbener Seide und einem Spitzenhut mit dazu passenden Federn, und der Baron Ulrich-August von Winkelried zu Winkelried in seiner Galauniform. Was das erheblich bescheidenere Publikum betraf, setzte es sich zusammen aus Pongo, Niklaus, Berthe, der Magd des alten Fräuleins, dem rheumatischen Gärtner, der sich, seitdem er Pongos Busenfreund geworden war, zur Familie rechnete, dem Küster der Kathedrale, dem es oblag, darauf zu achten, daß die Kerzen nicht länger als notwendig brannten, und dem Stammbettler der Kirche, dem es zweckmäßig schien, zu Ehren der Hochzeit Überstunden zu machen. Barras hatte man vergeblich zu benachrichtigen versucht. Er war plötzlich verschwunden.
Aber die beiden Verlobten waren so strahlend glücklich, als spiele sich ihre Hochzeit in der Schloßkapelle im Beisein des ganzen Hofes ab. Ja, sie waren es noch mehr, da sie im Frieden dieses kleinen Kirchenraumes keinen böswilligen Gedanken, keine Eifersucht zu fürchten brauchten; nur Freundschaft umgab sie.
In eine weiße, leicht mit Silber bestickte Robe aus indischem Musselin gekleidet, die Mademoiselle Marjon in der mit Wonne übernommenen Rolle als Adoptivmutter bei Madame Eloffe, einer ausgezeichneten Pariser Modistin, gefunden hatte, war Judith schön wie ein Engel, schön wie der Frühling. Unerklärlicherweise hatte sie sich dagegen gesträubt, daß ihre in Paris lebende Tante eingeladen würde. Ebenso hatte sie in hübscher Verwirrung, die Mademoiselle

Marjon ein Lächeln abnötigte, Orangenblüten für ihre Frisur und ihren Brautstrauß abgelehnt. Ein einfaches Sträußchen blasser Rosen hielt den Schleier, der ihr rotes Haar umwölkte, genau denen entsprechend, die ihre Korsage schmückten und aus denen das Bukett in ihrer Hand bestand. Sie war so schön, daß Gilles den Blick nicht von ihr zu wenden vermochte.
Und ihr Glück war so offensichtlich, daß der grämliche, alte Priester, der sich, von zwei gelangweilten Chorknaben flankiert, ihnen hinkend nahte, diesem so wundervoll zueinander passenden Paar einfach zulächeln mußte. Und die beiden Jungen fielen angesichts der entzückenden Braut mit offenen Mündern in solche Ekstase, daß man sie tüchtig schütteln mußte, um sie an ihre Pflichten zu erinnern und die Hochzeitszeremonie beginnen zu können.
Wie in einem Traum nahm Gilles Judiths Hand und wiederholte, der Aufforderung des Priesters folgend, mit lauter, wie herausfordernd klingender Stimme die ihm vorgesprochenen Worte des heiligen Eides:
»Ich, Gilles, nehme dich, Judith, zu meiner Frau und legitimen Gattin, um dich in meinem Hause zu schützen, zu achten und zärtlich zu lieben in der Freude wie im Leid, bis daß der Tod uns scheidet!«
Dann war Judith an der Reihe, deren Stimme sich hell und fest in die Stille erhob:
»Ich, Judith, nehme dich, Gilles, zu meinem Herrn und legitimen Gatten. Und ich will in deinem Hause bleiben, um dich zu achten, dir zu gehorchen und dich zärtlich zu lieben in der Freude wie im Leid, bis daß der Tod uns scheidet.«
Auf die kleine Hand, die er hielt, schob der junge Ehemann einen goldenen Ring, ähnlich dem, den Judith eine Sekunde danach über seinen Finger streifte, während der Priester über ihren vereinten Händen das Kreuzeszeichen der Segnung schlug, das sie fürs Leben verband. Darauf lauschten sie, nebeneinander auf roten Samtkissen kniend, fromm einer kurzen stillen Messe. Und nachdem Judith ihr Brautbukett zu Füßen der Mutter Gottes niedergelegt hatte, verließen sie endlich die Kirche und trugen ihr leuchtendes Glück in die Versailler Nacht hinaus, während ihre Zeugen dem hocherfreuten

Bettler ein stattliches Almosen überreichten. Das Leben, ein ganz neues, aus miteinander geteilter Liebe und täglicher Arbeit bestehendes Leben, erwartete sie auf der anderen Seite des Atlantik, wohin demnächst sich einzuschiffen sie beschlossen hatten.
Zärtlich küßte Gilles die Finger derer, die nun seine Frau war, während er ihr half, in die Kutsche zu steigen.
»Ich bin Euer Diener, Madame de Tournemine!«
Sie errötete vor Freude.
»Ist es wahr? Ist es wirklich wahr? Wir sind verheiratet?«
»Man kann's nicht besser sein. Hast du's nicht bemerkt?«
»Nicht wirklich... Es war wie ein Traum! Mir war, als schwebte ich in einem unendlichen blauen Himmel.«
Er setzte sich neben sie, während Mademoiselle Marjon und Ulrich-August in einem zweiten Wagen Platz nahmen, riß sie in seine Arme und küßte sie lange. Der kleine Zug setzte sich in Richtung der Rue de Noailles in Bewegung, wo dank der Fürsorglichkeit der beiden Zeugen ein Souper vorbereitet worden war... aber mit dem schönen Egoismus glücklich Liebender hatte sich das junge Paar schon weit von Versailles entfernt.
Während der vergangenen drei Tage hatte Gilles in der Tat sein Leben völlig verändert. Zunächst hatte er vom König, den das leidenschaftliche Ungestüm, mit dem er sein Begehren vortrug, amüsierte, unbegrenzten Urlaub und die Genehmigung zu einer Hochzeit ohne Trommeln und Trompeten erlangt.
»Ich will nicht meinen Abschied«, erklärte er dem verwirrten und über die Aussicht, seinen Freund zu verlieren, einigermaßen unglücklichen Winkelried. »Ich kann den Eid, der mich an den König bindet, nicht verleugnen, und wenn das Unglück will, daß er mich eines Tages braucht, kehre ich ohne Zögern zurück, um meinen Platz bei ihm wieder einzunehmen.«
»Anders gesagt, wenn dem König nichts geschieht, wird man dich nie wiedersehen?«
»Warum sollte ich nicht zurückkehren? Und du, warum solltest du nicht zu mir kommen? Ich weiß, du hast Ländereien, ein Schloß, eine Verlobte, aber glaub mir, Amerika ist ein Land, das dir gefallen wird. Es paßt zu deinen Ausmaßen, und du könntest dir dort einen Besitz

groß wie die Schweiz... oder doch fast herausschneiden! Heirate Ursula und kommt!«

»Es wäre im Gegenteil vielleicht eine ausgezeichnete Gelegenheit, Ursula nicht zu heiraten... Wenn man's recht überlegt, ist sie wirklich nicht so überaus hinreißend«, brummte Ulrich-August, dem Judiths Charme und Schönheit sichtlich neue Horizonte eröffnet hatten.

Dank dem Schloßkaplan und dem Bischof von Versailles hatte der ungeduldig drängende Bräutigam einen Dispens zu sofortiger Eheschließung erhalten, und nun war das erledigt, und sie brauchten nur noch den so vernünftigen, so einfachen Plan zu verwirklichen, den er und Judith für ihre nächste Zukunft entworfen hatten: in zwei Tagen würden sie zur Bretagne aufbrechen. Gilles wollte noch einmal La Hunaudaye und den alten Gauthier wiedersehen. Er wollte auch die Orte seiner Kindheit und die Ufer des Blavet wiedersehen, der ihm eines Abends Judith gebracht hatte. Er wollte sie seinem Paten, dem Abbé de Talhouët, vorstellen, den er wie auch die alte Rozenn ein letztes Mal zu umarmen wünschte, und bevor er Frankreich für längere Zeit verließ, den Versuch unternehmen, mit seiner Mutter, der Benediktinerin von Locmaria, Frieden zu schließen. Wenn sie ihn verheiratet sah, bereit, eine achtbare Familie zu gründen, würde die strenge Marie-Jeanne vielleicht ein Einsehen haben und endlich mütterliche Gefühle für ihn empfinden.

Danach ginge es nach Brest, wo sie samt Pongo und Merlin ein Schiff suchen würden, das sie alle vier auf die andere Seite des großen Wassers bringen könnte. Judith ihrerseits verspürte keinerlei Lust, irgend jemand wiederzusehen, es sei denn auf dem Friedhof von Hennebont das Grab, in dem ihr Vater ruhte, und das Kloster, das ihre bedrohte Jugend geschützt hatte.

Nicht ohne Mühe hatte sie bei Gilles durchgesetzt, daß er Morvan seinem Schicksal überließ. Weniger aus Gründen einstiger Familienzusammengehörigkeit – seit der ihr aufgezwungenen grausamen Erfahrung hatte sie in Morvan nicht mehr ihren Bruder gesehen –, sondern weil sie befürchtete, daß Gilles bei seinen Nachforschungen in der anrüchigen Welt der Polizeispitzel mit Sicherheit eher sein Leben oder doch zumindest seine Gesundheit riskieren würde als auf dem blutigsten Schlachtfeld.

»Außerdem würde es nur Zeit kosten, ihn zu suchen«, hatte sie ihm in einem jener Augenblicke gesagt, in denen kein verliebter Mann der geliebten Frau irgend etwas verweigern kann. »Wir müßten hierbleiben, warten... Und da ich's überlebt habe, lassen wir ihm doch das elende Dasein, das er sich gewählt hat, und gehen wir fort! Wir werden nur um so besser gerächt sein!«

Das Argument war gut. Es trug den Sieg davon. Im übrigen war das Herz des Chevaliers so voller Liebe, daß nicht der kleinste Raum für Haß in ihm blieb.

Als sie in dem von seiner alten Freundin bis zur Decke mit Blumen geschmückten und festlich erleuchteten Pavillon Marjon eintrafen, bat Gilles, der im Einvernehmen mit seiner Frau einen Wunsch vorzubringen hatte, zunächst um die Erlaubnis, sie küssen zu dürfen. Womit Mademoiselle Marjon, wie ein junges Mädchen errötend, gern einverstanden war.

»Das ist in erster Linie ein Dank, ein großer, herzlicher Dank, liebe Mademoiselle Marguerite! Aber es ist auch eine Bitte.«

»Eine Bitte? Mein Gott... Ihr wißt sehr gut, daß ich mir vor allem wünsche, Euch Freude zu machen. Ich schulde Euch so viel! Ich war allein... dank Euch habe ich eine Familie gefunden... Ich bedauere nur, sie so schnell wieder zu verlieren.«

»Eben! Das ist das, worüber wir, Judith und ich, mit Euch sprechen möchten«, sagte er, seine junge Frau an sich ziehend. »Ihr kennt uns erst seit kurzer Zeit, und doch habt Ihr uns behandelt, als wären wir Eure Kinder. Nun, Eure Kinder wollen Euch behalten: kommt mit uns!«

»Ja«, unterstützte ihn die junge Frau, »begleitet uns.«

»Euch begleiten? Wohin denn, mein Gott? In die Bretagne?«

»Nein. Nach Amerika! Es ist ein herrliches und erstaunliches Land. Ich bin überzeugt, daß Ihr Euch dort wohl fühlt. Ihr werdet dort Damen finden, die Euch gefallen werden, eine Gesellschaft, wie Ihr sie nicht vermutet... und dann uns! Unser Haus wird das Eure sein.«

»Ich? In Amerika? Mein armes Kind! Ich kann ja nicht einmal Englisch!«
»Judith auch nicht. Ihr werdet es beide lernen.«
Sie brach in Gelächter aus, aber es war ihr anzusehen, daß der Vorschlag sie verlockte.
»Was für eine Narrheit! Ihr wollt eine alte Jungfer in Euer schönes Abenteuer mitnehmen? Das Glück erlebt man nur zu zweit!«
»Ein Glück nur zu zweit ist egoistisch und dauert kaum. Und Ihr werdet unsere Kinder heranwachsen sehen!« sagte Judith mit einer Gewißheit, die Tränen in Mademoiselle Marjons Augen trieb. »Kommt mit uns! Ihr habt Zeit genug, Eure Vorbereitungen zu treffen, während wir in der Bretagne sind, und Ihr trefft uns in Brest mit Berthe, Brutus und Begonia... und auch mit dem Gärtner, denn ich glaube, er wird sich von Pongo nicht mehr trennen wollen.«
»Gut, ich verspreche Euch, es mir zu überlegen. Gehen wir jetzt zu Tisch! Wahrhaftig, ich glaube, dieser Tag ist der schönste meines ganzen Lebens... O Gott, was für ein Wunderwerk!«
Ulrich-August, der darauf bestanden hatte, für seine Freunde eine prächtige Hochzeitspastete nach Schweizer Art zuzubereiten, erschien mit seinem Meisterwerk, eine riesige weiße Schürze um seine goldbestickte Weste gebunden. Die Freude des Triumphs bereitete sich auf seinem Gesicht im selben Moment aus, in dem Berthe eilig herzulief.
»Herr Chevalier, unten ist ein Mann, der Euch dringend zu sprechen wünscht!«
Gelächter und bewundernde Ausrufe verstummten jäh, während Judith sich instinktiv ihrem Gatten näherte.
»Ein Mann? Was für ein Mann?« fragte Gilles.
»Es muß ein Bedienter der Königin sein. Er trägt unter einem schwarzen Mantel ihre Livree, und vor der Tür hält ein Wagen des Hofs.«
»Es ist gut, ich komme...«
Der Mann, der am Fuß der Treppe wartete, trug in der Tat die allen Bediensteten Trianons gemeinsame rote und goldene Livree. Sein Gesicht war Gilles übrigens nicht unbekannt; er glaubte, es gesehen zu haben, als er um eine Audienz bei Marie-Antoinette gebeten

hatte. Den Chevalier bemerkend, grüßte er wie jemand, der sich in seiner Welt auskennt, zog ein sorgfältig versiegeltes Blatt aus dem Ärmelaufschlag und reichte es dem jungen Mann.

»Von der Königin«, sagte er nur.

Tournemine ließ schnell die Siegel springen, entfaltete das Billet. Es enthielt kaum zehn Worte.

»Folgt diesem Mann. Kommt! Nur Ihr könnt mich retten...«

Die Sache war so seltsam, daß der Chevalier sich genötigt fühlte zu fragen:

»Hat... Ihre Majestät selbst Euch dieses Billet gegeben?«

»Madame Campan hat es mir gegeben Herr Chevalier... im Auftrag Ihrer Majestät. Sie hat zu äußerster Eile gedrängt.«

»Habt Ihr einen Wagen?«

»Er wartet vor der Tür.«

»Ich folge Euch. Wartet nur einen Moment.«

Das Billet in die Tasche steckend, gesellte er sich eiligst wieder zu seinen Freunden und küßte Judith, die sich mit angstvollen Augen an seine Brust warf.

»Verzeiht mir...! Ich muß für kurze Zeit fort!«

»Heute abend...? Obwohl Ihr gerade geheiratet habt?« rief Mademoiselle Marjon entrüstet.

»Außer Euch, die hier vereint sind, wissen nur wenige, daß ich heute geheiratet habe. Ich denke, ich werde nicht lange fort sein, aber ich muß nach Trianon. Die Königin hat mich rufen lassen.«

»Die Königin? Aber warum? Was will sie von dir?« rief Judith zwischen Tränen und Zorn.

Er streichelte ihre Wange und lächelte ihr zu.

»Zweifellos nur eine Kleinigkeit, aber ich kann es mir nicht erlassen, zu ihr zu gehen, mein Herz! Winkelried wird dir sagen, daß ich, ohne es zu wollen, schon einmal in eine Privatangelegenheit Ihrer Majestät hineingezogen worden bin, eine Angelegenheit, die mit dieser scheußlichen Geschichte des gestohlenen Kolliers zusammenhängt. Sicher handelt sich's wieder darum. Ich muß gehen!«

»Aber warum gerade du? Der Königin fehlt es nicht an Dienern, soviel ich weiß!«

»Vielleicht, weil sie weiß, daß sie und der König einen treuen und ergebenen Menschen in mir haben. Weine nicht, meine Süße, du hast keinen Grund, denn ich werde nicht lange fort sein. Fangt schon an, ohne mich zu soupieren«, fügte er fröhlich hinzu, »aber eßt mir nicht die ganze Pastete auf! Das wäre wahrhaftig eine zu grausame Strafe!«

Nach einem letzten Kuß für seine junge Frau nahm er Hut und Degen, schlug Ulrich-August, der mit nachdenklicher Miene langsam seine Schürze abband, freundschaftlich auf den Rücken und kehrte zu dem Boten der Königin zurück.

Auf der Straße wartete tatsächlich eine Stadtkutsche, wie sie in den königlichen Remisen für den Dienst bei Hofe bereitstanden, wartete mit angezündeten Laternen, herabgelassenem Trittbrett, halb geöffnetem Schlag.

Der Bote öffnete ihn weit, Gilles sprang ins Innere.

»Ein Wort, ein Schrei, ein bloßer Seufzer, und Ihr seid des Todes, Herr Chevalier«, sagte eine liebenswürdige Stimme. Gilles sah eine große Pistole, fest in der Hand eines im Fond des Wagens sitzenden, schwarz gekleideten Mannes, auf sich gerichtet.

»Was bedeutet das? Wer seid Ihr?«

»Setzt Euch und verhaltet Euch ruhig! Ihr werdet's sehen!«

Es gab keine andere Möglichkeit, als zu gehorchen. Gilles setzte sich neben den Mann in Schwarz, dessen Waffe einen leichten Kreisbogen beschrieb und weiter auf sein Herz gerichtet blieb. Der livrierte Bote stieg hinter ihm ein, und plötzlich sah der junge Mann nichts mehr: man hatte ihm eine Binde über die Augen gelegt.

Der Schlag wurde geschlossen. Der Wagen rollte holpernd über die großen, viereckigen Pflastersteine der Straße davon. Zwischen seinen beiden Entführern eingezwängt, bemühte sich Gilles, Ordnung in seine Gedanken zu bringen, und vor allem, Ruhe zu bewahren.

»Wohin bringt Ihr mich?« fragte er kalt.

»Wir sind nicht berechtigt, es Euch mitzuteilen. Aber beruhigt Euch, es wird Euch nichts Böses geschehen. Wir haben Befehl, Euch mit größter Achtung zu behandeln.«

»Hübsche Achtung! Ihr seid reichlich unverschämte Halunken, daß Ihr es wagt, Euch des geheiligten Namens Ihrer Majestät der Königin

und ihrer Livree zu bedienen. Denn ich nehme an, daß sie nichts damit zu tun hat.«
»Absolut nichts!« grinste der Mann in Schwarz. »Aber wenn Ihr erlaubt, werden wir noch eine zusätzliche kleine Vorsichtsmaßnahme treffen. Die Achtung wird vielleicht ein wenig darunter leiden, und Ihr werdet es uns verzeihen müssen, aber seht Ihr, man hat uns nicht gesagt, daß Ihr ein so kräftiger Bursche seid... und ein übler Streich ist schnell gespielt!«
Mit einer Geschwindigkeit, die lange Übung verriet, wurden dem jungen Mann die Hände gebunden, dann nahm der andere mit einem erleichterten Seufzer seinen Platz wieder ein, und die Fortsetzung der Fahrt verlief in Schweigen.
Anfangs bemühte sich Gilles, dem Weg der Kutsche in Gedanken zu folgen, kam jedoch bald zu der Überzeugung, daß man im Kreise fuhr, um ihn zu verwirren, und als die Pferde endlich einer geraden Straße folgten, war es ihm nicht mehr möglich, sich darüber klar zu werden, welche Richtung sie einschlugen, so viele Winkelzüge und Umwege hatten sie inzwischen beschrieben. Alles, was er feststellen konnte, war, daß sie schon seit geraumer Zeit nicht mehr über Pflaster rollten...
Als der Wagen nach einer Kurve und einem Stück abschüssigen Wegs, das abscheulich sein mußte, so heftig wurden die Insassen durchgeschüttelt, schließlich hielt, schätzte Tournemine die Dauer der Fahrt auf ungefähr eine Stunde. Seine beiden Wächter packten ihn jeder bei einem Arm, ließen ihn aus dem Wagen steigen und führten ihn sorgsam über etwas, das vielleicht eine Hangwiese war, denn er spürte Abschüssigkeit und Gras unter seinen Füßen. Die Nachtluft war feucht, ein schwaches Geräusch wie von fließendem Wasser war zu vernehmen. Eine Tür knarrte unter der Hand eines der Wächter.
»Vorsicht, Stufe!« sagte er.
Man war nun in einem Haus, das ziemlich alt sein mußte, denn es roch entsetzlich muffig, und die Atmosphäre war die eines Kellers, doch Gilles hatte den Eindruck, daß sie einem gefliesten Flur folgten. Eine Tür öffnete sich, dann eine zweite, und nachdem sie eine Anzahl glitschiger Stufen hinuntergestiegen waren, filterte ein wenig Licht

unter der Augenbinde des Gefangenen hindurch. Aber man nahm sie ihm nicht ab...

Weiterhin blind, führte man ihn bis zu etwas, das ein Bett oder ein mit einem Fell bedeckter Diwan sein mußte, auf den man ihn sich ausstrecken ließ, nicht ohne sich überzeugt zu haben, daß die Binde über den Augen gut saß und daß der Strick um seine Handgelenke so fest war, daß er sich nicht befreien konnte. Aber als zwei Hände seine Beine festhielten, um auch seine Füße zu fesseln, krümmte er sich wie ein Wurm, um sich dem Zugriff seiner Entführer zu entziehen.

»Genug jetzt damit!« brüllte er wütend. »Sagt endlich, was Ihr von mir wollt, und machen wir Schluß!«

Doch niemand antwortete ihm. Die Männer beendeten ihr Werk. Einer von ihnen schob ihm ein Kissen unter den Kopf, dann schienen sie sich zu entfernen, denn Gilles hörte ihre Füße über unebenen Boden schlurfen. Eine kurze Weile blieb es still, bis aus der Tiefe der Stille der Laut eines anderen, leichteren, vom Rascheln eines seidenen Kleides begleiteten Schrittes zu ihm drang. Ein Duft von Rosen gelangte bis zu den Nüstern des jungen Mannes.

»Nun, Chevalier«, sagte eine Stimme, die zu erkennen ihm nicht schwerfiel, »wie fühlt Ihr Euch? Ich hoffe, meine Leute haben sich so respektvoll verhalten, wie ich's ihnen befohlen hatte, und Euch nicht mißhandelt.«

»Ihr wart es also«, sagte er mit einem Seufzer des Überdrusses. »Ihr bildet Euch hoffentlich nicht ein, daß es Euch gelungen sei, mir Angst zu machen?«

»Das war nicht der Sinn der Sache. Ich wünschte nur, Euch ohne Zeugen meine Glückwünsche darzubringen und Euch zu sagen, wie sehr ich Euren Geschmack schätze. Das junge Mädchen ist charmant, einfach entzückend... ein wenig dümmlich vielleicht, ein wenig... ländlich, aber charmant! Es ist sehr schade, daß die Hochzeitsnacht noch fern ist. Der jungen Frau wird die Zeit lang werden, wie ich fürchte. Was Euch betrifft, werden wir unser Bestes tun, damit Ihr nicht allzusehr unter Ungeduld leidet.«

»Ist es das, was Ihr gefunden habt? Ist das Eure Rache? Mich in dieser Nacht von meiner Frau zu trennen?« bemerkte er verächtlich. »Ich mache Euch kein Kompliment. Ich bin verheiratet, meine Teure,

und Ihr könnt nichts daran ändern. Und was das angeht, was Ihr meine Ungeduld nennt, zählt nicht darauf! Ihr habt doch wohl kaum die Absicht, mich zu vergewaltigen?«
Sie brach in ein kehlig-girrendes Gelächter aus, das wie eine Raspel über die Nerven des jungen Mannes rieb.
»Das könnte amüsant sein! Übrigens, wenn ich's wirklich wollte... hätte ich's nicht einmal nötig, dich zu vergewaltigen. Ich weiß nur zu gut dein Verlangen zu wecken! Aber heute abend ziehe ich es vor, dich deinem Jammer zu überlassen. Und jetzt wünsche ich dir eine gute Nacht, mein schöner Liebster, eine lange, recht geruhsame Nacht.«
Sie mußte ein Zeichen gegeben haben, denn Gilles fühlte sich plötzlich an den Schultern gepackt und angehoben, während man einen Becher an seine Lippen führte. Er preßte die Zähne zusammen. Darauf kniffen zwei Finger kräftig in seine Nase, so daß er wohl oder übel den Mund öffnen mußte, in den ein nicht unangenehm schmeckender, süßlicher Likör geschüttet wurde, den er mechanisch schluckte. Es war sicherlich kein Gift, wie er sich zuerst eingebildet hatte. Dann legte man ihn auf sein Lager zurück.
»Es war reichlich überflüssig, dich zu verteidigen«, sagte Madame de Balbi lachend. »Ich habe keineswegs die Absicht, dich zu vergiften. Erstens ist das durchaus nicht mein Stil und außerdem: hatte ich dir nicht gesagt, daß wir uns erst endgültig trennen würden, wenn ich keinen Geschmack mehr an dir fände? Soweit sind wir aber noch nicht... Du wirst nun schlafen. Morgen wirst du noch ein Schlückchen von diesem köstlichen Likör bekommen, übermorgen desgleichen... Sei ohne Furcht, er wird dir nichts tun. Schlafen... nur schlafen! Arme, kleine Madame de Tournemine! Sie wird ihre Jungfräulichkeit länger als vorgesehen behalten müssen.«
Sie entfernte sich lachend, und ihr Lachen verlor sich allmählich in den Tiefen des Hauses. Einen Moment verspürte Gilles die Lust, ihr nachzurufen, daß ihre absurde Rache gegenstandslos, daß Judith schon gut und gern seine Frau sei, aber er unterließ es, um seine kleine Sirene nicht etwa der immer möglichen Vergeltung dieses bösen Weibes auszusetzen. Und dann war er müde... plötzlich so müde... so müde...

Als er nach einer unmöglich abzuschätzenden Zeit, die ihm selbst in dem tiefen Versinken ins Nichts, das nun hinter ihm lag, endlos erschienen war, wieder die Augen aufschlug, war die Binde fort. Graue Gefängnis- oder Kellerwände umgaben ihn, und er brauchte einige Zeit, um wieder zu sich zu kommen. Die Nebel der Droge, die man ihm eingetrichtert hatte, wichen nur langsam, und er bedurfte einiger Minuten, um seine Erinnerungen zu sammeln.

Als er endlich klarer sah, konstatierte er, daß seine Handgelenke und Knöchel nicht mehr gefesselt waren, daß er auf einem mit Lammfell bedeckten Strohsack lag, und daß durch ein Kellerfenster, vor dem irgendwelche Pflanzen wucherten, Tageslicht in sein Gefängnis drang. Er war allein...

Er begann damit, sich auf seinem behelfsmäßigen Lager aufzurichten und dem Schwindel, der ihn packte, Zeit zu geben, sich zu beruhigen. Er sah sodann, daß ein Tablett mit einem frisch gebratenen Huhn, einem Brot und einer Flasche Wein vor ihm auf dem Boden stand.

Angesichts der Lebensmittel überfiel ihn Hunger. Niemals, so schien es ihm, war sein Magen so leer gewesen. Die teure Anne war ihren Gefangenen gegenüber entschieden voller Aufmerksamkeiten, und ohne Zögern unternahm er es, seinen nachlassenden Kräften wiederaufzuhelfen, indem er das Huhn gleich mit den Händen vierteilte, um schneller mit ihm zu Rande zu kommen. Danach richtete er sich endlich völlig auf, prüfte die Geschmeidigkeit seiner Arme und Beine und wandte sich zur Tür, um zu untersuchen, welche Möglichkeiten zu einem Ausbruch sie bot. Doch zu seiner Überraschung stellte er fest, daß sie unverschlossen war.

Ohne eine Sekunde zu verlieren, stürzte er sich in einen dunklen, schlauchartigen Gang, der zu einer Treppe mit wackligen, durch Feuchtigkeit glitschig gewordenen Stufen führte, stürmte sie hinauf und betrat den gefliesten Flur, an den er sich noch erinnerte. Am Ende dieses Flurs befand sich eine offene Tür, die auf eine von Sonne überflutete Wiese hinausging. Zarte, junge Weinranken wiegten sich leise in ihrem Rahmen. Kein Geräusch ließ sich vernehmen. Das Haus war stumm und leer...

Auf der sonnigen Schwelle genoß Gilles für einen Moment mit

geschlossenen Augen das Streicheln der morgendlich warmen Strahlen auf seinem Gesicht. Es war wie ein wundervolles Erwachen nach einem schrecklichen Alptraum.
Ein Wiehern ganz in der Nähe ließ ihn die Augen wieder öffnen, und er sah, daß wenige Schritte von ihm entfernt ein bereits gesatteltes Pferd an eine Pappel gebunden war.
Sein Blick glitt in die Runde, während er aus dem Hause trat, das eine halb zerfallene Mühle war. Ein schmaler Wasserlauf plätscherte unter dem der Mehrzahl seiner Treibblätter beraubten Rad vorbei. Er trat ans Ufer, befeuchtete sein Gesicht, um sein Gleichgewicht vollends wiederzufinden, tauchte sogar den ganzen Kopf in die wohltuende Kühle... dann lief er zu dem Pferd, das ihn mit einem neuerlichen Wiehern zu rufen schien, band es los, sprang in den Sattel, und die zur Straße ansteigende Wiese überquerend, galoppierte er in die Richtung, in der seinem Gefühl nach Versailles liegen mußte. Sein Geist formulierte nur noch einen Gedanken: zu Judith zurückkehren!

»Ihr?... Mein Gott! Wo seid Ihr gewesen?«
Berthe hatte die Tür geöffnet, und auf der Schwelle ihres Salons war Mademoiselle Marjon erschienen. Sie stürzte Gilles entgegen, nahm ihn bei den Schultern und starrte ihn mit einer Art Schrecken an, als käme er geradewegs aus der Hölle. Er sah, daß ihre Augen gerötet waren, ihr Gesicht ausgewaschen wie das eines Menschen, der viel geweint hat.
»Ich weiß es selbst nicht... Man hat mich entführt. Laßt mich vorbei... Ich will Judith sehen!«
Und er lief, mit aller Kraft seiner Lungen rufend, die Treppe hinauf.
»Judith! Judith! Wo bist du, mein Herz?«
Doch nur Pongo erschien auf dem Treppenabsatz. Ein Pongo mit hohlen Augen und grauer Haut, als habe er eine lange Krankheit hinter sich. Sein Gesicht war so tragisch, daß Panik Gilles überfiel. Auf den Indianer zuspringend, packte er ihn bei den Schultern und schüttelte ihn.
»Wo ist sie? Wo ist meine Frau?«

»Sie ist fort... gestern abend!« sagte hinter ihm die erloschene Stimme Mademoiselle Marjons.
»Fort? Aber wohin, aber wie?«
»Ich weiß es nicht... Dabei kam sie uns ruhiger vor. Sie war eingeschlafen. Ich ging zur Kirche, während Berthe das Abendessen vorbereitete. Pongo war im Stall, um die Pferde zu pflegen. Als wir zurückkamen, war das Bett leer. Sie war verschwunden! Oh, Gilles, wie konntet Ihr ihr das antun?«
»Ihr was antun? Könnt Ihr mir sagen, was ich getan habe...? Ich sage Euch doch, daß ich das Opfer eines infamen Anschlags war!«
Das alte Fräulein wandte die Augen ab, die sich von neuem mit Tränen füllten, und griff nach ihrem Taschentuch.
»Oh... ich weiß nicht recht, aber diese Abwesenheit von drei Tagen ohne Nachricht! Drei Tage! Arme Kleine...! Selbst eine Königin hat kein Recht, so etwas zu tun! Das ist schändlich!«
»Die Königin hat nichts damit zu schaffen! Es war ein Hinterhalt, eine Falle... Ich habe gefährliche Feinde, Ihr solltet es wissen!«
Sie zuckte, von Kummer überwältigt, die Schultern.
»Und Freundinnen, denen man nichts abschlagen darf, nicht wahr? Heilige Jungfrau! Gott ist mein Zeuge, daß ich weder umlaufenden Gerüchten noch alldem, was man von der Königin sagt, je mein Ohr geliehen habe...«
»Noch einmal«, brüllte Gilles außer sich, »wiederhole ich Euch, daß sie nichts damit zu tun hat!«
»Und dies?«
Aus ihrem grauseidenen Busentuch zog sie ein zerknittertes, stark mitgenommenes Stück Papier, das sie Gilles in die Hand drückte.
»Nehmt! Am Tag nach Eurem Verschwinden hat ein Bote dies Billet für Eure Frau gebracht... Judith hatte die Nacht über am Fenster gesessen, um Euch zu erwarten. Sie las den Brief, dann stieß sie einen entsetzlichen Schrei aus und sank ohnmächtig in Pongos Arme... Ihr werdet vielleicht Mühe haben, es zu lesen. Sie hat so oft darüber geweint, bevor es mir glückte, es ihr fortzunehmen!«
Das Billet so gut es ging mit zitternder Hand auf seinem Knie glättend, gelang es Gilles, die wenigen Zeilen einer offensichtlich weiblichen Schrift zu entziffern.

»Geduldet Euch, kleine Madame, Ihr werdet Euren verführerischen Gatten so bald nicht wiedersehen. Man muß schon sehr naiv, sehr taub und sehr frisch aus der Provinz gekommen sein... was auf Euch zutrifft, um nicht zu wissen, daß Euer schöner Chevalier der Geliebte der Königin ist, und daß man Marie-Antoinette noch nie etwas wieder abgejagt hat, weil sie es nicht erlaubt. Tröstet Euch! Ihr seid so jung, und Ihr kommt auch noch an die Reihe...! Eine aufrichtige Freundin!«

Gilles' Faust schmetterte auf das vergiftete kleine Stück Papier herunter. Es war ihm, als müsse er verrückt werden, und er schloß die Lider, um die aufsteigenden Tränen zurückzuhalten.

»Sie hat das gelesen...! Sie hat das gelesen! Aber wie konnte sie es glauben? Sie weiß doch genau, daß ich nur sie liebe! O Gott... ich liebe sie so sehr!«

»Sie... finden auch Porträt! Danach... sie glauben!«

Und Pongo legte das Kästchen in die Hände seines Herrn, in dem er die Miniatur des Kardinals verschlossen hatte. Und das Kästchen war leer...

In einer wahnwitzigen Aufwallung packte Gilles das Kästchen, von dem er nie angenommen hatte, daß es ihm eines Tages so viel Schmerz zufügen könne, und schleuderte es mit aller Kraft durch ein Fenster, dessen Scheiben splitternd zerbarsten, bevor er sich, von krampfhaftem Schluchzen geschüttelt, auf das Bett fallen ließ, das zu machen niemand den Mut gehabt hatte, und in dessen Kissen noch die Spur des leichten Körpers seiner Frau zurückgeblieben war... Noch stundenlang rief er nach Judith in den heiser-rauhen Tönen eines wütenden wilden Tiers...

Als der Garten sich gegen Ende des Tages mit Soldaten füllte, hörte er nichts davon. Erst als sich eine feste Hand auf seine Schulter legte, tauchte er aus dem Abgrund der Verzweiflung auf, der ihn verschlungen hatte.

Den Kopf hebend, sah er ohne das leiseste Anzeichen von Überraschung, daß ein Offizier neben dem Bett stand, ein Offizier, den er erkannte. Es war Gaudron de Tilloy, Leutnant der Präfekturgarde, der ihn mit unendlichem Mitgefühl betrachtete. Doch seine Stimme

verlor darum nichts von ihrer dienstlichen Festigkeit, als er die schicksalsschweren Worte sprach:
»Chevalier de Tournemine de la Hunaudaye, ich verhafte Euch im Namen des Königs!«
Vergeblich die Bedeutung dieser unglaublichen Worte suchend, richtete Gilles sich auf und murmelte:
»Ihr verhaftet mich...? Mich?«
»Ihr seid des heimlichen Einverständnisses und der Komplizenschaft mit dem des Diebstahls und Verbrechens gegen die Königliche Majestät beschuldigten Kardinal Fürst de Rohan angeklagt. Wollt Ihr mir folgen!«
Gilles Augen, von den vergossenen Tränen fast blind, irrten durch das Zimmer. Sie gewahrten Mademoiselle Marjon, die auf dem Parkett kniete und weinend betete, Winkelried, der eben gekommen war und in einer Ecke unglücklich und ratlos an seiner Unterlippe kaute, und Pongo, steif wie eine Lanze neben einem Reisesack, den er in aller Eile gepackt hatte, schon bereit, dem Schicksal seines Herrn zu folgen. Dann kehrten sie zu dem Offizier zurück, der ohne Ungeduld wartete. Und die Schultern zuckend, murmelte er:
»Ich folge Euch, Monsieur... Schließlich, warum auch nicht?«
Nichts war mehr wichtig!...

Bitte beachten Sie
die folgenden Seiten

Napoleon

Liebesbriefe an Joséphine

Erste vollständige Ausgabe
herausgegeben von
Jean Tulard und Chantal de Tourtier-Bonazzi

Ullstein Buch 20529

Ullstein

Länger als eineinhalb Jahrhunderte hat es gedauert, bis endlich eine vollständige und authentische Ausgabe der Briefe Napoleons an seine erste Frau, Joséphine, möglich wurde. Diese Briefe sind das Dokument einer ganz unalltäglichen Liebe und zeigen eine bisher kaum bekannte Seite des Beherrschers von Europa, der sich über den Verlust seiner Tabakdose ärgert, sich häufig erkältet, geringschätzig über die Fürsten Europas spricht und seiner Joséphine immer wieder wie ein Primaner seine Liebe unter Beweis stellt.

Colette Davenat

Deborah

Roman einer Liebe

Ullstein Buch 20888

In diesem Band beginnt die atemberaubende Geschichte der schönen, temperamentvollen und intelligenten Geheimagentin im Dienste Elisabeths I. von England. In den kriegerischen Auseinandersetzungen zwischen England und Spanien übernimmt Deborah eine gefahrvolle Aufgabe, die ihr, sollte sie mißlingen, Folter und Tod bringen würde.
Colette Davenat porträtiert auf faszinierende Weise die turbulente Epoche, die von den Gestalten der großen Elisabeth und Philipps II. von Spanien geprägt wurde.

Ullstein